VICTOR HUGO

NOTRE-DAME DE PARIS

巴黎圣母院

典藏本

[法] 维克多 · 雨果　著

程曾厚　译

图书在版编目(CIP)数据

巴黎圣母院：典藏本/(法)雨果著；程曾厚译. —北京：北京大学出版社，2018.2

ISBN 978-7-301-28904-4

Ⅰ. ①巴… Ⅱ. ①雨… ②程… Ⅲ. ①长篇小说—法国—近代 Ⅳ. ①I565.44

中国版本图书馆CIP数据核字(2017)第259406号

书　　名　巴黎圣母院（典藏本）
BALI SHENGMUYUAN

著作责任者　［法］维克多·雨果　著　程曾厚　译

责任编辑　魏冬峰

标准书号　ISBN 978-7-301-28904-4

出版发行　北京大学出版社

地　　址　北京市海淀区成府路205号　100871

网　　址　http://www.pup.cn　新浪微博：@北京大学出版社

电子信箱　weidf02@sina.com

电　　话　邮购部62752015　发行部62750672　编辑部62750673

印 刷 者　北京中科印刷有限公司

经 销 者　新华书店

880毫米×1230毫米　A5　25.375印张　629千字

2018年2月第1版　2019年6月第2次印刷

定　　价　88.00元（典藏本）

目　录

第三卷

第四卷

第五卷

第六卷

第七卷

第八卷

第九卷

第十卷

第十一卷

序　　言

毫无疑问，《巴黎圣母院》和《悲惨世界》一样，是雨果在全世界最广为人知的长篇小说。之所以这样说，是因为作家创造的一些典型和强烈的形象，深深刻印在大家的记忆之中。伽西莫多体现了令人恶心的生命，被注重外表的社会逐出社会之外，在大教堂钟楼的顶上，俯视着这个摈弃他的世界。爱斯梅拉达具有茨冈女人的仪态，在圣母院的大广场上跳舞，以来自异国他乡的少女特有的古怪情调引人注目（尽管她事实上出生在兰斯）。奇迹院出发攻打大教堂，要解救爱斯梅拉达。肯定地说，也是因为这部小说时间上发生在 1482 年，即中世纪的末期，却谈的是我们，谈我们的时代，谈欲望，谈爱情，谈权力，谈嫉妒，谈疯狂，谈贫困，谈无交流，谈非正义，谈不宽容，还谈建筑，谈文学，谈及其他许多事情。或许，正因为如此，这部作品历来被不断地改编成戏剧、歌剧、芭蕾舞、电影和音乐剧。

雨果 1830 年写这部小说的时候，大教堂处境危殆。不过，这部作品的成功引发政府当局采取行动，要修复和拯救巴黎圣母院。如果说今天我们看到的圣母院容光焕发，躲避了时光的摧残，这部分要归功于雨果。此外，还要看到一点，对大部分行人和游客而言，巴黎这座最著名的历史古迹之一，正是和这部小说联系在一起的。但是，雨果在为第一版写的序言中，曾经预料大教堂和任何事物一样，也会消失。作者告诉我们，本书的构思，源自他从前在圣母院的墙上读到的一个希腊词（anankè）

已被抹去，他预料有朝一日，连教堂也会从地面上被抹去。也许，会抹去宗教的教义，也会被抹去迫害某些生灵的这种社会宿命。不过，同样被抹去的，还有伽西莫多的尸体，以后还有爱斯梅拉达的尸体，跟着无可避免地倒下化为尘埃。甚至被抹去的有《悲惨世界》里写在冉阿让墓上的四行诗[①]，有《海上劳工》里吉利亚特消失在上涨的潮水中，有《笑面人》里格温普兰被大海吞噬。这些尘埃，这些消失，这些吞噬，意味着什么？意味着万事万物注定要消失不见？意味着重要的意义不在典章制度里，不在实实在在的事物之中和人物身上？而是另有所在？这部作品的丰富性，是作品打开了一扇又一扇可能的大门。每个读者可以走进自己喜欢的门。

艰难的构思

小说的撰写不是没有痛苦的，尤其是作者 1827 年年届成年 ——当年 25 岁——在小说构思之际，个人生活和职业生涯是多事之秋，甚至动荡苦恼。1828 年初父亲逝世，因继承问题和继母卡特琳・托马有冲突。11 月，他为一部有关路易十一的小说——以后成为《巴黎圣母院》，签下合同，五个月后交稿。但他 1829 年 1 月出版诗集《东方集》，2 月又出版一部小说《死囚末日记》，主题是他终生反对的死刑；他创作剧本《玛丽蓉・德・洛尔墨》，8 月却被查理十世正式禁演，他又撰写正剧《欧那尼》，1830 年 2 月引发一场古典派和浪漫派之间的战役，古典派坚持传统，而他被认为是浪漫派的领袖，渴望革新戏剧的形式。出版商为

---

① “他睡了。虽说他命运古怪崎岖，/他已为人一世，天使走后死去；/事物有去有来，其实简简单单，/如同白昼过后，便是夜的黑暗。”

没有收到《巴黎圣母院》而失去耐心，给他一份新的合同，如果延迟交稿会被罚款。雨果刚开始动笔写小说，7 月 27 日爆发了一场革命，29 日结束了查理十世的王朝。他妻子阿黛儿生下第五个孩子，和母亲用同样的名字。也许是妊娠的后果，也许是夫妇俩的朋友圣伯夫追求她，阿黛儿今后拒绝丈夫进她的房间。生活里出现这些疾风骤雨，《巴黎圣母院》如何取得进展？

小说家采取的是彻底的解决办法，雨果妻子后来在《雨果夫人见证录》里介绍："他给自己买了一瓶墨水，买了一件灰色的粗毛线衣，把自己从脖子包裹到脚尖，把衣服锁起来，好不受外出的诱惑，像走进监狱一样走进自己的小说。神情懊丧。"但是，雨果夫人又说忧伤很快离他而去，因为写作攫住了他；他不再感到疲乏，也不再因为被迫在规定期限内写作而沮丧。雨果沉浸在 15 世纪，为自己的人物入迷，把小说发展到超出预期的范围。他给出版商写信，预期会有三卷，而不是两卷，向出版商提出增加报酬。但被出版商戈斯兰拒绝。雨果遵从，但从手稿中抽出了三章。小说最后于 1831 年 3 月问世。要等到下一年，才有全本，但换了一个出版商。雨果和这个戈斯兰的关系很不好，现在成功地摆脱了他。《巴黎圣母院》的定稿本增加了作者不愿意放在第一版的章节："不得民心""可敬的马丁修道院院长"和"此物会灭彼物"，1832 年 12 月 17 日由朗杜埃尔（Renduel）出版。作者在为这一版写的新序里声称，这三章也是在撰写小说时所写，但放在一个失而复得的卷宗里……

从巴黎到天下

雨果写这个长篇小说的时候，巴黎是否在全世界的眼中，已经是这样一座充满魅力、令很多人梦寐以求亲自一见的城市？对《巴黎圣母院》的作者来说，当然如此，因为巴黎在他的全部作品中占有不容忽视的地位。30 年后出版的《悲惨世界》仍然把巴黎置于小说情节的中心，而 1867 年，他甚至为自由派作家和共和派作家设计的一本法国首都的导游撰写导论。据他看来，巴黎会成为一个在社会方面先进的欧洲的中心。选“巴黎圣母院”作为书名，就是让巴黎作为历史的主要动力，尤其是大教堂坐落在老城岛上，而老城岛被认为是巴黎城的诞生地。雨果已经先于以后是他伟大诗篇的《历代传说集》——写人类的历史——的原动力，在其天才的一章“此物会灭彼物”（1831 年版不载）预见到有一部从古到今的智力的历史：一代一代的思想家及其著作有助于建成一座“人类的巴别塔”，逐步照亮人的精神。这座“巴别塔”借助各个民族的努力，用各种语言建成。我们从中世纪末叶的巴黎出发，走向无尽期，走向普天下。

几个具有崇高和滑稽双重性格的人物

如果说大教堂是故事的主要场景之一，而如有些人所说，圣母院是书中的主角未免言过其实。那谁又是《巴黎圣母院》的主要人物？是伽西莫多这个没有人样的敲钟人？是大家以为是吉卜赛女郎的标致舞娘爱斯梅拉达？是这个爱上舞娘的神甫克洛德·弗鲁洛？他后来看到自己的生命摇摇晃晃，因为他以强烈的逆爱爱上爱斯梅拉达。或许，这三个人都是，维克多·雨果的才力让他的人物非常生动鲜明，彼此各不相让，不相上下。无论如何，小说的书名可以让他不必在这几个引人入胜的人物之间做出选择，每个人物各有特色。他 1836 年根据小说创作歌剧的剧本，检查部门迫使他放弃这个和宗教圣地联系过于直接的书名。他这才在他梦中的这几个孩子间选择，并为女作曲家路易丝·贝尔丹作曲的歌剧选定《爱斯梅拉达姑娘》的剧名。

伽西莫多是维克多·雨果在剧本《克伦威尔》(1827) 的长序里倾心称之为滑稽和崇高的混合的最突出的典范。这个长相是怪物，和大教堂滴水檐槽上的怪兽如此相似乃尔，可以和怪兽混为一体。丑陋的脸，同样丑陋的身子，不仅仅恶形恶状，而且行为也有点像一头野兽，叫人感到害怕，却表现出是一个心灵高尚的人，能具有无私和崇高的爱情。维克多·雨果通过这个人物，不仅向我们表明：不要以小人之心评判别人的外形，而且有些乍看起来粗鲁、粗野的人可以感情细腻，因有爱心和仁慈的举止，光彩照人。只要有个少女怜悯驼背，这个粗胚就变得体贴、聪明和全心全意为别人。迪士尼制片厂的动画片 (1996) 对小说的许多方面很不忠实，但却把这个人物处理成有残疾的孩子，被别人摈弃，由于爱斯梅拉达的同情心，和人类和解，这就没有背离原著。伽西莫多在动画片里像个男版的灰姑娘，这样一个无人爱和无人理解的小男孩，和维克多·雨果的另一个人物相接近：《悲惨世界》里的珂赛特。任何艺术形式的改编，即使是最不成功的改编，无论如何能让人感受到这部作品蕴含的人性、清醒和深刻。大概，这就是这部作品的所有改编版成功的原因，能取得或大或小的成功。爱斯梅拉达和伽西莫多，这是勒普兰斯·德·博蒙夫人[②]的不朽作品《美人与野兽》主题的重新再现，让·德拉努瓦执导的影片 (1956) 更是凸显了这个现象，雅克·普雷维尔从小说忠实地改编成电影。这个敲钟人以高超技巧、专业技能和满腔热情敲响他的大钟，这不也就是艺术家自己的形象吗？尤其在《巴黎鸟瞰》

② 勒普兰斯·德·博蒙 (Jeanne-Marie Leprince de Beaumont，1711—1780)，法国童话作家，1757 年出版《美人与野兽》。

一章的结尾，维克多·雨果描述从首都的某个高处听到“钟乐醒来”，把钟乐描写成一部音乐作品，既像是歌剧，又像交响乐。伽西莫多不就是一个以他的方式革新音乐形式的音乐家吗？如同维克多·雨果努力革新诗歌的形式和戏剧的形式吗？他此时此刻也是个诗人，撰写“不押韵”的诗句，雨果告诉我们，“像是聋子所能创作的那样”，但却不无感人之处。

爱斯梅拉达激起男人的欲望，被认为是个“吉卜赛女子”，而事实上正是那个憎恨她的麻袋女“花艳丽”的女儿。她这个孩子被吉卜赛人拐走后，麻袋女对吉卜赛人和少女恨得咬牙切齿。直到最后她发现爱斯梅拉达的真实身份。雨果以这样的方式告诉我们：看起来和我们有所不同的人，外国人，其实会更接近我们。爱斯梅拉达这崇高的女人，不仅有闭花羞月的美貌，更有一副仁慈的心肠。但她又因为被认定是“吉卜赛女人”的身份而滑稽。在雨果看来，滑稽不仅仅不得体、很可笑，而且也遭到排斥，脱离社会。迪亚特尔（Dieterle）在他根据小说改编的影片（《钟楼怪人》，1939）中，虽然有很多对原著的精神不忠实的地方，但把影片重点放在吉卜赛人被社会抛弃却是不无道理的，吉卜赛人在影片的当年遭受纳粹的迫害。的确，历来的改编者在小说里看到有当下社会的镜子，是很有意思的事情。爱斯梅拉达也是一个艺术家，她能歌善舞，歌声和舞姿如此迷人，吸引众多热情的观众，抢了诗人甘果瓦的风头，迷住对她的艺术最有敌意的人，如圣母院的主教助理克洛德·弗鲁洛。

克洛德·弗鲁洛是个极其复杂的人物。这个严峻又严肃的神甫，尽心尽力地抚养弟弟约翰长大，满腔热情地爱弟弟，他教街上的野孩子甘果瓦读书识字，他救下伽西莫多——那些虔诚的老太太以为是魔鬼的野种，准备要扔到火堆上去。是的，他造成爱斯梅拉达的死，但他爱她爱得发狂，如果他也能得到始终放不下的女人的爱，也许，他会变成好人。维克多·雨果想表明，他称之为宗教的“命定”可以演变到什么地步。弗鲁洛是天主教神甫，被迫过贞洁的生活，他终身禁欲而成为一头野兽。不论小说家如何描写，这就是欲望的力量。他的人生轨迹有点像是伽西莫多轨迹的反面，爱情使本来是野兽的伽西莫多几乎成为一个天使。但是弗鲁洛没有伽西莫多的侠肝和义胆，不像伽西莫多只求钟爱，不求所爱者的回报。弗鲁洛无法满足长期压抑的欲望，导致自身的毁灭，并产生多少灾难。也许这个人物里也有一点雨果自己，想通过研究学问探求生命的秘密——诗人自己通过文学和哲学这般求索——渴望把一个拒绝他的爱斯梅拉达拥入怀中。“阿黛儿（Adèle）”的名字不是就在美丽的舞娘的名字（Esmeralda）里吗？阿黛儿一直是被渴求的未婚妻，在他撰写小说的时期，已是分房而居的妻子了。

这是三个主要人物，而主要人物四周的人物也不容忽视。福玻斯这个王家队长，英俊潇洒，美得像初升的太阳，他也被爱斯梅拉达所吸引，但丝毫没有感情可言。虽然他看起来俊美无比，但其实滑稽透顶，维克多·雨果把他写成一个滑稽可笑的美男子，一个档次很低的唐璜，一个花花公子，内心空虚，粗俗愚钝。爱斯梅拉达对这个庸人的美貌有好感，把他当成英雄，因为他把自己救出伽西莫多的魔爪，而伽西莫多当时听命于弗鲁洛。维克多·雨果经常把老框框的程式颠倒过来。福玻斯纵有英俊外表，却丝毫不是童话故事里或情节剧里的男主角：心地高尚，搭救无辜的少女，表现得又大度，又勇敢。他只求娶一门富家女的婚姻，把爱斯梅拉达当作情妇。当她被捕后判处死刑，他对她的命运毫不关心。

另一个陪衬人物是甘果瓦，也是艺术家的形象，但这是个微不足道的艺术家。他是剧作家，他如果有才华，本可以是崇高的作家，但他写的是拙劣和令人生厌的作品，借取过时的戏剧形式，自认为是天才，却被观众叫嘘，这可就是滑稽的类型了。约翰是弗鲁洛的弟弟，性格叛逆，是滑稽的形象，行为放荡，是宠坏的孩子，懒惰，诡诈，但他最后很崇高，和奇迹院的乞丐一起英勇保护爱斯梅拉达。这个小流氓让兄长伤心不已，结局却勇敢而悲惨。雨果和有些人所评论的相反，并非是非善即恶，他的人物很少出自一个模子。

狡猾的国王和尚不成熟的人民

维克多·雨果构思自己的小说时，深为绝望。他参加过国王查理十世的加冕典礼，但国王没有解除对他剧本《玛丽蓉·德·洛尔墨》的禁演令。作家开始以嬉笑怒骂和批评精神审视法国历史上的历代国王。路易十一被写成是个诡诈、凶狠的人，居心叵测，为达到目的毫不考虑使用的手段。但是，人民还不是 1849 年的人民，雨果 1849 年 5 月当选第二共和国制宪会议的议员，捍卫人民的普选权：由奇迹院的乞丐所体现的人民奇形怪状，而不是悲怆感人，由群众体现的人民乐于欣赏伽西莫多受刑，但爱斯梅拉达上台给他喝水时，人民又改变态度，欢呼叫好。人民还没有任何真正的政治意识。所有这些被逐出社会的人，为解救爱斯梅拉达冲向圣母院的劲头，就是向团结一致迈出的第一步。伽西莫多是又一个体现人民的人，他从愚昧和兽性走向睿智和助人为乐的精神，使他接近于今后为理想鼓舞而奋斗的人民，《悲惨世界》的作者向这样的人民致敬。可是，驼背不明白奇迹院的乞丐和他一样，试图解救少女，而和乞丐展开激战。人民的这些不同成分无从协调，各自为政，彼此争斗，让他们解救爱斯梅拉达的共同目标，化为乌有。他们还有待取得进步，才能背负并捍卫现代共和国确立、雨果也拥护的价值：自由、平等、博爱。

一部超前时代太多的作品

尽管《巴黎圣母院》在民间取得巨大成功，但和维克多·雨果的许多作品一样，和时代相比过于超前，引起同时代人的反感。蒙达朗贝为他称之为作家的“唯物主义”感到不安。他认为雨果的人物耽于肉欲，过于受到感官和尘世激情的折磨。他也责备雨果不厌其烦地展示“痛苦”和“恐惧”。歌德认为，这本书是“有史以来最令人厌恶的书”，并把书中人物比成“可怜的木偶”。圣伯夫虽然说好话，却也为作品中宗教和灵性写得不足而遗憾。至于乔治·桑，她长久以来为雨果阴沉沉的一面而担心，但在她的小说《奥拉斯》(1842) 里兼有欣赏和保留：“奥拉斯热烈拥护维克多·雨果。他狂热地喜欢雨果的任何新奇，任何大胆。我不予争论，虽然我并不总是赞成他的意见。我的兴趣，我的本能，让我寻求某种不那么大起大伏的形式，寻求某种色彩不那么强烈、阴影不那么浓重的画面。”从《巴黎圣母院》开始，维克多·雨果对自己的时代而言，过于现代化？过于大胆？的确如此。他侧重社会的伤疤，侧重人的短处，侧重人的激情、软弱和力量，他只会引起一个非常格式化的社会的反感。作品故事里也好，现实生活里也好，每个人应该有自己的位置，摆出规定给他的理想形象。现在，神甫是好色之徒，受到压抑，无恶不作，名门之后的队长无耻地追逐女性，剧作家是个没有眼界的拙劣文人。而靓丽的角色却是被社会排斥在外的人，一个是其貌不扬、没有地位的人，一个是被看成是吉卜赛女人的少女，街头的舞娘，挑起路人的欲望。雨果就没有理想了吗？伽西莫多，几乎不是人的人，勉勉强强像是个人，生理上的缺陷更让他面目可憎，不就是对这个错觉的绝大讽刺吗？这个如圣母院的雕像一般，仿佛用石头雕成的兽形檐槽似的人，才是具有最无私、最纯洁爱情的人。他拥抱已经咽气的爱斯梅拉达，和她结为一体，不怕化作尘埃，如同他深爱的女人僵硬的遗体迟早也是如此，不过，也许会化成一缕星星的烟尘。耳聋、独眼和驼背的敲钟人，这就跻身传说里最伟大的情人之列，如特里斯坦③，如罗密欧。

Arnaud Laster

法国“雨果之友学会”会长：阿尔诺·拉斯泰

Danièle Gasiglia-Laster

法国“雨果之友学会”秘书长：达妮埃勒·加齐利亚-拉斯泰

2017 年 7 月

③ 特里斯坦（Tristan）和伊瑟（Iseut）的传说，是法国中世纪骑士文学的代表作品，后世对西欧各国文学影响很大。德国作曲家华格纳 1865 年有同名歌剧。我国有罗新璋先生的译本。

译者前言

1828年11月15日，雨果和出版商戈斯兰（Gosselin）签订合同，定“1829年4月15日左右”，交出一部司各特式的小说。英国作家司各特的历史小说，当年在法国风靡一时，也影响了法国年轻一代的作家。我们注意到，雨果只给自己留下5个月的时间写《巴黎圣母院》。

雨果是勤奋的作家。他16岁用15天创作小说《布格-雅加尔》，19岁写小说《冰岛魔王》，25岁出版反对死刑的中篇小说《死囚末日记》。雨果不仅是小说家，雨果还是诗人，已经出版《颂歌集》（1826）和《东方集》（1829）。雨果不仅是小说家和诗人，雨果更是剧作家，1827年写完《克伦威尔》。1829年发表剧本《玛丽蓉·德·洛尔墨》，被禁上演，雨果立即投入新剧本《欧那尼》的创作。1830年2月15日，《欧那尼》在法兰西剧院首演。

19世纪20年代，法国文坛上古典主义日薄西山，而浪漫主义喷薄欲出。新旧之争进入关键时刻。雨果审时度势，发表浪漫主义的宣言书《〈克伦威尔〉序》。青年雨果挥舞新文学的大旗，带领文艺界的新生力量，以咄咄逼人的气势，向旧文学发动最后的攻击。

《欧那尼》的成功上演，引发一场文学史上传为美谈的“欧那尼战役”（Bataille d' *Hernani*）。当年的舞台剧没有导演，剧作家本人就是导演。雨果全身心投入，《欧那尼》大获全胜，把古典主义赶下了舞台。胜利的代价之一，是雨果一家被喜欢安静的女房东请出家门。

时间已到1830年年中。一部"司各特式"的小说，连影子也没有。1830年6月5日，出版商戈斯兰催稿，口气强硬。雨果保证推迟到1830年12月1日交稿。《雨果夫人见证录》回忆起"如果12月1日小说不能完稿，每迟交一周，罚款一千法郎"[①]。

雨果搬家甫定，1830年7月25日，雨果还在"欧那尼战役"的烟雾弥漫中，写下小说《巴黎圣母院》的第一行字。7月27日，巴黎爆发"七月革命"。历史给雨果开了个玩笑。第二天，7月28日，小女儿阿黛儿出生。老天又给雨果开了个玩笑。新家所在的香榭丽舍大街是交火的战场，不时传来枪声和炮声。街上一有动静，雨果坐不住了。雨果上街，回来记叙街上的所见所闻，以后辑成一册《一八三〇年一个革命者日记》。"七月革命"期间，雨果的头脑里满是"革命"二字。他写出长诗《一八三〇年七月后抒怀》，歌颂革命的胜利，8月19日在《寰球报》刊出。

1830年8月5日，雨果给戈斯兰写信，再一次要求延长交稿时间。8月6日，戈斯兰回复：宽限两个月。出版商定下交出《巴黎圣母院》的最后期限：1831年2月1日。

9月1日，雨果在书房里坐下来，严格地说，《巴黎圣母院》开始撰写。

他有5个月的时间。雨果妻子阿黛儿有《雨果夫人见证录》的"见证"："这一次，不能指望再延期了；必须及时完成。他给自己买了一瓶墨水，买了一件灰色的粗毛线衣，把自己从脖子包裹到脚尖，把衣服锁起来，好不受外出的诱惑，像走进监狱一样走进自己的小说。神情懊丧。"[②] 雨果有5个月差6天的时间。1831年1月15日晚上6：30，雨果

---

① *Victor Hugo raconté par un témoin de sa vie*, Nelson, éditeurs, 1936, tome II, p. 353.

② *Victor Hugo raconté par un témoin de sa vie*, Nelson, éditeurs, 1936, tome II, p. 360.

提前15天，完成《巴黎圣母院》。从任何意义上说，《巴黎圣母院》是在重重压力之下，从作者头脑里挤压出来的一篇“急就章”。不过，我们知道，第3卷的第二章“巴黎鸟瞰”是1831年1月31日写的，雨果用了三天时间。而《巴黎圣母院》的“序言”是3月9日前完成的。

雨果一如既往，三年前已经做好了大量而细致的资料准备工作。他阅读历史文献，从严肃的历史著作，到编年史、证书、清册，充分利用一切可以为他提供15世纪巴黎历史的资料，对大教堂的里里外外，上上下下，无不了如指掌。《巴黎圣母院》出版时，正值巴黎总主教图书馆遭到暴民洗劫，雨果目睹一本他参考过、收有《内院规章》的黑皮书被扔进了塞纳河。这是国内的孤本。

《巴黎圣母院》是一部怎么样的小说？雨果对出版商介绍：“这是描绘15世纪的巴黎，又是描绘有关巴黎的15世纪。路易十一在书中的一章出现。是路易十一决定了结局。本书并无任何历史方面的抱负，仅仅是有点资料，认认真真，但很概括，时断时续，描绘15世纪的风俗、信仰、法律、艺术，总之是文明的情况。尽管如此，这在书中并不重要。如果本书有优点的话，那就在于它是一部想象的、虚构的和幻想的作品。”③

根据作者的这段话，我们可以期待这是一部历史小说，一部描绘中世纪巴黎的全景式的小说，是一部情节精彩、场景丰富的小说。

就小说的创作而言，雨果早在1823年21岁的时候，发表《就〈昆丁·达沃德〉论沃尔特·司各特》的评论文字，对当年红极一时的司各特的历史小说，提出更高的要求：“在沃尔特·司各特引人入胜但散文化的小说之后，仍然有另一种小说有待创造，据我们看更美、更完整。这

③ *Victor Hugo raconté par un témoin de sa vie*, Nelson, éditeurs, 1936, tome II, p. 363.

是小说，同时也是戏剧和史诗，引人入胜，真实，但又是理想的，千真万确的，但又是高尚的，会把沃尔特·司各特镶进荷马之中。”[④] 年轻人好大的口气，要把“司各特镶进荷马之中”。

《巴黎圣母院》是一部历史小说。我们可以说，这是由一个诗人处理历史题材、写成的历史小说。经过十年的小说实践，张扬过《〈克伦威尔〉序》的观点，雨果有关历史小说的观念不再是紧紧跟随英国作家司各特的框框了。新的历史小说，有严谨的史料作为依据，但只有大背景是历史的，小说台前活动的人物和展开的情节是创造性的。我们不必在小说的故事、场景和细节上探求历史的本来面目。所以，正如法国传记作家莫洛亚所说：“如果说旁征博引的内容是真实的，那一个个人物显得就是超现实的了。”[⑤]

《巴黎圣母院》的历史主题体现在史诗般的历史画卷里，如写丐帮对大教堂的攻击，如写大教堂屋顶泻下的大火；有关大教堂周围的生活，如“愚人节”，如“奇迹院”，无不写得精彩纷呈，绚丽夺目，体现了雨果在《〈克伦威尔〉序》中提出的美学要求，使《巴黎圣母院》成为一部浪漫主义特色鲜明的作品。

《巴黎圣母院》情节的核心内容，是一个吉卜赛女孩和她周围四个男人的故事。吉卜赛女孩爱斯梅拉达（Esmeralda）是街头的舞娘，热爱大自然，喜欢跳舞，喜欢歌唱，一个天真烂漫、无忧无虑的女孩。第一个男人是诗人甘果瓦（Gringoire），是她名义上的丈夫，婚姻有名无实。诗人更喜欢妻子的那头母山羊。第二个男人是福玻斯·德·沙多贝（Phœbus de Châteaupers），王家骑警队队长，英俊漂亮，因为夜巡时救过爱斯梅拉达姑娘一命，深得姑娘的爱慕，而队长是猎艳的好色之徒。

---

④ 让-贝特朗·巴雷尔：《雨果传》，上海世纪出版集团 2007 年版，第 46 页。
⑤ 莫洛亚：《雨果传》，程曾厚、程干泽译，浙江大学出版社 2014 年版，第 201 页。

第三个男人是巴黎圣母院里的主教助理克洛德·弗鲁洛（Claude Frollo），命中注定，从饱学的神甫，堕落成无恶不作的魔鬼，疯狂爱上吉卜赛姑娘，像网上扑向苍蝇的蜘蛛，一而再、再而三地把爱斯梅拉达送进刑房，送进地牢，推上绞架，推向死亡。第四个男人是圣母院的敲钟人伽西莫多（Quasimodo），一个长相畸形的丑八怪，是神甫的养子，也是神甫的走狗。他有奇丑无比的容貌，却有其美无比的灵魂。他在光天化日之下救下天下最美的女人。他最后把作恶多端的养父、神甫克洛德从圣母院顶上推下，在少女绞死后独自去隼山的坟场里，紧紧抱住爱斯梅拉达的尸体，完成自己“伽西莫多的婚事”。

这五个主要人物放在小说情节的前景。

雨果又创作一系列陪衬人物，有国王路易十一，有吉卜赛少女的生母帕克特·花艳丽（Paquette Chantefleurie），即后来沙滩广场上的隐修女古杜勒（ recluse Gudule），有神甫的弟弟学生约翰·弗鲁洛·杜穆兰（Jehan Frollo du Moulin），有奇迹院的祈韬大王克洛班·特洛伊甫（Clobin Trouillefou），有教会法庭的王家检察官沙莫吕（Jacques Charmolue），有夏特莱监狱的指定行刑人皮埃拉·托特吕（Pierra Tortelu），有根特的鞋帽商雅克·科贝诺尔（Jacques Coppenole）师傅等等。作者把他们放在小说情节的中景，陪衬的人物可进而到前台，可退而入后景。而大背景是 15 世纪的巴黎，尤其是在天空中高高矗立的圣母院大教堂。雨果借助中世纪巴黎的大街小巷，调动创作的各色人物，演出一幕一幕中世纪“风俗、信仰、法律、艺术”的生动场景。雨果成功地发挥巨大的想象力，虚构出这部背景宏大多变、情节曲折离奇的《巴黎圣母院》。另一种《雨果传》的作者让-贝特朗·巴雷尔感叹道：“这是一次新的壮举，在如此短的时间里发挥如此大的想象力。”[⑥]

《巴黎圣母院》匆匆写就，立即出版。雨果的朋友欢呼叫好。

《雨果夫人见证录》提到民歌诗人贝朗瑞（Béranger）的热情，提到《巴黎的秘密》作者欧仁·苏（Eugène Sue）的钦佩：“事实上，有人对大作唯一的批评，是太丰富了。这在本世纪是滑稽的批评，不是这样吗？历来如此，高超的天才引来卑劣狭隘的妒忌，引来大量肮脏伪善的评论。先生，你说怎么办？必须为名声付出代价。”[⑦]

事实上，《巴黎圣母院》出版后，作家大多并不看好。拉马丁（Lamartine）重宗教感情，他说：“这是小说中的莎士比亚，是中世纪的史诗……什么都有，只缺少一点宗教……”[⑧] 研究《巴黎圣母院》的塞巴谢（Jacques Seebacher）教授发掘出两则不多见的材料：巴尔扎克和梅里美的批评。巴尔扎克很难接受雨果的创作手法，1831 年 3 月 19 日写道：“我才读了《圣母院》——不是写过几首精彩颂诗的作者维克多·雨果先生的书，而是《欧那尼》作者雨果先生的作品——两个美丽的场景，三个词，整本书难以置信，两个人的描写，美人与野兽，滔滔不绝的恶劣趣味——没有可能的寓言，尤其是一本无聊、空虚的书，对建筑学煞有介事——这就是过分的自尊心把我们引到了此地。”[⑨] 1831 年 3 月 31 日，梅里美给斯丹达尔写信。梅里美于 1829 年出版过历史小说《查理九世时代轶事》，斯丹达尔 1830 年出版《红与黑》。梅里美在信中说：“请读读维克多·雨果的小说。你会发现混账的东西很多。不过我觉得才

---

⑥ 贝特朗：《雨果传》，程曾厚译，上海人民出版社，2007 年版，第 85 页。

⑦ *Victor Hugo raconté par un témoin de sa vie*, Nelson, éditeurs, 1936, tome II, p. 365.

⑧ 莫洛亚：《雨果传》，程曾厚、程干泽译，第 203 页。

⑨ *Notre-Dame de Paris*, introduction et notes par J. Seebacher, Le Livre de Poche, 1998, p. 8.

华出众。如果本世纪要的正是这些，会使我太绝望了。”[10]

同时代人对《巴黎圣母院》人所共知的最负面的评价，来自德国的歌德。歌德视《巴黎圣母院》是一部“令人反感、没有人性的艺术作品”[11]。

作家有褒有贬，并不重要。决定文学作品命运的是读者，是广大读者。读者看作品，不看评论。读者对《巴黎圣母院》的反应即时而又热烈。小说一版再版。《巴黎圣母院》描写的生活场面丰富多彩。众多的画家和版画家，兴高采烈，对小说的场景表现出浓厚的兴趣。从 1832 年开始，《巴黎圣母院》以完整的文本出版，同时也以插图版问世。精美的插图几乎成为小说《巴黎圣母院》的组成部分，从此成为一部文字可读、插图可看的作品。最新的《巴黎圣母院》插图版于 2013 年出版，这是巴黎圣母院大教堂 850 周年的大庆，彩色插图作者是 Benjamin Lacombe。

150 年来，继画家参与的插图版《巴黎圣母院》后，众多其他的艺术体裁也借鉴和改编雨果的小说。1836 年，雨果亲自作词，友人贝尔坦的女儿路易丝·贝尔坦（Louise Bertin）作曲的歌剧《爱斯梅拉达姑娘》上演。进入 20 世纪，电影、动画片、电视剧、芭蕾舞剧和音乐剧，甚至连环画，纷纷创作出来，给小说《巴黎圣母院》扩大影响，给雨果带来新的观众和读者。

巴黎三大的阿尔诺·拉斯泰（Arnaud Laster）教授，在塞巴谢教授版的《巴黎圣母院》书后，附有《屏幕上的〈巴黎圣母院〉》一文，列出一份从 1905 年到 1998 年影视界改编《巴黎圣母院》的清单。我们注意到：1956 年的法国电影《巴黎圣母院》由著名诗人普雷维尔（Jacques

---

⑩ *Notre-Dame de Paris*, introduction et notes par J. Seebacher, Le Livre de Poche, 1998, p. 5.

⑪ 引自程曾厚编：《雨果评论汇编》，安徽文艺出版社 1994 年版，第 407 页。

Prévert）改编，由意大利女演员洛洛勃利奇娜（Lolobrigina）主演。这部影片曾在我国上演。1996 年，美国迪士尼公司把《巴黎圣母院》摄制成动画片。音乐剧《巴黎圣母院》于 2000 年推出，2002 年曾在我国人民大会堂演出。

浪漫主义文学的特征之一，是一反古典主义在希腊罗马的神话和历史里取得灵感的传统，而是注重在本国的历史里发掘题材，在民族的传统里觅取灵感。《巴黎圣母院》写以圣母院这座大教堂为代表的法国中世纪的历史、宗教、建筑和艺术。巴雷尔的《雨果传》："如果用夏多布里昂的话说，哥特式大教堂具有森林的品格，而《巴黎圣母院》则如原始森林一般茂密丰盛。"[12]

高高矗立在一幅幅巴黎"15 世纪的风俗、信仰、法律、艺术"场景之上，是这座圣母院大教堂。小说的情节，或发生在大教堂之内，更多的发生在大教堂之外。人物在大教堂四周活动，事件在大教堂周围发生。巴黎圣母院是法兰西民族的集体创作，是民族的象征，是民族历史、宗教、建筑和艺术的体现。小说真正的主角，是"巴黎圣母院这巨大的教堂"[13]。

历史学家米什莱（Michelet）于 1833 年出版大部头的《法国史》。他要求读者阅读《巴黎圣母院》里的两章："圣母院"和"巴黎鸟瞰"。米什莱在自己的《法国史》里谈到雨果一年前的小说，肯定《巴黎圣母院》的历史意义："我至少想谈的是巴黎圣母院。可有人在这座历史性建筑物上留下过强有力的雄狮的爪痕，今后不会再有人敢去触摸一下。今后，这是他的东西，是他的封地，是属于伽西莫多的世袭财产。他在古老的大教堂旁边，建造了一座诗的大教堂，和那座大教堂的地基一般扎实，

---

⑫ 巴雷尔：《雨果传》，第 88 页。

⑬ 莫洛亚：《雨果传》，第 202 页。

和那座大教堂的塔楼一般高耸。我如果观望这座教堂，这像是历史书，像是登录专制王朝命运的巨大的史册。……这座巨大的沉甸甸的教堂，布满百合花的图案，可以是属于历史的，而不是属于宗教的。”[14]

《巴黎圣母院》作为历史小说，有一个可以触及的问题。

小说《巴黎圣母院》几乎是和“七月革命”同时降生的。雨果为“七月革命”写有长诗《一八三〇年七月后述怀》，歌颂“那不可抗拒的自由”。雨果又把街头的见闻写成《一八三〇年一个革命者日记》。这场发生在眼前，发生在当下的革命对《巴黎圣母院》不会没有一点影响。

雨果在小说里强调：“一切文明始于神权政治，终于民主政治。”国王路易十一在诵经密室里的一幕不无耐人寻味之处。尤其是路易十一和根特的鞋帽商科贝诺尔师傅的对话。来自人民的鞋帽商科贝诺尔对路易十一说：“我说，陛下，也许你是对的，人民的时刻在你的国内没有到来。”

路易十一用他敏锐的眼睛望望他：“这个时刻会什么时候到来，师傅?”

“你会听到这个时刻敲响的。”

“请问，在什么时钟上敲响?”

科贝诺尔以他平静质朴的态度，让国王走近窗子。“请听，陛下！这儿有城堡主塔，有钟楼[15]，有大炮，有市民，有士兵。当钟楼嗡嗡敲响，当大炮炮声隆隆，当城堡主塔哗啦啦坍塌，当市民和士兵们吼叫着相互厮杀，这时刻就敲响了。”

三个世纪后，这个时刻来临了，这就是法国大革命的1789年7月

---

⑭ *Notre-Dame de Paris*, introduction et notes par J. Seebacher, Le Livre de Poche, 1998，封底。

⑮ 城堡主塔指巴士底狱。钟楼指巴黎圣母院。

14 日，巴黎人民攻占小说中路易十一所在的巴士底狱。

丐帮对大教堂的攻击遭到路易十一派遣的军队的镇压，是“人民的时刻”还“没有到来”。

在雨果看来，人民有一个成熟的问题，革命有一个时机的问题。他在《巴黎圣母院》出版后不久，在 1832 年 6 月 12 日对圣伯夫说：“有朝一日，我们会有共和国的。共和国的到来，会是好事。但是，不要在 5 月份去收摘 8 月份才成熟的果子。”[16]

从《巴黎圣母院》的个别情节看，以及从小说出版后与圣伯夫的书信看，人们可以隐约预见雨果对刚刚上台的路易-菲利浦的七月王朝会持什么态度。

雨果借助民族的历史，民族的宗教，民族的艺术和建筑，虚构了一出惨绝人寰的人间悲剧。《巴黎圣母院》成为法国浪漫主义文学的一部经典作品。吉卜赛少女爱斯梅拉达姑娘和敲钟人伽西莫多，成为世界文学人物长廊里两个感人的形象。2003 年，法国邮政局发行“小说人物”的小型张，共 6 枚小说人物。19 世纪占了 5 个，代表了雨果、巴尔扎克、大仲马和左拉的作品，每个作家提供一部小说的一个人物，唯独雨果有两部作品：《巴黎圣母院》的爱斯梅拉达和《悲惨世界》的伽弗洛什。也许出于偶然，《巴黎圣母院》的爱斯梅拉达身居这枚小型张的正中。

19 世纪后半期的文学评论家埃米尔·法盖（Faquet）说：“一个时代在他眼前就像一束束的光线，出现在屋顶、城墙、岩石和水面之上，出现在麇集的人群和密集的军队之上，在这里照亮一条白纱，在那里照亮一件服装，又在别处照亮一扇彩绘的玻璃。”[17]《雨果传》的作者莫洛亚自己也说：“他对没有生命的事物能爱也能恨，能赋予一座大教堂、一

---

⑯ 马森（Jean Massin）主编《编年版雨果全集》卷 4，法国读书俱乐部，第 1069 页。

⑰ 转引自莫洛亚：《雨果传》，第 202 页。

座城市、一座绞刑架以一种非常奇特的生命。”[18]

雨果具有超乎常人的敏锐视觉，他是诗集《光影集》的作者，对物体的光影有独到的视角，对人物、事物的观察和描写，给人非常强烈的视觉印象。雨果关于圣母院大教堂的描写，在一天不同的时段，无不给人鲜明的甚至是彩色的视觉印象。水平方向的夕阳照上大教堂的正墙，把大圆花窗的彩色玻璃渲染得色彩缤纷。索邦大学副教授阿德里安·戈茨（Adrien Goetz）说：“《巴黎圣母院》是第一张历史的照片。”[19] 我们要说，这是一张彩色照片。

1831 年，巴黎老城岛上的圣母院已经历了六百年的沧桑岁月，老态龙钟，摇摇欲坠。雨果的小说“忽如一夜春风来”，拂过大教堂的正墙，奇迹般让这张老朽的脸恢复了青春的容颜。雨果的小说出版后，引发社会对中世纪哥特式建筑和艺术的兴趣。大家读《巴黎圣母院》，大家谈巴黎圣母院。不为人重视的民族古建筑回到大家的视线，引起全社会的关注。不仅巴黎和法国如此，对德国和英国也产生极大影响。欧洲不再把哥特式大教堂看成在希腊神庙前是老土的艺术，而是民族的珍贵遗产。

雨果给戈斯兰的介绍，虽是事实，可能主要是说给书商听的，对书商有某种安抚的作用。读者看到，小说《巴黎圣母院》有若干章节，和小说的情节发展并无直接的关联。尤其是第三卷的两章，“圣母院”和“巴黎鸟瞰”。第七卷的“大钟”写伽西莫多的痴情，也是大教堂历史的一部分。而第四卷的“此物会灭彼物”一章，更是诗人写建筑美学的精彩论文。雨果放眼世界历史，极写建筑在人类发展史上的重要价值。建筑是人类历史的组成部分。

---

⑱ 莫洛亚：《雨果传》，第 202 页。

⑲ *Notre-Dame de Paris*, édition de Benedikte Andersson, folio classique, Gallimard, 2009, p. 41.

雨果说："伟大的建筑物，如同是伟大的山岳，是世世代代的产物。"雨果又说："令人肃然起敬的古建筑的每个侧面，每块石头，不仅仅是国家历史的一页，还是科学史和艺术史的一页。"

我们想起雨果 1825 年和 1832 年发表的两篇文字：《向毁坏文物者开战》。雨果终身为之奋斗的崇高事业之一，是宣传和保护民族的文化遗产。1832 年"第八版附记"说得明明白白："如有可能，要激发全民族热爱民族建筑。作者在此宣告：这正是本书的主要目的之一，这也是他终生的主要目标之一。"雨果是在这样的理想感召下，写成并出版了《巴黎圣母院》。这样的理念，也许和出版商戈斯兰关系不大，但是对雨果，这是至高无上的事业。

雨果花费如许的笔墨，描绘一幢一幢中世纪的古建筑，都是在"激发全民族热爱民族建筑"。雨果创作《巴黎圣母院》，既要编写故事情节，还有"激发全民族热爱民族建筑"的目标。"巴黎圣母院是一首石头交响曲"，这是雨果给大教堂的绝妙总结。雨果带领读者感受钟乐的经验。"请登临，某个盛大节日的早晨，迎着复活节和圣灵降临节的太阳，请登临某个你能俯瞰首都全城的高处：请聆听钟乐响起。"我们不看雨果的文字，就无从知道钟乐响起时充满诗意的音乐世界。

普通读者可能更着眼人物喜怒哀乐的命运，知识精英可能更关心《巴黎圣母院》提出的审美趣味，广而言之，关心小说引发的一场美学革命。雨果不仅著文立说，不仅大声疾呼，更写成一部长篇小说，鼓吹一场趣味的变革，一场美学的革命。

《巴黎圣母院》成功了。全社会听到了雨果的吁求。上自政府，下到读者和百姓，都顺着雨果伸出的大手，仰望圣母院大教堂的高大钟楼，低头为大教堂今天和明天的命运思考。1838 年，法国内政部任命雨果为"古迹和艺术历史委员会"成员。1843 年，法国启动以建筑师维奥莱-勒杜克（Viollet-le-Duc）为首的古建筑修复专家着手全面修缮巴黎圣母院。

莫洛亚做出这样的结论：“雨果于 1831 年决定了一场趣味上的革命。”[20] 一部小说，一部花费半年时间写成的小说，如此深入人心，挽救了一处人类文化遗产，引发了一场审美趣味的革命。这在文学史上是罕见的情况。

不过，《巴黎圣母院》是一部雨果的小说。我们看到，即使是雨果亲自改编的歌剧，为了适应舞台和音乐的需要，也不得不对小说情节作了很多改动。我们更看到，1956 年的法国电影，为了电影剧情的需要，甚至删去了爱斯梅拉达的生母、罗兰塔里的隐修女古杜勒嬷嬷的全部情节。相对于《巴黎圣母院》的外语译本，法语本是原著；相对于《巴黎圣母院》的其他艺术体裁，小说是原著。我们可以说，各种艺术体裁都为普及小说《巴黎圣母院》做出了贡献，都证明了一个事实：小说《巴黎圣母院》是世界文学的经典作品。对雨果的《巴黎圣母院》这部小说，要阅读，要欣赏，可以击节叹赏，可以拍案叫好，更不说要深思，要熟虑，总而言之，首要的是回归小说，阅读《巴黎圣母院》的原著，或者阅读小说的译本。《巴黎圣母院》是一部小说。小说才是经典。小说以外的艺术形式和艺术体裁，只有小说的故事情节。雨果的《巴黎圣母院》，是一部不仅仅只有故事情节的小说。

今天，全世界《巴黎圣母院》的读者，从四面八方来到巴黎圣母院的大广场，看到的大教堂正墙、大门和无数的石刻雕像，也许不全是雨果创作《巴黎圣母院》时的本来面貌。大教堂在雨果的笔下，恢复了青春和健康。一批又一批的来客，络绎不绝，无须门票，兴高采烈，走进左侧的圣安娜门，参观，瞻仰，沉思，虔诚地从右侧的圣母门出来。

---

[20] 莫洛亚：《雨果传》，第 202 页。

感谢雨果和他的《巴黎圣母院》。一本书救了一座大教堂。《巴黎圣母院》救了巴黎圣母院。

《巴黎圣母院》是雨果在重重压力下逼出来的“急就章”。很多人以为小说是用半年左右的时间写成的。如果细算，从 1830 年 9 月 1 日，到 1831 年 1 月 15 日，仅仅是 4 个半月的时间。加上 7 月 25 日的第一行字，加上 1832 年 1 月 31 日用三天写成的“巴黎鸟瞰”，加上 3 月 9 日前补上的“序言”，我们可以进一步推断：《巴黎圣母院》这洋洋三十万字的长篇小说，是雨果用不足 5 个月的时间创作完成的。此前，雨果出版了多部诗集、剧本和小说。此后，雨果步入创作的高潮，剧本接二连三，诗集联翩而至。1831 年 1 月 15 日，《巴黎圣母院》搁笔，作家雨果未满 29 岁。雨果即将三十而立了。

2017 年 5 月 21 日

《巴黎圣母院》人物表

主 要 人 物

爱斯梅拉达姑娘（la Esmeralda），16 岁，

出生时取名阿涅丝（Agnès），是兰斯的帕克特-花艳丽的女儿。

伽西莫多（Quasimodo），20 岁，

主教助理克洛德·弗鲁洛的养子，巴黎圣母院的敲钟人，

克洛德·弗鲁洛（Claude Frollo），36 岁，

洛扎斯的主教助理（archidiacre de Josas），巴黎圣母院的神甫。书中常被称作“神甫”。

皮埃尔·甘果瓦（Pierre Gringoire），26 岁，

诗人，哲学家，爱斯梅拉达名义上的丈夫。

福玻斯·德·沙多贝（Phoebus de Châteaupers）

王家弓箭队队长（capitaine des archers de l’Ordonnance du roi），书中常被称为“队长”。

其他人物

古杜勒嬷嬷（Sœur Gudule），36岁，

又名隐修女（recluse），就她在沙滩广场罗兰塔里的居住地而言，

麻袋女（sachette），就她隐修穿的衣服而言，

帕克特（Paquette，词义是雏菊），她在兰斯的本来名字，

花艳丽（Chantefleurie），她在兰斯的艳名。

约翰·弗鲁洛·杜穆兰（John Frollo du Moulin），16岁，

莫兰迪诺（Molendino），是"杜穆兰"的拉丁文形式，

主教代理克洛德·弗鲁洛长老的弟弟，书中常被称为"学生"。

克洛班·特鲁伊甫（Clopin Trouillefou），

奇迹院的首领，"祈韬（"乞讨"）国大王"（roi de Thunes），黑话王国的主子。

路易十一（Louis XI），59岁，

法国国王，有马丁修道院院长（abbé de Saint-Martin de Tours）的荣誉职务。

雅克·科贝诺尔（Jacques Coppenole），

佛兰德根特市的鞋帽商（chaussetier），"三条小链子"（Trois Chaînette）鞋帽店老板。

百合花·贡德洛里耶（Fleur-de-Lys de Gondelaurier），约21岁，

沙多贝队长的未婚妻。

雅克·夸瓦基埃（Jacques Coitier），

国王的御医，审计法院院长（président de la chambre des comptes），

司法官的大法官（bailli du Palais de Justice）。

雅克·沙莫吕（Jacques Charmolue），

宗教法庭的王家检察官（procureur du roi en cour d'église）。

皮埃拉·托尔特吕（Pierra Tortelu），

夏特莱监狱的法定行刑人（tourmenteur-juré du Châtelet）。

特里斯坦·莱尔米特（Tristan l'Hermite），

路易十一的军法总管（prévôt des maréchaux）。

NOTRE-DAME DE PARIS

—

J'ai écrit les trois ou quatre premières pages de Notre-Dame de Paris le 25 juillet 1830. La révolution de juillet m'interrompit. Puis ma chère petite Adèle vint au monde (qu'elle soit bénie !) je me remis à écrire Notre-Dame de Paris le 1er septembre, et l'ouvrage fut terminé le 15 janvier 1831.

—

N. D. de Paris

Comme plusieurs de mes ouvrages, N. D. de Paris a été imprimé sur le manuscrit. Les noms qu'on lira dans les marges sont des noms des compositeurs auxquels on distribuait la copie.

—

《巴黎圣母院》作者雨果的手迹

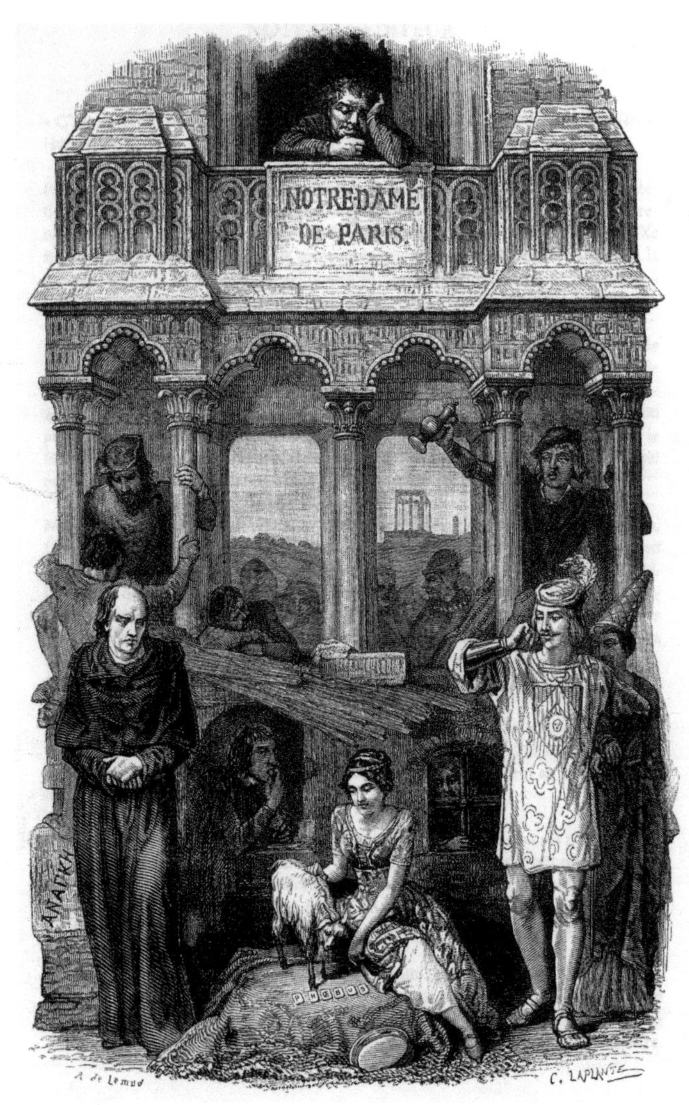

《巴黎圣母院》卷首插画

(De Lemud 画，Laplante 刻)

巴黎圣母院

1482 年[①]

几年前，本书作者在参观圣母院时，确切地说是在探索圣母院时，在一座钟楼幽暗的角落里，看到墙上用手刻画出这样几个字母：

'ΑΝΑΓΚΗ.[②]

这些大写的希腊字母，因年代久远而发黑，深深刻印在石头上，我真不知道，就其字形和笔势而言，有哪些哥特式字体[③]应有的特征，仿佛是为了揭示有一只中世纪的手，在墙上写下了这些希腊字母，尤其是

---

① 《巴黎圣母院——1482 年》（*Notre-Dame de Paris. 1482*）是雨果小说的全称。雨果为 1831 年的读者特意起这个书名，是告知读者《巴黎圣母院——1482 年》区别于“巴黎圣母院——1793 年”，这是法国大革命时期圣母院被改造成“理性”女神神庙的年份；区别于“巴黎圣母院——1804 年”，这是大教堂的大殿上，拿破仑称帝，亲自给约瑟芬皇后戴上后冠的故事。而 1482 年在历史上是没有发生重大历史事件的年份。所以，《巴黎圣母院》只是书名的简称而已。

② “宿命”。

③ 哥特式字体（calligraphie gothique）出现在欧洲的中世纪末期，字体粗黑，经常带角。

这些字母所蕴含的凄惨和无法摆脱的意义[4]，给作者留下了强烈的印象。

作者在考虑，想揣测可能会有痛苦的灵魂，不愿意未在这座古老教堂的额头上留下这个罪行或不幸的疤痕，便告别这个世界。

以后，墙面被涂抹或刮掉（我也不知道），这个铭文已告消失。因为近二百年来，对中世纪精美的教堂，我们就是这么干的。教堂的损毁来自四面八方，来自内部，也来自外界：神甫涂抹教堂，建筑师刮教堂的墙面；而百姓一来，便拆毁教堂。

这样，除本书作者在书中记下单薄的回忆外，对铭刻在圣母院昏暗钟楼里的这句神秘的话，今天会一无所知，对这句话所传达的伤心欲绝和不为人知的人生命运，会一无所知。在这墙上写下这句话的人，早在几个世纪前已在世代更迭中消失，这句话也在教堂的墙上消失，连教堂本身或许不久也会从大地上消失。

我们为这句话，写成这本书。

一八三一年三月

---

④ 雨果研究家塞巴谢（Jacques Seebacher）教授指出：这几个希腊字母可以具有的图形意义是“支架”“围栏”“绞架”“钩子”和“梯子”。

蜘蛛网

(E. de Beaumond 画，Laisné 刻)

第八版附记[1]

一八三二年

有人宣称这一版会增加若干“新的”章节，错了。应该说是“未发表的”。也是，所谓新的，应该理解成“新写的”，这一版增补的章节不是“新的”。这些章节和小说其他部分同时写成，成稿于同一个时期，出自同一个思想，都属于《巴黎圣母院》的手稿。尤其是，作者真不明白事后要给一部此类作品增补新的情节。这不能是想做就做的事情。据他看来，一部小说大体上必然会连同全部章节一起诞生；一部剧连同剧中的每一幕一起诞生。不要相信这个整体，这个你们称之为剧本或小说的神秘小天地里，所组成的各部分的数目可多可少。对这一类的有些作品，嫁接和焊接是接不好的，作品应该一气呵成，保持本来的样子。事情一旦做成，不要三心二意，不要改来改去。一本书一旦出版，一部作品的性别不论是否雄浑，一旦确认和宣布，一旦孩子发出第一声呼叫，孩子出生了，来到世上，孩子成人，做父亲和做母亲的对此已无能为力，孩子属于空气和阳光，任其自然，任其活着或死去。你的书不成功？活该。不要给一本不成功的书增添章节。书不完整。本应在书诞生的时候让书

---

① 这篇“附记”，过去多题为“定稿本附记”。1985 年的拉封版（Robert Laffont）《雨果全集》，尤其是 1999 年塞巴谢校订的新版《巴黎圣母院》单行本，都更名为“第八版附记”，今用新名。

完整。你的树发育不良？你不要去把树扶起来。你的小说患有肺结核？你的小说活不下去？小说欠缺的呼吸你给不了它。你的剧本生来是瘸子？请相信我，不要给它装上假肢。

让公众清楚这一次补上的章节并非是这次再版时特意撰写的，作者对此甚为重视。如果说这些章节没有在本书的前几版出版，理由其实很简单。在《巴黎圣母院》初次印刷的时期，收录这三章[②]的材料没有找到。当时只好或则重写，或则放弃不用。作者当时认为，其中只有两章在篇幅上具有某种重要意义，即写艺术和历史的两章，这两章对情节和小说没有丝毫影响；公众不会发觉这两章有空白，而作者自己是这一缺失秘密的唯一知情人。他决定带过不提。再说，如果他和盘托出，他在重写三章遗失原稿的任务面前会不敢偷懒。他会觉得不如干脆写一部新的小说。

今天，这些章节失而复得，他抓住第一个机会，以求物归原处。

现在，这就是作品的全貌，如他所追求，如他所完成，不论是好是坏，不论有生命力，或羸弱无力，但正是他所希望的样子。

可能，这些找回的章节在也许不无道理的人看来，无甚价值，他们在《巴黎圣母院》里找的是情节和小说。但是，也许另有读者，觉得若探讨藏在这本书中的美学和哲学思想，这三章并非无益，在阅读《巴黎圣母院》时，乐于在小说之内梳理小说之外的东西，请允许我们借用这些不免有点自负的提法，乐于关注诗人[③]借助如此这般的创作，反映出历史家的体系和艺术家的目标。

---

② 指定稿本第五卷的两章和第四卷的最后一章。塞巴谢教授认为，第四卷的第六章，看来是后加的。

③ 时至 1832 年，雨果已经出版三部诗集：《颂歌集》《东方集》和《秋叶集》。

正是为了这些读者，在《巴黎圣母院》值得补充完整的前提下，这一版补上的章节会让《巴黎圣母院》更完整。

作者在其中一章里，对当今建筑的颓废，对据他看来这门至高无上的艺术今天几乎难免一死，表述并发挥一种在他头脑里不幸已经根深蒂固并深思熟虑的意见。[4] 但他感到有必要在本文说明，他热切地但愿有朝一日，未来认定是他错了。他知道各种门类的艺术，可以对今后一代代的新人，寄予无限的希望，听得到他们萌芽状态的天才在我们的创作室里涌动。种子已在田沟，肯定会有丰收。他只是害怕，大家在这一版的第二册会看到为什么，害怕建筑这片古老的土壤里汁液的营养不要干涸，而有多少个世纪，建筑一直是艺术最美的沃土。

不过，今天年轻一代的艺术家生气勃勃，意气风发，可以说非成功不可，此时此刻，尤其在我们的建筑学校里，可恶的老师不仅浑然不知，甚至和他们的愿望完全相反，偏偏教育出杰出的学生；和贺拉斯[5]提到的制陶工适得其反，他想的是双耳瓮，做出来的是锅[6]。陶车转动，出来一只陶罐。[7]

无论如何，无论建筑的未来如何，无论我们年轻的建筑师如何解决他们的艺术问题，在新的历史性建筑出现之前，先要保存好古代的建筑。如有可能，要激发全民族热爱民族建筑。[8] 作者在此宣告：这正是本书

---

④ 雨果 1825 年和 1832 年写过两篇《向毁坏文物者开战》，参阅《雨果文集》第 11 卷，程曾厚译，人民文学出版社 2002 年版，第 63 页。

⑤ 贺拉斯（Horace，公元前 65 年—公元前 8 年），古罗马诗人。典出《诗艺》第 21—22 节。

⑥ 盛水双耳瓮，是艺术品，煮饭而锅，是粗俗的厨房器皿。

⑦ 原文是拉丁文：*currit rota*，*urceus exit*. 引文是拉丁文，本书译文用“仿宋体”，下同；以后处不再有注。但如果引文是拉丁文以外的外文，则分别注明。

⑧ 雨果所言的“民族建筑”（architecture nationale），尤其指以巴黎圣母院为代表的哥特式建筑。

的主要目标之一，这也正是他终生的主要目标之一。

也许，《巴黎圣母院》为中世纪的艺术，为这至今对有些人是无知，而更糟的又不被另一些人赏识的美好艺术，打开了真正的前景。而作者并不认为，他自愿有意强加给自己的任务已经完成。他已经多次为我们古老建筑的事业讲话辩护，他已经大声疾呼，揭发多起亵渎事件，多起拆毁事件，多起大逆不道的行为。他会不厌其烦。他保证过会经常关注这个题目。他一定会关心。我们学校和学院的圣物破坏者拼命地攻击我们的历史建筑，他会同样不遗余力地捍卫这些历史建筑。因为看到中世纪的建筑落在谁的手里、看到当今的石灰匠又是以何种手法对待这门伟大艺术的废墟，真是一件痛心的事情。对我们这些明白人而言，看着他们为所欲为，满足于对他们喝喝倒彩，简直是一种耻辱。本文谈的不仅是外省发生的事情，而且是发生在巴黎，发生在我们门前，在我们窗下，在这座大城市，在有文化的城市，在有新闻界、有舆论、有思想的城里。结束这篇附记前，我们非要举出几件破坏文物的行为，这样的行为每天都在我们眼皮下，在巴黎艺术界的注视下，面对因如此胆大妄为而张皇失措的批评界，却在筹划，在讨论，在动工，在继续，在心安理得地完工。有人刚刚拆毁了大主教府[⑨]，这是一幢无甚趣味的建筑物，问题不大；但是连同大主教府一起被拆毁的主教府是十四世纪难得一见的一处遗迹，动手拆毁的建筑师不懂得和其他部分区分开来。他良莠不分，一齐给拔除了，反正一样。有人说到铲除万塞讷[⑩]令人赞美的小教堂，好

⑨ 大主教府建于路易十四时代，在圣母院南侧。1831 年 2 月 15 日，《巴黎圣母院》付印期间，因奥塞尔圣日耳曼教堂为纪念贝里公爵遇刺举行的宗教仪式而遭到劫掠。主教府有 12 世纪的部分，东邻近大主教府。

⑩ 万塞讷（Vincennes）在巴黎东郊，建有王家城堡。

用石头建造连多梅尼勒[11]也并不需要的什么工事。正当花费巨资修缮并修复波旁宫[12]这座破房子时，却任由春分、秋分季节的大风，把圣堂[13]精美的花玻璃窗吹刮得七零八落。就在几天前，屠宰场圣雅各塔[14]上有了个脚手架；某一天早上，会有十字镐敲将下去。有个泥瓦匠要在司法宫[15]历史悠久的钟楼之间，建造一幢白色的小屋子。另有一个泥瓦匠，则要阉割草地圣日耳曼教堂[16]，这座拥有三座钟楼的封建时代的修道院。毋庸置疑，今后还会有泥瓦匠，来推倒奥塞尔圣日耳曼教堂[17]。这几个泥瓦匠都以建筑师自居，都由政府或典礼司[18]出资雇用，都穿绿色制服[19]。恶劣趣味对高雅趣味所能干的坏事，他们都在干。就在我们行文的此时此刻，可悲的景象！其中一人掌控着杜伊勒里宫[20]，其中一人正

---

⑪ 多梅尼勒（Daumesnil，1777—1832），法国将军，拿破仑下台前是万塞讷城堡的驻军司令，王政复辟时期撤职，1830年复职。

⑫ 波旁宫（Palais-Bourbon）最初为路易十四的女儿波旁公爵夫人所建，今天是国民议会的所在地。

⑬ 圣堂（Sainte-Chapelle）是由路易九世为供奉耶稣受难的圣物而建，在今司法大楼的院墙之内，大革命时期损坏严重，1837年才决定重修。这是法国国宝级的古建筑，有15扇高15米的彩绘玻璃长窗。

⑭ 圣雅各塔（tour de Saint-Jacques）在巴黎市中心，是16世纪同名教堂的钟楼，今教堂已废，仅剩钟楼。

⑮ 司法宫（Palais de Justice），今称司法大楼，属于宫殿式建筑，右侧是圣堂，对面不远即是巴黎圣母院。

⑯ 草地圣日耳曼教堂（Saint-German des Prés）是巴黎著名的宗教古建筑，最初是6世纪建造的修道院，迭经历史变迁，至法国大革命时损坏严重，19世纪修复，教堂内有笛卡尔等历史名人的墓石。

⑰ 奥塞尔圣日耳曼教堂（Saint-German l'Auxerrois），曾是法国历代国王的教区教堂，面对卢浮宫，初建于7世纪，12世纪重建。相传1572年圣巴托罗缪节对新教徒大屠杀的信号，是由教堂的钟楼敲响的。

⑱ 政府指巴黎市政当局，典礼司指王室内务府，即都由官方拨款。

⑲ 绿色制服指法兰西研究院的院士所穿的礼服，即建筑师都是学界名流。

⑳ 杜伊勒里宫（les Tuileries）初建于16世纪中叶，位置在卢浮宫和香榭丽舍大道之间，今废，遗址改建成杜伊勒里公园。

对菲利贝尔·德洛姆[21]的脸砍上一刀，显然，看到这位先生沉甸甸的建筑，横过文艺复兴最精致的建筑外墙之一，这般厚颜无耻地来得厚厚实实，算不得是当代一桩平平常常的丑闻。

一八三二年十月二十日于巴黎

[21] 菲利贝尔·德洛姆（Philibert Delorme，1510—1570），法国建筑师和建筑理论家，1564年受王后卡德琳·德·美第奇之命，设计建造杜伊勒里宫。

第 1 卷卷首插画：甘果瓦被嘘
(De Lemud 画，Rouget 刻)

I

La Grand'salle.

Charles.

Il y a aujourd'hui trois cent quarante ans six mois et dix-neuf jours que les Parisiens s'éveillèrent au bruit de toutes les cloches sonnant à grande volée dans la triple enceinte de la cité, de l'université et de la ville.

Ce n'est cependant pas un jour dont l'histoire ait gardé souvenir que le 6 janvier 1482. Rien de notable dans l'événement qui mettait ainsi en branle dès le matin les cloches et les bourgeois de Paris. Ce n'était ni un assaut de Picards ou de Bourguignons, ni une châsse menée en procession, ni une révolte d'écoliers dans la vigne de Laas, ni une entrée de notredit très redouté seigneur monsieur le roi, ni même une belle pendaison de larrons et de larronnesses à la Justice de Paris. Ce n'était pas non plus la survenue, si fréquente au quinzième siècle, de quelque ambassade chamarrée et empanachée. Il y avait à peine deux jours que la dernière cavalcade

第 1 卷第 1 页作者手稿

（雨果的《巴黎圣母院》手稿捐赠国立法兰西图书馆）

第一卷

一　大　堂

距今三百四十八年六个月又一十九天[①]，巴黎人在老城[②]、大学区和市区三重城墙[③]内使劲敲响的钟声里醒来。

一四八二年一月六日，却并非是历史保存记忆的一天。并无值得一提的大事，从一清早起搅动巴黎的钟声和巴黎的市民。既没有庇卡底人或勃艮第人的进犯[④]，也没有圣人遗骸盒的列队游行，也没有学童在拉斯[⑤]葡萄田里造反，也没有“我们万分可畏的国王大人老爷”入城[⑥]，甚至巴黎的行刑地[⑦]也没有一场好看的吊死男贼或女贼，也没有十五世纪

---

① 《巴黎圣母院》于 1830 年 7 月 25 日动笔。塞巴谢教授指出：雨果的计算严格说并不确切，因为教皇格里高利十三颁布的格里历，取消了 1582 年 10 月 5 日—14 日的 10 天。

② “老城”（la Cité）是直译。这样，“Ile de la Cité”是“老城岛”。以前译成“西德岛”是音译。

③ 塞纳河中的“老城”是巴黎世俗政权（王宫）和教权（巴黎圣母院）的所在地，大学区主教育，而工商业在市区。这是当年传统的区分，也符合巴黎地区的划分。

④ 庇卡底在巴黎北面，勃艮第在巴黎东面。路易十一登基后，两地经常威胁要进犯巴黎。

⑤ 拉斯（Lass）是巴黎塞纳河左岸的古地名，在今繁华的圣米迦勒区。

⑥ 国王在兰斯加冕后，通常从城北圣德尼门入城，回到巴黎，是民众的盛大节日。

⑦ 巴黎的行刑地指“隼山”（Montfaucon）的绞刑架，即本书情节结束的地方。

常见的某某使节的光临，奇装异服，彩饰招展。刚刚两天前，最近一次这一类喧闹的游行，是佛兰德[8]使节前来为王太子和佛兰德的玛格丽特签约完婚[9]，莅临巴黎，令波旁红衣主教大人烦恼不已，他为了逢迎国王，不得不对这些嘈杂老土的佛兰德市长们和颜悦色，在自己波旁红衣主教府第款待他们，“飨以多出精彩的道德剧、滑稽剧和笑剧”[10]，而一场滂沱大雨把他府第门口一张张华美的壁毯淋了个透湿。

一月六日，正如约翰·德·特鲁亚[11]所说，“使巴黎民众兴奋”的事情，是自古以来两大节庆合二而一，又是主显节，又是愚人节[12]。

这一天，沙滩广场[13]会放礼花，布拉克小教堂会植五月树[14]，司法宫会演神迹剧。早一天，宫廷司法官大人的人马身穿漂亮的紫色粗毛短袖衫，胸前绣着大大的白色十字，在十字街头吹响号角，告示大家。

打从清早开始，男男女女的市民从四面八方向这三处注定地点的某一处走来，住家和店铺都关门。每个人都有打算，有人看烟火，有人看五月树，有人看神迹剧。应该说，按照巴黎看热闹者自古以来的常理，绝大多数的人群向礼花的方向走去，看烟火是正当其时，或者去看神迹剧，会在司法宫的大堂上演出，头上足避风雨，四周都有围墙；应该说，好事者不约而同，让发花艰难的五月树在正月的天宇下，在布拉克小教

---

⑧ 佛兰德是法国和比利时接壤的地区名。佛兰德使团于1483年1月3日来巴黎，执行1482年12月23日签订的条约。路易十一和佛兰德的根特结盟，对付勃艮第王朝。

⑨ 婚约规定：勃艮第的女继承人玛格丽特（时年3岁）在王太子（未来的亨利八世，时年12岁）身边抚养，直至及笄成婚。

⑩ 这是雨果从“年鉴”史料摘取的引文。

⑪ 约翰·德·特鲁亚（Jehan de Troyes）系波旁公爵红衣主教大人秘书约翰·德·鲁瓦（Jehan de Royes）之伪托，撰有《路易十一史》。

⑫ 教会规定，“主显节”（jour des Rois）在1月6日，又称“三王来朝节”。而“愚人节”（Fête des Fous）的节期不固定，可以根据各地习惯，在1月1日前后举行。

⑬ 沙滩广场（la Grève）是市政厅前面的大广场，濒临塞纳河。

⑭ “五月树”最初在5月1日栽种，是为“五月树”。

堂的墓园里，孤零零地直打哆嗦。

百姓首先涌往通向司法宫的各条路上，大家知道佛兰德的使节前一天到达，打算观看神迹剧的演出，观看愚人王的推选，推选愚人王也应该在大堂上举行。

这天，要挤进这座当年号称天底下最大的有屋顶的封闭场地的大殿，可不是轻而易举的事情（其实，索瓦尔[15]尚未测量过蒙塔尔吉城堡[16]的大厅）。司法宫的广场上人流如织，窗台上看热闹的人看起来，那场面如大海，那五六条街道，仿佛五六条入海口的江河，时时刻刻有新的人流吐将出来。这人群是潮水，不断上涨，冲撞到凡是突出来的房子屋角，被冲撞的房子在广场呈不规则形的海床里，像是一处处的岬角。司法宫高高的哥特式[17]正墙中央，是高大的台阶，不断一上一下的两股人流，先是被中间的石阶冲断，接着汹涌澎湃，向左右两侧的斜坡上散开来；我要说，高大的台阶哗啦啦不断流到广场上，如同湖面上的一条瀑布。喊叫声，大笑声，千百双脚的踩踏声，喧闹不已，嘈杂不堪。这份喧闹声，这份嘈杂声，时不时地越发嘈杂，越发喧闹。推着这些人群向广场涌去的人流又涌回来，又乱成一团，又急速打转。这里是弓箭手在撞人，这里是司法官宪兵队长的马尥蹶子，都是为了恢复秩序；好一个传统，由王家司法官传给大将军管辖，由大将军传给骑警队管辖，再由骑警队传给我们巴黎的警察局[18]。

---

⑮ 索瓦尔（Henri Sauval，1620—1671）的巨著《巴黎古物考》（*Antiquités de Paris*）于1724年出版，雨果曾仔细阅读，认真参考。

⑯ 蒙塔尔吉城堡（château de Montargis）在巴黎西南方，其大厅之大，曾让索瓦尔深感惊讶。1810年后损坏严重。雨果1843年曾亲往城堡遗址凭吊。

⑰ 雨果原注："哥特式"（gothique）一词通常使用的意义是完全不确切的，但又完全是约定俗成的。我们接受通常的意义，像大家一样使用这个意义，指出中世纪后期建筑的特征，以尖拱为原则，取代前期由半圆拱生成的建筑。

⑱ 塞巴谢教授认为：法国从13世纪到17世纪，负责司法管辖权的部门不断更迭，但动用军力和警力，却是一个每况愈下的过程。

大门口，窗子前，天窗里，屋顶上，簇拥着数以千计的市民善良的脸，平静，正派，望着司法宫，望着拥挤的人群，他们真是求之不得；因为巴黎好多好多的人就是喜欢人看人，这对我们而言，大墙背后有点事儿，就是难得一见的稀奇事情。

作为一八三〇年的人，如果我们有可能思想上混在这些十五世纪的巴黎人里边，在这座司法宫其大无比，而一四八二年一月六日又窄小不堪的大殿上，跟他们一起被推推搡搡，被撞来撞去，被撞翻在地，那才好呢；那番景象不会没有意思，不会没有魅力，那我们身边发生的事情历史太过久远，我们更会觉得新鲜无比。

如果读者同意，我们会试着在思想上重现读者感受的印象。读者和我们一起跨过大殿的门槛，置身这些拥挤的人群里，一个个身穿短大褂、短袖衫和长袖衫。

首先，耳中嗡嗡作响，眼中目眩神迷。我们头顶上是尖拱的双拱门，围以木雕作品，绘成天蓝色，饰以金色的百合花；在我们脚下，是黑白色相间的大理石地面。我们前面几步远处，有一根粗大的柱子，前面又有一根，再前面还有一根；整座大殿的纵向共有七根大柱，在横向的中间支撑起双拱门的突出部分。前面四根柱子的周围，有些小商铺，摆满玻璃制品和假珠宝，晃人眼睛；后面三根柱子的周围，有几张橡木板凳，已被诉讼人的衣裤和诉讼代理人的衣袍磨得光溜溜的。大殿的四周，沿着高墙，在门窗之间，在柱子之间，是法国从法拉蒙[19]开始的历朝国王的雕像，一眼望不到尽头；那些懒惰成性的国王[20]，双手垂下，眼睛低垂；那些勇武好战的国王，脑袋和双手高傲地举向天空。接着

---

⑲ 法拉蒙（Pharamont）是传说中公元5世纪的法兰克人首领。

⑳ “懒惰的国王”指670—751年法国墨洛温王朝的最后几位国王，因为宫廷总管弄权，被迫无所事事。

是有尖拱的长窗，彩绘玻璃有千百种颜色；大殿宽大的出口处，有富丽堂皇又精雕细刻的门扉；而这一切，拱门，柱子，高墙，门框，护壁，门扉，雕像，自上而下，无不画满精美绝伦的蓝色和金色的精细图案，到我们现在看到的时代，已经不够光鲜，到杜布勒[21]于基督纪元一五四九年依据传统眼光观赏时，已积满尘埃，遍布蛛网，几乎消失殆尽。

现在，我们可以设想这座其大无比的长方形大殿，被一月份灰白的日光照亮，涌进来形形色色又吵吵嚷嚷的人群，沿着围墙进来，围着七根柱子转来转去，这样，大家会对全景有了一个总体的概念，我们会努力更加细致地指出其中有趣的细节。

当然，如果拉瓦亚克[22]没有刺杀亨利四世，也就不会有拉瓦亚克一案向司法宫书记室提交的文件；也就不会有企图销毁上述文件的同谋者；因而也不会有这些纵火犯别无他法，非得焚毁司法宫以焚毁书记室；因此，也就不会有一六一八年的大火。老的司法宫和老的大堂还会在原地挺立不倒；我就会对读者说：去看看大堂吧；这样，我们双方就都免得麻烦，我就免了如此这般描述的麻烦，读者呢，免了如此这般阅读的麻烦。——这就证实了一条新的真理：重大的事件有难以估量的后果。

其实，首先，很有可能拉瓦亚克并无同谋者，其次，即使他真有同谋者，却在一六一八年的大火里并无作为。对此，还有两个很能说得过

㉑ 雅克·杜布勒（Jacques Du Breul，1528—1614）是草地圣日耳曼教堂的神职人员，著有《巴黎古代戏剧》（*Le Théâtre des Antiquités de Paris*，1612 年），此书是雨果写《巴黎圣母院》的重要参考资料。1549 年是杜布勒进入教会的年代。

㉒ 1610 年 5 月 14 日，拉瓦亚克（Ravaillac）刺杀国王亨利四世。凶手经受酷刑后，于 5 月 27 日被处以四马分尸的极刑。拉瓦亚克声称自己独立行事，但有人控告王后周围有人影响并怂恿这件轰动全国的大案。

去的解释。第一，那年三月七日子夜后，诚如人人所知，有一个宽可一尺，高有一尺半的熊熊燃烧的大火星，从天而降，坠落司法宫。第二，戴奥菲尔[23]有一首四行诗：

(字面翻译)
这当然是可悲的玩笑：
巴黎的这位司法老太，
满嘴巴上火，呜呼哀哉，
吃下太多的辛辣香料。[24]

(双关翻译)
这当然是可悲的玩笑：
巴黎的这位司法老太，
宫殿起大火，呜呼哀哉，
因为吞下太多的红包。

不论对一六一八年的司法宫大火的政治、物理和诗歌这三种解释作何想法，不幸确凿无疑的事实是这场大火。如今几乎没有东西留下，全靠发生了这场灾难，尤其是全靠接二连三的多次修复工程，把幸免于难的东西再清除一空，现在法国历代国王的第一座宫室几乎没有东西留下。这座宫殿的辈分可比卢浮宫更老，而在美男子菲利浦[25]时代卢浮宫已是

---

[23] 戴奥菲尔·德·维奥（Théophile de Viau，1590—1626），法国诗人，生性放浪，一度入狱，其囚室正是拉瓦亚克住过的牢房。

[24] 戴奥菲尔的这首诗是文字游戏。法语中“palais”和“épice”都是多义词，“palais”除“宫殿”外，也解释为“上颚”；“épice”的词义是“食用香料”，古时也有“诉讼当事人给法官送的谢礼”之义。所以，这首诗在表面的译文外，也可以读出双关的翻译。原诗用8音节诗句，今译成9字一句。

[25] 指菲利浦四世（Philippe IV le Bel，1268—1314），1285年登基。

司法宫
(Daubigny 画，Méaulle 刻)

旧建筑，我们曾从中寻觅由罗贝尔国王[26]兴建、由埃尔加杜斯[27]描述过的精美建筑的痕迹。几乎一切都荡然无存了。圣路易[28]“洞房花烛夜”的掌玺大臣公署后来情况如何？还有他裁判的花园，“身穿粗毛的上衣、无袖粗毛短大褂和丝织黑外套，和儒安维尔[29]躺在地毯上”？西吉斯蒙德皇

---

[26] 罗贝尔国王指虔诚者罗贝尔二世（Robert II le Pieux，970—1031），996 年登基。

[27] 埃尔加杜斯（Helgaldus）是教士和历史学家，是罗贝尔国王的朋友。

[28] 圣路易即路易九世（saint Louis，1215—1270），1226 年登基。

[29] 儒安维尔（Jean de Joinville，1224—1317）是路易九世的顾问和编年史作者。

帝[30]的卧室在何处？查理四世[31]的卧室呢？“无地约翰”[32] 的卧室呢？查理六世颁布“赦免敕令”[33] 的楼梯呢？马塞尔[34]站立的石板呢，他在继位王太子面前，扼杀罗贝尔·德·克莱蒙和香槟元帅？伪教皇本笃[35]的谕旨被撕得粉碎的小门今又何在，把谕旨带来的人身穿无袖长袍、头戴主教帽，受人嘲弄，又从小门出去向全巴黎当众认罪？而大堂又何在？以及大堂的金碧辉煌，尖拱，雕像，柱子，其大无比的拱门上一格一格的雕塑？还有金庭[36]？还有站立门口的石狮，狮首低垂，狮尾夹在两腿中间，如同所罗门[37]王座上的狮子，谦卑的姿态适合力量面对正义的场面？还有美丽的门扉？还有美丽的彩绘玻璃？还有雕镂的铁制饰件，让比斯科尔内特[38]感到泄气？还有杜昂西[39]精美的细木制品……时光如何对待这些奇迹？人又如何对待这些奇迹？这一切的一切，这部高卢的历史，这哥特式的艺术，又给我们留下了什么？拙劣的建筑师德·布罗斯[40]先生

㉚ 西吉斯蒙德（Sigismond，1368—1437）1411 年为神圣罗马帝国皇帝，曾受法国查理六世的接待。

㉛ 查理四世指日耳曼皇帝查理四世（Empereur Charles IV，1316—1378），是西吉斯蒙德皇帝的父亲。

㉜ “无地约翰”（Jean sans Terre，1167—1216），英格兰国王，1199 年登基，谋杀王位继承人，后被剥夺在法国的全部封地，历史上称“无地约翰”。

㉝ 查理六世（Charles VI，1368—1422），法国国王，曾在宫廷赦免 1382 年起义的巴黎“铅锤党人”。

㉞ 艾蒂安·马塞尔（Etienne Marcel，1315—1358），1354 年出任巴黎“商界总管”，相当于巴黎市长，为推行由三级会议决定征税的代表制度，1358 年 2 月 22 日扼杀继位王太子诺曼底公爵的两位顾问。

㉟ 本笃十三（Bénédict XIII，1329—1423）于 1394 年在阿维尼翁登基，促发欧洲的教会分裂，法国拒绝，历史上不予承认，被认定是伪教皇。

㊱ “金庭”（chambre dorée）是当时的主要法庭。

㊲ 所罗门（Salomon）是古代犹太人的王，大卫的儿子，以智慧著称。

㊳ 比斯科尔内特（Biscornette）是 17 世纪巴黎圣母院大门上铁画的发明者。

㊴ 杜昂西是路易十二时代的细木匠。

㊵ 德·布罗斯（Salomon de Brosse，1656—1626），法国建筑师，主持巴黎卢森堡宫等建筑。

在圣热尔韦教堂[41]大门上有沉甸甸的扁圆拱，这就是留下的艺术，至于历史，我们有帕特吕[42]之流关于大柱子喋喋不休的回忆，信口开河，精彩纷呈。

这都没什么。……言归正传，接着讲我们名不虚传的老司法宫名不虚传的大堂。

这个巨型的平行四边形的两端都有东西。一端是大名鼎鼎的整块大理石打造的台子，如此之长，如此之宽，如此之厚，古老的土地赋税簿册记载的说法，口气足以引起高康大[43]的胃口，从未见过“世上有这么一大片的大理石”；另一端是一座小教堂，内有路易十一叫人雕刻的一尊自己在圣母面前的跪像，他不顾国王雕像列队会留下两个空缺的壁龛，还叫人搬来查理曼[44]和圣路易[45]的雕像。他估计这两位圣人作为法国国王，在天国是颇有信誉的。这座小教堂还很新，建成才六年[46]，完全具有这种迷人可爱的情趣：纤巧的建筑，美妙的雕刻，精雕加上深镂，这种情趣标志我国哥特式时代的末期，一直延伸到十六世纪中叶出现文艺复兴时期仙境一般的奇思妙想。门的上方是镂空的小圆花窗，尤其是纤细和优雅的杰作，简直是一颗花边织成的星星。

大殿的中间，面向大门，是一个盖有锦缎的平台，背靠着墙，台上借法院金庭走廊上的一扇窗子开出一处边门；台子为佛兰德的使节和请来看神迹剧的其他大人物，已经抬高。

---

[41] 圣热尔韦教堂（Saint-Gervais），位于巴黎市政厅后面的一座小教堂。

[42] 帕特吕（Olivier Patru，1604—1681）精于讲述趣闻轶事。“大柱子”指在大柱子下向穷苦人免费提供咨询。

[43] 高康大（Gargantua）是拉伯雷1534年的小说《巨人传》里的主人公。

[44] 查理曼（Charlemagne，742—814），是法兰克人国王，后为罗马帝国皇帝，1479年后，路易十一颁旨：小学生每年1月28日纪念“圣查理曼节”。

[45] 圣路易指路易九世（Louis IX，1216—1270），1294年封圣。

[46] 1447年。

大堂
（Hoffbauer 和 Leyendecker 画，Méaulle 刻）

按照惯例，神迹剧应该在大理石台子上演出。台子打从一清早已经准备就绪；华丽的大理石地面满是法院书记们脚底走出来的划痕，上面放一只高大的木架搭成的笼子，其顶层要充作舞台，全场都能看到，而笼子内部由壁毯遮盖，当作剧中人物的更衣室。笼子外好心地挂上一张梯子，以便舞台上和更衣室之间的交流，硬邦邦的梯级供进出舞台之用。并无突如其来的人物，并无曲折和离奇，并无突变的剧情，非要借这张梯子完成。艺术和机关布景还处于天真纯洁和令人尊敬的童年！

司法宫大法官的四名执达吏，分立大理石台子的四角，节日期间，一如行刑日子，他们必定担当百姓娱乐的护卫。

司法宫的大钟敲响正午的第十二下，演出方才开始。对于一场演出来说，可能太晚了点；但是，先得要考虑使臣们的时间。

而这大批人群从一清早便在等待了。这其中好些爱看戏的人天蒙蒙亮就在司法宫第一级台阶上瑟瑟发抖了：更有几个人说自己横在大门前过的夜，以确保第一批进场。每时每刻，人群越来越密，像越过水面的水，开始顺着围墙在上涨，在柱子四周膨胀，在柱顶部，在檐口，在窗台，在建筑物的每个突起处，在雕像的每个隆起部分，开始满溢开来。也因此，拘束，焦急，烦躁，有了一天无耻和发狂的自由，动辄爆发的争吵，为了伸出的肘弯，为了钉铁掌的鞋子，加上等了又等的疲劳，在使节们远还没有到来的时候，已经让这些民众的喊叫声分外刺耳，分外难听，大家被禁锢在一起，前脚顶后跟，你拥我挤，你踩我踏，都喘不过气来。只听见一声声埋怨和咒骂，骂佛兰德人，骂商会总管㊼，骂波旁红衣主教，骂司法宫的大法官，骂奥地利的玛格丽特夫人㊽，骂执杖

㊼ 中世纪的巴黎由“商会总管”（prévôt des marchants）主政，行使相当于今天巴黎市长的职责。

㊽ 也是佛兰德的玛格丽特，指继位王太子的未婚妻。玛格丽特只有 3 岁，因为贵族身份，以“夫人”相称。

执达吏，骂太冷，骂太热，骂天气不好，骂巴黎主教，骂愚人王，骂柱子，骂雕像，骂这扇关上的门，骂这扇打开的窗；这一切让一帮一帮散落在人群里的学生和仆役大为开心，他们更对这不满的场面加以挑逗，施以诡计，借恶作剧给全场的恶劣心情火上浇油。

现在，就有一伙这样的调皮鬼，捅破了一扇玻璃窗，厚颜无耻地坐在窗台上，里里外外对大堂上的人群和广场上的人群扫视一番，大肆嘲笑。看到他们模仿别人的姿态，听到他们开怀的大笑，看到他们和伙伴们在大堂两头彼此打着嘲讽人的招呼，很容易会看出来：这些年轻的小文书和现场的其他人不同，他们既无烦恼，也不疲劳，他们善于把眼前的景象看成是一出戏，会很有耐心地看了一出，再等下一出，其乐无穷。

“准是你呀，约翰·弗鲁洛·莫兰迪诺[49]！”其中一人对金发的小个子淘气鬼叫道，后者长着秀气而狡黠的脸蛋，靠着柱头的叶板：“你的名字起得好：约翰·杜穆兰[50]，你的两条胳膊，加上你的两条腿，模样就像迎风转动的四个翅膀。——你在这儿多久了？”

“可怜可怜魔鬼吧。”约翰·弗鲁洛回答说，“这都四个多钟头了，但愿这四个多钟头从我在炼狱[51]里的时间里扣掉。我已听到过西西里国王[52]唱诗班的八个领唱者七点钟给圣堂楼上的弥撒唱的第一节经文。”

“顶尖的唱诗班！”对方又说，“他们的嗓子比他们的无边圆帽更尖细！在给圣约翰[53]老爷颂唱弥撒之前，国王本应该先了解一下：圣约翰

---

[49] 原文为拉丁文，译文用仿宋体，下同。“莫兰迪诺”是下文“杜穆兰”的拉丁文形式。

[50] 杜穆兰（Du Moulin）的词义是“风车”。

[51] 按天主教教义，人死后升天堂前，先在炼狱暂时受罚赎罪。

[52] 西西里国王指勒内·昂儒（René d’Anjou，1409—1480），1434年为“那不勒斯和西西里国王”，以后名不副实，仅仅保留住普罗旺斯一地。路易十一继承其属地，1481年还继承其唱诗班。

[53] 历史上有两位“圣约翰”，一个是给耶稣行洗礼的“施洗者约翰”，一个是耶稣的门徒“使徒圣约翰”。

约翰
(G. Brion 画，Yon-Perrichon 刻)

老爷是否喜欢听带有普罗旺斯腔调的拉丁文颂唱。”

“国王之所以如此安排，正是为了使用西西里国王这些该死的唱诗班！”窗子下的人群里有个老妇人喊道，“我问你们一下！一千块巴黎利弗尔[54]唱一台弥撒！要向巴黎菜市场的海鱼市场收税，还要收！”

---

[54] 一千块巴黎利弗尔，在当时是一笔巨款。利弗尔（livre）是法国古时的货币，“巴黎利弗尔”指巴黎铸造的货币，强调“巴黎利弗尔”，是因为法国北部使用的“巴黎利弗尔”，比南部和西部使用的“图尔利弗尔”币值高出四分之一。

"安静！老太。"渔妇身边一个神情严肃的胖子捂住鼻子说，"就要唱一台弥撒。你总不要国王再病倒吧？"

"说得漂亮，王袍毛皮老板吉尔·勒科尔努大人！"那个抓住柱顶的小个子学生叫道。

所有的学生一听到这个可怜的王袍毛皮老板的倒霉名字[55]，发出一阵哄笑。

"勒科尔努！吉尔·勒科尔努！"一些人说道。"科尔努斯[56]和伊尔苏图斯[57]。"又一个人说。

"喂！会吧。"柱顶上的小鬼继续说，"他们有什么好笑的？吉尔·勒科尔努是正派人，是王室大法官约翰·勒科尔努的兄弟，约翰·勒科尔努是万塞讷森林的首席看林人马耶·勒科尔努的儿子，三个人都是巴黎市民，三个人父父子子，都是丈夫！"

这下笑得更欢了。胖乎乎的毛皮老板不置一词，极力躲避四面八方朝他投来的目光；可他冒汗和喘气也白搭，如同一枚楔子，钉在木头里，越是使劲，越把他那张又恼又气而涨得紫红的中风大脸盘，更加牢固地嵌在周围人的肩膀之中。

最后，身旁有个人，和他一般又胖又矮又受人尊敬，来给他解围。

"放肆！学生对市民这般说话！在我那个时代，早就找木柴把他们揍一顿，再点一把火烧死算了。"

这帮学生都笑开了。

"喂！喂！谁在唱这个调？这只倒霉蛋猫头鹰是谁？"

---

[55] "勒科尔努"（Lecornu）的词义是"头上长角"，有戴绿帽子的意思。

[56] 拉丁文，词义是"头上长角"。

[57] 拉丁文，词义是"头发蓬松"。

“得，我认出来了。”有人说，“是安德利·穆斯尼耶师傅。”

“因为他是大学区指定的四个书铺老板之一！”另一个人说。

“这家店铺里的一切都是以四计数的，”第三个人说，“四个国家[58]，四个学院[59]，四个节日[60]，四个校长助理[61]，四个选举人，四家书铺。”

“好啊。”约翰·弗鲁洛又说，“那得给他们大闹一场[62]。”

“穆斯尼耶，我们要烧你的书。”

“穆斯尼耶，我们要揍你的仆人。”

“穆斯尼耶，我们要调戏你老婆。”

“善良的肥鸨小姐。”

“如果守了寡，那才又嫩又开心。”

“让魔鬼把你们带走！”安德利·穆斯尼耶师傅咕哝着。

“安德利师傅，”老是吊在柱子上的约翰又说，“住口，要不我掉下来摔在你脑袋上！”

安德利师傅抬起眼睛，仿佛一时间在估摸着柱子的高度、这家伙的分量，在心算这分量乘以速度的平方，就住了口。

约翰战场上旗开得胜，乘胜追击：

“因为我说话算话，尽管我是主教代理[63]的老弟！”

“我们大学区的人，都是神气的老爷！只是像今天这么个日子，我

---

[58] 四个国家指法兰西、庇卡底、诺曼底和德意志。

[59] 四个学院指神学、法学、医学和艺术。

[60] 四个节日指圣诞节、主显节、复活节和圣灵降临节。

[61] 四个校长助理分管四个国家的学生事务。

[62] “大闹一场”的法语作“faire le diable à quatre”，正好有“四”的数字，对应以“四”计数。

[63] 巴黎教区下设三个主教代理管辖区。约翰的兄长克洛德·弗鲁洛是巴黎西南郊若扎斯的主教代理。

们的特权没法得到尊重！反正，市区有五月树和欢乐的焰火；老城区有神迹剧，有愚人王和佛兰德的使节；而大学区呢，一无所有！"

"而莫贝尔广场[64]也够大的！"在窗台上安营扎寨的一个文书又说。

"打倒校长！打倒选举人和校长助理！"约翰喊道。

"今晚应该在欢乐场[65]用安德利师傅的书放一把开心火。"另一个接着说。

"加上书记员的木桌！"一旁有人说。

"加上执行官的木棒[66]！"

"加上院长的痰盂！"

"加上校长助理的橱柜！"

"加上选举人的木箱！"

"加上校长的板凳！"

"打倒！"小个子的约翰以多声部的合唱应和，"打倒安德利师傅，打倒执行官和书记员；打倒神学家、医生和教谕学家；打倒校长助理、选举人和校长！"

"世界末日来了！"安德利师傅低声叹道，捂住自己的两只耳朵。

"对了，校长！校长经过广场呢。"窗子上有个人喊道。

人人都急着转过脸来向广场上看。

"真是我们可敬的校长蒂博师傅吗？"约翰·弗鲁洛·杜穆兰问道，他挂在里边的柱子上，看不到外面发生的事情。

"是，是。"人人都这样回答，"正是他，正是蒂博师傅校长。"

果真是校长和大学的全体显贵，正列队去迎接使节，此时正穿过司

---

[64] 莫贝尔广场（place Maubert）今存，在塞纳河左岸的索邦大学区内，16世纪因处死异教徒而有恶名。

[65] 欢乐场原在菲利浦-奥古斯特城墙下，是学生的胡闹之地。

[66] 当时大学有七名宣誓的执行官，负责维持秩序。

法宫广场。他们经过时，挤在窗子上的学生们报以一阵阵嘲笑和挖苦的掌声。校长走在同僚的前面，遭受第一波战舰舷侧炮的齐射；炮火无情。

“您好，校长老爷！喂！您好啊！”

“这老赌棍，什么风刮来的？他把骰子放下了！”

“看他骑着那匹母骡小跑！骡子耳朵还没有他的耳朵长。”

“喂！您好，蒂博校长老爷！掷骰子的蒂博！老笨蛋！老赌棍！”

“上帝保佑你！你昨天夜里老是玩双六吗？”

“噢！这张老黄脸，热衷赌钱，热衷骰子，又沉，又长，无精打采的！”

“蒂博去掷骰子，放下了大学，跑步去城里？”

“大概，他是去蒂博多代街[67]找房子吧。”

这帮人一个个重复这句讥讽的笑话，声如雷鸣，没命地鼓掌。

“你是去蒂博多代街找房子吧，对不对，校长老爷，和魔鬼玩的赌徒？”

接着，轮到其他的大学显贵。

“打倒执行官！打倒持权杖者[68]！”

“你说，罗班·普瑟班，那这个人又是谁？”

“这是吉尔贝·德·叙依，奥登中学的校长。”

“接好，我的鞋！你的位置比我好，把鞋扔到他脸上。”

“这是农神节上我们送给你的核桃。[69]”

“打倒六个穿白色法袍的神学家！”

---

[67] 蒂博多代街（rue Thibaotodé）是真实的街名，在奥塞尔圣日耳曼教堂附近。此街名正好是“蒂博去掷骰子”的谐音。

[68] 权杖象征大学全体教职人员。

[69] 拉丁文。古罗马的农神节是纵情作乐的狂欢节。所谓“核桃”有色情的言外之意。

“这些是神学家？我还以为是六只大白鹅，圣热纳维耶芙修道院[70]为了罗尼[71]的一块封地，给城里送了六只白鹅。”

“打倒医生！”

“打倒专题答辩和总论答辩的争论[72]！”

“给你我的帽套，圣热纳维耶芙修道院院长！你可对不住我呀。”

“正是这样。他把我在诺曼底国的位置，给了小阿斯卡尼奥·法尔扎斯帕达，他是布尔日[73]省来的，他是意大利人。”

“这样不公平。”全体学生都说，“打倒圣热纳维耶芙修道院院长！”

“喂！若阿尚·德·拉德奥尔师傅！喂！路易·达于伊！喂！朗贝尔·奥克特芒！”

“让魔鬼掐死德国的校长助理！”

“还有圣堂的神甫们，戴着他们的灰色圆帽[74]。戴着灰色圆帽！”

“镶着灰色毛皮！”

“喂！各位艺术大师们！一件件美丽的黑色长袍！一件件美丽的红色长袍！”

“成了校长身后一条美丽的尾巴。”

“好像是威尼斯大公去赴和大海的婚礼[75]。”

“约翰，你说说！圣热纳维耶芙修道院的议事司铎！”

“议事司铎都见鬼去吧！”

---

[70] 圣热纳维耶芙修道院（Sainte-Geneviève）为纪念巴黎的女主保圣女而建，在索邦大学附近。

[71] 罗尼（Roogny，一作 Rosny）是大巴黎地区的市镇。

[72] 论文答辩时提供论据的不同方式，或针对一个专题，或泛论一个学科。

[73] 国家下面有行省，布尔日（Bourges）是贝里省首府，在贞德给查理七世在兰斯加冕前，布尔日是查理七世的首都所在地。

[74] 塞巴谢教授认为：aumusse 一词此地不作通常的长袍解，应是一种镶毛皮边的圆帽。

[75] 从 12 世纪起，每年的耶稣升天节，威尼斯大公往海中扔下一枚金戒指，表示宣称“娶大海为妻”。

“克洛德·肖阿尔院长！克洛德·肖阿尔博士！你可是找喷射女玛丽吧？”

“她在格拉蒂尼街[76]上。”

“她在为民兵队长[77]铺床呢。”

“她在付她的四个银币。四个银币。”

“或者付个屁。”

“你要她冲着你的脸付钱吗？”

“伙计们！西蒙·桑甘师傅，庇卡底选举人，后面坐着他老婆。”

“骑手的身后，骑着无尽的烦恼。[78]”

“好样的，西蒙师傅！”

“你好，选举人老爷！”

“晚安，选举人夫人！”

“他们都能看到，好开心。”约翰·德·莫兰蒂诺叹一口气说，他一直居高临下在柱顶上的叶丛里。

此时，大学指定的书铺老板安德利·穆斯尼耶师傅俯下身子，凑着王袍皮毛供应商吉尔·勒科尔努师傅的耳朵说：

“老爷，我跟你说，世界末日来了。还从来没人见过学生辈如此放纵；这是本世纪该诅咒的发明，会毁了一切。火炮，臼炮，什么炮，尤其是这德国的又一场瘟疫印刷术[79]。再也没有手稿，再也没有书！印刷术灭了书铺。世界末日到了。”

---

[76] 格拉蒂尼街（rue de Glatigny）是当时的红灯区，位置在今天老城岛巴黎圣母院右侧的市立医院。

[77] “民兵队长”负责管理社会风纪。

[78] 这是古罗马诗人贺拉斯的诗句。

[79] 印刷术于15世纪中叶在德国美茵兹发明，1470年传到巴黎，得到国王路易十一的鼓励。

“我看到天鹅绒的进展，发觉是世界末日了。”皮毛商说道。

这时候，正午的时钟敲响。

“啊！……”人群异口同声喊道。

市民

（Trimolet 画，Méaulle 刻）

众学生住了口。接着，猛一阵骚动；猛一阵两脚的踩动和脑袋的转动；猛一阵普遍的咳嗽声和手帕舞动声；人人整备妥帖，站好位置，踮起脚尖，相互靠拢。接着，好一阵安静；人人的脖子伸得长长的，人人的嘴巴张得大大的，人人的眼睛转向大理石长桌……桌上什么也没有出现。四名法警仍然在原来的位置，僵直站立，纹丝不动，仿佛四尊彩塑的雕像。人们的眼睛转向为佛兰德使节预留的讲台。门仍然关着，平台还是空着。从一清早开始，人群就在等三个东西：等正午，等佛兰德使团，等神迹剧。按时到来的只有正午。

这一下，太过分了。众人又等了一分钟，两分钟，三分钟，五分钟，一刻钟……毫无动静。平台上仍然空无一人；剧场上哑口无声。这期间，愤怒已经取代失去耐心。怒气冲冲的话播散开来，语声还不高。“神迹剧！神迹剧！”众人低声埋怨。脑袋在发胀。暴风雨还只是雷声滚滚，在人群的头上滚动。是约翰·杜穆兰迸发出第一颗火星。

“神迹剧，佛兰德人见鬼去吧！”他拼足肺部的全部力量叫喊出来，像一条蛇一样在柱顶扭动。

人群拍手鼓掌。

“神迹剧。”人群跟着喊，“佛兰德是活见鬼！”

“我们要看神迹剧，马上看，”这学生又说，“不然，我提议我们绞死司法宫的大法官，就算演一出喜剧或道德剧。”

“说得好！”老百姓喊道，“先绞死他的四个法警。”

一阵热烈的欢呼声。四个倒霉鬼开始脸色发白，面面相觑。民众朝着他们动作起来，他们眼看把自己和民众隔离开来的脆弱的木栏杆在弯折，在人群的压力下鼓胀起来。

千钧一发的时刻。

“动手！动手！”四面八方都在喊。

这时候，我们上文描述过的过厅的壁毯抬了起来，从中走出一个人，人群一看见他，立时停止骚动，众人的愤怒奇迹般化作了好奇。

“安静！安静！”

这个人丝毫没有放下心来，全身上上下下在哆嗦，上前走到大理石长桌的边上，毕恭毕敬，越是走近，越像是屈膝下跪的样子。

这时，已大体恢复了安静。只有一点点人群安静下来时会有的轻微喧哗。

“各位市民老爷，”他说，“各位市民小姐，我们会深感荣幸，为红衣主教大人老爷朗诵和上演一出十分精彩的道德剧，剧目是：《圣母娘娘马利亚的明断裁决》。由我扮演朱庇特[80]。主教大人现在正陪同奥地利公爵老爷的显贵的使团；此刻，使团正在听取大学校长老爷在驴门[81]的致辞。等红衣主教大老爷一到，演出就开始。”

当然，绝非朱庇特的出场，才救下司法宫大法官四个不幸法警的命。如果我们有幸写出这则确确实实的故事，可以在我们尊敬的评论界面前为之担保的话，此刻并非为了驳斥我们，才会引用这则古训：“不要神的干预。[82]”再说，朱庇特老爷的服装很华丽，十二分引人注目，对平息人群的情绪也并非不起作用。朱庇特身穿锁子胸甲，覆盖的黑色天鹅绒上，有镀金的小钉子；他头戴鸡冠状顶的头盔，镶有镀金的银扣子；要不是他半边的脸上涂了红色，半边的脸上是浓密的胡子，要不是手里拿着的是镀金纸板卷上缀有坠子，挂满一条条发光的假东西，明眼人一眼看出是雷电[83]，要不是他的两脚呈肉色，如希腊样式有缎带，凭他的一身一本正经的装束，他完全可以和贝里老爷[84]侍卫的布列塔尼弓箭手一比高下。

---

[80] 朱庇特（Jupiter）是罗马神话里的天神。

[81] 驴门（Porte Baudets）在城东沼泽区圣热尔韦教堂北面。

[82] 拉丁文，引自罗马诗人贺拉斯的《诗艺》。

[83] 朱庇特天神手握雷电，象征主宰世界的权威。

[84] 指贝里公爵（duc de Berry，1446—1472），是路易十一的弟弟。

二 皮埃尔·甘果瓦

然而，当他致辞的时候，他的戏装引发全场一致的满足感和赞美声，被他的话一一驱散；当他说到不识时务的结论：“等红衣主教大老爷一到，演出就开始。”他的声音已被一片雷鸣般的嘘叫声淹没。

“马上开演！神迹剧！马上演神迹剧！”百姓喊道。在众人的声音之上，听得见有约翰·德·莫兰蒂诺的声音，他的声音冲出喧闹之上，像是短笛冲破尼姆[85]的敲锅打盆声：“马上开演！”这个学生尖声喊叫。

“打倒朱庇特和波旁红衣主教！”罗班·普瑟班和其他蹲在窗户上的神学生大声叫骂。

“马上演道德剧！”人群反复说，“立即演，马上演！给戏子和红衣主教拿口袋和绳子来！”[86]

可怜的朱庇特神色慌乱，害怕已极，红脸变成了白脸，掉落手上的闪电，捡起他的鸡冠状头盔；接着他结结巴巴又颤抖致意：“主教大人……各位使节……佛兰德的玛格丽特夫人……”他不知所云。说实在的，他害怕被绞死。

怕被下层百姓因为等待而绞死，怕被红衣主教因为没有等待而绞死，他看到左难右难之中，只有一个深渊，那就是绞架。

侥幸侥幸，来了个人，给他解了围，并承担责任。

此人在栏杆里面，在大理石长桌四周留出的空间里，先前谁也没看到他，他背靠一根柱子，他颀长瘦削的身材由于柱子的直径挡住了一切

---

[85] 尼姆（Nîmes）是法国南方城市，尼姆有从意大利传来的传统，凡有老夫再婚娶少妇，年轻人敲锅打盆，以示抗议。

[86] 口袋和绳子是用来淹死罪犯的刑具。

目光的视野；我们要说，此人高大，清瘦，苍白，金发，虽然额头和两颊起了皱纹，但还算年轻，两眼炯炯有神，嘴边泛起笑意，穿一件黑色斜纹衣服，因为穿久了，已经磨损，已经发亮。他走近大理石长桌，对可怜的忍气吞声的人示意。可是后者正目瞪口呆，没有看到。

新来的人又上前一步：

"朱庇特!"他说，"亲爱的朱庇特!"

那一位没有听见。

最后，金发的高个子不耐烦了，几乎凑着他的鼻子喊：

"米歇尔·吉博纳!"

"谁叫我?"朱庇特仿佛惊醒过来。

"我。"穿黑衣服的人物回答。

"噢!"朱庇特说。

"马上开演。"对方又说，"要满足百姓大众；我负责安抚大法官老爷，由他去安抚红衣主教老爷。"

朱庇特松了一口气。

"各位市民老爷!"他拼足全身的力气对人群喊道，人群还在嘘他，"我们马上开演。"

"致敬[87]，朱庇特！请鼓掌，公民们[88]!"学生们喊道。

"万岁！万岁!"[89] 百姓欢呼。

一阵震耳欲聋的掌声，朱庇特已经返回壁毯，大堂还在欢呼声中摇晃不已。

---

[87] 这是古希腊女祭司对戏剧神酒神的欢呼用语。

[88] 拉丁文。这是古代演出结束时，演员对观众讲的套语。

[89] "万岁"（noël）是古时百姓欢呼的用语。

皮埃尔·甘果瓦
(G. Brion 画，Yon-Perrichon 刻)

这时，这位如我们可敬的老高乃依所说，奇迹般把“风暴变成了风平浪静”[90]的陌生人物，也已谦逊地返回柱子的阴影里，如果不是站在观众前排的两位年轻女子，注意到他和米歇尔·吉博内-朱庇特的对话，把他引了出来，他大概会待在原地无人看见，像先前一样，纹丝不动，不出一声。

“师傅。”一位女子示意他过来……

“别出声，亲爱的利埃纳德。”她的女友说，女友漂亮，靓丽，穿着节日的盛装，胆子更大，“不是神学生，是在俗教徒；不要叫‘师傅’，要称呼‘阁下’。”

“阁下。”利埃纳德说。

陌生人走近栏杆。

“有什么事找我，两位小姐?”他忙不迭问。

“噢?!没什么。”利埃纳德很不好意思地说，“我女友吉斯凯特·拉让西埃娜想和你说说话。”

“倒不是。”吉斯凯特红着脸说，“利埃纳德对你说‘师傅’，我对她说，要叫‘阁下’。”

两位姑娘垂下了眼睛。此人正求之不得想继续交谈，笑了笑望着她们说：

“你们就没什么话要对我说吗，两位小姐?”

“噢！真的没什么。”吉斯凯特回答。

“没什么。”利埃纳德说。

高个子的金发年轻人跨了一步，准备退出；而两个好奇的姑娘不想放人。

---

[90] 典出古典主义诗人高乃依的五幕诗剧《说谎者》：“我一句话，把风暴变成了风平浪静。”

“阁下，”吉斯凯特急切地说，急得像是打开了的闸门，又像是下定了决心的女人，“你认识那个要在神迹剧里演圣母娘娘角色的士兵吗？”

“你是说朱庇特的角色？”不知姓名的人说。

“哎！对。”利埃纳德说，“她好笨！那你认识朱庇特啦？”

“米歇尔·吉博纳？”不知姓名的人回答，“认识，夫人。”

“他的胡子好神气！”利埃纳德说。

“他们要演的戏，会很精彩吗？”吉斯凯特怯生生地问道。

“非常精彩，小姐。”不知姓名的人毫不迟疑地回答。

“是什么戏？”利埃纳德道。

“《圣母娘娘的明断裁决》，是道德剧，请赏光，小姐。”

“哎！这可不一样。”利埃纳德说道。

短暂的寂静。陌生人打破寂静说道：

“这是一出崭新的道德剧，还从未上演过。”

“那和两年前演的道德剧不是同一出戏了。”吉斯凯特说，“那天教皇特使[91]老爷光临，有三位美丽的少女扮演……”

“演美人鱼的角色。”利埃纳德道。

“三个人全身赤裸。”年轻人补充道。

利埃纳德垂下贞洁的眼睛。吉斯凯特看看她，也仿而效之。他笑了笑说下去：

“上一次演的看了开心。今天这出道德剧是专为佛兰德的千金大小姐写的。”

“会唱田园牧歌吗？”吉斯凯特问道。

---

[91] 1480年9月5日，教皇特使在去佛兰德的途中，路过巴黎。

“呸!”陌生人道，“演道德剧！可不要混淆了体裁。如果是一出滑稽剧，那最好没有。”

利埃纳德和吉斯凯特
(Gerlier 画，Méaulle 刻)

“可惜，”吉斯凯特道，“那一天在涵洞泉，有撒野的男男女女相互打斗，从从容容，一边唱着经文歌和田园牧歌。”

“适合教皇特使的东西，”陌生人干巴巴地说，“并不适合一位公主。”

“在他们身边，”利埃纳德又说，“有好几种低沉的乐器竟相演奏，有好些著名的曲调。”

“为了给行人解渴，”吉斯凯特继续说，“泉有三个泉眼喷涌：葡萄酒、牛奶和肉桂甜酒，谁想喝就喝。”

“涵洞泉往下一点，”利埃纳德继续说，“在三位一体收容所，每个角色演着耶稣受难剧，但是不说话。”

“我记得很清楚！”吉斯凯特叫起来，“主在十字架上，右边和左边是两个窃贼。”

至此，两位年轻的大姐回忆起教皇特使的到来，感到热乎乎的，开始同时说起话来。

“更前面一些，在画师门，还有别的穿着十分华丽的人呢。”

“在圣婴泉[92]，那个猎手紧追一头母鹿，猎狗吠声汪汪，猎号吹响！”

“而在巴黎屠宰场，那些架子搭成了迪耶普的城堡[93]。”

“教皇特使经过时，你知道的，吉斯凯特？我们发动攻击，英国人都被砍下脑袋！”

“有些非常神气的人物，靠着夏特莱[94]的城门！”

---

[92] 圣婴泉（fontaine Saint-Innocent），今存，本来在巴黎市中心的菜市场东面，今离蓬皮杜中心很近，泉上有亭，有一组著名的“林中仙女”的雕刻。

[93] 迪耶普（Dieppe）是法国在英吉利海峡上的港口城市，长期由英国占领。路易十一登基后，于1443年攻克迪耶普，是重大历史事件，但与1480年的教皇特使并无关系。

[94] 夏特莱（Châtelet）最初是老城岛北边入口处的要塞，后来成为法院和监狱。今存地名。

"兑币桥[95]上也有，桥上都张挂了布蓬。"

"当教皇特使经过时，在桥上放飞了两千四百多只各种各样的鸟，美极了，利埃纳德。"

"今天会更漂亮。"她们的对话者又说，他似乎听得不耐烦了。

"你允诺我们今天的神迹剧很精彩吗？"吉斯凯特说。

"应该会。"他答道，又特别加重一点语气说：

"两位小姐，我是写神迹剧的作者。"

"真的？"少女们万分惊讶。

"真的！"诗人不无得意地轻声回答，"就是说，我们两个人，约翰·马尔尚锯木板，搭建舞台的架子和木工活，我呢，我写剧本。"——"我叫皮埃尔·甘果瓦。"

即使是《熙德》[96]的作者，也不会更加自豪地说："'皮埃尔·高乃依'。"

本书读者可以注意到，自从朱庇特返回壁毯之后，到新本道德剧作者这般突然自我暴露身份，引来吉斯凯特和利埃纳德天真地赞美这一刻，已经过去了一段时间。值得一提的是：观众人群几分钟前如此狂暴，现在却出于对演员的信任，宽宏大量地等待，这就证明这条永恒的真理，这条在我国剧院里天天可以验证的真理：要观众耐心等待的最好办法，就是明确告诉观众，马上就会开演。

不过，学生约翰也没有睡着。

"喂！"他突然在骚乱之后平平静静的等待中喊出来，"朱庇特，圣

---

[95] 兑币桥（pont au Change），古时外国人进入巴黎老城岛，先在此桥上把外汇换成本地货币。今存。

[96] 《熙德》（*le Cid*）是皮埃尔·高乃依1636年演出的诗剧，是法国古典主义文学的标志性作品。

神迹剧
（Ed. Morin 画，Quesnel 刻）

母娘娘，魔鬼的卖艺人！你们在打哈哈吗？要演戏！要演戏！再不开始，我们又要开始啦！”

无须再等。

从戏台内传出来敲打吹奏的音乐声：壁毯掀开；四个角色，穿得花花绿绿，涂脂抹粉，从壁毯里走出来，爬上剧院陡直的梯子，来到最高一级平台上，在观众前面一字儿排开，向观众深深鞠躬；此时，交响乐停下来。神迹剧开演。

四位角色先向观众采集掌声，作为对演员行屈膝礼的报酬，在全场肃穆的寂静中，开始一番开场白……这些我们有意对读者免了。再说，时至今日亦然，观众比起他们宣读的角色，更在意他们身穿的服装；其实，过去这也是对的。四个人都穿半黄半白的袍子，彼此之间的区别在于衣料的品质：第一件是金银的锦缎，第二件是丝的，第三件是毛的，第四件是布的。第一个角色右手握一柄剑，第二个拿两把金钥匙，第三个持一杆秤，第四个拿一把锹；为了帮助懒得动脑子的聪明人或许没有看清这些明白的象征，可以看看绣在上面的黑色大字：锦缎袍子的下端是“我叫贵族”；丝织袍子的下端是“我叫教士”；毛料袍子的下端是“我叫买卖”；粗布袍子的下端是“我叫耕作”。两位男性的寓意对明白的观众表示得很清楚：袍子较短，头戴帽子，而女性的寓意，是衣袍较长，头发上有一顶兜帽。

除非存心作对，透过诗意昂然的序幕，才不明白“耕作”嫁给“买卖”，“教士”和“贵族”联姻；才不明白这两对幸福的夫妻共同拥有一只精美的金海豚，宣称要授予最美丽的女人。两对夫妻走遍世界，寻觅这位美女，先后淘汰了戈尔康达[97]的王后，特拉布宗[98]的公主和鞑靼大汗[99]的女儿，等等，“耕作”和“教士”、“贵族”和“买卖”已经来到司法宫大理石的长桌上休息，一边向善良的听众滔滔不绝宣讲不少的警句

---

[97] 戈尔康达（Golconde）是印度南方的古王国，曾盛产钻石，在西方人眼中以富庶闻名。

[98] 特拉布宗（Trébisonde）是土耳其黑海边的港口城市，历史上繁荣昌盛。

[99] 指成吉思汗。

和格言，足够文学士戴上学士帽在艺术学院供考试、毕业和答辩时使用。

这一切的确很美。

此时，在四个寓意人物竞相给群众倾泻一串一串的隐喻时，人群中没有谁的耳朵更专注，内心更紧张，眼睛更惊慌，脖子伸得更长，能比得上作者、诗人，这位善良的皮埃尔·甘果瓦的眼睛、耳朵、脖子和内心，所以前一刻，他忍不住兴奋地向两位美丽的少女自报了姓名。他从两少女身边退后几步，到了柱子背后；他在柱子后倾听、观看和欣赏。先前迎接他序幕开始时善意的掌声，还在他胸膛里回响，他完全沉浸在这般心醉神迷的全神贯注之中；一位作者以此心情看到自己的思想一一从演员的嘴里，跌进寂静的广大观众之中。可敬的皮埃尔·甘果瓦！

这么说，我们深感难过，第一刻的心醉神迷很快被人搅乱。甘果瓦刚刚把嘴唇凑近这只令人沉醉的欢乐和胜利的酒杯，一滴苦酒掺和进来了。

一个衣衫褴褛的叫花子，没有进账，消失在人群中间，大概也无法从周围人的口袋里找到补偿，忽发奇想，躲在某个引人注目的场合，吸引注意力，招人施舍。念序幕诗句的一开始，他借保留看台上的柱子，一直爬到看台下方栏杆的檐口；他坐在檐口上，以他的破衣烂衫，以他长满右臂上恶心的伤口，索取众人的注意和怜悯。而且，他一言不发。

安静的叫花子本可以让序幕顺顺当当地进行，也不会出现明显的搅乱秩序，要不是有这件倒霉事情：约翰这学生从柱子顶端发现了这个弄虚作假的叫花子。年轻的调皮鬼狂笑起来，也不管会打断演出，会搅乱全场的肃静，兴高采烈地喊道：

“看！这条癞皮狗叫花子在求施舍！”

克洛班·特鲁伊甫
（Lécurieux 画，Chauchefoin 刻）

任何人向青蛙池塘里扔一块石头，或是对一群飞鸟开一枪，就会在人人集中注意力的时候，对这句不合时宜的话产生的效果有个印象了。甘果瓦一哆嗦，仿佛被电击一样。序幕戛然而止，一个个脑袋都朝乞丐转过来，乞丐丝毫不感到狼狈，反而看到这个意外是收获的大好机会，便半闭起眼睛，以痛苦的腔调说："请行行好吧！"

"这……我发誓，"约翰又说，"这是克洛班·特鲁伊甫。喂！朋友，你的伤口本来在腿上妨碍你行走的，怎么又放到膀子上来了？"

他这么说着，如猴子般敏捷，往乞丐用有伤口的胳膊伸过来的油污的毡帽里，扔下一枚小白银币[100]。叫花子收到施舍和挖苦，并无怨言，继续悲悲切切地说："请行行好吧！"

这个插曲让观众极为开心。好多看客，以罗班·普瑟班和小文书为首，对这出滑稽的双簧，在这出序幕进行中间，学生刺耳叫嚷的嗓子、乞丐不动声色的单一腔调，现场合演的双簧报以热烈的鼓掌。

甘果瓦极为不悦。惊愕之余，他竭力对台上的四个角色喊道："接着演！见鬼了？接着演！"甚至不屑对两个捣蛋鬼鄙夷不屑地看上一眼。

这时候，他感到外套边上被人拉了一下；他转过身来，不是没有情绪，很是笑不起来；但他还是笑了一笑。是吉斯凯特·拉让西埃娜漂亮的胳膊伸过栏杆，以这般方式引起他注意。

"老爷，"姑娘说，"他们会接着演吗？"

"会吧。"甘果瓦回答，对这个问题很反感。

"这么说，阁下，"她又说，"烦请给我解释一下……"

"他们会念些什么？"甘果瓦打断说，"那好，请听着！"

"不是，"吉斯凯特说，"是他们到现在都念了些什么。"

---

[100] "小白银币"值 5 个德尼耶（denier）。1 个德尼耶等于 1 个苏（sou）的 1/12。

甘果瓦惊跳一下，好比一个人被碰了一下开裂的伤口。

“又笨又呆的死丫头!”他在牙缝里支吾着。

从这一刻起，吉斯凯特在他思想里消失了。

这期间，戏子们已经遵从他的指令，而公众看到戏子们又开口了，重新开始听戏；一出戏猛然被打断，两部分之间有某种连接，不会不损失许多美的享受。甘果瓦轻轻进行痛苦的思考。安静最终一步步恢复起来。那学生不再开口，那乞丐在帽子里数钱，演戏又占了上风。

其实，这真是一部很美的作品，我们觉得做点改动，今天还可以充分利用。剧情的展开长一点，空一点，就是说合乎规则，是平铺直叙；甘果瓦在他天真的内心深处，欣赏其明快的剧情。人们可以料到，四位隐喻的角色走遍世界的三个部分，有点累了，却没有找到合适的对象，可以脱手他们的金海豚。说到金海豚，对这条神奇的鱼[101]的赞美，加上对佛兰德的玛格丽特的年轻未婚夫[102]有千百种微妙的暗示。年轻的未婚夫此刻伤心地幽禁在安布瓦兹[103]，也未必料到“耕作”和“教士”、“贵族”和“买卖”为了他，刚刚已经走遍了世界。上述这位王储年轻，漂亮，健壮，尤其（一切王族美德的精彩源头!）他是法兰西雄狮[104]之子。我宣告这个大胆的隐喻很精彩：戏剧的自然史一时间有寓意，有王家婚礼歌，绝不会为一头雄狮之子是海豚而担惊受怕。正是这些罕见的品达[105]式的融合才证明了热情之高。不过，如果考虑到评论界，诗人本可以用不到二百行的诗句，展开这一美好的思想。的确，根据王家法官老

---

[101] 可以把“海豚”理解成“鱼”。

[102] 指路易十一的儿子，未来的查理八世。法语“海豚”（dauphin）一词双解，除“海豚”外，又有“王储”的含义。

[103] 安布瓦兹（Ambroise）在卢瓦尔河河畔，有著名的王家城堡。

[104] 雄狮是百兽之王。

[105] 品达（Pindare）是古希腊公元前5世纪初的抒情诗人。

爷的指令，神迹剧应该从正午演到四点钟，所以总要演点什么。再说，人们很有耐心听戏。

突然，正当“买卖”小姐和“贵族”夫人在争执的关头，正当“耕作”师傅宣读这样一句美妙的诗：

在林中无法看到更加威武的兽类

保留平台上至此始终不合时宜关着的门，更加不合时宜地打开；执达吏声音洪亮地突然宣布：“波旁红衣主教大老爷阁下驾到！”

三 红衣主教老爷

可怜的甘果瓦！即使有圣约翰节[106]所有双响大炮仗的喧闹，即使二十管托架火枪一起发射，即使皮伊塔[107]上大名鼎鼎的大炮放炮，于一四六五年九月二十九日星期天在巴黎围城时，一炮打死七个勃艮第人，即使储存在圣殿门[108]的全部火药爆炸，当此庄严和关键的时刻，都不如执达吏脱口说出的仅仅一句话：“波旁红衣主教大老爷阁下驾到”，更让他感到如此震耳欲聋。

这并非是皮埃尔·甘果瓦害怕红衣主教老爷，也非蔑视这位老爷。他既非如此软弱，也非如此狂妄。甘果瓦如今日可以称谓的，是个名副其实的折中主义者[109]，他这类人思想高尚又坚定，温和又安静，永远懂

---

[106] 每年6月24日（施洗者）圣约翰节（la Saint-Jean），市政厅前的沙滩广场上建大火堆，燃放烟火，国王点火，百姓彻夜欢腾。“圣约翰节的烟火”是巴黎历史上大书特书的盛事。

[107] 皮伊塔（Tour de Billy）是查理五世的城墙所在，在巴黎城东濒临塞纳河的右岸。

[108] 圣殿门在查理五世城墙的北面。

[109] 折中主义是法国哲学家库赞（Victor Cousin，1792—1867）提出的哲学思想体系，在《巴黎圣母院》创作的七月王朝期间，对大学颇有影响。

得身居万事万物的正中（身居事物的正中）、充满理性和自由的哲学，而同时又非常重视红衣主教。有一类珍贵而从未曾中断的哲学家，智慧得像又一个阿丽亚娜[110]，看来已经给了他们一个线团，让他们开天辟地以来，穿越人间事物的迷宫，边走边放出这个线团。我们在任何时代都能看到他们依然故我，即是说他们能与时俱进。即使不计我们的皮埃尔·甘果瓦，如果我们能承认其应有的功绩，他便是十五世纪这类哲学家的代表；可以肯定地说，正是他们的精神启发了杜布勒神甫[111]，在十六世纪写下这样一段值得世代流传的天真崇高的话语："我是地道的巴黎人，我有说话的自由可以说话：我由此甚至可对两位红衣主教大人，对孔蒂亲王大人的叔叔和弟弟说话，对他们的高贵表示尊敬，而并不得罪他们下属中的任何人，这很重要。"[112]

所以，红衣主教的出现给他引起的不愉快印象里，既没有憎恨，也没有蔑视。恰恰相反，我们的诗人太明事理，又穿一件太破的粗布大褂，当然会十分在意他在序幕中多处对王储这位法兰西雄狮的儿子的颂扬，能由主教大老爷亲耳感受一下。可是诗人高贵的品格主要不是个人考虑。我提出诗人的本性可由"十"这个数字表示；假如由一个化学家来分析诗人的本性，如拉伯雷[113]所言，由药剂师来计量，会看到诗人的本性里有一份个人考虑和九份自尊心。而当为红衣主教打开门时，甘果瓦的九份自尊心随着民众的赞叹而膨胀和肿胀起来，处于一种神速增长的状态，因此，我们刚才分析过的诗人体质中这觉察不到的个人考虑的成分正在

---

[110] 阿丽亚娜（Ariane），据希腊神话，英雄忒修斯杀死克里特岛迷宫中的半人半牛怪兽弥诺陶洛斯，阿丽亚娜给忒修斯一个线团，让他免于迷失方向，走出迷宫。

[111] 杜布勒神甫，见译文第 7 页，注释[21]。

[112] 杜布勒神甫著有《巴黎古代戏剧》。这段引文见"告读者"，也是他给孔蒂亲王的题献。杜布勒神甫的本意，是提出自己的身世和孔蒂亲王的显赫家族有联系。两位红衣主教，指孔蒂亲王的叔叔波旁红衣主教（1523—1590）和弟弟波旁红衣主教（1560—1594）。

[113] 拉伯雷（Rabelais，1494—1553），法国文艺复兴时期作家，有《巨人传》传世。

消失，似乎受到抑制；再说这珍贵的成分，至少是现实和人性的分量，如果没有这些，诗人们就会接触不到红尘了。甘果瓦喜滋滋地感到、看到，可以说触摸到全体观众、全体无赖的观众。不错，可又有什么关系？全场观众愕然，目瞪口呆，对他祝婚歌的每部分时刻出现的不计其数的大段台词似乎快要窒息了。我敢说，他自己也分享了全场的极大幸福；反观拉封丹[114]，他在自己的喜剧《佛罗伦萨人》[115] 上演时，问道："哪个野人拼凑了这部作品？"甘果瓦会更想问问身边的人："这部杰作是谁的？"由此可以判断红衣主教突然不合时宜的光临，现在对他会产生什么效果？

他所害怕的事情，来得有过之而无不及。主教大老爷的光临让全场乱了起来。每个人的脑袋都向平台上转了过去。谁也听不见谁说话。"红衣主教！红衣主教！"每个人的嘴巴反复这样喊。可怜的序幕再一次中断。

红衣主教一时间在平台门槛上停下步来。正当他无动于衷的目光对观众扫视时，人群乱得更加不可开交。人人都想看他看得一清二楚。就看谁有本事把自己的脑袋伸在别人的肩膀上了。

果然，这是一位大人物，观看这位大人物完全值得另演一场喜剧。波旁红衣主教叫查理，是里昂的大主教和伯爵，是高卢首席主教[116]，既和路易十一是姻亲，因为他兄弟彼得是博若的贵族，娶了国王的长女为妻，又和冒失鬼查理[117]是姻亲，因为他母亲是勃艮第的阿涅丝。而高卢首席主教的基本特征，性格中突出的特殊的特点，是奉承的性格和对权

---

[114] 拉封丹（La Fontaine，1621—1695），法国作家，主要作品是《寓言诗》。

[115] 《佛罗伦萨人》（*Le Florentin*）是拉封丹于 1674 年上演的讽刺剧。

[116] 里昂自 1079 年后，成为高卢首席主教区。所谓首席主教区，是个荣誉性的称号。

[117] 冒失鬼查理（Charles-le-Téméraire，1473—1477），勃艮第公爵，是反对国王路易十一的政治领袖。

力的膜拜。人们可以估计到他左右两边的姻亲关系会给他带来无穷的麻烦，他的精神小舟在世俗的礁石间不得不迂回曲折地航行，以免在路易和查理身上翻船，一边是卡律布狄斯漩涡[118]，一边是斯库拉岩礁[119]，这漩涡和岩礁曾吞噬过内穆尔公爵[120]和圣波尔大将军[121]。老天保佑，他顺顺当当完成航行，没有麻烦，抵达罗马。可是，尽管他已经抵达港口，也正因为他现在身居港口，他每次回想起长期以来险象环生、疲于奔命的政治生命中的多灾多难，总是心有余悸。因此，他惯于说一四七六年是他“又黑又白”的一年：可以理解成他在这一年失去他的母亲布尔博内公爵夫人，失去他的表兄勃艮第公爵[122]，理解成一件丧事安抚了另一件丧事。

再说，这是个好人。他过着红衣主教开开心心的生活，喜欢以夏约[123]的王家佳酿自娱，而并不怀恨耍赖女里夏尔德和骚娘子托马斯，施舍宁可给娇娘，也不给老太，凡此种种，在巴黎“百姓”眼中讨人喜欢。他出行时，围着一小群门第高贵的主教和修道院院长，都是风流、放荡之辈，不时大摆筵席。奥塞尔圣日耳曼教堂善良的女信徒，多次晚上经过波旁府第灯火通明的窗前极为气愤，因为听到白天给她们唱晚祷人的声音，在觥筹交错中颂唱本笃十二[124]的饮酒诗，这位教皇在三重冠上加

---

[118] 卡律布狄斯（Charybde）漩涡为希腊神话中，坐落在女妖斯库拉对面的大漩涡，会吞噬所有经过的东西，包括船只。多指在意大利和西西里岛之间的墨西拿海峡。

[119] 斯库拉（Scylla）岩礁在卡律布狄斯漩涡附近。

[120] 内穆尔公爵（Duc de Nemours，1437—1475）1475 年被最高法院以叛国罪处死。

[121] 圣波尔大将军（Connétable Saint-Pol，1418—1475）被冒失鬼查理交给路易十一，于 1475 年 12 月 19 日被斩首。

[122] 他母亲勃艮第的阿涅丝于 1476 年 12 月逝世，冒失鬼查理死于 1477 年 1 月 5 日。

[123] “夏约”（Challuau 即 Chaillot）在巴黎今埃菲尔铁塔西侧，古时产好酒。

[124] 本笃十二（Benoît XII），1334—1342 年任教皇。他加的一重冠象征教皇对世俗国王的权威。

波旁府第
（H. Scott 画，Méaulle 刻）

上一重："喝出教皇本色。[125]"

大概，正是他理所应当的民气，让他进场时免于嘈杂人群的任何不欢迎之举，人群在前一刻还心情恶劣，在自己即将选出一位教皇[126]的日子里，对一位红衣主教并无好感可言。不过，巴黎人并无怨气；再说，善良的市民胜于红衣主教，有权决定演出，他们有此胜利也已足够。此外，波旁红衣主教老爷也一表人才，他身穿一件华美的红色长袍，穿着整齐。这就说明，他赢得了全体女人的心，也就是听众中关键一半人的心。当然，为了要人家等待自己看戏，嘘一位红衣主教，他既一表人才，又穿着漂亮的红袍，那会有失公平，也没有情趣。

他进了场，以大人物对百姓的那种世代相传的微微一笑，向在场的人致意，缓步走向他的大红天鹅绒椅子，现出心不在焉的样子。他的随从，我们今天称之为主教和修道院院长组成的幕僚随后涌进了平台，在后排引起更大的喧闹和好奇。人人争相对他们指指点点，争相叫出他们的名字；人人争相至少认识其中一人；谁是马赛主教老爷，阿罗代，如果我记性好；谁是圣德尼修道院教务会的首席成员；谁是罗贝尔·德·莱斯比纳斯，草地圣日耳曼修道院院长，这位路易十一情妇的放荡兄弟；这种种有很多是误会，声音也很刺耳。至于众学生，他们在诅咒。这是他们的好日子，是他们的愚人节，他们的狂欢节，是法院书记会和学校一年一度饮酒作乐的日子。这一天，任何卑鄙龌龊的行为无不是合情合理的事情，是神圣的事情。再说，人群里有的是疯疯癫癫的大姐：四个银币西蒙娜，摔跤女阿涅丝，站立女罗比娜。可不，这样的好日子，又有神职人员和烟花女子开开心心作伴，可以随便诅咒，低声骂骂上帝的名字，岂不快哉？所以，他们不会错过机会。可怕的人声鼎沸之中，这

---

[125] 拉丁文。直译是"以教皇的身份喝酒"。

[126] 指选出"愚人王"。

佛兰德使节
（Foulquier 画，Méaulle 刻）

人人脱口而出的语言，文书们和学生们因为害怕圣路易[127]的烙铁而压抑了一年的语言，真是可怕的亵渎话和粗话脏话。可怜的圣路易，他们在他自己的司法宫里对他表现出多大的蔑视！每个学生都对平台上新来的

[127] 圣路易（Saint Louis，1214—1270）是路易九世，史载他曾严惩亵渎者。

人攻击过一件长袍[128]，黑袍或灰袍，白袍或紫袍。约翰·德·莫兰迪诺以他主教代理胞弟的身份，大肆攻击的是红袍。他没命地唱，眼睛无耻地盯着红衣主教："披风里都是好酒！"

我们为教化读者，在此地揭示的这些细节，被全场的喧闹声完全淹没，还没有到达保留平台，就已经消失殆尽；再说，红衣主教本来也不在意，今天的自由放肆正是民俗。其实，他另有担心，他脸上为此忧心忡忡，这担心紧紧跟随着他，他一上台，担心跟着进来：这就是佛兰德的使团。

并非是他政治上老谋深算，并非由他负责他表妹勃艮第的玛格丽特夫人和他表兄查理、维埃纳[129]的王储大人之间的婚事会有什么后果？奥地利公爵和佛兰德国王之间脆弱的和睦相处又能维持多久？英格兰国王[130]又会如何看待这样蔑视他的女儿？这些，都并不在他心上，他每晚欢饮夏约的王家佳酿，也并未料到有几瓶这样的好酒（对，经由夸瓦基耶医生检视和调整）由路易十一极为友好地赠送给爱德华四世，有朝一日会让路易十一摆脱爱德华四世的麻烦。"奥地利公爵老爷庞大而令人尊敬的使团"没有给红衣主教带来一点烦恼，但从另一个方面让他麻烦。我们在本书第二页已经提及，波旁的查理要被迫盛情迎接和招待我也说不清的某些市民，的确未免难为人：他是红衣主教，请的是一些佛兰德的市长助理；他是法国人，是开心的酒客，请的佛兰德人却喝啤酒，还要当着大家的面。这当然是他平生为讨好国王而做得最令人乏味的故作

---

[128] 指教士穿的长袍，19世纪前，对教袍的颜色不作统一规定。紫袍是主教，红袍是红衣主教。

[129] 维埃纳（Vienne）是法国东南部罗讷河畔的古城。1344年多菲内省并入法国版图，王位继承人便拥有维埃纳地区。

[130] 英格兰国王爱德华四世（Edouard IV，1441—1483）于1475年8月曾和法国国王路易十一签订条约，路易十一允诺自己的继位王太子要娶爱德华四世的长女。

姿态之一。

执达吏以响亮的声音通报："奥地利公爵老爷的各位代表老爷"，他以最优雅的神情（他对此颇多研究）转身向门望去，无须多说，整个大堂也这般转过头来。

于是，两个一排，以和查理·德·波旁的高兴活泼的教士随从恰恰相反的严肃神情，走来奥地利的马克西米利安的四十八位使臣，为首的是尊敬的约翰神甫、圣贝尔坦修院[131]院长、金羊毛勋位[132]总管、雅克·德·古瓦、多比阁下、根特[133]大法官。全场一片寂静，伴随一些压抑的笑声，以聆听一个个离奇古怪的名字，一个个市民的身份，每一位来宾不动声色把这些告知执达吏，执达吏胡乱地一一报将出来，再听错读错地传给人群。这位是卢瓦·雷洛甫师傅，卢万[134]城市长助理；克莱·代都埃尔德阁下，布鲁塞尔市长助理；保尔·德·贝乌斯特阁下；伏瓦米泽勒阁下，佛兰德议长；约翰·科莱根斯师傅，安特卫普[135]市长；盖奥尔格·德·拉莫耶尔师傅，根特城科勒区首席区长助理；盖尔道夫·梵·特·哈格师傅，该市帕尔肖恩斯首席区长助理；以及比埃贝克阁下，以及约翰·品诺克，以及约翰·蒂麦尔泽尔，等等，等等，等等；大法官，市长助理，市长；市长，市长助理，大法官。每个人都生硬死板，一本正经，矫揉造作，身穿天鹅绒和锦缎的节日盛装，头戴有塞浦路斯金线粗大缨饰的黑色天鹅绒的直筒圆帽[136]。总之，一张张佛兰德的好脑

---

[131] 圣贝尔坦修院在加莱海峡边，创建于公元7世纪。

[132] 金羊毛勋位（la Toison-d' Or）于1429年创立于比利时的布鲁日。

[133] 根特（Gand），比利时城市。

[134] 卢万（Louvain），比利时城市。

[135] 安特卫普（Anvers），比利时城市。

[136] 这样精细琐碎的描写，语出雨果查询的参考书、1465年10月的《编年史》。

袋，一个个神气威严的脸蛋，都是来自伦勃朗[137]在其《夜巡》[138] 一画中黑色背景下凸显出来如此强健严肃的家族的人物。这些人物每个人的额头上都写着：奥地利的马克西米利安，正如他在国书上所写，“全权托付给他们的见识、勇敢、经验、诚实和优秀品格”。

有一个人例外。此人面容清秀，聪慧，机灵，一副长相如猴子，又如外交家。红衣主教跨出三步，迎上前去，恭恭敬敬。他只是名叫“威廉·里姆，根特城参事和市政主管”。

当时，鲜有人知道威廉·里姆是何许人也。这是罕见的天才，如果在革命的年代，会在时局变动里引人注目地冒将出来，但在十五世纪，不得不依靠诡计多端，不得不如圣西门[139]公爵所说，“在地下坑道里生活”。再说，他受到欧洲第一“阴谋者”的赏识；他和路易十一亲亲密密策划阴谋，经常插手国王的秘密事务。现场的群众对所有这些毫不知情，只为红衣主教对佛兰德大法官这张瘦弱的脸毕恭毕敬而惊讶不已。

四　雅克·科贝诺尔师傅

正当根特市政主管和主教大人以很低的声音彼此致意，以更低的声音交流几句话的时候，出现一个高头大马的人，宽宽的脸盘，结实的肩膀，自我介绍后对着威廉·里姆迎面进来：真像是狐狸身边的一头看家大狗。他头戴一顶毛毡的大圆帽，身穿皮革的上装，和他四周的天鹅绒

---

[137] 伦勃朗（Rembrandt，1606—1669），荷兰画家，他的画作善于突出光影和明暗的强烈对比。

[138] 《夜巡》是伦勃朗最负盛名的作品，今存荷兰阿姆斯特丹博物馆。

[139] 圣西门（Saint-Simon，1675—1755），法国作家，其《回忆录》于 1829 年开始出版，揭露宫廷生活的内幕和隐私。

和丝绸显得颇不协调。执达吏料想是个马夫走错了路，把他拦住。

“哎，朋友！不能过。”

穿皮上装的人用肩膀推开他。

“这家伙想干什么？”他说话的声音之大，让全场都注意到两人之间的对话：“你没看到是我吗？”

“你贵姓？”执达吏问。

“雅克·科贝诺尔。”

“你的身份？”

“鞋帽商，根特的店号叫‘三条小链子’。”

执达吏后退一步。通报市长助理和市长；一个鞋帽商，就不客气。红衣主教如坐针毡。全体百姓在听着，看着。两天来，他竭力琢磨这些佛兰德人，让他们在公众面前体体面面，这个闪失真难办。然而，威廉·里姆精明地一笑，走近执达吏：

“请通报雅克·科贝诺尔师傅，根特市长助理书记。”他凑在执达吏耳边非常轻声说道。

“执达吏，”红衣主教就高声说，“请通报雅克·科贝诺尔师傅，著名城市根特市长助理书记。”

这犯了错误。威廉·里姆本来会独自抹掉这个难题，可是科贝诺尔已经听到红衣主教的话。

“不对，他奶奶的！”他声如洪钟地喊道，“雅克·科贝诺尔，鞋帽商。听见没有，执达吏？也不夸大，也不缩小。他奶奶的！鞋帽商，很不错嘛。大公老爷多次来我的鞋帽里找他的手套[140]。”

响起一阵阵笑声和掌声。立即，一则笑谈传遍巴黎，并永远有人

---

[140] “手套”（gant）和“根特”（Gand）两词读音相同。

鼓掌。

多说一句，科贝诺尔来自百姓，他周围的人也是百姓。所以，公众和他之间的交流历来迅速，强烈，可以说是平起平坐。佛兰德鞋帽商高傲的发作，扫了宫廷人物的脸面，在所有平头百姓的心中，激荡起我也说不清的在十五世纪还是朦胧和模糊的自尊心。刚才不给红衣主教老爷低头的这个鞋帽商，是个平等的人！面对为红衣主教拉住长袍后裾的圣日耳曼修道院院长的大法官法警的仆人，这些惯于恭顺和驯服的可怜虫来说，可是多么舒服的想法。

科贝诺尔对主教大人高傲地致意，主教大人向路易十一的权势可畏的市民还礼。而此时的威廉·里姆，正如菲利浦·德·科敏纳[141]所说，这个"聪敏又狡黠的人"，带着嘲讽和高人一等的微笑，注视着这两个人，两人各自回到自己座位上，红衣主教窘迫而不安，科贝诺尔平静而高傲，大概会想：他鞋帽商的称号和另一个称号旗鼓相当；勃艮第的玛丽是今天要出嫁的玛格丽特的母亲，这位母亲本来就会更惧怕鞋帽商，而不是红衣主教；当佛兰德的公主前来这些宠臣的绞刑架下，为这些宠臣向百姓求情时，不是一位红衣主教会有能耐把根特人聚集起来反对冒失鬼查理的女儿的宠臣，不是一位红衣主教会有能耐说一句话，让群众有决心反对她的眼泪和祈祷。而鞋帽商仅仅只是抬一抬皮制肘套，就让你们的两颗人头落地：两位显赫非凡的贵族，纪·坦贝古和掌玺大臣威廉·胡戈内特[142]！

---

[141] 菲利浦·德·科敏纳（Philippe de Comines，1447？—1511），历史学家，曾为勃艮第公爵"冒失鬼查理"效力，后转为路易十一效力。科敏纳的《回忆录》是雨果写《巴黎圣母院》的主要参考书之一。

[142] 勃艮第的玛丽（1457—1482）在父王冒失鬼查理逝世时是唯一继承人。她的两位贵族顾问卷入路易十一策动的旨在把她嫁给法国年仅8岁的王太子的谈判，1477年4月3日在根特被处死。她无法救人，同年嫁给奥地利的马克西米利安。

贵宾的平台
(G. Brion 画，Yon-Perrichon 刻)

不过，这位可怜的红衣主教的事儿还没完，和如此倒霉的人一起，他非得把这杯苦酒喝完。

读者或许没有忘记，那个厚脸皮的乞丐从序幕一开始，就早早盘踞在关键平台的边缘处。贵宾们光临后，他丝毫没有放弃自己的地盘，而当高级神职人员和使臣们像佛兰德的鲱鱼一样，被塞进看台的一排排座位上，他却舒舒服服，把双腿大胆地盘在柱顶的下楣上。无礼到了极点，一开始没人注意这点，注意力在别的地方。而他自己在大堂里也没有觉察到什么。他以那不勒斯人[143]的无忧无虑，摇头晃脑，不时地在喧闹声中，仿佛出于机械的习惯，反复地说上一句：“请行行好吧！”当然，在全场观众里面，他大概是唯一一个对科贝诺尔和执达吏之间的激烈争吵不屑回头一顾的人。无巧不成书，根特的鞋帽商师傅，百姓已经和他相处得十二分融洽，大家的目光对着他，而他恰恰坐在平台的第一排，坐在乞丐的上面；佛兰德的使臣一看这家伙待在他眼皮之下，像个朋友拍一拍乞丐穿得破破烂烂的肩头，还被大家看到了，这一下惊得非同小可。乞丐转过头来；两张脸上都现出吃惊，互相认了出来，随后笑了开来，如此这般。接着，鞋帽商和赖皮叫花子丝毫不把观众的世界放在心上，低声交谈起来，彼此手握着手，克洛班·特鲁伊甫的破衣烂衫铺陈在平台的金线锦缎上，其效果像一条毛毛虫爬上一只橙子。

这特别的一幕之新颖，在大堂里引起好一阵狂热、开心的骚动，红衣主教也马上觉察到了。他勉强弯下身躯，可从他待的地方只是非常不完整地看到特鲁伊甫叫人恶心的外套，他理所当然地估摸着是乞丐在求人施舍，他气得按捺不住，喊道：“司法宫大法官老爷，给我把这家伙扔到河里去。”

“他奶奶的！红衣主教大人，”科贝诺尔说，没有放开克洛班的手，“这是我的一个朋友。”

“万岁！万岁！”嘈杂的人群呼喊。打从此刻起，科贝诺尔师傅在巴黎如同在根特，“在百姓里拥有极大的名望，”菲利浦·德·科敏纳说，“因为有这般身份的人这样乱了套，在巴黎深得民心。”

红衣主教咬咬嘴唇。他向身旁的圣热纳维埃芙修道院院长俯下身

---

[143] 从1833年法国雕塑家杜莱（Francisque Duret，1804—1865）展出作品以来，更在其他艺术家的有关作品影响下，形成那不勒斯人具有无忧无虑天性的印象。

子，低声说道：

“大公老爷给我们通报玛格丽特公主夫人，先派来些风趣的使臣！”

“主教大人，”修院院长回答，“给这些佛兰德猪[144]白白尽到礼数了。珍珠投在猪群前。”

“倒不如说，”红衣主教微笑一下回答，“猪群在明珠前。”

这一小群身穿教袍的奉承者人人对一语双关赞叹不已。红衣主教感到自己轻松了一点：他现在和科贝诺尔已经扯平，他总算也有刻薄话受人欣赏。

现在，请允许我们向读者们问一句：大家对司法宫硕大的平行四边形大堂构成的景象，是否有了一个明确的印象。在大堂中间，靠着西墙是一座宽阔精美的金丝锦缎的平台，通过一扇拱形的小门，进来一批一批由执达吏的大嗓门通报的神情严肃的人物。在前面几张凳子上，已经就座很多受人尊敬的人物，颔下系有白鼬皮、天鹅绒和红呢绒的饰带。始终安安静静、正正经经的平台四周，在下方，在对面，到处都是乱哄哄的人群，乱哄哄的喧哗。千百双百姓的眼睛望着平台上的每一张脸，对每个名字都有千百个窃窃私语声。这番景象肯定难得一见，完全值得观众观看。不过，在那边，在尽头，那张像是搁凳的又是什么，上下各有四个花花绿绿的牵线木偶的搁凳一边，那个身穿黑色粗布罩衣、脸色苍白的人又是谁？唉！亲爱的读者，这是皮埃尔·甘果瓦和他的序幕。

大家已经完完全全把他忘得干干净净了。

上面的事情，正是他担心的事情。

打从红衣主教进了场，甘果瓦就不停地为拯救他的序幕而焦躁不

---

[144] 双关语。典出《圣经·新约》，耶稣说：“把珍珠投在猪前面”，喻把珍贵的东西送给不识货的人，和汉语的“明珠暗投”相近。此句语含双关，是因为佛兰德公主的芳名“玛格丽特”（Marguerite），拉丁文作“Margarita”，词义是“珍珠”。

安。他先是命令两位停下演出的演员继续演，要提高嗓门；接着，看到没有人在听，又叫他们停下；停演持续一刻钟以后，他不停地跺脚，坐立不安，询问吉斯凯特和利埃纳德，鼓励周围的人继续看序幕；一切枉费心机。没有人的视线离开红衣主教，离开使团，离开平台，这些才是这一大片人视线的唯一中心。还应该相信，我们遗憾地说，在主教大人令人惊骇地给大家放松心情时，从序幕开始无不影响全场观众的欣赏。反正，平台上如同大理石长桌上，总是演出同一出剧："耕作"和"教士"的冲突，"贵族"和"买卖"的冲突。而许多人确确实实更喜欢看到演出生动，有生气，有动作，推来搡去，有血有肉，在佛兰德的使团里，在主教的圈子里，穿着红衣主教的袍子，穿着科贝诺尔的上装，而不喜欢甘果瓦给演员穿上的黄白两色的长袍[145]，涂脂抹粉，打扮滑稽，用诗句说话，像是些木头人。

不过，我们的诗人看到安静有点恢复时，他想出了一个万全之策。

"老爷，"他转身向身边的一个人说，此人是个老实的胖子，很文静的样子，"再开始好吗？"

"开始什么？"邻居说。

"哎！神迹剧嘛。"甘果瓦说。

"那就请吧。"邻居又说。

甘果瓦有此半截子的赞成就够了，他亲自上阵，尽量混在人群里面，开始呼喊："再演神迹剧！再演！"

"见鬼！"约翰·德·莫兰迪诺说，"那头他们到底在唱什么？（因为甘果瓦的声音像四个人的嗓门）伙计们，大伙说说！神迹剧不是演完了吗？他们要再演？这没道理。"

---

[145] 黄白两色既是疯子的颜色，也是教皇的颜色。

"没道理！没道理！"全体学生在喊，"打倒神迹剧！打倒！"

甘果瓦使出浑身解数，喊得更响："再演！再演！"

这般的喧闹吸引了红衣主教的注意。

"司法宫大法官老爷，"他对站在他几步之遥的一名高大而皮肤黑黑的人说，"这些家伙到了圣水缸里难受，发出这般地狱里的叫喊[146]？"

司法宫大法官是那种没有定见的法官，那种司法业界的蝙蝠，又当老鼠，又当鸟，又当法官，又当兵。

他走近主教大人，又害怕主教不悦，说："主教大人光临时已过正午，戏子们只好不等主教大人先开演了。"

红衣主教哈哈大笑。

"我敢说，大学校长老爷本来也会迟到的。那你又怎么说，威廉·里姆师傅？"

"大人，"威廉·里姆回答，"我们要为摆脱半部戏而宽慰。这才叫赢了。"

"这帮混蛋还能继续演他们的闹剧吗？"大法官问道。

"再演，再演，"红衣主教说，"我无所谓。我这段时间要念念我的日课经。"

大法官向前走到平台的边上，先用手势招呼安静后，喊道：

"市民们，村民们，居民们，为了满足有的人要再演，满足有的人要看完，主教大人吩咐继续演。"

两方面都得接受。不过，作者和观众都对红衣主教长时间怀有怨恨情绪。

人物上台，又开始夸夸其谈，甘果瓦希望至少他这部作品余下的部

---

[146] 文雅的比喻这些家伙是魔鬼。

分会好好有人听。他这个希望，如同他的其他幻想，很快就变成失望；观众里多多少少已经恢复安静；甘果瓦没有发觉：在红衣主教下令继续演的时候，平台上远没有坐满，继佛兰德使臣之后，随从里又有新的人物到来，在他喊话之时，他们的姓名和身份由执达吏对话时断断续续地喊出来，给戏产生极大的破坏效果。其实，可以设想一下，戏演到一半，念到两句诗的中间，甚至经常在念到一句诗的中间，却是执达吏尖声尖气的插话：

“雅克·沙莫吕师傅，教会法庭的王家检察官！”

“约翰·德·哈莱，马厩总管，巴黎城夜巡骑警护卫[147]！”

“加利奥·德·热努雅克大人，骑士，布鲁萨克贵族，王家炮兵队长！”

“德勒·拉吉耶师傅，国王陛下派驻法兰西、香槟和布里三地森林湖泊督察官！”

“路易·德·格拉维尔大人，骑士，国王顾问和内务总管[148]，法兰西海军上将，万塞讷森林[149]总管！”

“德尼·勒梅西埃师傅，巴黎盲人之家[150]护卫！”——如此等等，不一而足。

这就无法忍受了。

这样莫名其妙的凑趣，使得剧看不下去，尤其让甘果瓦恼火的是：他不能无视对剧的兴趣越来越大，他的作品缺的就是听不清楚。确实很难想象得出有更加巧妙、更富于戏剧性的构思了。序幕的四个人物在极

---

[147] 巴黎城夜巡由市民夜巡和王室夜巡组成。骑警负责城市和圣堂文物两处的安全。

[148] “内务总管”负责王室行政事务的第二号人物。

[149] 万塞讷森林（bois de Vincennes）在巴黎东郊，旧有王家城堡。

[150] “巴黎盲人之家”（maison des aveugles de Paris）由路易九世于1260年创办，收容300名盲人。

度苦恼中唏嘘不已时，维纳斯[151]亲自（她的举止是女神）出现在他们面前，身穿美丽的长袖衫，图案是巴黎市的船徽[152]。她亲自来请求王太子娶最美丽的女人。朱庇特的雷声我们已经在更衣室里领教过了，他支持维纳斯，女神就过来把他带走，不折不扣，嫁给王太子老爷。此时，一个年轻的女孩，身穿白色锦缎，手执一朵雏菊[153]（明明白白是拟人化的佛兰德公主小姐）走来，和维纳斯较量。剧情急变，反复曲折。经过争议，维纳斯、玛格丽特和后台三方同意将此事交由圣母娘娘明断。还有一个好角色，美索不达米亚国王堂·佩德罗[154]；但是，演剧一停再停，已经理不顺这个角色的作用。这些情节姑妄听之。

而这戏就完了，种种精彩处，没有一处被感到，被理解。红衣主教一进场，可以说有一条神奇而无形的线，把众人的视线从大理石长桌牵到平台上，从大堂的最南端牵到了西边。没有任何办法能解除公众受到的魔法；每一双眼睛都盯住台上新来的人，他们该死的姓名，他们的脸，他们的服装，就是持续不断的娱乐。真是扫兴。除了吉斯凯特和利埃纳德，甘果瓦拉拉她们的袖子，她们就回过身来；除了一旁的胖子，他有耐心，其他人无人在听，也无人在看面前这部被遗弃的可怜的道德剧。甘果瓦只能看到一些人的侧影。

他眼看自己苦心经营的声誉和诗意，一点一滴地付之东流，心情何等苦涩！想想这些百姓，当初迫不及待要听他的作品，几乎立即要奋起反抗大法官老爷！如今到手了，又拿他的作品不当一回事。这同一场演出，开始时受到全场空前一致的欢呼！百姓的喜好，反反复复，永无尽

---

[151] 罗马神话的美神。

[152] 巴黎市的市徽是一条船，下有文字：“在浪里颠簸而不沉。”

[153] 雏菊（marguerite）是花名，也可以是女性的名字，译作“玛格丽特”。

[154] 堂·佩德罗历史上属于比利牛斯半岛王室。而美索不达米亚在今伊拉克境内的两河流域。雨果青年时期对此类历史题材很有兴趣。

期！想到大家差一点要绞死大法官的那几个法警！他还有什么舍不得，以重温那甜蜜的时刻！

执达吏蛮横的独白终于结束；全体人员已经到场；甘果瓦松了一口气；演员们勇敢地继续演出。可万万没想到鞋帽商科贝诺尔师傅突然站起来，甘果瓦听到他在全场全神贯注时，做出这样一番可恶的演说：

“巴黎的各位市民和乡绅老爷，我不知道，他奶奶的！不知道我们在这儿干什么。我看到那边角落里，在这戏班子舞台上有几个人的样子想要打架。我不知道这是否就是你们所谓的‘神迹剧’，可是并不好玩；他们斗斗嘴，仅此而已。我等着看好戏，已经等了一刻钟了，什么也没有，只是些懦夫，对着辱骂几句，彼此抓抓碰碰。就应该请来伦敦或鹿特丹[155]的角斗士，那才好呢！你们会就地听到拳头打来打去，而这些人叫人可怜。至少，他们得给我们跳一场摩尔人舞蹈[156]，或什么滑稽闹剧！现在演的和跟我说的不是一码事。跟我说会有愚人节，要选愚人王。我们根特也有愚人王，我们这方面并不落后，他奶奶的！我们是这么干的：嘈杂的人群聚集起来，和此地一样；然后，每个人轮着把头伸到一个洞外，给大家做个鬼脸；谁的鬼脸做得最丑，获得每个人的掌声，就当选愚人王；就这样。这样非常开心。你们想不想按我们国家的方式选你们的愚人王？总不像听这几个唠叨的人那么枯燥乏味。如果他们也想到天窗来做个鬼脸，也是可以的。怎么样，各位市民老爷？此地男人女人有的是滑稽可笑的脸蛋，可以像佛兰德的做法一样大笑一场，我们多的是丑八怪的脸，会出来一张漂亮的鬼脸。”

甘果瓦很想回应，而惊愕、气愤、愤怒让他说不出话来。再说，深

---

[155] 鹿特丹（Rotterdam）是荷兰城市，在15世纪末还算不上是大城市。但是，鹿特丹在以后的历史上发展迅猛，成为世界第一大港。科贝诺尔把鹿特丹和伦敦相提并论，不无预见。

[156] 摩尔人指北非的阿拉伯人。十字军东征后，阿拉伯文化被看成是异国情调。

得民心的鞋帽商一提出这个倡议，这些被尊称为“乡绅”的市民，心头就乐滋滋的，万分热烈地响应，任何抵制都是徒然的。也只好随大流啦。甘果瓦双手捂住脸，他又无缘穿上一件外套，可以像提曼忒[157]笔下的阿伽门农[158]一样，把脸蒙起来[159]。

五 伽西莫多[160]

转眼之间，一切准备就绪，要把科贝诺尔的想法付诸实施。市民们、学生们、法院书记们，便动作起来。面对大理石长台的小教堂被选作扮演鬼脸的舞台。在门的上方，有一扇漂亮的圆花窗，砸掉一块玻璃，露出一圈石窗，商定竞选者把自己的脸从窗子里伸出来。为此，要爬上两个木桶，我说不清大家从什么地方搬来的，两个木桶好歹摞在一起。比赛规则：每个参赛者，无论男女（可以产生愚人女王），先要藏身在小教堂里，要盖住自己的脸，方能对其鬼脸呈现第一个完整的印象。片刻功夫，小教堂里挤满了竞选者，随即在他们身后门被关上。

科贝诺尔在自己座位上命令一切，指挥一切，安排一切。当此乱哄哄之际，红衣主教比甘果瓦更不自在，借口有事和祈祷，赶紧和全体随从退了出来。他来到时曾引发人群的极大轰动，他走的时候全场人群了无声息。威廉·里姆是唯一看到主教大人溃败出逃的人。百姓的注意力，

---

[157] 提曼忒（Timante）是公元前 4 世纪的希腊画家。

[158] 阿伽门农（Agamemnon）是古希腊迈锡尼国王，是特洛伊战争中联军的统帅。出征前，他为了平息海上风暴，把女儿伊菲革涅亚祭献给女神。

[159] 提曼忒创作《祭献伊菲革涅亚》，画家苦于无法传达阿伽门农内心的痛苦，便让他在画上用面纱蒙脸。

[160] 伽西莫多（Quasimodo），这个人物专名的词形是拉丁文，词义是“仿佛”和“如同”。

如同太阳，有自己运行的过程；百姓的注意力从大堂的一端出发，在中间停留一些时间，现在到了另一端。大理石的长台，锦缎的平台，各有各的时间；现在的时间轮到了路易十一的小教堂，从此刻起，给任何疯狂打开了大门。现在，只剩下佛兰德人和芸芸众生。

鬼脸开始上演。在天窗上出现的第一张脸，一双眼皮翻开来呈红色，嘴巴张得大大的，额头皱起来像帝国时代我们的骑兵式马靴，引发一阵无法抑制的狂笑，荷马也会把这些粗人看成是众神[161]。不过，一座大堂岂能就是一座奥林匹斯山[162]，甘果瓦和可怜的朱庇特比谁都明白这一点。第二张鬼脸和第三张鬼脸接踵而至，接着又是一张，接着又是一张；笑声，开心的跺脚声，不亦乐乎。我说不清这景象里有什么特别的兴奋，我说不清有什么陶醉和蛊惑的力量，真的很难给今日我们客厅里的读者一个概念。大家可以想象一连串的脸上，接二连三出现各种各样的几何形状，从三角形到平行四边形，从锥体到多面体；出现人类各种各样的表情，从愤怒到淫荡；出现各种各样的年龄，从新生婴儿的皱脸到垂死老人的皱脸；出现各种各样的宗教鬼怪，从林神[163]到佩尔齐伯特[164]；出现各种各样兽类的脸谱，从狗嘴到鸟嘴，从猪头到鱼头。请想象新桥[165]上出自日耳曼·比隆[166]手下的各种各样的怪面饰，这些化成石头的梦魇，成为鲜活的生命，一个个前来，张着火红的眼睛，面对面望着你；各种各样威尼斯狂欢节上的面具，在你看戏的小望远镜前先后出来：一句话，一幅一幅人脸的万花筒。

---

[161] 荷马史诗《伊利亚特》第一歌结尾处，有众神大笑的场面。

[162] 奥林匹斯山（Olympe）相传是希腊众神的居住之地。

[163] 林神（Faune），罗马神话中的森林之神，半人半羊，头上长角，后有尾巴，性好淫。

[164] 佩尔齐伯特（Belzébuth），典出《圣经·新约》，地狱之王，魔鬼头子。

[165] 新桥（Pont-Neuf）是巴黎塞纳河上的名胜古迹，1578 年兴建，1604 年建成。

[166] 日耳曼·比隆（Germain Pilon，1537—1590），法国雕刻家。

狂欢节越来越有佛兰德的特色。即使特尼尔斯[167]的画，也不足以充分反映出来。请设想酒神节[168]上萨尔瓦托·罗萨[169]的战争画。现在，没有了学生，没有了使臣，也没有市民，没有男人，也没有女人；更没有克洛班·特鲁伊甫，没有吉尔·勒科尔努，没有四个银币玛丽，没有罗班·普瑟班。一切都消失在全场的厚颜无耻里。大堂现在无非是一座放肆和开心的大熔炉，每张嘴都是呼喊，每只眼睛都是闪电，每张脸都是鬼脸，每个人都是千姿百态：这一切在呼喊，在嚎叫。这些稀奇古怪的脸先后在圆花窗里龇牙咧嘴，仿佛是扔进炭火里的一把麦秆；而从这沸腾的人群里，如大炉子喷发出的蒸汽，迸发出刺耳、尖细、尖酸、尖叫的喧闹声，好像飞虫的翅膀。

“哎！该死的！”

“且看看这张脸！”

“一点没意思！”

“看下一张脸！”

“吉勒梅特·莫什勒皮伊，看这张公牛的嘴脸，就缺两只犄角啦。这不是你丈夫。”

“是别人！”

“真是操蛋！这算什么鬼脸？”

“喂喂喂！这是糊弄人。只可以把脸露出来。”

“这个该死的佩蕾特·卡勒博特！她可以这样干。”

“万岁！万岁！”

---

[167] 特尼尔斯（Teniers，1610—1694）应是小特尼尔斯，比利时安特卫普画家，善于画佛兰德的农民、小酒店和狂欢节。

[168] 酒神节是古罗马庆祝酒神的节日，多以狂欢结束。

[169] 萨尔瓦托·罗萨（Salvator Rosa，1615—1673），意大利巴洛克画家，他创作的《古代战争》画于1652年，今存卢浮宫。

第一张鬼脸
(De Rudder 画，Laisné 刻)

“我透不过气来了！”

“又来个人，两只耳朵出不来啦！”

如此等等……

不过，应该为我们的朋友约翰说句公道话。群魔乱舞之中，看得到他还在柱顶上，如同见习小水手在桅楼之上。他带着难以置信的疯狂劲头，身子乱动。他的嘴巴张得大大的，喊出来的声音大家听不见，倒不是被全场的喧闹声淹没，而是他的喊声大概达到了可听的尖叫声的极限，达到索弗尔[170]的一万两千次振动，或比奥[171]的八千次振动。

至于甘果瓦，最初一刻的垂头丧气过去后，他又镇定下来。他以强硬的态度对付敌意。——“继续演！”他第三遍对演员说，演员都是说话的机器；他又在大理石长台上大步走来走去，他又心血来潮，也要到小教堂的天窗去露一下脸，哪怕是去对这些忘恩负义的百姓做一个鬼脸也开心。

“且慢，这会有失我们的身份。不要报复！要斗争到底。”他一再提醒自己，“诗歌对百姓威力巨大，我要把他们拉回来。我们倒要看看，谁比谁强，是鬼脸，还是文学。”

唉！他仍然是自己这部剧唯一的观众。

现在比刚才更糟。他只看到一个个背影。

我说错了。那个很有耐心的胖男人，他在非常时刻请教过的那个人，始终转过身子朝着舞台。至于吉斯凯特和利埃纳德，她们早已溜之大吉了。

甘果瓦被他唯一一位观众的忠诚由衷地感动。他走近他，轻轻摇一下他的胳膊，要和他说话。因为这个大好人靠着栏杆，有点睡着了。

---

[170] 索弗尔（Joseph Sauveur，1653—1716）是音乐声乐的奠基者。

[171] 比奥（Jean-Baptiste Biot，1774—1862），物理学家，对超声波研究有贡献。

“老爷，”甘果瓦说，“我谢谢你！”

“老爷，”胖男人打一个哈欠回答，“谢什么？”

“我看出来你的烦恼，”诗人又说，“就是这些声音让你没法听得清清楚楚。不过请放心：你的名字将会流芳百世。请问，尊姓大名？”

“勒诺·沙托，巴黎夏特莱城堡掌印官，为你效劳。”

“老爷，你在此地是缪斯的唯一代表。”甘果瓦说。

“你太客气了，老爷。”夏特莱城堡掌印官回答。

“你是唯一的人，”甘果瓦又说，“你好歹听了这部戏。你觉得如何？”

“嘿！嘿！”胖官员睡眼惺忪地说，“的确，相当生动。”

甘果瓦只好满足于这样的赞词了：因为一阵雷鸣般的掌声，加上铺天盖地的欢呼，打断了他们的谈话。愚人王选出来了。

“万岁！万岁！万岁！”百姓从四面八方呼喊。

果然，此刻在圆花窗小洞里亮相的鬼脸，是一张奇妙无比的鬼脸。天窗里相继出现的各种脸形，五角形，六角形，奇形怪状，都没有实现想象中被疯狂激发起来的那种理想的滑稽状态，要稳操胜券，独缺刚才让全场目眩神迷的这张崇高的鬼脸。科贝诺尔师傅本人也鼓掌；克洛班·特鲁伊甫也参赛（上帝知道他的脸已有何等的丑陋），表示认输。我们也会服输的。我们并不想试图给读者介绍这个四瓣的鼻子，这张状如马蹄铁的嘴巴，这只小小的盖着一丛棕色眉毛的左眼，而右眼已被一颗大大的疣子完全盖住；这一口凹凸不平、东缺一颗、西缺一颗的牙齿，仿佛堡垒的雉堞；这张长着茧子的嘴唇，其中有一颗牙齿侵占了过来，像是象牙；这个分叉的下巴；尤其是五官上这副总的模样；是狡黠、惊讶和伤心兼而有之的表情。如果可能，请设想一下这总体的印象吧。

一致欢呼通过，大家涌向小教堂。大家把这位全福的愚人王抬举着请出来。这时候，惊讶和赞美达到了极点：原来，鬼脸就是他的脸。

或者说，他的全身上下，就是一张鬼脸。一颗大脑袋上插着翘起几茎棕色的头发[172]；两侧的肩膀之间，后背上有个大驼背，前胸反之是个大鸡胸；两条大腿和两条小腿的结构过于离奇，只能在膝盖处彼此碰到，从正面看，像是两把弯弯的镰刀，只在刀柄处相衔接[173]；一双宽大的脚，一双硕大的手；如此的奇形怪状，我不知道会有何等有力、机灵和勇猛的架势；永恒的规律是力量一如美丽，源于和谐。这是稀奇古怪的例外。这就是一群愚人刚刚为自己选出来的愚人之王。

真可以说，是一个砸烂后镶拼错误的巨人。

当这样一个库克鲁普斯[174]出现在小教堂的门槛上时，一动不动，矮而粗壮，身高几乎等于身宽；正如有位伟人所说[175]，“方方正正”；看到他红紫两色的大外套，外套缀有银线绣成的小铃铛[176]，尤其是看到他完美无缺的丑陋，乡里百姓马上认出他来，异口同声喊道：

“是伽西莫多，敲钟人！是伽西莫多，圣母院的驼背！独眼龙伽西莫多！罗圈腿伽西莫多！万岁！万岁！”

我们看到，这个可怜虫的绰号多的是。

“当心，大肚子的孕妇！”学生们叫喊。

“想怀孕的女人当心。”约翰又说。

妇女们果真都捂住了脸。

“噢！丑猴子！”一个妇女说。

“又丑，又坏。”另一个妇女又说。

---

[172] 棕色头发不合常规，相传是犹大的发色。

[173] 雨果在创作《巴黎圣母院》时，画有伽西莫多的草图，正是如此。此图是塞巴谢注释版《巴黎圣母院》的封面。

[174] 库克鲁普斯（Cyclope）是希腊神话中的独眼巨人。

[175] 小说初稿：“拿破仑或许会说”。

[176] “铃铛”的图案暗示伽西莫多是敲钟人。

“是个魔鬼。”第三个妇女加一句。

“我真倒霉，住在圣母院附近，我夜里听到他在屋檐下闲逛。”

“和猫一起。”

“他总是上我们屋顶。”

“他通过烟囱对我们施魔法。”

“那天晚上，他在我天窗对我做鬼脸。我还以为是有人。我吓了一跳!”

“我肯定他会去参加巫魔的夜会。有一次他在我的铅盆[177]里留下一把扫把[178]。”

“噢！驼背那张吓人的脸!”

“噢！丑恶的灵魂!”

“呸!”

男人们相反很开心，就鼓掌。

伽西莫多成了喧闹的目标，一直在小教堂门口，站着，神情忧郁严肃，任人欣赏。

有个学生（我想，是罗班·普瑟班）走来凑着他的脸笑，凑得太近了。伽西莫多把他拦腰拎起来，扔过人群，扔到十步开外的地方[179]，但自始至终，一言不发。

科贝诺尔师傅惊叹不已，过来走近他。

“他奶奶的！教皇！你真是我平生见过的完美无缺的最丑的人。你可以当巴黎愚人王，也可以当罗马教皇。”

他这么说时，开心地用手拍拍他的肩膀。

---

[177] 铅盆用于倒生活污水。

[178] 巫魔多骑着扫把赴夜会。

[179] 据塞巴谢教授计算，约合 7 米左右。

伽西莫多
(G. Brion 画，Yon-Perrichon 刻)

伽西莫多一动不动。科贝诺尔继续说：

“你这家伙，我好想请你痛痛快快大吃一顿，哪怕花上十二个图尔[180]银币的十二块新钞[181]。你说怎么样?”

伽西莫多没有回答。

“他奶奶的!”鞋帽商说，“你是聋子?”

---

[180] 图尔是巴黎西南方的城市，图尔银币是在图尔铸造的钱币。

[181] 十二块新钞是 1474 年 12 月面市的新币。

他果真是聋子。

这当口，他开始对科贝诺尔的举止不耐烦了，突然转身向他，狠狠地咬一咬牙，佛兰德的巨人往后退，就像是一条哈巴狗面对一只猫。

这时，在这个古怪人物的四周，围起一个恐怖而又尊敬的圆圈，半径少说有正正经经的十五步[182]。一位老妇人对科贝诺尔师傅解释，伽西莫多是聋子。

“聋子!”鞋帽商一声佛兰德的哈哈大笑，“他奶奶的，是个十全十美的愚人王。”

“唉！我认出他来了，”约翰喊道，他终于从柱顶上下来了，想就近看看伽西莫多，“他是我代理主教兄长的敲钟人。你好，伽西莫多!”

“鬼家伙!”罗班·普瑟班说，他被约翰摔下时造成的挫伤还痛着呢，“他来时：是个驼背。他走路：是个罗圈腿。他望着你：是个独眼龙。你对他说话：是个聋子。这个，他的舌头干什么用的，这个波吕斐摩斯[183]?”

“他想说话时会说话，”老妇人说，“他是敲钟把耳朵敲聋的。他不是哑巴。”

“他缺的正是这个。”约翰一旁提示。

“他多长了一只眼睛。”罗班·普瑟班又说。

“不对，”约翰说得很有道理，“独眼龙比瞎子更糟糕。他知道自己缺少什么。”

这期间，学生们有了所有的乞丐、所有的仆人、所有的扒手相帮，已经去法院书记室的橱柜里为愚人王游行找纸糊的教皇三重冠和糊弄人的长教袍。伽西莫多任人给他穿戴，不皱眉头，带着某种骄傲的顺从。

---

[182] 据塞巴谢教授，大约有 25 米的半径。

[183] 波吕斐摩斯（Polyphème）是希腊神话里的独眼巨人。

接着，大家让他坐上一辆花花绿绿的担架。十二个愚人帮的管事把担架抬上肩头；独眼巨人看到自己长得畸形的脚下，这些神气、挺直、穿着漂亮的人的一颗颗脑袋，他忧郁的脸上漾起某种苦涩和鄙夷不屑的笑意。接着，怪声怪叫、破破烂烂的游行启动了，根据习俗，先在司法宫的围廊内绕场一圈，再去各条街上和各个路口巡行。

六 爱斯梅拉达[184]姑娘

我们十分欣慰，可以告知我们的读者：在这一幕的前前后后，甘果瓦和他的剧挺住了。他的演员被他紧紧盯住，没有中断念他们的台词，而他呢，也没有中断听取台词。他对喧闹声逆来顺受，决心坚持到底，对于观众会回心转意并不感到绝望。当他看到伽西莫多、科贝诺尔和震耳欲聋的愚人王队伍从大堂里敲敲打打出去时，这一点希望之火又复燃了。人群迫不及待地跟随其后。"好，"他想，"这些糊涂虫不是都走了。"可悲的是，这些糊涂虫，就是观众。转眼之间，大堂里走空了。

其实，还有几个观众留了下来，有的散坐，有的围着柱子，妇女、老人或孩子，仍然有嘈杂，仍然有吵闹。有几个学生骑坐在窗台之上，望着广场。

"也好，"甘果瓦想，"剩下的人也够了，可以听完我的神迹剧。他们人数不多，却是观众的精英，是有修养的观众。"

少顷，那支本当在圣母娘娘来到时产生极大效果的乐队仍未出来。

---

[184] 据专家研究："爱斯梅拉达"的名字，可能典出西班牙作家塞万提斯的中篇小说《吉卜赛女郎》。该中篇描写宿命和一个绿眼睛的女孩失而复得的主题。"爱斯梅拉达"（Esmeralda）的词源与"翡翠"（émeraude）有关。这个词的词义源自东方，经过古希腊语和拉丁文，进入古法语。

甘果瓦意识到他的音乐被愚人王的游行队伍给带走了。“免了吧。”他强自镇定地说。

他走近几个市民，他们看上去在谈论他的剧。他抓住交谈的片言只语是这样的：

“舍内多师傅，你知道以前是德·内穆尔老爷的纳瓦尔府邸吗？”

“知道，在布拉克小教堂对面。”

“对呀，税务署才把府邸租给了书籍装帧细密画家纪尧姆·亚历山大，年租金是巴黎造六利弗尔八个苏。”

“租金涨得好厉害！”

“得！”甘果瓦叹了口气想，“其他人在听吧。”

“伙计们，”窗子上一个年轻家伙突然叫喊，“‘爱斯梅拉达姑娘’！‘爱斯梅拉达姑娘’在广场上！”

这个名字产生神奇的效果。凡是留在大堂里的人全都冲向窗子，爬上围墙去看，跟着喊：“‘爱斯梅拉达姑娘’！‘爱斯梅拉达姑娘’！”

同时，听到外面响起拍手鼓掌的巨大声音。

“爱斯梅拉达姑娘，这是什么意思？”甘果瓦伤心地合上双手，“噢！我的上帝！看来现在轮到窗子走红了。”

他向大理石长台转过身去，一看演出已经停下。正当朱庇特应当挟带闪电登场的时刻。而朱庇特呆在舞台下方，一动不动。

“米歇尔·吉博纳，”诗人火了，喊道，“你站着干吗？这是你的角色吗？登台。”

“唉，”朱庇特说，“有个学生刚才把梯子拿走了。”

甘果瓦一看。这事千真万确。情节和结局之间，一切联系已被截断。

“这家伙！”他喃喃地说，“他干吗要这张梯子？”

“可以跑去看爱斯梅拉达姑娘。”朱庇特可怜巴巴地回答，“他说：‘嘿，有张梯子放着不用。’就把梯子拿走了。”

这是最后的打击。甘果瓦无可奈何地被击倒了。

“让魔鬼把你们带走吧！”他对演员们说，“如果我收到钱，你们也会有钱的。”

于是，他撤离战场，垂头丧气，走在最后，仿佛经历一番鏖战的将军。

他一边走下司法宫曲曲弯弯的阶梯：

“这些巴黎人啊，真是一大群驴子和鹭鸶[185]！”他在牙齿缝里嘀咕：“他们来是听神迹剧的，却什么都听不进去！他们放在心上的是每个人，关心克洛班·特鲁伊甫，关心红衣主教，关心科贝诺尔，关心伽西莫多，关心魔鬼！而对圣母娘娘马利亚呢，一点不关心。我要是早知道，我也会给你们的，给你们一个个黄花闺女玛丽，都是浪荡子！我，我是来看大家的脸，却只看到大家的背！身为诗人，却取得卖药的成绩！也是，荷马在希腊的乡镇要饭，纳索[186]在流放中死在莫斯科人的国家。我真想让魔鬼扒了我的皮，如果我明白他们说‘爱斯梅拉达’是什么意思！先问问这个名字什么意思？这可是门古埃及的学问啊！[187]”

---

[185] 驴子和鹭鸶都以叫声粗大、头脑愚笨而著名。

[186] 纳索（Nason）指古罗马诗人奥维德（Ovide，公元前 43—公元 18），晚年横遭放逐，远去黑海之滨的罗马尼亚，最后客死他乡。

[187] 15 世纪，人们以为波西米亚语源自古埃及象形文字。16 世纪时，吉卜赛人自称“埃及人”。本书对爱斯梅拉达时而称吉卜赛姑娘，时而称埃及姑娘。

圣母娘娘的壁龛
(Steinheil 画，Thiébault 刻)

1

De Charybde en Scylla.

La nuit arrive de bonne heure en janvier. Les rues étaient déjà sombres quand Gringoire sortit du Palais. Cette nuit tombée lui plut. Il lui tardait d'aborder quelque ruelle obscure et déserte pour y méditer à son aise et pour que le philosophe posât le premier appareil sur la blessure du poète. La philosophie était du reste son seul refuge, car il ne savait où loger. Après l'éclatant avortement de son coup d'essai théâtral, il n'osait rentrer dans le logis qu'il occupait rue Grenier-sur-l'eau, vis-à-vis le Port-au-Foin, ayant compté sur ce que monsieur le prévôt devait lui donner de son épithalame pour payer à maître Guillaume Doulx-Sire, fermier de la coutume du pied-fourché de Paris, les six mois de loyer qu'il lui devait, c'est-à-dire, douze sols parisis, douze fois la valeur de ce qu'il possédait au monde, y compris son haut-de-chausses, sa chemise et son bicoquet. Après un moment de réflexion, provisoirement abrité sous le petit guichet de la prison du trésorier de la Sainte-Chapelle, au gîte qu'il élirait pour la nuit, ayant tous les pavés de Paris à son choix, il se souvint d'avoir avisé la semaine précédente rue de la Savaterie, à la porte d'un conseiller au parlement

第 2 卷第 1 页作者手稿

第二卷

一　从卡律布狄斯漩涡到斯库拉岩礁[①]

一月份，夜晚早早来到了。甘果瓦走出司法宫时，街道上已经黑黑的了。这个夜晚让他感到高兴；他缓缓走进某条黑乎乎的无人小巷子，好随心沉思一番，好让哲学家给诗人的伤口安上第一条绷带。再说，哲学也是他唯一的避难所，因为他不知道何处安身。他在舞台上初试身手，显而易见以流产告终，他不敢返回坐落在干草港对面、水上阁楼街的居所，本来指望宫廷司法官老爷会付他祝婚歌的钱，以便给屠宰场牛羊动物包税人的纪尧姆·杜西尔师傅，交付欠他的六个月房租，即十二个巴黎苏，这是他在世上全部家当的十二倍：包括他的短褂，他的衬衣，和他的那顶帽子。他考虑片刻，暂时先在圣堂财务官监狱的小门内栖身，思忖可以供他过夜的栖身之地，巴黎的每条街道都供他选用。他想起上个星期在旧鞋街最高法院一位推事的家门口，发现一块骑骡子用的踏脚石，当时自言自语道：是时候用得着，这块石头倒是一个供乞丐或诗人

---

① 据希腊神话，卡律布狄斯（Charybde）漩涡和斯库拉（Scylla）岩礁是扼守意大利墨西拿海峡的两头怪兽，水手经过海峡，不被漩涡吞没，就在岩礁上粉身碎骨。

用着非常好的枕头。他感谢老天爷给他送来这个好主意；可正当他打算穿过司法宫广场，走近老城里曲曲折折的迷宫，这一条条面目相似的老街，木桶街，旧绒街，旧鞋街，犹太街，等等，今天依旧岿然不动，有九层高的楼房[②]，他看到愚人王的游行队伍也从司法宫出来，穿过大院，蜂拥而出，吵吵嚷嚷，火炬通明，还有本该是他甘果瓦的乐队。见此情景，他自尊心的伤口又隐隐作痛。他溜之大吉。他为自己倒霉透顶的遭遇痛楚不已，凡是有关白天节日的回忆，都使他难受，让他的伤口流血。

他想走圣米迦勒桥[③]，一些孩子拿着爆竹和烟花在桥上东奔西跑。

“该死的烟火！”甘果瓦说，突然拐弯去兑币桥[④]。桥头的屋子上早已挂上三面旗，代表国王、王太子和佛兰德的玛格丽特，挂上六面小旗，小旗上的“肖像”是奥地利公爵、波旁红衣主教、博若大人、法兰西的约翰娜夫人[⑤]、波旁庶子老爷[⑥]和我说不上来的某人；这一切被火炬照亮。嘈杂的人群在欣赏。

“画师约翰·富尔博真幸福！”甘果瓦长长叹一口气说，转身离开大旗小旗。他面前有一条街，他发现街上黑漆漆的，空无一人，就希望在这条街上逃避节日的种种繁华和种种光彩；他一头扎进黑黑的街。走了没几步，他的脚绊上什么东西；他一个踉跄，倒在地上。这是法院书记团助理书记们早晨放在最高法院院长门前的一束五月花枝，以示这是隆重的一天。甘果瓦勇敢地经受了这番新的遭遇；他站起身来，走到水边。他把高等法院民事部和高等法院刑事部留在了身后，贴着国王花园的高

---

② 据说，这些街今天是巴黎警察总局所在地，但雨果创作《巴黎圣母院》时还存在。

③ 圣米迦勒桥（pont Saint-Michel）在老城岛东岸，通圣米迦勒广场。

④ 兑币桥（Pont-au-Change）在老城岛西端。中世纪时，兑币桥上民居密集。

⑤ 历史上有两个“法兰西的约翰娜”（Jeanne de France）：路易十一的妹妹和他的女儿。

⑥ 波旁王族有很多非嫡出的庶子。如 1483 年逝世的约翰·波旁，是他给波旁红衣主教留下里昂主教区。

沙滩广场
(Hoffbauer 画，Huyot 刻)

墙，在这片没有铺路石的沙滩上，泥浆没到他的脚脖子，他来到老城的最西头，端详片刻母牛艄公岛⑦。小岛在黑暗中，他看着像是把他和小岛分离的微微泛白而窄窄的河道前面，是一大堆黑乎乎的东西。小岛此后在铜马⑧和新桥的下方已告消失。看到有一点闪亮的光，人们猜想得到是状如蜂房的木箱结构，母牛艄公夜间便在此栖身。

“母牛艄公真幸福！”甘果瓦想，“你不想出名，你不写祝婚歌！帝王间的联姻，勃艮第的公爵夫人，关你屁事！至于玛格丽特⑨，你只知道四月间你草场上开的雏菊，供你的母牛食用！而我呢，我是诗人，我被喝了倒彩，我在哆嗦，我欠下十二个苏，我的鞋垫完全透光，都可以

⑦ 母牛艄公岛（îlot du Passeur-aux-Vaches）在中世纪时，是老城岛下游末端的小岛，今已消失。

⑧ 铜马指新桥桥面上高大的亨利四世骑像。

⑨ “玛格丽特”作为普通词语，词义是“雏菊”。

给你的提灯当灯罩用了。谢谢了，母牛艄公！你的小屋子让我的眼睛安静，让我忘掉了巴黎！”

一枚圣约翰节的双响大炮仗，让他从几乎是情意绵绵的出神状态中惊醒过来，炮仗是猛然从幸福的小屋子里蹦出来的。是母牛艄公参与今天的寻欢作乐，拉响了一枚焰火。

这枚炮仗让甘果瓦全身起鸡皮疙瘩。

“该死的节日！”他叫道，“你要处处盯着我啊？噢！我的上帝！一直盯到母牛艄公的住家！”

接着，他望望脚边的塞纳河，一阵可怕的诱惑攫住了他。

“啊！”他说，“如果河水不那么冷，我真想葬身河底算了！”

这样，他下了绝望的决心。既然，他躲不开愚人王，躲不开约翰·富尔博画的小旗，躲不开五月的花枝，躲不开焰火和炮仗，干脆大胆闯进节日的核心里，去沙滩广场。

“至少，”他想，“也许，我在广场上会找到一段篝火的木棍暖暖身子，或许，我可以吃点三个王家糖制大纹章剩下的糖渣，算是晚饭，糖制大纹章应该会摆在全城的公共餐桌上。”

二 沙滩广场

沙滩广场当年的情况，今天剩下的痕迹已经微不足道了。精美的角楼占据着广场北角，已经埋没在粉刷丑陋的雕塑厚厚实实的屋顶之下，也许不久将会消失，被大量涌出来的新建房屋淹没，新屋迅速吞没巴黎所有古老建筑物的面貌。

我们这一辈的人，从来不会经过沙滩广场而不对这座可怜的在两座路易十五时代[10]的破房子下窒息的角楼，投去怜悯和同情的一瞥。我们很容易在思想里重构角楼所在的整片建筑物，完整地再现十五世纪这座古老的哥特式广场的面貌[11]。

和今天一样，这是一个不规则的梯形，一边是码头，其他三边是一系列高耸的房屋，又窄，又暗。当年白天，人们可以欣赏到广场上多种多样的建筑物，都是石雕或木雕，可以呈现出中世纪不同住宅建筑的完整样品，从十五世纪上推到十一世纪，从窗扇开始，窗扇开始赶走尖形穹窿，直到罗马式半圆拱，半圆拱已经被尖形穹窿取代，但还在尖形穹窿之上，占有罗兰塔这座古老房子的第二层，在广场临塞纳河的角上，在制革街的一侧[12]。夜间，只看得清这一大堆建筑物现出黑色锯齿形的屋顶，把四周连成一条尖角的链条。这可是以前的城市和现在的城市根本的区别之一，今天是正墙望着广场和街道，而从前是山墙。两个世纪以来，房屋翻了一个身。

在广场东侧的中间，立着一座沉甸甸的混合式样的建筑，共有三层叠加的房屋。以前有三个名字，可说明其历史、用途和建筑名称："王太子府"，因为查理五世做王太子时住过；"买卖楼"，因为以前用作市政厅；"吊脚楼"（木桩之屋），因为有一系列粗大的柱子撑起其三层楼屋。城市在此解决像巴黎这样一座好城市的一切需要：一座小教堂，用来向上帝祈祷；一所"辩诉庭"，供审理争执，必要时顶撞王家官吏；而在顶楼，有一座"军械库"，盛了一些武器弹药。因为巴黎的市民懂得：万不得已的情况下，祈祷和诉讼不足以保持老城的自由，他们在市政厅的一

---

⑩ 路易十五（1715—1774），法国国王。对浪漫主义作家而言，路易十五代表了十八世纪的颓废精神。

⑪ 雨果笔下的沙滩广场，已经在拓建今天巴黎市政厅北边的利沃里街（rue de Rivoli）时消失，而在《巴黎圣母院》创作的1830年，拓建工程尚未最后完成。

⑫ 在今沙滩广场的西侧。

间阁楼里总是储备有生锈而可用的火枪。

沙滩广场此后就有这副面目阴森的外表，今天仍然如此，因为沙滩广场给人可憎的想法，也因为多米尼克·博卡多尔[13]的市政厅取代了吊脚楼。应该说，一座常设的绞刑架，一座常设的示众柱，一个是司法，一个是当时所谓的梯子，并排立在路中间，对目光回避这座夺命的广场，不是没有起到一点作用的。此地有多少身体健康、生龙活虎的人临终奄奄一息，此地五十年后出现“圣瓦利耶[14]的热病”，这断头台的恐惧症，是一切病症中最可怕的病，因为此病并非源自上帝，而是来自人。

这是令人宽慰的想法（我们顺便提及）：想到三百年前，死刑有铁制的车轮刑，有石筑的绞刑台，有整整一套酷刑，处处有，马路上就有，固定在沙滩广场，中央菜场，王太子广场[15]，抽屉十字广场，猪市这丑陋的隼山，执达吏栅栏，猫儿广场，圣德尼门，尚波，驴门，圣雅各门[16]，还不算难以计数的拥有司法权的司法官、主教、教务会、修道院院长和隐修院院长的断头台；还不算塞纳河的溺死罪；这是令人宽慰的想法：今天，死刑这个封建社会古老的大权在握的国母，先后失去其身上的一件件盔甲，失去其骄奢的酷刑，失去其无中生有、信口开河的刑法，失去其拷问，可以每五年在大夏特莱更换一张皮床，大权在握的国母现在几乎成了亡命之徒，被逐出我们的城市，被每一部法律围捕，被每一个广场驱逐，在我们其大无比的巴黎，仅仅只有沙滩广场这脸面丧尽的一角，只有一架鬼鬼祟祟的、不安和可耻的断头台，看来总是害怕

---

⑬ 多米尼克·博卡多尔（Dominique Bocardor，1465—1549）意大利建筑师和工程师，应法国国王弗朗索瓦一世的邀请，设计新的巴黎市政厅。

⑭ 圣瓦利耶（Saint-Vallier，1539 年卒）于 1524 年卷入波旁大将军的叛国案，被判处死刑，在刑场上的最后一刻，获弗朗索瓦一世国王的赦免。

⑮ “王太子广场”（Place Dauphine），今存，在老城岛西侧，当初纪念未来的路易十三。

⑯ 雨果提及的古代巴黎行刑地，多为旧地名。

被人当场逮住，干尽坏事之后，正很快地逃之夭夭。

三 亲吻回报挨揍[17]

皮埃尔·甘果瓦来到沙滩广场时，全身冻僵了。他是走的磨坊主桥[18]，好避开兑币桥上的喧闹和约翰·富尔博的小旗；而主教所有磨坊的水轮在他经过时溅了他一身的水，他的破褂儿湿透了；此外，他觉得自己作品的失败更使他感到冷飕飕的。所以，他加快步子，走近广场正中熊熊燃烧的欢乐之火。而一大群人在篝火四周围成了一圈。

"该死的巴黎人!"他自言自语道（因为甘果瓦身为真正的戏剧诗人，动辄会有独白），"他们这就把火给我挡住了！我多想有一角火炉：我的鞋子吸水！这一座座该死的磨坊对着我哭哭啼啼！巴黎主教和主教的磨坊真见鬼！我真想知道一个主教要磨坊干什么！难道他指望做个磨坊主教？如果他为此需要我的诅咒，我的诅咒给他，给他的大教堂，给他的那些磨坊！你们看看，这些看热闹的人会不会挪挪身子！我且问问你们他们的动静！他们在烤火取暖，好快活！他们在观望许多细小的树枝燃烧，好景致!"

他凑近细看，发现这一圈人的圈子比在国王的火边烤火的正常圈子大多了，发现来了这么多的看客，也并非仅仅为了看看许多细小的树枝燃烧时的美丽景象。

在群众和火堆之间，留出来的一大片空地上，有个少女在跳舞。

这个少女是个人，或是一个仙女，或是一个天使，甘果瓦纵然身为

---

⑰ 西班牙文。

⑱ 甘果瓦绕老城的西侧一周，再经过磨坊主桥进入市区。磨坊主桥属主教所有。

怀疑主义哲学家，纵然身为讽刺诗人，一时间也拿不定主意，眼前这令人目眩神迷的景象太让他迷惑了。

她身材不高大，但看起来身材高大，她纤细的腰身出奇地婀娜多姿。她棕色皮肤，但我们猜得到在白天，她的皮肤会有安达卢西亚[19]妇女和罗马妇女那种美丽的金色反光。她的脚也是安达卢西亚小脚，因为小脚穿在她优雅的皮鞋里，又紧又合脚。在一张随随便便扔在脚边的旧波斯地毯上，她跳舞，她旋转，她飞速旋转；而每当她容光焕发的脸在你面前转过时，她黑黑的大眼睛仿佛向你射来一束电光。

在她四周，每一双眼睛盯着，每一张嘴巴张大。确然，她这般舞蹈时，在她两条浑圆、完美的玉臂把巴斯克[20]铃鼓举在头顶上嗡嗡作响时，她纤细、柔弱和活泼得像穿着没有褶皱的金色胸衣的胡蜂，她色彩缤纷的袍子随着袒露的双肩鼓起来，她的裙子不时露出她秀美的双腿，她黑黑的头发，她燃烧的眼睛，这是一个超凡脱俗的美人。

“说真的，”甘果瓦想，“这是一只蝾螈[21]，这是水中的仙女，这是个女神，这是梅纳莱安山[22]上的女祭司。”

此时，“蝾螈”的一条发辫散了开来，系在发辫上的一枚黄铜扣子滚落在地上。

“哎，不是!”他说，“这是个吉卜赛女郎。”

种种奇思异想都烟消云散了。

她又开始跳舞。她在地上拣起两把剑，用剑头顶着自己的额头，让双剑向一侧旋转，而自己向另一侧旋转。果然，明明白白，这是个吉卜

---

⑲ 安达卢西亚（Andalousie）是西班牙南部地区，中世纪前有北非的阿拉伯人、摩尔人和吉卜赛人活动。

⑳ 巴斯克（basque）地区在法国和西班牙之间的比利牛斯山两侧。

㉑ 相传蝾螈是生活在火中的生灵。

㉒ 梅纳莱安山（Mont-Ménaléen）是希腊阿卡迪亚地区献给牧神潘神的圣山。

赛女郎。可不论甘果瓦如何清醒过来，眼前这幕景象并非没有魅力，并非没有不可思议之处。节日的篝火照亮了她，强烈的红光在四周一圈群众的脸上，也在少女棕色的额头上，欢快地晃动，给广场的深处笼上一抹灰白色的反光，掺杂了抖动的人影，一侧照亮“吊脚楼”[23] 黝黑而皱巴巴的正墙，另一侧照亮绞刑架石筑的横梁。

在这千百张被这光亮染红的脸中间，有一张脸显得比别人更加专注地凝视跳舞女郎。这是一张男人的脸，严峻，沉静，阴郁。此人的衣服被他身边的人群挡住，看上去不会超过三十五岁；但他已秃顶，两边鬓角几绺稀疏的头发也已灰白；他又宽又高的额头开始刻出深深的皱纹；但在他深陷的眼睛里，迸发出非同寻常的青春活力，激动的生命，深深的激情。他的目光牢牢地盯在吉卜赛姑娘身上，当十六岁的疯姑娘又是跳，又是转，让众人感到开心，他的沉思似乎变得越来越阴沉。一丝微笑，一声叹息，时不时在他的嘴唇上相遇，而微笑比叹息更为痛苦。

少女喘着气。终于停了下来，百姓使劲为她拍手叫好。

“嘉利[24]。”吉卜赛姑娘说。

这时，甘果瓦看到走来一只漂亮的小母山羊，白毛，机灵，活泼，毛色发亮，一对金黄色的羊角，四只金黄色的羊脚，一条金黄色的颈圈。他一直没有看见的小山羊，先前蹲在地毯的一角，看着女主人跳舞。

“嘉利，”跳舞女郎说，“该你了。”

她坐下，优雅地把巴斯克铃鼓递给母山羊。

“嘉利，”她继续说，“我们现在是几月份?”

㉓ “吊脚楼”即当年的市政厅。

㉔ “嘉利”(Djali)，雨果有注，在鞑靼语里的意思是“狗”。

爱斯梅拉达姑娘
（G. Brion 画，Pannemaker fils 刻）

母山羊提起一条前腿，在鼓上敲一下。果然现在是第一个月[25]。人群鼓掌。

“嘉利，”姑娘又说，把鼓翻了一面，“我们现在是本月的哪一天?”

嘉利提起它金黄色的小脚，在鼓上拍了六下。

“嘉利，”埃及姑娘又说，总是玩着新的鼓法，“现在是一天的几点钟?”

嘉利敲了七下。此时，“吊脚楼”的大钟敲响七点钟。

百姓都看迷了。

“这可是巫术。”人群中有个阴沉的声音说道。正是秃头男子的声音，他的眼睛始终没有离开吉卜赛姑娘。

她一阵战栗，转过脸来。可掌声响起来，盖过了那声阴郁的惊呼。

掌声在她思想里彻底抹去了这声惊呼，她继续问她的山羊。

“嘉利，圣烛节[26]游行时，城中短剑队队长吉夏尔·大雷米师傅会怎样?”

嘉利用后腿站起来，咩咩地叫起来，一本正经地走路，一圈的观众看到滑稽模仿短剑队长装出来的虔诚，都哈哈大笑。

“嘉利，”姑娘越来越成功，胆子大了，又说，“教会法庭的王家检察官雅克·沙莫吕师傅是怎么布道的?”

母山羊正襟危坐，咩咩叫起来，古里古怪地挥动两条前腿，除法语和拉丁文蹩脚以外，手势，口音，姿态，活灵活现就是雅克·沙莫吕。

人群更加热烈地鼓掌。

“亵渎！渎圣!”秃头男子的声音又响起来。

㉕ 法国从1564年起，即比《巴黎圣母院》故事发生的1492年晚72年后，才确定1月份是每年的第一个月份，但中世纪时宗教仪式定圣诞节为新年的开始。

㉖ “圣烛节”(Chandeleur)在每年的2月2日，即耶稣诞生后的第40天，是冬天的最后一个节日。

吉卜赛姑娘又一次回头。

“哎!”她说，“这个坏蛋!”接着，她用下嘴唇伸出上嘴唇，做了个习惯性动作，轻轻地噘噘嘴，原地转动脚跟，开始用铃鼓收受人群的赏钱。

大白银币，小白银币，小盾币[27]，老鹰里亚[28]，纷纷落下。突然，她走过甘果瓦的面前，甘果瓦糊涂透顶，摸一下口袋，她停下。“见鬼!”诗人说，发现口袋里空空如也。这时候，漂亮的姑娘站在面前，张着大眼睛望着他，向他伸出鼓等着。甘果瓦汗如雨下。

如果他口袋里有一个秘鲁[29]，他会毫不犹豫地把秘鲁给跳舞女孩。可是，他并没有秘鲁，再说，其时美洲也尚未发现。

幸好，一件意外的事情给他解了围。

“你走不走，埃及蝗虫[30]?”一个刺耳的声音喊道，声音发自广场上最幽暗的角落。姑娘转过身，很害怕。这不再是秃头男人的声音，这是女人的声音，一个虔诚而又恶意的声音。

此外，这一声让吉卜赛女人害怕的喊叫，却让一大群在广场上闲逛的孩子大为高兴。

“这是罗兰塔里的隐修女，”孩子们喊道，乱笑起来，“这是麻袋女[31]发脾气吧?是她没有吃晚饭吧?拿些城里公共餐柜的剩饭剩菜给她送去!”

孩子们都向“吊脚楼”跑过去。

㉗ “小盾币”是布列塔尼货币，上有盾牌图案。

㉘ “里亚”是辅币，币值在十二分之一个苏。

㉙ 16世纪中叶，欧洲人发现秘鲁和秘鲁的金矿。

㉚ 古代埃及蝗虫成灾。法语中，“埃及女人”有“吉卜赛女人”的词义。蝗虫善跳，喻舞女爱斯梅拉达。所以，“埃及蝗虫”是对吉卜赛姑娘爱斯梅拉达跳舞时的蔑视和诅咒。

㉛ 某些教派的修士和修女身披麻袋作为衣服，以示苦修。

这时，甘果瓦已经乘跳舞女孩慌乱之际，溜之大吉。孩子们的吵闹声让他想起，他自己也没有吃晚饭。他就向餐柜跑去。不过，小鬼们的腿比他跑得快：他赶到时，他们已把桌子一扫而空。连五个苏一斤的干巴巴的小糕点竟也没有剩下一小块。墙上只有细长的百合花，缠有玫瑰，是马蒂厄·比泰纳一四三四年的绘画。这是一顿清苦的晚餐。

不吃晚饭睡觉，是烦人的事情；而不吃晚饭还不知道在哪儿过夜，是更令人笑不出来的事情。甘果瓦就是如此。没有面包，没有宿地。他感到窘迫从四面八方向他逼来，他感到窘迫得非常荒唐。长久以来，他就发现这个真理，朱庇特是在极度憎恨人类的心情下创造了人类，智者的一生中，他的命运让他的哲学处于戒严状态。至于他，他从未见过如此彻底的封锁；他听到自己的胃部在狂跳，他感到恶劣的命运以饥饿征服他的哲学太不体面了。

正当他越来越专心致志于这般忧伤的沉思时，一支古怪而又显得温情脉脉的歌，猛然让他从沉思中醒悟过来。这是年轻的吉卜赛姑娘在唱歌。

她的歌声一如她的舞步，一如她的美丽。说不清楚，又很美妙。可以说，是某种纯粹、动听、空灵和轻盈的东西。这是持续不断的绽放，是一个又一个旋律，一个又一个突如其来的节奏，接着是简简单单的短句，间有尖细和鸣叫的音乐，接着是会让夜莺感到狼狈的忽高忽低，但永远悦耳动听；接着是八度音程的轻轻起伏，如同这位年轻歌女的胸脯一般，时起时落。她美丽的脸蛋随着歌曲的急速变化，收放自如，可以狂乱已极，也可以贞洁庄重。可以说，时而是疯女，时而是女王。

她歌唱的语言，是甘果瓦不懂的语言，似乎是连她自己都不懂的语言，她赋予歌唱的表情，与歌词的意义无甚关系。所以，下述四句诗从她嘴里唱出来时，疯了一般欢快：

他们从一根柱子，
找到一大箱宝物，
还有崭新的旗帜，
旗上的图案恐怖。[32]

片刻后，听到她唱起下面一段的声音，

这些阿拉伯骑士，
现在都无法动弹，
带着剑，陷到脖子，
陷阱的效果非凡。

甘果瓦感到眼睛里有泪水。此时，她的歌中尤其透露出欢乐，她仿佛唱得像只小鸟，唱得从容，唱得超脱。

吉卜赛姑娘的歌声搅动了甘果瓦的沉思，不过如同是天鹅搅动水波[33]。他听她唱歌，十分陶醉，忘却万事万物。这是好几个小时以来，他第一次忘了自己在受苦。

这一刻很短暂。

刚才打断吉卜赛姑娘跳舞的女人声音，又打断了她的歌唱。

“你闭不闭嘴，地狱里的知了?”她总是从广场那个幽暗的角落里喊道。

可怜的“知了”戛然停止。甘果瓦捂住自己的耳朵。

“唉!”他喊道，“该死的破锯子，来砸碎这把诗琴[34]!”

此时，其他观众和他一般低声议论：“麻袋女见鬼去吧!”许多人在

---

[32] 歌词原文是西班牙语。这是古西班牙叙事诗集《罗曼采罗》里的一节。由雨果的大哥阿贝尔·雨果于1821年翻译出版。西班牙原诗八音节，韵式为ABAB。

[33] 天鹅在水中游动时，仿佛是静止不动的。

[34] “诗琴”原指希腊神话里诗歌之神阿波罗的乐器。

愚人王和乐师们
(De Beaumont 画，Méaulle 刻)

说。如果观众此时此刻没有被愚人王的游行队伍所吸引，这个不现身的捣蛋老太婆，本来会为她对吉卜赛姑娘的攻击而后悔莫及。游行队伍穿过一条条大街小巷，经过一个个十字路口，来到沙滩广场，火炬通明，人声鼎沸。

本书读者看到这场游行从司法宫出发，一路上边走边形成队伍，边走边壮大，新来的成员有全巴黎的无赖汉，闲散的窃贼，碰上的流浪者；因此，游行队伍到达沙滩广场时，规模可观。

开路的是埃及帮。埃及大公为首，骑在马上，他的众伯爵步行，为大公牵好缰绳，扶住马镫；他们之后，是埃及的男男女女，杂乱无章，孩子坐在肩头上喊叫；所有的人，大公，伯爵，平头百姓，穿得破破烂烂，穿得俗不可耐。接着，是黑话王国：即法国的窃贼，按照身份大小，有先有后，级别最低者走在最前面。他们列队而过，四人一排，各自佩戴在这个古怪团体里标志级别的不同标识，大部分人行走困难，有人是瘸子，有人是独臂，冬季的无业游民，戴贝壳的香客㉟，圣于贝尔的香客㊱，癫痫病患者，圣女蕾娜㊲的香客，头上缠布者，赤膊有褡裢者，使用拐杖者，小酒店的赌客，水肿溃疡者，火灾受害者，灾难破产的商人，战争受害者，小股行乞的孤儿，满口黑话的放荡者，麻风病患者；这般列举，会让荷马也写到手发麻的㊳。在麻风病患者和讲黑话放荡者的教皇选举会正中，勉强看清黑话王，也叫科埃斯尔大王，他蹲在一辆由两条大狗拉的小车上。黑话王国之后，接着是加利利帝国㊴。加利利帝国的皇帝威廉·卢梭，穿着溅有酒渍的紫红色皇袍，步态威严，他的前面有江湖艺人，相互厮打，跳着出征舞；他周围的人手持权杖，还有走卒，还有审计法院的书记。最后走来的是最高法院检察院的书记团体，带着有花冠的绿枝，身穿黑袍，音乐声比得上女巫的夜会，高举黄蜡的大蜡烛。这群人的中间，疯子团体的主要骨干肩上扛着一个担架，担架上插的蜡烛比瘟疫期间圣女热纳维埃芙㊵遗骸盒上的蜡烛更多；新立的愚人王，巴黎圣母院的驼背伽西莫多，威风凛凛，坐在担架上，手持权杖，身披斗篷，头戴主教帽。

㉟ “戴贝壳的香客”指去海滨的圣地：西班牙的宗教圣地圣地亚哥—德孔波斯特拉（Saint-Jacques de Compostelle）或法国的圣米歇尔山（Mont-Saint-Michel）。

㊱ 圣于贝尔是公元7世纪比利时的殉教者，是被疯狗咬伤者的朝拜对象。今有圣于贝尔大教堂。

㊲ 圣女蕾娜（Sainte Reine）：公元3世纪中叶，高卢少女蕾娜，皈依基督教，坚决不从罗马派驻高卢总督的无礼要求，被斩首后，民间尊为圣女。

㊳ 以上一连串人员的名单，系雨果引自索瓦尔的《巴黎古物考》。

㊴ 加利利（Galilée）本是巴勒斯坦的地区名。此处指巴黎的加利利街。“加利利帝国”指巴黎审计法院书记的团体，其成员常在加利利街聚会。

㊵ 圣女热纳维埃芙（Sainte Geneviève）是巴黎的主保女圣人。欧洲中世纪瘟疫频发，仅14世纪中叶的一次瘟疫，欧洲就有四分之一的人口染疫身亡。有瘟疫发生时，病人去巴黎圣母院大祭坛向圣女热纳维埃芙的遗骸盒祈福。

这场滑稽大游行的每支队伍，都有自己的乐队。埃及人[41]奏的是他们的非洲木琴和非洲鼓。黑话帮是很没有音乐情趣的群体，还在用古提琴，用牛角猎号，和十二世纪的哥特式双弦琴。加利利帝国也未必高明多少，可以在他们的乐队中，勉强看到属于艺术童年时期的可怜巴巴的三弦琴，而且禁锢在“雷-拉-米”三个音之内。而围绕愚人王的四周，才展出当代音乐的全部丰富性，奏出一片妙不可言的刺耳声。不算笛子和铜管乐器，仅仅只是些二弦琴的高音、三弦琴的高音和三弦琴的最高音。唉，本书读者应记得：这就是甘果瓦的乐队。

从司法宫到沙滩广场的一路上，伽西莫多这张忧伤和丑陋的脸，如何一步步变得越来越自豪，越来越满足，要写出来真是很难。这是他有生以来，第一次感受到自尊心得到从未有过的满足。以往，他经受的都是屈辱，是对他处境的蔑视，是对他个人的厌恶。因此，他纵然耳朵再聋，但却似名副其实的教皇，享受这群人对他的欢呼，而他以前因为感到别人憎恨自己而憎恨这群人。他的百姓是一堆疯子、瘫子、窃贼和乞丐，管他呐！这总是百姓，而他，他是君王。他把眼前这些讽刺的掌声和揶揄的敬意当真，不过我们得补充一句：在人群里面，也确乎有一点千真万确的害怕。因为这个驼背孔武有力；因为这个罗圈腿动作灵敏；因为这个聋子为人凶恶。这三个特点冲淡了其可笑之处。

至于，新愚人王本人是否意识到他所感受到的情绪，以及他所引发的情绪，这我们就很难说了。潜藏在这副有缺陷的机体内的精神，自身也必然有其不完整和聋哑之处。所以，他此刻的感受，对他而言，绝对是模糊的，不确定的，混乱的。只是，透露出开心，傲气冲天。这张阴沉和不幸的脸上容光焕发。

---

[41] “埃及人”在当时的法语中，可以解释成吉卜赛人。

愚人王和神甫
(G. Brion 画，Yon-Perrichon 刻)

所以，当伽西莫多在此醉醺醺的状态下得意扬扬地经过“吊脚楼”时，大家看见有个男人从人群中冲将出来，怒不可遏地从他手里夺下作为愚人王标志的镀金木杈杖时，无不大吃一惊，深感害怕。

这个男人，这个胆大妄为之人，就是那个额头光秃的人，刚才还混在吉卜赛姑娘的人群里，以威吓和仇恨的言辞，让少女感到全身冰凉的人。他身穿教会的服装。他走出人群之时，甘果瓦先前一直没有注意到他，但立即认出了他："瞧！"他一声惊呼："唉！此乃化身赫耳墨斯[42]的吾师，克洛德·弗鲁洛长老，主教助理！他和这个丑八怪独眼龙有什么鬼事情？他会被一口吞掉的。"

果然，一声恐怖的喊叫。力大无穷的伽西莫多从担架上跳将下来，妇女们转过眼睛，不敢看他把主教助理撕得粉碎。

他一跳便跳到神甫的跟前，望着神甫，跪了下来。

神甫扯下他的教皇冠，折断他的权杖，把他的假披风撕得不像样子。

伽西莫多跪着不动，低下脑袋，双手合十。

接着，两人之间进行了一番手势和动作的对话，因为两人之间没人说一句话。神甫站着，十分恼火，咄咄逼人，火冒三丈；伽西莫多匍匐在地，低声下气，苦苦哀求。不过，伽西莫多只要按一下大拇指，就可以掐死神甫。

最后，主教助理粗暴地推推伽西莫多有力的肩膀，示意他站起来跟自己走。

于是，疯子的团队在第一阵惊恐过去之后，想要保卫他们被突然赶下宝座的愚人王。埃及帮，黑话帮，全体法院书记，都来围着神甫，乱喊乱叫。

---

[42] "赫耳墨斯"指"三倍伟大的赫耳墨斯"（Hermès Trimégiste），指古代希腊、埃及的占星术、哲学和宗教的混合，泛指"科学"和"智慧"。

推推搡搡

（G. Brion 画，Yon-Perrichon 刻）

伽西莫多置身神甫身前，挥舞他大力士般的拳头和肌肉，如发火的老虎，咬得牙齿直响，望着这些进攻者。

神甫又显出阴郁的严肃神情，示意伽西莫多，不出一声，退了下去。

伽西莫多走在他前面，一路上把人群撞个七零八落。

他们俩穿过底层的百姓，穿过广场，一大群好奇的人和游手好闲之辈想尾随他们。伽西莫多于是当起后卫，边走边退，跟着主教助理，他粗矮壮实，满脸怒色，奇形怪状，头发竖起，手脚警惕，舔着野猪般的龅牙，如野兽咆哮，一个动作，一个眼神，让人群倒下来一大片。

众人让他们俩走进一条又窄又黑的街道，再没有人敢在他们身后冒险；只要看看伽西莫多这头大怪物，龇牙咧嘴，堵住了街口。

“真是精彩！”甘果瓦说，“见鬼！我去什么地方吃晚饭呢？”

四　晚上在街上盯梢美人之麻烦

甘果瓦漫无目的，已开始尾随吉卜赛姑娘。他看到她牵着母山羊走进剪刀街[43]，他也走进剪刀街。

“干吗不呢？”他曾自忖。

甘果瓦是熟悉巴黎街道的哲学家，他曾注意到：尾随美女而不知道她去何方，除此别无更引人入胜的美事了。这种自愿放弃他的自由意志，这般想入非非却服从另一个并无悬念的想入非非，两者之间有某种古怪的独立和盲目的服从的混合，我不知道奴隶制和甘果瓦欣赏的自由之间有什么过渡。甘果瓦的思想本质上是兼而有之，是不确定的和复杂的，握住一切极端的端头，不断地吊悬在人类一切癖性上头，以这个癖性中和那个癖性。他乐于把自己比作穆罕默德[44]的坟墓，此墓被两块反向的磁石吸引，在高和低两侧之间，在拱顶和路面之间，在跌落和上升之间，

㊸ 剪刀街在沙滩广场和圣雅各街之间。

㊹ 穆罕默德（Mahomet）是伊斯兰教的创始人，“穆罕默德的坟墓”只是一种传闻而已。

在天顶和天底之间，永远徘徊不定。

他如果活在当今，在古典派和浪漫派之间，会维持多好的平衡啊！

可他并非先民[45]，能活上三百岁，此乃憾事。他的缺席在今天是感受愈来愈深的空白。

不过，要这般在街上追随行人（尤其是女性的行人），甘果瓦乐此不疲，最好的心态正是不知道何处过夜。

所以，他走在少女身后，姑娘看到市民们回家，看到那天开门营业的唯一店铺小酒店关门，加快步伐，让漂亮的母山羊跑步走。

“反正，”他大致在想，“她总得有地方过夜吧。吉卜赛女人心肠好。谁知道？……”

在他思想里拖在迟疑后的省略号中，我不知道有什么美滋滋的想法。

现在，他经过最后关门的一些市民身边，耳中不时飘来市民间片言只语的谈话，打断了他越来越美的联想。

有时，是两位老人并肩而行。

“蒂博·费尔尼克勒师傅，你知道天气冷了吗？”

（甘果瓦打从冬季开始就知道天冷了。）

“知道，当然知道，博尼法斯·迪佐姆师傅！我们会不会像三年前，在八〇年，木柴卖到八个苏一担？”

“算了！这没什么，蒂博师傅，和一四〇七年的冬天前后比，那时从圣马丁节到圣烛节[46]一直冰冻！滴水成冰，最高法院记录员的鹅毛笔都冻住了，大法庭上，每写三个字就冻住！司法文书的记录也终止了。”

---

[45] 《圣经·创世纪》中的先民都是长寿者。挪亚的孙儿辈活到 400 岁左右。亚伯拉罕已脱离“先民”历史，也活了 175 岁。

[46] 从圣马丁节到圣烛节，时间是从 11 月 11 日到第二年的 2 月 2 日，大约两个半月。

稍远一点，两家女邻居在窗前，雾气让蜡烛发出噼噼啪啪的声音。

“你老公有没有给你讲那件不幸的事情，拉布特拉克太太?”

“没有啊。什么事情，图尔康太太?”

“夏特莱城堡的公证人吉尔·戈丹老爷，为佛兰德人和他们的游行担惊受怕，他骑的马撞倒了则肋司定修会士的庶务菲利波·阿福利佑老爷。”

“当真?”

“千真万确。”

“一匹市民的马！有点严重。如果是骑兵队的马，再好没有!”

窗户重又一一关上。可甘果瓦并没有因此接上自己的思路。

幸好，有吉卜赛姑娘，有嘉利，她们总是走在他前面，他很快找回和轻松地接上自己的思路：一个女人，一只母羊，都纤细，轻巧，迷人，他喜欢她们的小脚，她们漂亮的形体，她们优雅的姿态，出神时几乎把两者混为一谈；从聪明和友善看，他相信两者都是少女；从行路的轻盈、机灵和敏捷看，两者都是山羊。

此时，街道变得更黑，更荒。入夜熄灯的钟声[47]已经敲响多时，开始每隔很长时间，才在路上遇见一个行人，从窗口看见一盏灯光。甘果瓦追随吉卜赛姑娘，已经深入这个在圣婴公墓老墓地四周的迷宫，错综复杂，都是小街小巷、十字路口和死胡同，像是一个被一只猫搅乱的线团。“这些街道毫无道理可言!”甘果瓦说，他迷失在千百条经常又返回原地的路径内，而少女走的是一条她非常熟悉的路，毫不迟疑，越来越快。至于他，如果不是途中在拐角处瞥见菜市场示众柱的一堆八角形东西，那镂空的顶部在浅绿街一扇还亮着的窗子上，清楚醒目地照出其黑

---

[47] 为预防火烛和夜间闹事，入夜熄灯的钟声在晚上 8 点前敲响。

强抢民女
(De Lemud 画，Tamisier 刻)

黑的剪影，甘果瓦就会完全不知道自己身在何处。

适才，他已引起姑娘的注意：她多次不安地对他回过头来；她甚至有一次干脆停下脚步，借从一家半掩的面包房透露出来的光线，把他从头到脚，定睛看上一遍；接着，这一瞥以后，甘果瓦看到她又噘了噘他已经见识过的小嘴；然后她走开了。

这小嘴一噘，令甘果瓦想入非非。她这个优美的鬼脸里，当然有蔑视，当然有嘲笑。因而，他开始低下脑袋，低头看着路上的石头，追随少女，但离得远了点，突然，在一条刚好让他看不见她的街道拐角处，他听到她发出一声尖厉的呼叫。

他快步上前。

这条街上一片漆黑。一团蘸着油的麻头在街角圣母像下的铁笼子里亮着，让甘果瓦看清吉卜赛姑娘在两个男人的臂膀里挣扎，他们极力要捂住她的嘴。可怜的小山羊吓得发抖，垂下双角，咩咩叫着。

“我们谈谈，巡夜的老爷！”甘果瓦喊道，他勇敢地上前。其中一个抱住少女的男人向他转过脸来。这是伽西莫多那张吓人的脸。

甘果瓦没有逃跑，可他也没有跨前一步。

伽西莫多朝他走来，一挥手，把他扔出四步开外，一手挟着少女，像一条丝腰带折成两段，迅速遁入黑夜。他的同伴随他而去，可怜的山羊跑在众人后面，发出咩咩悲鸣。

“救命啊！救命啊！”不幸的吉卜赛姑娘喊叫。

“停下，混蛋，给我把这个贱货放下来！”突然，一个从邻街十字路口猛然冒出来的骑手一声吼叫。

这是国王敕令的弓箭队[48]队长，全身武装，手握大砍刀。

---

[48] 古时的“弓箭手”，是底层的警务人员。

他从惊呆了的伽西莫多手中抢下吉卜赛姑娘，把她横放在自己马鞍上；令人害怕的驼背惊醒过来，正要冲上来抢回自己的猎物时，紧跟队长的十五六个弓箭手上前来，手持双刃长剑。这是国王敕令的一个小队，由巴黎司法官罗贝尔·德·代斯图特维尔大人指挥，负责巡视。

伽西莫多被团团围住，抓获，捆绑起来。他吼叫，他满嘴吐沫，他咬人。如果这是在大白天，毫无疑问，就他这张脸，发怒起来更加面目可憎，会把整个小队吓得屁滚尿流。可在夜里，他被解除了他最厉害的武器：丑陋。

他的伙伴争斗时已经不见了。

吉卜赛姑娘在军官的马鞍上坐起来，姿态优雅。她把两只手搁在年轻人的肩膀上，仿佛为他的堂堂仪表和他对自己的救助而对他凝视片刻。

“请问尊姓大名，骑警老爷？”

“队长福玻斯·德·沙多贝，为你效劳，我的美人!”军官躬一躬身回答。

“谢谢。”她说。

正当福玻斯队长向上翻动自己的勃艮第胡子[49]时，她滑下马背，像一支箭坠地，溜之大吉。

闪电一闪，都没有她快。

“他娘的!”队长说着，抽紧了伽西莫多身上的皮带，“我倒宁可留住那贱货。”

“你想要什么，队长?”一个骑警说，“小雀已经飞走，蝙蝠留了下来。”

㊾ “勃艮第胡子”指两端翘起的胡子。

夜间巡逻队
(Foulquier 画，Méaulle 刻)

五 麻烦续篇

甘果瓦这一下摔得昏天黑地，坐在了街角圣母娘娘前面的地面上。他慢慢恢复神志。有几分钟时间，他飘浮在某种仿佛是梦游般的恍惚之中，不无愉快，吉卜赛姑娘和母山羊空灵的形象，和伽西莫多沉甸甸的拳头重叠起来。这个状态稍纵即逝。在他和路面接触的身体部分，感到一阵钻心的寒冷，使他突然苏醒过来，精神为之一振。——“我身上怎么会这般阴凉?”他猛然想到。他这才意识到:他几乎躺在了阴沟[50]的中间。

“该死的驼背独眼龙!”他从牙缝里嘀咕道,他想站起来。但他头晕得厉害,伤势太重,不得不躺在原地。不过,他的手是自由的;他捂住鼻子忍着。

“巴黎的烂泥。”他想,他以为阴沟肯定会是自己的小窝。

除非做梦,小窝里又还能做些什么?[51]

“巴黎的烂泥特别臭;这烂泥里富含挥发性的亚硝酸盐[52]。至少,这是尼古拉·弗拉梅勒[53]和炼金术士的意见。”

“炼金术士”一词,让他马上联想到主教助理克洛德·弗鲁洛。他回想起刚才瞥见的那暴力劫持的一幕,吉卜赛姑娘在两个男人中间挣扎,伽西莫多有一名同伙;主教助理阴沉而高傲的形象在他的回忆里模模糊糊地闪过。——“这也许就怪了!”他想。他就用这份素材,当作基础,开始构筑起假想的荒诞建筑,这种哲学家们的浮想联翩。然后,又一下子回到现实中来:“哎唷!冻死我了!”他喊道。

这地方愈来愈难坚持下去了。阴沟里的每一粒水分子在带走甘果瓦腰部运转的热分子,而他的体温和阴沟里水温之间的平衡,开始变得更为艰苦。

突然,一种前所未有的烦恼向他袭来。

---

[50] 中世纪的“阴沟”在马路的正中间。今天在巴黎圣米迦勒广场东侧的老区内还能看到。

[51] 这是一句12音节的诗句,引自17世纪寓言诗人拉封丹的《寓言诗》第2卷第14首《野兔和青蛙》。

[52] 意即烂泥里有阿摩尼亚,暗示当时巴黎人扔在阴沟里的脏物。巴黎在高卢时代称“卢泰斯”(Lutèce),拉丁文的意思是“烂泥之城”。

[53] 尼古拉·弗拉梅勒(Nicolas Flamel,1330—1418)是大学区的宣誓作家,也是炼金术界的名流。

一群孩子，一群这种野气的流浪孩子，整天在巴黎街头闲逛，传统上有一个名称，叫“淘气鬼”。他们傍晚放学回家时，向我们每个人扔石头，我们做孩子时也这样，因为我们的裤子没有破，一大群这样的小家伙向甘果瓦躺着的十字路口蜂拥而至，嘻嘻哈哈，又笑又叫，看来毫不把邻近居民在睡觉一事放在心上。他们身后拖着一个我也说不清的袋形物，光是他们木拖鞋的声音就足以把一个死人都吵醒。甘果瓦还没有完全死透，半支起身子。

“喂！埃内坎·当代什！喂！约翰·潘瑟布尔德！”他们没命地喊道，“厄斯塔什·穆蓬，街角的铁铺子老板刚死。我们拿到他的草垫子，我们去用草垫子点一把篝火。今天欢迎佛兰德人！”

他们把草垫子恰恰扔在甘果瓦身上，他们刚刚来到他身旁，没有看到他。同时，其中一人借圣母娘娘油灯的灯芯，点着了一捧干草。

“该死的！”甘果瓦咕哝道，“现在要热死我吗？”

这是千钧一发之际。他马上会被夹在水火之间。他使出吃奶的力气，使出假币制造者被扔进沸水前奋力跳出来的力气。他倏地站立起来，把草垫子扔回给淘气孩子，溜之大吉。

“圣母娘娘啊！”孩子们嚷道，“铁铺子老板活了！”

孩子们也从来路逃跑了。

草垫子独自在战场上大获全胜。

贝勒福雷[54]、勒朱热[55]和科罗泽[56]都申言：第二天，草垫子被地区的教士以盛大的仪式捡起来，当宝物送入圣缘教堂[57]，教堂里的圣物收藏员工直到一七八九年为止，就凭此莫贡赛伊街角圣母像的伟大奇迹，有

---

[54] 贝勒福雷（Belleforest，1530—1583）是史官，后因无能被免职。

[55] P. 勒朱热（Pierre Le Juge）于1586年是圣女热纳维埃芙的传记作者。

[56] 科罗泽（Gilles Corrozet，1510—1568）于1532年出版《巴黎古物菁华》。

[57] “圣缘教堂”（Eglise Sainte-Opportune）位于铁铺子街南面的“圣缘广场”。

了可观的收入。这个奇迹在一四八二年一月六日到七日的夜间，这张草垫子为已故约翰·穆蓬成功驱魔，而此人想和魔鬼开个玩笑，咽气时把他自己的灵魂狡猾地藏在这个草垫子里。

六 摔破陶罐

我们的诗人没命地奔跑了一些时候，也不知身在何处，额头撞过几多街角，跨过几多阴沟，穿过几多小巷子，几多死胡同，几多十字路口，在菜市场古老的路面上历尽迂回曲折，在丧魂落魄之中，夺路奔走，用漂亮的书契拉丁文说，走遍“一切大街小巷”，突然停下步来，先是气喘吁吁，继而又被一个刚刚涌上心头的非此即彼的想法缠住。——“我觉得，”甘果瓦师傅用手指按住额头，自言自语道，“你这般奔跑，像是不用脑子。这些小家伙也怕你，不比你怕他们少些。我觉得，我对你说吧，你听到他们木拖鞋的声音往南奔去，而你是向北奔来。而两者必居其一：或者是他们已经逃跑，那草垫子被他们在慌乱中遗忘，正好是一张温馨的床，是你从早晨起时刻追求的床，是圣母娘娘作为奇迹给你送来的床，奖励你为她写了一部成功而虔诚的寓意剧；或者是孩子们没有逃走，这样，他们点燃了草垫子，这正好是你求之不得的一把好火，又烘干衣服，暖和身子，又有多好。两种情况，或好火，或好床，草垫子是上天的礼物。莫贡赛伊街角的圣母娘娘是与人为善，也许正是为此而让约翰·穆蓬死的。而你疯了，这般屁滚尿流地逃跑，像庇卡底人遇着了法国人，把你一心追求的东西丢个干净。你这个笨蛋!”

他这就往回走，一路上认清方位，东张西望，头颅高昂，耳听八方，想努力寻回那张幸福的草垫子，但也是徒然。他在屋子的交叉口，在十字路口，在多岔路口，一再迟疑，犹豫不决，在纵横交错的漆黑小巷子里陷得更深，更不能自拔，比他即使身处刑事部王府[58]的迷宫里也有过之而无不及；最后，他已失去耐心，一本正经地喊起来："该死的十字路口，真是魔鬼[59]按照自己叉角打造的作品。"

这样一声惊呼，让他放松下来，而他此时在一条长而窄的巷子底部瞥见有淡红色反光，更让他的士气最终振作起来。

"感谢上帝！"他说，"看到了！这就是我的草垫子在燃烧。"他把自己比成在黑夜沉船的艄公："致敬，"他虔诚地说，"致敬，海上之星[60]！"

他这一段经文是献给圣母娘娘的，还是献给草垫子的？我们对此一无所知。

他在长长的巷子里刚走几步——巷子呈斜坡，没有铺路石，越来越泥泞和倾斜——就发觉有些东西好生奇怪。巷子并非无人：整条巷子里，或远或近，匍匐着说不清的一堆一堆，模模糊糊，不成形状，却朝着街底深处闪烁的微光走去，如同这些身子沉重的夜虫，黑夜里在一枚一枚草茎上向牧人的篝火飞去。

没有比身上摸不到自己钱包更冒险的事情了。甘果瓦继续前行，不久，赶上那个懒懒散散跟在众人之后的鬼影。他向此人靠近时，看到这只是个双腿残疾的可怜虫，靠两只手蹦蹦跳跳，如同一只盲蛛[61]受了伤，只剩下两条腿。他经过这么一只人面蜘蛛时，蜘蛛对他讲出可悲的话："发发慈悲，老爷！发发慈悲[62]！"

---

[58] "刑事部王府"（hôtel des Tournelles）在索瓦尔的《巴黎古物考》一书中曾提及，府中有众多园林。王府地处城东巴士底狱和圣保罗区之间，今废。

[59] 魔鬼的长相是尖耳，长尾，头角、翅膀和脚分叉。

[60] "海上之星"是圣母马利亚的名号之一。

[61] "盲蛛"应有四双细长的腿。

[62] 原文是意大利文。

“你见鬼去吧，”甘果瓦说，“我遇见你，才不知道你在说什么！”

他一走了之。

他赶上又一个这样行走的东西，仔细打量。这是个瘫子，又是瘸子，又是独臂。他仅剩一臂，他瘸得厉害，那副支撑他的拐杖和木腿，构造复杂，看起来像是一副泥瓦工的脚手架在走路。甘果瓦喜欢做高雅和古典的对比，在思想里把此人比作伏尔甘[63]的活动的三脚架。

这座活的三脚架在他走过时对他致意，把手里的帽子举到甘果瓦的下巴颏，像是毛边的盘子，对他使劲地喊道：“骑士老爷，要买块面包！[64]”

“看起来，”甘果瓦说，“此人也会说话，可这语言难懂，他能懂这种语言，比我幸福。”

接着，他拍拍额头，迅速换个思路：“对了，他们今天上午对他们的爱斯梅拉达又说的什么话？”

他想加快步子，可第三次有东西挡了他的道。这东西，或者说有东西，是一个盲人，一个矮个子的盲人，脸型是犹太人，长胡子，用一根棍棒向四周划动，而由一条狗牵着，以匈牙利人的腔调对他用鼻音哼道：“做做善事！[65]”

“好极了！”皮埃尔·甘果瓦道，“又来一个，讲一种基督徒的语言。在我的钱包如此干瘪的情况下，非要长一张善心大发的脸，才会有人要我做善事。我的朋友（他向盲人转过脸去），我上星期卖掉了我最后一件衬衣；就是说，既然你只懂西塞罗的语言：我上星期卖掉了我最后一件衬衣。”

---

[63] 伏尔甘（Vulcain）是罗马神话里的火神和冶炼之神，但却是残疾的瘸子，常以自己的锤子支撑。

[64] 原文是西班牙文。

[65] 原文是译成拉丁文的匈牙利文。

三个残疾人
（G. Brion 画，Yon-Perrichon 刻）

说着，他告别盲人，继续走路。可盲人的双腿和他同时加大步伐。而眼看瘫子和双腿残疾的人，也各自急匆匆赶来，汤盆和拐杖在路面上敲得叮当响。接着，三个人彼此撞来撞去，追着可怜的甘果瓦，开始各唱各的歌：

“行行善事！[66]”盲人唱道。

“发发慈悲！[67]”双腿残疾人唱道。

而瘸子提高嗓门，反反复复唱道：“一片面包！[68]”

甘果瓦塞住两只耳朵：“噢，真是巴别塔！[69]”他喊道。

他开始奔跑。盲人随之奔跑。瘸子随之奔跑。双腿残疾者随之奔跑。

继而，他愈跑愈深入巷里，双腿残疾者、盲人和瘸子在他身前身后越聚越多，而独臂人、独眼龙和疮口流脓的麻风病人，有的从屋内走出来，有的从邻近小街走出来，有从地窖的气窗里走出来，又是叫嚷，又是直吼，又是尖叫，人人一瘸一拐，又是摇摇晃晃，都扑向光亮处，在污泥里打滚，犹如雨后的蜒蚰[70]。

甘果瓦身后总是盯着三个追逼者，他也不知这样会有什么结果，在众人之中边走边胆战心惊，他绕过一个个瘸子，他跨过一个个双腿残疾人，两只脚被这堆密密麻麻受伤的腿脚缠住，仿佛那位深陷海蟹而脱身不得的英国上尉[71]。

---

[66] 原文是匈牙利文。

[67] 原文是意大利文。

[68] 原文是西班牙文。

[69] “巴别塔”（tour de Babel），典出《圣经》。相传人类欲建造高塔“巴别塔”，以达天顶。上帝不悦，令造塔的人各操不同的语言，人和人不能交流，造塔失败。

[70] “蜒蚰”俗称“鼻涕虫”，学名“蛞蝓”，是无壳的软体动物，行动缓慢。

[71] 指英国上尉弗朗西斯·德雷克爵士（Sir Francis Drake，约1540—1595），英国冒险家，为英国王室服务。相传他在中美洲的巴拿马行动失败，于黄道蟹岛落入巨蟹之口身亡。

他突然想到试着往回走。可为时已晚。这一大帮人已把他身后堵死，而三个乞丐对他紧追不舍。他只好继续走，由这股不可抑制的人群推着，出于害怕，由于晕头转向，把眼前这一切变成一场噩梦。

最后，他来到这条街的尽头。街道通向一个巨大的广场，黑夜的迷雾中，有成百上千个四下散落的火点在闪烁。甘果瓦冲向广场，企图以快步摆脱黏附在他身上的三个畸形的幽灵。

“你去什么地方，仁兄！[72]”瘫子说着，随地丢下一副拐杖，跟着他跑起来，两条腿跨出的是巴黎街头曾经走过的最大的跨步[73]。

与此同时，双腿残疾者站立起来，把他的铁制大碗当作帽子，扣在甘果瓦头上，而盲人面对面望着他，两眼炯炯有光。

“我身在何方?”诗人说，莫名恐惧。

“在奇迹院[74]。”第四个幽灵说，此人和他们说过话。

“千真万确，”甘果瓦又说，“我看到瞎子在看，瘸子在跑。可主在哪儿呀?[75]”

他们的回答是阴森森的哈哈大笑。

可怜的诗人环顾四周。果然，他身处这个令人害怕的“奇迹院”，正经人从未在这个时候深入此地。这是不可思议的范围，来此探查的夏

---

[72] 原文是西班牙文。“仁兄”原文作“人”解。雨果 1828 年有注：“你们把‘hombre’译成‘人’，我译作‘幽魂’。”

[73] 塞巴谢教授有注：“跨步”（pas géométrique）等于 1. 62 米。

[74] “奇迹院”（Cour des Miracles）的存在，并非雨果的杜撰。雨果“奇迹院”的资料主要取自索瓦尔的《巴黎古物考》一书。中世纪的巴黎，无业游民的聚居地很多，以“奇迹院”最为有名。据塞巴谢研究，《巴黎圣母院》中“奇迹院”的确切位置，在今天巴黎第 2 区开罗广场的“开罗小道”（passage du Caire），和开罗路并行。“开罗小道”全长 360 米，宽仅 2. 6 米，今天多廉价成衣的批发商铺。“开罗小道”虽然离市中心不远，却鲜有游人知晓，连市民也不熟悉。本书译者有机会实地探访“开罗小道”，此地市容冷落，人迹罕至。世事沧桑，令人唏嘘。

[75] 《新约·马太福音》载，耶稣曾治愈的病人数以千计。此处喻甘果瓦天真有余，以为只有耶稣才能成就治愈残疾人的奇迹。

特莱城堡的官吏和司法当局的警卫，消失得无踪无影。这个盗贼的城市，这个长在巴黎脸上丑恶的疣子。这条罪孽、乞讨和流浪的阴沟水，每天早晨向外排泄，每天夜里返回继续腐臭，总在都市的街道上泛滥。这是座畸形庞大的蜂房，社会秩序里的大胡蜂(76)每天晚上带着战利品飞回来。这是弄虚作假的医院，来自各个国家的吉卜赛人，还俗的僧侣，迷途的学生，痞子无赖，有西班牙人，有意大利人，有德国人，来自各个宗教，有犹太教徒，基督教徒，伊斯兰教徒，崇拜偶像者，身上满是伪装的伤口，白天乞讨，夜里摇身一变是强盗、一言以蔽之，这是一座巨大的化妆室，这个时代由偷盗、卖淫和凶杀在巴黎街头上演永恒的戏剧，全体演员在此上妆又卸妆。

这是一座大大的广场，呈不规则形状，路面的铺路石或有或无，和当时巴黎所有的广场一样。广场上散落的火点在燃烧，火点的四周密集地围着古里古怪的人群。各种人群在走来走去，在喊叫。听得到高昂的笑声，孩子的啼哭，妇女的说话声。这些人群里的手和脑袋，在明亮的背景下，剪裁出千百种古怪姿势的黑影。地上不时摇晃着一簇簇火焰，夹杂有高大而模糊的黑影，不时看到走过一条像是人一样的狗，走过一个像是狗一样的人。在这个城里，种族之间的差异消失，物种之间的差异消失，仿佛到了地狱里的魔窟(77)。对此地的民众而言，男人，女人，畜生，年龄，性别，健康，疾病，一切都是共有的。一切共同相处，相混杂，相融合，相重叠。此地，大家你中有我，我中有你。

摇曳而昏沉的火光中，甘果瓦迷迷糊糊之间仍然看清：大大的广场四周，是一派老旧的房屋，构成丑陋的背景，老屋正面被虫蛀蚀(78)，破

---

(76) 大胡蜂以掠夺蜜蜂的蜂蜜为生，但自己另建蜂房，是欺诈、舞弊的集中地。

(77) “地狱里的魔窟”（pandaemonium）是英国诗人弥尔顿的长诗《失乐园》里描写的地狱之都。

(78) 古时的房屋墙面是“木筋墙”，故有虫蛀蚀现象。

烂不堪，朽老变形，都有一、二扇气窗透亮，他在黑暗中看起来像是龙钟老太的硕大脑袋围成一圈，奇形怪状，神态不悦，眨着眼睛在观看魔鬼的夜舞。

这仿佛是个新大陆，见未所见，闻所未闻，无以名状，匍匐爬行，拥挤不堪，难以置信。

甘果瓦越来越怕起来，被如同是三把钳子似的这三个乞丐夹住，又被身边一大群翻腾嚎叫的脸惹得心烦意乱。倒了霉的甘果瓦企图集中思想回忆：这是否是个星期六[79]。可他白费力气，思想里记忆的线索已告中断。他现在怀疑一切，他在眼前所见的景象和身上接受的感觉之间，反复摇摆，他给自己提出了这个无从回答的问题："如果我存在，这是真的？如果这是真的，我还存在吗？"

正在此刻，从围住他的嘈杂人群里，清楚地喊出一声："带他去见大王！带他去见大王！"

"圣母娘娘啊！"甘果瓦低声嘀咕，"此地有大王，这该是头公山羊[80]吧。"

"去见大王！去见大王！"人人都重复说。

众人把他拖走。人人都争着向他伸出爪子。可那三个乞丐不放手，把他从嚎叫的人群里拽出来："他是我们的！"

在这番最后的争抢中，他已经患病的紧身短上衣终告一命呜呼。

穿过这叫人恶心的广场时，他的晕头转向消失殆尽。走了几步，他恢复了现实感。他开始适应此地的气氛。最初的时刻，从他诗人的头脑里，或者简单点，说句大白话，从他空空如也的胃里，升腾起一股烟雾，可以说一缕雾气，漂浮在他和事物之间，在噩梦般支离破碎的雾霭中，

---

[79] "星期六"是传说中群魔举行夜舞的日子。

[80] "公山羊"相对"母山羊"而言，经常是女巫夜舞时魔鬼头子撒旦的体形。

只看到黑黑的梦境里一切轮廓都在晃动，一切形色都会扭曲，物体都会集合成大团大块，把事物膨胀成怪物，把人体膨胀成鬼魅。这样的幻觉渐渐被另一种视觉取而代之，不再迷误，不再放大。在他四周有了真实感，他的双眼之所见，他的两脚之所触，都是真实的感觉，把他开始时本以为四周骇人的全部诗意，一片一片拆除干净。完全应该意识到：他不是在忘川[81]里，而是在泥浆里行走；意识到与他摩肩接踵的不是魔鬼，而是盗贼；意识到与他的灵魂无关，而明明白白事关他的生命（既然他没有钱包，就没有了这个盗贼和正派人之间行之有效的调解人）。最后，他更冷静地就近细看狂欢滥饮，便从女巫的夜舞跌进了下等的酒馆。

其实，“奇迹院”就是下等的酒馆，可这是盗贼的酒馆，酒色通红，血色也通红。

他衣衫褴褛的护卫走完路把他放下时，呈现在他眼前的景象并不能把他带回诗意，连地狱的诗意也不是。千真万确，这是小酒店里粗俗而粗鲁的现实。如果我们不是在十五世纪，我们会说：甘果瓦从米开朗琪罗[82]身上跌落到卡洛[83]的身上。

一块圆形大石板上，有一堆大火熊熊燃烧，三脚桌上此时没有锅，而铁架子已被大火的火焰烧红。火堆四周，有几张虫蛀的桌子，随意地散乱放着，并无善于精打细算的仆役敢来调整平行的桌子位置，或者，至少别让横七竖八的桌子碰伤了过于光溜溜的边角。这些桌子上，有几瓶葡萄酒和高卢古啤酒在闪亮，这些酒瓶的周围，围着好些醉汉的脸，在火光下，也在酒力作用下，脸蛋红得发紫。一个大腹便便的男人，长

---

[81] 忘川（Styx）是神话里的地狱之河，渡过此河，忘却人间的一切。

[82] 米开朗琪罗（Michel-Ange，1475—1564），意大利艺术家。雨果可能想到米开朗琪罗在罗马西斯廷教堂里的壁画《最后的审判》。

[83] 卡洛（Callot，1592—1635），法国画家，曾创作大量社会丑陋面的版画作品，反映乞丐、士兵和吉卜赛人的生活。

着一张快活脸，大声嚷嚷地搂着一个结实肉感的妓女。这像是个伪装的兵，如黑话所说是个诡诈王，吹着口哨，解下他缠在假伤口上的绷带，搓搓他健康有力的膝盖，曾被千百条带子紧紧捆扎起来的膝盖。再上面，是个娇弱的人，正在用白屈菜[84]准备自己明天用的“上帝之腿”。两张桌子过去，一个贝壳佩戴者，穿着全套香客的服装，在拼读圣女蕾娜[85]的悲歌，不忘单调的腔调，不忘拖着鼻音。别处有个圣于贝尔的香客，正向一名老化妆师学习如何发羊痫风病，后者传授他口嚼肥皂块、口吐白沫的艺术。一边，一个水肿病患者在消肿，让四五个女盗贼捂住了鼻子，她们在同一张桌子上争抢当晚偷来的一个孩子。这种种情景在两个世纪后，正如索瓦尔所说：“连宫廷看来都滑稽可笑，成为国王的消遣，成为王家‘夜间’芭蕾的起兴节目，分四个部分，在‘小波旁剧场’演出。”[86] 一六五三年，一位目击证人补充道：“‘奇迹院’的瞬息万变从未得到更为精彩的表达。邦瑟拉德[87]写得很有味道的爱情诗，让我们对此有所了解。”

到处响起粗俗的笑声，到处唱起淫曲。每个人只顾着自己，喋喋不休，诅咒发誓，充耳不闻邻座在说什么。酒瓶彼此祝酒，酒瓶相碰而触发争执，酒瓶上的缺口，把破衣划成烂衫。

一条大狗蹲坐在地上，望着火堆。狂欢滥饮的场面里有几个孩子。那偷来的孩子在哭，在叫。另一个孩子，一个四岁的胖男孩，坐在一张高高的板凳上，两条腿悬空着，桌子边贴到了下巴颏儿，一声不吭。第三个孩子一本正经地用指头在桌子上把蜡烛淌下来的融化的油脂抹开来。

---

[84] 白屈菜（éclaire）有黄色汁液。

[85] “圣女蕾娜”，详见第2部第3章的注解。

[86] 这是雨果引述索瓦尔《巴黎古物考》的内容。

[87] 班瑟拉德（Benserade，1612—1692），诗人，是首相黎世留红衣主教的门客，负责宫廷的节庆活动。

最后有个身材小小的孩子，蹲在烂泥里，在一只铁锅里几乎看不见他，正用一片瓦刮锅，刮出来的声音可以让斯特拉迪瓦里[88]晕厥过去。

火堆边有个大桶，有个叫花子坐在大桶上。大王坐在王座上。

三个抓住甘果瓦的人把他带到大桶前，一时间放荡纵酒全都静下来了，只有孩子在里面的大铁锅除外。

甘果瓦不敢喘气，也不敢抬起眼睛。

奇迹院

(C. Jacque 画，Froment 刻)

“仁兄，脱帽?[89]”看住他的三个家伙之一说。他还没有明白此话的

---

[88] 斯特拉迪瓦里（Stradivarius，1644—1737）是意大利著名的提琴制造家，使制琴工艺达到登峰造极的境地。

[89] 原文是西班牙语。

意思，另一个家伙抢走了他的帽子。可怜的毡帽，说真的，大热天，下雨天，还是有用的。甘果瓦一声叹息。

此时，大王从大酒桶之上对他说话。

“这个混蛋是谁?”

甘果瓦一阵战栗。这个声音虽然语带威胁，却使他想起另一个声音，就在今天上午，正是这声音给了他的神迹剧第一个打击，在观众之间带着鼻音说道：“请行行好吧!”他抬起头颅。果然，正是克洛班·特鲁伊甫。

克洛班·特鲁伊甫有他大王的标记，破衣上的补丁不多一块，也不少一条。他手臂上的伤口已经消失。他手握一根白条皮鞭，当时的执杖警卫用以驱散人群，称作“捕赖鞭”。他头戴一顶圆形帽，头顶上收拢；可很难说清这是一顶孩子的软帽，还是大王的王冠，两者非常相像。

此时，甘果瓦也不知为什么，既然认出来“奇迹院”里的大王正是大堂里该诅咒的乞丐，又有了些许希望。

“师傅……”他结结巴巴，“大人……陛下……”

“我该如何称呼你?”他最后说，他的升调已经到顶，不知道究竟是升还是降。

“大人，陛下，或是伙计，你爱怎么叫就怎么叫。可快些。你有什么话为自己辩白?”

“为自己辩白!”甘果瓦想，“我就不高兴。”他结巴着继续说，“我是今天早上那个……”

“真要急死人!”克洛班打断他说，“报上你的名字，混蛋，先报名字。听着。你面前是三位大权在握的君主：我是克洛班·特鲁伊甫，是

‘祈韬[90]国’大王，大科埃斯尔的继承人，黑话[91]王国的最高封建主子；有马蒂亚斯·匈加底·斯皮卡利，是埃及和波希米亚公爵[92]，这个黄种老人，你看头上围着一块抹布；有威廉·卢梭，是加利利[93]的皇帝，他不在听我们谈话，他在抚摸一个娼妓。我们三人是审判你的法官。你走进黑话王国，而不会说黑话，你侵犯了我们城里的特权，你要受到惩罚，除非你是‘卡朋’，或是‘自由米都’或是‘黑福代’，用你们正派人的黑话说，就是小偷、乞丐或流浪者。你是这样的人吗？你自己说清楚！报上你的身份。”

“唉！”甘果瓦说，“我无此荣幸。我是作者，写了……”

“够了！”特鲁伊甫不让他说完，“你要被绞死。事情也很简单，正派人市民老爷们！你们如何在你们那里对付我们的人，我们也在我们这里同样对付你们的人。你们对丐帮制定的法律，丐帮对你们原物奉还。如果说这个法律不好，那错误在你们。时不时的，也该让大家看一看正派人套着麻绳的套索做一个鬼脸了，来而不往非礼也。行啊，朋友，把你的破衣烂衫给这些姑娘分享了吧。我会叫人把你绞死，让乞丐们开开心，你呢，就把钱包赏给他们。如果你有什么狗屁事情要办[94]，那边的研钵[95]里有个石头的天主像，很漂亮，也是我们从牛群圣彼得教堂[96]里偷来的。给你四分钟时间，好把你的灵魂扔进去。”

这一番演说辞说得头头是道。

---

[90] “祈韬”是“乞讨”的谐音。“祈韬”（Thunes）源自 Tuner，古义是“乞讨”。

[91] “切口”即行业的黑话。

[92] 《巴黎圣母院》中，埃及人和波希米亚人都指吉卜赛人。

[93] 有关“加利利帝国”，请见本书第二部第二章的注释。

[94] 暗示天主教徒临终前有无什么需遵守的宗教仪式。

[95] “研钵”是从前的生活用品，用来研磨。此处以研钵的形状比喻教堂里靠着柱子而建的讲道台。

[96] “牛群圣彼得教堂”原在老城区。

吉卜赛人的三位大王
(D. Vierge 画，Martin 刻)

“说真的，说得真好！克洛班·特鲁伊甫的宣道，像是教皇的口才。”加利利皇帝叫道，把他的罐子一摔，好撑住他的桌子。

“各位皇帝、大王大老爷，”甘果瓦沉着地说（我也不清楚他如何恢复镇定，他语气坚定），“你们就没有想到：我叫皮埃尔·甘果瓦，我是诗人，今天上午在司法宫的大堂里，上演过我的一出寓意剧。”

“啊！是你啊，师傅！”克洛班说，“我在现场，一点不假！好啊！伙计，因为你上午让我们厌烦，这就是今晚不要绞死的理由？”

“我要脱身还真不容易。”甘果瓦想。不过，他还要努力。

“我看不出，”他说，“为什么诗人不算乞丐。伊索[97]就是流浪汉，就是乞丐；荷马[98]要饭，就是乞丐；墨丘利[99]是小偷，也是乞丐……”

克洛班打断他：“我想，你是要用一派奇谈怪论，啰啰唆唆烦死我们。好，没错，就绞死你啦，不要拐弯抹角！”

“抱歉，祈韬大王大老爷，”甘果瓦争辩道，他现在是寸土必争，“非要说一说……少安毋躁！……你听我说……你不能没听我说完话就判决我……”

真的，他倒霉的声音被他四周的喧哗盖住了。小男孩刮锅刮得更凶了；尤其甚者，一个老太婆在火上的三脚台上放上一只平底锅，满锅的肥肉在火上吱吱直叫，那声音听来就像一大帮小孩喊着追逐一个戴假面具[100]的人。

此时，克洛班·特鲁伊甫看来在和埃及大公和加利利皇帝商议片刻，而加利利皇帝已烂醉如泥了。接着，他酸溜溜地喊道：“肃静！”而大锅和煎锅不听他喊话，继续演奏着二重唱，他一跃跳下他的大桶，朝

---

[97] 伊索（Aesopus）传说是公元前6世纪的希腊人，著有《伊索寓言》。本书特意用“伊索”的拉丁文名字。

[98] 荷马（Homerus）相传是公元前9世纪的古希腊盲诗人，是《奥德赛》和《伊利亚特》两大史诗的作者。本书特意用“荷马”的拉丁文名字。

[99] 墨丘利（Mercurius）是罗马神话中商业、旅行和小偷的保护神。本书特意用“墨丘利”的拉丁文名字。

[100] 如狂欢节上有戴面具的人。

大锅飞起一腿，大锅和锅里的孩子滚出十步开外，又对着煎锅一脚，锅里的肥肉全部打翻在火上，他重新一本正经地坐上宝座，毫不顾及孩子不敢哭出来的哭声和老太婆的抱怨声，她的晚餐就这样化作了美丽的白色火光。

特鲁伊甫一个手势，大公和皇帝，以及大大小小的喽啰过来，围着他排成马蹄铁的形状，甘果瓦身子一直被牢牢按住，被围在中间。这是半个圆圈的破衣，烂衫，假珠宝，枝杈和斧头，醉汉的腿脚，粗壮的胳膊，一张又一张污秽肮脏、无精打采、麻木痴呆的脸。在这群要饭业的圆桌骑士[101]里，克洛班·特鲁伊甫作为这个元老院的首领，作为这个贵族院的国王，作为这个红衣主教会议选出的教皇，他居高临下，先是高高坐在他的木桶之上，又有说不清的高傲、粗暴和威慑的神态，他两眼炯炯有光，其粗鲁的侧影一扫丐帮猥琐卑下的举止。真是丑鬼里的野猪头。

“听着，”他对甘果瓦说，用长着老茧的手摸摸自己模样怪怪的下巴，“我看不出你不被绞死的道理。也是，这件事像是扫了你的兴；其实很简单，你们这些市民对此不很习惯。你们对这些事情想得很了不得。其实，我们并不想加害于你。有个法子能让你摆脱眼前困境。你愿意入我们的伙吗?”

我们可以想见这个建议对甘果瓦产生的效果，他先是看到生命在离他而去，也开始放弃了。现在他却可以牢牢地握住生命。

“我愿意，的的确确，千真万确。”他说。

“你同意，”克洛班又说，“入伙当个剪径的玩手吗?”

“我当剪径的玩手，正是如此。”甘果瓦答。

---

[101] “圆桌骑士”（table ronde）系公元6世纪威尔士国王约瑟和他的同伴，为提倡骑士的平等精神，组成“圆桌”，不分主次。12世纪成书。

“你承认自己是免税市民[102]的一分子啦?”祈韬大王又说……

“是免税市民的一分子。”

“当黑话王国的臣民?”

“当黑话王国的臣民。”

“做个乞丐?”

“做个乞丐。”

“全心全意?”

“全心全意。”

“我提醒你,”大王说,“你并不因此而免被绞死。”

“见鬼!”诗人说。

“只是,”坚定不移的克洛班继续道,“你会稍后绞死,气派十足,由好心的巴黎市出钱,用漂亮的石头绞架,由正派人行刑。这也可以聊以自慰了。”

“悉听尊便。”甘果瓦答。

“还有别的优点。身为免税市民,你可以免缴泥浆税、穷人税和街灯税,这些巴黎的市民都要缴税的。”

“但愿如此,”诗人说,“我同意。我是乞丐,说黑话的,是免税市民,是剪径的玩手,你要什么就做什么。祈韬大王,我事先就已经是了,因为我是诗人,你知道:哲学包容一切学问,而诗人包容一切人。”

祈韬大王皱一皱眉头。

“你把我看成什么人啦,朋友?你给我们唱什么匈牙利犹太人的黑话?我不懂希伯来文。不是犹太人,才能当强盗。我甚至不偷窃,我高于这一切,我杀人。割脑袋,对;割钱包,不干。”

---

[102] 16世纪时,巴黎免税的穷市民人收容所,由此产生“免税市民街”(rue des Francs-Bourgeois),此街即成要饭者的大本营。“免税市民”即是“乞丐”的同义词。这条历史名街今存。

甘果瓦竭力要在简短的言语中插进几句歉意，他一生气，更说得断断续续。

“我请求你宽恕，老爷。这不是希伯来文，这是拉丁文。”

“我跟你说，”克洛班发火说，“我不是犹太人，我要人绞死你，他奶奶的犹太教！如同你身边这个犹太地区的小个子假破产商人[103]，我希望看到他有朝一日钉在柜台上，像他自己一样是一枚假钱！”

他这般说着，指指满脸胡子的小个子匈牙利犹太人，此人曾以一声“行行善事”[104] 和他攀谈过，他不懂别的语言，吃惊地望着祈韬大王冲着他发泄的怒气。

最后，克洛班大老爷平心静气了。“混蛋!”他对我们的诗人说，“你就愿意当乞丐?”

“会啊。”诗人答。

“有愿望不等于一切都好，”性情暴躁的克洛班说，“良好的愿望也不能在汤里多加个洋葱头，对去天堂才是件好事；而天堂和黑话是两码事。要接受你入黑话帮，要你证明：你对什么事情有用，为此，你要搜一搜假人。”

“我搜，”甘果瓦说，“你要什么我搜什么。”

克洛班示意一下。几个黑话帮成员从圈子里走出来，一会儿工夫回来。他们搬来两根木桩，木桩下端有两个插片构件，木桩很容易就在地上立稳。他们在两根木桩的上端放上一根横梁，这就是一座漂亮的活动绞架，甘果瓦亲眼看见即刻完成，啧啧称奇。一应俱全，甚至有一条绳索，在横梁下优雅地晃动着。

---

[103] 索瓦尔的《巴黎古物考》载：假破产商人成对外出乞讨。祈韬大王对此人的蔑视态度，可能反映了当时商业界有排犹的倾向。

[104] 原文是匈牙利文。

绞架上

（G. Brion 画，Yon-Perrichon 刻）

“他们要搞什么名堂?”甘果瓦心想，内心有点不安。他同时听到一声铃响，结束了他的担忧；众丐帮把一个假人悬挂起来，颈子套在绳索里，像是吓唬鸟的草人，身穿红衣，身上挂满了大大小小的铃铛，多得可以打扮三十头卡斯蒂利亚[105]的骡子。绳子一晃动，这千百个小铃一时间随着绳索的摇摆，轻声地叮叮咚咚，又慢慢地停下声来，直到依照把漏壶和沙漏取而代之的钟摆法则，让假人恢复静止不动时，才最后没有声音。

此时，克洛班对甘果瓦指指一张摇摇晃晃的旧板凳，放在假人的脚下：“站上去。”

“见鬼!”甘果瓦争辩，“我会摔断脖子的。你的小板凳像马提维尔[106]的两行连句诗，长短不稳，一句六音步，一句五音步。”

“站上去。”克洛班又说。

甘果瓦站上板凳，脑袋和胳膊不无晃动，总算找到了自身的重心。

“现在，”祈韬大王继续说，“你以左腿为中心，转动右腿，用左脚的脚尖立定。”

“大老爷，”甘果瓦说，“你是非要让我摔断手脚不可吗?”

克洛班摇摇头。

“听着，朋友，你喋喋不休。简单明了地说：如我所说，你要用脚尖立起来，你这样就会够到假人的口袋，你搜一搜；你把口袋里的钱包掏出来；如果你这样做成功，而没有一只铃铛响，你就加入丐帮了。我们只需要八天里揍你就行了。”

“他奶奶的，我不行了。”甘果瓦说，“如果我的铃铛一响?”

---

[105] 卡斯蒂利亚是西班牙的大区名。

[106] 马提维尔（Martial，43—104），拉丁诗人，著有15卷《诗简集》。马提维尔的《诗简集》于1471年刊印，正是本书故事发生的1482年前不久。

“就把你绞死。明白了?”

“我什么也不明白。”甘果瓦答。

“再听一遍。你要搜假人，掏出他的钱包；掏的时候只要有一只铃响，你就被绞死。现在明白啦?”

“好，”甘果瓦说，“我明白了。然后呢?”

“如果你能掏到钱包，而大家没有听到铃响，你就加入丐帮了，你要连续八天挨揍。现在，你该明白了?”

“不，老爷，我又不明白了。那对我有什么好处?或者是绞死，或者是挨揍。”

“丐帮，”克洛班又说，“丐帮，就万事大吉了?我们揍你是为你好，好让你经得住挨揍。”

“千谢万谢。”诗人回答。

“行，快，”大王说着用脚敲敲他的大桶，大桶如大音箱般共鸣，“搜假人，完了算。我最后一次警告你，如果我们听到了一只铃铛响，你去站在假人的位置上。”

这帮黑话成员听到克洛班的话后鼓掌，围着绞架站成一个圆圈，众人笑得如此冷酷无情，甘果瓦看出来自己让众人如此高兴，不会不怕他们的一举一动。他已经不抱希望，除非在强迫给他的险境里有一丝成功的机会；他决定冒险一试，不过他先得对即将下手的假人祈祷，假人总会比丐帮更容易心软一点。这成千上万的小铃，伸出小小的铜舌头，在他看来是一条条蝰蛇吐出来的蛇信子，准备咬人，准备攻击。

“啊!”他低声说道，“难道我的生命就悬于这些小小的铃铛小小的颤动吗?啊!”他双手合十又说道，“小铃，请别敲响!铃铛，请别叮咚!铃铛，请别颤抖!”

他还想再求一下特鲁伊甫。

“如果有风吹来？”他问他。

“你就绞死。”后者毫不迟疑地回答。

看到不可能推迟、延缓和可能的推托，他决心勇敢应对。他用右脚围着左脚转圈，用左脚站立，伸出胳膊……可他刚摸到假人，他那只有一只脚的身体就在只有三只脚的板凳上一滑；他机械地想扶住假人，重心不稳，重重地摔倒在地，假人身上千百个小铃要命地响起来，令他震耳欲聋。假人被他的手一推先是自转一周，接着在两根绞架间大模大样地摇晃起来。

有谁要？

（Foulquier 画，Méaulle 刻）

“倒霉!”他摔下时喊道，脸部触地，像个死人不再动弹。

这时候，他听到自己头上响起可怕的钟乐齐鸣，听到丐帮们魔鬼般的笑声，听到特鲁伊甫嚷嚷道：“给我把这家伙扶起来，给我狠狠地绞死他。”

他站起身来。众人先把假人放下，好腾出位置给他。

黑话帮成员把他放上板凳。克洛班走上前来，把绳索套在他的脖子上，拍拍他的肩膀说：“永别了！朋友。你现在逃不了啦，你即使有一副教皇的好肠胃也是白搭。”

甘果瓦的嘴唇边无力吐出“饶命”二字。他环顾四周，可绝无希望，人人在笑。

“星星美葡萄[107]。”祈韬大王对一个身材魁梧的丐帮说，此人走出列队，爬上横梁。

星星美葡萄身手矫捷地爬上横梁，不消片刻，甘果瓦抬起眼睛，恐怖地看到他已经骑坐在自己头上的横木上。

“现在，”克洛班·特鲁伊甫又说，“等我一拍掌，红皮安德里，你用膝盖把小凳子推翻在地；咏李子弗朗索瓦，你吊在这混蛋的脚上；你呢，美葡萄，你摔在他的肩膀上；三个人同时进行，听明白了?”

甘果瓦一阵战栗。

“都准备好了?”克洛班·特鲁伊甫对三个准备冲向甘果瓦的黑话成员说。[108] 克洛班用脚尖把没有着火的嫩枝平心静气地往前推过去，可怜的受难者等待这一刻好不恐怖。——“都准备好了?”他重复说，他张开手，即将拍掌。一秒钟后，一切将告终。

---

[107] “星星美葡萄”(Bellevigne de l’Etoile)，原是人名。1314 年，他和其他 6 个犹太人对火刑判决提出上诉，上诉成功，但缴纳巨额罚款，并被驱逐出境。

[108] 1831 年以后的版本在此加上：“如同三只蜘蛛冲向一只苍蝇。”

可他停了下来，仿佛灵机一动。“等一下，”他说，“我都忘了！……按照习惯，我们绞死一个男人前，先要问问有没有哪个女的要他。”——“伙计！这是你最后的机会。你或者要娶一个女丐帮，或者要绳索，两者必居其一。”

吉卜赛人这条法律，不论在读者看来有多么离奇古怪，却是今日英国自古以来的立法里通篇写明的。请参阅《柏林顿评论》[109]。

甘果瓦松了一口气。这是他半个小时以来，第二次重获生命。因此，他不敢轻信。

“喂!”克洛班又坐上他的酒桶，“喂！女人们，雌货们，你们中间，从女巫到乖乖宝贝，有哪个婊子要这个混蛋？喂！女车把式科莱特！伊丽莎白·特鲁樊！西蒙娜·若杜伊纳！站得稳玛丽！长脚托娜！贝拉德·法努埃尔！米雪尔·热纳伊！咬耳朵克萝德！玛杜丽娜·吉洛鲁！喂！拉蒂埃利家的伊萨博！你们过来看看！奉送一个男人！有谁要?”

甘果瓦当此可悲的状态，大概也令人倒足胃口。女丐帮们对这个提议表现得兴趣淡然。倒霉蛋听见她们回答：“不要！不要！绞死他，让我们大家开开心。”

不过，有三个女人走出人群，过来闻闻他。第一个是胖丫头，方脸盘。她仔细察看诗人可悲的短上衣。粗布的罩衣破旧，破得比烤栗子的炉子网眼更多。丫头做了个鬼脸。

“老旗手!”她对甘果瓦咕哝道，“看看你的短披风?”“我的披风丢了。”甘果瓦说。“你的帽子?”“帽子被人抢了。”“你的鞋子?”“鞋子的鞋跟快掉了。”“你的钱包?”“唉!”甘果瓦结结巴巴，“我一个子儿也没

---

[109] 《柏林顿评论》（*Burington' s Observations*）指戴恩斯·巴林顿（Daines Barrington，1727—1800）于1766年所著的《从大宪章至詹姆斯一世的最古老章程守则》（*Observations on the Statues, chiefly the more ancient, from Magna Charta to James I*）。

了。”“你让人家绞死吧，你说声谢谢！”女丐帮回他一声，转身走开了。

第二个是黑老太，满脸皱纹，丑陋不堪，丑得给“奇迹院”也丢脸，围着甘果瓦转悠。他不无担心她会要他。可她嘀咕道：“他太瘦了。”便走开了。

第三个是个少女，还很年轻，不算很丑。“救救我吧。”可怜虫低声对她说。她以怜悯的神态打量了他片刻，便低垂下眼睛，揉一下裙子，拿不定主意。他注视着她的一举一动，这是他最后一丝希望了。“不行，”姑娘最后说，“不行！长脖腮帮子纪尧姆会揍我的。”她返回人群里。

“伙计，”克洛班说，“你倒霉啦。”

接着，他起身站在大桶上：“没人要吗？”他叫道，模仿着拍卖估价员的腔调，让大家十分开心：“没人要吗？一次，两次，三次！”他转身向绞架，点头示意，“成交！”

星星美葡萄、红皮安德里、咏李子弗朗索瓦，三人走近甘果瓦。

当此关键时刻，从黑话帮里响起一声叫喊：“爱斯梅拉达姑娘！爱斯梅拉达姑娘！”

甘果瓦战栗了，他向发出喧闹声的一边转过身去。人群闪开，给一个清纯、迷人的可人儿让道。正是那个吉卜赛姑娘。

“爱斯梅拉达姑娘！”甘果瓦说，他正当揪心的时刻，对这个神奇的名字突如其来惊讶不已，勾起了他白天的一连串回忆。

看来，这个尤物就是在“奇迹院”也发挥出她迷人和美丽的魅力。讲黑话的男男女女在她经过时，轻轻地站立一边，众人粗野的脸一看到她便露出笑意。

她步态轻盈，走近受刑者。她漂亮的嘉利跟着她。甘果瓦三分活着，七分死去。她打量他一刻，没有出声。

“你要绞死这个男人吗？”她严肃地对克洛班说。

“不错，姐妹，”祈韬大王回答，“除非你要他做丈夫。”

她的下嘴唇可爱地轻轻噘噘嘴。

“我要他了。”她说。

甘果瓦现在深信不疑，他从早到晚，一直在做梦，而此刻是在继续做梦。

这曲折离奇的情景纵然美妙，可着实强烈。

大家解开活结，把诗人从板凳上放下来。他不得不坐了下来，这震动太惊人了。

埃及大公一言不发，搬来一个陶罐。吉卜赛姑娘把陶罐给甘果瓦。“把罐子摔在地上。”她对他说。

陶罐摔成了四块。

“兄弟，”埃及大公把他们的双手硬按在额头上：“她是你老婆；姐妹，他是你丈夫。为期四年。行了。”

七 新婚之夜

无须多时，我们的诗人已身处一小间有尖拱的卧室内，房门紧关，室内暖和。诗人坐在一张桌子前，似乎他只想从一旁的食品吊柜里借取一点食品，远处看得到有一张舒适的床，正和一位漂亮的姑娘促膝谈心。奇遇近似魔术。他开始认真把自己看成是童话故事里的一个人物；他不时地环顾四周，仿佛要看看那辆套着两匹长翅膀的神兽的火焰之车是否还在，只有这辆车才能载着他如此快地从十八层地狱进入天堂。有的时候，他死死地盯住自己紧身短上衣上的窟窿，以便把握住现实，不至于完全失却立脚点。他的理智在想象的空间里摇摆，仅仅维系于一线。

姑娘似乎完全不留意他。她走来走去，挪动一张板凳，和她的母山羊说说话，到处噘噘嘴。最后，她过来在桌边坐下，甘果瓦可以从容注视她。

读者，你曾经是个孩子，也许十分幸运，至今仍是个孩子。你不会没有一而再、再而三（对我来说，我在童年度过一天又一天，这是我生命中最美好的时日）追逐一只美丽的绿色或蓝色的蜻蜓，在荆棘丛中，在溪流水边，正当天色晴朗，蜻蜓飞着跌跌撞撞，吻着每一个枝头。你会记得：你的思绪和你的目光，怀着深情的好奇心，关注着嗡嗡细语的小小旋风，在张开的紫红和蔚蓝色翅膀里，飘浮着一个无从捉摸的形体，因为飞得太快而若隐若现。透过这般翅膀的颤动而模模糊糊显现的空灵生命，你会觉得是虚幻的，是想象的，无法触摸，无法看清。可当蜻蜓最后停在一茎芦苇的顶上，你屏住呼吸，能端详薄纱似的细长翅膀，珐琅质的细长外衣，两颗水晶的圆球，你不会感到有多么惊讶，看到这个形体重又化成暗影，生命重又化成虚幻时，又会感到多么害怕！请回想起这些印象，你会很容易明白甘果瓦此时仔细注视这个既有形体、又可触摸的爱斯梅拉达姑娘时的感受，他在此之前，只是在旋风般的舞蹈、歌唱和喧闹中看不真切。[110]

他越来越陷于自己的沉思默想，“这就是，”他泛泛地目视她时思忖道，“所谓的‘爱斯梅拉达姑娘’，一个天生尤物！一个街头舞娘！至高又至低！正是她今天上午最后葬送了我的寓意剧，正是她今天晚上救了我的命。我的恶鬼！我的天使！”——“我发誓，是个美人！”——“她准是爱我爱疯了，才会这样要我。”——“对了，”他突然抬头说道，真

---

[110] 从“读者……”开始的这一大段文字，是雨果后加的。

殷勤备至
（G. Brion 画，Yon-Perrichon 刻）

实感是他性格、也是他哲学的基础，“我真不知道怎么搞的，可我是她的丈夫!”

脑子里和目光里有了这个想法，他走近姑娘，又咄咄逼人，又殷勤备至，她后退一步。“你要干什么?”她说。

“这你还要问吗？可爱的爱斯梅拉达?”甘果瓦答，语气如此激动，连他听到自己说话也大吃一惊。

埃及姑娘圆睁大眼。“我不知道你是什么意思。”

“怎么!”甘果瓦说，愈加兴奋起来，想到他无非只是面对“奇迹院”的某种规矩：“我不是你的吗，小娘子，你不是我的吗?”

他天天真真地抱住她身子。

吉卜赛姑娘的胸衣像是鳗鱼的皮肤，在他的手里滑落。她从小房间的一头跳到另一头，蹲下来又站起来，手握一把匕首，甘果瓦连看清这把匕首从何而来的时间都没有。她激怒又自豪，嘴唇鼓起，鼻翼张开，两颊像红皮小苹果，两眼炯炯闪光。与此同时，白色的小母山羊跳到她面前，对甘果瓦摆出战斗的架势，额头竖起两只漂亮的金色的角，尖而又尖。这一切在须臾之间完成。

小姐变成了胡蜂，只想着蜇人。

我们的诗人愣住了，呆呆的目光在母山羊和少女之间看来看去。“圣母娘娘呀!”吃惊之余，他说道，“两个女的好生泼辣!”

吉卜赛姑娘先打破沉默：“你这家伙胆子好大!”

“请原谅，小姐，”诗人笑一笑说，“可你为什么嫁给我，让我做你的丈夫?”

“难道要让你被绞死?”

“如此说来，”诗人又说，感到爱情的希望不无挫折，“你嫁给我，别无想法，只是救我不上绞架?”

“你想要我有什么别的想法?”

甘果瓦咬咬嘴唇。“得,”他说,“我并非如丘比特[11]一般大获全胜。可那又何必摔破那个可怜的陶罐呢?”

此时,爱斯梅拉达姑娘的匕首,母山羊的犄角,始终处于戒备状态。

晚饭

(Tony Johannot 画,Méaulle 刻)

“爱斯梅拉达小姐,”诗人说,“我投降啦。我不是夏特莱城堡的书记员,我也不会控告你在司法宫老爷的命令和禁令的鼻子底下,佩戴匕首。你不会不知道:八天前,诺埃尔·莱斯克里万带了把双刃短剑,被罚款八个巴黎苏。可这与我无关,我是就事论事。我天地良心向你担保:

[11] “丘比特”(Cupido)是罗马神话中爱神维纳斯之子,是手持弓箭的小爱神。

我没有你的许可和同意，不会靠近你。先给我吃晚饭吧。”

其实，甘果瓦一如德普雷奥先生[112]，“根本谈不上好色。”他并非那种骑士和火枪手之辈，会强抢少女。在爱情问题上，如同在其他一切问题上，乐于主张伺机行动和中庸之道；一顿可口的晚饭，彼此亲切愉快，尤其是腹中空空之时，在他看来，正是一番艳遇的序幕和结局之间精彩的幕间休息。

埃及姑娘不作回答。她鄙夷不屑地轻轻噘噘嘴，像小鸟一抬头，接着哈哈大笑，而小匕首如何出现又如何不见了，甘果瓦没能看清蜜蜂把刺藏在何处。

片刻之后，桌上有一个黑麦面包，一片肥肉，几个皱了皮的苹果和一罐高卢啤酒[113]。他开始穷凶极恶地吃起来。听到他的铁叉和陶盆疯狂的撞击声，仿佛他的全部爱情化作了全部胃口。

少女坐在他前面看着，一言不发，显而易见陷于另一番思想，她不时地轻轻一笑，而她的玉手轻抚着母山羊聪明的脑袋，小羊懒洋洋地蜷缩在她膝头之间。

一支黄蜡的蜡烛，照亮了这幅狼吞虎咽和沉思默想的景象。

此时，最初叽叽咕咕的胃已经满足，甘果瓦看到只剩一个苹果时，感到不好意思起来。“你不吃点，爱斯梅拉达小姐?”

她摇摇头作为回答，她沉思的目光停留在小屋的拱顶上。

她在关心什么鬼事情啊？甘果瓦想，望望她望着的东西。

“总不会是刻在拱顶石上石头的小矮人的怪脸，这般吸引她的注意力吧。真见鬼！我可以比试比试！”

---

[112] 指布瓦洛·德普雷奥（Boileau-Despréaux，1636—1711），法国17世纪诗人，他的《诗简集》中有一首《致我的诗句》(1695)，有句：“体质分外地虚弱，面容分外地温柔，/不矮也不很高大，根本谈不上好色，/只是美德的朋友，但并不就是美德。”

[113] 高卢啤酒（cervoise）用大麦和小麦酿成，从古人沿用至中世纪。

他提高嗓门："小姐!"

她的样子没有听见。

他叫得更响："爱斯梅拉达小姐!"白费力气。少女的精神别有寄托，甘果瓦的声音无力召回她的精神。幸好，母山羊参与进来。母羊开始轻轻地拉拉女主人的衣袖。

"你干吗，嘉利?"埃及姑娘猛然说，仿佛惊醒过来。

"母山羊饿了。"甘果瓦说，很高兴又能交谈。

爱斯梅拉达姑娘开始把面包掰碎，嘉利在她的手里文文雅雅地吃面包。

再说，甘果瓦也没有给她时间再沉思默想。他斗胆提一个敏感的问题。

"你就不要我做丈夫吗?"

姑娘定睛望着他说："不要。"

"做情人呢?"甘果瓦又问。

她噘噘嘴答："不要。"

"做朋友呢?"甘果瓦再问。

她又一次定睛望着他，思索片刻说："兴许。"

这一声"兴许"，让哲学家求之不得，让甘果瓦大了胆子。

"你知道什么是友谊吗?"他问道。

"知道，"埃及姑娘答，"这就是兄弟和姐妹。两个灵魂相连而不连成一体，是一只手上的两个指头。"

"那爱情呢?"甘果瓦追问。

"噢!爱情!"她说，声音颤抖，眼睛放光，"这是两个人变成一个人。一个男人和一个女人，结合成一个天使。这是天堂。"

街头舞娘如此说着，具有一种分外打动甘果瓦的美，在他看来这种美和她的言辞里几乎东方式的激情相得益彰。她粉红色的美唇微微一笑；她天真安详的额头思索时不时显得局促不安，如同一面镜子上吹了一口气；从她垂下的长长黑睫毛下，透出一股难以形容的光芒，给她的脸平添一派优美，正是拉斐尔[14]以后在童贞、母爱和圣洁三者神秘的交汇点上捕获的优美。

甘果瓦更是紧追不舍。

“那要如何博取你的欢心?”

“要做个男人。”

“我呢,”他说,“那我算什么?”

“一个男人要头上戴头盔，手中握佩剑，脚下蹬马刺。”

“好,”甘果瓦说,“没有马就不是男人。”——“你有情人吗?”

“心中的情人?”

“心中的情人?”

她一时间陷入沉思，接着换一种表情说：“我不久就会知道啦。”

“为什么今晚不知道?”诗人温情脉脉地说,“为什么不是我呢?”

她严肃地望他一眼。

“我只能爱一个会保护我的男人。”

甘果瓦脸一红，他的脸红就是回答。显然，姑娘指的是两小时前她身处绝境时他无力相助的情景。他想起这个晚上被其他历险抹去的回忆。他拍拍自己的额头。

“对了，小姐，我本该打这儿说起。请原谅我荒唐的心不在焉。那你又如何挣脱伽西莫多的魔掌?”

这个问题让吉卜赛姑娘战栗一下。

---

⑭ 拉斐尔（Raphaël，1483—1520），意大利文艺复兴时期的画家，画有多幅“圣母像”。塞巴谢教授指出：雨果可能想到了在卢浮宫展出的《圣家庭》一画。

“啊！恐怖的驼背！”她说着以两手捂住自己的脸。她像在酷寒时浑身打战。

“确实恐怖，”甘果瓦说，但不放下话题，“你如何挣脱他的？”

爱斯梅拉达姑娘轻轻一笑，叹一口气，却仍然一言不发。

“你知道他为什么追踪你吗？”甘果瓦又说，想拐弯抹角重新回到他的问题。

“我不知道，”姑娘说，她又急着加上一句，“可你也追踪我，你为什么要追踪我？”

“坦白地讲，”甘果瓦答，“我也不知道。”

一阵寂静。甘果瓦用刀划着桌子。少女微笑，似乎透过墙壁望着什么事物。突然，她开始发音很不清地哼道：

正当色彩缤纷的小鸟
都一声不响，茫茫大地……[115]

她猛然停下，开始抚摸嘉利。

“你有一头漂亮的小羊。”甘果瓦说。

“她是我妹妹。”她回答。

“为什么大家叫你爱斯梅拉达姑娘？”诗人问道。

“我一无所知。”

“还有什么？”

她从胸口掏出一个长方形小袋子般的东西，由一串叙利亚无花果籽挂在脖子上；这小袋子发散出一股浓浓的樟脑味[116]。小袋子以绿绸覆盖，

---

[115] 原文是西班牙文。这是雨果的大哥阿贝尔·雨果于1821—1822年出版的《西班牙叙事歌谣》中一首的起句。

[116] 具有灭菌和香脂杀虫的效用，又有抑制性欲的效果。

正中有一颗仿翡翠[117]的绿色玻璃[118]。

“也许，是因为有这个的缘故吧。”

甘果瓦想去拿小袋了。她退后一步。

“别碰，这是护身符[119]。你会碰坏魔力的，或者你会中了魔力。”

诗人的好奇心愈发大了。

“这是谁给你的?”

她把手指放在嘴上，把护身符藏在胸口。他试着问别的事情，可她绝少回答。

“‘爱斯梅拉达姑娘’这个名字是什么意思?”

“我不知道。”她说。

“是什么语?”

“我想，是埃及语。”

“我曾对此表示过怀疑，”甘果瓦说，“你不是法国人?”

“我也不知道。”

“你有父母吗?”

她唱起一支古老的曲调：

父亲是鸟儿鸣啭，
母亲是雌鸟一头。
我渡过河水不用小舟，
我渡过河水不乘小船。
父亲是鸟儿鸣啭，
母亲是雌鸟一头。

---

[117] “翡翠”法文是émeraude，而“爱斯梅拉达”的法文原文是Esmeralda，可以认为“爱斯梅拉达”源出“翡翠”。

[118] 绿色是伊斯兰的颜色，也是女巫和希望的颜色。

[119] 护身符是东方人的习俗。

“好，”甘果瓦说，“你几岁时候来法国的？”

“很小的时候。”

“到巴黎呢？”

“去年。正当我们从教皇门[120]进来时，我看到空中排开一队大苇莺，那是八月底，我就曾说：冬天会很冷[121]。”

“那年冬天确实很冷，”甘果瓦说，为谈话这样开头而兴奋，“我是捧着双手哈气过的年。你很有预卜未来的天赋？”

夏朗东桥

（H. Scott 画，Froment 刻）

---

[120] 教皇门在当年圣热纳维埃芙修道院的栅栏处，在旧城墙的东南角。

[121] 1480 年冬到 1481 年初，巴黎奇冷，天寒地冻。本书的故事时间是 1482 年 1 月。

她又恢复简练的回答："没有。"

"那个你们叫埃及大公的男人，是你们部落的首领吧？"

"是。"

"正是他给我们主婚的。"诗人不好意思地提及。

她又习惯性噘噘漂亮的嘴："我却连你的名字都不知道。"

"我的名字呢？你如果想知道，这就是：皮埃尔·甘果瓦。"

"我知道有一个更美的名字。"她说。

"坏蛋！"诗人又说，"无论如何，你激怒不了我。行啊，你好好认识我，也许会爱上我的。再说，你如此信任地对我讲了你的故事，我应该给你讲讲我的故事。你会知道，我名叫皮埃尔·甘果瓦，我是戈内斯[122]农民的文书誊抄员的儿子。二十年前，巴黎围城的时候，我父亲被勃艮第人绞死了，我母亲给庇卡底人捅死了。所以，我六岁就成了孤儿，只好在巴黎的街头光着脚板溜达。我不清楚如何跨越六岁到十六岁之间的这段过程。此地的水果女贩子给我一个李子，那儿的面包师傅扔给我一块面包皮。夜里，巡视队[123]拣到我，把我投入狱中，我在牢里找到一双草鞋。凡此种种，并不影响我长大，如你所见，身材瘦削。冬天，我在桑斯府邸[124]的门洞下晒太阳取暖，我当时就觉得圣约翰节的篝火留在盛夏季节放，太可笑了。十六岁时，我想要有一个身份。我先后尝试过各种营生。我当过兵，可我不勇敢。我当过教士，可我不够虔诚。再说，我不喝酒。绝望之余，我当了操大斧的木工学徒，可我力气不大。我更喜欢当个教书先生，其实我并不认字，可这并不是理由。过了些时候，

---

[122] 戈内斯（Gonesse）是巴黎东北地名，盛产优质小麦。戈内斯地处勃艮第和庇卡底的中间地带。1465 年爆发战争，屠杀事件频发。

[123] "巡视队"（onze-vingts）是当时巴黎城区的巡警，由 220 人组成。

[124] 桑斯府邸（hôtel de Sens），是桑斯大主教的府第，位于塞纳河右岸的无花果街的头上。其拱顶的门洞朝南而开。桑斯公馆于 1475 年开工建造。

我发觉自己做什么都缺点能耐。看到我一事无成，我就心甘情愿当个诗人和填词人。这是流浪汉什么时候都可以有的身份，正如我朋友们一些穿锁子甲的儿子对我好言相劝，这总比偷窃来得好[125]，有朝一日，我有幸遇见圣母院可尊敬的主教助理克洛德·弗鲁洛长老。他关心我，我受益于他，今日成为名副其实的文人，懂得拉丁文，能从西塞罗[126]的《论责任》[127] 读到则肋司定会修士的死者名录[128]；对经院哲学、诗学和韵律学，甚至对最为精深的炼金术，也并非一窍不通。我正是今天在司法宫的大堂之上，上演的神迹剧的作者，有下层百姓的鼎力相助，大获成功。我对一四六五年造成一人发疯的神奇彗星[129]，写有一本长达六百页的书。我还有别的成就。我算是个炮兵细木工，我为这场让·莫格的大臼炮出过力，你知道他在试炮的当天在夏朗东桥上丧命，还打死了二十四个围观者。你看，我是个不错的婚姻对象吧。我知道好多非常讨人喜欢的技巧，可以教给你的母山羊，譬如模仿巴黎主教，这个该死的法利赛人[130]的磨坊群把水溅到磨坊桥一带的行人。再说，我的神迹剧会给我带来很多现钱，如果人家付我钱的话。总之，我为你效命，我，我的思想，我的知识，我的文才，小姐，我准备和你一起生活，只要你喜欢；贞洁的生活也好，开心的生活也好；如果你觉得好，就是丈夫和妻子；如果你觉得更好，也可以是哥哥和妹妹。”

甘果瓦不出声了，等待他的一席谈话会有什么效果。姑娘两眼望着地下。

---

[125] 穿锁子甲者很容易滑向拦路抢劫。

[126] 西塞罗（Cicéro，公元前 106—公元前 43），古罗马政治家和演说家。

[127] 《论责任》（*De Officiis*），是西塞罗论公民责任的著作。此处书名是拉丁文。

[128] 则肋司定会是 1254 年由教皇则肋司定五世创建的修会。该修会的修士因为虔诚有加，王家多有捐赠。

[129] 索瓦尔的《巴黎古物考》一书提及这颗彗星。

[130] 法利赛人（pharisien）在《圣经》中是伪善者，是耶稣的死对头。

“‘福玻斯[131]’，”她轻声说，然后向甘果瓦转过身来，“‘福玻斯’，这是什么意思?”

甘果瓦不甚明白他的演说和这个问题能有什么联系，但不讨厌卖弄一下自己的学问。他神气活现地回答：“这是一个拉丁词，意思是‘太阳’。”

“太阳!”她也说。

“这是一个美丽的弓箭手的名字，弓箭手是个神[132]。”甘果瓦补充说。

“神!”埃及姑娘跟着说，她的话音里有某种沉思和激动的东西。

此时，她的一只手镯滑落下来，掉在地上。甘果瓦立即低下身子去捡拾。他站起身来时，姑娘和母山羊都已经不见。他听到门闩的声音。这是一扇小门，大概通往隔壁的小屋，从外面关上了。

“她至少会给我留一张床吧?”我们的哲学家说。

他在小屋里转了一圈。只有一只长的木箱，像是适宜于入睡的家具，而且箱盖上有雕刻。甘果瓦躺上去时，那感觉和密克罗梅加斯[133]全身睡在阿尔卑斯山上的感受差不多。

“行了!”他说，尽量凑合着，“总得将就点。可这是一个稀奇古怪的新婚之夜。可惜啦，这桩摔破瓦罐的婚姻里，天真纯朴的东西，老得掉牙的东西，也让我高兴。”

---

[131] 福玻斯（Phoebus）是太阳神阿波罗的别名。

[132] 阿波罗曾经用弓箭射杀独眼巨人和巨蟒。

[133] 密克罗梅加斯（Micromégas）是法国作家伏尔泰同名小说（1752）的主人公。身长将近 40 公里。塞巴谢教授估计：木箱箱盖上的雕花深达 2.5 厘米。

第 3 卷卷首插画：内院

I.

Notre-Dame.

Sans doute c'est encore aujourd'hui un majestueux et sublime édifice que l'église de Notre-Dame de Paris. Mais si belle qu'elle se soit conservée en vieillissant, il est difficile de ne pas soupirer, de ne pas s'indigner devant les dégradations, les mutilations sans nombre que le temps et les hommes ont fait subir au vénérable monument, sans respect pour Charlemagne qui en avait posé la première pierre, pour Philippe-Auguste qui en avait posé la dernière.

Sur la face de cette vieille reine de nos cathédrales, à côté d'une ride on trouve toujours une cicatrice. Tempus edax, homo edacior. Ce que je traduirais volontiers ainsi : le temps est aveugle, l'homme est stupide.

Si nous avions le loisir d'examiner une à une avec le lecteur les diverses traces de destruction imprimées à l'antique église, la part du temps serait la moindre, la pire celle des hommes, surtout des hommes de l'art. Il faut bien que je dise des hommes de l'art, puisqu'il y a eu des individus qui ont pris la qualité d'architectes dans les deux siècles derniers.

作者第 3 卷第 1 章《圣母院》第 1 页手稿

第三卷

一 圣 母 院

今天，巴黎圣母院大概还是一座雄伟和精美的建筑物。可是，不论圣母院老态龙钟时被保存得多么完美，面对时光和人同时让古代胜迹遭受的无数损伤和毁坏，毫不顾忌为圣母院奠基的查理曼[①]，毫不顾忌为圣母院竣工的菲利浦-奥古斯特[②]，我们不能不哀叹，不能不愤慨。

我们在我国大教堂的这位皇太后脸上，总能在每一条皱纹边上，看到一处伤疤。时光侵蚀，人侵蚀尤甚[③]。我不妨翻译成：时光盲目，人更愚蠢。

如果我们有暇和读者去一一观察刻印在古老教堂上损毁的种种痕迹，时光的损毁是次要的，人的损毁，尤其是艺术家的损毁，更其可恶，我非得要说说“艺术家”，因为有些人在最近两个世纪窃据了建筑师的

---

① 查理曼（Charlemagne，742—814），一译查理大帝、法兰西国王、西罗马帝国皇帝。相传教皇亚历山大三世于1163年为圣母院奠基，正值查理曼的年代。今天，巴黎圣母院广场的左侧，有查理曼的青铜骑像。

② 菲利浦-奥古斯特（Philippe-Auguste，1165—1223），法国国王。大教堂的工程应在1370年完成。

③ 原文是拉丁文。语出罗马诗人奥维德《变形记》的诗句。

身份。

首先，只是举出几个主要的方面，肯定地说，极少有比大教堂正墙更美的建筑华章：先后有序又同时呈现的，是雕成尖形穹窿状的三扇大门，是一列精雕又细镂的二十八座列王壁龛，是正中巨大的圆形花窗，两侧伴有边窗，仿佛是副祭和副助祭，是高高而又纤弱的三叶饰拱廊长廊，借助其精细的小柱子承托起一座沉甸甸的平台，最后是两座黑魆魆又体形庞大的钟楼，还有石板瓦的挡雨披檐。一个精美的统一整体，各个和谐的组成部分，一眼看出，整体层次分明，合而不乱，含有无数的细节，有塑像，有雕刻，有纹饰，强有力地烘托出整座大教堂的庄严肃穆。可以说，一支浩大的石头交响乐，一个人和一个民族的巨大作品，是统一而又复杂的整体，如同和大教堂同是姐妹的《伊利亚特》[④] 史诗和《西班牙叙事歌谣》[⑤] 这一类的作品；是一个时代四面八方集大成的非凡成就，我们看到被艺术家的天才驾驭的工匠，发挥千百种方式的奇思妙想，在每一块石头上迸溅出来；是某种人类的创造，一言以蔽之，和神的创造一般有力而丰富，人的创造似乎从神的创造中偷来双重的品质：多变和永恒。

我们对圣母院正墙的看法，应该适用于大教堂的整体；我们对巴黎大教堂的看法，应该适用于中世纪基督教的所有教堂。一切维系于这门由自身决定的艺术，合乎逻辑，适度匀称。衡量大脚趾，就是衡量巨人。

让我们回到圣母院的正墙，如现今呈现在我们面前的模样，我们要去虔诚地瞻仰这座肃穆雄浑的大教堂，据大教堂的编年史家所说，令人

---

④ 《伊利亚特》(*Iliades*) 相传是古希腊盲诗人荷马的长篇史诗。

⑤ 《西班牙叙事歌谣》(*Romanceros*) 是西班牙中世纪叙事诗集之集大成，对法国、德国的浪漫主义文学产生过重大影响。

巴黎圣母院
(Viollet-le-Duc 画，Méaulle 刻)

惊骇："以其庞然大物的躯体令观者惊骇不已"[⑥]。

今天，圣母院正墙缺少了三样重要的东西。首先，是从前把大教堂托出地面的十一级台阶；其次，是三扇大门壁龛下面一系列的雕像，以及上面一层二十八位法国最古老国王的雕像群[⑦]，以前安置于一楼的长廊之内，从西尔德贝尔[⑧]起，到菲利浦-奥古斯特止，手持"皇帝的苹果"[⑨]。

台阶，时光淹没了台阶，时光以缓慢而不可阻挡的势头，抬高了老城岛的地平面；可是，时光借巴黎地面抬升的海潮——吞没这十一级增加建筑物威严的高度的台阶同时，也许赠予大教堂的东西比取走的更多，因为是时光在教堂正墙上播撒下这一层世纪远去的阴暗色彩，把古迹的老迈变成古迹的美丽年华。

可又是谁推倒了这两排雕像？又是谁掏空了壁龛？又是谁在大门的正中，开挖这座新的独扇尖形拱顶？又是谁胆敢把这扇乏味而沉重的大门，在比斯科尔内特[⑩]的装饰线条旁边，镶嵌在路易十五式的木雕中间？是人，是建筑师，是当代的艺术家。

而如果我们走进大教堂内部，又是谁推倒了圣克里斯托夫[⑪]这座巨

---

⑥ 原文是拉丁文。这句话是杜布勒《巴黎古代戏剧》的开卷之语。详见第 1 卷第 7 页注。

⑦ 此说有误。以前的传统，一直延续到雨果的年代，都认为这是一列古代法国国王的群像。其实，这是古代犹太国王的群像，都是圣母马利亚的先祖，原物毁于法国大革命年代。1977 年，巴黎出土圣母院古代国王像的残片，也证明是犹太国王像，残片今存巴黎"中世纪博物馆"。

⑧ 西尔德贝尔（Childebert，约 495—558），指西尔德贝尔一世，巴黎国王。

⑨ "皇帝的苹果"指地球上立有一座十字架。

⑩ 比斯科尔内特（Biscornette）是 17 世纪给巴黎圣母院两侧边门的铸铁合页上装"繁复曲线"的作者。

⑪ 关于圣克里斯托夫（Saint Christophe），雨果有注：民间对这位圣者素有崇拜，尊为"预防猝死者"。这位"魁梧的圣人"可以说是家庭的"保护神"，1413 年立木雕像。1781 年，因为以慈悲为怀闻名的大主教克里斯托夫·德·博蒙逝世，圣人像于 1785 年被迁走。

像？这位圣人在所有雕像中是有口皆碑的，如同司法宫大堂在所有大厅里的地位，如同斯特拉斯堡的钟塔[12]在所有钟楼里的地位。而这些不可胜数的雕像，布满大殿和唱诗班的柱间空间，跪像，立像，骑像，男像，女像，孩子，国王，主教，骑警，石像，大理石像，金像，银像，铜像，甚至有蜡像，又是谁把这些雕像野蛮地一扫而光？可不是时光。

而又是谁置换下古老的哥特式祭坛，祭坛壮观，安置有圣人遗骸盒和遗骨盒，而换上这个沉甸甸的饰有圣人脑袋和云纹图案的大理石石棺？石棺仿佛是圣宠谷教堂[13]和荣军院[14]七拼八凑的样品。又是谁愚蠢地在埃尔康杜斯[15]的加洛林王朝的石板内，永远犯下这混账的石头的时代错误？岂不是路易十四还了路易十三许下的愿[16]？

而又是谁安上冰冷的白玻璃窗，取代那些“色彩鲜艳”的花窗，曾经让我们父辈受迷惑的眼睛，忙不迭又看大门之上的大圆花窗，又看半圆形后殿的尖形穹窿？而十六世纪一个唱诗班的新手，看到我们无端破坏文物的大主教们用漂亮的黄色粉刷，又会作何感言？他会记起这是刽子手用来刷“卑鄙”建筑物[17]的颜色；他会想起小波旁府邸因大将军[18]叛国而粘满黄胶；索瓦尔说：“说起来如此地道的黄色，处处推荐使用，一个多世纪以后，仍然没有褪色。”唱诗班新手会想，圣地变得卑鄙无耻，会逃之夭夭。

---

⑫ 斯特拉斯堡圣母大教堂于1176年奠基，1439年建成。这座哥特式大教堂的钟楼高142米，在1874年前是世界最高建筑。1988年被评为世界文化遗产。

⑬ 圣宠谷（Val de Grâce）教堂，巴黎古修道院的教堂，由路易十四的母亲奥地利的安娜所建，今天在军事医学院的范围内。

⑭ 荣军院（les Invalides），巴黎名胜建筑群，由路易十四决定建立，现为军事博物馆。

⑮ 埃尔康杜斯（Hercandus）是查理曼时代的巴黎主教。此处指在改建大殿内部时，清除了古代的墓石。

⑯ 路易十三婚后无嗣，于1638年把王国托付给圣母，许愿修葺圣母院的祭坛。此愿直到路易十五的1699年最终完成。

⑰ 指犯有叛国罪的罪犯居所。

⑱ 指波旁大将军背叛国王弗朗索瓦一世，投靠德意志皇帝查理五世。

圣克里斯托夫巨像
(Viollet-le-Duc 画，Méaulle 刻)

如果我们登上大教堂，不在千百种千奇百怪的不规范事物前驻足细看，怎会知道有人又是如何处理这座迷人的小钟楼，依附在大殿和耳堂的交叉点上，比它的圣堂的钟塔姐妹（也已毁掉）更其柔弱，更其大胆，直插蓝天，比两座钟楼插得更远，挺拔，尖细，铮铮有声，而又镂空？趣味高雅的建筑师（1787[19]）切除了这座小钟楼，以为仅需盖住伤口，用这块宽大的铅皮包扎一下，像是大锅上的盖子。中世纪的绝妙艺术几乎在各地，尤其在法国，都受到这般的对待。我们可以在中世纪艺术的废墟上看到三类损伤，三类损伤的伤害有不同的深度：首先是时光，时光难以察觉地让各处有所碰伤，让表面处处生锈；其次，是政治革命和宗教革命，革命的本性是盲目和愤怒，乱哄哄地对艺术一拥而上，毁掉外层丰富的雕塑和雕镂，打破其花窗，敲砸其曲线和小雕像的饰带，移除其雕像，或是雕像的主教帽，或是雕像的王冠[20]；最后，是风尚，风尚日益滑稽和愚蠢，打从“文艺复兴”[21] 这无序而又辉煌的偏差以来，风尚接二连三，引发建筑艺术的必然颓废，风尚比革命做下更多的坏事。风尚从鲜活处下刀，风尚对艺术的脊梁处下手；风尚切割、修剪、拆散和杀害建筑物，从外观到象征，从内部结构到优美，无不如此。再者，风尚接着加建；至少，时光和革命都未曾有此抱负。出于“高雅的趣味”，风尚无耻地给哥特式建筑的伤口配上分文不值的时髦装饰物，有大理石饰带，有金属的饰球，圆形卵饰，涡形饰，絮毛，褶裥，花环，流苏，石头火焰，青铜云纹，胖乎乎的小爱神，圆鼓鼓的小天使，这些名副其实的麻风病，在卡特琳·德·美第奇[22]的小礼拜堂里，开始侵蚀艺

---

[19] 这是法国大革命的前两年，建筑师帕尔维（Parvy）负责修缮，工程粗制滥造。

[20] 主教帽和王冠都是宗教专制和政治专制的象征。

[21] “文艺复兴”指 16 世纪的艺术。“文艺复兴”具有的这个词义，始于 1830 年的革命。

[22] 卡特琳·德·美第奇（Catherine de Médicis，1519—1589），出身意大利贵族世家的法国王后。此处指影响所及，至 16 世纪的卢浮宫、王后和祈祷。

术的脸面，两个世纪后，在杜巴里夫人[23]的闺房里，让艺术奄奄一息，受尽折磨，痛苦不堪。

如此情况，我们上述的几点概述如下：今天，有三方面的灾难损毁哥特式建筑。皱纹和皮肤上的疣子，这是时光的作为；粗暴行为，野蛮手段，挫伤，骨折，这是上自路德[24]、下至米拉波[25]的革命的结果；毁形，截肢，四肢解体，“复辟”，这是教授们根据维特鲁威和维尼奥拉[26]的理论，实行的希腊、罗马和蛮族的劳动。这门汪达尔人[27]产生的精美艺术，被我们的科学院院士下手杀害了。先是世纪的更迭，先有一场场革命，至少这些破坏并无偏心，规模很大，继之而来的是大堆的学院建筑师，有执照，有资格，宣过誓；选择恶劣的趣味以损伤建筑物；以路易十五的皱叶菊苣花饰取代哥特式的花边，为大力颂扬巴特农神庙[28]的光荣。这是驴子给垂死的狮子踢上一脚。[29] 这是老橡树秃了顶，尤为甚者，更被毛毛虫又叮又咬，撕成碎片。

罗贝尔·塞纳利斯[30]把巴黎圣母院和以弗所的狄安娜神庙[31]加以比较，神庙为“古代的异教徒所津津乐道”，神庙让赫洛斯特拉托斯的名字

㉓ 杜巴里（Dubarry，1743—1797），是路易十五的宠妃。此处指影响所及，至18世纪的凡尔赛宫和宠妃的床笫。

㉔ 路德（Luther，1483—1546）是欧洲“宗教改革”的倡导者。

㉕ 米拉波（Mirabeau，1749—1791）是法国大革命时期的革命家。

㉖ 维特鲁威（Vitruve）是公元前1世纪的罗马建筑师，其建筑理论完整地流传后世；维尼奥拉（Vignole）是16世纪的意大利建筑师，著有《论建筑五法》（1562）。这两人的著作被学究们奉为建筑理论的圭臬。

㉗ 汪达尔人（les Vandales）是日耳曼人的一支，通常被认为是无谓破坏艺术文物的蛮族。雨果此地有意把哥特式艺术和源自日耳曼人一支的艺术相提并论。

㉘ 巴特农神庙（le Parthénon）在雅典卫城之上，是欧洲古典建筑艺术的无上楷模。

㉙ 典出拉封丹的寓言《衰老的狮子》。

㉚ 罗贝尔·塞纳利斯（Robert Cenalis）是法国滨海小城阿弗朗什（Avranches）的主教，1560年逝世。

㉛ 以弗所（Ephèse）是古代希腊城市，在今土耳其的西海岸。该神庙被誉为“世界七大奇迹”之一，公元前356年被一心想名扬千古的赫洛斯特拉托斯（Erostrate）焚毁。

主祭坛
(Viollet-le-Duc 画，Méaulle 刻)

流传下来。他比较后认为：高卢的大教堂“在长度上、高度上和结构上更为优秀”[32] 这样的时代已经一去不复返了。

其实，巴黎圣母院并非人们所说的是一座完整的、概念明确的、可以分类的建筑物。这不再是一座罗曼式教堂[33]，也不是一座哥特式教堂。这座建筑不是一种类型。巴黎圣母院不同于杜尔努修道院[34]，没有庄重和粗实的肩膀，没有浑圆和宽大的拱门，没有赤裸裸的冰冷，没有庄严的简约，不像这一类建筑物都有半圆拱生成。她也不同于布尔日大教堂[35]，是精美的作品，轻巧，多姿多态，密集，屋顶满目琳琅，尖拱开花。不可能把巴黎圣母院归入阴沉、神秘、低矮，仿佛要被圆拱压垮的这个古老的教堂家族之内。除天花外，几乎是埃及式，触目古埃及的象形构造[36]，处处是僧侣的气氛，充满象征意味，装饰内容菱形和之字曲线多于花卉，花卉多于兽类，兽类多于人物，是主教多于建筑师的作品。艺术的第一期变化，处处留有神权和军权为上的痕迹，这始于罗马帝国后期[37]，止于征服者威廉[38]。不可能把我们的大教堂归入这另一个高大教堂的家族之内，轻盈，富于花窗和雕塑；外形尖削，形态空前；以市镇和市民作为政治象征；作为艺术作品，是自由的，随心所欲，放荡不羁。第二期的建筑变化，不再是古代象形的，永恒不变的，僧侣至上的，而

---

[32] 雨果原注：引文见《高卢史》第 2 卷。雨果引自杜布勒的《巴黎古代戏剧》。

[33] 罗曼式相对于哥特式而言，指被罗马帝国征服的国家的语言和艺术。

[34] 杜尔努修道院（Abbaye de Tournus），在法国东北部索恩河河畔，初建于 10—11 世纪。雨果 1825 年 8 月 9 日参观过。

[35] 布尔日大教堂（Cathédrale de Bourges），布尔日是法国中部谢尔省省会，大教堂建于 12 世纪末期，成于 14 世纪初期。雨果 1825 年 9 月 2 日曾前去参观。

[36] 法国学者商博良（Champollion）是埃及学的创始人，1822 年第一次破译古埃及的象形文字。商博良于《巴黎圣母院》出版前两年从埃及回国。

[37] 罗马帝国后期（Bas-Empire），通常认为始于公元 3 世纪末。

[38] 征服者威廉（Guillaume le Conquérant），是诺曼底公爵，于 1066 年跨海征服英格兰。

是艺术家的，渐进的，大众的，始于十字军东征[39]后归来，终于路易十一[40]。巴黎圣母院不属纯粹的罗曼家族，如第一类教堂；也不属纯粹的阿拉伯家族，如第二类教堂。

这是一座过渡性建筑物。撒克逊[41]建筑师完成支撑大殿的第一批柱子时，正当来自十字军东征的尖形穹窿，对这些宽大的只需承托半圆形圆拱的罗马柱头来说，以征服者的姿态来到。此后，所向披靡的尖形穹窿建造完教堂的剩下部分。在此期间，尖形穹窿没有经验，起初羞羞答答，接着打开缺口，扩大范围，不露声色，但还不敢以钟塔和尖窗来显示亭亭玉立，如以后在许许多多精彩的大教堂上所表现的样子。可以说，圣母院感受到接近罗曼式沉甸甸的柱子的影响。

此外，这些从罗曼式向哥特式过渡的建筑物，对研究而言，价值并不比纯粹的类型为少。它们表现了艺术的某种差异，没有这些建筑物，这差异就不复存在。这就是把尖形穹窿嫁接上半圆形拱。

巴黎圣母院尤其是这一变形的绝妙样品。令人肃然起敬的古建筑的每个侧面，每块石头，不仅仅是国家历史的一页，还是科学史和艺术史的一页。此地，仅限于列举重要的细节，当小“红门”[42] 几乎达到十五世纪哥特式纤细的极限时，大殿的柱子由于其体量和重力的原因，后退到草地圣日耳曼教堂的加洛林王朝[43]的修道院。人们愿意相信，在这扇门和这些柱子之间，相距六个世纪。也没有炼金术士不在大门的象征中

---

[39] 十字军东征的高潮在 12 世纪和 13 世纪。十字军东征后，“阿拉伯式”精雕细刻的“哥特式”艺术，盛行于 14 世纪和 15 世纪。

[40] 路易十一，1423 年生，1483 年卒。

[41] 撒克逊建筑师指罗曼艺术传统的建筑师。

[42] “红门”（Porte-Rouge）是议事司铎使用的小门，在唱诗班和内院之间。

[43] 加洛林王朝，指查理曼王族执政的朝代，下限至公元 10 世纪末。

间，发现自己一套提纲挈领的炼金术学问。屠宰业圣雅各教堂[44]便是炼金术完完整整的象形文字。这样，罗曼式修道院，炼金术教堂，哥特式艺术，撒克逊艺术[45]，圆圆的沉重的柱子，令人想起格里高利七世[46]，神秘的象征主义，尼古拉·弗拉梅勒[47]由此成为路德[48]的前奏，教权的统一，教会的分裂，草地圣日耳曼教堂，屠宰业圣雅各教堂，一切都在圣母院里熔合、融合和混合。这座中央的母教堂在巴黎的老教堂里是某种怪异之物；她有某座教堂的头，有这座教堂的四肢，有那座教堂的臀部，有每一座教堂的一点东西。

我们复述如下：对于艺术家，对于古董商，对于历史学家，这类混杂的建筑绝非是毫无兴趣的。这类建筑令人感到建筑是多么原始的事物，须知它们表明（巨墙遗迹[49]、埃及金字塔和印度巨塔[50]也同样表明）建筑最伟大的成果，主要不是个人的成就，而是社会的成就；主要不是天才人物的喷涌，而是阵痛中的民族在分娩。是一个民族国家留下的财富；是世世代代形成的堆积；是人类社会反复蒸发的遗存；一言以蔽之，是不同类型的地层。时间的每一个波浪叠加上自己的冲积土，每个种族给古建筑添加一层，每个个人带来一砖一瓦。水獭是这样做的，蜜蜂是这

㊹ 屠宰业圣雅各教堂（Eglise de Saint-Jacques-de-la-Boucherie），是巴黎古教堂，相传由查理曼创建。1406 年，查理六世允准屠宰业在教堂内创办同业公会。法国大革命期间，教堂被拆毁，目前仅存钟楼，称为“圣雅各塔”，已列入世界文化遗产名录。

㊺ 撒克逊艺术，据雨果的诗集《秋叶集》中《噢！不论你是何人……》的内容，撒克逊艺术指罗曼式艺术，此地可指草地圣日耳曼教堂。

㊻ 格里高利七世（Grégoire VII）是 11 世纪后期的教皇，1073 年至 1085 年在位，曾彻底调整天主教的典章制度。

㊼ 尼古拉·弗拉梅勒（Nicolas Flamel，1330—1418），巴黎大学教授，传说是炼金术士，曾积累大量财富，广为布施。

㊽ 路德（Luther，1483—1546），德国宗教改革家，新译《圣经》，反对教皇的专制制度。

㊾ 巨墙遗迹（vestiges cyclopéens）指不用灰浆，仅用巨石堆砌而成的大墙，被认为是地中海东岸在希腊文明之前的史前皮拉斯基岛民所建。

㊿ 塞巴谢教授认为，结合雨果的诗集《光影集》的有关内容看，“印度巨塔”也包括洞穴雕刻和地下寺庙。

样做的，人是这样做的。最伟大的建筑象征巴别塔是一座蜂房。

伟大的建筑物，如同伟大的山岳，是世世代代的产物。经常，伟大的建筑物还挂在空中，而艺术在改变了；“工程停下，悬而不决。”[51] 大建筑根据已经改变的艺术，心平气和地继续建造。新的艺术就地取来建筑物，嵌入建筑物，同化建筑物，随心所欲地发展建筑物，如果可能，最后完成建筑物。事物根据自自然然和静悄悄的法则，如此完成，并无麻烦，并不费力，没有反弹。嫁接发生，汁液流淌，草木重新生长。当然，对于同一座古建筑有多种艺术在多种高度上这样反复地焊接，可以写很多大部头著作，很多时候就是人类的世界通史。人，艺术家，个人，在这些不见作者的庞然大物里被抹去了名字；其中有人的智慧的结晶，构成人的智慧的总和。时间是建筑师，人民是泥瓦工。

此地，仅仅打量欧洲基督教的建筑，这位东方伟大的砌造工程的妹妹，看起来像是一片巨大的地层，分成相互叠加的又区别分明的三段地带：罗曼地带[52]，哥特地带，和我们更乐意称之为希腊罗马地带的文艺复兴地带。罗曼层是最古、也是最深的一层，由半圆形拱组成，在文艺复兴的现代层上重又出现，由希腊柱子作为标志。两层之间是尖顶拱门。完全属于这三层中某一层的建筑物，与众不同，独一无二，是完完整整的。这就是朱米埃日修道院[53]，这就是兰斯大教堂[54]，这就是奥尔良圣十

---

[51] 原文是拉丁文，典出罗马诗人维吉尔的史诗《埃涅阿斯纪》。

[52] 雨果原注：根据地点、气候和物种的不同，罗曼地带亦可叫作伦巴第、撒克逊和拜占庭地带。这是四种姐妹的平行的建筑，每一种都有自己的特性，但来自同一本源，即半圆形拱。“对全体而言，并非唯一一个结构，而又并非不同，如此等等。”（奥维德：《变形记》第2部第13章）

[53] 朱米埃日修道院（abbaye de Jumièges）在诺曼底重镇鲁昂以西的塞纳河畔，历史悠久，始建于654年。现仅存遗址。

[54] 兰斯大教堂（cathédrale de Reims）是法国历代国王的加冕教堂。雨果于1825年作为官方贵宾应邀参加新国王查理十世的加冕礼。

红门

(Viollet-le-Duc 画，Méaulle 刻)

字大教堂[55]。而这三个地带的边缘相交合，相混合，如同光谱中的色带。由此产生复杂的历史建筑，产生有差异的建筑物和过渡性的建筑物。一座建筑的脚部是罗曼层，中间是哥特层，头部是希腊罗马层。这就是为

---

[55] 奥尔良圣十字大教堂（Sainte-Croix d' Orléans）毁于16世纪末的宗教战争，17—18世纪重建。

什么花费六百年方始完成。这样的多样性十分罕见。埃唐普的城堡主塔[56]就是一件样品。而有两类地层的历史建筑更多见。这就是巴黎圣母院，尖顶拱门建筑，以其最初的柱子深入这一罗曼地带，而更为深入罗曼地带的有圣德尼大教堂的大门和草地圣日耳曼教堂的大殿。这就是博谢维尔[57]精美的半哥特式议事大厅，罗曼层直至大厅的半腰处。这就是鲁昂大教堂[58]，如果其中央钟塔尖顶的顶端不在文艺复兴地带之内，本来会完全是哥特式的[59]。

不过，所有这些差异，所有这些不同，只涉及建筑物的表面。是艺术更换了皮肤。基督教教堂的构造本身并未受到伤害。总是同样的内部构造，同样的各部分的合理配置。不论一座大教堂的外表如何雕刻和装饰，我们在里面总会看到是罗曼式大教堂[60]，至少在萌芽和基础的状态。大教堂在地面上永远依照同一个法则发展。总是不受干扰地有两座大殿相交成十字状，上端呈半圆形后殿，形成唱诗班；总是有侧廊，供教堂内的仪式列队之用，供安排小教堂之用，即两边侧殿的散步场所，大殿是主殿，经过柱子形成的空间，便散入小教堂。由此安排，小教堂、大门、钟楼和尖塔的数量，根据世纪、人民和艺术的不同喜好，可以变化无穷。一旦宗教的礼仪得到配置和确认，建筑可以随心所欲。雕像，花窗，大圆花窗，图案装饰，齿形装饰，柱头式样，浮雕绘画，建筑可根据适合自己的对数函数把这种种的想象内容组合在一起。由此产生这些建筑的外部千变万化，而建筑内部总是秩序井然，规范统一。一棵树的树干是不变的，而植物随意生长。

---

[56] 埃唐普的城堡主塔（donjon d’Etampes）在巴黎以南 60 公里处，本属于贡斯当丝王后的城堡。

[57] 博谢维尔（Bocherville）是厄尔省的小城。

[58] 鲁昂大教堂（Cathédrale de Rouen）于 13 世纪建造，15 世纪完成。

[59] 雨果原注：这部分钟塔是木结构，正是 1823 年被天火焚毁的部分。

[60] 塞巴谢教授附注：指长方形建筑，可以进行裁判，洽谈贸易。耳堂和十字形配置晚于罗曼时期。

怪兽

（Méryon 画，Méaulle 刻）

二 巴黎鸟瞰

我们刚才试图为读者重现这座令人赞美的巴黎圣母院。我们简要地指出圣母院在十五世纪拥有而今天已经缺失的大部分美；可我们没有提及最主要的美，这就是当年在她两座钟塔楼顶上会看到的巴黎景象。

不错，我们先在钟楼厚实的墙体上垂直开挖的螺旋形暗梯上，摸摸索索半天之后，最后突然面对两座高大的平台之一，满天阳光，满天新鲜空气；从四面八方呈现在你眼前的景象，正是一幅美丽的图画；一幅“仅此独有、别无二处”的景象，读者中有幸见过一座哥特式城市的人，见过一整座完美的、统一的哥特式城市的人，对此不难有个印象，如同现在还幸存的那几座城市，巴伐利亚的纽伦堡[61]，西班牙的维多利亚[62]，或者如更小但保存完好的样品，布列塔尼的维特雷[63]，普鲁士的北豪森[64]。

三百五十年前的巴黎，十五世纪的巴黎，已经是一座巨型城市了。我们巴黎人，通常把以后自以为扩充出去的土地搞错了。巴黎从路易十一以来，扩大的范围不会超过三分之一太多[65]。当然，巴黎丧失的美很多，巴黎赢得的土地很少。

---

[61] 纽伦堡（Nuremberg）在1050年左右建成，14—16世纪繁荣一时。1945年因国际军事法庭审判纳粹战犯而闻名于世。

[62] 维多利亚（Vittoria）在西班牙一侧的巴斯克地区，是阿拉瓦省省会。童年的雨果曾随父母穿越维多利亚城，第一次见到绞刑架。

[63] 维特雷（Vitré）是中世纪古城，在雷恩市以东40公里处。时至1830年，这座中世纪古城还面貌依旧。

[64] 北豪森（Nordhausen）是萨克森地区古老的自由市，离哥廷根不远。

[65] 塞巴谢教授指出：如果计算新增的土地面积，雨果的计算明显有错。专家估算，1830年的巴黎有1482年的巴黎两倍之大。巴黎在菲利浦-奥古斯特和查理五世的城墙范围内，可能是基督教范围内人口最为稠密的城市。

柱廊

（Méryon 画，Méaulle 刻）

众所周知，巴黎诞生于这座古老的状如一只摇篮的老城岛。这座岛上的沙滩便是巴黎的第一垛城墙。塞纳河是她的第一座壕堑。巴黎在好几百年间始终是岛屿状态，有两座桥，一北，一南，有两座桥头堡，同时也是她的门户和堡垒：大夏特莱城堡在右岸，小夏特莱城堡在左岸。此后，从第一朝的国王开始，巴黎在岛上挪不开身子，在岛上也无法转身，巴黎跨越河水。于是，越过大夏特莱城堡，越过小夏特莱城堡，第一垛城墙和城楼在塞纳河的两边开始占用乡村。这座古老的围墙，至上个世纪还有遗迹可寻；今天，只剩回忆，留下一点历史陈迹，如驴门，“驴门”。日复一日，房屋的波浪，总是从城中心向外推开来，溢出城墙，侵蚀、占有和抹去这座城墙。菲利浦-奥古斯特[66]为之建一座新的堤岸。他把巴黎囚禁在一列圆形的高大而坚固的大塔楼内。一个多世纪内，房屋拥挤，房屋堆积，在这块盆地内抬高高度，仿佛水在水库内抬高水位。房屋进深开始变大；房屋一层叠加一层；房屋彼此相互叠加；房屋在高度上飙升，如同受到挤压的汁液，为了有一点空气，看谁在左邻右舍的头上先冒出来。街道越来越深，越来越窄，有一点地方就占满，就消失。终于，房屋跳过了菲利浦-奥古斯特的城墙，快快活活地在平原上四散开来，无序，杂乱，仿佛逃出来似的。至此，房屋心安理得，房屋在田间开个小园子，舒舒坦坦。一三六七年后，城市在近郊过度扩张，需要新的围栏，尤其在右岸：查理五世[67]修建了新的围栏。而像巴黎这样的城市永无止境地在成长。只有这样的城市，才能成为国都。这是一个个漏斗，一个国家所有的地理、政治、道德和智力的斜坡，一个民族所有自然的坡度，都汇集到漏斗里来。可以说，是一座座文明的井，也是下水

---

[66] 菲利浦-奥古斯特（Philippe-Auguste，1165—1223），即法国国王菲里浦二世，路易七世之子，路易八世之父，在位 42 年，对法国历史颇多建树，创建很多巴黎的城建工程：铺设马路的路面，兴建城墙。

[67] 查理五世（Charles V）法国国王。

道，有商贸，有工业，有智力，有居民，凡是汁液，凡是活力，凡是一个国家的灵魂，不断地过滤，积聚，一滴又一滴，一个世纪又一个世纪。所以查理五世的围墙也有菲利浦-奥古斯特围墙的命运。从十五世纪末开始，这新的围墙也被跨越，也被超过，郊区跑得更远了。到十六世纪，似乎围墙眼看后缩了，越来越缩回到老城里，而一座新城已经更厚厚实实在外了。如此这般，从十五世纪开始，我们且到此打住，巴黎已经耗用了三圈同心圆的城墙，城墙早在背教者朱利安[68]时代起，可以说已在大、小夏特莱城堡萌芽了。这座强大的城市先后绷裂了自己的四圈城墙，像一个长大的孩子，撑破了他去年穿的衣服。在路易十一治下，我们看到这房屋的汪洋大海中，有几处矗立起旧城墙倾圮的塔楼群，仿佛大水淹没时山冈的山顶，仿佛被新巴黎淹没的旧巴黎的几座群岛。

从此以后，巴黎还有变化，我们不幸亲眼目睹，而这次仅仅越出了一座城墙，即路易十五的城墙，这垛破破烂烂的污秽不堪的城墙，和建造城墙的国王一路货色，也值得诗人如此颂唱：

围住巴黎的围墙把巴黎围得够呛。[69]

到十五世纪，巴黎还是分成分明而又分隔的三座城市，每一座城市有自己的面貌，自己的特色，自己的风俗，自己的习惯，自己的特权，自己的历史：“老城区”“大学区”和“市区”。“老城区”是岛，最古老，最小，是另外两个区的母区，夹在这两个区中间（恕我们打个比方），像矮小的老太太夹在两个高大的漂亮闺女中间。“大学区”包括塞纳河左

---

[68] 背教者朱利安（Julien l’Apostat，331—363），罗马帝国皇帝，放弃基督教。

[69] 路易十五决定兴建的城墙，直到路易十六时完成，主要目的不为防卫，而是便于划区征税，引发不满，无名诗人有诗为证。原诗音韵铿锵：Le mur murant Pairs rend Paris murmurant。

巴黎——地狱门
(Pernot 画，Méaulle 刻)

岸，从巴黎高等法院刑事部，至奈勒塔[70]，和今天巴黎相当的地点，前者是酒类市场，后者是铸币厂。“大学区”的围墙把朱利安曾修建其浴场[71]的这片乡村造成一个大大的新月形。圣热纳维埃芙山[72]围在本区之内。这条城墙曲线的最高点，是教皇门，即大致是先贤祠现在的位置。“市区”是巴黎三块地方中最大的，在右岸。河岸断成或者说中断成好几处，沿着塞纳河，从皮伊塔楼起，到树林塔止，即从今天的“丰收阁

---

[70] 奈勒塔（tour de Nesle）属奈勒府邸，建于14世纪，奈勒塔原来和卢浮宫塔遥遥相对。

[71] 巴黎的古罗马时代遗址，又叫格吕尼府邸，今天是“中世纪博物馆”的所在地。

[72] 圣热纳维埃芙山（montagne Sainte-Geneviève）在今天“先贤祠”一带，但已经不见“山”的高度。

楼”[73] 的地方，到今天是杜伊勒里宫[74]的地方。塞纳河切断巴黎城墙的这四个点，左边的最高法院刑事部和奈勒塔，右边的皮伊塔和树林塔，特称“巴黎四塔”。“市区”比“大学区”更加深入田地。“市区”围墙的最高点（查理五世围墙）在圣德尼门和圣马丁门，两门的位置始终未变。

正如我们上文所述，巴黎这三大部分的每一部分都是一座城市，不过，是一座过于特殊而不能独自完整的城市，是一座不能没有其他两座城市的城市。所以，是三种完全别具一格的面貌。“老城区”多的是教堂，“市区”多的是宫殿，“大学区”多的是学校。此地先放下旧巴黎的次要特点和街市管理的反复无常不提，我们笼统点说，在十分混乱的市政司法权限方面，只考虑整体和大的方面说，老城岛属于主教，右岸属于商会总管，左岸属于大学校长。巴黎王家司法官是王家官员，不是市政官员，但统管一切。“老城区”有圣母院，“市区”有卢浮宫和市政厅，“大学区”有索邦大学。“市区”有菜市场，“老城区”有市立医院，“大学区”有教士草地[75]。学生们在左岸教士草地犯下的罪行，在老城岛的司法宫审判，而在右岸的隼山[76]惩处。除非大学校长以为大学强大，国王软弱，加以干涉，因为学生们在自家范围内被绞死是一项特权。

（附带一提，大部分的这些特权，还有比这个特权更好的特权，是靠反叛和反抗从国王手中强行取得的。这是古已有之的过程：人民动手抢，国王才放手。一个古老的宪章把忠诚一事说得很天真：“对国王的忠诚，并非没有被暴乱打断过，为公民产生了很多特权。”）

到十五世纪，塞纳河在巴黎城墙内的河道有五座岛屿：当时有很多

[73] “丰收阁楼”（Grenier d’abondance）建于1807年，其位置在现今巴士底广场附近的“兵工厂公园”。

[74] 杜伊勒里宫（les Tuileries）本来和卢浮宫相连接，在巴黎公社失败时被焚毁。

[75] 教士草地（Pré-aux-Clercs）是巴黎的旧地名，以充当决斗场而闻名于世。

[76] 隼山（Montfaucon）是巴黎的旧地名，是绞刑处决犯人的地方，所以绞架林立。

树、现在只剩出木柴的路维耶岛[77]；母牛岛和圣母岛，这是两座有破房子的荒岛，都是主教的封地（十七世纪，两岛被合成一岛，并盖房，我们称之为圣路易岛）；最后是老城岛的顶端有渡牛小岛，以后淹没在新桥[78]的土堤之下。老城岛当时有五座桥：三座在右边，圣母桥和兑币桥是石桥，磨坊主桥是木桥；两座在左侧，“小桥”是石桥，圣米迦勒桥是木桥，这两座桥的桥面上都有房屋。“大学区”有六座门，由菲利浦-奥古斯特建造，从最高法院刑事部算起，分别是圣维克多门、博尔德勒门、教皇门、圣雅各门、圣米迦勒门和圣日耳曼门。“市区”有六座门，由查理五世建造，从皮伊塔算起，分别是圣安东门、圣殿门、圣马丁门、圣德尼门、蒙马特尔门和圣奥诺莱门。上述这些门都设防，也很美丽，美丽无碍于设防。有一条城壕，又宽又深，冬天涨水期有活水，洗涤环绕巴黎一周的城墙，塞纳河提供水源。夜间，城门关闭，用大铁链给市区的两头堵住河水，巴黎安安静静地入睡。

这三个城镇，“老城区”“大学区”“市区”，从空中鸟瞰，肉眼看到每一个都是一件针法错综复杂的编织物，街道离奇古怪地混杂一起。不过，第一眼望去，看得出这三块城市组成一个唯一的整体。我们马上看到两条平行的长街，没有断裂，没有错乱，几乎是一条直线，同时穿越三座城市，从头到脚，从南到北，和塞纳河垂直，把三城连成一片，混合在一起，不断地把一个城区的人民浸润、倾倒并注入另一个城区的城墙内，使三个区变成一座城。这两条长街的第一条，从圣雅各门到圣马丁门，在“大学区”叫圣雅各街，在“老城区”叫犹太街，在“市区”叫圣马丁街，这条街两度跨越河水，一是“小桥”，一是圣母桥。第二条

---

[77] 路维耶岛（île Louviers）于 1843 年并入右岸，在兵工厂区内。

[78] 新桥（Pont-Neuf）于 1605 年建成。1614 年在土堤上置基座和铜马，1635 年立亨利四世的骑像。现为巴黎名胜。

长街在左岸叫竖琴街，在岛上叫木桶街，在右岸叫圣德尼街，在塞纳河河湾处叫圣米迦勒桥，在另一头叫兑币桥，从“大学区”的圣米迦勒街，直到“市区”的圣德尼门。其实，用了一大摞的地名，也只是两条街，可是两条母街，两条生成其他街道的街，是巴黎的两条主干道。这座一城三区的城市所有其他的大街，或肇源于此，或至此倾泻。

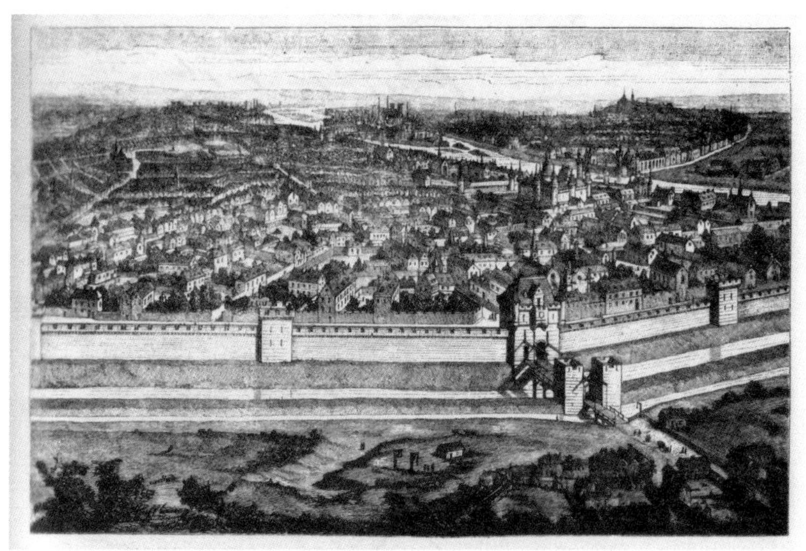

圣奥诺莱门
(Hoffbauer 画，Huyot 刻)

独立于这两条贯通南北的主要大街，和整个首都同样穿透巴黎的这两条宽阔的大街，“市区”和“大学区”各有自己的大街，笔直地迤逦而来，和塞纳河相平行，和两条“大动脉”直角相交。如是，我们在“市区”可以从圣安东门直线走到圣奥诺莱门；我们在“大学区”，可以从圣维克多门直线走到圣日耳曼门。这两条大道和前面两条“大动脉”相交，组成一个基准点，巴黎的街道纠结、密集的迷宫似的网络，就建立在这个基准点上。

这张直测平面图的若干部分，今天仍然存在。

现在，在一四八二年，从圣母院的塔楼顶上，这一切的一切又以何种方式呈现在眼前呢？这正是我们想要说的。

对气喘吁吁来到这座塔顶的观望者来说，首先是一片眼花缭乱的屋顶、烟囱、街道、桥梁、广场、钟塔尖顶和钟楼。一切都同时抢夺你的眼珠，整齐的山墙，尖尖的屋顶，悬挂在墙角上的小塔，十一世纪的石头金字塔，十五世纪的石板瓦方尖碑，城堡主塔圆圆而又光光的塔楼，教堂方方正正而又精雕细镂的钟楼，有大，有小，有笨重的，有轻盈的。目光会久久地迷失在这座迷宫的一切深邃之处。迷宫里无不见出其独创、理性、天才和美，无不出自艺术，从最不起眼的屋子，门面有色彩和雕刻，木梁外露，门面放低，楼层悬挂，直至王家的卢浮宫，那时已有一长列塔楼。而当目光开始适应这堆乱哄哄的建筑物时，我们看到的主要建筑群如下。

首先是“老城区”。正如索瓦尔所说，老城岛这个岛，貌似杂乱无章，有时也会这般妙笔生花，“老城岛仿佛一艘大船，深陷泥沙，随着河水在塞纳河的中段搁浅”。我们上文已经解释，这艘船在十五世纪借五座桥停泊在两岸。这艘大船的外形也早就给纹章书记官留下深刻的印象；因为据法万(79)和帕斯基耶(80)的意见，巴黎古时的盾形纹章上的那条船来源于此，而不是来自诺曼底人的围城。对于懂得辨读纹章的人来说，纹章是一门代数学，纹章是一种语言。中世纪后半期的整部历史都写在纹章之中，一如前半期的历史写在罗曼式教堂的象征之中。这些是继神权政治的象形文字之后的封建制度的象形文字。

所以，“老城区”首先映入眼帘的，是向东方的船首，和朝西方的

(79) 法万（André Favyn），法国历史学家。

(80) 帕斯基耶（Etienne Pasquier，1529—1615），历史学家，著有《法国研究》等。

船尾。我们面向船尾，面前是无数群的老屋顶，之上是圣堂[81]镀了铅的又宽又厚的半圆形后殿，像是大象的屁股，驮着钟楼。只是此地的这座钟楼的尖顶最为大胆，最多装饰，最为纤细，最多锯齿，其花边的锥体从来没有让人看到天边。在更靠近的圣母院前，三条街道注入大广场，美丽的广场，古老的屋宇。这广场的南边，斜立着市立医院满脸皱纹和很不乐意的正墙，和似乎长满脓包和疣子的屋顶。其次，右边，左边，东方，西方，在“老城区”如此狭窄的范围之内，矗立着二十一座教堂的钟楼，年代不同，外形有异，大小有别，从足迹圣德尼教堂（格洛桑的监狱[82]）罗曼式低矮而陈旧的装饰小塔起，至牛群圣彼得教堂和圣朗德利教堂[83]精美的塔楼尖顶。在圣母院的后面，北面展现出议事司铎连带哥特式柱廊的院子，南面是主教半罗曼式的宫院，东面是“荒地”[84]荒芜的尖角。在这大堆的房屋中，还能看到这些高高的镂空的石头烟囱帽，当时就盖在屋顶之上，这是查理五世治下，城市赠给朱韦纳尔·代叙尔森[85]宫殿式的府邸最高的窗户；更远处，是帕吕斯市场[86]涂有沥青的棚屋，还有老人圣日耳曼教堂新建的半圆形后殿，一四五八年，后殿又用“蚕豆街”的一段加长；接着，有一些地方的十字街头上行人熙攘往来；在街角竖起犯人示众柱；一段漂亮的菲利浦-奥古斯特的马路，路面的石板非常精致，马路中间被马蹄划出的印痕，十六世纪却被可悲的所

---

[81] 圣堂（Sainte-Chapelle）原是古王宫的一部分，由路易九世于1248年建成，供奉耶稣受难的圣物。今在司法大楼的范围内，是法国国宝级的历史古建筑，和巴黎圣母院仅仅一街之隔，近在咫尺。

[82] 原文是拉丁文。今天市立医院所在的格拉蒂尼街的街名起源于此。

[83] 牛群圣彼得教堂和圣朗德利教堂这两座教堂原来在和格拉蒂尼街平行的街上，今不存。

[84] “荒地”（le Terrain）指老城岛的最东端，在巴黎圣母院的后面。

[85] 朱韦纳尔-代叙尔森（Juvenal des Ursins，1360—1411），商界总管，坚决支持王朝，反对勃艮第人，反对教会的蚕食，查理六世赐给他这座府邸。

[86] 帕吕斯市场（Marché Palus）由岛上脏物和溪水形成，“帕吕斯”是“沼泽”的意思。

谓“神圣联盟[87]路面”所替代；有一座荒芜的后院，楼梯有一座十五世纪常见的半透明小塔，今天在布尔多内街上还能见到。最后，在圣堂的右侧，向西是司法宫在河边的一群塔楼。遍布“老城区”西角的国王花园里的乔木林，挡住了渡牛小岛。至于河水，从圣母院的钟楼顶上很难看到“老城区”两边的河水：塞纳河在桥的下面消失不见，而桥在房屋的下面消失不见。

我们的视线越过这些桥面的屋顶因为水气发霉而早早变绿的桥，向左转往“大学区”时，第一个映入眼帘的建筑物便是小夏特莱城堡，一簇粗大、低矮的塔楼，城堡张得大大的大门吞下了“小桥”的一端；接着，如果你的视线从东岸看到西岸，从最高法院刑事部看到奈勒塔，这是一长列房屋，雕梁上有刻像，彩绘的玻璃，层层叠叠，压在路面上，曲曲弯弯，一眼望不到尽头的富裕人家的山墙，不时因一个街口中断，也经常因为一户石筑府邸的正门或拐角而隔断，坐拥一地，从从容容，有庭院，有花园，有偏楼，有正房，身处这大批狭窄拥挤的民房之中，如同一堆乡巴佬中有个大老爷。河滨有五六座这般的府邸，从和圣贝尔纳派修士分享最高法院刑事部旁边大围墙的洛林府邸，直到主塔楼是巴黎边界的奈勒府邸，每年有三个月的时间，其尖尖的屋顶以黑黑的三角形矗立在落日通红的圆盘之上。

其实，塞纳河的这一边是两个区里商业气息最淡的一边，学生们比手工匠人更加嘈杂，更加拥挤，而从圣米迦勒桥到奈勒塔，并没有确切意义上的河岸。塞纳河河岸的余下部分，有时是一片荒滩，如圣贝尔纳修士院的前面，有时是一堆屋脚立在水中的房舍，如两桥之间。

洗衣妇喧闹声声；她们沿着河岸又是喊叫，又是说话，从早到晚，

---

[87] “神圣同盟”（la Ligue）指16世纪法国天主教联盟，是巴黎城市建设权力的实际控制者。

大夏特莱城堡
（Hoffbaoer 画，Méaulle 刻）

沿着河岸又是唱歌，又是拼命捶打衣服，和今天一样。这也是巴黎一景。

目力所及，“大学区”是一大块。从这头到那端，一个均一密集的整体。这成百上千的屋顶，稠密，有角，黏附，几乎都由同一个几何元素组成，居高临下看起来，呈现出同一物质的结晶体模样。街道随意形成的沟壑也没有把这堆房屋的面目切割成太大或太小的块状。“大学区”里，四十二座学府散落各地，相当整齐，各处都有。这些美丽建筑物多变有趣的屋顶，和其他普通屋顶出于同一种艺术，说到底是同一几何图形乘以平方或乘以立方而已。这些屋顶使整体更为复杂而不造成伤害，给整体予以补充而不增加负担。几何学是一门和谐学。几座美丽的府邸在左岸别有风光的阁楼群里，这儿那儿形成精彩的突起；内韦尔府，罗马府，兰斯府，都已告消失；格吕尼府邸[⑧]犹存，这是艺术家的安慰，但几年前被人愚蠢地削平了塔楼。格吕尼一边，这座罗曼式宫殿，有漂

⑧ 格吕尼府邸（Hôtel de Cluny）今存，现在是国立中世纪博物馆。

亮的圆拱，曾是朱利安[89]的浴池。也有很多修道院，和贵族府邸相比，其美丽更为虔诚，其规模更为庄重，但有同样的美丽、同样的规模。首先映入眼帘的修道院，有圣贝尔纳修士院，有三座钟楼；有圣热纳维耶芙修女院，其方形的塔楼[90]至今犹存，令人为其余部分深感惋惜；有索邦修士院，一半是学府，一半是修院，修院令人极为赞美的主殿保存至今；有马杜兰教派[91]修士院美丽的四边形回廊；有其邻居圣伯努瓦回廊，在本书第七版和第八版之间[92]，在回廊之间匆匆建成一座剧院；有圣方济各会修院[93]，有三座硕大而并列的山墙；有奥古斯丁教士修院，其钟楼尖顶之优美，仅次于奈勒塔楼，在巴黎这边从西数起是第二座锯齿形山墙。学府确是回廊和世俗之间的中间环节，是贵族府邸和修道院之间大型建筑的居中部分，十分高雅的朴素，雕刻没有宫殿浮华，建筑没有修道院庄重。很不幸，这类哥特式艺术精细剪裁富丽和匀称的历史性建筑，几乎无迹可寻。教堂（“大学区”里教堂众多，壮丽华美；教堂也呈现出各个时代的建筑，从朱利安教堂的半圆形拱，到圣塞弗兰教堂的尖塔[94]）高耸于一切之上；教堂在这一大群和谐协调之中又是一层和谐协调，不时以众多山墙的剪裁，或是开缝的钟楼尖塔，或是镂空的钟楼，或是纤细的钟塔尖顶，其线条无异就是屋顶尖角的美妙夸张。

---

[89] 朱利安（Julien，331—363）即罗马皇帝“背教者朱利安”，罗马帝国时代的浴池现已和格吕尼府邸连成一片。

[90] 这方形塔楼今天在亨利四世中学的围墙内。

[91] 马杜兰教派修士（Mathurins）亦称圣三一教派修士，是法国天主教修会，于 1194 年创建。

[92] 大约在 1832 年前后。

[93] 圣方济各会修士（Cordeliers）用绳索作腰带，象征贫穷。法国大革命初期，丹东、马拉等人利用圣方济各会修院创立著名的政治俱乐部，是谓“科尔得利俱乐部”。

[94] 圣朱利安教堂始于 12 世纪，圣塞弗兰教堂于 15 世纪建成，两者均存。

“大学区”的地面高高低低。区里的圣热纳维耶芙山[95]在东南方形成巨大的隆起。从圣母院的顶上可以看到的景象，是这大片狭窄、歪斜的街道（今天是“拉丁区”），是这一串串的房子，从这座高地的顶上四下散开，乱哄哄奔将下来，几乎垂直悬在山坡上，直至河边，有的房子像要倒下来，有的房子像要再爬上去，所有的房子像是彼此相互扶住的。千百个黑点在路面上连绵相交，让一切在眼前抖动不已：这是百姓，从远处俯视下来，就是这样。

最后，这些屋顶、钟楼和无数起伏不停的建筑物，使“大学区”的边线奇奇怪怪地折断、扭曲和出现锯齿形状，我们在这些建筑物的间缝之内，每隔一段距离，会瞥见一大块长有青苔的墙面，一座厚实的圆塔，一扇表示堡垒的有雉堞的城门：这是菲利浦-奥古斯特的围墙。再往前，草场葱绿，再往前，条条大路逃遁远去，沿路还拖着几幢郊区的房子，愈远房子愈少。有几处郊区具有重要性：从最高法院刑事部算起，首先是圣维克多镇，比埃弗尔河上的单孔桥，有修道院可以读到胖子路易[96]的墓志铭，“胖子路易墓志铭”有十一世纪的教堂，八角形的钟塔尖顶四周有四个小钟塔（可以在埃唐普[97]见到同样的钟楼尖顶，尚未拆除）。其次是圣玛索镇，当时已有三座教堂和一所修女院。再次，先不提左边戈布兰挂毯厂的风车和四垛墙，是圣雅各郊区，其十字街口有美丽的石雕十字架；有高步村圣雅各教堂[98]，当时是哥特式，尖顶，精致；有圣马格卢瓦尔教堂，有十四世纪美丽的主殿，被拿破仑用作堆放干草的阁楼；

---

[95] 圣热纳维耶芙山（montagne Sainte-Geneviève）徒有“山”名，其实只是低矮的山冈而已，海拔 61 米，今先贤祠即在“山”顶。

[96] 胖子路易（Louis-le-Gros，1081—1137），于 1108 年继承法国王位。

[97] 埃唐普（Etampes）在巴黎南面，是埃松省城市，多古迹，其圣母院的钟楼建于 12 世纪，八角形钟塔尖顶高 12 米。

[98] 高步村圣雅各教堂（Eglise de Saint-Jacques du Haut-Pas）是巴黎古教堂，教堂用地归属两兄弟所有，而两兄弟是 1180 年从意大利卢卡附近的“高步村”迁来巴黎的。今存。

有田野圣母院，院内有拜占庭式的马赛克画。最后，先不提立在大田里的夏特尔修道院，这座和司法宫同时代的富丽堂皇的建筑，有分成格子的小花园，有沃韦尔来路不正者光顾的遗址[99]，人们的目光向西落到草地圣日耳曼教堂的三座罗曼式钟塔尖顶上。圣日耳曼镇已是一座大镇，镇后有十五到二十条街道，圣叙尔皮斯教堂[100]的钟楼便是该镇的边界之一。近在一边，可以看到圣日耳曼集市的四边形围墙，今天是市场所在；其次，有修道院院长的示众柱，一座漂亮的小圆塔，戴上一顶铅质的圆帽；更远些是砖厂，而烤炉街通向平平常常的烤炉，风车在其山冈上，而“护养院”[101] 是一幢孤零零的小屋，被挡住难见。可是尤其吸引视线并久久固定视线的地方，是“修道院”本身。当然，这座宫殿式的修道院，作为教堂，作为庄园，模样很神气，巴黎的主教们都认为能睡上一宿便是幸事，这座饭堂，建筑师给它的外貌、美丽和圆花窗像一座大教堂，这座雅致的圣母小教堂，这座宏伟的僧舍，这些宽大的花园，这座栅栏，这座吊桥，这一层看到切入周围绿色草地的雉堞外墙，这些院落里有卫兵和金色的教袍在闪闪发亮，这一切的一切依附着三座高高的有半圆形拱的钟塔尖顶，安坐在半圆形后殿之上，在天边好不壮观。

最后，在久久注视“大学区”之后，你们会转身向右岸，向“市区”，马上又是一番景象。“市区”其实远比“大学区”为大，也并不浑然一体。初看之下，我们看到“市区”分成很多奇奇怪怪、各不相同的大块。首先，在东面，在市区今天仍然沿用沼泽区[102]的这部分，卡缪洛

---

[99] 沃韦尔（Vauvert）的词源意义是“绿色的河谷”。11 世纪时，国王选此地建造宫室，原址相当于今天的卢森堡公园。国王死后，宫廷倾圮，被盗贼所占，成为一处“奇迹院”。

[100] 圣叙尔皮斯教堂（Saint-Sulpice）是雨果 1822 年和未婚妻阿黛儿举行婚礼的教堂。

[101] “护养院”（maladerie）是护理麻风病人的场所。

[102] 沼泽区（le marais）的法文本意是“沼泽”。法国大革命史上习惯称有“沼泽派”，和另外两个政治派别“山岳派”和“平原派”相区别。其实，“沼泽区”在历史上是贵族住宅区。

热纳[103]让恺撒在此地陷入泥沼，这是一大堆宫殿建筑。密密匝匝，直至河边。四座府邸，茹伊、桑斯、巴尔博、王后宫室，在塞纳河里映照出它们角塔亭亭玉立的石板瓦屋顶。这四幢建筑充满了耶尔修女街[104]和则勒司定会修道院之间的一段空间，两者的钟塔尖顶优雅地托起了各自山墙和雉堞的线条。这几座宏伟的府邸前，有几家向河边歪歪斜斜、发绿的破房子，但并不妨碍看到贵族府邸正墙的美丽墙角，有石头尖窗的宽阔方窗，有刻满雕像的尖顶回廊，有总是清清楚楚有明有暗的墙上活泼的尖脊，以及这种建筑上可爱的大胆细节，让哥特式艺术仿佛在每一座名胜建筑上花样翻新。这些宫殿建筑的后面，是这座神奇的圣波尔府邸[105]绵延而变化多端的围墙向四下里伸展，有时如堡垒一样有边墙支撑，围以栅栏，设有雉堞，有时像修道院一般掩映在高干大木之中。此地曾是法国国王安置二十二个继位王太子的奢华居所，以及安置勃艮第公爵及其仆役和随从的地方，更不计达官贵人，有想来巴黎看看的皇帝，连狮群在这座王府里都有单独的狮舍。可以说：一座太子府当时不少于十一间厅室，从礼仪厅到祈祷间，更不计画廊、浴室、蒸汽浴房和其他每座宅第会有的“娱乐场所”；更不谈国王和每位宾客的私人花园，不谈厨房、酒窖、经堂、食堂，不计家禽饲养场，及其二十二间制作室，从供应房到供酒室；有千百种余兴节目，林荫道槌球[106]、网球[107]、跑马穿环[108]；有大鸟笼、鱼池、动物园、马厩、牛栏、图书馆、军械库、铸造

---

[103] 卡缪洛热纳（Camulogène）是高卢民族的军事首领，在恺撒副将占领巴黎前，曾使用焦土政策，让罗马军队困于泥沼。恺撒的《高卢战纪》提及此事。

[104] 耶尔修女街在今天老城岛东面圣路易岛的玛丽桥北端。

[105] 圣波尔府邸（hôtel Saint-Pol）曾是由查理五世建成的成片宫室。后被弗朗索瓦一世拍卖，遂告消失。今天几无踪迹可寻。

[106] 林荫道槌球（le mail）在狭长的小径上，用长柄木槌击木球。

[107] 网球（paume）指今天网球（tennis）的古老形式，在室内球场，用手击球，以后改用手套，最后用球拍。

[108] 跑马穿环（bague），骑在马上，以长矛或剑穿过悬垂的铁环。

场。以上是当年国王的一座宫殿，一座卢浮宫，叫圣波尔府邸。一座城中之城。

从我们所在的钟塔楼上看，圣波尔府邸几乎一半为上文提到的四座豪门华府所遮掩，却仍然规模可观，看起来精彩无比。我们清楚地看到查理五世[109]附加于自己宫廷的三座府邸，借有玻璃花窗和小柱子的长廊，巧妙地和主楼相连接："小缪斯府邸"以花边形栏杆给屋顶镶上优美的边饰；圣莫尔修道院院长府邸，外形似设防的城堡，粗大的塔楼，有向下的堞眼，有枪眼，有外凸铁棱堡，在宽大的撒克逊大门之上吊桥的两个槽口中间有院长的盾形徽章；埃唐普公爵府邸，其城堡主塔的顶部已废，看起来圆墩墩的，缺口像公鸡的鸡冠；有些地方有三四棵老橡树，聚成一堆，像是巨型的花菜；天鹅在养鱼场清澈的水里嬉戏，水波粼粼，忽明忽暗；众多的庭院能看到景色绝佳的尽头；"狮舍"在撒克逊式的短柱上有低矮的尖拱，有铁栅栏，有不间断的吼叫。透过这种种的一切，是"万福马利亚"[110] 有鳞状盖瓦的钟塔尖顶；左边，是巴黎司法官的官邸，两侧围有四座镂空剔透的小钟楼；中间部分的深处，才是确切意义上的圣波尔府邸，正墙一再叠加，从查理五世后又相继加砖添瓦，建筑师们别出心裁，两个世纪以来让府邸鼓鼓囊囊起来，其小教堂都有半圆形后殿，回廊都有山墙，千百个随风转动的风向标，两座相毗邻的高塔，锥形的塔顶底部有雉堞，看起来像帽檐上翻的尖顶帽子。

这座阶梯形的宫殿建筑向远处伸去，当人们的视线继续上抬时，一层又一层，越过"市区"屋顶上一个深谷，此地是通向圣安东街的标志，

---

[109] 查理五世（Charles V，1338—1380），法国国王，在位期间结束和英国的百年战争，收复绝大部分被占领土，使一度衰败的法国得以振兴，号称贤人查理五世。

[110] "万福马利亚"（Ave-Maria）原是"圣母经"的首句。此处指路易十一于1488年创建的方济各会修女院，修女每天中午必颂圣母经。

便落到了昂古莱姆宅院[11]，这一大片各个年代的建筑有的部分很新很白，这在整体上不比一件蓝色紧身上衣加一块红布更匹配。不过，现代部分异乎寻常地尖而高的屋顶上，翘起精雕细镂的屋檐，覆盖的铅条上滚动着无数稀奇古怪的曲线，镶有闪亮的镀金铜饰，这座镶金嵌银的珍奇屋顶，优雅地从老建筑灰溜溜的残址上矗立起来，被岁月压扁的古老的大塔楼，像是因老朽而自己坍陷的老酒桶，自上而下开裂，很像解开扣子的大肚子。往后，矗立起塔楼宫[12]密如森林的钟塔尖顶。世上没有地方有此一景，尚博城堡[13]也好，艾勒汉卜拉宫[14]也好，更神奇，更空灵，更有魅力，胜于这密密麻麻的钟塔尖顶，小尖塔，烟囱，风向标，螺旋状，日光穿透的仿佛冲模铸成的采光塔，楼台和纺锤形小塔，或者如当时所说是转塔，每座塔的外形、高度和姿态各不相同，好比一张其大无比的石头棋盘。

塔楼宫的右侧，这一大簇墨黑的高塔，高塔彼此紧紧衔接，围上一条环形的壕沟；这座城堡主塔的枪眼远多于窗户，这座永远吊起的吊桥、这座永远放下的狼牙闸门，便是巴士底狱。这一张张黑嘴似的从雉堞里伸出来，你从远处看以为是屋檐，这是一门门的大炮。

大炮的圆炮弹下，在这座庞然大物的脚下，是隐蔽在两座塔楼间的圣安东门。

越过塔楼宫，直至查理五世的城墙，出现青草绿茵、繁花似锦的格

---

⑪ 昂古莱姆宅院（logis d’ Angoulême）位于今天第 4 区利沃里街和当铺老板街的交汇处。昂古莱姆公爵（1391—1465）是查理五世的孙子和路易十三的父亲。

⑫ 塔楼宫（palais des Tournelles）是从 14 世纪起建成的王府建筑群，位置在今天雨果故居所在的孚日广场以北，长期以来是法国历朝国王的宫室。亨利二世死后，王后卡德琳·德·美第奇撇下塔楼宫，另建新宫，即后来和卢浮宫毗邻的杜伊勒里宫。

⑬ 尚博城堡（Chambord）是国王弗朗索瓦一世建于布卢瓦的王家城堡。雨果于 1825 年 5 月 6 日前往参观。

⑭ 艾勒汉卜拉宫（Alhambra）是西班牙古城格拉纳达的著名古迹，建成于 8 世纪，见证伊斯兰教在西班牙历史上的荣辱兴衰。1984 年入世界文化遗产名录。

子状图景，好一张庄稼和王家公园组成的温馨地毯，其中看得到树木和小径的迷宫，便知是路易十一赐给夸瓦基耶[115]的著名的代达罗斯迷宫园。太医的观象台高耸于迷宫之上，如一根孤立的粗大石柱，柱头上是一所小屋子。这所药剂室里有过可怕的占星活动。

此地，今天便是王家广场[116]。

磨坊主桥
（Hoffbauer 画，Gillot 刻）

正如上文所述，我们努力给读者一点王宫区的印象，也仅仅只是指出该区的顶端部分，其实王宫区遍布查理五世的城墙和塞纳河在东边形成的这个夹角。“市区”的中心部分是一大堆百姓的民房。这边才是“老城区”在右岸三座桥的出口处，而桥梁先催生民居，后来才兴建宫殿。

---

[115] 夸瓦基耶（Jacques Coitier，1430—1506）是路易十一的首席医生，出任过审计法院院长。此人名历史上有多达 5 种拼写方式。

[116] 王家广场（place Royale）现已更名为孚日广场（place des Vosges），即雨果故居的所在地。广场正中，有路易十五的骑像。

这片市民的民宅如同蜂巢里的蜂房一般拥挤，却有其美丽之处。有的民居屋顶有首都的气魄，如有的波涛是大海的波涛，很是壮观。首先看街道，街道交叉，街道拥塞，从总体上具有上百种有趣的面貌，围绕菜市场[117]，如放射出千百道光芒的星星。圣德尼街和圣马丁街及其无数的分支，相互贴着攀升，像是两棵枝干缠绕在一起的大树；其次，有弯弯的曲线，有石膏街，有玻璃街，有农具街等，在城区里七上八下。也有一些美丽的建筑物，划破这海洋一般的山墙此起彼伏的石头曲线。我们看得见兑币桥后面有塞纳河在磨坊主桥的水轮下泛起白沫，在兑币桥桥头上是夏特莱城堡，已不再是背教者朱利安治下的罗曼式塔楼，而是十三世纪的封建塔楼，所用石料异常坚硬，十字镐三个小时都啃不下拳头大的一块；有屠宰业圣雅各教堂华丽而方方的钟楼，虽然时至十五世纪尚未竣工，钟楼四角的雕塑已被磨平，但已经令人赞叹不已。(钟楼尤其还缺少今天蹲在塔顶四角的这四座怪兽，状如四座斯芬克司[118]，让新巴黎猜猜老巴黎的谜语。雕刻师罗尔特到一五二六年才安放好怪兽，并收到二十法郎的酬劳。）有面朝这沙滩广场的吊脚楼，我们已有所介绍；有圣热尔韦教堂[119]，以后被“趣味高雅”的大门败坏了；有圣梅里教堂[120]，其拱顶几乎还是半圆形拱门；有圣约翰教堂[121]，其精美绝伦的钟塔尖顶是有口皆碑的；还有二十座其他的历史建筑，不甘心把自己的奇珍异宝深藏于这片杂乱的又黑又窄又深的小街小巷里。请添加上石雕的十字架，

---

[117] 菜市场（les Halles）今天仍然是巴黎市中心的一处地名，但菜市场已经迁出市区，地名也有名无实了。

[118] 指四位福音书作者的动物像，即马太的天使、马可的翼狮、路加的公牛和约翰的老鹰。希腊神话：底比斯的斯芬克司要求旅客猜谜，猜不出的人被吞食。

[119] 圣热尔韦教堂（Saint-Gervais），今存，即在今天市政厅的后面。

[120] 圣梅里教堂（Saint-Merry），今存，即在今天蓬皮杜中心的右侧。

[121] 圣约翰教堂（Saint-Jean）于 16 世纪成为公墓，以后成为市场。

在十字街头可远比绞架多得多；有圣婴公墓[122]，我们越过屋顶可从远处瞥见其建筑的围墙；菜市场的示众柱，我们可在嫩枝街两座烟囱之间，看到示众柱的顶端；抽屉十字架[123]在其十字街头的台阶上，总有黑压压的人群；有小麦市场围成一圈的破屋；有菲利浦-奥古斯特的一段段围墙，人们不时看到，淹没在民居之中，有长满青苔的倒塌的塔楼，有面目全非又摇摇欲坠的墙面；有河边的成百上千的小店和血污的屠宰场；塞纳河里船来船往，从干草港到主教裁判府[124]，这样，你对一四八二年“城区”中心的这块梯形空间有了一个笼统的印象。

有了这两个区外，一是贵族府邸区，另一个是民居区，“市区”的第三种面貌，便是一个长长的修道院区域，几乎围绕市区的全部周长，从东到西，在围住巴黎的设防城墙的后面，给了巴黎第二条由修女院和小教堂组成的内墙。这样，仅仅毗邻塔楼宫的公园，在圣安东街和圣殿老街之间，有圣卡特琳修女院，有一大片种植的庄稼，庄稼地仅仅以巴黎的城墙为界。在圣殿老街和圣殿新街之间，有圣殿骑士修道院，阴森森的一簇塔楼，高高矗立，独立于一大片有雉堞的围墙中间。在圣殿骑士修院的新街和圣马丁街之间，有圣马丁修道院，在其花园园中有神气的设防的教堂，其一圈塔楼，其三重的钟楼，雄伟和壮观仅次于草地圣日耳曼教堂。在圣马丁和圣德尼两条街中间，展现出三一修道院的围墙。最后，在圣德尼街和傲山街中间，有上帝之女修女院[125]。一边，人们看到是奇迹院霉烂的屋顶和没有铺路石的内院。这是和这条虔诚的修女院

---

[122] 圣婴公墓（cimetière des Innocents），今不存。法国大革命前不久，公墓改建市场，公墓里的骸骨悉数迁出，但有圣婴泉留在原址。

[123] 抽屉十字架（Croix-du-Trahoir）是巴黎古街名和古泉名，今存。这个地名多异体字。

[124] 主教裁判府（For-l’Evêque）是巴黎古监狱名，1674—1780 年，最早是巴黎主教审讯的宗教法庭，以后改为王家监狱，1780 年废。

[125] “上帝之女修女院”（les Filles-Dieu）是妓女悔悟后成为行乞修女的地方。据考证，原址在今天的开罗街，和《巴黎圣母院》中的“奇迹院”十分贴近。

链条上相混杂的唯一世俗的一环。

最后，右岸密集的屋顶里自然划出的第四个格子，占有围墙西边的一角和河水下游的河岸，这是卢浮宫脚边由宫殿和府邸组成的新的一环。菲利浦-奥古斯特的老卢浮宫，这是一座其大无比的建筑物，巨大的塔楼四周拥有二十三座从属的塔楼，更不计小塔楼，远看像是镶嵌在阿朗松府邸和小波旁宫的哥特式屋顶之上。这是一头塔楼的多头怪，是巴黎的巨人卫士，长着二十四个永远昂起的头颅，撅起它们硕大的臀部，或用铅皮，或用石板瓦，拼成鱼鳞状，每一片鱼鳞都因金属反光而闪闪发亮，让老卢浮宫成为“市区”西侧轮廓的这般结束，令人啧啧称奇。

老卢浮宫
(Hoffbauer 画，Méaulle 刻)

这样，罗马人称之为“岛”的这巨大的一堆民居，左右两边围有宫殿，这一侧以卢浮宫为冠，那一边以塔楼宫为冕，北端围有一条长长的带状修道院和种有庄稼的围墙，而整体上看起来相互组合，又浑然一体；

在此成千上万的屋宇之上，砖瓦和石板瓦的屋顶彼此剪裁成如此众多、奇奇怪怪的链条，上面则是右岸四十四座教堂的钟楼，饰有花纹，有凹凸纹理，有格状纹饰；有万千的街巷穿越其间；作为边界，一边是一座有方形塔楼的高墙围院（“大学区”的围院是圆形塔楼），另一边是有桥梁跨越、送走无数舟船的塞纳河，这就是十五世纪的“市区”。

在城墙之外，几个城郊挤在城门口，比“大学区”的市郊更多，但更散。在巴士底狱之后，二十座破房子蜷缩在福班十字架的难得一见的雕像和田野圣安东修道院[126]的飞梁周围；接着是淹没在麦田里的博班古村[127]，还有田舍村[128]，是欢乐的酒店村；有圣洛朗镇的教堂钟楼，远看似乎连接上圣马丁门的尖塔；圣德尼郊区连带圣拉撒路围场[129]；出蒙马特尔门，有白墙围住的“船仓”[130]，“船仓”后面是蒙马特尔[131]高地；有白垩土的斜坡，高地当年的教堂几乎和风车一般多，最后只留下风车，因为社会现在只求代表圣体的面包[132]。最后，卢浮宫再过去，我们看到草地上横卧着圣奥诺莱市郊，当时规模已经可观，我们看到小布列塔尼[133]绿草如茵，还看到“猪市”的场面，“猪市”中间有恐怖的圆炉，用来煮伪币制造者的。在田舍村和圣洛朗镇之间，你的目光已经注视到一处高地，

---

[126] 田野圣安东修道院（Abbaye Saint-Antoine des-Champs）现在已改建成医院和学校。

[127] 博班古村（Popincourt）地处今天梅尼尔蒙当山冈的脚下，村中因约翰·德·博班古修筑的庄园而得名。

[128] 田舍村（la Courtille）在圣殿骑士教堂郊区，近世小酒店林立。

[129] 圣拉撒路围场（enclos Saint-Ladre）无考。塞巴谢教授有注：即圣拉撒路（Saint-Lazare）。我们查阅马森主编的《编年版雨果全集》和“维基自由百科”的词条，都注为等于“圣拉撒路”。今译为“圣拉撒路”。《新约》记圣拉撒路是耶稣的友人，死后被耶稣复活。今天巴黎市内有圣拉撒路火车站。

[130] “船仓”（Grange-Batelière）在15世纪是有雉堞的农庄。

[131] 蒙马特尔（Montmartre）高地是巴黎市区的最高点，高130米，俯瞰全城。“蒙马特尔”的词源意义据说是“殉教者山”。巴黎公社最初的武装起义发生于此。

[132] 天主教徒做弥撒时，由神甫给信徒分发“面包”和“葡萄酒”，“面包”代表耶稣的身体，“葡萄酒”象征耶稣的血。

[133] “小布列塔尼”当年的位置在卢浮宫和杜伊勒里宫之间。

蹲在荒凉的平原之上，高地的顶部有点建筑物，远看像是坍塌的柱廊，矗立在露出基脚的底座上。这不是巴特农神庙，也不是奥林匹斯山上的朱庇特[134]庙，这是隼山[135]。

现在，我们有意尽可能扼要地列数如此众多的建筑物，如果随着我们构筑的老巴黎的总体形象，在读者思想里不算支离破碎的话，我们可概括如下：正中，是“老城岛”，形状像一只巨龟，从它灰色屋顶的龟壳里伸出披有瓦鳞的桥梁，像一只只龟脚。左侧是“大学区”的整块梯形巨石，结实，密集，蓬蓬松松；右边，是呈半圆形的广阔“市区”，区内花园和宏伟建筑林立。这三大块，“老城区”“大学区”和“市区”，都密布着无数的街巷。塞纳河横贯其中，如杜布勒神甫所说，“滋养的塞纳河”，河中塞满岛屿、桥梁和船舶。四周围是茫茫一片平原，补缀上一块块各种各样的耕地，其中点缀有美丽的村庄；左有伊西、旺弗、沃日拉、蒙鲁日及其有圆塔和方塔的尚蒂伊，等等；右边，另有二十个村庄，从贡弗朗到主教城[136]。在地平线上，有一圈山冈组成的绉边，呈圆周形，仿佛是盆地的外缘。最后，向远处看，是万塞讷城堡及其七座四边形的塔楼，南边是比塞特[137]及其尖尖的小塔楼，北边是圣德尼及其教堂尖塔，西边是圣克鲁[138]及其城堡主塔[139]。以上就是生活在一四八二年的乌鸦在巴

---

[134] 朱庇特（Jupiter）是罗马神话里的天神，相当于希腊神话的宙斯。

[135] 隼山（Montfaucon）是巴黎的古地名，当年在巴黎城外的东北角，10世纪起设立绞刑架，至1761年迁出。雨果列数巴黎三大区林林总总的大小建筑，最后落脚在隼山，即本书结尾处凄惨的场景。

[136] 主教城（la Ville-l’Evêque），巴黎古地名，并非一座城市，只是一个地区。中世纪属于郊区，有农庄，归巴黎主教管辖。位置在今天协和广场北端的抹大拉圣女教堂（la Madeleine）一带。

[137] 比塞特（Bicêtre）原是路易十三为伤残士兵建的护养院。

[138] 圣克鲁（Saint-Cloud）在巴黎西南方，有王家城堡。

[139] 巴黎东南西北的四个方位，都和历代帝王有关。东边万塞讷城堡，有圣路易在树下审判的传说；南边比塞特是路易十三建造的医院；西边圣克鲁城堡是查理十世宣布退位的地方；北边圣德尼大教堂，是法国包括路易十四在内的历代国王的墓葬地。

黎圣母院钟楼的楼顶上看到的巴黎。

而正是这样一座城市，伏尔泰[140]说“在路易十四之前，这座城市只拥有四座胜迹”：索邦大学的圆屋顶、圣宠谷教堂[141]、现代卢浮宫，和我说不出的第四座，也许是卢森堡宫[142]。幸好，伏尔泰并没有因此写不出《老实人》[143]，并没有在人类长长序列里过往的芸芸众生中，成为那个笑得最诡异的人。这就证明：一个人可以是杰出的天才，而对一门他不入行的艺术一窍不通。莫里哀不是以为不必推崇拉斐尔和米开朗琪罗吗？称他们是“他们时代的矫揉造作者”。

言归正传，我们谈巴黎和十五世纪。

那时候，这不仅仅是一座美丽的城市；这是一座质地统一的城市，是中世纪的一个建筑和历史成就，是一部石头的编年史。这是一座仅由两层构成的城市，罗曼层和哥特层，因为罗曼层早已消失，朱利安的浴池除外，还从中世纪的厚壳里钻出来。至于凯尔特[144]层，即使挖一口口井，也找不到凯尔特层的样品。

五十年后，当文艺复兴给这个如此朴素又如此丰富的统一体，添加上琳琅满目的奇思异想，俯拾皆是罗曼式半圆形拱、希腊的柱型和哥特式扁圆拱，如此温馨和如此理想的雕塑，对曲线和叶板的独特兴趣，加上路德的当代异教建筑，巴黎也许更美了，虽然看起来和想起来不那么和谐。可是，这一辉煌的时刻昙花一现，文艺复兴并非不偏不倚，并不

---

[140] 伏尔泰在《路易十四时代》导言中说：“巴黎居民不到四十万。宏伟壮丽的建筑不到四座。”（商务印书馆，1982 年版，第 8 页）

[141] “圣宠谷教堂”（Val de Grâce）离卢森堡公园很近，今天属于军事医学院，平日关闭，周日中午教堂举办弥撒活动，对外开放。

[142] 卢森堡宫在卢森堡公园的北端，是法国上议院所在地。

[143] 《老实人》（*Candide*）是伏尔泰 1759 年创作的哲理小说，讽刺过分的乐观主义。

[144] 凯尔特（celtique）指罗曼人占领西欧之前，于公元前 10 世纪—3 世纪在今法国和英国领土上活动的原始民族。

满足于兴建，更要打倒：果然，文艺复兴需要地方。因此，完整的哥特式巴黎稍纵即逝。

屠宰业圣雅各教堂刚刚完成[145]，便开始拆除老卢浮宫[146]。

此后，哥特式的巴黎日复一日，面目全非。罗曼式的巴黎消失在哥特式的巴黎之下，现在轮到哥特式巴黎消失了。试问，取而代之的又是哪一种巴黎呢？

在杜伊勒里宫，有卡特琳·德·美第奇的巴黎[147]；在巴黎市政厅，有亨利二世[148]的巴黎；在王家广场[149]，有亨利四世的巴黎：砖墙，石头墙角，石板瓦屋顶，三色的楼宇[150]；在圣宠谷教堂，有路易十三的巴黎：一座扁平、矮胖的建筑，三心拱的拱门，我说不清有凹凸肚形的柱子，和驼背的圆屋顶；在荣军院，有路易十四的巴黎：宏伟，富丽，镀金，冷峻；在圣叙尔皮斯教堂，有路易十五的巴黎：涡形装饰，饰带系结，云纹装饰，虫迹装饰，蜂窝褶裥边饰，这一切都是石头的；在先贤祠[151]，有路易十六的巴黎：模仿罗马的圣彼得大教堂而并不成功（建筑物下陷，

---

[145] 屠宰业圣雅各教堂于 1522 年建成。

[146] 老卢浮宫从 1527 年开始拆除。

[147] 雨果原注：我们以痛苦加愤怒的心情，看到有人想扩建、重建、翻修，即消灭这座令人赞美的宫殿。当今的建筑师想染指文艺复兴时这件细腻的作品，出手太狠。我们总是希望他们不敢动手。再说，现在这样拆除杜伊勒里宫不仅仅是一件粗暴的行为，能使喝醉的汪达尔人自愧不如，更是大逆不道的行为。杜伊勒里宫不只是 16 世纪的艺术杰作，也是 19 世纪历史的一页。这座宫殿不再属于国王，而是属于人民。我们要让这座宫殿保存原貌。我们的革命已经两次在杜伊勒里宫的额头上留下烙印。宫殿的两面正墙上，一面墙上有 8 月 10 日的炮弹；另一面墙上有 7 月 29 日的炮弹。宫殿是神圣的。1831 年 4 月 7 日记于巴黎。（第 5 版附记）译注：汪达尔人指欧洲无端毁灭文物和艺术品的蛮族。8 月 10 日指 1792 年导致路易十六逊位的起义日；7 月 29 日指 1830 年结束查理十世统治的革命。

[148] 亨利二世（Henri II，1549—1559）是弗朗索瓦一世的儿子，卡德琳·德·美第奇的丈夫。

[149] 王家广场（place royale）即今天的孚日广场，也是雨果故居所在地。

[150] 三色指红色、白色和蓝色。

[151] 先贤祠（le Panthéon）的设计和施工始于路易十五时代，以后迭经修改。最后由路易-菲利普决定将这座原本是圣热纳维埃芙教堂改为祭祀历代伟人的先贤祠。

很不自然，这样并没有把线条调整过来）；在医学院，有共和国的巴黎：可怜的希腊罗马风格，其和罗马斗兽场或和巴特农神庙相比，犹如共和三年的宪法之于弥诺斯的律法[152]。在建筑界被称为“穑月风格”[153]；在旺多姆广场，有拿破仑的巴黎：这是崇高的巴黎，用大炮[154]铸就的青铜铜柱；在交易所，有王政复辟的巴黎：非常白的柱廊，承托非常光滑的柱顶的檐壁，整体上是方形的，造价两千万。

对上述这些各有特色的宏伟建筑，相应地也有一定数量的住宅，散落在不同的区内，情趣、式样和姿态相仿，行家看一眼很容易区分出来，并确定其年代。如果我们有眼力，便能发现一个世纪的精神，发现一位国王的风貌，甚至从一个门环上也看得出来。

今日之巴黎已不具有什么整体的面貌。这是集众多世纪的样品之大成，而最美的样品已然不见了。首都只是增加屋子，可那又是些什么样的屋子啊！以巴黎目前的速度，每五十年改变一次面貌。因此，巴黎建筑的历史意义日复一日地在消失。宏伟的建筑变得越来越稀罕，仿佛我们看着这些建筑在逐渐沉没，被屋子淹没。我们的父辈曾有一座石头的巴黎，我们的儿辈会有一座石膏的巴黎。

至于新巴黎的现代大型建筑，还是免谈为好。这倒并非是因为我们不应该欣赏。苏弗洛[155]先生的圣热纳维埃芙教堂肯定是用石头做成的一块最漂亮的小甜饼。荣誉勋团宫[156]也是一块非常出色的点心。小麦市场

---

[152] 1795年共和三年穑月的宪法恢复执政府政体，5年后执政府又被拿破仑取而代之。弥诺斯是希腊克里特岛的史前国王，相传是希腊文明律法的始祖。

[153] “穑月风格”（*le goû messidor*）是督政府的风格，追求古代的简洁。

[154] 铜柱用1805年拿破仑大获全胜的奥斯忒利茨战场缴获的奥地利和俄国的大炮铸就，纪念参战凯旋的将士。

[155] 苏弗洛（Soufflot，1713—1780）是圣热纳维埃芙教堂最初的建筑师。教堂后改为先贤祠。

[156] 荣誉勋团宫（palais de la Légion d’ Honneur）在今天奥尔赛博物馆的正对面。

的圆屋顶是一顶英国赛马骑手大大放大了的头盔。圣叙尔皮斯教堂的两座钟楼是两支巨大的单簧管，你有你的形状，我有我的形状；电报机弯弯曲曲，外形古怪，在钟楼顶上别出心裁[157]。圣罗克教堂[158]的大门之豪华，只能和圣托马斯·阿奎那教堂[159]相提并论。教堂在地窖里也有一座圆雕的耶稣受难像，有一个镀金的木太阳。这是些非常美好的事物。植物园迷宫的顶塔也非常精巧。至于交易所宫，希腊式的柱廊，门和窗是罗曼式的半圆拱，文艺复兴式样的大扁平拱顶，这无疑是非常正规、非常地道的历史建筑：证据就是大厦顶上冠有一个小顶楼，正是雅典见不到的东西[160]，笔直笔直的线条，不时优雅地横过几根火炉的管道。还有，如果一幢建筑的常规，要适应其用途的话，能让建筑物的用途一目了然，那我们对一座宏伟建筑真不知如何惊叹为好，都无所谓地可以又做国王的王宫，又做英国下议院，又做市政厅，又做学校，又做驯马场，又做美术学院，又做仓库，又做法院，又做博物馆，又做兵营，又做陵墓，又做庙宇，又做剧院。现在，暂时是交易所。此外，一座大型建筑还应该和气候相匹配。显然，这座建筑是特意为我们寒冷多雨的天空建造的。它有一个几乎平平的屋顶，如同东方一般，结果是冬天一下雪，就打扫屋顶；当然啦，建造屋顶就是为了打扫屋顶。至于我们刚才所说的用途，它最好没有已实现的。它是法国的交易所，正如它本来可以在希腊是庙宇。建筑师煞费苦心，藏起时钟的钟面，否则会毁了正墙美丽线条的完美性；而相反，人家在建筑物外围有一圈柱廊，时当庄严的宗教节庆，

---

[157] 圣叙尔比斯教堂的两座钟楼明显不对称，因为教堂历时一个多世纪最后才告完成。大革命时期的国民公会在其中一座钟楼上安装新发明的电报装置。

[158] 圣罗克教堂（Saint-Roch）在巴黎第一区，1653 年建，是巴黎最大的教堂之一。

[159] 圣托马斯·阿奎那教堂（Saint-Thomas d' Aquin）建成于 1682 年。

[160] “小顶楼”（attique）是建筑术语，而这个词的词形和希腊雅典的一个地区“阿提卡”（Attique）相同。雨果玩弄文字游戏，意在调侃现代建筑，讽刺的语气非常明显。

塞纳河的出口处
（Hoffbauer 画，Méaulle 刻）

交易员和经纪人可以在柱廊下威严地进退自如。

毫无疑问，这都是些绝妙的大建筑。我们要加上好多美丽的街道，非常好玩，丰富多彩，如利沃里街[161]，而我也并不担心：巴黎从气球上下望，呈现在眼前的有这般丰富的线条，这般富足的细节，这般多样的景象，这般我说不清的简单中有宏伟，美丽中有意外，这是一张棋盘的特征。

不过，无论现今的巴黎在你看来多么美好，请重现十五世纪的巴黎，请在你的思想里重建十五世纪的巴黎。请通过这令人吃惊的钟塔尖顶、塔楼和钟楼的网格仰望日头；请把塞纳河及其绿色、黄色的大水坑，把比蛇皮更变化多端的塞纳河，倾注到巨大的城市中间，使河水在岛屿的尖端上撕裂，在桥洞下泛起水波；请让这座旧巴黎的哥特式剪影，在

---

[161] 利沃里街（rue de Rivoli）是一条笔直的街，从 1802 年逐步建成门面相同的店铺，整齐划一。

蔚蓝的天际清晰地显现出来；请让旧巴黎哥特式剪影的轮廓，在黏附于城头无数烟囱之上的冬雾里飘荡；请把旧巴黎的轮廓沉没在沉沉的黑夜，看看黑暗和光亮在这建筑物的黑黑迷宫里时隐时现的古怪景象；请笼上一抹月光，巴黎显得朦朦胧胧，一片雾霭中冒出来一个个塔楼的巨大脑袋；或者，请取走这个黑色的剪影，用暗影重新勾勒钟楼尖塔和山墙的千百个尖角，使黑色剪影在夕阳的铜褐色天宇上凸现出来，比鲨鱼的下巴有更多的尖齿。现在，请加以比较。

如果，你想从旧城获取新城无法给你的印象，请登临，某个盛大节日的早晨，迎着复活节[162]和圣灵降临节[163]的太阳，请登临某个你能俯瞰首都全城的高处，请聆听钟乐[164]响起。请看，看到一个上天发出的信号，因为是太阳给的信号，看到这千百座教堂同时一起颤抖起来。先是零星的敲钟，从一座教堂传到另一座教堂，如同有些乐师相互提醒演奏行将开始。接着，突然，你看，因为某些时刻，仿佛耳朵也有视力，请看同时从每一座钟楼，仿佛升起一列声音，仿佛一缕和声。首先，每一座钟的振荡声升入空中，钟声挺直，清纯，可以说孤立于其他钟声，直上清晨壮美灿烂的天宇；接着，一步一步，钟声越奏越响，彼此融和，彼此结合，彼此你消我长，共同合奏成神奇的一曲。现在，已经不再是一团腾空而起的声波，不断从无数的钟楼里释放出来，而是在城市的上空，又飘又浮，又摇又摆，又蹦又跳，又旋又转，把这一个个这般振荡形成的震耳欲聋的大圈，延伸到天际以外，远而又远。此时，这大海般的和声不是一团混沌。和声如海，无论多么浩大，无论多么深沉，依然不失清澈透明：你能从中看到，从钟声里飘出来的每一组音符各自匍匐前行。

---

[162] 耶稣复活节在犹太复活节的三天后，正是春天降临的时刻。

[163] 圣灵降临节在复活节后的7周以后。

[164] 钟乐（le carillon）是教堂各种音调的钟声齐鸣，可以比成教堂钟声的合奏。

你可以从中聆听大铃和大钟之间的对话，或低沉，或喊叫；你会从中看到一座钟楼的八度音跃向另一座钟楼；你看看这些八度音向前冲去，从银钟出来时张开翅膀，轻盈，嘶叫，而木钟的八度音跌落时破碎，跛足；你欣赏众多的音符之中，有丰富的音阶在圣厄斯塔什教堂[165]的七座钟中间不停地爬上爬下；你看到有清脆、迅捷的音符穿越其间，闪出三四个发亮的之字形，又如闪电倏忽消失。那边，是圣马丁修道院刺耳和嘶哑的嗓音在歌唱；此地，是巴士底狱阴森粗俗的歌声；在另一头，是卢浮宫大塔楼里的男低音。宫中[166]的王家钟乐，不停歇地向四面八方抛撒出闪烁发光的颤音，而圣母院钟塔上低沉的撞击声，每隔一个相同的时段，跌落在王家钟乐的颤音之上，让这些颤音闪出火星，如同铁锤敲击铁砧。你不时会看到来自草地圣日耳曼教堂三钟齐鸣的大大小小的乐声。接着还有，这一大团崇高的声音更不断地启开，释放出“万福马利亚”的密集和音，哔哔剥剥，噼噼啪啪，像一支冠毛状的星星。在下方，在合奏的深沉的下方，你若隐若现听到各座教堂内部的歌声，透过拱顶颤动的毛孔在淌汗。——当然，这是一出值得聆听的歌剧。通常，白天从巴黎冒出来的喧哗声，这是城市在说话；夜晚，这是城市在呼吸；此时，这是城市在歌唱。所以，请倾听这钟楼全部乐器的齐奏；请在这一切之上，铺上五十万人的窃窃私语，铺上江河的永恒呜咽，铺上风声的不尽吹拂，铺上四座森林[167]低沉和遥远的四重唱，分布在天际的山冈上，像是四架巨型的木壳管风琴；最后，请清除一切中央钟乐也会有的过于沙哑、过于尖细的声音，如同按下中等的响度，试问，你在世界上还听闻过其他

---

[165] 圣厄斯塔什教堂（Saint-Eustache）在市中心菜市场，1303 年建成，1532—1637 年重修，是哥特式和文艺复兴式风格的完美结合。

[166] “宫中”没有确指，从上下文看，译者以为指上一句的卢浮宫。

[167] 雨果所指的“四座森林”，据塞巴谢教授推测，可能是巴黎以北的蒙莫朗西森林、巴黎东边的蓬迪森林、巴黎南面的塞纳尔森林和巴黎西南郊的默东森林。

更加丰富、更加欢快、更加闪亮、更加令人目眩神迷的东西，胜于这钟乐和铃声的混唱、胜于这座音乐的熔炉、胜于这高达三百尺的一管管石头长笛里万千青铜嗓子的齐声合唱、胜于这座现在只是乐队的音乐城、胜于这一曲发出风暴声响的交响乐吗？

LIVRE IV

第 4 卷卷首插画：敲钟人
（Steinheil 画，Laisné 刻）

III

Les bonnes âmes.

Il y avait seize ans à l'époque où se passe cette histoire que par un beau matin de dimanche de la Quasimodo une créature vivante avait été déposée après la messe dans l'église de Notre Dame sur le bois de lit scellé dans le parvis à main gauche, vis-à-vis ce grand image de saint Christophe que la figure sculptée en pierre de messire Antoine des Essarts, chevalier, regardait à genoux depuis 1413, lorsqu'on s'avisa de jeter bas et le saint et le fidèle. C'est sur ce bois de lit qu'il était d'usage d'exposer les enfants trouvés à la charité publique. Les prenait là qui voulait. Devant le bois de lit était un bassin de cuivre pour les aumônes.

L'espèce d'être vivant qui ~~gisait~~ sur cette planche le matin de la Quasimodo en l'an du Seigneur 1467 paraissait exciter à un haut degré la curiosité du groupe assez considérable qui s'était amassé autour du bois de lit. Le groupe était formé en grande partie de personnes du beau sexe. Ce n'étaient presque que des vieilles femmes.

Au premier rang et les plus inclinées sur le ~~bois de~~ lit, on en remarquait quatre qu'à leur cagoule grise, sorte de soutane, on devinait attachées à quelque confrérie

作者第 4 卷第 1 页手稿

第四卷

一 善男信女

十六年前，在本书故事发生的年代，一个伽西莫多节[①]星期天晴朗的早上，做完弥撒后，在圣母院教堂嵌在大广场上的木床上面，有人放下了一个活着的小生命。木床左手，对着圣克里斯托夫[②]的“这幅大像”，安东·德塞萨[③]骑士老爷跪在地上刻成石头的脸，打从一四一三年起望着圣人，直到以后有人竟然想到推倒了圣像，又推倒了信徒。拣到的弃婴习惯上放在这张木床上，请大家积德行善。谁想要，谁就从这里把孩子取走。木床前面有一个铜盆，供施舍者给钱之用。

主降生的一四六七年，伽西莫多节早上，躺在这块木板上的这个活的生命，似乎引起聚集在木床周围大批人群的极大好奇心。人群里大部分是女性，几乎都是老太太。

第一排，弯腰对床凑得最近的人有四个，她们身穿灰色的无袖风

---

① 伽西莫多节（la Quasimodo）在复活节后的第一个星期天，亦称“复活节结束”。“伽西莫多”（Quasimodo）语出这一天颂唱的拉丁文经文“如同刚刚出生的孩子”（*Quasi modo geneti infantes*），经文引自《新约》的《彼得前书》。

② 请参阅本书第三卷第 3 页雨果的原注。

③ 安东·德塞萨（Antoine des Essarts）是国王查理六世的侍卫长。

衣，像是教士的风袍，人们猜得出她们是属于某个教团的成员。我看不出这则故事有什么理由不给后辈留下这四位持重可敬的夫人的名字。她们是无瑕阿涅丝、拉塔尔姆的约翰娜、清香亨利埃特和紫衣戈谢尔[④]，四人都已寡居，四人都是艾蒂安-奥德利小教堂[⑤]的老婆婆。她们得到女院长的许可，走出院门，按照皮埃尔·达伊[⑥]的规矩，来听讲道。

再说，如果这几位可敬的小教堂嬷嬷此刻遵守皮埃尔·达伊的规矩，她们当然就欢欢喜喜地违反了米歇尔·德·布拉什和比萨红衣主教的规矩，这两人十二分不近人情，规定她们不得说话。

“这是什么呀，姐姐?”阿涅丝对戈谢尔说，注视着眼前的小生命，吱吱嗷嗷，在木床上扭动，害怕这么多眼睛瞅他。

“如果现在都这般生孩子，”约翰娜说，“我们都成了什么啦?”

“我不懂孩子，”阿涅丝又说，“可望着这孩子应该是个罪孽。”

“这不是个孩子，阿涅丝。”

“这是只猴子的怪胎。”戈谢尔另有看法。

“这是个奇迹。”清香亨利埃特又说。

“这么说，”阿涅丝指出，“这是‘饮奶’[⑦] 星期天后的第三个奇迹。因为，我们从奥贝维里耶圣母[⑧]天谴嘲笑香客的奇迹后，还不到八天，那是本月的第二个奇迹。”

“这个所谓的弃儿，真是个恶心透顶的怪物。”约翰娜又说。

“他没命地乱叫乱嚷。”戈谢尔接着说。“别叫了，嚎叫的小鬼!”

---

④ 这四个老太都有别名，原文各本均无注释，译名的提出难免有望文生义之嫌。

⑤ 艾蒂安-奥德利小教堂（chapelle Etienne-Audry）于 1306 年创建，原址在沙滩广场附近。

⑥ 皮埃尔·达伊（Pierre d’ Ailly，1350—1420）是神学家、教皇特使红衣主教。

⑦ “饮奶”原文是拉丁文。按天主教仪规，四旬斋后的第四个星期天有“饮奶”之乐，和伽西莫多节相差 4 个星期。

⑧ 奥贝维里耶（Aubervillier）是巴黎北边的地名，有“美德圣母教堂”，曾是朝圣之地。

弃儿
(De Beaumont 画，Thiébaut 刻)

“真想不到兰斯[⑨]的老爷[⑩]给巴黎的老爷送来这么个怪物!”清香老太太又添一句，双手合十。

“我在想,”无暇阿涅丝说，“这是个畜生，是只野兽，是犹太人和母猪生下来的。总之不是基督徒的什么东西，应该扔到水里去，或扔到火里去。”

“我真希望,”清香老太太又说，“没人会要他。”

“唉！我的上帝,”阿涅丝喊起来，“那些育婴堂里的奶妈真可怜，在这条小巷子的下面，顺着去河边的方向，就在主教大人的旁边！要是把这个小怪物拿去让她们喂奶，我宁可拿只吸血蝙蝠去吸奶呢。”

“这可怜的无暇老太真是天真!”约翰娜又说，“你没看见，姐姐，

⑨ 兰斯（Reims）是北方的城市，兰斯大教堂是法国历代国王的加冕地。
⑩ “老爷”应该指大主教。

这小怪物少说也有四岁了，比起你的奶头来，他会更喜欢一串烤肉。”

果然，“这小怪物”并非是个新生儿。（我们自己也难以对他另起个称呼）这是一小团东西，到处有棱角，动个不停，紧裹在一个帆布袋里，袋子上印有当时的巴黎主教纪尧姆·夏基耶的姓氏缩写，一个脑袋伸出来。这颗脑袋可是形状古怪的东西：满头一座棕色头发的森林，一只眼睛，一张嘴巴，几枚牙齿。独眼在哭，嘴巴在喊，牙齿只想咬东西。这堆东西在布袋里挣扎，叫围观的人群目瞪口呆，围观者越聚越多，一批接着一批。

阿洛伊丝·德·贡德洛里耶夫人，一位又富又贵的夫人，手牵一个大约六岁的漂亮女儿，头饰上金角飘下长长的面纱，经过木床时停下脚步，注视片刻可怜的小生命，而她可爱的小女儿百合花·德·贡德洛里耶，一身丝绸和天鹅绒，用她漂亮的手指头在拼读挂在木床上的字牌：“弃儿”。

“也是的，”夫人感到恶心地转过身去，“我还以为此地只是陈放孩子呢。”

她转过脸去，在盆里扔下一枚弗罗林[11]银币，在小钱堆里声音响亮，让艾蒂安-奥德利小教堂可怜、可敬的老婆婆们瞪大了眼珠。

须臾，持重而博学的罗贝尔·米斯特利科尔，国王的首席秘书经过此地，他一只手下挟一册大大的经书，另一只手挽着他太太（市长夫人吉耶梅特），如此这般，他的左右便是两个精神和世俗的调节阀。

“弃儿！”他打量之后说，“显然是在弗莱热渡河[12]的护栏上捡来的。”

---

⑪ 弗罗林（florin），钱币名，路易十一时代已不流通，但在日耳曼国家通用到19世纪。可兑换2—3个法郎，所以是十分阔绰的施舍。

⑫ 弗莱热渡河（fleuve Phlégéto）指冥河。其词源意义是“烈焰滚滚”。

“他只有一只眼睛，”吉耶梅特夫人指出，“另一只眼睛上长一个疣子。”

“不是疣子，”罗贝尔·米斯特利科尔又说，“这只眼睛里有一个一模一样的恶魔，魔鬼也有一粒小卵，里面又有一个魔鬼，以至无穷。”

“你怎么会知道？”市长夫人吉耶梅特问道。

“我知道得一清二楚。”首席书记回答。

“首席书记老爷，”戈谢尔问道，“这个所谓的弃儿，你有什么预测？”

“有天大的不幸。”米斯特利科尔回答。

“哎！我的上帝！”听众里一个老妇人说，“这么说，去年有了一场大瘟疫，有人说英国人会成群结伙在哈尔弗勒[13]登陆。”

“这也许可以不让王后九月份到巴黎来，”另一个老妇人说，“商品已经很不通畅了！”

“我的想法是，”拉塔尔姆的约翰娜喊道，“对巴黎的平头百姓来说，这个小巫师最好不要放在木板上，要放到木柴上。”

“好一堆熊熊燃烧的木柴！”老妇人说。

“这才是谨慎之道。”米斯特利科尔说。

有个年轻的神甫，已经听了一会儿奥德利修女们的想法和首席书记的宣判。他有一张严肃的脸，宽大的额头，深邃的目光。他静静地推开人群，注视这个“小巫师”，对他伸出手来。正是时候，因为每个虔诚的女信徒已经在舔“好一堆熊熊燃烧的木柴”上的火舌了。

“我收养这个孩子。”神甫说。

他用教袍抱起孩子走了。在场的人以惊骇的眼神目送他而去。神甫已消失在红门之中，当年的红门从教堂通向内院。

---

⑬ 哈尔弗勒（Harfleu，应是 Harfleur），在塞纳河出海口的北岸，离勒阿弗尔港不远。

奥德利小教堂的四个老婆婆
(G. Brion 画，Yon-Perrichon 雕刻)

当最初的惊讶过去，拉塔尔姆的约翰娜凑在清香老太的耳边。

“我不是对你说过，姐姐，克洛德·弗鲁洛老爷这个青年教士是个巫师。”

二 克洛德·弗鲁洛

确实，克洛德·弗鲁洛并非等闲之辈。

他属于这样的中等家庭，用上个世纪不得体的语言说，可无所谓地说成是大资产阶级或小贵族。这个家族从帕克莱兄弟处继承了蒂尔夏普[14]的一处封地，隶属巴黎主教，到十三世纪，封地上的二十一处房产，在主教法庭法官面前是反反复复争辩不休的对象。克洛德·弗鲁洛是这处封地的所有者，成为巴黎及近郊所谓征收年贡但无从属关系的“一百四十一名”领主之一。人们长久以来都能看到他的名字以这一身份载入存放在田野圣马丁修道院的契据簿册，名列归属弗朗索瓦·勒雷兹师傅的唐卡维尔府邸和图尔的行会之间。

克洛德·弗鲁洛从小由父母安排献身神职事业。他们让他读拉丁文；他从小学会低垂眼帘，轻声说话。父亲在他孩提时代就把他送进大学区的托尔希学院。他自小就在祈祷书和希腊文词典中长大。

此外，这是个忧伤、认真、严肃的孩子，刻苦钻研，领悟很快；他在课间休息时从不大声嚷嚷，很少参与麦草街[15]的胡闹行为，不知“扇耳光揪头发”为何物，没有在一四六三年的这场淘气事件里露脸，编年史家郑重其事的记载是“大学区的第六次闹事”[16]。他极少嘲笑蒙泰居因

---

⑭ 蒂尔夏普（Tirechappe）街直到1830年雨果创作《巴黎圣母院》时还在，地处菜市场和卢浮宫之间。

⑮ 麦草街（rue du Fouarre）于12世纪建成，在巴黎大学范围之内。当年学生在麦草上席地而坐上课。意大利诗人但丁于13世纪末曾造访此街，在《神曲》的《天堂篇》第10歌中提及此街。麦草街北端因此改名“但丁街”，今南端犹存。

⑯ 塞巴谢教授认为：杜布勒作为历史学家，把这场闹事定在1498年。雨果杜撰年份，是为了给克洛德·弗鲁洛一个连贯的生平。

为穿“无袖长袍”[17] 而得名的穷学生，也极少嘲笑多尔芒学院领奖学金的学生，因为他们剃了光头，尤其是其绿蓝紫色的三色床单，正如四冠红衣主教[18]的章程里所谓的“蓝色和紫色”。

与此相反，他是博韦的圣约翰街上大小学校的用功学生。溪谷圣彼得修道院院长在开讲教会法时，瞥见面对他的讲座，贴着圣旺德尔热齐勒学校的柱子旁，第一个学生总是克洛德·弗鲁洛，带着牛角的文具盒，咬着笔头，在穿破的膝头上匆匆写字，冬天，给手指头哈热气。米勒·第利耶大人是教谕博士，每星期一清早，在圣德尼头颅学校开门之时，看到气喘吁吁进来的第一个听众，是克洛德·弗鲁洛。因此，青年教士年方十六岁，在神秘神学领域可以拮抗一名教会的神甫；在准则神学领域可以拮抗一个教谕的神甫；在经院神学领域可以拮抗一个索邦神学院[19]的博士。

攻克神学之后，他便扑向教谕研究。他从《格言大师》[20] 起步，学到《查理曼政令集》。接着，凭着对学术的渴望，他接二连三地吞下一部又一部教皇谕旨，有希斯帕尔主教泰奥多尔[21]谕旨集，有沃尔姆斯主教布夏尔德谕旨集，有夏特尔主教伊夫谕旨集[22]；接着是继查理曼政令集之后的格拉提安教谕集；接着是格里高利九世集，接着是洪诺留三世的“超越谱系”信札。这样一来，这一中世纪处于对立和形成中的民法和教会法时期，从漫长和混乱不堪变得清晰，变得亲切，这个时期由泰奥多

[17] 穷学生多穿无袖长袍，俗称“无袖长袍”。

[18] 让·德·多尔芒是四冠红衣主教，于1370年创办博韦学院。

[19] 索邦神学院是当时神学的最高学府。

[20] 《格言大师》指皮埃尔·隆巴尔（Pierre Lombard），1163年卒，是巴黎大学区的第一个博士。

[21] 马森版《雨果全集》指出：雨果参阅历史文献过快，产生笔误，应该是希斯帕尔（Hispale）主教伊西多尔（Isidore），而不是希普萨尔（Hipsale）主教戴奥多尔（Théodore）。

[22] 伊西多尔谕旨集于618年颁布，布夏尔德谕旨集是1008年，伊夫谕旨集是1102年。

尔主教于六一八年始，由格里高利教皇于一二二七年结束。

谕旨拿下之后，他投身医学和自由学科[23]。他研究草药的学问，研究油膏的学问；他成为治疗热病、挫伤、损伤和脓肿的专家。雅克·戴斯帕[24]本会吸收他为内科医生，里夏尔·埃兰[25]本会接受他做外科医生。同时，他跨越各学科的学士、硕士和博士各个等级。他学习各门语言，拉丁语、希腊语和希伯来语，这是当时极少有人光顾的三重圣殿。对治学而言，这真是名副其实的痴心，积聚知识和庋藏知识。年仅十八岁，四大学科[26]已经通过；年轻人似乎生活里只有唯一的目标：求知。

大概正是在这个时期前后，一四六六年酷热的夏天爆发了这场大瘟疫[27]，一如他是十分正直、智慧和具有魅力的“王室占星家”阿尔·努勒大师让·德·特洛瓦所说：在巴黎子爵领地内夺走了四万多个生灵，“大学区”里盛传蒂尔夏普街的疫情尤其严重。而克洛德的父母亲恰恰居住在自己的封地上。

青年学子慌慌张张奔跑回父母家里。当他进屋时，父亲母亲已于前一天双双亡故。他在襁褓里[28]十分年幼的弟弟还活着，独自在摇篮里哭喊。这是家庭给克洛德留下的仅有的东西；年轻人抱起孩子，沉思着走出来。此刻之前，他一直生活在知识里；此刻之后，他开始生活在生活里。

这场灾难是克洛德一生中的一次危机。年方十九岁，他是孤儿，他

㉓ “自由学科”（arts libéraux）指中世纪的七门学科：文法学、修辞学、哲学、算学、几何学、天文学、音乐。

㉔ 雅克·戴斯帕（Jacques d’Espars，1380—1458），法国医生和神学家，查理七世的首席御医。

㉕ 里夏尔·埃兰（Richard Hellain），不详。

㉖ 四大学科指神学、谕旨、医药和自由学科。

㉗ 是年，瘟疫从7月肆虐到11月。

㉘ 从前把摇篮里的孩子长时间包裹住胸部、骨盆和两腿。

是兄长，他又是家长，被无情地从学问的幻想里召唤回来，回到红尘的现实中来。此时，他深感怜悯，对这个是他弟弟的孩子，开始有了热情，开始尽心尽力；对于他这个只爱书本的人，人间的温情真是奇妙而又甜蜜的事情。

这股亲情发展到奇妙的程度：在一个完全崭新的心灵里，这仿佛是初恋。从童年时代起，他离开并不熟悉的父母亲，囿于和仿佛囚禁在自己的书本里，尤其渴求研究和学习，从不旁骛，只是关注在学问上扩张自己的智力，只是关注在文学修养上发挥自己的想象力。可怜的学子无暇感觉到自己内心的地位。这个幼小的弟弟没有父母，这个小孩突然从天上掉落到他的手上，使他变成一个新人。他才明白世上除了索邦大学的思辨和荷马的诗句以外，还有别的东西；才明白人需要亲情；才明白没有亲情和爱情的生活，只是一个干巴巴的齿轮，叫叫嚷嚷，令人痛心。他的想象中，因为在他的这个年龄，替代幻想的还是幻想，仅有血缘和家族的亲情是必需的，一个需要关爱的小弟弟足以满足他的一生。

于是，他以深沉、强烈、专注的性格所怀有的激情，献身对弟弟小约翰的爱心。这个可怜的小生命，漂亮，金发，红润，卷发，这个孤儿仅有的依靠也是个孤儿，使他掏心掏肺地激动；作为严肃的沉思者，他开始怀着无穷的慈悲心肠为约翰考虑。他关心弟弟，照顾弟弟，仿佛弟弟是个非常脆弱、有人郑重托付的事情。他对孩子不仅仅是兄长：也成了孩子的母亲。

小约翰失去母亲时还在吃奶，克洛德为他找奶妈。他在蒂尔夏普的封地之外，还从父亲名下继承到穆兰[29]的领地，在尚蒂依[30]方塔的范围

㉙ “穆兰”（Moulin）的词义是“磨坊”。

㉚ 尚蒂依（Gentilly）是巴黎南部的市镇。

克洛德·弗鲁洛
（G. Brion 画，Yon-Perrichon 刻）

内：这是山冈上的一座磨坊，毗邻温切斯特（即比塞特）[31] 城堡。有个

[31] 温切斯特城堡（château de Wincestre）最早由温切斯特主教置地筑堡，"温切斯特"的读音在法语中演变成今天的"比塞特尔"（Bicêtre），城堡迭经变更，先后成为伤残军人院和监狱，现为大学医院。

磨坊主的妻子在给一个漂亮的孩子喂奶。这儿离“大学区”不远。克洛德亲自把小约翰给她抱去。

此后，他感到肩上有个包袱，把生活看得非常认真。想到他的小弟弟，不但是他的乐趣，也是他学习的目的。他决心全心全意献身他在上帝面前为之负责的孩子未来，决心除他弟弟的幸福和前途外没有别的妻子，没有别的孩子。所以，他更认同于自己神职人员的志向。他的成就，他的学识，他隶属巴黎主教的身份，为他打开教会的每一扇大门。他年方二十，获得教廷的特许[32]，成为神甫，并作为圣母院小教堂里最年轻的神甫，在主持被称为“懒鬼的祭台”的晚场弥撒。

至此，他更加投入他钟爱的书本，如果离开书本，则只为奔跑一个小时去穆兰的封地，这般在他这个年纪实属罕见的求知和艰苦的结合，很快为他在教堂内院带来尊敬和赞赏。他学者的声望又从教堂内院传到百姓中间，而当时百姓里常有的情况，是学者的声望多少会变成巫师的名声。

那天伽西莫多节，他在懒人祭台做完弥撒回来。懒人祭台就在唱诗班靠近大殿的门旁边，向右，靠近圣母像，他的注意力被一群围着弃婴木床叽叽喳喳的老婆婆所吸引。

正当此时，他走近这个已是遭人十分憎恨、遭人极度威胁的可怜的小生命。这份绝望，这份怪模样，这份无助，让他想起自己年幼的弟弟，思想里突然冒出个荒唐念头，心想如果他自己死了，他亲爱的小约翰连同他也可能会被悲惨地扔在放弃婴的木板上，这种种想法，同时在他心头七上八下。他身上涌起巨大的悲悯之情，抱走了孩子。

他把这个孩子抱出袋子，发现果然奇丑无比。可怜的小鬼左眼上长

---

[32] 如果没有特许，24 岁之前不能成为神甫。

一个疣子，脑袋嵌在两肩中间，脊柱弯曲成弓状，胸骨突起，两腿扭曲。可他看起来生命力很强，尽管听不懂他结结巴巴说什么话，可他的叫喊声显得有力，显得健康。克洛德的恻隐之心因为他的丑陋又增添了几分。他在心中许愿，为了爱他的弟弟，要养大这个孩子，不论将来小约翰会有什么错误，他自己要保有为弟弟而许下的这份怜悯之心。这是在小弟弟的头上，做下的某种积德行善的投资；这是他愿意为弟弟提前积攒的一点点善举，一旦小家伙有朝一日手头缺钱，这是去天堂缴通行税时唯一可以被接受的钱。

他给自己的养子行洗礼，取名“伽西莫多”，或者因为借用他发现孩子的这个日子，或者因为想借这个名字表明，小生命有多么残缺，有多么不成形。果不其然，伽西莫多是独眼龙，驼背，罗圈腿，是个“几乎是”的人[33]。

三　大大羊群的牧人，自己更大[34]

而到一四八二年，伽西莫多已经长大成人。已有几个年头了，他有赖自己的养父克洛德·弗鲁洛，成为圣母院的敲钟人；养父自己有赖封建主路易·德·博蒙老爷，成为若扎斯的主教代理；封建主自己在纪尧姆·沙尔捷死后，有赖主子鹿皮奥利维埃，于一四七二年任巴黎主教，主子托主的圣恩是国王路易十一的理发师。

所以，伽西莫多是圣母院的敲钟人。

---

[33] 塞巴谢教授提示：“伽西莫多”的词源意义不是“几乎是”，而是“仿佛是”。

[34] 原文是拉丁文。典出古罗马诗人维吉尔的《牧歌》（第 5 卷第 44 首）：“美丽羊群的牧人，自己更美。”原句是牧人的墓志铭。雨果第四卷第三章的原标题是“敲钟人”。

岁月荏苒，敲钟人和教堂之间，已经形成某种我说不清的亲密联系。不明的身份和畸形的长相这双重的宿命，把这个可怜虫永远摈弃在世间之外，把他禁锢在这双重的无法逾越的范围之内，他在这个世上，早已习惯除了收留他的神圣的高墙深院以外，看不见任何东西。圣母院对于他而言，随着他的成长和发育，先后是他的卵和巢，是他的家，是他的故土，是他的天下。

可以肯定地说，在这个生命和这座建筑之间，存在着某种神秘的早已存在的和谐一致。在他还幼小的时候，他在影影绰绰的拱门下，弯弯曲曲地爬行，一跳一跳，在阴湿暗黑的石板上，像一个自然不过的爬行动物，虽有人脸，却四肢像兽类，而罗曼式的柱头在石板上投下多少奇奇怪怪的影子。

稍后，他第一次糊里糊涂靠上钟楼的绳子，第一次吊在绳子上，第一次晃动了大钟，这对养父克洛德来说，产生的效果是孩子的舌头转动了，孩子开始说话了。

正是这般，一步一步，他总是顺着大教堂的需要成长，在教堂里生活，在教堂里睡觉，几乎从不离开教堂，时时刻刻感受教堂的神秘影响，最后竟然和大教堂越长越像，竟然嵌入大教堂，成为大教堂不可分割的组成部分。他凸起的头角（请允许我们提出这个形象）镶入建筑物凹进的墙角，他看来不仅是建筑的居民，而且还是建筑的自然组成。几乎可以说，他具有了建筑的形体，犹如蜗牛有蜗牛壳的形体。这就是他的居所，他的小窝，他的外壳。在他和古老的教堂之间，有如此深沉的出乎本能的亲近感，有那么多磁场的亲和力，有那么多物质的亲和力，以至可以说他和大教堂合二而一，如同乌龟和乌龟壳的关系。粗糙的大教堂便是他的硬壳。

无须提醒读者，对我们表达这一奇异、对称、贴近的，几乎是实质上的结合，不得不在上文使用的手法，不要从文字的表面意义去理解；也无须说，在如此长久、如此内在的同居生活之后，他让整座大教堂变得非常亲切。这处居所，非他莫属。大教堂里没有他不曾深入过的深处，没有他不曾攀爬过的高处。他曾经多次爬上正墙的一级又一级高度，而仅仅依靠凹凸不平的雕塑。有人经常看见他在两座钟楼的外侧爬行，像一只壁虎在悬空的墙面上滑行；这一对孪生的巨塔如此高耸，如此凶险，如此望而生畏，而他却并无头晕，并无恐怖，并无冒冒失失的抖动。看到两座钟楼在他手下如此温顺，如此容易攀登，真好像他把钟楼给驯服了。他在巨大的大教堂的深渊之间不停跳跃，不停攀爬，不停嬉戏，可以说成了一只猴子，一只羚羊，仿佛一个卡拉布里亚[35]的孩子，不会走路，先会游泳，从小就和大海玩耍。

再说，不仅他的躯体，甚至他的精神，似乎都是由大教堂造就而成的。这样的心灵处于何种状态呢？这样的心灵在这副获得的外壳之下，在这般粗野的生活之中，又会有一条何种的褶皱呢？又会有何等的形态呢？要说清楚，真非易事。伽西莫多天生独眼龙，又驼背，又瘸腿。克洛德·弗鲁洛可费了一番力气，耐足了心思，才教会他说话。可是，可怜的弃儿天生命苦。他十四岁当了圣母院的敲钟人，新的残疾让他成了彻底的残疾人：钟声震破了他两耳的鼓膜，他成了聋子。老天给他留下的唯一通往世界的这扇大门，突然永远地关上了。

这扇大门关上之前，是唯一深入伽西莫多灵魂深处的一线欢乐和一线光明的门。这颗灵魂在一个沉沉的黑夜里倒下了。可怜人的伤心如同他的残疾，是无法治愈了，是彻彻底底了。还要说一句：他的失聪使他多少也是哑巴。因为，他为了不授人以笑柄，从他看到自己耳聋的一刻

---

[35] 卡拉布里亚（Calabrie）是意大利西南端的滨海地区，居民秉承古代习俗，保持原始的生活习惯。雨果童年时候曾随父亲在意大利南部生活过。

起，就发下狠心，绝不开口，只在独自一人时才有所变通。他自觉自愿地把克洛德·弗鲁洛费了好大力气使他转动的舌头又给封住了。由此而来的结果是，当他不得不说话的时候，他张口结舌，结结巴巴，仿佛一扇铰链生锈的门。

如果说，现在我们试着透过这层又厚又硬的外壳深入到他的灵魂；如果说，我们可以探测这个发育不良的机体的深处；如果说，我们有机会举着火把看到这些不透明的机体背后，探明这个不透光的生命昏黑的内部，洞烛其中朦胧的角落，其中不合常理的死胡同，对这个洞窟深处重重叠叠的心灵现象，猛然投进来一束强光，那我们或许会发现这个不幸的灵魂处于不无可悲、萎缩和佝偻的状态之中，如同威尼斯铅皮楼[36]里的囚徒，在过于低矮、过于狭小的石室里直不起腰地老去。

精神在残缺的躯体里肯定会萎缩。伽西莫多感觉不到有一个跟他长相仿佛的心灵在他体内盲目地活动。对事物的印象，经受极大的折射，才到达他的思想。他的大脑是一个特殊的场所，思想穿过大脑出来时都已扭曲。这般折射后的反射，必然会是散射的和偏斜的。

由此而来的是千百种光学上的错觉，是千百种判断上的失误，是千百种的偏差，让他的思想游移不停，时而癫狂，时而痴愚。

这样一个要命的机体的第一个后果，是他注视事物的目光变得错乱。他几乎没有即时的感觉。外在世界之于他比我们要远得多。

他的不幸的第二个后果，是使他变得凶恶。他的确凶恶，因为他有野性；他有野性，因为他丑陋。他的天性中和我们的一样，有某种必然的联系。

他天生力大无穷，是他凶恶的又一个原因。霍布斯说："凶恶是强

㊱ 铅皮楼（les plombs）是威尼斯历史上著名的监狱，在威尼斯大公的宫殿一旁，以屋顶覆盖铅皮而得名。

壮的孩子。”[37]

不过，也应该给他说句公道话：凶恶也许不是他与生俱来的。从他在人世间学步以来，他感到、也看到自己，遭人唾弃，受人凌辱，被人拒之门外。对他而言，人间的话语总是嘲笑，总是诅咒。他逐渐长大，看到自己四周只有仇恨。他接过了仇恨。他学会了普遍的恶意。他捡起别人用来伤害他的武器。

总而言之，他总是遗憾地对世人转过脸去；有大教堂他已知足了。教堂里满是大理石雕的人脸，国王，圣徒，主教，至少这些人不会冲着他的脸哈哈大笑，注视他的目光安详又善意。其他的雕像，有怪兽，有魔鬼，对他伽西莫多也并无仇恨。他和它们长得太像了，不会有仇恨。鬼怪宁可去嘲笑别人。圣徒都是他的朋友，都在祝福他；怪兽都是他的朋友，都在护卫他。因此，他和这些人和兽会有长时间的倾诉。因此，他有时会一连几个小时，蹲坐在一尊雕像面前，对雕像自言自语地交谈。如果有人出现，他会溜走，如同情郎在唱小夜曲[38]的时候被人撞见。

而大教堂对他不只是社会，还是天下，还是整个大自然。他不求别的贴墙栽种的果树，只求总是开花的花窗[39]；他不求别的树荫，只求石雕的花枝，在密集的撒克逊[40]柱头上绽放，站满了小鸟；他不求别的高山，只求教堂上的两座高大钟楼；他不求别的海洋，只求在他脚下微微作响的巴黎。

在慈母般的建筑物里，他最为钟爱的东西，能唤醒他灵魂的东西，让他张开他在石室里可怜巴巴收拢的一双翅膀的东西，能让他有时幸福

---

[37] 原文是拉丁文。霍布斯（Hobbes，1588—1679）是英国哲学家。这句话出自他的著作《论公民》的序言之中。雨果反其意而用之。

[38] 指情人夜晚在爱慕的女郎窗下弹唱。

[39] 教堂的高墙上多彩绘的玻璃窗，是谓花窗（les vitraux）。

[40] 撒克逊指哥特式。

怪物和天使
（G. Brion 画，Yon-Perrichon 刻）

的东西，便是大钟。他爱大钟，抚摸大钟，对钟说话，明白钟的心思。从大窗的钟楼尖塔上的排钟，到大门上的巨钟，他对所有的钟都含情脉脉。大窗上的钟塔，两座钟楼，对他而言便是三座大的鸟笼，由他喂养的一群鸟只为他一人歌唱。而也正是这些钟让他变成聋子；可是，母亲们经常最疼爱最让她们痛苦的那个孩子。

也是，钟声是他还能听到的唯一声音。在这个意义上说，大钟是他的心肝宝贝。每当节庆，围着他动个不停的这群吵吵嚷嚷的女孩中间，他更爱那口大钟。这口大钟的名字叫玛丽[41]。玛丽在南塔里独自和妹妹雅克琳一起，妹妹的钟体小些，关在南塔旁边小一点的笼子里。这个雅克琳，取名于让·蒙塔古妻子的名字。是蒙塔古把钟捐给了教堂；可此事并不影响他掉了脑袋去隼山[42]。第二座钟楼另有六口钟，最后有六口小钟和木钟[43]住在大窗上的钟塔里，木钟从复活节前那个星期四的晚饭后，一直敲到复活节前一天的清晨。伽西莫多的后宫里总共有十五口钟，而老大玛丽才是他的宠妃。

人们很难明白钟声齐鸣的日子里，他有多么兴奋。一旦主教助理放开他，对他说一声：去吧，他登上钟楼的螺旋形楼梯，比别人下楼梯还快；他气喘吁吁地走进大钟凌空的房间；他先对大钟静心深情地端详片刻；接着对钟柔声柔气地说话；他用手轻轻抚摸，仿佛对待一匹即将远征的骏马。他可怜大钟即将经受的痛苦。最初这一番温存之后，呼唤安置在钟楼下一层的一帮助手开始鸣钟。他这些助手们挂在绳索上，绞盘呼叫，巨大的金属帽盖慢慢地晃动起来。伽西莫多异常激动，全神贯注。钟锤和青铜内壁的第一声碰撞，令他站上去的木架颤动不已。伽西莫多和铜钟一起颤抖。哇！他叫道，发出一声狂笑。此时，低沉的大钟越晃越快，随着大钟跃过某个更大的角度，伽西莫多的眼珠子也越瞪越大，闪闪发亮，冒出火光。最后，钟声开始齐鸣；整座钟塔摇动起来；木架，

㊶ 这是雨果从杜布勒的《巴黎古代戏剧》引述的钟名。“玛丽”在1397年重铸过一次。

㊷ 蒙塔古（Jean Montagu）是路易六世的大臣，被巴黎作威作福的勃艮第势力所俘在市中心的菜市场获刑示众。

㊸ 木钟（cloche de bois）是复活节前那个星期四用的一种代用钟。

铅皮，条石，都一下子轰鸣起来，从地基的基桩，到顶饰上的草花。伽西莫多此时大汗淋漓，全身蒸腾；他走来走去；他随钟塔一起从头到脚在摇晃。大钟肆无忌惮疯狂起来，对钟塔的两壁，轮流张开自己的大铜嘴，吐出这般风暴的气息，声闻四法里[44]以外。伽西莫多站在这张开的大口前；随着大钟的来回，他蹲下去，又站起来，吸进这阵令人震倒的气息，先是望望在他脚下两百步、人头攒动的深邃的广场，又看看这条铜质的巨舌分分秒秒在他耳中嚎叫。这是他唯一能听到的话声，这是对他而言唯一打破天下寂静的声音。他在这声音里好不快乐，像小鸟在阳光下快乐；接着，大钟的疯狂感染了他；他的目光变得异乎寻常；他等待铜钟晃过来，如同蜘蛛等待苍蝇过来，倏地拼命扑到钟上。这时候，他悬空吊在深渊之上，被大钟可怕的摆动抛起来，他紧紧抓住青铜怪兽的两侧突起，用两个膝盖紧紧夹住怪兽，用两个脚跟刺激怪兽赶快，借一次次的撞击，借全身的全部重量，让疯狂的激越钟声更加疯狂。这时候，钟塔在晃动，而他在喊叫，他在咬牙切齿，他棕红的头发一根根竖起来，他的胸脯发出铁匠铺子里风箱的声音，他的眼珠子迸射出火光，巨大的洪钟在他身下，累得直喘气，发出一声声嘶叫。这时候，既没有圣母院的大钟，也没有伽西莫多。这是一个梦，是一阵旋风，是一场风暴：眩晕骑坐在声音之上；一个精灵紧紧抓住飞驰的马背；一个古古怪怪的半人半马，一半是人，一半是钟；这是某个令人生畏的阿斯托尔甫[45]，被一匹神奇的有生命的青铜怪马带走。

㊹ 4法里约合16公里多。

㊺ 阿斯托尔甫（Astolphe），相传是意大利公元8世纪勇武好斗的伦巴第国王。小说中指意大利诗人阿里奥斯特的史诗《愤怒的罗兰》中的英雄，以其号角的角声疯狂闻名，骑坐鹰翅怪马，去月亮寻求仙药，救活罗兰。

青铜的怪马
(G. Brion 画，Yon-Perrichon 刻)

这样一个奇人的存在，让整座大教堂内弥漫着一股我也说不清的生命的气息。看来这股生命的气息发自他的身上，至少，从群众日益扩散的迷信看来，有某种神秘的味道，赋予圣母院里的每一块石头以生气，让古老教堂的五脏六腑都颤动起来。只要知道他在教堂里就行了，可以看到长廊里和大门下的千百座雕像，已经活了，已经动了。事实上，大教堂似乎也是一个生灵，在他手里很顺从，很听话；大教堂等候他的意志，以便提高洪亮的嗓子；大教堂被伽西莫多附身，他无处不在，如同土地神。真可谓是他让庞大的建筑物有了呼吸。他也的确无处不在，他在这座大建筑的任何一点都分身有术。有时，有人恐怖地瞥见在钟塔的最高处，有个滑稽的矮人爬上爬下，左右移动，四肢匍匐爬行，下到半空中，在突出的部分蹦蹦跳跳，在掏某个戈耳工㊻雕像的肚子：这是伽西莫多在掏乌鸦的鸟窝。有时，有人在教堂一个昏暗的角落，撞上某个活怪物，蹲着，愁眉苦脸：这是伽西莫多在沉思。有时，有人发现钟楼下有个大脑袋，有一堆杂乱无章的四肢，挂在绳子上荡来荡去：这是伽西莫多在敲响晚钟㊼或三经钟㊽。夜间，有人经常看到一个怪模怪样的形体，在钟塔上和拱点㊾一圈周围雕成花边的纤细栏杆上晃来晃去：这还是圣母院的驼背。这样，女邻居都说：整座教堂沾染了什么难以置信、不可思议和令人恐怖的氛围；教堂里这儿那儿会出现眼睛和嘴巴；有人听到石头发出狗、吞婴蛇㊿和塔拉斯兽[51]的吠叫声，它们在庞然大物的

㊻ 戈耳工（gorgone）原指希腊神话中的三姐妹，丑脸，头发是蛇。此处指巴黎圣母院屋顶部位数量众多的怪兽小雕像。

㊼ 晚钟（les vêpres）在入夜时敲，提醒大家做晚祷。

㊽ 三经钟（angélus），一天早中晚三次，要念“万福马利亚”，这是天使长加百列向圣母报喜，告诉她已怀孕，将诞生耶稣。路易十一有旨：中午的一次务必遵守。

㊾ 拱点指拱顶顶部的交汇点。

㊿ 吞婴蛇（guivres）是米兰徽章上吞食孩子的蛇。

[51] 搭拉斯兽（tarasques）是法国南方城市搭拉斯孔历史上的怪兽。

大教堂四周，夜以继日地守护，伸长脖子，张开大口。而如果是圣诞节的夜晚，当大钟似乎喘着粗气，召唤信众来参加子夜烛火通明的弥撒，会有一股气息在幽暗的大教堂正墙上下飘荡，像是大门在吞食人群，而大花窗在望着人群。而这一切的一切，都源自伽西莫多。埃及会把他看成是寺庙的神明；中世纪相信他是寺庙的魔鬼：其实他是寺庙的灵魂。

如此这般，对于知道出现过伽西莫多的人来说，圣母院如今已荒凉冷清，毫无生气，已经死亡。大家感到有什么东西已经消逝。这座庞大的身躯已是空壳。这是一副骨架，灵气已经离去，我们看到这个地方，仅此而已。这好比一具骷髅，眼睛的部位还有两个窟窿，但不再有目光。

四　狗和主人

不过，伽西莫多对别人的敌意和憎恨，对一个人却例外。而且，他对此人爱得和他的大教堂一般深，甚至爱得更深，这便是克洛德·弗鲁洛。

事情很简单。克洛德·弗鲁洛收留了他，收养了他，供他吃喝，抚养他长大。他幼小的时候，有狗和孩子在身后吼叫时，他的习惯是到克洛德·弗鲁洛的大腿间躲起来。克洛德·弗鲁洛教会他说话、认字和写字。最后，克洛德·弗鲁洛让他当了敲钟人。而把大钟嫁给伽西莫多，就是把朱丽叶嫁给罗密欧[52]。

---

[52] 朱丽叶和罗密欧是莎士比亚的悲剧《罗密欧和朱丽叶》的男女主人公。

读书识字
(Steinheil 画，Dujardin 刻)

因此，伽西莫多的感恩是深沉的，是激情的，是无限的。纵然他养父的脸色经常是阴沉和严肃的，纵然他说话通常是简短的，生硬的，是命令式的，这份感恩之情也从未有过哪怕是丝毫的不忠。伽西莫多之于主教代理，是最听话的奴隶，最顺从的仆人，最警觉的看家狗。敲钟人变成聋子后，他和克洛德·弗鲁洛之间，养成一种神秘的手势语，只有他们自己懂得。结果，主教代理成了人世间唯一能和伽西莫多维持交流的人。后者在这世界上只和两个东西有联系：圣母院和克洛德·弗鲁洛。

主教代理对敲钟人的影响，敲钟人对主教代理的依附，都是无与伦比的。只要克洛德一个手势，有一个让他开心的念头，伽西莫多便会从圣母院的钟楼上冲下来。伽西莫多身上这般异乎寻常发挥出来的体力，可让他盲目地听命于另外一个人，这真是妙不可言的事情。也许，这就是子女的忠诚、家庭的服从；也有一种精神对另一种精神的震慑。这是一个可怜、愚钝和笨拙的机体，面对高等、深刻、强健和超级的智力，俯首帖耳，低声下气。最后，尤其是感恩。感恩到如此极端的程度，到了无从比较的地步。这样的程度，超出了人世间可能有的最佳例子的程度。我们可以说，伽西莫多之爱主教代理，是狗、马、象之爱自己主人所不能比的。

五　克洛德·弗鲁洛续篇

一四八二年，伽西莫多大概二十岁，克洛德·弗鲁洛大概三十六岁。一个人长大了，另一个人变老了。

克洛德·弗鲁洛不再是普普通通的托尔希中学的学生；不再是个好幻想的青年哲学家，懂得许多知识，也对很多知识无知。这是个朴素、严肃、愁眉苦脸的神甫；一个负责灵魂的人；若扎斯的主教代理老爷，主教的第二副祭，手上有蒙莱里和沙多弗尔两处首席神甫的职衔[53]，有一百七十四个乡村本堂神甫。这是一个威严而又阴沉的大人物，圣母院里身穿白色长袍的唱诗班孩子，下级神职人员，圣奥古斯丁会的会友，早课的教士，看到他在高高的唱诗班十字拱顶下慢慢经过时，仪态威严，低头沉思，双手交叉，头部低垂到胸前，别人看不见他的脸，只看见他硕大光秃的额头，人人都会在他面前瑟瑟发抖。

再说，克洛德·弗鲁洛长老并没有放下科学和对小弟弟的教育，这两件是他毕生的事情。光阴荏苒，他给这些甜蜜的事情浇上了一些苦味。到头来，如保罗副祭[54]所说，最好的肥肉也变质。小约翰·弗鲁洛以“磨坊”为诨名，这是他长大的地方。他并没有朝着克洛德给他指定的方向长大。兄长指望有一个虔诚的学生，听话，博学，诚实。而小弟如同让园丁的努力失望的小树，死命地朝着给他带来空气和阳光的方向转，小弟长出来的枝繁叶茂，都是朝着懒惰、无知和堕落的方向。这真是个调皮鬼，放荡不堪，让克洛德长老紧锁眉头，可他又非常风趣，机敏灵巧，让兄长微微一笑。克洛德先是把他送进同一所托尔希中学，他最初几年是在这里学习和静心修持中度过的；这座当年以弗鲁洛的名字为楷模的圣殿，今天却因他而声誉扫地，对他真是种痛苦。他不时对约翰进行非常严厉的苦口婆心的训诫，小弟勇敢地逆来顺受。总而言之，这个小无赖开开心心，如在一切喜剧里见到的那样。可训诫听过，他照旧心安理得地继续做他有违常理、荒诞不经的事情。有时候，迎接他的是一声“黄口小儿”（人们这样称呼“大学区”的新来者）；这一珍贵的传统

---

[53] 巴黎教区当时包括 3 处主教代理管辖区，即巴黎、若扎斯和布里，和 6 处教区。南边的蒙莱里在城南 25 公里，沙多弗尔在西南 20 公里。

[54] 这位副祭指瓦尔内弗里德（Warnefried，740—801），是伦巴第史学家，离开查理曼的宫廷后，回到意大利的卡契诺隐修院，被任命为副祭。

被小心翼翼地传到了今天。有时候，他会发动一帮学生，学生帮照例冲进一家小酒店，如有军号吹响[55]，接着用“伤人的棍棒”对酒店老板大打出手，开开心心地把酒家洗劫一空，直到捅破酒窖里的大酒桶[56]。接着，便是一份用拉丁文写的端端正正的报告，由托尔希中学的学监助理可怜巴巴地递给克洛德长老，加上痛苦的眉批：美酒下肚，是斗殴的起因。最后，有人说，这位十六岁的孩子太恐怖了，他的荒唐行为经常闹到格拉蒂尼街上[57]。

凡此种种，克洛德伤心不已，对人间的亲情感到绝望，便更热切地投入学问的怀抱，至少，学问这位姐妹不会当面嘲笑你，总会回报你付出的心血，即使回报你的钱币有时不免空洞。因此，他变得越来越博学，同时，必然的结果是作为神甫越来越刻板，作为个人越来越哀愁。人人都是如此，在我们的智力、习性和品格之间，会有某种平行的关系，并非没有连贯性，只在生活遭受重大动荡时才告中断。

由于克洛德·弗鲁洛打从青年时代起，对人间实际、外在、正当的知识，已经全盘涉猎，除非因为地球不转而停步，他必然会向前走得更远，必然会寻求新的养料去滋养他不知餍足的智力活动。蛇咬自己尾巴这个古代的象征尤其适用于科学。看来克洛德·弗鲁洛已经经受了这个象征。多位严肃的人士认为：他已经穷尽人间知识的活动区，他也敢于深入禁令区。据说，他先后品尝过智慧之树上的所有苹果[58]，他出于饥饿或出于反感，最后咬了那个禁果。我们的读者已经看到，他已经在索

---

[55] 原文是拉丁文。文中“军号”一语双关，又作“军号”，又可作“教室”解。这是雨果的文字游戏。

[56] “大酒桶”原文是“muids”，每桶相当于 270 升葡萄酒。

[57] 格拉蒂尼街（rue de Glatigny）是老城区的红灯区。

[58] 《旧约·创世纪》载，亚当和夏娃违反禁令，偷食“知善恶树”的禁果，是谓原罪。

邦大学的神学家讲座上就座，仿圣依莱尔[59]出席艺术学科学生的大会，仿圣马丁[60]参与教谕的争辩，在圣母院圣水缸边，参加医生行会。这被称为四大学科的四大菜系，能够启发并有益于一个人智力的全部菜肴，他已狼吞虎咽地吞下，还未及吃饱，他便已餍足。于是，他在这一切完成的、物质的、有限的学问之下，又向前、向下深挖；他可能赌下了自己的灵魂，进入洞穴，坐上了这张炼金术士、占星家和炼丹术士的神秘桌子，这神秘学问在中世纪由阿威罗伊[61]、巴黎的纪尧姆[62]和尼古拉·弗拉梅勒[63]执牛耳，并远布东方，见诸七枝烛台[64]的烛光，直至所罗门[65]、毕达哥拉斯[66]和琐罗亚斯特[67]。

至少，不论有理无理，人们这般认为。

可以肯定的是，主教代理经常访问圣婴公墓，他父母亲埋葬于此地，和一四六六年瘟疫[68]的受害者一起；不过，他似乎对父母亲墓冢上十字架的态度，远不如对尼古拉·弗拉梅勒和克洛德·贝尔奈勒[69]墓上稀奇古怪的人像那么虔诚！

也可以肯定的是，有人经常看见他贴着伦巴第人街走，走进作家街和马里沃街街角的一座小屋。这可是弗拉梅勒建造的房子，他一四一七

---

[59] 圣依莱尔（Saint-Hilaire）是4世纪普瓦蒂耶的主教。文中指在普瓦蒂耶出席大会。

[60] 圣马丁（Saint-Martin）是4世纪图尔市的主教。相传在梦中和化妆成穷人的耶稣分享自己的大衣。文中指去图尔参与争辩。

[61] 阿威罗伊（Averroès，1126—1198）是西班牙科尔多瓦的阿拉伯学者，遭到罗马教廷和巴黎大学区的查禁。

[62] 纪尧姆（Guillaume），奥弗涅人，1228—1249任巴黎主教，曾被怀疑离经叛道。

[63] 尼古拉·弗拉梅勒见第3卷第9页注。

[64] “七枝烛台”是犹太民族的历史象征。

[65] 所罗门是公元前10世纪的以色列国王，建圣殿，以智慧著称。

[66] 毕达哥拉斯是公元6世纪的希腊数学家。

[67] 琐罗亚斯特（Zoroastre），波斯沃教的创始人。

[68] 1466年瘟疫的死者原葬于菜市场教区的公墓里，今有“无辜者泉”的遗址尚存，但全部尸骸于1785年移至巴黎的地下大坟场。

[69] 克洛德·贝尔内勒（Claude Pernelle）是弗拉梅勒的妻子，1395年卒。

年在此逝世，长久以来空无人迹，已经开始倾圮了；各国有何其多的炼丹术士和炼金术士，来打磨屋子的墙壁，仅仅为了刻下自己的名字。甚至有邻居肯定地说：有一次从地下气窗里看到克洛德主教代理在两座地窖里挖土、翻土和铲土，中间的隔墙石柱上满是尼古拉·弗拉梅勒亲自涂上的诗句和象形文字。大家推测弗拉梅勒在这两座地窖里埋下那块试金石；炼金术士在马吉斯特里[70]到帕西菲克神甫[71]的两个世纪间，不间断地把土翻来翻去，屋子经过无休止的挖掘和翻动，最终在这世人的脚下化为尘土。

还可以肯定的是，主教代理迷上一种对圣母院有象征意义的大门[72]的古怪热情，这是一页由巴黎的纪尧姆写在石头上的巫书，此人因为在建筑物整体咏唱的圣诗上添上一页群魔乱舞的卷首插画，也许已被罚进地狱。克洛德·弗鲁洛主教代理也被认为加深了圣克里斯托夫的巨像[73]，这尊长长的谜一般的雕像，当时矗立在大广场的入口处，老百姓取笑，呼为“灰老爷”[74]。而人人都会注意到：他经常没完没了地坐在大广场的护栏上，凝望大门上的雕像，有时端详一个个疯丫头和手里打翻的灯，有时细看一个个乖乖女和拿得正正的灯；别的时候，他目测这只乌鸦立在大门上的角度，乌鸦望着教堂里一个神秘的点，如果试金石不在尼古拉·弗拉梅勒的地窖里，那就肯定藏在这座教堂的这个点上。顺便说说，这对圣母院这座教堂来说真是古怪的命运：竟被两个如此南辕北辙的人

---

[70] 马吉斯特里（Magistri）是路易十一的指导神甫，图尔人。

[71] 帕西菲克神甫（père Pacifique）是传教士，也是化学家。据索瓦尔的《巴黎古物考》，他于1624年曾彻底翻遍这两座地窖。

[72] 圣母院“有象征意义的大门”指中门——“最后的审判”大门。石雕“最后的审判”下端作为和美德的对比，出现头长尖角后拖尾巴的魔鬼形象。

[73] 圣克里斯托夫的巨像高9米。

[74] “灰老爷”（Monsieur Legris），巨像在大广场入口处，市立医院门前，当年严冬季节，外地人来圣母院问路，本地人戏答：去找“灰老爷”。

在不同的程度上，如此虔诚地深爱着，一个是克洛德·弗鲁洛，一个是伽西莫多。一个人爱圣母院，是个只有本能、勉强算是人的野人，他爱教堂的美，爱教堂的魁伟，爱这座宏伟的整体散发出来的和谐之美；另一个爱圣母院，有博学和激情的想象力，他爱教堂的内涵，爱教堂的神奇，爱教堂蕴含的意义，爱教堂正墙上散见于雕塑的象征，作为羊皮纸隐迹纸本上第二层文字之下的第一层文本，一言以蔽之，爱大教堂对智力提出的永恒之谜。

最后可以肯定的是，主教代理在两座钟楼里可以望到沙滩广场的那一座里，紧贴钟楼，为自己安排了一间小小的密室，没有人进去过，据说没有他的许可，甚至连主教也进不去。这间密室从前由贝桑松的雨果主教[75]开辟出来，几乎在钟楼顶部，在乌鸦窝的中间，而他当年就是在密室里中了魔法的。密室里有什么东西，无人知晓；不过夜里有人经常从“荒地”的沙滩上，看见密室在钟楼后面的屋顶小窗里，出现一点断断续续的古怪的红光，时现，时灭，又重现，间隔短暂而不规则，好像是顺着一架风箱急促的呼吸，像来自一个火光，而不是一个灯光。黑暗中，又如此高，这产生非同寻常的效果；老婆婆说：是主教代理在吹气！是地狱在钟楼上毕剥作响。

这种种的一切，说到头，也并没有施行巫术的确切证据，不过，无风不起浪，无火不冒烟，主教代理的名声很是难听。我们要说，埃及的法术，招魂占卜术，巫术，即使最健康、最清白的巫术，在圣母院主教法庭的各位老爷面前，也没有更厉害、更无情的告发者了。这到底是真诚的恐怖，还是“贼喊捉贼”的把戏？这一切不影响主教代理被教务会学问最好的人士视作敢去地狱前厅冒险的人，是在沟通鬼神的洞穴里的

---

[75] 雨果原注：贝桑松的雨果二世（1326—1332）。

迷途、在黑暗的密室里摸索探路。百姓对此并没有误解：任何人有点明智见解的话，都会把伽西莫多看成是魔鬼，把克洛德看成是巫师。显然，敲钟人要为主教代理服务一段时间，以后他会取走他的灵魂，作为报酬[76]。因此，主教代理纵然个人生活极端简朴，但在善男信女中口碑不好；即使最没有经验的女信徒，也有鼻子嗅出来他是个巫师。

如果说，他人在老去，他在学问上给自己留下了深渊，他在自己心里也有深渊。至少，人们端详这张脸时，有这个想法是不无道理的，人们要透过脸上的一层黑雾，才看到他心灵里的微光。他从何而来这个宽阔光秃的额头，这个总是低垂的脑袋，这个总是由于唉声叹气而不停起伏的胸头？有什么秘不告人的思想，让他微笑时嘴上有那么多的苦涩，而同时两侧紧锁的眉毛挤在一起，像两匹要搏斗的公牛？为什么他剩下的头发已然灰白？何来这把心火，有时从他目光里冒出来，以至他的眼睛是火炉内壁捅开的窟窿？

本书故事发生的时代，这些精神上剧痛的种种症状，已然达到十分强烈的程度。有个唱诗班的孩子不止一次地发现他独自在教堂里，目光异常，闪闪发亮，被吓得逃跑了。做弥撒时在唱诗班里，祷告席上的邻居不止一次地听到他在唱各种声调的素歌时，插进一些不明不白的内容。“荒地”的洗衣女工负责“洗涤教务会”，看到若扎斯的主教代理老爷的法衣[77]上有指甲和手指痉挛的痕迹，感到不无害怕。

再说，他愈益严厉，从未如此地以身作则。他出于职业，也出于品格，总是对女人敬而远之；他似乎对女人恨得无以复加。一件丝绸的长袖衫，稍有一点轻轻的抖动，就让他把风帽放下，遮住自己的眼睛。他

---

[76] 喻德国诗人歌德的名著《浮士德》，浮士德向魔鬼梅菲斯特出售自己的灵魂，以换取魔鬼的服务。《浮士德》1825 年有施塔普费尔的法译本，1827 年有奈瓦尔的法译本。

[77] 法衣是白色长袍。

在这点上唯恐失去其严峻和谨慎，国王的公主博若夫人于一四八一年十二月来访问圣母院时，他竟然认真地力拒公主进入，提醒主教尊重订于一三三四年圣巴托罗缪节前夕的“黑皮书”，明文禁止女性进入内院，“任何女子，老妇和少女，主妇和女佣”。对此，主教不得不对他引证教皇特使奥东的政令，某些贵妇人除外，排除某些贵妇人会很不得体[78]。主教代理还是抗议，反驳说教皇特使的政令上溯至一二〇七年，早出黑皮书一百二十七年，因此，事实上已被黑皮书废止。最终，他拒不在公主面前现身。

此外，大家还注意到，一个时期以来，他似乎对埃及女人和津加罗人[79]的憎恶有增无减。他请求主教颁发了法令，专门禁止吉卜赛姑娘来大广场上敲鼓跳舞；此后，他又查阅了宗教裁判官发了霉的档案，以便汇总串通对公山羊、母山羊或母猪施行妖术而被判处火刑或绞刑的男巫女巫的案件。

六 不得人心

主教代理和敲钟人，我们已经说过，大教堂周围的大小百姓对两人的好感真是差强人意。当克洛德和伽西莫多一起外出，看到他们仆人跟着主子，结伴穿过圣母院庞然大物下一条条阴凉、狭窄和昏暗的街道时，出言不逊，嘀嘀咕咕，风言风语，便不绝于耳，除非克洛德·弗鲁洛——这样的情况甚少——能仰头正视，对发愣的嘲讽者露出他威严的

---

[78] 奥东，全名奥东·德·沙托鲁（Odon de Châteauroux），红衣主教，伴随圣路易十字军东征，曾两度被任命为教皇特使，1237 年逝世。

[79] 津加罗人（zingari）是意大利的吉卜赛人。

几乎是令人敬畏的额头。

两个人在自己的区里，仿佛是雷尼耶[80]笔下的“诗人”：

狗和主人

（G. Brion 画，Yon-Perrichon 刻）

---

[80] 雷尼耶（Mathurin Régnier，1573—1613），法国讽刺诗人，引诗见《讽刺诗集》第 12 首。

各式各样的人群在诗人后面行走，

仿佛小莺们叫着躲在猫头鹰身后。

有时候，有个调皮的小男孩，冒着挨揍的危险，为了说不出来的乐趣，把一根针插进伽西莫多的驼背。有时候，一个俊俏的姑娘，轻佻又实在不要脸，碰碰神甫的黑袍，当面对他唱歌奚落："开开心，开开心，魔鬼逮住啦。"有时候，一群污秽不堪的老太婆，蹲在大门下有高有低的台阶上，当主教代理和敲钟人走过时，嘀嘀咕咕，低声咒骂，送给他们这般怂恿的欢迎词："嘿嘿！又来个人，这人的灵魂和那人的身体一个模样！"要不，来一帮学生，一帮用脚玩造房子游戏的人，大家都站起来，通常是用拉丁文送上一片嘲笑声："得！得！克洛德和他的磕落得！"[81]

不过，更多的情况是神甫和敲钟人并没有感到被人辱骂。伽西莫多耳朵太聋，克洛德陷入沉思，都没听到这些优美的内容。

---

[81] 原文是拉丁文。这又是一则文字游戏。"磕落得"是"克洛德"的谐音。暗示"不会走路"和"跛脚"，指克洛德的仆人伽西莫多。

LIVRE V.

第 5 卷卷首插画：教堂和印刷机
(De Lemud 画，Laisné 刻)

1.

Abbas beati Martini.

作者第 5 卷第 1 页手稿

第五卷

一　可敬的马丁修道院院长

克洛德长老名闻遐迩。大致在他拒不去见博若夫人的那个时代，这名声曾为他赢得一次访问，他对此久久不能忘怀。

那是晚上。他做完圣事，刚回到圣母院内院自己议事司铎的小屋。这间小屋里也许除了几个小玻璃瓶，扔在墙角，盛满某种样子可疑的粉末，很像是点金石粉[82]，此外并无古怪和神秘的地方。当然，墙上有一些题刻，但只是从著名作家那里摘引的有关科学和修持的格言警句而已。主教代理刚刚坐下来，头上亮着一盏三条灯芯的铜灯，前面是一只老式大箱，放满了手稿。他把肘部支在一本翻开来的书上，奥登[83]的洪诺留[84]的《论宿命或自由意志》[85]，他翻阅时，陷入沉思，他刚刚把这册对开本带进屋内，这也是他小屋里唯一一本印刷物。他正沉思时，有人敲门。“是谁?”学者喊道，声调之优雅，如饥饿的看家狗不让它啃骨头。一个

---

[82] “点金石粉”（poudre de projection）是炼金术士希望用来使金属变成黄金的粉末。

[83] 奥登（Audun），法国地名。

[84] 洪诺留（Honorius）是中世纪著名的神学家，经院哲学的先驱，1157 年逝世。

[85] 《宿命和自由意志》的书名是拉丁文。书名的释义是论“不可避免的事情”和“可以避免的事情”。

声音从外面回答："你的朋友雅克·夸瓦基耶。"——他去开门。

果然是国王的御医。此人五十来岁[86]，他冰冷的外表，只被狡黠的目光有所淡化。他身后跟着一个人。两人身穿深灰色长袍，缀有小松鼠图案，系上腰带，紧紧围住，头上戴同样质地、同样颜色的圆帽。他们长长的袖口不见双手，长长的袍子不见双脚，长长的圆帽不见双眼。

"求上帝给我帮助，两位老爷！"主教代理说着，请他们入室，"我真没想到此时此刻会有如此的贵人来访。"他一边这般说着客气话，一边投去不安和探究的目光，从医生看到新客。

"来拜访一位像蒂尔夏普的克洛德·弗鲁洛长老如此博学多才的学者，总是不嫌晚的。"夸瓦基耶大夫回答，一口弗朗什孔泰的口音[87]，把所有的句子都念得很长，像拖地的长袍一般庄严。

于是，这才开始医生和主教代理之间的这样一番寒暄，当时学者之间任何交谈前按照惯例必有的客套，也并不妨碍彼此间最为亲密无间的厌恶。再说，今天的情形正是如此。每张学者恭维另一位学者的嘴，都是一杯掺和蜜糖的苦汁。

克洛德·弗鲁洛对雅克·夸瓦基耶的赞扬，尤其指这位可敬的医生在其令人十分羡慕的职业生涯中，从国王的每场疾病中，捞到众多实实惠惠的好处，治病和钻研试金石比起来，可是更高明、更有把握的炼金之术。

"说真的，夸瓦基耶大夫老爷，我十分高兴地获知你的侄子，尊敬的皮埃尔·韦尔塞大人荣任主教。他不是亚眠[88]的主教吗？"

"不错，主教代理老爷。这是上帝的恩宠和慈悲。"

---

[86] 夸瓦基耶比路易十一小十多岁，1505年逝世。

[87] 夸瓦基耶是勃艮第地区弗朗什孔泰的波里尼人，说话有乡音。

[88] 亚眠（Amiens）是法国索姆河上的城市，曾是庇卡底地区的首府。亚眠大教堂是世界文化遗产。

“你可知道，你在圣诞节那天率领你审计法院[89]的同仁，你气色很好，院长老爷!”

“副院长，克洛德长老。唉！仅此而已。”

“你在拱门圣安德烈街上华丽的府第坐落在什么地方？这是一座卢浮宫。我非常喜欢雕刻在门上的杏树，还有这句双关的妙句，风趣极了：‘献给杏树’。”[90]

“唉，克洛德大师，整座房子可没少花我的钱。房子慢慢地盖，我也破产了。”

“噢！宫廷的监狱和大法官，各种房产，内院的摊位、厢房和棚铺，不是都有收入吗？真是财源滚滚呀。”

“我普瓦西[91]的领地，今年毫无收益。”

“可你在特里埃勒[92]、圣雅姆[93]和林中圣日耳曼[94]的通行税总是好的。”

“一百二十利弗尔，还不是巴黎货币。”

“你有国王参事一职。这是固定的。”

“不错，克洛德同行。可这块该死的波里尼领地，外间风言风语，给我的收益不论丰收歉收，不到六十金埃居[95]。”

克洛德长老说给雅克·夸瓦基耶听的恭维话里，有这种挖苦、刻薄和隐蔽又嘲讽的口气，有优越而不幸的人，逢场作戏取笑一个腰缠万贯

---

[89] 路易十一的御医夸瓦基耶于1480年被国王任命为审计法院副院长，1482年为院长。

[90] 原文作“A L’ ABRI-COTIER”，直译是“献给杏树”。由于夸瓦基耶的姓名有多至5种拼写法，一种是“COTIER”，所以题词又可理解成“在夸瓦基耶庇荫下”。

[91] 普瓦西（Poissy）位于巴黎以西20多公里处的塞纳河畔。

[92] 特里埃勒在普瓦西以西8公里处。

[93] 圣雅姆在普瓦西西南10公里处。

[94] 林中圣日耳曼（Saint-Germain-en-Lay）在巴黎正西方20公里处。

[95] “埃居”（écu），古代钱币，币值不一。

的粗人，发出这种无情的苦笑。对方没有感觉到。

“说真的，”克洛德最后说，握握对方的手，“看到你身体如此健康，我真高兴。”

“谢谢，克洛德大师。”

“对了，”克洛德长老喊起来，“你的陛下病人玉体如何？”

“陛下给太医的钱太少。”大夫答，对同来的伙伴瞟了一眼。

“你这么认为，夸瓦基耶老兄？”同伴说。

这句话的口气里有吃惊，有责备，让主教代理的注意力回到这个陌生人身上。说真的，自从陌生人跨进小屋的门槛，他的注意力一刻也没有完全离开过此人。他甚至千方百计地要应对雅克·夸瓦基耶大夫，这是路易十一炙手可热的太医，又要接待他带来的伙伴。所以，雅克·夸瓦基耶对他说话时，他的脸色毫无亲热可言：

“对了，克洛德长老，我给你带来一位同行，他一直慕名想来看你。”

“老爷也是研究的同道[96]？”

主教代理问道，深邃的目光盯着夸瓦基耶的同伴。他在陌生人的眉毛下，看到的是和自己同样尖锐与怀疑的目光。就着油灯的暗光所能做出的判断，这是一个六十来岁的老人，中等身材，看上去病得不轻，已经弯腰曲背。他的侧影虽说是市民的体形，但有某种显赫和威严的样子；他的眼珠子在深陷的眉弓下炯炯有光，仿佛是从洞穴深处射出的光线；在他拉下盖到鼻子上的圆帽下，能感到有一个天才的额头宽大的两侧在转动。

他本人出面回答主教代理的问题：“尊敬的大师，”他严肃地说，“你的声名如雷贯耳，我一直想向你讨教。我只是个外省的穷贵族，走进

[96] 指从事炼金术。

学者的家里先要脱鞋。你要知道我的名字。我叫图朗若伙计[97]。”

“好一个古怪的名字！”主教代理在想。他感到自己在面对某个强大而严肃的事物。他聪明的智慧具有的直觉，让他猜想到在图朗若皮里子圆帽底下一般聪明的智慧，雅克·夸瓦基耶的在场让他脸上漾起的嘲弄的强笑渐渐收起，如暮色在夜的地平线上消失。他重又在宽大的椅子上坐下，神色阴沉，一言不发，胳膊肘重又放回到桌子上习惯的地方，额头重又支在手上。他沉思片刻后，示意两位来客坐下，对图朗若伙计开口道：

“你来向我讨教，师傅，关于哪门科学？”

“尊敬的学者，”图朗若伙计答道，“我有病，病得很重。人称你是埃斯科拉庇俄斯[98]转世。我来向你讨教医病之道。”

“医学！”主教代理摇摇头。他静思片刻，又说：“图朗若伙计，既然这是你的大名，请转过脸去。你会看到我的回答全写在墙上。”

图朗若伙计遵命，在头上读到刻在大墙上的题词：“医学是梦的女儿。——杨布里科斯——[99]”

与此同时，雅克·夸瓦基耶大夫听到同伴的问题就有点气，克洛德长老更让他又气又恼。他凑在图朗若伙计的耳边说话，声音低得不让主教代理听见：“我对你说过，这是个疯子。你就是要亲眼看看！”

“因为，这个疯子也许有可能是对的，雅克大夫！”伙计用同样的声调回答，苦笑一下。“悉听尊便。”夸瓦基耶干巴巴回答。接着，他转身对主教代理：“你办事敏捷，克洛德长老，你不会因希波克拉底[100]而束手

---

[97] “图朗若伙计”（compère Tourangeau）是路易十一杜撰的名字。“伙计”显其俗，“图朗若”反映其诡。因为路易十一在普莱西-莱-图尔居住，而“图朗若”的意思是“图尔人”。

[98] 埃斯科拉庇俄斯（Esculape）是罗马神话中的医学之神。

[99] 杨布里科斯（Jamblique，242—325），希腊哲学家，新柏拉图主义者。

[100] 希波克拉底（Hippocratès），古希腊名医，被誉为西方的医学之父。

束脚，一如猴子不会因一粒榛子而束手束脚吧。医学是个梦！我怕药剂师和医师如果在此地，会忍不住揍你。所以，你否认药水对血起作用，否认油膏对皮肤起作用！你否认这花卉和金属的永恒药柜，我们称之为世界，专门为这永恒的病人服务，我们称之为人！”

“我不否认，”克洛德长老冷冷地说，“既不否认药柜，也不否认病人。我否认医生。”

“这么说，这倒是错啦，”夸瓦基耶激动地又说，“痛风是一种体内的脱皮性皮疹，说用烤熟的老鼠敷上治疗枪伤，说适当炮制的年轻血液让年老的血脉返老还童；这倒是错啦，说二加二等于四，说强直性痉挛先是向后，后是向前？”

主教代理不动声色地回答：“对有些事情，我别有想法。”

夸瓦基耶气得脸红脖子粗了。

“这个，这个，我的好夸瓦基耶，我们别发火，”图朗若伙计说，“主教代理老爷是我们的朋友。”

夸瓦基耶安静下来，低声嘟囔道：“反正，这是个疯子！”

“真要命，克洛德大师。”图朗若伙计停了片刻又说，“你让我十分为难。我本来有两件事向你讨教，一是我的健康，二是我的星辰。”

“老爷，”主教代理接着说，“如果是这样，你本来可以不必在我的楼梯上气喘吁吁的。我不相信医学。我不相信占星术。”

“当真？”伙计吃惊地说。

夸瓦基耶苦笑：“你看见吧，他是疯子。”他对图朗若压低嗓子说：“他不相信占星术！”

“方法是想象，”克洛德长老接着说，“想象每一缕星光都是一条系在某个人脑袋上的线！”

“那你相信什么呢？”图朗若伙计叫起来。

主教代理一时间犹豫不决，然后露出一个忧郁的微笑，这微笑似乎否定了他的回答："我信仰上帝。"

"阿门。"夸瓦基耶说。

"尊敬的大师，"伙计又说，"我看到你如此笃信宗教，内心深感钦佩。不过，以你这样的大学者，竟至于不相信科学[101]？"

图朗若伙计

(De Lemud 画，Pannemaker fils 刻)

"不，"主教代理说着抓住图朗若伙计的胳膊，他漠然的眼珠里显出兴奋的闪光，"不，我并不否认科学。我并没有久久地匍匐在地，指甲掐进泥土，穿越盘根错节的洞窟，而在我前面，在黑暗的长廊尽头，瞥见

[101] 文中的"科学"指炼金术，见前注。

有一线光，有一团火，有某个东西，可能是忍者和智者突然发现上帝的令人目眩神迷的中心作坊在反光。”

“总之，”图尔人打断他说，“你认为什么东西是真实的，是确确实实的?”

“炼金术。”

夸瓦基耶叫好：“对呀，克洛德长老，炼金术也许有其道理，可为何辱骂医学和占星术?”

“你对人的科学，不值一提！你对星辰的科学，不值一提!”主教代理以权威的口吻说。

“埃皮达鲁斯[102]和迦勒底[103]可是很有气魄的。”医生冷笑着反驳。

“听着，雅克大人，这话是真心诚意说的。我不是国王的太医，陛下没有给我代达鲁斯花园，可以在园中观察星辰。”——“你别生气，听我说。”——“你会引出什么结论，我不是说医学，医学实在太愚蠢了，我是说占星术，请你给我举出垂直牛耕书写法[104]的功效，举出‘加数’的发现，举出‘十数’的发现[105]。”

“你难道否认，”夸瓦基耶说，“‘小暗语’[106]的感应力量，否认由此引出的神秘解释学?”

“谬论，雅克大人！你没有一条说法可以成立。而炼金术倒有其发现。你能对下述这些成果提出异议吗？冰压在地底下上千年后变成岩石

---

[102] 埃皮达鲁斯（Epidaurus），希腊地名，是罗马神话中药神埃斯科拉庇俄斯的庙宇所在地。

[103] 迦勒底（la Chaldée），巴比伦地名，是占星术的发祥地。

[104] “牛耕书写法”（boustrophédon）指一行从左到右，下一行从右到左。这可能是一种对《圣经・创世纪》的神秘学解释方法。

[105] “加数”（nombe ziruph）和“十数”（nombre zephirod）属于犹太人在《圣经》之前的宗教里创造宇宙的概念。

[106] “小暗语”（la clavicule）是一部巫书的名称，相传是以色列王所罗门的魔书之一。

晶体。”——“铅是一切金属的始祖。”——“因为金子不是金属，金子是光。”——“铅只需要经历四个时期，每期二百年，逐渐从铅的状态变成红汞的状态，从红汞变成锡，从锡变成银。”——“这些不是事实吗？但是相信‘小暗语’，相信‘满列阵’，相信星辰，这如同中国[107]人相信黄鹂变成田鼠、麦穗变成金鱼一般可笑！”

“我研究过炼金术，”夸瓦基耶喊道，“我肯定……”

兴奋的主教代理不等他把话说完：“而我，我研究过医学、占星术和炼金术。这，这才是真理！(说到此地，他从木柜上取下一瓶我们上文已经说过的粉末)，这，这才是希波克拉第之光，而这是梦想，乌拉尼亚[108]，这是梦想，赫耳墨斯[109]，这是一个想法而已。黄金，这是太阳；制造黄金，这就是上帝。这是唯一的科学。我可以对你说，我探究过医学和占星术。虚无加缥缈。人的躯体，漆黑一团！星辰，是漆黑一团！”

他于是倒下坐在椅子上，一副威严和通灵的姿态。图朗若伙计静静地注视着他。夸瓦基耶竭力想嘲笑，不显眼地耸耸肩，翻来覆去低声说：“疯子！”

而那个图尔人突然说：“那个美妙之极的结果，你达到了没有？你炼就了黄金吗？”

“如果我炼成了，”主教代理慢慢地一字一顿地回应，吐字清晰，如同在沉思的人，“那法国国王就叫克洛德，而不叫路易了。”

伙计紧皱眉头。

“我说什么了？”克洛德长老鄙夷不屑地又说，“法兰西的王座于我

---

[107] “中国”原文用 Grand-Cathay，直译是“大契丹”的意思。

[108] 乌拉尼亚（Ulania）是主管天文的缪斯。

[109] 赫耳墨斯（Hermès），罗马神话中相当于希腊的墨丘利，主管天文和健康等，具有众多的职能和才能。

何用，我会重建东方的帝国[110]！”

“太好了！”伙计说。

“噢！可怜的疯子。”夸瓦基耶喃喃说。

主教代理继续说，显得不像回答，而是自问自答。

“也不，我还在匍匐。我在地底下的路上擦伤脸面，磨破膝盖，我隐约看见，我不凝视！我不读书，我在拼读！”

“那你何时会读懂？”伙计问道，“你还会炼金子吗？”

“谁会怀疑？”主教代理说。

“说到此地，圣母知道我太需要银钱了，我真想学会读懂你的书本。请告诉我，尊敬的大师，你的炼金术不与圣母为敌？不会让圣母讨厌吧？”

克洛德长老对伙计提的问题，只是以淡淡的傲气作答：“我是谁的主教代理？”

“这是真的？大师。好啊！能否赏脸引我入门？带我和你一起拼读？”

克洛德摆出撒母耳[111]威严和居高临下的姿态。

“老人家，这需要比你余下的岁月更长的时间，以便走上这条穿越神奇事物的旅途。你头发已经灰白了！走出洞穴已是白发苍苍，而走进洞穴还满头黑发。仅仅这门学问，会让人脸瘦削，音容枯槁，面色憔悴。这门学问不需要老人带去已然满脸皱纹的老脸。不过，如果到你这把年纪，还是非要拜师研习，非要解读智者可怕的入门书，请跟我来，好啊，我尽力而为。我不会对你说，你可怜的老人家，去访问古老的希罗多

---

[110] 罗马帝国到4世纪末叶在西方已是日薄西山。1453年，土耳其人攻占君士坦丁堡。“东方”的概念泛指亚历山大夺取印度的梦想。

[111] 撒母耳（Samuel）是希伯来人的最后一位士师，又是先知，曾立大卫为王。

德[112]提起的金字塔里的墓室，别去访问巴比伦的砖塔，别去访问印度寺庙里白色大理石的‘大林伽[113]’圣殿，我和你一样，也没有见过仿照塔庙[114]的圣制建造的迦勒底建筑物，也没有见过所罗门的圣庙，庙已被毁，也没有见过以色列王的陵寝，石门已破碎。我们只能满足于赫耳墨斯之书的片段，就在我们这儿。我会向你解释圣克里斯多夫的雕像，是播种者的象征，是圣堂大门上两天使的象征，一个天使的手伸进罐子里，另一个的手举在云端……”

至此，雅克·夸瓦基耶被主教代理的激辩驳得哑口无言，又重新披挂上阵，上马迎战，打断对方的话，以学者能激励对手而洋洋得意的口气说：“你错了，克洛德朋友。象征并非数字。你把奥耳甫斯[115]当成了赫耳墨斯。”

“是你错了，”主教代理郑重其事反驳，“代达罗斯[116]，这是墙基，奥耳甫斯，这是大墙，赫耳墨斯，这是建筑物，这是一切。”——“你什么时候来都可以，”他对图朗若伙计转过身来，继续说，“我会给你看留在尼古拉·弗拉梅勒坩锅底里的金屑，你可和巴黎的纪尧姆的金子相比较。我会教你希腊词‘鸽子[117]’一词的神秘功力。不过，我首先让你读懂一个一个字母表上的大理石字母，读懂书上一页一页的花岗岩。我们

---

[112] 希罗多德（Hérodotus），希腊旅行家，号称“历史之父”。他在《历史》里描述过埃及的凯奥普斯金字塔。

[113] 大林伽，“林伽”是印度教里湿婆神的象征，是一块竖立的男性生殖器的巨石。

[114] 塔庙，原文是“Sikra”，据塞巴谢教授，应该是“zigghourat”，指古代美索不达米亚的一种寺庙建筑，寺庙建在一层一层的台阶之上。

[115] 奥耳甫斯（Orpheus），古希腊诗人，其琴声可以感动石头和鬼神。

[116] 代达罗斯（Dedalus）是希腊克里特岛上迷宫的建造者。

[117] “鸽子”的原文是拉丁文“*peristera*”，这是基督教圣灵的形象。把这词的字母代表的数相加，得“801”，便是希腊字母中，第一个字母和最后一个字母。所以，《新约·约翰福音》中耶稣说：他是“阿尔法”和“奥米迦”，即第一个字母和最后一个字母。

从纪尧姆主教的大门，从圆顶圣约翰教堂[118]，到圣堂，然后到马里沃大街上的尼古拉·弗拉梅勒的住所，然后到圣婴公墓里他的墓地，然后到蒙莫朗西街上他的两座医院[119]。我会让你去读布满圣热尔韦医院大门上和铁艺铺街上四座巨大铁柴架上满满的象形文字。我们还要一起去拼读圣科姆教堂，去磷火圣热纳维耶芙教堂、圣马丁教堂和屠宰业圣雅各教堂的所有正墙。”

图尔人的目光纵然十分聪明，也似乎早已听不懂克洛德长老说些什么了。他打断话头：“真要命！你的这些书到底是什么？”

“这就是其中一本。”主教代理说。

他打开斗室的窗子，手指圣母院的巨大教堂。圣母院在一片星空下勾画出两座钟楼黑黑的剪影：大教堂石头的侧面，硕大的臀部，像是一座有两个大脑袋的狮身人面像，端坐在城市中间。

主教代理一时间静静地端详庞大的建筑物，接着一声叹息，右手伸向他桌子上打开的印刷书本，而左手指向圣母院，忧伤的目光从书本转向教堂：“唉！此物会灭掉彼物。”

夸瓦基耶忙不迭走向书本，不禁大声叫起来：“哟！此物究竟有什么可怕的：《圣保罗书集解》，纽伦堡，安东科布尔格书店。一四七四年。这不是新书，这是警言大师皮埃尔·隆巴尔的一本书，是因为这是印刷书吗？”

“你就说过，”克洛德回答，他似乎沉浸在沉思默想之中，身子站立，弯曲的食指按在从纽伦堡大名鼎鼎的印刷机上印出来的对开本上。他接着补上这几句神秘的话：“唉！唉！小小的东西赢了大大的东西：一颗牙齿取胜一大堆东西。尼罗河的老鼠杀死鳄鱼，箭鱼杀死鲸鱼，书本会灭

---

[118] “圆顶圣约翰教堂”紧挨大教堂的北钟楼。

[119] 其中一座医院今存，在蒙莫朗西大街的 51 号。

掉建筑物!”

雅克大夫低声对伙伴重复他那句永恒的老调“他是疯子”时，内院的熄灯号吹响了。对这句话，伙伴这次回答道：“我想是的。”

这时候，任何外人不得停留在内院了。两位来访者退出。“大师，”图朗若伙计向主教代理告辞，“我喜欢学者，喜欢杰出的精英，我对你分外敬重。明天请你来塔楼宫，请找图尔圣马丁修道院院长。”

主教代理呆呆地回到室内，终于明白图朗若伙计是何许人也，回想起图尔圣马丁修道院契据集里的一句话：“可敬的马丁修道院院长，即法兰西国王，根据传统担任议事司铎，享有圣韦南教堂的一份小俸禄，具有司库的职位。”

从这时候起，人们都说当陛下到巴黎来的时候，主教代理与路易十一曾多次晤谈，说克洛德长老的信誉使鹿皮奥利维埃[120]和雅克·夸瓦基耶黯然失色。后者以自己的方式狠狠责备国王。

二　此物会灭彼物

请女读者[121]原谅我们暂停片刻，探究一下隐藏在主教代理这几句神秘话语里的意思：“此物会灭彼物。”“书本会灭建筑物。”

就我们而言，这个思想有两个方面。首先，这是神甫的想法。这是神职人员面对印刷术这股新力量产生的害怕情绪。这是神殿上的人面对

---

[120] 鹿皮奥利维埃（Olivier-le-Daim，1428—1484）是路易十一的宠臣，原籍比利时根特人，伺奉路易十一有功，赏赐今名。

[121] 旧时小说读者以女性居多，女读者更关心书中情节的展开。

谷腾堡[122]光灿灿的印刷机产生的恐怖和迷惑。这是讲坛和手稿，是讲出的话语和书写的话语，为印刷的话语惶恐不安；某个东西犹如小雀一旦看到万千的天使张开六百万只翅膀[123]具有的惊愕。这是先知的呐喊，他听到解放了的人类叽叽喳喳，万头攒动，看到未来这智慧砍倒信心，看到舆论推翻信仰，看到世界震撼罗马[124]。这是哲学家的预测，看到人类的思想在未来借印刷机飞翔高扬，从神学政治的容器里蒸发出来。这是士兵的恐惧，他审视铜头大梁说："塔楼会倾倒。"这一切意味着：一种强大的力量会取代另一种巨大的力量。这一切说明：印刷机会灭掉教堂。

可是，在这第一种也许是最简单的思想之下，我们认为有某种更新的思想，是第一种思想的必然结果，不易察觉，但更容易引发争议，这也是一种哲学观点，不仅属于神甫，也是属于学者和艺术家的观点。这是预感到人类的思想在改变形式的同时，也在改变表达方式，预感到每一代人的主流思想以后写定下来，不再以同样的材质，使用同样的方式，预感到如此坚实、如此耐久的石书，即将让位于更加坚实、也更加耐久的纸书。在这个方面，主教代理泛泛的说法有了第二层意义；这个说法意味着一种艺术会被另一种艺术取而代之。这个说法就是：印刷术会灭掉建筑术。

确然，从开天辟地以至基督纪元十五世纪在内，建筑是人类的一本大书，是人在自身发展的各个不同阶段的主要表达方式，或者作为力量，或者作为智慧。

当初民的记忆太过丰富，当人类回忆的包袱变得过于沉重，过于繁

---

[122] 谷腾堡（Guttemberg，约1400—1468），德国美因茨人，印刷术发明家，他用纸张双面印刷，开印历史上第一本《圣经》。

[123] 《新约·马可福音》载有万千的魔鬼，为数两千之多；或是"启示录"里的景象。雨果反其意而用之。

[124] 指罗马教廷。

杂，赤裸和飞扬的语言有中途遗失的风险，人们就把记忆和回忆写在大地上，既可一目了然，又可以传之永久和自然方便。人们借一座宏大的建筑物把每一项传统锁定下来。

最早的建筑是一方方简单的岩块，摩西[125]说“未曾被铁器触碰过”。建筑术是作为书写法同时开始的。建筑术首先是一种字母表。人们立起一块石头，这就是一个字母，而每一块石头，就是一个象形文字，而每一个象形文字之上，如同柱子上的柱头，存放一组思想。初民当初就是这样，在同一时刻，在全世界的地面上都一样。我们在亚洲的西伯利亚，在美洲的潘珀斯草原[126]，都能找到凯尔特人[127]“竖立的石头”。

以后，人们创制文字。人们把石头垒上石头，人们把这些花岗岩的音节衔接起来，语言尝试某种组合。凯尔特人的石桌坟[128]和大石圈[129]，伊特鲁立亚的坟丘[130]，希伯来人的石冢[131]，都是词句。其中有一些遗迹，尤其是坟丘，是专有名词。而有的时候，如果石头数量众多，有巨大海滩，就写下一句句子。卡尔纳克[132]是盛大的排列阵，已经是完整的表述了。

最后，人们制作书本。传统已经产生了象征，传统消失在符号之下，正如树干消失在枝叶之下。人类信仰这种种象征，象征不断增加，由少变多，互相交叉，变得愈益繁复。最初的建筑已经不足以容纳这些

---

[125] 摩西（Moïse）是《圣经》人物，是希伯来人的先知和领袖。相传亚当和夏娃的长子该隐开始农耕，是铁匠之父。由此说明，犹太教可以上溯到新石器时代。

[126] 潘帕斯草原（les pampas）在南美洲的阿根廷境内。

[127] “凯尔特人”（celtes）是西欧的初民。

[128] “石桌坟”（dolmen）是凯尔特人先民的墓葬形式。

[129] “大石圈”（cromlech）是凯尔特人用竖立的石头组成的石圈。雨果20年后流亡的泽西岛和根西岛上即有石桌坟和大石圈。

[130] “坟丘”（tumulus）是用土石垒砌的丘冢，覆盖在坟墓之上。

[131] “石冢”（galgal）应该是凯尔特人的遗迹。

[132] 卡尔纳克（Karnac）是法国布列塔尼的初民遗迹，由数量巨大的巨石矗立土中，排成长长的阵列。

卡尔纳克
（A. de Bar 画，E. Meunier 刻）

象征。象征从各个方面被超越。这些建筑已经勉为其难，所表达的原始传统和自己一样是简单的，赤裸的，躺卧在地。象征需要在建筑物里尽情绽放出来。于是，建筑术随人的思想发展而发展。建筑术变成千手千面的巨人，以永恒、可见和生动的方式来固定这一整套游移不定的符号传统。当作为一股力量的代达罗斯迷宫，当作为一种智慧的奥耳甫斯放声歌唱，石柱作为一个字母，拱廊作为一个音节，金字塔作为一个语词，按照几何法则，按照诗歌法则，都被发动起来，彼此集合，彼此连接，彼此融合，沉浮，上扬，在地上重重叠叠，在天上一层一层，直至最后根据某个时代的主流思想写出这些精彩的大书，也是美妙的建筑物：埃尔林伽的庙塔，埃及拉美西斯神庙[133]，所罗门的圣殿。

语言这母体思想不仅仅在这些建筑物内部，也在它们的外形。[134] 举例来说，所罗门的圣殿并非简单的只是一本圣书的精装封面，圣殿就是圣书本身。祭司们在每一层同心圆里可以读到眼前翻译和表述出来的语言。他们这样随着圣殿一层又一层的改变，直至最后在神龛里，也是借助建筑物具体的形式读到约柜[135]。这样，语言被封在建筑物之内，语言的形象在它的外观上，如同木乃伊的棺木上有人的脸。

不仅仅建筑物的外形，建筑物的选址也揭示出建筑物所表示的思想。根据表述的象征是优美或是忧伤，希腊在山之巅冠上一望便知有和谐美的神庙，而印度挖开山之腹，在山间开凿这些地下的怪诞佛塔，由巨大列阵的花岗岩群像来承托[136]。

如是，在世界最初的六千年间，从印度斯坦远不可及的塔庙始，到科隆大教堂[137]止，建筑术曾是人类伟大的书写。这非但是千真万确的事情，而且每个宗教的象征、每种人类思想，都在历史建筑这本大书里，占有自己的一页篇章。

一切文明始于神权统治，终于民主政治。这个取代统一的自由法则写在建筑之上。因为，我们强调这一点：不要以为砖石工程之强大，只在于建造寺庙，在于表达神话和教权的象征，在于以象形文字在石书上记录神秘的法律戒条。如果是这样，就如每一个人类社会都曾出现过：

---

[133] 拉美西斯神庙（Ramseïon）是埃及底比斯（今称卢克索）法老拉美西斯二世的神庙和附属建筑物的总称。

[134] 雨果的美学理论既包含实质内容，也包括外在形式。

[135] “约柜”（l' arche）是存放摩西在西奈山上被上帝召见、当面授予希伯来人具体戒律的约板的地方，也是犹太人最神圣的场所。

[136] 花岗岩群像承托的石塔，应是印度埃洛拉与象岛的石窟古迹。

[137] 科隆大教堂（Cathédrale de Cologne）在莱茵河上，前后历时 300 余年建成，始于哥特式艺术风格，直到 19 世纪工业革命社会的极盛时期，方才建成。

神圣的象征在自由思想下会磨灭，会损耗，凡人会摆脱僧侣，哲学和思想体系的滋生侵蚀宗教的脸面，那么，建筑并不能反映人类精神新的状态，建筑的书页会正面写满，而反面是空白，建筑的作品会残缺不全，建筑的大书会是不完整的。可事实并非如此。

埃洛拉
(E. Thérond 画，Bertrand 刻)

以中世纪为例。我们对中世纪看得更加清楚，因为离我们更近。中世纪的第一个时期，当欧洲由神权政治组织而成，当梵蒂冈把躺卧在卡庇托利山[138]四周的罗马的各种成分团结在自身周围，加以等级区分，当基督教在以前文明的瓦砾堆里寻找社会的各个层次，在废墟上重组一个

[138] 卡庇托利山（le Capitole）是罗马七座山冈之一，山上有主神宙斯神庙。今喻一个国家政治权力的象征。

等级分明的新天下，而教权是新天下的拱顶石[139]，我们先是听到这片混沌中有涌动的声响，继而一步一步看到在基督教的驱动下，从蛮族人的手中，出现死亡的希腊罗马的建筑垃圾，这个神秘的罗曼式建筑是埃及和印度神权政治的砖石工程的姐妹，是地道的基督教历久不变的标志，是教皇一统天下永恒的象形文字。当时的一切思想也确然书写在这阴沉沉的罗曼风格之中。我们从中处处感受到权威、一统、绝对，感受到无从渗透，感受到格里高利七世[140]；处处见神甫，从来不见人；处处都是等级，从来没有人民。可接着是十字军东征。这是一场规模巨大的人民运动。而任何规模巨大的人民运动，不论是原因，还是目的，从运动最后积淀出来的永远是自由精神。新的事物即将降临。接踵而来的是疾风骤雨的时期：雅克团[141]、布拉格起义[142]和两次联盟[143]。权威动摇了。一统出现分道扬镳。封建制度要求和教权政治分享权力，同时等待人民不可避免地起来，而人民永远会要求最大最好的一份。“因为我的名字叫狮子。”贵族领主制戳破了神甫的圣职，而市镇又戳破了领主制。欧洲的面貌改变了。好啊！建筑的面貌也改变了。建筑和文明一样，翻过了一页，时代的新精神看到建筑已经准备好听取新精神的意图挥毫书写。建筑术从十字军东征带回来十字拱顶，如同各民族从东征带回来自由。于是，当罗马一步步分崩离析，罗马式建筑奄奄一息。象形文字从大教堂溜走，而代之以徽章装扮城堡主塔，给封建制度增色。大教堂自己，这座当年如此刻板的建筑，此后被市民阶级侵入，被市镇入侵，被自由入侵，摆

---

[139] “拱顶石”（clef de voûte）不仅指建筑物的中心部位，也是建筑物坚实牢固的关键成分。

[140] 格里高利七世（Grégoire VII，约1020—1085），罗马教皇，宣扬教权高于一切。

[141] “雅克团”（Jacqueries）是法国1358年春天爆发的农民起义。

[142] “布拉格起义”（Praguerie）是捷克1440年发生的贵族对国王查理七世的反抗。

[143] 两次联盟：第一次指1464—1465年大贵族反对国王路易十一的联盟；第二次联盟指吉斯家族反对亨利三世的联盟。

脱神甫的掌握，落入艺术家的手中。艺术家随自己心意建造大教堂。永别了，神秘、神话和戒律。现在是随心所欲，现在是心血来潮。既然神甫有大教堂，有祭坛，他就无所抱怨了。四垛墙是艺术家的。建筑之书不再属于圣职、宗教和罗马；建筑之书属于想象力、诗歌和人民。由此开始，在六到七个世纪停滞不前的罗马建筑之后，这一仅仅三个世纪的建筑取得无数快速的改变，令人印象如此深刻。与此同时，艺术迈出巨人的步伐。天才和民间的独创性替代了过去主教做的工作。每一代人走过时在书上写下自己的一行；每一代人在大教堂的正面删去古老的罗马象形文字。我们仍然看见某些地方教条由新一代人在大门上安放的新体系里冒出来，也仅此而已。民间的褶裥几乎让人看不见宗教的尸骸。于是，艺术家本人对教堂的放肆程度，无论如何想象都不为过。这就是修士和修女无耻交配的编结柱头，如巴黎司法宫的排烟口大厅[144]。这就是挪亚[145]的经历，“完完全全地”雕刻出来，如布尔日[146]大教堂的大正门上。这是长一副驴子耳朵的酗酒的教士，手握酒杯，在众人面前大笑不已，如博舍尔维尔修道院的盥洗室。这个时期，对于刻写在石头上的思想，其享有的特权完全不下于我们今天的新闻自由。这是建筑的自由。

这份自由走得很远。有时候，一扇大门，一面正墙，整整一座教堂，呈现出一种象征意义，和崇拜截然无关，甚至和教堂背道而驰。打从十三世纪以来，巴黎的纪尧姆，尼古拉·弗拉梅勒在十五世纪，都写下这样谋反的一页又一页。屠宰业圣雅各教堂是一整座对立的教堂。

于是，思想仅在这种方式上是自由的，因此，自由思想完全是写在这些被称之为教堂的书本上的。如果没有建筑这样的形式，自由思想过

---

[144] 指圣路易的“王家厨房”。

[145] 挪亚是圣经人物，相传发明葡萄酒，喝醉后在儿子闪的面前赤身露体。

[146] 布尔日（Bourges）在巴黎正南300余公里处，大教堂建于中世纪，当时是宗教和文化中心。

于大胆地在教堂里以手稿形式从事冒险，就会看到自己在广场上被刽子手活活烧死。因此，既然自由思想只有这条路可以走，便从四面八方纷纷上路。由此，是覆盖全欧洲的大教堂数量如此之多，多到人们甚至核实之后仍然不敢相信。社会的全部物质力量，社会的全部智力力量，都汇聚到同一个点上：建筑术。艺术以这种方式，以给上帝建造教堂为借口，获得精彩的发展。

于是，谁天生是诗人，就成为建筑师。散落在群众里的天才，受到封建制度各方面的挤压，如同缩在青铜盾牌的龟壳[147]之内，只有在建筑这边获得出路，通向建筑这门艺术，而他的“史诗”作品取大教堂的形式。其他的艺术门类也听命、投身于建筑术的门下。这些就是伟大建筑的工匠。建筑师、诗人、工匠亲自包揽了雕塑，雕塑雕镂正墙，包揽了绘画，绘画给花窗上彩绘，包揽了音乐，音乐敲动大钟，吹响管风琴。至此，没有纯粹意义上的可怜诗歌，诗歌死命地在手稿上苟延残喘，为要起一点作用，被迫处在建筑物的夹缝中，以写颂诗[148]和“韵文”[149] 为能事；反正，从前爱斯库罗斯[150]的悲剧在希腊宗教节日上起过这样的作用，《创世纪》在所罗门的神殿里起过这样的作用。

这样，在谷腾堡之前，建筑是主要的写作，是世界范围的写作。这本花岗岩的大书始于东方，在希腊和罗马古代续写，中世纪写下石书的最后一页。此外，民间建筑取代特权阶级建筑的这个现象，我们对中世纪已讨论过，在人类智力方面，这个现象在历史上一切其他重要时代相仿的运动也反复出现。这样，本文仅仅简要地陈述这个法则，这个法则但求在不同的大小规模上得到发展，在远东这远古时代的摇篮之后，在

---

[147] 原文是拉丁文。“龟壳”喻士兵借盾牌的硬壳，匍匐前行，不能站立。

[148] 颂诗（hymne）服从拉丁诗的作诗法。

[149] “韵文”也是诗体韵文，服从一定的音节规格。

[150] 爱斯库罗斯（Eschyle，公元前 525—465），古希腊悲剧诗人。

印度建筑、腓尼基[151]建筑之后，是阿拉伯建筑这位富庶的母亲；在古代，继埃及建筑之后，伊特鲁立亚[152]风格和巨型历史建筑只是一个变体而已，是希腊建筑，罗曼风格只是其附带有迦太基[153]穹顶的延续而已；到了现代，罗曼风格之后，仅是哥特式建筑。在拆分上述三大体系之后，人们发现这三位姐姐之上，印度建筑、埃及建筑和罗曼建筑，有一个共同的象征：即教权政治，是特权阶级，是一统，是教条，是神话，是上帝；而三位妹妹是腓尼基建筑、希腊建筑和哥特式建筑，不论为其特性所固有的各种形态有多么多样化，也总是同一个意义：自由、民间和个人。

无论他们在印度、埃及和罗曼的砖石建筑里是叫婆罗门，叫麻葛，叫教皇，人们永远感到是僧侣，只是僧侣而已。民间建筑里也是这样。民间建筑更加丰富，未必神圣。腓尼基建筑里，感到的是商人；希腊建筑里，感到的是公民；哥特式建筑里，感到的是市民。

一切神权政治建筑的通常特征，是故步自封，是害怕进步，是保持传统的线条，是对原始形态的确认，是人和自然的一切形式总是屈从于象征无可理喻的反复变化。这是一本本晦涩的书，只有秘密传授的人才能读懂。再说，其中一切形式甚至一切荒唐的意义是神圣不可侵犯的。不必祈求印度、埃及和罗曼的砖石建筑更改其构图或改善其雕塑艺术。任何改进都是亵渎。在这一类的建筑中，僵硬的教条波及石材，仿佛是第二层的僵化。——民间砖石建筑的通用特性相反，是多彩，是进步，是新颖，是丰润，是不停地变动。民间建筑早已脱离宗教，转而关注美，注意修饰，不断地让雕像和曲线更加华丽。民间建筑带有世纪的特点，

---

[151] 腓尼基（phénicien）在古代地中海东岸，被认为是巴比伦文明的传播者，是远古亚洲的继承者。

[152] 伊特鲁立亚（étrusque）指意大利罗马文明兴起之前的文明。

[153] 迦太基（carthaginois）在今北非突尼斯一带，形成的文明在公元前7世纪到4世纪，曾强盛一时。

蕴含人性的成分，不断掺和到它们仍然依附的神的象征之中。由此产生的建筑物可以包容任何精神、任何智慧、任何想象，虽然有象征，却如自然一样容易理解。在教权政治的建筑和后者之间，区别在于神圣的语言有别于民间的语言，在于象形有别于艺术，在于所罗门有别于菲迪亚斯[154]。

如果我们概述以上简要的说明，对成百上千的实例略而不计，也对成百上千细节上的反对意见略而不计，我们会这样说：建筑术直到十五世纪仍是人类一部主要的记录，其间没有一种略为复杂的思想不表现为建筑；凡是民间的思潮，如同是宗教的戒律，都曾有过自己的纪念性建筑；人类没有任何重要的思想，不曾写在石头之上。为什么？因为任何思想，宗教的思想或哲学的思想，都希望自己传之久远；这是因为撼动一代人的理想要撼动以后几代人，要留下痕迹。而手稿的不朽又是何其脆弱！一幢建筑是坚固、持久和耐久的大书，无与伦比！毁掉书写的话语，只需一个火把，只需一个土耳其人[155]。而要毁掉建筑的书，需要一场社会革命，一场地球上的变革。蛮族人对斗兽场[156]下了手，而淹没金字塔群也许需要洪水[157]。

到十五世纪，一切改变了。

人类的思想发现了传之永恒的新方式，不仅比建筑物更持久，更坚固，而且更简单，更方便。建筑被赶下宝座。谷腾堡的铅字把奥耳甫斯的石头文字取而代之。

“书本会灭掉建筑物”。

---

[154] 菲迪亚斯（Phidias），古希腊著名雕刻家，负责雅典卫城上的巴特农神庙的建筑工程。

[155] 土耳其人指公元 641 年焚毁埃及亚历山大图书馆的奥马尔。其实，奥马尔是阿拉伯人，并非土耳其人。

[156] 斗兽场（le Colisée ）指罗马斗兽场，建成于公元 1 世纪。

[157] “洪水”指《圣经》上的大洪水。

印刷术的发明是历史上最重大的事件。这是革命之母。这是人类表达方式的彻底更新，是人类的思想剥去一种形式，换上另一种形式，是这条象征性的蛇完全并最终的蜕皮，上自亚当以来，这条蛇代表了智慧。

思想在印刷术的形式下，空前地无法磨灭；思想变化不定，无法把握，无法消灭。思想和空气相结合。在建筑的时代，思想如山脉，霸占一个世纪，霸占一个地域。现在，思想变成一群小鸟，随风飘散，同时占有空中和空间的任何一个点。

我们再说一遍，还有谁不是以这个方式看到思想实实在在是不可磨灭的？思想从坚固的变成有生命的。思想从持久转为不朽。人们可以拆除一个庞然大物，但如何消除分身有术？即使洪水暴发，山脉早已在波涛下消失，而鸟儿们还在飞翔；即使仅有的一艘方舟在洪灾的表面沉浮，鸟儿们会在方舟上落脚，随方舟漂浮，和方舟一起坐观大水退去，从混沌中出来的新世界醒来时，会看到沉没了的世界的思想，张开矫健的翅膀，在新世界的头上翱翔。

我们注意到这一表达方式不仅最善于保存，而且最简单，最方便，最容易为人人所用，我们想到这一表达方式身后没有大的包袱，不要动用笨重的工具，我们比较思想为了表现成建筑物，非得惊动四、五项其他艺术，数以吨计的黄金，堆如山积的石头，多如森林的木架，多如大军的工匠，我们把这样的思想和变成书本的思想加以比较，书本只要一点纸张，一点墨水，一支羽毛，岂能不为人类的智慧告别建筑、取用印刷而惊叹不止？猛一下阻断一条大江的原始河床，一条在水平面下挖掘的运河的原始河床，大江会舍弃河床。

所以，请看：自从发明印刷术后，建筑术日益干涸，日益萎缩，日益裸露。人们深深感到，水位下降，汁液蒸发，时代和民族的思想从建筑术告退！到十五世纪，冷却还几乎感觉不出来，印刷机还太虚弱，充其量从强健的建筑里捞一把充沛的活力。而十六世纪一过，建筑术的病情已很明显，建筑已基本上不再反映社会；建筑可怜巴巴变成古典艺术；从高卢、欧洲和本地建筑，变成希腊、罗马建筑，从真正和现代的建筑，变成伪古代建筑。人们把这种颓废称作文艺复兴。而这还是辉煌的颓废啊，因为古老的哥特式精髓，这个在美因茨[158]的巨大印刷机后面落山的太阳，在一段时间内，仍然以其最后的余晖，照耀到这一大堆杂乱无章的拉丁式半圆拱和科林斯式[159]柱廊。

正是这片残阳，被我们当成了曙光。

其间，从建筑仅仅只是一门和其他艺术相提并论的艺术，从建筑不再是总体艺术，不再是君临天下的艺术，不再是说一不二的艺术，便失去其留住其他艺术的力量。各门艺术随即解放，挣脱建筑的桎梏，各走各的路。各门艺术都在此番离婚中受益。独立之后，都在成长。雕塑成为塑像，绘图成为绘画，加农轮唱[160]变成音乐。可以说是亚历山大一死，他的帝国崩溃，而各个行省各自成为王国。

由此产生拉斐尔、米开朗琪罗、让·古戎[161]和帕莱斯特里纳[162]，产生这些令人目眩神迷的十六世纪的一代巨星。

在艺术解放的同时，思想也从各个方面解放。中世纪异端的为首者已经给天主教造成巨大伤害。十六世纪破坏了宗教的统一。印刷术之前，宗教改革仅被看成是分裂，印刷术使改革成为革命。搬走印刷机，异端

---

[158] 美因茨（Mayence），德国城市，谷腾堡的家乡。

[159] 科林斯式指希腊式。

[160] 加农轮唱（canon）是多声部按照一定时距演唱同一首旋律歌曲，构成和谐的复唱音乐的技法，相当于轮唱。

[161] 让·古戎（Jean Goujon，1510—1566），法国雕塑家和建筑家。今巴黎蓬皮杜中心附近的“圣婴泉”的林中仙女雕塑，便是他的代表作品。

[162] 帕莱斯特里纳（Palestrina，1525—1591），意大利作曲家，作品众多，仅多声部的弥撒曲就有百余部之多，生前极尽荣耀，

巴特农神庙
(E. Thérond 画，Meunier 刻)

便软弱无力。命中注定也好，老天有眼也好，谷腾堡是路德[163]的先驱。

其间，当中世纪的太阳完全沉没，当哥特式精髓在艺术的地平线上彻底熄灭，建筑也越来越黯淡无光，苍白无力，日益消隐。印刷术这条啃食建筑物的蛆虫，吸吮建筑物，吞食建筑物。建筑先是蜕皮，继而枝叶凋零，眼见一天天消瘦下去。建筑不值一提，变得可怜，变得一文不值。建筑不再反映什么，甚至反映不了昔日艺术的回忆。建筑沦为孤家寡人，被各门艺术遗弃，因为被人类思想所遗弃。建筑没有艺术家，只是召唤杂工而已。玻璃窗替代花窗。碎石工接替雕塑家。永别了，一切

[163] 路德（Luther，1483—1546）是德国宗教改革家，首先将《圣经》译成德文，是新教改革的倡导者。

元气，一切创新，一切生命，一切智慧。建筑步履艰难，作坊里可悲的乞讨者，模仿来，模仿去。从十六世纪起，米开朗琪罗大概感到建筑在死去，曾有过最后一个想法，一个绝望的想法。这位艺术的巨匠曾在巴特农神庙上堆起万神殿[164]，建成罗马的圣彼得大教堂。这伟大的工程理应绝无仅有，是建筑最后的独创性，是巨匠艺术家在巨型石头记录结束时的绝笔签名。米开朗琪罗死后，这苟延残喘的可怜的建筑已是孤魂和鬼影，还能干什么？建筑捡起罗马圣彼得大教堂，依样画葫芦，加以滑稽的模仿。这是狂热。这是怜悯。每个世纪有自己的罗马圣彼得大教堂；十七世纪有圣宠谷教堂[165]，十八世纪有圣热纳维埃芙教堂[166]。每个国家有自己的罗马圣彼得大教堂。伦敦有[167]。彼得堡有[168]。巴黎有两处或三处[169]。毫无意义的遗嘱，一门伟大而老朽的艺术最后的喋喋不休，死去前又返老还童。

如果不是指我们上文提到的富有特征的纪念性建筑，我们审视十六到十八世纪艺术的一般面貌，我们也看到同样的衰退和消瘦的现象。从弗朗索瓦二世[170]起，建筑物的建筑形式越来越消失不见，而突出几何外形，如果瘦削的病人有一副骨架。艺术美丽的线条让位于几何学家冰冷而严酷的线条。一幢建筑物不再是建筑物，这是一个多面体。建筑为遮掩裸体而痛苦不已。此地是希腊式的三角墙插入罗马式的三角墙，或者反之。总是万神殿在巴特农神庙和罗马的圣彼得大教堂内。此地是亨利

[164] 巴特农神庙是希腊卫城上的纪念性建筑，万神殿是罗马的纪念性建筑。

[165] 圣宠谷教堂（Val de Grâce），今存。

[166] 圣热纳维埃芙教堂（Sainte-Geneviève）现已改为先贤祠（le Panthéon）。

[167] 伦敦有圣保罗教堂。

[168] 俄国圣彼得堡有喀山圣母大教堂，以柱廊闻名。

[169] 巴黎有荣军院，有以后成为先贤祠的圣热纳维埃芙教堂等。

[170] 弗朗索瓦二世（François II，1544—1560），16岁登位，17岁逝世。

四世带石砌边角的屋宇；王家广场[171]，王太子广场[172]。此地是路易十三的教堂，沉重，壮实，低顶，短胖，盖上一个圆屋顶，像长了一个驼背。此地是马扎然[173]式建筑，四国宫[174]拙劣的意大利面团。此地是路易十四的宫殿，一长列给宠臣住的兵营，僵硬，冰冷，令人讨厌[175]。最后是路易十五，有菊苣[176]、面条和各种疣子、各式簟状瘤，让这座陈旧、牙齿脱落又卖弄风情的古老建筑破了相。从弗朗索瓦二世到路易十五，毛病以几何级数在增长。艺术已是皮包骨头。艺术可怜巴巴的朝不保夕。

这期间印刷术又如何呢？建筑术失去的全部生命力，都来到印刷术身上。建筑术衰退，印刷术成长、增大。人类的思想曾经耗费在建筑物身上的精力财富，今后花费在书本上。所以，从十六世纪开始，印刷机成长到日益衰落的建筑的水平，和建筑术搏斗，灭了建筑术。到十七世纪，印刷机已经足以藐视对手，足以胜券在握，足以得意扬扬，给世界一个伟大文学世纪的节日。到十八世纪，印刷机在路易十四的宫廷里休养生息多时，重新拿起路德的旧宝剑，手持伏尔泰这把大钢鞭，威武地冲向前，攻打建筑语言已被它杀死的古老欧洲。到十八世纪结束的时候，印刷机已摧毁一切。到十九世纪，印刷机着手重新建设。

而我们现在要问，三个世纪以来，两种艺术中是哪一种艺术才真正代表了人类的思想？哪一种艺术反映和表达了人类的思想？不仅仅指其文学和学校的癖好，而且是人类思想广泛、深刻和普遍的运动？对前进的人类而言，对人类这个千足怪物而言，是哪一种艺术不断沉积，没有

---

[171] 王家广场（Place Royale）今天改名为孚日广场（Place des Vosges），正是雨果 1832 年后的居所。

[172] 王太子广场（Place-Dauphine）在老城岛的西端。

[173] 马扎然（Mazarin，1602—1661）是意大利人出身的法国红衣主教和政治家。

[174] 四国宫（palais des Quatre-Nations）原名四国学院，由马扎然创办，现在是法兰西研究院所在地。

[175] 指路易十四的凡尔赛宫。

[176] 菊苣（chicorée）叶子可作生菜食用，根可制作饮料。

罗马圣彼得大教堂
（E. Thérond 画，Meunier 刻）

断裂，没有缺漏？是建筑术，还是印刷术？

是印刷术。不要糊涂，建筑已经死亡，无可挽回地死去，被印刷书籍杀死，因为不能持久保存而被杀死，因为成本更贵而被杀死。每一座大教堂都是多少个亿。我们现在要想想，要有多大的成本投资，才能复写建筑之书，才能在大地上让千百座建筑物重新纷纷矗立，才能重返那样的年代，大型建筑群如此众多，据一位目击证人说："仿佛世界抖一抖，甩掉身上的旧衣服，披上一件教堂的白衣服。"[177]（脸上无须的拉乌尔[178]）

---

[177] 这段引文之后，有拉丁文原文。

[178] "脸上无须的拉乌尔"（拉丁文作 Glaber Radulphus，今译成法文是 Raoul le Glabre），是生活在 11 世纪中叶法国格吕尼的富于情趣的僧侣。他是 10 世纪到 11 世纪中叶的编年史作家，是法国历史学家米什莱的主要参考对象。

一本书马上印好，所费无几，而可以远及他方。对人类思想在这样的斜坡上流转岂不大为吃惊？这并不是说建筑就不会在某地会有一处美丽的胜迹，有一座孤立的杰作。在印刷术一统天下的时候，完全可以不时出现一座铜柱，我想由浩荡的大军用一门门大炮熔铸而成，正如在建筑一统天下的时候，我们有一部部《伊利亚特》[179]《叙事歌谣》[180]《摩诃婆罗多》[181]《尼伯龙根之歌》[182]，这些由一个民族吟诵、积累、融合而成的史诗。一位天才的建筑师可能会在二十世纪匠心独运，正如十三世纪有匠心独运的但丁[183]。但是，建筑不再是社会的艺术，不再是集体的艺术，不再是统治地位的艺术。人类的伟大诗篇、伟大建筑物、伟大作品，将不再建造而成，而是印刷成书。

从今往后，即使建筑术意外复兴，也不会再当家作主。建筑将会经受文学的法则，文学的法则从前是从建筑接受过来的。这两门艺术的各自地位将会颠倒过来。可以肯定地说，在建筑的年代诗篇稀少，确然，和大型的建筑物相同。印度的毗耶娑[184]像佛塔一般密密匝匝，古里古怪，晦涩难懂。在东方埃及，诗歌如同建筑物，具有宏伟和安静的线条；在古希腊，诗歌优美，安详，宁静；在基督教的欧洲，诗歌具有天主教的庄严，民众的天真，具有万物更新时植物的富庶和葳蕤。《圣经》如同金字塔，《伊利亚特》如同巴特农神庙，荷马如同菲迪亚斯。但丁在十三世纪，就是最后一座罗曼式教堂；莎士比亚在十六世纪，就是最后一座哥

---

[179] 《伊利亚特》（*Iliades*），希腊史诗。

[180] 《叙事歌谣》（*romanceros*），西班牙民谣集成。

[181] 《摩诃婆罗多》（*Mahabâhrata*），印度史诗。

[182] 《尼伯龙根之歌》（*Nibelungen*），德国史诗。

[183] 但丁（Dante，1261—1321）《神曲》的三大部分是诗人晚年完成的，于 15 世纪末出版。

[184] 毗耶娑（Vyasa）是传说中印度史诗《摩诃婆罗多》的作者，也是《吠陀经》的编辑者。

特式大教堂。

这样，我们对上文概而要之，必然会有失完整，会顾此失彼，人类有两本书，两本记录，两册圣约，即营造术和印刷术，即石头的“圣经”和纸质的《圣经》。大概，当人们静静地注视这两部向各个世纪打开的《圣经》时，可以对花岗岩文字显而易见的庄严感到惋惜，这是些用巨型字母写成的柱廊、基座、方尖碑，这些人造的山岳覆盖了世界和过去，从金字塔到钟楼尖塔，从凯奥普斯[185]到斯特拉斯堡[186]。应该借这些大理石的书页重温过去，应该欣赏和不断翻阅建筑术写下的大书，可也不应该否认印刷术随后竖起的宏伟建筑物。

这座建筑物巨大。我不知道有哪位统计员已经计算出来，把从谷腾堡以来从印刷机上印出来的所有书一本一本摞将起来，会填满地球到月亮之间的距离；而我们想谈的不是这方面的伟大。不过，人们在思想里企图勾勒时至今日印刷机产品的整体形象，这个整体难道不像一座其大无比的建筑物，背倚全世界，人类为之孜孜不倦地辛苦创作，而建筑物的巨大脑袋消失在未来的重重迷雾之中？这是人类智慧的蚁穴。人人的想象力，这些都是金色的蜜蜂带着各自的蜜糖来到这一座蜂房。一座成百上千层的大楼。我们看到楼上楼下，有科学黑乎乎的洞穴通向楼梯的过道，洞穴深处交叉贯通。而在建筑物的正面，我们肉眼看到艺术布满了自己种种的曲线，种种花窗和种种的花边。每一部个人的作品，纵然别出心裁，似乎独立成趣，都有自己的位置和棱角。和谐源自整体。从莎士比亚的大教堂，到拜伦[187]的清真寺，成百上千的小钟塔在这座人类

---

[185] 凯奥普斯（Chéops）是古埃及第四王朝国王，命令建造埃及最大的金字塔，中文通译成“胡夫金字塔”。

[186] 指斯特拉斯堡（Strasbourg）大教堂，13世纪动工兴建，至15世纪中叶完成，大教堂只有一座钟楼尖塔。

[187] 拜伦（Byron，1788—1824），英国浪漫主义抒情诗人。

共同思想的大都会里乱哄哄地拥挤在一起。大都会的底部，人们重写了几部人类古老的篇章，而建筑却未曾有过记录。入口的左侧，人们封上了尙马古老的纯白大理石[188]浮雕，在右边，多语种的《圣经》树起七个脑袋[189]。西班牙古叙事诗集这条水蛇在更远处竖起身子，还有一些杂交形式，如《吠陀经》，如《尼伯龙根之歌》。再说，这座神奇的建筑物始终没有最后完成。印刷机这座巨型机器，不断地抽取社会的全部知识精华，又不停地吐出自己的成果所需的新材料。整个人类都站在脚手架上。每个精英是泥瓦工。最卑微的人在堵塞他的窟窿，在加砖添瓦。雷蒂夫·德·拉布勒托纳[190]交来一筐石膏泥块[191]。每天，有一垛新的基墙砌成。在每位作家个人独特的投入同时，还有集体的贡献。十八世纪提供《百科全书》[192]。大革命提供《箴言报》[193]。当然，这又是一座建筑物，以无穷的螺旋形成长和积累。还会有语言的混合，从不间断的活动，不知疲倦的劳作，全人类艰苦卓绝的协作，提供智力的庇护所，应对一场新的洪水[194]，应付蛮族人的浸没。这是人类的第二座巴别塔[195]。

---

[188] 纯白大理石是希腊最美的大理石。

[189] 指七种语言文本的《圣经》，希伯来文，迦勒底文，希腊文，拉丁文，德文，斯拉夫文，和法文或意大利文。

[190] 雷蒂夫·德·拉布勒托纳（Rétif de la Bretonne，1734—1806），法国农民出身的多产作家，印刷商，主要作品有《巴黎夜话》和自传《尼古拉先生》等。

[191] 石膏泥块是粉刷白墙的材料。

[192] 《百科全书》由狄德罗和达朗贝尔于18世纪下半叶（1751—1772）主持出版。

[193] 《箴言报》（*le Moniteur*）于1789年创刊，全名是《宇宙箴言报》，主要介绍国民议会辩论的情况。

[194] 指《圣经》意义上的“洪水”。

[195] “巴别塔”（tour de Babel），《圣经》载：人类想建造通天塔，上帝令建塔者语言不通，无法交流，最后无法建成。雨果反其意而用之。

第 6 卷卷首插画：行刑人
(De Lemud 画，Adèle Laisné 刻)

I

Coup d'œil impartial sur l'ancienne magistrature.

Lévi — 27 7bre

C'était un fort heureux personnage en l'an de grâce 1482 que noble homme Robert d'Estouteville, chevalier, sieur de Beyne, baron d'Ivri et Saint-Andry en la Marche, conseiller et chambellan du Roi, et garde de la prévôté de Paris. Il y avait déjà près de dix-sept ans qu'il avait reçu du Roi, le 7 novembre 1465, l'année de la comète (1), cette belle charge de prévôt de Paris, qui était réputée plutôt seigneurie qu'office, *dignitas*, dit Joannes Læmnæus, *quæ cum non exigua potestate politiam concernente, atque prærogativis multis et juribus conjuncta est*. La chose était merveilleuse en 82 qu'un gentilhomme ayant commission du Roi et dont les lettres d'institution remontaient à l'époque du mariage de la fille naturelle de Louis XI avec monsieur le bâtard de Bourbon. Le même jour où Robert d'Estouteville avait remplacé Jacques de Villiers dans la prévôté de Paris, maître Jean Dauvet remplaçait messire Hélye de Thorrettes dans la première présidence de la cour du parlement, Jean Jouvenel des Ursins supplantait Pierre de Morvilliers dans l'office de

(1) comète, contre laquelle le pape Calixte [ordonna] des prières publiques, c'est la même qui [revient] en 1835.

作者第 6 卷第 1 页手稿

第六卷

一 不偏不倚地看古代的司法制度

时当耶稣基督纪元的一四八二年，身为骑士，贝纳[①]的老爷，伊夫里[②]和卫戍圣安德里[③]的男爵，国王的顾问和内侍，巴黎的司法官[④]，贵人罗贝尔·代斯杜特维尔[⑤]是个大富大贵的人物。几乎早在十七年前，那是一四六五年这彗星之年[⑥]的十一月七日，他获得国王任命他巴黎司法官的美差，这个职务被认为主要是实权，而不在于职务，诚如约翰·莱姆内斯所说："治安的大权已不小，众多的特权和权利，更加显要的高位。"[⑦] 一个贵族获得国王的委任，而任命的文书更早在路易十一的私生

---

① 贝纳（Beyne），欠详，如果指 Beynes，那是今伊夫林省的市镇。

② 伊夫里（Ivry）是今厄尔省的市镇。

③ 卫戍圣安德里（Saint-Andry en la Marche）是今曼恩和卢亚尔省地名。

④ 巴黎司法大臣（garde de la prévôté de Paris）行使国王在巴黎的代表职务。

⑤ 罗贝尔·代斯杜特维尔（Robert d' Estouteville）出身诺曼底的名门望族，1479 年逝世。

⑥ 雨果原注：教皇加里斯都是博尔吉亚的伯父，教皇因为这颗彗星下诏举行公众祈祷。1835 年重新出现的彗星和这颗彗星是同一颗星。塞巴谢认为此星不是哈雷彗星。

⑦ 原文是拉丁文。在索瓦尔的《巴黎古物考》一书中，引文本来指巴黎的"商界总管"（prévôt des marchants），而巴黎商界总管是事实上的巴黎市长，和王权对立。

女与波旁家族的私生子老爷成亲[⑧]的年代已经颁下。这在一四八二年可是件大好事情。当年罗贝尔·代斯杜特维尔接任雅克·德·维利耶的巴黎司法官的同一天，约翰·多韦师傅接替埃利·德·托雷特老爷最高法院首席法官的职务，约翰·朱韦内尔·代于尔森接任皮埃尔·德·莫维利耶的法国大法官一职，勒尼奥·代多尔芒解除皮埃尔·普伊的国王公馆审理官的职务。而自罗贝尔·代斯杜特维尔就任巴黎司法官以来，首席法官、大法官和审理官的职务又历经了多少颗脑袋！国王的诏书上说："准备接任"此职。当然，他接任很好。他抓住此职不放，他和此职融为一体，他做到此人便是此职，避过了路易十一这般走马灯换人的劲头，国王疑心病重，作弄人，不嫌烦，只求以不断任命、不断罢免的手法，非要维持自己收放自如的权力不可。更有甚者：这位可敬的骑士为自己的儿子挣得了官职世袭，早在两年以前，作为未来骑士的贵人雅克·代斯杜特维尔的名字，已经位列巴黎司法官俸禄一览之首，和他自己的名字并列。这当然是绝无仅有的莫大宠幸！罗贝尔·代斯杜特维尔的确是一名好军人，高高举着骑士的三角小旗，抗击"公益联盟"[⑨]，一四××年[⑩]王后莅临巴黎的当天，为她献上一盘精彩无比的果酱鹿肉，此外他和国王府邸的骑警总管特里斯唐·莱尔米特相交甚笃。罗贝尔老爷的生涯，真是轻松愉快的生涯。首先，酬报丰厚，还犹如一串一串的葡萄，外加司法官民事和刑事的书记收入，有夏特莱城堡下设法庭的民事和刑事收入，还不计芒特桥和科贝伊桥的那么一点过桥费，巴黎树苗税的收益，木柴堆砌工和食盐称量工的税收收益。还要加上在巴黎骑马巡视时

---

⑧ 1467年，波旁第五任公爵的具有继承权的路易迎娶原名玛格丽特·萨斯纳日的让娜，但婚约于1465年11月7日已订立。

⑨ "公益联盟"（Ligue du bien public）是贵族诸侯的联盟，于1464—1465年为反对路易十一的王权扩张发动的军事叛乱。

⑩ 应该是1467年，说明雨果写作时无暇核实年份。

身穿漂亮军装招摇过市的乐趣，那是行政官和警卫官半红半棕黑色的战袍，今天诸位仍能在诺曼底的瓦尔蒙修道院他的墓前雕刻上欣赏到，以及他在蒙莱里一前一后翘起的高顶盔。再说，这些就不必一提吗？随意支配十二名执达吏，夏特莱城堡的门卫和瞭望塔，夏特莱城堡的两名办案员，即“小城堡办案员”，十六个区的十六名警署长官，夏特莱城堡的狱吏，四名世袭警员，一百二十名骑警，一百二十名执杖警员，巡逻队长及其巡逻队、巡逻支队、巡逻分队和巡逻小分队。难道这些就不值一提？在巴黎这片如此荣耀地享有七位高贵大法官的子爵领地上，行使上上下下的审判权，行使巡视权、悬挂权和训练权，且不说无关紧要的初审司法权限（章程上所谓“初审权”）。还能想象得出有比罗贝尔·代斯杜特维尔老爷日复一日在大夏特莱城堡，在菲利普-奥古斯特宽阔、扁平的尖拱下断案更舒服的事情吗？每天晚上走回王府的内墙内，走进坐落于加利利街这座精致美观的住宅，这是他从妻子安布瓦兹·德·洛雷的让与权获得的产业，从打发走某个穷鬼的辛苦后恢复精神，让穷鬼走进“屠宰街的小棚屋”过夜，“巴黎的司法官和行政官习惯以此作为监狱，牢房十一尺长，七尺四寸宽，十一尺高”⑪。

罗贝尔·德·代斯杜特维尔老爷不仅有他巴黎司法官和子爵个人的司法权，而且他在国王的全国司法上也有份，也能看一眼，说几句。没有哪个头面人物会不经他的手就由刽子手下刀。正是他去圣安东街的巴士底狱找来德·内穆尔老爷，带到菜市场；去找德·圣波尔老爷，带到沙滩广场，后者不从，大叫大嚷，让司法官老爷大为开心，因为他不喜欢大将军老爷。⑫

显然，凡此种种，已是生活富足，名闻遐迩，足以为日后巴黎司法

---

⑪ 约合3.5米长，2.5米宽。

⑫ 见第一部第三章（1—21）的有关注释。

官的精彩历史添上浓墨重彩的一页。这部史书上载有乌达尔·维勒纳夫住屠宰街的宅第，纪尧姆·德·昂热置下萨瓦家的大小两处府邸，纪尧姆·蒂布把他在克洛班街上的几处住宅捐赠给圣热纳维耶芙的修女们，于格·奥布里奥仍然住在豪猪府邸[13]，以及诸如此类的业内掌故。

不过，罗贝尔·代斯杜特维尔老爷纵然有很多理由过他悠闲和舒心的生活，仍然于一四八二年一月七日早晨醒来，异常暴躁，心情恶劣。这般坏心情从何而来？也许，连他自己也说不清楚。是天色阴沉吗？是他蒙莱里腰带上的扣子没有扣好，把他司法官的胖肚子勒得太紧吗？是他看到窗下有流浪汉对他不屑一顾地经过，四个人一帮，紧身短上衣没有衬衣，帽子没有底，身边挂着褡裢和酒瓶？是他模模糊糊预感到未来国王查理八世来年会从司法官的收入中削减三百七十利弗尔又十六个苏八个德尼耶吗？读者可以自行选择，至于我们，我们则倾向于干脆认为：他心情恶劣，就因为他心情恶劣。

再说，这是节后的第二天，是人人都无聊的日子，对巴黎节后负责打扫物质垃圾和精神垃圾的高官尤其如此。此外，他得在大夏特莱城堡主持庭审。而我们曾注意到：通常法官们会安排好，让开庭的日子是个心情不好的日子，总得有个人出来，以国王和司法的名义，把一股脑儿的东西往他头上倾泻掉。

不过，法庭已经先开庭了。他的民事长官、刑事长官和其他长官，已经按照惯例，为他代劳了；从上午八点起，几十个男女市民在夏特莱城堡下设的法庭一个幽暗的角落里聚集成一堆，在一根粗大的橡木栅栏和院墙之间，满心欢喜地观看民事和刑事审判的各种各样好看的场面，由弗洛里昂·巴波迪耶纳师傅宣判，他是夏特莱城堡的办事员，是司法

---

[13] 雨果所写的本段材料，均取自索瓦尔的《巴黎古物考》一书。

官老爷的副手，有点乱哄哄，十分随便。

大厅很小，低矮，有拱顶。大厅深处有一张百合花图案的橡木大椅子，给司法官坐的，空着，左侧有一张给办事员弗洛里昂师傅坐的板凳。再下面是书记员，头发花白。对面是百姓；大门前，桌子前，有不少司法官的执达吏，穿白十字架图案的紫色羽纱的士兵。两个市政厅的执达吏，身穿诸圣节的紧身服，半红半蓝[14]，在低矮的关上的门前站岗，可以在桌子后面的底部看见。仅有一扇尖拱形窗子，紧紧嵌在厚实的墙内，一月份的灰白色光线照亮了两个古怪的脸形：一个是拱顶石上随意刻在悬饰上的石头魔鬼，一个是大厅深处坐在百合花上[15]的法官。

的确，请想象一下夏特莱城堡的办案人员弗洛里昂·巴波迪耶纳师傅，靠着司法官的桌子，在两摞案卷之间，支着肘子蹲下，脚下踩着素色棕红呢袍的末端，脸蛋藏在白色羔羊皮内，眉毛仿佛凸了出来，眨着眼睛，脸上好不神气地堆满两颊的肥肉，直到下巴处才合拢在一起。

而办案法官是个聋子。这对办案人员是个小小的缺点。弗洛里昂师傅并不因此而非常恰如其分地少做终审判决。当然，只要法官做出倾听的神情就可以了；而这位可敬的办案法官能更好地满足这个条件，这也是公正断案唯一的重要条件，因为没有任何声响会让他分心。

再说，他在法院的一举一动，更有一个铁面无私的监督者，就是约翰·弗鲁洛·杜穆兰，这个昨天的小学生，这个全巴黎任何地方都肯定会撞见的"步卒"，但教师的讲台前除外。

"看，"他低声对在身边冷笑的伙伴罗班·普瑟班说，对眼前的场面发表评论："这是荆棘丛约翰纳东，这个卡尼亚尔新市场的俏丫头！我敢说，这老家伙，会判她有罪！他的眼力不比他的听力好。戴过两串圣父

⑭ 红蓝两色应该是巴黎市的颜色。

⑮ 指有百合花王徽图案的坐垫。

的念珠[16]，罚十五个巴黎苏四个德尼耶！贵了点。‘法律无情。’”——“这又是谁！城头罗班，锁子甲老板！”——“业内公认的那位大佬?”——“他这是来缴费的。”——“哎！两个无赖里的大腕！苏安的小鹰，马伊的于坦[17]。两位骑手啊，他娘的！哈！他们玩过骰子啦。我什么时候会在这里看到校长啊！为国王罚款一百个巴黎利弗尔！巴波迪耶纳这家伙整人，像个聋子。”——“就是聋子！”——“如果我这样没法赌，我倒想像我代理主教的兄长；白天赌，夜里赌，活着赌，赌到死，赌它个精光精光！”——“圣母啊，多少姑娘！一个又一个，我的一头头小绵羊喔！女骑手安布瓦兹！省钱伊萨博！旋子贝拉德！老天哪，她们我都领教了！要罚！要罚！这教训教训你们束金腰带[18]！十个巴黎苏，骚娘们！”——“噢！法官这张老脸，又聋，又蠢！弗洛里昂这呆瓜！噢！巴波迪耶纳这笨伯！他上桌啦！他吃官司，他吃诉讼，他又吃，他又嚼，他塞得饱，他装得满。罚金，无主财产，缴税，费用，明的用钱，俸禄，损失和利息，动刑，监狱和牢房和缴费绊索，就是他圣诞节的甜食和圣约翰节的糖饼！你瞧瞧，这头猪！”——“得了！好！又来一位多情女！蒂博-蒂博德，正好是她！”——“敢走出格拉蒂尼街！”——“这年轻人干吗的?热弗鲁瓦·马伯纳，持弩巡警。他丢了父亲名字的脸。罚款，蒂博家闺女！罚款，热弗鲁瓦！两个人都罚款！老聋子！他把两笔账准搅糊涂了！十比一，让闺女罚粗话的钱，让巡警罚过夜的钱！”——“慢着，罗班·普瑟班！看他们带什么进来了！有这么多差役！老天哪！出猎的猎狗全来了。一头野猪。”——“来了一头，罗班，来了一头。”——“一头够棒的野猪！”——“赫丘利[19]在上，我们昨天

[16] 这是拉客的表示。
[17] “苏安”和“马伊”是两个地名。“于坦”有固执的意思。
[18] “束金腰带”也指招嫖的意思。
[19] 赫丘利是罗马神话中的大力士。

的大英雄，我们的愚人王，我们的敲钟人，我们的独眼龙，我们的驼背，我们的鬼脸！是伽西莫多！……”

来者正是。

正是伽西莫多，紧紧捆住，严严实实，麻绳扎牢，五花大绑，看管严密。他被巡逻队团团围住，夜间巡逻队长亲自带队，胸前绣着法兰西的王徽，背后绣的是城徽。[20] 而伽西莫多身上一无所有，只是一个丑八怪，何以说明要配上这么多的长戟和火枪；他脸色阴沉，一声不吭，安安静静。他的独眼对绑在他身上的束缚，难得恶狠狠地投出狡黠的一瞥。

他的目光也望望自己的四周，但目光黯淡，睡意朦胧，妇人家对他指指戳戳，只是嘲笑而已。这期间，办案法官弗洛里昂师傅认真地翻阅书记官交来的起诉伽西莫多的卷宗，一眼看过，一时间显得若有所思。也幸亏他每有审讯，事先想得周到，知道被告的姓名、身份和罪行，对事先估计到的回答作出事先估计得到的辩驳，以求从错综复杂的审问过程中脱身而出，不要让别人轻易猜到自己已两耳失聪。官司的卷宗对他而言就是盲人犬。如果，万一他的生理缺陷不小心露了馅，或者前言不搭后语，或者提的问题莫名其妙，会被有些人看成是深刻，而被有些人看成是愚蠢。但遇此两种情况，都无损法官一职的声誉；因为法官是笨蛋或高深，总比是聋子好。所以，他小心翼翼在众人眼里掩盖自己是聋子，通常也很成功，有时连自己对自己也产生了错觉。再说，这样其实也并没有所想象的难。每一个驼背都昂首阔步，每一个结巴都夸夸其谈，每一个聋子都低声细语。至于他，他自认为充其量，他的耳朵有点背而已。这也是他在实言相告时，他在反躬自省时，在这点上对公众舆论所能做出的唯一让步。

---

[20] 王徽是百合花，巴黎的城徽是船。

巡逻队
(G. Brion 画，Yon-Perrichon 刻)

等他把伽西莫多的案子好好消化以后，他向后仰起头颅，半闭双眼，显得更其威严，更其公正，此时此刻，他可是又聋又瞎。这两项条件如果没有，也就没有完美无缺的法官了。他这般威风凛凛，开始审讯。

"你的名字？"

而这个情况不在"法律事先估计到"的范围内：会有一个聋子提问另一个聋子。

伽西莫多对这个提问毫不知情，继续死死地望着法官，不作回答。法官对被告是聋子也毫不知情，以为被告和所有被告一样，已经回答，荒唐地镇定自若，继续审讯。

"好啊，你的年龄？"

伽西莫多对此问题还是一声不吭。法官以为回答满意，继续说：

"现在，你的职业？"

还是没有回答。听众席上开始交头接耳，面面相觑。

"行了，"沉着镇定的办案官又说，他估计被告已经陈述了第三个回答，"你在我们面前是被告：首先，夜间骚扰；其次，对一个疯女人使用不端的暴力行为，'伤害妓女'；其三，对我们国王陛下属下的弓箭手有反抗和卑劣行为。以上几点，你作何解释。书记员，被告的陈述你是否已经记下？"

对这个不合时宜的问题，从书记员到听众席，爆发出一阵哄笑，笑得如此猛烈，如此疯狂，如此有感染力，如此全体一致，连两个聋子也无法觉察不到了。

伽西莫多转过身来，鄙夷不屑地耸耸背上的驼背；而弗洛里昂师傅，和被告一般吃惊，以为观众的笑声是由被告有个不礼貌的回复引发的，他看到伽西莫多这样耸耸肩觉得显而易见，心中来气，斥责他道：

"大胆无赖，这样回答，想要上绞架啊！你可知道在对谁说话吗？"

这般气势汹汹没有能把全场爆发出来的开心压下来。众人反而觉得不伦不类，过于荒唐，最后狂笑都感染到大厅里的差役了，这些愚笨的奴才是千篇一律的愚笨。只有伽西莫多保持严肃的神情，因为他对四周发生的事情一窍不通。法官越发恼火，想应该继续这番口气说话，好借此吓唬住被告，对听众起到作用，让听众老实下来。

“那是说，你这个穷凶极恶之人，你是故意冒犯夏特莱城堡的办案官，巴黎庶民司法的委任法官，负责追查罪行、不法和不端行为；负责掌管各行各业，杜绝欺行霸市；负责清扫马路；负责取缔鸡鸭家禽和野生水禽的倒卖小贩；负责称量木柴，负责清除城市污泥和洁净传染病的空气；负责持续处理公众事务，一言蔽之，不求酬劳和俸禄！你是否知道：我叫弗洛里昂·巴波迪耶纳，司法官老爷的副手是也，还是特派官、侦讯官、督察官和检察官，拥有和司法官、大法官、商事法官和终审法官同等的权力！”[21]

聋子和聋子说话当然停不下来。弗洛里昂师傅口若悬河的夸夸其谈正到驷马难追的地步，老天知道他何时何地才会停将下来，突然，大厅深处的矮门打开，走进来的正是司法官老爷本人。

弗洛里昂师傅看到他进来，没有立即刹住，而是脚后跟转了半个圈，突然把斥责伽西莫多的演说冲向司法官：“大人，”他说，“我要求：对在场的被告严重和妙不可言地冒犯司法，请处以刑罚。”

他气喘吁吁地坐下，擦拭从额头滴下的涔涔汗水，如同泪水，浸湿了摊开在他面前的羊皮纸。罗贝尔·代斯杜特维尔老爷眉头一皱，对着伽西莫多作了一个来势汹汹、用意明显的动作，连聋子也明白了点意思。司法官严厉地对他说道：

---

[21] 据研究，这大段的独白，非作者杜撰，源出杜布勒的《巴黎古代戏剧》一书。

提审伽西莫多
(De Rudder 画，Méaulle 刻)

"坏蛋，你做了什么好事到这儿来?"

可怜虫以为司法官问他名字，打断通常保持的沉默，从喉咙里粗声粗气地回答：

"伽西莫多。"

这个回答是驴唇不对马嘴，狂笑声又响起来，罗贝尔老爷气得涨红了脸："你也嘲笑我，大混蛋?"

"圣母院的敲钟人。"伽西莫多答道，以为是给法官解释自己的身份。

"敲钟人!"司法官又说，我们已经交代，他早上醒来时心情很恶劣，即使没有这般离奇古怪的回答，火气已然很大："敲钟人！我要让你用细软的枝条，躺着给全巴黎的大街小巷敲响钟乐。听好了，无赖?"

“如果你要知道我的年龄，”伽西莫多说，“我想到圣马丁节，该有二十了。”

这一下惹火了，司法官忍无可忍。

“哈！你蔑视司法官，混蛋，众位执杖执达吏老爷，你们给我把这个坏蛋拉到沙滩广场的示众柱去，给我又打、又转一个小时。该死的，让他知道我的厉害！我要巴黎子爵领地的全部七处地方，听到本次审判的告示，并有法庭指定的四喇叭伴奏。”

书记员立即把判决词笔录下来。

“奶奶的！好一个判案！”小个子学生约翰·弗鲁洛·杜穆兰在角落里嚷道。

司法官转过身来，重又把冒出金星的眼睛盯着伽西莫多。“好像这个混蛋说‘奶奶的！’书记员，说粗话加罚十二个巴黎银币，其中一半给圣厄斯塔什教堂入账。我对圣厄斯塔什教堂分外虔诚。”

不消几分钟，判决书拟就。内容简单明了。巴黎的司法权限和子爵领地的惯例法，当年还没有被法院院长蒂博·巴耶和次席检察官罗杰·巴尔纳加以改动；当时的惯例法没有被两位法学家于十六世纪初，在巴黎树起的烦琐程序的高干大木所阻塞。一切都清楚、简洁、明白无误。直接奔向目标，不见荆棘，不见弯道，立即在每条小路的尽头，远远看到是车轮刑，是绞架，或是示众柱。至少，大家知道去什么地方。

书记员给司法官呈上判决书，他在判决书上盖上自己的印鉴，走出大厅，去巡视各个法庭。这天的心情会给巴黎的各处牢房增加人头。约翰·弗鲁洛和罗斑·普瑟班在暗暗地笑着。伽西莫多望着这一切，一副无所谓又吃惊的样子。

此时，书记员在轮到弗洛里昂·巴普迪耶纳阅读判决书要签字时，为被判刑的可怜虫动了恻隐之心，希望能从轻发落，尽量走近办案法官的耳边，指指伽西莫多对他说："此人是聋子。"

他本来希望，共同的残疾，会让弗洛里昂师傅对犯人同病相怜。可是首先，我们已经注意到，弗洛里昂并不在乎旁人发现他是聋子。其次，他耳朵背得厉害，书记员的话他根本没有听见，不过，他要装出听见了的样子，答道："啊！啊！这就不同了；我事先不知道。这样吧，加一小时示众柱。"

他这就在更改后的判决书上签了字。

"这就好了，"罗班·普瑟班说，他对伽西莫多还是怨恨在心，"这给他粗暴待人一个教训。"

二　老　鼠　洞

请允许我们把读者带回沙滩广场，我们昨天和甘果瓦为追逐爱斯梅拉达姑娘，一起离开了广场。

上午十点；广场上处处是昨天过节的痕迹。石头路面上满是碎屑：饰带，破布，羽毛，火炬滴下的蜡油，大家大吃大喝留下的残羹剩饭。我们要说，好多市民来"溜达"，用脚踢踢节日篝火熄灭后烧焦的木柴，一边在吊脚楼前不胜唏嘘，回忆起昨天美丽的帷幔，望望今天最精彩的事情，是最后的乐趣了。卖苹果酒和大麦啤酒[22]的小贩，在人群中间滚动着酒桶。几个行色匆匆的路人来来去去。店铺老板在聊天，从店堂门槛上彼此招呼。人人口里说的是过节、使臣、科贝诺尔和愚人王；竞相议论，欢声笑语。此时，四名骑警在示众柱的四角站好，已经把大多分

---

[22] 大麦啤酒（cervoise）是古代高卢人的饮料，中世纪仍流行。

散的“百姓”吸引到广场上来，现在被迫动弹不得，百无聊赖，希望能看到一场有点意思的行刑。

现在，如果读者先静静注视在广场各处展现的这一幕生动活泼、熙熙攘攘的场景，再朝罗兰塔这座半哥特式、半罗马式的古代房子望去，位于河滨朝西的一隅，便会在建筑物正面的角上，看到一本公用的日课经大书，有大量手绘的彩色插图，上有小披檐，可挡雨水，也防偷盗，装有铁栅栏，但不妨碍翻动书页。靠着这本日课经，有一座窄窄的尖拱形天窗，由两根十字形交叉的铁条封住，面朝着广场；在老房子厚实的墙面底层开出来的一个没有门的小屋，是唯一有空气和光线进入的开口处，一旁便是巴黎行人最多、声音最杂的公共广场，四周熙攘往来，人声鼎沸，更显出深沉的寂静，更显得沉寂到沉闷。

将近三百年来，这个斗室在巴黎很出名。罗兰塔的罗兰夫人，为在十字军东征中死去的父亲守孝，在自己家里的大墙上，叫人开挖出这间斗室；她把自己禁闭于此，终身不出，为自己的宫殿仅仅留下这间小屋，把门堵死，不论暑天或是寒冬，天窗朝外开着，而把整幢宫殿捐赠给穷人和上帝。以后，这位悲痛的千金小姐，在这座提前筑成的坟墓里，为死亡等待了二十年之久，夜以继日，为父亲的亡魂祈祷，在灰堆上躺卧，甚至不用石头当枕头，身披黑色粗布，只靠有善心的行人在天窗的窗沿放下的面包和水度日，先是自己施舍行善，现在接受别人的施舍救济。她逝世时，行将进入另一处墓室，把这间墓室永久遗赠给哀伤的女人，或是母亲，或是寡妇，或是少女，她们要为别人或为自己祈祷，她们愿意在巨大的痛苦中，在赎罪的苦行中活埋自己。她同时代的穷人用眼泪和祝福，为她举行隆重的葬礼；只是令穷人大失所望的，是这位孝女未能封圣，因为没有后台。穷人里有些蔑视宗教的人，曾经希望这件事在天堂里办比在罗马办更容易，既然教皇不办，干脆就为死者祈求上帝。

大部分人满足于记得罗兰家女儿是个圣人，把她的破衣烂衫当作圣物。而全城为这位小姐设立一册公用的日课经，众人把经书封存在斗室的天窗附近，好让行人不时停下脚步，即便是祈祷，祈祷使人想起施舍，让罗兰夫人地下斗室的继承者，那些可怜的隐修女，不至于都死于饥饿和遗忘。

再说，这一类的坟墓在中世纪的城市里，也并不十分稀罕。经常在车水马龙的街上，在花花绿绿、喧哗嘈杂的市场，就在正中间，就在马蹄下，可以说就在大车的轮子下，一处地窖，一座枯井，一座封死有栅栏围住的小木屋，里面有个人在日夜祈祷，自觉自愿，今生今世，哀号不止，献身于绝不回头的赎罪。这种匪夷所思的景象，今天会引发我们种种的思考；这间恐怖的小屋，是住家和坟墓之间、是墓地和城市之间的一环；这个和人类集体隔绝、从今以后被视作死人的活人；这一盏在黑暗中耗尽最后一滴油的油灯；这个在大坑里摇摇晃晃的一丝生命；在一函石盒里的这个呼吸，这个声响，这个永恒的祈祷；这张永远面向另一个世界的脸，这只已经被另一个太阳照亮的眼睛；这只贴在坟墓内壁的耳朵；这个被囚禁在这个躯体里的灵魂；这个被囚禁在这间牢房里的躯体，在这肉体和岩石的双层外壳之下，这颗受苦的灵魂在颤抖；而这一切的一切，群众丝毫没有觉察到。那个时代的虔诚又是粗枝，又是大叶，看不到这样的宗教行为有丰富的细枝末节。群众笼统地看待事物，尊重，敬重，必要时会神化牺牲精神，但没有分析其中的苦难，泛泛地表示同情。群众给可悲的赎罪人带来一点基本的口粮，透过窟窿看看他是否还活着，既不知其姓名，对他何年何月开始死去也不甚了了，当外乡人问起正在地窖里腐烂的这具有生命的骷髅，如果是男人问，邻居简单回答："是个隐修士"；如果是女人问，则答："是个隐修女"。

老鼠洞

（G. Brion 画，Yon-Perrichon 刻）

当年是这样看待一切的。没有玄想，没有夸张，也没有放大镜，仅用肉眼看。显微镜还没有发明出来，对物质的东西如此，对精神的东西也是如此。

再说，虽然人们对此见怪不怪，正如我们上文所说，但这一类例子在城市里事实上很常见。巴黎就有相当多这种用来祈求上帝、在此赎罪的独居小屋，几乎都有人住。确然，神职人员并不在乎让这种独居室空闲，这就说明信徒的热情不高，而没有赎罪者的时候，就把麻风病人放进去。除了沙滩这间，隼山也有一间，圣婴公墓的藏骸所也有一间；还有一间我记不得了，我想是在克里雄住宅，别的许多地方也有，如果没有古迹为证，当地也有传闻可寻。大学区也有自己区里的独居小屋。在圣热纳维耶芙山上，有个中世纪的约伯[23]式人物，三十年来在一个积水池深处的厩肥上唱赎罪的七首圣诗，唱完了又唱，夜里唱得更响，“黑暗里歌声嘹亮”[24]，今天的古物研究者走进“说话井”[25] 时，会感到仍能听见他的声音。

我们仅限于谈罗兰塔的小屋，我们可以说小屋从来不缺隐修女。罗兰夫人逝世后，难得有一二年空缺。很多妇女来此哀哭起自己的父母、情人和错误。巴黎人说缺德话，什么都不放过，甚至是毫不相干的事情，说小屋子不怎么见到有寡妇。

根据当时的风尚，有一则刻在墙上的拉丁文题词，告诉有修养的过路人这间小屋的虔诚用途。这个惯例一直保留到十六世纪的中叶，借一则写在大门上方的简短格言，来解释一幢建筑物。如是，我们在图维尔[26]领主之家的监狱窗口上方，读到“安静！希望吧！”在爱尔兰，在福

㉓ 约伯（Job）是《圣经》人物，由富人沦为赤贫，但坚持不失信仰。

㉔ 原文是拉丁文。语出罗马诗人维吉尔的《埃涅阿斯记》。

㉕ 塞巴谢教授指称，此街今天是亨利四世中学南的阿米奥街。

㉖ 图维尔（Tourville）是法国小镇，雨果 1825 年访问过此地。

蒂斯丘城堡，大门上的盾徽下面："强大的盾牌，公爵的救星"[27]；在英格兰，在考珀伯爵接待庄园的大门口："属于你的。"当时，一幢建筑物，就是一个思想。

由于罗兰塔堵死的小屋无门，有人在窗的上方，用粗大的罗马字体刻下四个字：

"你，祈祷吧！"

老百姓看事物的见识不那么细腻，把"献给路易大帝"有意读成"圣德尼门"[28]，把这处又阴暗、又潮湿的黑窟窿叫作"老鼠洞[29]"。这个解释也许不如前一个崇高，但却形象生动。

三 玉米饼的故事[30]

在这则故事发生的年代，罗兰塔的独居小屋里有人居住。如果读者想知道住的是谁，只需听听三位大嫂的谈话。我们请读者注意老鼠洞的时候，她们恰好从同一侧过来，顺着河边，从夏特莱往沙滩行走。

其中两位妇女是巴黎上层市民的穿着。她们细致的白色襟饰，条纹毛织物的红蓝色裙子；白色编织的紧身长裤，裤管底端有彩色刺绣，穿在脚上很挺；黑色后跟的毛皮方头皮鞋，尤其是她们的发型，这类挂满金属片的角状饰，堆满缎带和花边，今天香槟地区的妇女仍然戴着，和

㉗ 原文是拉丁文。"强大的盾牌"蕴含一段历史：罗贝尔·勒弗尔（le Fort）是征服者威廉的战友，在黑斯廷斯战役中，把自己的盾牌盖住征服者威廉，救了公爵一命。征服者威廉成为英格兰国王后，赐姓"强大的盾牌"（Fortescue）。

㉘ 原文是拉丁文。此门本是凯旋门，今存。

㉙ "老鼠洞"的法语读音，接近拉丁文"你，祈祷吧"的谐音。（Tu ora＝trou aux rats）

㉚ 雨果的手稿上，这一章最初的题目是"烟花女孩子的故事"。

俄罗斯皇家卫队的掷弹兵有得一比，显示出这两人属于富商阶级，身处仆役称呼的“女人”和“夫人”的中间层次。两人不戴戒指，也不戴金十字架，一眼就明白：她们不是穷，而干脆就是怕罚款。她们的女伴打扮大体相仿，但她的服饰和举止有一种我说不上的外省公证人妻子的感觉。看到她的腰带系到臀部之上，可见她到巴黎为时不久。还有，领饰有褶皱，鞋子的缎带打结，裙子的条纹呈横向的，而不是纵向的，还有很多很多不伦不类处有伤高雅的趣味。

前面两位走路是巴黎女人特有的步态，带外省女人来看看巴黎。外省女人手里搀着一个胖男孩，男孩的手里拿着一个大饼。

我们恼怒地补充一句：季节严寒，他拿舌头当手帕用。

孩子被拖着走，如维吉尔所说，“*一脚长，一脚短*”[31]，跌跌撞撞，让母亲惊叫不已。也是，他看的是饼，不是地上。大概有什么重大的原因，不让他咬饼，只是温柔地望着饼就满足了。而母亲本该是自己管着饼的。把脸蛋胖乎乎的胖男孩，变成坦塔罗斯[32]，好不狠心。

此时，三位小姐（“夫人”一词当年只指贵族妇女）齐声说话。

“我们赶快，马耶特。”三人中最年轻的对外省女人说，她也是最胖的，“我很担心，我们会到得很迟。在夏特莱，有人对我们说，马上就带他去示众柱。”

“啊，得！你这话算什么呀，乌达德·穆斯尼耶小姐？”另一个巴黎女人接着说，“他要在示众柱待两个小时。我们有时间。你看过示众柱上示众吗，亲爱的马耶特？”

“看过，”外省女人说，“在兰斯。”

㉛　原文是拉丁文。语出维吉尔的史诗《埃涅阿斯纪》。

㉜　坦塔罗斯（Tantale），希腊神话中被天神罚入地狱，身在水里，却喝不到水，身旁有果树，却吃不到果实。

“啊，得！这算什么，兰斯的示众柱？一只差劲的木笼子，笼子里只转转农民。这个才好看！”

“转转农民！”马耶特说，“在呢绒市场！在兰斯！我们看过十分英俊的犯人，都杀过父母亲！转转农民！你当我们什么人啦，热尔韦兹？”

外省女人为她示众柱的面子，肯定会接着生气。幸好谨慎的乌达德·穆斯尼耶小姐及时转移话题。

“对了，马耶特小姐，你说说我们的佛兰德使臣怎么样？兰斯有这么漂亮的使臣吗？”

“我承认，”马耶特回答，“只有巴黎可以看到这样的佛兰德人。”

“你见过使团里这位高大的鞋帽商大使吗？”乌达德问。

“见过，”马耶特说，“他的样子像个萨图恩[33]。”

“还有那个胖子，脸蛋像光光的肚子？”热尔韦兹又说，“还有那个小个子，那小眼睛四周的红眼皮，又碎又烂，像是大蓟的头？”

“他们的马才好看呢，”乌达德说，“这些马像是国内时髦的打扮！”

“啊！亲爱的，”外省女人马耶特打断话头，轮到她自己摆出一副优越的架势，“你们又会怎么说，如果能看到六一年兰斯的加冕礼，就在十八年前，那些王太子的马匹，国王的扈从各式各样的马甲和马饰，有的马饰用大马士革呢绒，用金线的优质呢料，饰以紫貂皮；有的用天鹅绒，饰以白鼬的黑尾巴；有的挂满金银饰品，挂满金质银质的钟形装饰！这得要花费多少开支啊！骑在马上的侍从，都是漂亮的孩子！”

“这并不影响，”乌达德小姐反唇相讥道，“佛兰德人有出色的骏马，他们昨天在商界总管老爷的府上，享用精美的午餐，在市政厅，给他们上了糖衣果仁，滋补蜜酒，餐后甜品，和其他特色点心。”

㉝ 萨图恩（Saturne）是罗马神话里的农神，具有贤明君主的形象。

三位大婶
(De Lemud 画，Adèle Laisné 刻)

“你说什么呢?”热尔韦兹叫道，“佛兰德人是在红衣主教老爷的府上用膳的，在小波旁宫。”

“不对。在市政厅！”

“哪里的话。在小波旁宫。”

“肯定是在市政厅，”乌达德尖刻地又说，“斯古拉勃尔博士给他们用拉丁文致辞，他们很是满意。是我宣誓书商的丈夫告诉我的。”

“肯定是在小波旁宫，”热尔韦兹迫不及待回应，“红衣主教老爷的检察官给他们招待如下：一打上等滋补蜜酒，有白酒、玫瑰红酒和红酒，二十四盒上等里昂杏仁小饼；相同数量的两磅装柳条圈；六桶博纳[34]葡萄酒，有白酒和玫瑰红酒，都是极品酒。我希望这是好事。我是从我丈夫那里获知的，他是市政厅的五十人团[35]团长。他上午把佛兰德人和约翰神甫[36]和特拉布宗[37]皇帝的使节做过比较，他们在先王在世时都是从美索不达米亚来巴黎的，耳朵上戴耳环。”

“千真万确，他们在市政厅吃的饭。”乌达德回答，并不为别人讲得头头是道所动，“从没有见过这样的酒池肉林，堆满果仁甜食。”

“我呀，我对你说，是由衙役勒塞克在小波旁宫伺候的，你这就错了。”

“是在市政厅，我对你说！”

“是在小波旁宫，亲爱的！都用幻灯在大门上点亮‘希望’两个字。”

“在市政厅！在市政厅！甚至有俞松-勒伏瓦演奏笛子！”

“我对你说不是！”

“我对你说是。”

“我对你说不是。”

㉞ 博纳（Beaune）是法国勃艮第产酒区的首府，产美酒。

㉟ 五十人团，指中世纪巴黎每区设 50 人组成的部队。

㊱ 约翰神甫（Prete-Jan）指埃塞俄比亚传说中的君主，自称是圣经人物所罗门的后裔。

㊲ 特拉布宗皇帝（Trébizonde）今天是土耳其在黑海的港口城市。这些都反映出妇女道听途说的猎奇心理。

胖太太乌达德准备反驳，争吵都争到脸红脖子粗了，要不是马耶特突然叫一声：“看呐，在桥那头围了一堆人！他们在看人群里的什么东西。”

“对啊，”热尔韦兹说，“我听到铃鼓响。我想是斯梅拉达[38]小姑娘和母山羊在做把戏啦。快，马耶特！快走，带着你的男孩。你到这儿来是见识巴黎的新鲜玩意儿。你昨天见了佛兰德人，今天要看看埃及女人。”

“埃及女人！”马耶特说着折返原路，使劲握住儿子的胳膊，“上帝保佑我！她会偷走我孩子的！——过来，厄斯塔什！”

她立即在去沙滩的码头上奔跑，直到把桥甩在身后。这时孩子被她拖着走，跌下来跪在地上，她才上气不接下气停下步来。乌达德和热尔韦兹赶上了她。

“这埃及女人会偷走你孩子?”热尔韦兹说，“你的想法好古怪。”

马耶特沉思着摇摇头。

“古怪的事情，”乌达德注意到，“麻袋女[39]对埃及女人也是这样的想法。”

“什么叫麻袋女?”马耶特说。

“嘿！”乌达德说，“古杜勒修女[40]。”

“古杜勒修女？这是什么?”

“你真是兰斯人，不知道这个！”乌达德回答，“这是老鼠洞里的隐修女。”

“怎么?”马耶特问，“这个我们要给她送饼去的可怜女人?”

乌达德点点头。

---

[38] 民间对“爱斯梅拉达”这个名字有多种稀奇古怪的叫法，此为其一。

[39] 法国国王圣路易创办“耶稣基督苦行修士会”，修士仅以麻袋蔽身，俗称“麻袋修士”，修女称“麻袋女”。

[40] 古杜勒修女（Sœur Gudule），本是布鲁塞尔的主保女圣人，712年卒。

“真是她。你会马上在她对着沙滩的天窗里见到她。她对这些流浪的埃及人和你一样看法，他们敲敲铃鼓，给路人算算命。不知道她为何对吉卜赛人，对埃及人会这样感到恐怖。不过你呢，马耶特，那你一看到他们，就这样拔腿奔跑啊?”

“唉!”马耶特一边说，一边两只手抱住自己孩子的圆脑袋：“我可不想在我身上发生帕克特-花艳丽的事情。”

“啊！那你要给我们讲个故事啦，我的好马耶特。”热尔韦兹说着握住她的胳膊。

“我可以讲，”马耶特说，“你们真是巴黎人，才会不知道！那我来对你们讲，”——“不过我们不必停下来讲”——“帕克特-花艳丽当年是个十八岁的美丽姑娘，和我当时同年，就是说十八年前，她今天不像我，是个三十六岁的胖乎乎的年轻母亲，有个男人，有个男孩，这是她的过错。再说，一过十四岁的年纪，那就晚啦!”——“这是兰斯的船头行吟诗人吉贝尔多的女儿，正是给举行加冕礼的查理七世[41]演唱的那位行吟诗人，当时国王沿着我们的韦勒河，从西勒里到穆伊宗顺河而下[42]；当时圣女贞德也在船上。老父亲逝世时，帕克特还是个孩子；她和母亲相依为命，母亲是马蒂厄·普拉东老爷的妹妹，老爷在巴黎巴兰-加尔兰街上开设黄铜制品和铜锅铺子，去年才过世。你们看，她是好人家出身。母亲是个善良女人，不幸的是没有教会帕克特什么本领，只会做点装饰用的发带和小摆设，却让丫头长得人高马大，但穷光蛋一个。母女俩住在兰斯，就在河边的犯忧街。请注意，我想这正是给帕克特带来不幸的原委。到六十一年，这是上帝保佑吾王路易十一加冕的年份，帕克特那么欢天喜地，那么漂亮动人，走到哪儿人都叫她花艳

---

[41] 查理七世于1430年，在贞德的护持下，在兰斯大教堂举行加冕礼。

[42] 在兰斯自东向西，大约20多公里。

丽。”——“可怜的姑娘!”——“她一口漂亮的牙齿，她爱笑，好把牙齿露出来。而爱笑的姑娘在走向哭；美丽的牙齿毁了美丽的眼睛。这就是花艳丽姑娘。女儿和母亲艰难度日；乡村乐手死后，她们便一蹶不振；编编发带，她们每周赚不到六个德尼耶[43]，还不到两个老鹰里亚[44]。吉贝尔多老爹一次加冕礼唱一首歌，挣到十二个巴黎苏的时代一去不返啦!一年冬天，”——“还是六十一年那年”——“两个女人家的家里没有大木柴，也没有小柴火，偏偏是酷寒，让花艳丽姑娘的脸色无比美丽，男人都叫她‘帕克特[45]’，很多人叫她‘小帕克特’！她这就完了。”——“厄斯塔什！我看见你在啃饼吃!”——“我们立马看着她完蛋，一个星期天，她到教堂来，颈子里挂着一个金十字架，”——“才十四岁！你们见过吗?”——“先是年轻的科尔蒙特勒伊子爵，他家的钟楼离兰斯不足一法里[46]之遥；接着是亨利·德·特里昂古尔老爷，国王的饲马官；接着每况愈下，有希阿尔·德·博利昂，军士长；接着等而下之，是格里·奥贝容，国王餐桌侍臣；接着是马塞·德·弗莱普，太子老爷的理发师；接着是特弗南-勒穆瓦纳，王家跟班；接着总是年纪越来越大，地位越来越低，最后跌到纪尧姆·拉辛，拉琴的行吟诗人；跌到滨海蒂埃里，路灯的点灯夫。到这时，可怜的花艳丽啊！她来者不拒，委身于人。她卖完了少女身上的最后一点财富。各位小姐，我还能说什么呢？就在六十一年的加冕礼时，正是她上了民兵头头的床!”——“都在这一年!”

马耶特唏嘘不已，抹了抹滚下来的一滴眼泪!

“这则故事算不上太过离奇，”热尔韦兹说，“故事里没有埃及人，也没有孩子啊。”

---

[43] 德尼耶（denier）是小钱，等于1/12个苏。

[44] 里亚（liard）等于1/4个苏。

[45] 帕克特（Paquette）是雏菊的别称。

[46] 1法里等于4公里。

帕克特和她的女儿
(De Lemud 画, Pannemaker fils 刻)

“别急！”马耶特说，“孩子呢，马上就有一个孩子”——“到六十六年，到圣保萝节[47]的这个月，帕克特快一十六岁了，产下一个小女儿。不幸的女人！她高兴极了。她盼望有个孩子很久了。她母亲，那个从来只知道闭上眼睛的好女人，她母亲死了。帕克特在世上无人可以爱，也无人爱她。她沉沦五年了，花艳丽姑娘真是个可怜的女人。她孤苦伶仃，在这样的生活里孤身一人，被人指指戳戳，街上被人嘘叫，被巡警殴打，被小叫花子嘲笑。接着，二十岁来了。二十岁，这是情娘的暮年。干傻事挣的钱，也开始不比编织发带多。额头上多一条皱纹，一个埃居[48]跑了；冬天又艰难起来，今后，炉灰里的木柴，和面包箱里的面包，变得越来越少。她无法再干活儿，因为贪图享乐，人就懒了，她的痛苦多着呢，因为她一懒惰，更贪图享乐。”——“至少，圣雷米[49]的本堂神甫老爷这样解释，为什么这些女人到老的时候，比别的穷女人更挨冻，更挨饿。”

“对啊，”热尔韦兹一旁说，“可是埃及人呢？”

“等一下嘛，热尔韦兹！”乌达德说，她的注意力并不着急，“那最后结果会是怎样，如果一切回到了开头？继续讲，马耶特，请吧。这个可怜的花艳丽！”

马耶特继续往下讲。

“她真的很伤心，很悲惨，以泪洗面，形容枯槁。可是，在她蒙羞时，在她犯傻时，在她被遗弃时，她似乎并不感到羞耻，并不感到犯傻，并不感到被遗弃，只要世上能有什么东西可以爱，有什么人会爱她。只求有一个孩子，因为只要有个孩子是无辜的，这就不会一团糟。”——

---

[47] 圣保萝节在1月26日。

[48] 埃居（écu）值3—6个苏，是一笔大钱。

[49] 圣雷米是兰斯最古老的教堂。

“她看明白了这一点以前，试图爱上一个窃贼。就这个男人还能要她。可没多久，她发觉窃贼也蔑视她。对这些情娘，有一个情郎，或者有一个孩子，才能充实她们的心。否则，她们也太不幸了。没能有个情郎，她转而拼命要个孩子，因为她始终很虔诚，她为此反复向仁慈的上帝祈祷。仁慈的上帝也怜悯她，给了她一个小姑娘。她的喜悦，我对你们就不说了：狂热的眼泪、安抚和亲吻。她自已给孩子喂奶，用被子给孩子做尿布，这是她床上仅有的一条被子，她感觉不到冷，感觉不到饿。她又变得美丽起来。老姑娘变成年轻母亲。又有人来献殷勤，又有人来看花艳丽姑娘了，她的商品又有顾客上门了，她借种种恶心的事情，做成小衣服，小童帽，小围嘴，花边小衬衣，和丝绸小圆帽，甚至想不到再买一床被子。”——“厄斯塔什老爷，我已经对你说过不要吃饼。”——“当然，小阿涅丝”——“这是女孩的名字，是教名；因为长久以来，花艳丽姑娘一直没有姓氏”——“当然，这个小丫头全身裹的缎带和刺绣，比多菲内[50]的继位公主[51]更多!”——“这个小丫头还有一双小鞋，国王路易十一小时候肯定也没有穿到过！是母亲亲手为她缝制和绣成的，母亲为小鞋用上编织发带的全部精细手艺，饰以仁慈的圣母袍子上的各种流苏和穗子。”——“这是一双世上从来没有人见过的细巧的粉色小鞋。小鞋至多和我的大拇指一般长，只有看到女孩的小脚从小鞋里出来，才会相信小脚能穿得进去。这双小脚真是小，真是漂亮，真是粉嫩！比小鞋的绸缎更粉更嫩!”——“乌达德，你以后有了孩子，才会知道世界上没有比这些小脚、这些小手更漂亮的东西了。”

“我求之不得呢，”乌达德叹了口气说，“我在等安德利·穆斯尼耶

---

[50] 多菲内（le Dauphiné）法国行省，1349 年并入法国版图，成为继位王子的采地。

[51] 多菲内的继位公主（Dauphine du Dauphiné）既是极尽夸张之辞，又是幽默的文字游戏。

老爷有好心情呢。”

“再说，”马耶特又说，“帕克特的女孩不只有一双漂亮的小脚。她四个月时我见过，这是个小爱神！眼睛长得比嘴大，一头黑黑的可爱的细发，已经卷曲起来。到十六岁时，会长成一个神气的棕色头发的女人！她母亲日复一日地为女儿入迷。她爱抚女儿，亲她，逗她，清洗，打扮，轻轻咬她！她为女儿昏了头，为女儿感谢上帝。尤其是对那双粉嫩的小脚，她没完没了的惊讶不已，都开心疯了，整天把嘴唇贴着小脚，无法摆脱这双小脚。她把小脚穿进鞋子，把小脚拔出来，反复端详，为之惊叹，对着日光斜看，自怨自艾想让小脚在床上学走路，恨不得一辈子跪下来，像对童年耶稣的脚，给这双小脚穿鞋和脱鞋。”

“这则故事千真万确，”热尔韦兹嫂子说，“不过，这故事里有埃及吗？”

“听着，”马耶特争辩道，“有一天，兰斯来了几个古里古怪的骑手模样的人。这是些叫花子，流浪汉，在境内行走，由他们的公爵、伯爵率领。他们有晒黑的皮肤，头发卷曲，耳朵带着银耳环。女人比男人更加丑陋。她们黧黑的脸，不戴帽子，身上穿一件蹩脚的短上衣，肩上一块粗线的旧布，头发长得像马尾巴。孩子们躺在他们的腿弯里，都会让猴子感到害怕。一帮被革出教会的人。这一大帮人，径直从下埃及经过波兰来到兰斯。据说，教皇听取他们的忏悔，给他们的惩罚是连续七年在世界上行走，不得在床上安寝；他们自称赎罪人，身上发臭。也许他们从前曾经是撒拉逊人[52]，信仰朱庇特，碰到持权杖的、戴主教冠的所有大主教、主教和神甫，索要十个图尔利弗尔。教皇有诏书，允许他们这样做。他们来到兰斯，以阿尔及尔国王和德意志皇帝的名义给人算命。

---

[52] 撒拉逊人（Sarrasins），欧洲中世纪称谓阿拉伯的穆斯林。

你们可以想到，也不为什么就禁止他们入城。于是，这一大帮人高高兴兴在布雷纳城门附近扎营，在这片有磨坊的小丘上，挨着从前采石场的坑口。兰斯的人谁都可以去看他们。他们看你的手掌，对你说说奇妙的预言，他们有本事给犹大[53]预言，说他会做教皇。这期间，关于他们的谣言四起：偷孩子，剪钱包，吃人肉。聪明人对笨蛋说：别去那儿，自己偷偷向他们那儿走去。都急不可耐。事实是他们说的一些话会让一个红衣主教都大吃一惊。打从埃及女人在孩子们的手上读出用异教徒文字和土耳其文写的种种奇迹，做母亲的无不为自己的孩子洋洋得意。一个母亲的孩子被读出是皇帝，另一个是教皇，还有一个是大将。可怜的花艳丽动了好奇心：她想知道她的孩子怎么样，要是她漂亮的小阿涅丝哪天成了亚美尼亚[54]的皇后或别的什么呢。她把女儿抱去见埃及人。埃及女人对孩子赞美不已，又是抚摸，又是用她们的黑嘴亲吻，对孩子的小手啧啧称奇，唉！让做母亲的大为高兴。她们尤其对孩子漂亮的小脚和小鞋人见人爱。女孩还不满一周岁，已经牙牙学语了，对母亲笑得像个小疯子，胖乎乎，圆滚滚，会做天堂里天使的千百种可爱之极的小动作。孩子对埃及女人很害怕，吓得哭了。可母亲对女儿亲个没完，带着算命女人对阿涅丝算出来的好命，欢天喜地走了。这会是一个美人，一份懿德，一位王后。第二天，她乘孩子在自己床上睡着的片刻（因为她总是把女儿放在身边睡），轻而又轻地让门虚掩着，奔出去告诉晒场街[55]的女邻居：会有一天，女儿阿涅丝吃饭时由英格兰国王和埃塞俄比亚大公伺候，以及其他说不完的趣事。她回家上楼时没有听到叫喊，心想：好哇！孩子睡得真香。她发觉门开得比自己走的时候大些，她走进房门，可怜

---

[53] 犹大（Judas）是耶稣弟子中出卖耶稣的人。

[54] 亚美尼亚（Arménie）是当时基督教世界最遥远的国度，已被伊斯兰教征服，代表了某个有待复兴的东方梦。

[55] 塞巴谢教授指：晒场街只是花艳丽所住的犯忧街的延伸而已。

的母亲，奔到床边……——孩子不在，床是空的。没有孩子的任何东西，只剩一只漂亮的小鞋。她冲出房间，飞下楼梯，接着开始用头撞墙，喊道：'我的女儿！谁抱了我的女儿？谁抢了我的女儿？'——空荡荡的街道，孤零零的屋子，没有任何人回答任何话。她走遍全城，搜索每一条街，整整一天，奔东，奔西，疯了，神情迷茫，样子可怕，在门上，在窗外，嗅了又嗅，像只丢失幼崽的野兽。她气喘吁吁，披头散发，面目狰狞，她眼中有火，烤干了眼泪。她拦住路人喊叫：'我女儿！我女儿！我漂亮的好女儿！谁把我女儿还我，我当他的女仆，给他的狗当女仆，狗要吃，就吃我的心。'——她遇到圣雷米的本堂神甫，对神甫说：'神甫老爷，我来用指甲耕地，可要把女儿还我！'——真是撕心裂肺，乌达德。我看到一个铁石心肠的男人，检察官蓬斯·拉卡勃尔师傅也哭了。——啊！可怜的母亲！——晚上，她回到家里。她不在时，有个女邻居看到两个埃及女人偷偷上楼，手里捧着一个包，又关好门后下楼，匆匆逃之夭夭。两个女人走后，有人听到帕克特屋子里像是有孩子的哭叫声。做母亲的哈哈大笑，仿佛插上翅膀上了楼，如同大炮撞开了门，进门……——可怕的事情，乌达德！不是她可爱的小阿涅丝，脸色红润，雪白粉嫩，这是仁慈上帝送来的礼物，而是一个小怪物，丑陋，瘸腿，独眼，畸形，在方石板地上爬行，乱叫乱嚷。她恐怖地捂住眼睛。——'噢！'她说：'难道是女巫把我女儿变成了这头怪兽？'——众人赶快抱起这个畸形的孩子，否则见了会让她发疯的。这是某个埃及女人委身魔鬼生下的小怪物。看上去四岁左右，说一种不是人的语言，说的字没法听懂。——花艳丽已经向那只小鞋扑了过去，这是她的爱女剩下的唯一东西。她扑在小鞋上久久地不动，不说话，没有气，大家都以为她扑在上面死了。突然，她全身发抖，发疯狂吻她的圣物，呜呜咽咽发泄了出来，仿佛心都碎了。我告诉你们，我们每个人都哭了。她不

埃及女人
(Foulquier 画，Rouget 刻)

断说，噢！我的好女儿！我漂亮的好女儿！你在哪里？听了会让你们痛断肝肠。我一想到这里就哭。你们知道，我们有孩子？这是我们的心，我们的肝。——我可怜的厄斯塔什！你多神气，你啊！你们知道他有多乖就好了！昨天他对我说，我，我要当巡警。噢，我的厄斯塔什！我可不能丢了你啊！——花艳丽猛地站起来，开始在兰斯城奔跑喊叫：到埃及人的营帐去！到埃及人的营帐去！叫差役烧死女巫！埃及人已经走了。——夜里漆黑黑的。没法追他们。第二天，在兰斯城外几里地，在格庄和蒂洛瓦之间[56]的灌木丛里，发现一大堆篝火的痕迹，还有帕克特女儿身上的一点缎带，还有点血渍，和山羊的粪便。过去的那一夜正好是星期六的夜里。大家毫不怀疑，埃及人在这片灌木丛举行巫魔的夜会，他们和魔鬼头子一起，把孩子吞吃了，伊斯兰教徒是这样做的。花艳丽得知这些吓人的事情后，她没有哭，她嚅动嘴唇，想要说什么，但说不出来。第二天，她的头发花白了。第三天，她消失不见了。"

"这真是一则好怕人的故事，"乌达德说，"都能让勃艮第人掉眼泪！"

"我不奇怪了，"热尔韦兹插上一句，"埃及人让你怕得这么厉害！"

"你刚才和厄斯塔什逃命逃得好，"乌达德又说，"那些人也是波兰的埃及人。"

"不是，"热尔韦兹说，"人家说他们是从西班牙和加泰罗尼亚[57]来的。"

"加泰罗尼亚？可能吧。"乌达德回答，"波兰，加泰罗尼亚，瓦洛尼亚[58]，这三个省，我总混在一起。反正，肯定是埃及人。"

"还有，"热尔韦兹也说，"埃及人的牙齿很长，能吃小孩。斯梅拉达姑娘一边噘小嘴，一边吃点孩子，我也不会奇怪。她的白山羊鬼点子那么多，其中肯定有花样。"

马耶特一声不出地走着。她沉浸在刚才的思绪中，多少也是讲了悲惨故事后停不下来，故事动人心弦，一步一步，把心中的震撼全部弹响，

---

[56] 在兰斯以西约 5 公里。

[57] 加泰罗尼亚（Catalogne）是西班牙东北部地区。

[58] 瓦加尼亚（Valogne）本是诺曼底城市，19 世纪已完全衰落。法语里这 3 个地名的最后两个结尾音节相同。

才告结束。此时，热尔韦兹对她说话："我们还不知道花艳丽最后怎么样了?"此时，马耶特没有回答。热尔韦兹拉拉她的胳膊，叫她的名字，重复一遍问题。马耶特才从自己的思绪中清醒过来。

"花艳丽最后怎么样?"她机械地重复这句话，耳朵里才感到有新鲜的印象，努力想起这句话的意思："噢!"她很干脆地说，"再也没人见到过她。"

她停顿一下继续说：

"有人说看到她在黄昏时从弗莱尚博门[59]走出兰斯，也有人说在天暗时看到她从巴泽老城门[60]出城。有个穷人在举行集市的庄稼地里的石头十字架上，找到她的金十字架。正是这件宝贝在六十一年毁了她。这是她的第一个情人，英俊的科尔蒙特勒伊子爵送的礼物。帕克特以前无论如何落魄，也从来不肯脱手。她把金十字架看得和生命一般。因此，我们看到这个十字架被遗弃，大家都想她已经死了。不过，有'煎饼酒馆'[61]的人说，见到她走在去巴黎的路上，光脚走在石子路上。那就是她已经从韦勒门[62]出城，而这一切是相互矛盾的。或者，也可以说，她果真从韦勒门出去的，但离开这个世界了。"

"我就不明白你的意思了。"热尔韦兹说。

"韦勒，"马耶特凄然一笑，"这是一条河。"

"可怜的花艳丽!"乌达德全身颤抖说，"淹死啦?"

"淹死了!"马耶特又说，"有谁会对吉贝尔多老爹说，他顺着河水，坐在船上咏唱，过丹格桥时，会有一天，他的宝贝女儿帕克特也会经过这座桥，但既无歌声，也无小船?"

---

[59] 兰斯的城南方向。

[60] 兰斯西南方向的城门。

[61] 据查，"煎饼客栈"在兰斯以西 10 公里处。

[62] 韦勒门在兰斯大教堂和韦勒河之间。

“那么那只小鞋呢？”热尔韦兹问。

“小鞋和母亲一起消失了！”马耶特回答。

“可怜的小鞋！”乌达德说。

胖乎乎的乌达德多愁善感，能和马耶特一起，叹口气也就完事。可是热尔韦兹好奇心重，问题没有问完。

“那个怪物呢？”她突然又问起马耶特。

“哪个怪物？”后者问道。

“那个埃及人留下的小怪物，女巫们换走了花艳丽的女儿。你们怎么处理怪物的？我希望你们也把他淹死算了。”

“倒没有。”马耶特回答。

“怎么！那就烧死？说起来，这样更好。是女巫的孩子！”

“没有淹死，也没有烧死，热尔韦兹。大主教老爷关心埃及孩子，给他驱魔，给他祝福，认认真真从他体内驱走魔鬼，叫人把孩子送到巴黎，像个被遗弃的孩子，把他抱上圣母院的木床。”

“这些当主教的！”热尔韦兹咕哝道，“因为他们有学问，就和普通人的做法完全不同。乌达德，我要问问你，把魔鬼当作遗弃的孩子！因为这个小怪物肯定就是魔鬼。”——“也好，马耶特，到巴黎后结果怎么样？我估计，哪个好心肠的人也不会要。”

“我不知道，”兰斯女人答，“正是这段时间，我丈夫买下贝鲁[63]的文书誊抄人的差事，我们就不再关心这则故事了。而且贝鲁的前面有两处塞尔内的小丘，挡住了兰斯大教堂钟楼的视线。”

三位可敬的女市民边走边谈，已经来到沙滩广场。她们行色匆匆，经过罗兰塔的公共日课经前不曾停下脚步，不动脑筋地向示众柱走去，

[63] “贝鲁”在兰斯以东十来公里处。

群众围着示众柱，人越来越多。可能，此时吸引人人视线的景象，也让她们把老鼠洞，把她们本来打算停留的打算，给忘个干净，要不是六岁的胖厄斯塔什由马耶特拖着走，突然让她们想起来此地的目的："母亲，"他说，仿佛某种本能提醒他老鼠洞已经走过了，"我现在可以吃点心了吗？"

如果厄斯塔什机灵点，不那么贪吃，他本可以再等一下，等到回去的路上，到了大学区，到了住所，到拉瓦朗斯夫人街的安德利·穆斯尼耶师傅家里，走到老鼠洞和面饼之间出现塞纳河的两条支流和岛上的五座桥时，漫不经心地问起这个羞答答的问题："母亲，现在我是不是可以吃块点心？"

这同一个问题，厄斯塔什提问的时间很不谨慎，让马耶特醒过神来。

"对了，"她喊道，"我们刚才把隐修女给忘了！给我指指你们的老鼠洞，我得把她的面饼给她带去。"

"就去，"乌达德说，"这是善事。"

这可不是厄斯塔什的算计。

"得了，我的面饼！"他说着以左右两只耳朵轮流摇晃左右两个肩膀，这种情况是不高兴的最后表示。

三个女人转身回去，走近罗兰塔的屋子附近，乌达德对另外两人说："不要三个人同时朝洞内张望，免得让麻袋女生气。你们俩装着在念日课经的'主呀'，我就把鼻子伸进天窗；麻袋女有点认识我。我会提示你们什么时候可以来。"

她独自向天窗走去。她的目光往里一探，脸上显示出深深的怜悯，她高兴和开朗的容貌也迅速变了表情，变了颜色，如同脸上的一抹阳光变成了一缕月光；她眼睛润湿，嘴巴扭曲，像是要哭出来的样子。稍后，她用手指放在嘴唇上，示意马耶特过来看。

马耶特走过来，神情激动，一言不发，踮着脚尖，仿佛一个人走近垂死者的床边。

两个女人张望老鼠洞有栅栏的小窗时，两人不动，也不呼吸，她们眼前的景象，的的确确是一幅凄惨的景象。

小室很窄，略宽而不深，呈拱形，从里面朝外看很像高大的主教帽上的小窝。石板地上光秃秃的，一个女人坐在角落里，或者不如说蹲着。她的下巴靠着双膝，两条胳膊合抱，把下巴紧紧贴住胸口。她蜷缩着，披一只棕色袋子，遮住了全身，褶皱很大，她花白的长发从脸上挂下来，顺着大腿，一直拖到脚上。第一眼看去，像个古怪的形状，在小室黑黑的背景上只是个剪影，某种黑色的三角形，和从天窗照下来的日光形成强烈的反差，形成两种色调，一个暗色，一个亮色。这种半明半暗的鬼魂，如同我们梦中所见，或者戈雅[64]异乎寻常的作品里所见，鬼魂苍白，不动，阴森，蹲在坟墓上，或者靠在囚室的栏杆上。既不是女人，也不是男人，也不是活人，也没有确切的形状。这是一个图形，一种真实和幻想交织而成的幻境，如同黑暗和白昼。在她长可及地的头发里，依稀看到一个瘦削和严酷的侧影；她的衣袍勉强露出一只光脚的边缘，蜷曲在坚硬和冰冷的地面上。人们瞥见的说不上是人形，加上披着这件丧服，令人不寒而栗。

这个图形，可以说是钉在石板之上，看上去没有动静，没有思想，没有呼吸。披了这片薄薄的麻布片，时当一月，赤身躺卧在花岗石地面上，不生火，在囚室的阴影中，头上斜斜的气窗只能从外面透进北风，永远不见阳光，这个图形仿佛并没有痛苦，甚至没有感觉。简直可以说，

---

[64] 戈雅（Goya，1746—1828）是西班牙画家和雕刻家。

麻袋女
（G. Brion 画，Yon-Perrichon 刻）

这个图形已经变成囚室里的一块石头，变成冬季的一团冰块。她两手合十，双眼专注。第一眼看去，会把她看成鬼魂，第二眼看去，会把她看成一座雕像。

此时，她青色的嘴唇时不时地微微张开，嘘出一丝呼吸，抖动一下，像是两片枯叶，没有生气，没有意识，有风翕动一下。

此时，从她木然的眼睛里露出一线目光，一线难以形容的目光，一线深沉的目光，凄凉，坚定，总是盯住小间的一角，这是从外面无法看到的角落。这目光似乎把这颗绝望中的灵魂一切阴沉的思想，拴在了我不知道的某个神秘事物上。

就是这个女人，因其住所被叫作“隐修女”，因其衣服被叫作“麻袋女”。

三个女人，因为热尔韦兹已经和马耶特、乌达德一起，通过天窗在张望。她们的脑袋上照到一点囚室淡淡的日光，而被她们这般挡住光线的可怜人，并没有注意到她们。“我们别打扰她，”乌达德低声说，“她正在出神：她在祈祷。”

此时，马耶特带着越来越不安的心情，注视着这个憔悴、花白和蓬头散发的脑袋，她眼睛里饱含着泪水：“这太不对劲了。”她喃喃地说。

她把脑袋伸进小窗的铁栅栏，终于看到不幸的女人死死盯住的那个角落。

她的眼睛从天窗缩回来时，满脸都是泪水。

“这个女人你们叫什么?”她问乌达德。

乌达德回答：“我们叫她古杜勒嬷嬷。”

“我，”马耶特接着说，“我叫她帕克特-花艳丽。”

于是，她把手指放在嘴上，示意目瞪口呆的乌达德把脑袋伸进天窗去看。

乌达德一看，看到隐修女伤心出神的目光死死盯住的角落里，有一只粉红色缎子小鞋，绣满千百条金的银的饰带。

热尔韦兹接着乌达德看，于是，三个女人，望着不幸的母亲，一个个都哭了。

不过，她们的目光，她们的眼泪，都没有让隐修女分心。她的双手仍然合十，她的嘴唇无声，她的目光专注，无论谁知道她的故事，看她这样望着这只小鞋，都会心碎了。

三个女人还是一言不发，她们不敢说话，连低声都不敢。这份彻底的寂静里，这份彻底的痛苦里，这份彻底的遗忘里，万物消失，只剩下一样东西，让她们如同到了复活节或圣诞节时教堂里的主祭坛。她们三人缄默无语，三人静心默哀，三人准备跪下。她们三人仿佛在耶稣苦难纪念日[65]的白天走进了教堂。

最后，是热尔韦兹，她是三人中好奇心最重，最少冲动的人，试图请隐修女开口："嬷嬷，古杜勒嬷嬷！"

她如此叫了三遍，每次提高一点声音。隐修女没有动静，不说一个字，不看一眼，不叹口气，没有生命的迹象。

乌达德接着以更温柔、更和顺的声音说："嬷嬷！"她说，"圣古杜勒嬷嬷！"

同样的寂静，同样的一动不动。

"好个古怪的女人！"热尔韦兹嚷道，"就是开炮也不会激动！"

"她也许耳朵聋了。"乌达德叹口气说。

"她也许眼睛瞎了。"热尔韦兹又加一句。

"也许死了。"马耶特又说。

当然，如果灵魂还没有离开这具呆滞、沉睡和麻木的躯体，至少，灵魂会潜伏在躯体的极深处，外部器官的知觉无法达到。

"那么，"乌达德说，"把点心留在窗口；来了个男孩会把点心取走

---

[65] 耶稣苦难纪念日（les Ténèbres）在耶稣受难周的星期三、星期四和星期五的夜里，为第二天斋戒准备圣事活动。每唱完一首圣诗，熄灭一支大蜡烛。

的。怎么办，才能唤醒她?”

厄斯塔什至此一直心不在焉，在看刚经过的一辆小车，由一条大狗拉着，突然发现自己的三个带路人在看窗口的什么东西，也好奇心起，站到一块界石上，踮起脚尖，把一张红扑扑的大脸盘贴在窗口上，喊了声：“母亲，看我也看到了!”

听到这声爽朗、清脆和响亮的孩子声音，隐修女一阵颤抖。她转动脑袋，干涩、突然的动作像是钢质的发条，两只枯干的手把额头上的头发分开，用吃惊、苦涩和绝望的眼神盯住孩子。——“我的上帝啊!”她突然把头藏进膝头间叫道，她沙哑的声音从肺部喊出来时似乎撕开了肺部：“至少，别让我看见别人家的孩子!”

“你好，夫人。”男孩一本正经地说。

此时，这一番冲击，可以说唤醒了隐修女。一阵久久的颤动从头到脚掠过她的全身，她的牙齿咯咯作响，她半抬起头，她的双肘在腰部紧紧收缩，把两脚握在手里，仿佛想暖和一点：“噢！好冷啊!”

“可怜的女人!”乌达德深为怜悯地说，“你要生点火吗?”

她摇摇头，表示拒绝。

“也好，”乌达德又说，给她递上一个小酒瓶，“这是肉桂酒，你会暖和些，喝吧。”

她又一次摇头，盯着乌达德望望，答道：

“要水。”

乌达德坚持：“不是，嬷嬷，正月里不喝这个。要喝点肉桂酒，吃这块玉米发面饼，我们为你烤的。”

她不要马耶特递给她的点心，说：“黑面包。”[66]

---

[66] 一说“黑面包”是当时犯人吃的面包。

“好吧，”热尔韦兹也动了恻隐之心，脱下自己的羊毛短外套，“这件外套比你的暖和些。你披在肩上吧。”

她拒绝外套，一如拒绝酒瓶和点心，答道：“麻袋。”

“可你，”好心的乌达德又说，“你得明白昨天过节了。”

“我明白，”隐修女说，“我水罐里都两天没水了。”

她停了片刻又说：“过节？大家把我忘了。大家也对。这个世界干吗要想我，我又不想这个世界？火已灭，灰已冷。”

她大概说话太多累了，脑袋向膝头垂下。单纯和好心肠的乌达德听了最后一句话，以为她还在抱怨怕冷，天真地回答她：“那你要一点火吗？”

“要火！”麻袋女怪声怪气地说，“你还能生一点火，给十五年来躺在地下的可怜丫头吗？”

她的两条胳膊，两条腿，都在发抖，说的话也在抖，两眼冒火，支着膝盖直起身子。她突然向男孩伸出又白又瘦的手，男孩望着她，眼神很吃惊：“把这孩子带走！”她喊道，“埃及女人要过来了！”

于是，她脸朝地倒下，额头磕在石板上，发出的声音像石头磕石头的声音。三个女人以为她死了。片刻以后，她又动了，她们看到她撑着肘子用膝盖爬行，一直走到放小鞋的角落。这下，她们不敢看了，她们也看不见她的人，她们只听见千百声亲吻，千百声叹息，伴随着痛断肝肠的呼喊和一声声沉闷的声音，像是以头撞墙的声音。接着，一声十分猛烈的撞墙后，她们三人都摇晃起来，听不见任何声响了。

“她会自杀吗？”热尔韦兹试着冒险把头探进天窗，“嬷嬷，古杜勒嬷嬷！”

“古杜勒嬷嬷！”乌达德重复一遍。

“噢！上帝啊！她不动了！”热尔韦兹又说，“她就死了？古杜勒！

古杜勒!”

马耶特惊呆得一直说不出话来，再一次努力：“等等，”她说，又向天窗俯下身子，“帕克特!”她说，“帕克特-花艳丽!”

一个孩子给炮仗没有点着的火药线吹口气，使炮仗在眼睛里炸了，也不会比马耶特在古杜勒嬷嬷的小屋里突然叫出来这个名字，产生的效果更恐怖。

隐修女全身上下颤抖起来，光着脚站立起来，扑到天窗口，她两眼冒出火光，让马耶特，让乌达德，让另一个女人和男孩，一直退到了码头的栏杆上。

此时，隐修女阴森可怕的脸紧贴在气窗的栅栏上。“噢！噢!”她狞笑道，“是埃及女人在叫我!”

此时，示众柱出现的场景吸引了她木然的眼睛。她的额头挤出骇人的皱纹，她把两只骷髅似的胳膊伸出小屋，用仿佛嘶哑的喘气声叫道：“怎么还是你，埃及女孩！是你叫我，偷孩子的女贼！好啊！诅咒你！诅咒！诅咒！诅咒你!”

四　一滴泪回报一滴水

这几句话可以说，是迄今在同一时间里平行发展的两个场景的交汇点。每个场景有自己独特的舞台：一个场景是我们刚才在老鼠洞读到的，另一个场景我们即将在示众柱的台阶上读到。第一个场景的见证人是三位妇女，读者刚才已经认识；第二个场景的观众是我们上文看到的人群，聚集在沙滩广场的示众柱和绞刑架四周，正越聚越多。

四个差役从上午九点在示众柱的四个角落上站岗，让这批人群盼望能有一场不错的行刑，大概不是绞刑，而是鞭刑、劓耳，总会有什么的。这批人群迅速增加，四个差役被挤压得近而又近，只好不止一次地如当年所说“压缩”人群，猛抽皮鞭，用马屁股压人。

这群小百姓，习惯于等候公开行刑，倒显得不算很没有耐心。众人望着示众柱放松心情，示众柱是一种极其简单的建筑立方体，由高可十来尺的中空墙体组成。一级用条石组成的硬邦邦的石级，名曰“楼梯”，通到顶上的平台，平台上有一个水平方向的橡木实木圆轮。把受刑人绑在这个圆轮上，跪着，两手反绑。一条粗木结构的轴，由小房子里内置的绞盘总在水平面上推着旋转，用这个方式让犯人的脸不断朝向广场的所有方向。这就是所谓的转犯人。

我们看到，沙滩的示众柱远不能具备中央菜场示众柱的种种娱乐功能。毫无赏心悦目的建筑，毫无赏心悦目的规模。没有铁十字架的屋顶，没有八角形的吊灯，没有纤细的小圆柱在屋顶边上伸展成叶板和花卉的柱头，没有怪兽怪物形状的檐槽，没有雕花的大梁，没有深深刻进石头的精致雕塑。

只能满足于这四面的砾石，加上两块砂岩的护板，满足于一座蹩脚的石头绞架，瘦小，赤裸，就在一边。

对于哥特式建筑的爱好者来说，享受则更为低级。也是，中世纪路上但求看热闹的人，对建筑毫无好奇心可言；也是，他们对示众柱的美观，兴趣很淡。

倒霉的家伙终于绑在大车的后部来了，等他被推到平台之上，等大家从广场的各个方向看到他，五花大绑，绑在示众柱的圆轮上，广场上响起一阵震天的嘘叫声，夹杂着笑声和欢呼声。大家认出来是伽西莫多。

果然是他。这般的回来，真是怪事。在同一个广场的示众柱上示众，而昨天他还被人欢呼，被人喝彩，被一致选为愚人之王，由埃及大公、祈韬大王和加利利皇帝护送，列队游行。肯定的是人群中没有哪位人士，先是胜利者，又是受刑者，能在自己思想里清楚归纳出这竟只有一步之遥。甘果瓦及其哲学没有看到这个景象。

不久，吾王陛下的指定号手米歇尔·努瓦雷让平头小百姓安静下来，根据司法官老爷的指令，喊一声停步。接着，他和身穿棉布号衣的人员退回到大车后面。

伽西莫多无动于衷，连眉头也不皱。对他来说，任何反抗都是不可能的，因为借用当时的刑事文体来说，叫“锁链强烈和紧固”，意思是说皮带和链子大概捆扎进了他的皮肉。再说，这也是牢狱和苦役犯的传统并未消失，是由手铐在我们中间精心保存的传统，我们是文明的、温和的和人道的民族（还有苦役犯监狱和断头台）。

他听之任之，任人带路、推搡、装车、托举和捆绑了再捆绑。从他的神态上，仅仅只能揣度出野人或白痴的惊讶而已。大家知道他是聋子，都可以说他也是瞎子。

来人让他跪在圆形的木板上：他任人摆布。来人剥去他的衬衣和紧身上衣，只露出腰带：他任人脱去。来人把他套进一个新的皮带和扣针的装置，他任人扣紧和捆扎。只是，他不时大声地喘气，像是一头小牛，脑袋在屠夫的大车边栏上垂下和摇晃。

“粗人，”约翰·弗鲁洛·杜穆兰对朋友罗班·普瑟班说（两个学生尾随倒霉蛋而来，合情合理），“他像盒子里的金龟子，什么都不懂！”

人群看到伽西莫多赤裸裸的驼背，鸡胸和长茧而毛茸茸的肩头，发出一阵狂笑。正当众人这般开怀大笑时，一个身穿城市号衣的男人，五短身材，脸盘结实，走上平台，走来站在倒霉蛋旁边。他的名字迅速在观众里传开。此人是夏特莱监狱的指定行刑人皮埃拉·托特吕。

他先是在示众柱的一角放置一个黑色的沙漏，上球盛满红沙，漏入下面的容器。接着他脱去对开的外套，大家看到他右手垂下一根薄而细长的鞭子，长长的白色皮条，发亮，多结节，编织而成，镶有金属小爪。他的左手心不在焉地把右手胳膊上的衬衣翻卷到腋下。

此时，约翰·弗鲁洛把自己金发卷曲的脑袋从人群里伸出来（他为此爬上罗班·普瑟班的肩头）："过来看，各位老爷，各位夫人！有人要毫不留情地鞭笞伽西莫多师傅，我哥哥若扎斯主教助理老爷的敲钟人，一座滑稽的东方建筑物，背上有教堂穹顶，两腿是螺旋形柱子！"

人群哈哈大笑，尤其是孩子和少女。

最后，行刑人一蹬脚。圆轮开始转将起来。伽西莫多被绑着摇摇晃晃。他丑陋的脸上突然显出惊愕的表情，让四周的人发出一阵阵的笑声。

突然，圆轮在旋转过程中给皮埃拉师傅送上伽西莫多高低起伏的背部时，皮埃拉师傅举起胳膊；纤细的皮条在空中发出刺耳的咝咝声，如同一窝水蛇，疯狂地落在可怜虫的肩头上。

伽西莫多跳将起来，仿佛被惊醒似的。他开始明白了。他在绳索里扭动身子；惊讶和痛楚的强烈收缩，使他脸上的肌肉变了样子；可他不吭一声。他只是向后扭转脑袋，向右转，接着向左转，像一头公牛腰部被牛虻叮咬后，脑袋晃动不已。

第二鞭接着第一鞭打来，接着第三鞭，又是一鞭，又是一鞭，没完没了。圆轮转个不停，鞭子雨点般不停打下来。不久，鲜血喷将出来，大家看到血在驼背黑黑的肩头千条百条流下来；纤细的皮条在搅翻空气的旋转中，把鲜血化成血滴，撒向人群。

伽西莫多重又恢复了最初的无动于衷，至少表面上看来如此。他尝试过，先是暗暗的没有大的明显震动，想挣断绳索。人群看到他的眼睛冒火，肌肉紧绷，四肢在蜷缩，看到皮带和锁链在绷紧。力气使得猛烈，使得惊人，使得绝望；而司法官的古老刑具顶住了。刑具喀喀作响，仅此而已。伽西莫多筋疲力尽，又倒了下来。他脸上的惊愕表情变成一种苦涩和深深的绝望。他闭上那只眼睛，脑袋垂在胸口，像是死了。

此后，他再也不动了。无论对他怎样也没有任何动静。不论是他不停流淌的血，不论是越抽越狂的鞭子，不论是抽得性起，越抽越狠的行刑人，不论是恐怖的皮带比小飞虫的脚更加尖细，更加咝咝作响的声音。

最终，一名夏特莱监狱穿黑衣服的执达吏，骑在一匹黑马上，从行刑一开始就在楼梯一边执勤，此时向沙漏伸出乌木的小棒。行刑人停下。圆轮停下。伽西莫多的那只眼睛重又慢慢地张开。

鞭刑结束。指定行刑人的两个随从清洗倒霉蛋鲜血淋淋的肩膀，用我也不知道的什么药膏擦拭他的肩膀，所有伤口立即愈合，给他背上扔下一条裁成神甫祭披状的毛坯布。其间，皮埃拉·托特吕把红红皮条沾满的鲜血淌落在地上。

伽西莫多的苦难还没有完。他还要承受示众柱的示众时间，这是弗洛里昂·巴布迪埃纳师傅在罗贝尔·代斯杜特维尔老爷的判决书上，不无道理添加上去的内容。这一切完全彰显了让·德·居梅纳[67]既是生理学又是心理学的一句古老文字游戏。“聋子荒唐”[68]。

他们又把沙漏翻倒过来，把驼背绑在木板上，让司法执行完毕。

民众，尤其是中世纪的民众在社会上就像孩子在家里。只要民众仍然在这种初始的无知和道德、智力的未成年状态，可以说民众就是孩子：

这年龄下手最凶。[69]

我们已经让大家看到，伽西莫多受到众人的憎恨，的确也有多层理

---

[67] 让·德·居梅纳（Jean de Cumène，1592—1671）是法国新教派人士，语言教育改革理论家。

[68] 原文是拉丁文，作“Surdus absurdus”，直译作“聋子荒唐”。

[69] 引诗出自17世纪寓言诗人拉封丹的《两只鸽子》。

鞭刑
(G. Brion 画，Yon-Perrichon 刻)

由。人群之中，很难有一个观众会没有，或以为没有道理怨恨圣母院这个脾气不好的驼背。看到是他出现在示众柱，先是一片欢呼；他刚刚经受残暴的刑罚，他在刑罚后悲惨的姿势，非但没有让小百姓的心软下来，反而对他恨得更加荒唐了，多了一点幸灾乐祸。

因此，“公开的惩罚”一旦完成，诚如戴方角帽[70]的人士所讲的行话，随之而来的便是多而又多的个人报复。此地如同在司法宫的大堂，女人们尤其活跃。每个女人都对他抱有怨恨，有的女人恨他诡异，有的女人怪他丑陋。最后的女人也最疯狂。

“噢！一副反基督[71]的长相!”一个女人说。

“骑扫把柄的人[72]!”另一个女人喊道。

“好一张悲惨的鬼脸，”第三个女人嚎起来，“如果昨天是今天，谁会选他做愚人王!”

“好啊，”有个老太又说，“现在看示众柱上的鬼脸。什么时候看绞刑架上的鬼脸?”

“你什么时候在地下的最深处，该死的敲钟人，把你的大钟套在头上?”

“正是这个恶鬼敲的三经钟!”

“噢！聋子！独眼龙！驼背！怪物!”

“不用求医吃药，有这张脸，保管让大肚子的女人小产!”

而两个学生约翰·杜穆兰和罗班·普瑟班则没命地唱起那首民间的小调：

把绳缆
给绞刑犯，
把劈柴
给丑八怪!

千百种辱骂从天而降，又是嘘叫，又是诅咒，又是笑声，又是石

---

⑩ 神学家、法学家和博士、医生所戴的帽子。

⑪ 反基督（Antéchrist）是《圣经·新约》中基督的敌人。

⑫ 指魔王。

头，此起彼伏。

伽西莫多是聋子，可他看得一清二楚，公众的怒气，不仅在言辞里，脸面上亦表达得强而有力。再说，一块块石头就是一阵阵笑声的说明。

他先是挺住了。不过在行刑人的皮鞭下越发坚韧的这份耐心，一点一点被所有这些小虫啄咬后，退却了，屈服了。阿斯图里亚斯[73]的牛对斗牛士矛手的攻击并不在乎，而被狗和投枪惹怒。

他先是慢慢地对人群扫去威胁的眼神。不过，他被严严实实地捆住，目光无法把这些啄咬他的蝇子都赶走。于是他在桎梏下摇晃，他的拼命挣扎让示众柱的旧圆轮在厚木板上叽叽嘎嘎叫起来。对此，种种嘲弄声，嘘叫声，更有增无减。

于是，可怜虫无法挣脱被拴住的野兽颈圈，又变得安静了。只是，不时有一声愤怒的叹息，让他胸部的每一个缝隙鼓了起来。他的脸上既没有羞耻，也没有脸红。他和社会的生活状态离得很远，而和自然的生活状态相距很近，无法懂得什么叫羞耻。再说，长成这种程度的畸形，还能感知到什么是无耻吗？但是，愤怒，憎恨，绝望，在这张丑陋的脸上慢慢地压低越来越阴暗的云层，这云层里蕴含了越来越多的电流，独眼巨人的眼睛里有雷鸣电闪。

此时，一个神甫骑着一头母驴穿过人群，他眼中的乌云晴朗起来。打他从最远处瞥见母驴和神甫开始，可怜的倒霉蛋脸色温和起来。先是让他人体扭曲的狂怒，变成一阵古怪的微笑，充满难以言喻的温和、宽容和柔情。神甫越走越近，他的微笑越发清楚，越发明显，越发动人。这仿佛是不幸者向他致敬的救世主的到来。不过，到母驴非常靠近示众

---

[73] 阿斯图里亚斯（Asturies）是西班牙的省份，流行斗牛。

柱、骑驴的人可以认出可怜虫时，神甫低下眼睛，折返原路，一蹬两腿的马刺，似乎急于摆脱令人难堪的吁求，毫不在乎被可怜的家伙在这种处境下致意和认出来。

这位神甫，便是主教助理克洛德·弗鲁洛长老。

伽西莫多的额头上，乌云垂下，更加阴沉了。有一段时间，乌云里夹有笑意，可这是苦涩、绝望和无限伤心的笑意。

时间在过去。他待在平台上至少有一个半小时了，衣衫撕裂，横遭虐待，不断受辱，几乎血肉模糊。

突然，他又一次戴着身上的锁链动了一下，彻彻底底的绝望，身下的木架子也为之震动。他打破迄今死不开口的沉默，发出一声沙哑和狂怒的呼喊，倒不像是人的喊叫，更像是嚎叫，声音盖过了场上的嘘叫："给水喝！"

这一声求救的惊叫，非但没有引起同情，对巴黎街头围在楼梯四周的底层百姓来说，更增添了三分开心。应该说，这群底层小百姓从整体来说，作为一群人，也就是百姓里最底层的一群人，当时只比我们已经带领读者造访过的吓人的丐帮部落更为凶残，更为粗野。不幸的受刑人周围，无人应答，有的只是嘲笑挖苦他口渴。此时此刻，他肯定不是可怜巴巴，而是让人恶心，那张涨得紫红的脸上，滴滴答答有东西往下淌，一只眼睛慌慌张张，嘴巴因为发怒和痛楚而唾沫四溅，舌头伸出了一半。还应该说，即使嘈杂的人群里有哪个大发善心的市民或女市民，即使此人很想送一杯水给这个苦难的可怜家伙，因为示众柱无耻的阶梯四周，一片可耻和卑劣的成见，成见之深，足以让仁慈的撒玛利亚人[74]却步。

几分钟以后，伽西莫多绝望的眼神朝人群望去，以其更令人心碎的

[74] "仁慈的撒玛利亚人"（le bon Samaritain）典出《圣经》的《新约·路加福音》。他被犹太人遗弃，却救助更加受难的犹太人。

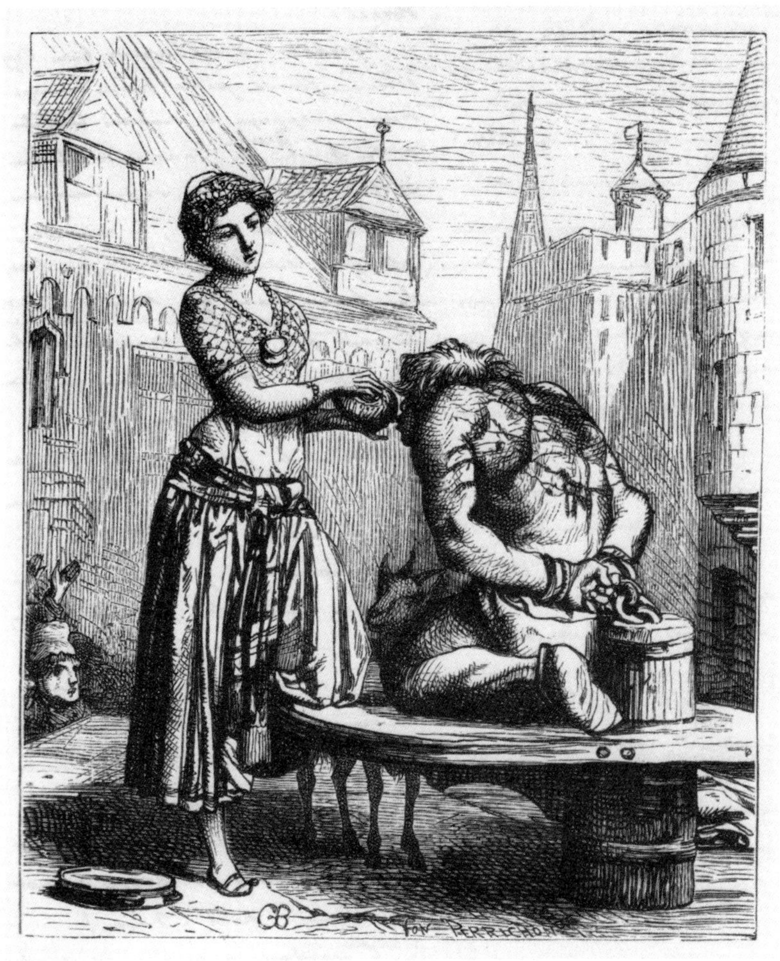

一滴眼泪回报一滴水
（G. Brion 画，Yon-Perrichon 刻）

声音又喊一遍："给水喝！"

人人都哈哈大笑。

"喝这个吧！"罗班·普瑟班喊道，朝他脸上扔过去一块在水沟里浸过的海绵，“接着，丑八怪聋子！我借给你的。”

一个女人朝他头上扔去一块石头：“教训教训你，深更半夜用该死的钟乐吵醒我们。”

“唉！小子，”一个瘫子努力用拐杖碰碰他，“你还要从圣母院钟塔楼上给我们施魔法吗?”

“这个圆盆可以喝水!”一个男人又说，迅雷不及掩耳给他胸部送去一个破罐子，“正是你只在我老婆面前走一走，就让她生下两个脑袋的孩子!”

“让我的母猫生下六只脚的猫!”一个老太太尖声嘶叫，给他扔去一片瓦片。

“给水喝!”伽西莫多第三遍重复说，他喘不过气来了。

此时，他看见人群分开了。一个年轻姑娘从人群里出来，穿着古里古怪的。她身后跟着一头小白山羊，头上两只金色的角，而她手上握着一只巴斯克鼓。

伽西莫多的那只眼睛闪亮了。这是他前一天夜里试图想劫走的吉卜赛姑娘，他模模糊糊感到，正是为那场争执，此时来人惩罚他了。这可就非同小可了，既然他因为不幸是聋子、又被一个聋子审判而如今受罚。他毫不怀疑她也是来报仇的，和别人一样来要他好看的。

果然，他看到她很快登上楼梯。愤怒和恼恨让他喘不上气来。他多想有力气掀翻示众柱，如果他眼中的火光能变成电闪雷劈，埃及女人在登上平台前早已化成齑粉了。

她一言不发，走近受刑者，他徒然挣扎想避开她，她从腰带上解下一只水壶，把水壶轻轻送到可怜虫干渴的嘴唇上。

于是，大家在这只迄今如此干巴巴、火辣辣的眼睛里，看到一颗硕大的眼泪，慢慢地沿着这张丑陋又被绝望长时间扭曲的脸上滚落下来。

可能，这是不幸人有生以来的第一滴眼泪。

此时，他忘记了喝水。埃及女人不耐烦地噘一下小嘴，微笑着把水瓶贴上伽西莫多龇牙咧嘴的嘴巴。他一口气喝下。他太干渴了。

可怜虫喝完水，伸出黑黑的嘴唇，大概想吻一下这只前来救他的美丽的手。可是，少女也许有所不放心，回想起夜里的暴力抢劫，缩回了手，露出一个孩子怕被虫子咬的害怕表情。

于是，可怜的聋子朝她投去充满自责、充满难以言表的哀伤表情的目光。

这美丽的姑娘亭亭玉立，纯洁迷人，同时又柔弱娇嫩，这般虔诚地去救助万般不幸、万般丑陋和万般恶毒的人，在什么地方这都是感人的场面。现在在示众柱上，这个场面是崇高的。

连台下的民众都感动不已，开始拍手，喊道："万岁！万岁！"

正当此刻，隐修女从洞中的天窗里，瞥见示众柱上的埃及女人，对她喊出阴沉沉的诅咒："诅咒你，埃及的女儿！诅咒你！诅咒你！"

五　面饼的故事结束

爱斯美拉达姑娘脸色苍白，摇摇晃晃走下示众柱。隐修女的声音还对她紧追不放："下来！下来！埃及的女贼，你也会上台的！"

"麻袋女有她的怪念头。"百姓喃喃地说道。结果呢，也没什么。因为这种女人叫人害怕，她们也就成了圣女。所以，大家也不愿意去攻击那些日夜祈祷的人。

伽西莫多被带走的时间到了。来人将他松绑，人群也就散了。

马耶特和两位女伴走回来，她走近大桥的时候，突然停下脚步：

“对了，厄斯塔什！你的面饼呢？”

“母亲，”孩子说，“你们和洞里的这位夫人说话的时候，一条大狗过来咬我的饼，我也就吃了。”

“怎么，老爷，”她又说，“你把饼都给吃了？”

“母亲，是狗。我对狗也说了，狗不听我的。所以，我也咬了，是这样！”

“这孩子管不住，”母亲说，边笑边责备，“你看到了吧，乌达德？他已经独自一人吃了我们夏尔朗日[75]园子里的整棵樱桃树。所以，他爷爷说，他将来是个将才。”

“你又让我抓住了，厄斯塔什老爷！走吧，胖狮子！”

---

[75] 夏尔朗日，是兰斯地区的古代田庄，建有城堡。

第 7 卷卷首插画：ΑΝΑΓΚΗ（宿命）
(De Rudder 画，Piaud 刻)

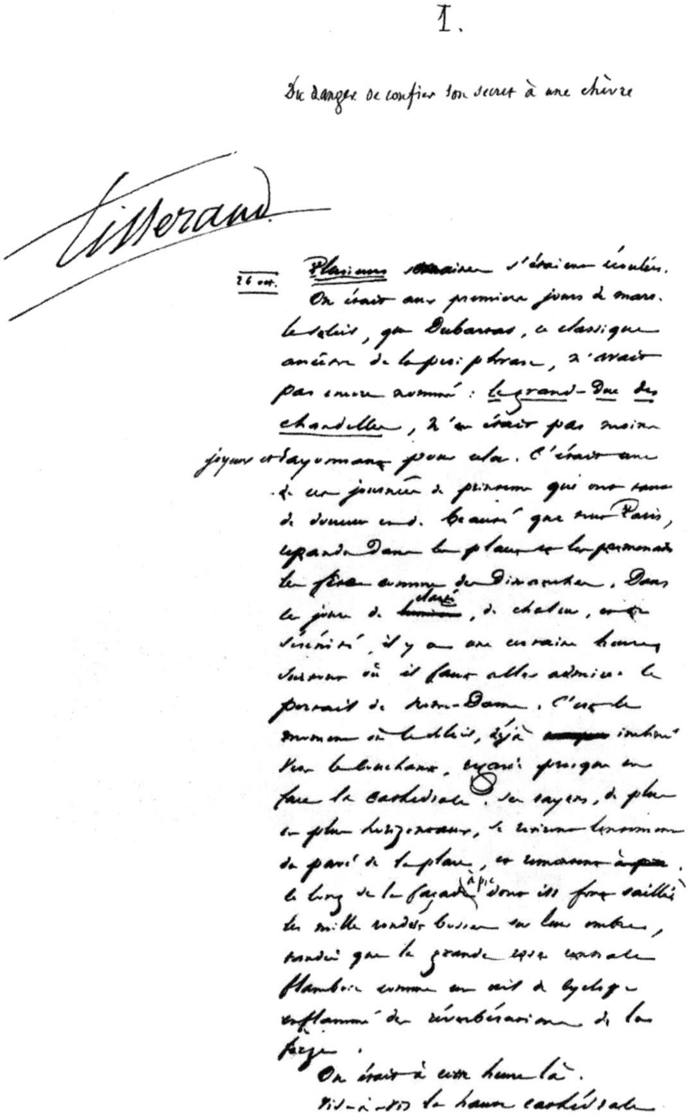
I.

Du danger de confier son secret à une chèvre

Tisserand

26 oct. Plusieurs semaines s'étaient écoulées.
On était aux premiers jours de mars.
Le soleil, que Dubartas, ce classique
ancêtre de la périphrase, n'avait
pas encore nommé : le grand-duc des
chandelles, n'en était pas moins
joyeux et rayonnant pour cela. C'était une
de ces journées de printemps qui ont tant
de douceur et de beauté que tout Paris,
répandu dans les places et les promenades
les fête comme des dimanches. Dans
ces jours de clarté, de chaleur, et de
sérénité, il y a une certaine heure
surtout où il faut aller admirer le
portail de Notre-Dame. C'est le
moment où le soleil, déjà incliné
vers le couchant, regarde presque en
face la cathédrale. Ses rayons, de plus
en plus horizontaux, se retirent lentement
du pavé de la place, et remontent à pic
le long de la façade dont ils font saillir
les mille rondes bosses sur leur ombre,
tandis que la grande rose centrale
flamboie comme un œil de cyclope
enflammé des réverbérations de la
forge.
On était à cette heure-là.
Vis-à-vis la haute cathédrale

作者第 7 卷第 1 页的手稿

第七卷

一　给母羊透露秘密的危险

转眼几个星期过去了。

时当三月之初。太阳，在杜巴塔斯[1]这位委婉语的鼻祖尚未称之为“蜡烛的大公”之前，照样高高兴兴，光辉灿烂。这是早春的一天，十分明媚，十分和煦，全巴黎的人都在广场上，到散步场来，庆贺如此风和日丽的天气，如同星期天。在这些光明、温暖和安详的日子里，尤其是到某个时候，应该去欣赏一下圣母院的大门。此时此刻的阳光已经西斜，几乎是正面注视着大教堂。斜阳的余晖越来越呈水平方向，慢慢地退出广场上的路面，顺着壁立的大教堂正墙爬上去，让千百个圆圆的隆起和自己的阴影黑白分明，而中央的玫瑰大圆窗熊熊燃烧，仿佛是独眼巨人[2]的大眼睛，被锻炉里的强烈反光照得发亮。

现在，正是这样的时刻。

正对被夕阳染红的高高大大的大教堂，在广场和大广场街角上一座

---

① 杜巴塔斯（Dubartas，1544—1590）著有《创造世界》。

② 希腊神话里，独眼巨人帮助火神伏尔甘在锻炉里为天神宙斯锻造雷电。

哥特式富家住宅大门上面的石筑阳台上，几个美丽的少女在欢笑，在闲聊，一个个千娇百媚，一个个疯疯癫癫。从她们长长的面纱看来，用珍珠卷住的面纱从尖尖的头饰一直垂到脚跟，从精细的绣花短袖上衣看来，短袖上衣罩住肩头，但按照当年引人入胜的时尚，露出处女美丽乳房的边缘，从豪华得比外套更加珍贵的衬裙（奇妙的追求!）看来，从薄纱看来，从绸缎看来，从这种种一切配用的天鹅绒看来，尤其从她们白皙得说明无所用心和慵懒的纤手看来，很容易看出是贵族人家的千金小姐。果然，这是贡特洛里耶家的百合花小姐和她的女伴：迪亚娜·德·克里斯特伊、阿姆洛特·德·蒙米歇尔、科隆布·德·加耶封丹纳和尚什弗里耶家的小闺女。都是大家闺秀，此刻在贡特洛里耶寡居的夫人家聚会，因为博若老爷和他夫人[③]四月份会来巴黎，为玛格丽特王妃挑选几个陪伴的宫廷贵妇，王妃将在庇卡底得到佛兰德人的接见。而周围三十法里[④]的乡绅都渴望自己女儿获此殊荣，许多人已经把女儿带至或送来巴黎。这些女孩子都由父母托付给阿洛伊丝·德·贡特洛里耶夫人，得到审慎和周到的照料，夫人是国王前弓弩队队长的寡妻，现在和独生女退隐在巴黎圣母院大广场的家里。

这几位闺女所在的阳台，开向一间卧室，卧室里挂一张黄褐色的佛兰德皮，压印有金色的叶旋涡花饰，富丽堂皇。房顶上一条一条平行的搁栅，饰有千百种稀奇古怪的彩绘或镀金雕塑，赏心悦目。几只精雕细刻的老式衣柜上，有华丽的珐琅闪闪烁烁；一只彩釉陶器的野猪头，坐镇在豪华的餐具柜之上，两格餐具柜表明：宅第的女主人是一位方旗骑士[⑤]的妻子或寡妇。房间深处，在一座高大的自上而下绘有家族纹章的

③ 指安娜·德·博若，是路易十一的女儿，未来的摄政女王。

④ 约合120—150公里。

⑤ 方旗骑士（chevalier banneret）指这位骑士能召集附庸参战而有权举方旗的领主。

壁炉旁，贡特洛里耶夫人坐在一张红色天鹅绒的华丽扶手椅上，她五十有五的年纪更反映在她的服饰上，而不是反映在她的脸上。她身边站着一个年轻人，神气十足，虽然有点自以为是，虚张声势，天底下的女人都会同意他是美男子，不过老成持重的男人和善看面相的人则会耸耸肩膀。这位青年骑士身穿国王麾下弓箭队队长华丽的服装，这套服装和本书第一卷已经欣赏过的朱庇特的服装太过相似，恕我们不再向读者赘述了。

百合花和她的女友们
(De Lemud 画，Piaud 刻)

众位小姐都坐着，一部分在室内，一部分在阳台，有的坐在乌得勒支[⑥]有金色边角的方块天鹅绒上，有的坐在刻有花卉和人物的橡木小凳

⑥ 乌得勒支（Utrecht），荷兰城市，乌得勒支地毯是一种家居用的天鹅绒。

上。每位少女的膝头都有一幅大型壁毯的一块绣花底布，她们共同为此工作，已有好大的一块拖在覆盖地板的地毯之上。

她们彼此在说话，用的是有一个年轻男人在场时，少女们密谈时所有的这种窃窃私语声，这种不敢笑出声来的扑哧轻笑声，这年轻人的在场本身，足以牵动一切女性的自尊心，他对此倒显得无所谓。身处自己本该引他注视的这些佳丽之中，他看来只是关心自己的麂皮手套，在擦拭自己皮带上的扣针。

老夫人不时对他低声说句话，他则带着不自然和为难的礼貌，尽量回话过去。从阿洛伊丝夫人的微笑和她会意的小小表示看，从她和队长低声说话时朝女儿百合花张望的眼神看，不难知道年轻人和百合花之间，已有某种婚约，大概不久即将完婚。而从军官为难的冷淡看来，很容易看出至少在他这一边，说不上是爱情。他的整个脸上反映出一种勉强和烦恼的情绪，今天我们地方驻军的下级军官说得好：真他妈的苦差事！

老夫人视女儿若掌上明珠，自己已是苦命的母亲，没有觉察到军官毫无热情可言，还一再低声要他看看百合花穿针引线是多么心灵手巧。

“你瞧，好表弟，”她用衣袖把他拉近，对他耳语道，“你看她，她低下身段了。”⑦

“不错。”年轻人答道，恢复了先前心不在焉和冷冰冰的一言不发。

过一会儿，阿洛伊丝夫人又一次低下身子对他说：“你可曾见过比许配给你的姑娘更招人喜爱、更开开心心的脸蛋？会有更白皙的皮肤？有更美丽的金发？会有一双纤纤的玉手？而这粉颈能不尽善尽美，胜过天鹅？我有时都嫉妒你！你做个男人真是幸运，你这个放荡鬼！可不是

---

⑦ 这句话表示：百合花穿的是袒胸露肩的上衣。

我的百合花美得令人赞美，而你对她爱得发狂？”

“会吧。”他一边回答，一边想着别的事情。

“那你跟她说说话呀，”阿洛伊丝夫人突然用肩膀推推他又说，“跟她说说话，你变得腼腆了。”

我们可以对读者诸君表明：腼腆既不是队长的美德，也不是队长的缺点。不过，他得试试人家要他做的事情。

“好表妹，”他走近百合花，“你下针的这幅壁毯，主题是什么？”“好表哥，”百合花带着恼怒的口气回答，“我对你已经说过三遍：这是尼普顿[⑧]的洞窟。”

显而易见，百合花对队长冷漠和心不在焉的言谈举止，远比母亲看得清楚。他只是感到有必要彼此说点什么。

“这幅海神图是给谁绣的？”他问道。

“给田野圣安东修道院绣的。”百合花说，没有抬起眼睛。

队长拿起一角壁毯：

“好表妹，这个胖乎乎的鼓着腮帮子拼命吹喇叭的宪兵做什么呀？”

“这是小海神特里同[⑨]。”她答道。

百合花简短的话里总有一点赌气的语调。年轻人知道，他免不了要凑着她耳边说点什么，一句傻话，一句献媚话，什么都可以。他俯下身来，可他脑子里找到的温柔话和体己话无非是：“为什么你母亲总穿一件带纹章的长袖衫，像查理七世[⑩]时代我们祖母那辈的人？好表妹，你和她说说，现在已经不再高雅了，她袍子上绣成族徽的合页[⑪]和丹桂，让

---

⑧ 尼普顿（Neptunus）是罗马神话里的海神。

⑨ 特里同（Trito）是海神的儿子，他使劲吹海螺，可以兴风作浪，也可以平息海浪。

⑩ 查理七世（Charles VII，1403—1461）的逝世时间，比《巴黎圣母院》的情节早二十多年。

⑪ “合页”（gond）正好是姓氏“贡特洛里耶（Gondelaurier）”的前四个字母。

福玻斯献殷勤
（Brion 画，Yon-Perrichon 刻）

她看起来像是壁炉的罩衣在走路。说真的，人家不再这样坐在自己的旗子上了，我可以担保。”

百合花朝他抬起一双满含责备的美丽眼睛：“这就是你向我担保的全部事情吗?”她低声说道。

这时候，阿洛伊丝老夫人满心欢喜地看到这两人弯下身子在窃窃私语，摸着自己祈祷经书上的搭扣说：“好一幅感人的爱情画!”

队长越发不自在，俯身壁毯说：“真是一件美妙的绣品。”他叫道。

听到这句话，另一位皮肤白皙的金发美女科隆布·德·加耶封丹纳，身穿蓝色锦缎的领口，对百合花不好意思地随便说了一句，希望俊俏的队长能予以回答：“亲爱的贡特洛里耶，你可曾见过拉罗什-居永府邸的壁毯?”

“可不就是把卢浮宫洗涤处园子围在里边的那座府邸?”迪亚娜·德·克里斯特伊笑着说，她有一口美丽的牙齿，因此动不动就笑。——“府邸里还有巴黎旧城墙那座粗大的塔楼?”阿姆洛特·德·蒙米歇尔补充一句，她是棕色皮肤的美人，卷发，脸色红润，时不时叹气，一如另一个总是笑，也不知道为什么。

“亲爱的科隆布，”阿洛伊丝夫人也说，“你就不想谈谈国王查理六世治下巴克维尔老爷的这处府邸?其实有很多精美的高经挂毯⑫。”

“查理六世！查理六世国王!”年轻的队长喃喃说道，把小胡子往上捋一捋，“天哪！老夫人记得住陈年往事!”

贡特洛里耶夫人继续说：“确实是美丽的壁毯。一件作品如此受人称道，就被看成非同一般!”

这时候，七岁的高个子女孩贝朗热尔·德·尚什弗里耶从阳台的三

---

⑫ “高经挂毯”指在垂直的织机上制成的挂毯。

叶饰口望着广场叫道："噢！看哪，百合花好教母！那个漂亮的跳舞女郎在大广场上跳舞啦，在市民百姓中间敲鼓啦！"

果然，大家听到一阵巴斯克鼓的颤抖声。

"是个吉卜赛的埃及姑娘。"百合花说着，漫不经心地向广场转过身去。

"看哪！看哪！"她几个活泼的女伴喊道。她们都跑到阳台的边上，百合花还在思忖着未婚夫冷淡的态度，慢慢地随她们而来，而后者因为一场别别扭扭的谈话突然被意外事情打断而松了一口气，走回住宅的深处，心情之轻松，犹如一名士兵有人来换岗。其实，为美丽的百合花效劳，是一件愉快可爱的差事，他过去也是这么认为的。可队长日久逐渐生厌，即将成婚的前景，让他的心一天比一天冷了下来。再说，他是见异思迁的性格，而这还用说吗？他趣味低俗。虽然他出身名门望族，可在行伍里待久了，染上不少丘八的习性。他喜欢小酒馆，以及诸如此类的事情。他生活里只有粗言和秽语，军人的殷勤，廉价的美女，容易的得手，才心情舒畅。不过，他从家里受到过一些教育，懂得一些规矩。可是他年纪轻轻就跑遍全国，他年纪轻轻就入伍从军，一天一天，贵族的光泽经不住宪兵肩带的粗糙摩擦，已经黯然无光。他出于最后的一点人情世故，才不时来看望百合花，却在她家里感到双重的不便：首先，因为他不分场合挥霍自己的爱情，剩下对她的爱情是少之又少；其次，身处众多的俊俏妇人之间，都正襟危坐，发髻规整，端庄得体，他想到自己嘴巴已惯于赌咒发誓，说话时口齿间突然被钳子钳住，怕脱口而出小酒馆里的用词造句，而感到惶恐！大家可以想见美妙的后果！

其实，在他身上的这种种一切，都与风度高雅、打扮入时和仪表堂堂的大抱负有关。大家对此爱怎么想就怎么想。我只是史家而已。

因此，他这会儿靠着壁炉的雕墙，在想也好，不想也好，一言不发，此时百合花突然返身回来对他说话。说起来，可怜的少女对他赌气也是违心的。

“好表哥，你不是跟我们说过，你两个月前，在夜里巡逻时从十多名盗贼手里救过一个吉卜赛女孩吗?”

“我想是的，好表妹。”队长说。

“好啊!”她又说，“可能又是这个吉卜赛姑娘在大教堂前的大广场上跳舞。来看看你能认出她来吗?福玻斯好表哥。”

他觉察到：她深情地邀请他来到自己身边，有意叫唤他的名字，含有重归于好的隐秘愿望。福玻斯·德·沙多贝队长（读者从本章开始眼前出现的正是此人）缓步走近阳台。——“当心，”百合花对他说，温柔地把手搭在福玻斯的手臂上，“你看这个在人群里跳舞的女孩。是你的吉卜赛姑娘吗?”

“是的，我从她的母山羊就认出她来了。”

“喔！果然是漂亮的小山羊!”阿姆洛特说，一边双手合上做赞美的表示。

“山羊的头上真是黄金做的?”贝朗热尔问道。

阿洛伊丝夫人坐在扶手椅上开口：“不就是去年从吉巴尔门[13]入城的那批吉卜赛女人吗?”

“母亲大人，”百合花轻轻地说，“这座城门今天叫‘地狱门’。”

德·贡特洛里耶小姐知道，队长对她母亲老旧的说法有多么反感。他当真开始在牙缝里冷笑：“吉巴尔门！这是让国王查理六世进城门!”

“教母，”贝朗热尔叫道，她不停转动的双眼突然朝圣母院的钟楼抬起来，“上面那个黑衣服的男人做什么?”

---

[13] 吉巴尔门（Porte Gibard）又称“地狱门”，亦即圣米迦勒门，原址在今圣米迦勒大街附近。

少女们全都抬起眼睛。果真有个男人，用臂肘支着，倚在面朝沙滩广场的北塔楼最高的栏杆上。这是一个神甫。人们可以清晰地看清他的服装，他的双手托着脸，像一尊雕像，一动不动。他的目光专注地俯视着广场，像一只老鹰纹丝不动。老鹰发现了一窝麻雀，注视着这窝麻雀。

“这是若扎斯的主教助理老爷。”百合花说。

“你的视力真好，你能从这儿认出他来！”加耶封丹纳姑娘一旁说道。

“他多么专注地看着跳舞的女孩！”迪亚娜·德·克里斯特伊说。

“注意埃及姑娘，”百合花说，“因为他不喜欢埃及。”

“这个男人这样看她，真是遗憾。”阿姆洛特·德·蒙米歇尔补充说，“她跳得出神入化。”

“福玻斯好表哥，”百合花突然说，“既然你认识这个吉卜赛姑娘，那请你示意她上楼来。我们都会很开心的。”

“嗨，好啊！”所有少女都拍手叫起来。

“可这是件傻事。”福玻斯答道，“她大概把我忘了，我也真不知道她的名字。不过，既然你们都喜欢，各位小姐，我就试试。”他俯身阳台的栏杆，开始喊道：“姑娘！”

此刻，跳舞女郎不再敲鼓。她朝招呼她的地方转过脸来，她明亮的目光停在福玻斯身上，突然停了下来。

“姑娘！”队长又说一遍，他伸出指头示意她过来。

少女还在看他，接着她脸红起来，仿佛一朵火花飞上她的脸颊，她腋下夹起铃鼓，穿过目瞪口呆的观众，向着福玻斯叫她的屋子大门走来。她步子很慢，摇摇晃晃，带着一只麻雀被一条蛇迷惑住的眼神走来。

片刻之后，壁毯的门帘撩起，吉卜赛姑娘出现在房间的门槛上，脸色红润，站着发愣，气喘吁吁，一双大眼睛垂下，再不敢上前一步。

贝朗热尔拍起手来。

这时候，跳舞女孩站在门槛上一动不动。她的出现在这群少女中产生了一种奇特的效果。有一股模模糊糊讨好漂亮军官的潜流，让每个少女同时活跃起来，显然华丽的军装成了她们卖弄风情的目标，各人之间有了某种隐蔽和无声的竞争，连她们对自己也不会承认，但在她们每时每刻的言谈举止之间又表露无遗。然而，由于少女们几乎每个人的美丽程度都相仿，她们势均力敌，每个人都指望获取胜利。吉卜赛女孩的到来，突然打破了这个平衡。打从她出现在房门的那一刻起，她闭花羞月的美貌似乎在屋内撒遍某种她所特有的光明。她在这间狭小的房间里，在屋内满是帷幔和护壁板的幽暗背景下，有一种公共广场上没法比的美，更容光焕发。这仿佛大白天有人带一把火炬进入黑暗之中。各位高贵的小姐都不由自主地目眩神迷。每个少女都感到自己的美貌多少受到了一点伤害。因此，她们的战斗阵营（请允许我们用这个词语）瞬间变换，而无须她们相互间说一个字。她们彼此心领神会。女人的本能比男人的智力更快地相互理解，相互配合。对她们来说，刚才进来了一个对手，大家都感到有对手，大家便联手起来。只需一滴葡萄酒，便能染红满满一杯水。要给满满一屋子的美人增添一点情绪，只需要闯进来一个更加漂亮的美人，——更何况只有一个男人。

因此，对吉卜赛姑娘的欢迎，是妙不可言的冰冷。她们从头到脚地打量着她，接着她们相互之间看看，一切表明：她们早已彼此理解。这时候，姑娘等着别人对她说话，由于深为激动，都不敢抬起眼皮。

队长第一个打破沉默。——“我发誓，”他以大胆自信的口吻说，“这是个很有魅力的女人！你是怎么想的，好表妹？”

如果由一位更细心的赞美者来说这句评价，至少会轻轻地说，现在已无法消除在吉卜赛姑娘前端详的女性的妒忌。

爱斯梅拉达姑娘进屋子
（Brion 画，Yon-Perrichon 刻）

百合花以故作轻蔑的虚情假意回答队长："不错。"

其他人在窃窃私语。

最后，是阿洛伊丝夫人，她未必没有妒忌，她是为自己的女儿妒忌，对跳舞女孩说："过来，姑娘。"

"过来，姑娘！"贝朗热尔也重复说，她的腰部显出滑稽的一本正经。

埃及女人走向这位贵夫人。

"美丽的孩子，"福玻斯夸张地说，向她走近那么一步，"我不知道是否有幸还能让你认出来……"

她不等他说完，朝他送来一个微笑，眼神里充满无穷的温情："噢！当然。"她说。

"她的记性真好。"百合花一旁说道。

"那次，"福玻斯又说，"你那个晚上逃得可真快，我吓着你了吗？"

"噢！没有。"吉卜赛姑娘说。

一声"噢！当然"，之后接着一声"噢！没有"，其间有某种难以言表的东西，让百合花受到了伤害。

"你在你待的地方，我的美人，"队长继续说，嘴巴对民间女子说话，舌头就利索起来，"给我留下一个不乐意的家伙，独眼龙又驼背，据说是主教的敲钟人。有人对我说那是生来是魔鬼的主教代理的私生子。他的名字很好玩，他叫'四季大斋日'，叫'圣枝主日'，叫'封斋前的星期二'⑭，我也说不清！总而言之，名字是个钟乐齐鸣的节日！他能放肆地劫持你，倒好像你生来是为教堂执事干活的！太过分了。那你说咋办，这只猫头鹰？嗯，你说！"

"我不知道。"她回答。

---

⑭ "四季大斋日"指每个季节来临前的三天斋日；"圣枝主日"是复活节前的星期天，"封斋前的星期二"是狂欢节的最后一天。

“还能有更无耻的事情！一个敲钟人像个子爵抢一个女孩子，一个平头百姓偷食贵族的野味！世上少见。不过，他付出了沉重的代价。皮埃拉·托特吕师傅是个让无赖尝尝味道的大粗坯。如果你爱听，我会告诉你，你这个敲钟人的皮可被他的两只手剥得漂亮。”

“可怜的人！”吉卜赛姑娘说，这些话又让她想起示众柱上的场面。

队长哈哈大笑。——“真他妈的！这怜悯心放错了地方，像一根羽毛插在猪屁眼上！我想和教皇一样大腹便便，如果……”

他猛地停下。——“对不起，各位夫人！我想，我会说出蠢话来了。”

“呸，老爷！”加耶封丹纳家闺女说。

“他对这个女人说话就来劲了！”百合花轻声补上一句，她的不屑与时俱增。她看到队长既为吉卜赛少女着迷，更为他自己得意，调转脚跟，又以行伍间天真而俗气的殷勤重复一句说：“凭良心说，是个美女！”她这份不屑并没有消退。

“穿着像野人。”迪亚娜·德·克里斯特伊说，露出贝齿，嫣然一笑。

这句评价让其他人脑子里一亮。这句话让她们看到埃及女人有可以攻击的一面：既然无法啄咬她的美貌，众人便攻击她的服饰。

“这倒是真的，姑娘，”蒙米歇尔家闺女说，“你从哪儿学会这么满街奔走，又不戴大头巾，又不戴领饰？”

“这条短裙短得叫人害怕。”加耶封丹纳闺女加上一句。

“亲爱的，”百合花酸溜溜地继续说，“你的金腰带[15]会让巡警给逮住的。”

“姑娘，姑娘，”克里斯特伊闺女加上一声辛辣的微笑，又说，“如

---

⑮ “金腰带”曾先是财富和大胆的标志，以后成为作风放荡的特征，1420 年被禁。

果你规规矩矩的臂膀上有个袖口，膀子就不会被太阳烤晒了。”

这真是值得一个比福玻斯更聪明的男人一看的场面，可以看到这几位美女以恼怒的毒舌围住街头的舞娘，迂回前进，无孔不入，翻来覆去。她们无情而又优雅。她们对她一身珠片和饰片的装束，显得可怜而又傻气，居心叵测地反复搜索。无穷无尽的笑声，又是挖苦，又是羞辱。讽刺挖苦朝埃及姑娘头上纷纷落下，更有高傲的善意，更有恶意的眼神。仿佛又看到那些年轻的罗马贵妇人，以金针刺进美丽女奴的胸头取乐。仿佛是高贵的母猎犬，张开鼻孔，围着一头可怜的林中牝鹿，转动着火辣辣的眼珠，而主人的眼神不让把鹿一口吞下。

总而言之，一个公共广场上的可怜舞娘，对这些名门望族家的千金来说又算得了什么？她们根本不把眼前的她放在眼里。她们说她，当面对她说，对她们自己说，高谈阔论，仿佛说某个肮脏、卑劣而又漂亮的东西。

吉卜赛女人不是没有感觉到这般细针的刺扎。一阵羞愧的红晕，一阵闪过的愤怒，不时让她的眼睛和双颊火辣辣的，似乎有句蔑视的话在她的嘴唇上迟疑着，她不屑地做出读者熟悉的噘嘴动作，可她仍然站着不动。她对福玻斯投去无奈的、忧伤而可爱的眼神。这眼神里还有着幸福和温柔。似乎可以说，她极力忍着，是怕被赶走。

而福玻斯则笑着，他以既放肆又怜悯的双重心情，站在吉卜赛女人的一边。——“让她们去说，姑娘!”他踢响自己的金马刺，反复说，“你的打扮大概有点过分，有点厉害。不过，像你这般迷人的少女，这又算什么?”

“我的天哪!”金发的加耶封丹纳闺女叫起来，一声苦笑，伸出她天鹅般的长颈，“我看王家弓箭手的各位老爷，可以轻松地在美丽的埃及眼睛上点火了。”

“为什么不能?”福玻斯说。

听到队长无精打采的这声回答，随随便便得犹如扔下一块石头，连看都不看上一眼，科隆布笑将起来，而迪亚娜和阿姆洛特的眼睛里同时涌出一颗泪珠。

吉卜赛姑娘本来听到科隆布·德·加耶封丹纳的话低低垂下的眼神重又抬起来，因为兴奋和骄傲而神采奕奕，重又注视着福玻斯。此时此刻，她好美丽。

老夫人旁观着这个场面，也感受到伤害，却闹不明白。

“圣母娘娘啊!”她突然叫起来，“我裤裆里有什么东西在动?哎哟!该死的畜生!”

这是母山羊来找自己的女主人，山羊朝她急奔过来，先把两只羊角缠在一堆布料里，贵夫人坐下时把全部衣物堆在脚上。

这是个小插曲。吉卜赛女人一言不发，把母山羊清理出来。

“噢！就是这头有金羊角的小母羊。”贝朗热尔高兴得跳起来。

吉卜赛女人跪下来，把母山羊温柔的脑袋贴着自己的面颊。她仿佛因为这样离开而在向山羊赔不是。

这时，迪亚娜已经凑在科隆布的耳朵上。“嗨！我的天！我怎么没有早点想到?这就是带着小山羊的吉卜赛姑娘。人家说她是女巫，说她的山羊会做很神奇的淘气事情。”

“好啊!”科隆布说，“该叫母山羊让我们开开心，给我们来个奇迹。”

迪亚娜和科隆布兴冲冲求告埃及女人：“姑娘，你就让你的母山羊来个奇迹。”

“我不懂你们的意思。”舞娘回答。

“来个奇迹，来个戏法，总之来个巫术。”

“我不会。”她又开始抚摸她漂亮的动物，反复说，“嘉利！嘉利!”

贝朗热尔和嘉利
(Brion 画，Yon-Perrichon 刻)

这当口，百合花注意到有个绣花的小皮袋，挂在母山羊的颈子里。“这是什么东西?”她问埃及女人。

埃及姑娘对她抬起一双大眼睛，对她郑重其事地回答：“这是我的秘密。”

“我倒很想知道什么是你的秘密。”百合花想。

此时，老太太没好气地站起身来。

“那么，吉卜赛女人，如果你和你的母山羊不给我们跳一个，你们来这儿干什么?”

吉卜赛女人没有回答，缓步走向门口。可是她越走近门口，脚下的步子越是放慢下来。似乎有块磁铁吸住了她。突然，她对福玻斯转过闪着泪花的眼睛，停下步来。

“老天呐!”队长叫出声来，“不能这样就走了。请你回来，给我们跳点什么。对了，可爱的美人，怎么称呼你!”

“爱斯梅拉达姑娘。”舞娘说，目光没有离开他。

一听这个古怪的名字，少女们爆出一阵哄笑。

“这个，”迪亚娜说，“对一位小姐来说，是个可怕的名字。”

“你们看到啦，”阿姆洛特说，“这是个有魔法的女人。”

“亲爱的，”阿洛伊丝夫人严肃地叫道，“你父母亲可不是在洗礼的圣水缸里，给你捞到这个名字的吧。”

这当口，已经有几分钟了，没有人注意到贝朗热尔，而她用一块小杏仁饼已把母山羊引到了屋子的一个角落里。不一会儿，人和羊双方已成了好朋友。好奇的女孩解下挂在母山羊颈子里的小袋子，打开袋子，已经把袋子里的东西抖落在席子上：这是一套字母表，每个字母分别标在一块小小的黄杨木块上。这些小玩具一旦摊在席子上，女孩惊讶地发现这只母山羊——这大概是山羊的“奇迹”之一吧——用金羊角挑出某些字母，把字母轻轻地推出来，并按照特定的程序把字母拼接起来。片刻工夫，拼出一个词，小山羊似乎熟能生巧，因为山羊造词很少犹豫，贝朗热尔突然拍手叫起来：

“百合花教母，来看看小山羊刚做的事情！”

百合花跑来，全身发抖。地板上的字母组成这样一个名字：

福 玻 斯

“这是母山羊写的？”她问道，声音都变了。

“是的，教母。”贝朗热尔回答。无从怀疑：女孩不会写字。

“这就是秘密！”百合花想道。

这时，听到女孩的喊叫，人人都跑过来了，有老母亲，有各个少女，有吉卜赛女人，有军官。

吉卜赛女人看到了母山羊干下的蠢事。她先是满脸通红，接着脸色发白，开始颤抖，如同队长面前的一个罪犯。队长望着她，显出满足和惊异的微笑。

“福玻斯！”惊讶不已的众少女喃喃地说，“这是队长的名字！”

“你的记性真是超群！”百合花对呆若木鸡的吉卜赛女人说。接着她抽泣不已：“噢！”她痛苦地结结巴巴说道，用两只美丽的手捂住自己的脸：“这是个女巫！”而她听到心灵深处有一个更为苦涩的声音对她说：“这是个情敌！”

她跌倒晕了过去。

“女儿！我的女儿！”吓坏了的母亲叫喊，“滚，从地狱来的吉卜赛女人。”

爱斯梅拉达姑娘转眼收起这些倒霉的字母，示意嘉利，走出房门，而众人把百合花抬进另一处房间。

福玻斯队长独自留下，在两扇房门之间犹豫片刻，接着随吉卜赛女人而去。

二 神甫和哲学家是两类人

少女们在北钟楼顶上看到的神甫，正俯视广场，全神贯注地看吉卜赛姑娘在跳舞，此人正是主教助理克洛德·弗鲁洛。

我们的读者没有忘记主教助理在这座钟楼里给自己安排了这间密室。(顺便一提，我不知道这是否就不是同一间小屋，我们今天还能从一扇方形小天窗里，看到小屋内部，在两座钟楼飞出的平台上，在一人高的地方开出来，朝向东方。一间现在空无一物的小屋，墙面的石灰剥落，现在墙上到处“挂着”一些反映大教堂正墙的发黄的拙劣版画。我推测：这个窟窿里住过你争我夺的蝙蝠和蜘蛛，因此，此处对苍蝇而言，发生过双重的灭绝性战争。)

每天太阳下山前一个小时，主教助理登上来钟楼的楼梯，把自己关在这间小屋里，有时候整夜整夜地在此度过。这一天，当他来到小屋低矮的门前，他在锁孔里插进总是随身挂在身边褡裢内的复杂的小钥匙，一阵鼓声和响板声传到他耳边。这声音来自圣母院教堂前的大广场。我们上文说过，小屋只有一扇朝教堂后屋顶开的天窗。克洛德·弗罗洛匆匆拔出钥匙，片刻工夫，他已站在钟楼的顶部，就是各位小姐瞥见他的姿势，忧郁而专注的姿势。

他凝重，一动不动，全神贯注地看着和想着。全巴黎俯伏在他脚下，眼前是全城屋顶上成千上万的尖顶，淡薄的山冈形成了一圈天际，江水在一座座桥下蜿蜒曲折，市民在街道上起伏摆动，轻烟若云，屋舍

爱斯梅拉达姑娘被赶走
（Emile Bayard 画，Méaulle 刻）

似练，时升时降，重重叠叠的网格挤压着圣母院。但是，对整座城市，主教助理只看着路面上的一个点：大教堂前的广场；对全城的人群，他只看一个人：吉卜赛女人。

真不好说这个眼神是什么性质，不好说从眼睛里冒出来的火光又从何而来。这眼神定定地看着，却又充满了困惑和烦乱。从他纹丝不动的身躯来看，难得时不时地抖动一下，像一棵风中的树，从他僵直的臂肘来看，他比他支着的大理石栏杆更像石头，看到他脸上浮现出僵化的笑意，真可以说克洛德·弗鲁洛的身上，只有一双眼睛是活的。

吉卜赛姑娘在跳舞。她让小鼓在她指尖上翻动，一边跳着普罗旺斯的萨拉班德舞⑯，一边把鼓抛向空中。她灵活，轻盈，开心，没有感到有重重的可怕目光垂直降落在自己头上。

她四周的人群围得密密麻麻。一个奇装异服的男人，身穿黄红两色的宽袖外套，叫大家围成圆圈，然后回来坐在离舞娘几步的椅子上，把小山羊的脑袋抱在自己膝头上。这个男人看来是吉卜赛姑娘的伙伴。克洛德·弗鲁洛从他所在的高处，无法看清他的面目。

打从主教助理瞥见这个陌生男子后，他的注意力似乎在舞娘和此人之间游移不定，而他的脸色越发阴沉起来。突然，他直起身子来，全身掠过一阵晃动："这男人是谁?"他在牙缝间说："我以前看到她始终是单身一人!"

于是，他重又钻入螺旋形楼梯弯弯曲曲的石拱，走了下去。他经过半开着的敲钟间，看到一件事情让他吃惊：伽西莫多斜靠在这些石板的挡雨披檐上，披檐像是大大的软百叶窗⑰，也在望着广场。他全神贯注

⑯ 萨拉班德舞（sarabande）节拍狂乱，一说源自西班牙。

⑰ 软百叶窗可以朝外看，而自己不被看见。

伽西莫多全神贯注地看
(Brion 画，Yon-Perrichon 刻)

地静心观望，竟然没有注意到自己的养父经过。他凶狠的独眼有一股特别的表情：这是一种受到迷惑而又温柔的眼神。——“这倒怪了!”克洛德喃喃地说，“他这个样子是在看埃及女人?”——他走了下去。几分钟后，忧心忡忡的主教助理走出来，从钟楼下的边门来到广场上。

“吉卜赛女人现在怎么了?”他说着混入被鼓声召集来的观众人群里。

“我不知道，”身边一个人说，“她刚才出去了。我想她去跳几支凡丹戈舞[18]吧，对面的屋子里有人叫她过去。”

在埃及女人所在的地方，在这同一块地毯上，在她前一刻舞步兴之所至画出来的弯弯曲线消失的地方，主教助理现在只看到红黄衣服的男子，现在轮到他要挣几个银币，围着圆圈走步，扬起头，肘子支撑臀部，红着脸，伸长脖颈，嘴里叼着一张椅子，椅子上绑着一只猫，身旁一个女人借给他的，猫吓得哇哇直叫。

“圣母娘娘啊!”当挥汗如雨的卖艺人经过他面前，叼上椅子顶着猫的金字塔，主教助理说：“皮埃尔·甘果瓦师傅这又干什么呀?”

主教助理严厉的话声，让可怜的家伙猛地一怔，这幢建筑物失去了平衡，连同椅子和猫，乱哄哄摔在观众的头上，引起一阵难以遏制的嘘声。

很有可能，皮埃尔·甘果瓦（正就是他）真会有一笔烂账要和养猫的女人结算，要和四周一张张挫伤的脸和抓伤的脸结算，幸好他匆匆乘混乱之际躲进了教堂，是克洛德·弗鲁洛示意他随他进去的。

大教堂已经光线很暗，空无一人。两侧的侧廊里一片昏黑，小教堂里的灯光开始闪闪烁烁，石拱变得很黑了。只有正墙上的玫瑰大花窗上，千百种的色彩，被一线水平方向的落日余晖所晕染，暗中发出微光，如

---

⑱ 凡丹戈舞（fandangue）是西班牙慢节奏舞曲，以响板伴舞。

同一堆钻石，在大殿对面的墙上映照出令人目眩神迷的光谱原色。

他们走了几步，克洛德长老靠着一根柱子，定睛望着甘果瓦。这目光并非是甘果瓦害怕的目光，他为自己穿着这身街头艺人的服装被一个庄重而又博学的人撞见而害羞。神甫的眼光里没有讥讽，没有嘲笑，他严肃，安静，两眼炯炯。主教助理第一个打破沉默。

“过来吧，皮埃尔师傅。你有好些事情要对我说说清楚。首先，为何转眼有两个月不见你人影，却在大街上看到你，真是的，一对好搭档！衣服半身黄色，半身红色，像个戈德贝克⑲的苹果?”

“老爷，”甘果瓦可怜巴巴地说，“真是一身怪怪的服装，你看得到我比一只猫头戴葫芦瓢更羞愧难当。我也感到，穿这身奇装异服，会让夜间的巡警老爷打断一个毕得哥拉斯⑳派哲学家膀子的肱骨。可是，你要我怎么办，尊敬的大师？错就错在我以前的紧身衣。冬天开始，紧身衣便弃我而去，说是已成破衣服，要去收破烂的背篓里休养生息。怎么办？文明还没有发展到可以裸体出行的地步，如古代的第欧根尼㉑所希望的那样。再说了，冷风吹来，这一月份可不是让人类成功试试这种新风尚的季节。这件紧身上衣已经亮相，我就取来穿了，我留下那件黑黑的破褂儿。破褂儿对像我这般隐晦的人来说，谈不上有隐晦可言。我就穿上了这滑稽演员的衣服，像圣热内㉒。你说怎么办？这是一种隐退。阿波罗就曾在阿德墨托斯㉓家里看管过家畜。”

“你干了一门好生意！”主教助理又说。

---

⑲ 戈德贝克（Caudebec）是塞纳河上的港口城市，属于诺曼底地区。

⑳ 毕得哥拉斯是公元前6世纪的希腊哲学家和数学家。

㉑ 第欧根尼（Diogénès，公元前404—323）是古希腊哲学家，崇尚简朴自然的生活，是“犬儒主义”的开山祖师。

㉒ 圣热内（Saint Genest）是古罗马演员，演出时皈依基督教，被斩首，成为殉教者。

㉓ 阿德墨托斯（Admétès）是希腊神话里觅取金羊毛的阿尔戈英雄之一。太阳神阿波罗一度被贬，为下界凡人打工，在阿德墨托斯看管家畜。

咬住椅子托猫

(Brion 画，Yon-Perrichon 刻)

“我同意，我的大师，宁可哲理思考和作诗填词，宁要炉中吹火，或空中取火[24]，也不要大盘托猫。因此，你大声招呼我的时候，我蠢得

㉔ “炉中吹火”喻炼金术；“空中取火”喻激发灵感。

像烤肉铁叉前的驴子。你说怎么办，老爷？每一天要活下去，最美的亚历山大十二音缀诗句，在牙缝里也不如一块布里[25]的奶酪。而我为佛兰德的玛格丽特夫人写的那首著名的祝婚歌，你是知道的，巴黎市没有给我付钱，说什么写得不精彩，倒好像索福克勒斯[26]的悲剧只卖四个埃居[27]。我都快要饿死了。幸好，我发现自己的牙齿有点力气，我对我这副牙床骨说：来几个使力气和搞平衡的节目，你自己养活自己。你自己养活自己。有一堆乞丐成了我的好朋友，他们教会我数以十计的发神力的花招，现在，每天晚上，我给牙齿吃它们白天在我的汗水下挣到的面包。总之，认了，我认同：使用我的智力可悲，我认同人生来不要以敲敲鼓、咬咬椅子度日。尊敬的大师，生活能度日是不够的，生活要挣钱。”

克洛德长老听着，一言不发。突然，他深凹的眼中出现洞察一切的表情，甘果瓦几乎感到被这目光深深地透视到灵魂的深处。

“很好啊，皮埃尔师傅。可你现在为何和这位埃及的舞娘结伴演出啊？”

“我的天呐！”甘果瓦说，“因为她是我妻子，我是她丈夫。”

神甫黑黑的眼睛射出了火光。

“混蛋，你会干出这种事来？”他气势汹汹地抓住甘果瓦的胳膊叫道，“你竟会被上帝彻底抛弃，竟对这个姑娘下手？”

“我可以对天发誓，老爷，”甘果瓦手脚颤抖回答说，“我对你发誓，我没有碰过她，如果就这个让你不放心的话。”

“那你说什么丈夫和妻子？”神甫说。

㉕ 布里（Brie）是巴黎以北的地名，所产奶酪主要供应巴黎。

㉖ 索福克勒斯（Sophoclès），公元前 5 世纪的希腊悲剧诗人。

㉗ 4 个埃居合 12 法郎。

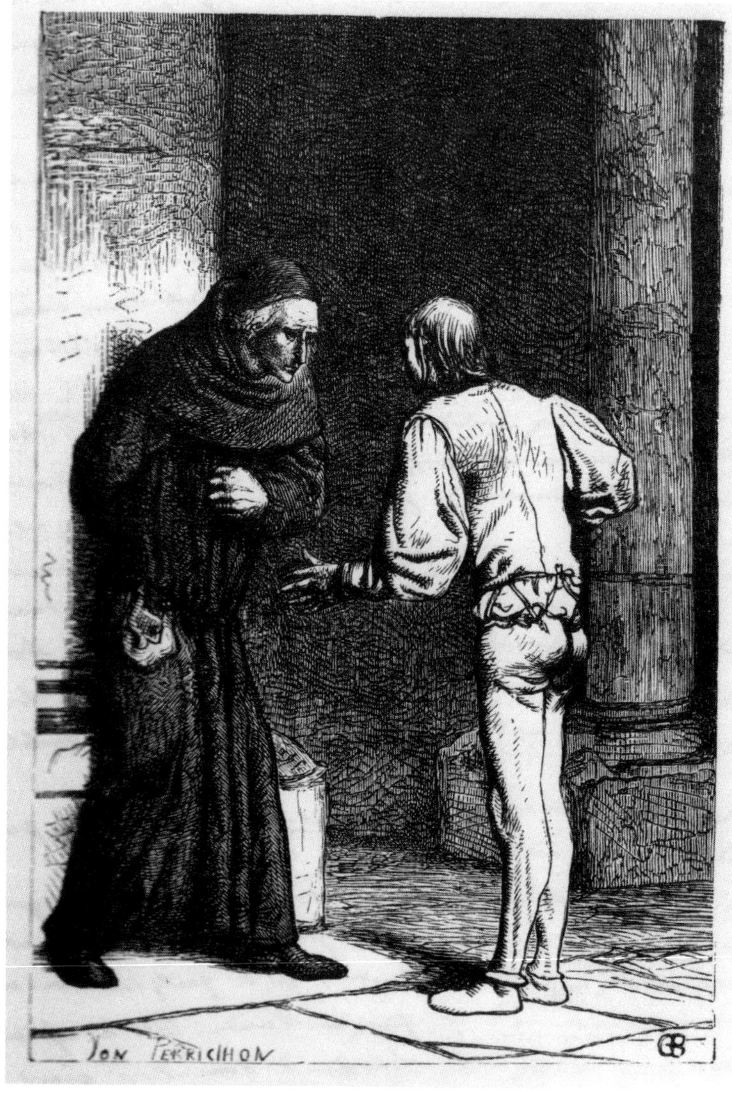

诘问甘果瓦
(Brion 画，Yon-Perrichon 刻)

甘果瓦急匆匆向他尽量扼要地讲述读者已经知道的事情，他在奇迹院的奇遇，和他摔罐成婚的婚事。再说，看起来这桩婚姻也并没有任何结果。吉卜赛女人每晚像第一天一样，躲猫猫回避洞房。——“真是沮丧，”他最后结束时说，“这是因为我倒霉娶了一个处女吧。”

“你说的什么意思?”主教助理问道，听了这故事，他口气逐渐平静下来了。

“很难说清楚，”诗人答道，“这是一种禁忌。据我们那儿叫埃及大公的老贼说，我妻子是个捡来的孩子，或丢弃的孩子，反正同一个意思。她颈子里有个护身符，据说，护身符会让她有一天找到生身父母，但如果少女失身，则护身符失效。结果我们两人都守身如玉。”

“这么说，”克洛德又说，他的额头越来越开朗起来，“这女人从未接触过男人?”

“克洛德长老，你要一个男人对禁忌怎么办？她头脑里这么想。我估计，对这些很容易顺从的吉卜赛女孩而言，这种修女不易亲近的假正经也肯定是稀罕的事情。不过她有三样东西保护自己：一是埃及大公，大公保护她，可能指望能卖给某个修道院院长老爷；二是她的整个部落，大家都对她异常膜拜，像对圣母似的；三是一把小匕首，泼辣的女人不管司法官有令，总是随身在某个角落里带着，有人抱她的身腰，她的匕首就出手。这是一只高傲的胡蜂啊，得了!”

主教助理对甘果瓦追问不已。

从甘果瓦的判断看，爱斯梅拉达姑娘是个从不伤人的迷人女人，漂亮，除了她特有的噘嘴以外，是个天真而富有激情的女孩，对什么都无知，对什么都热情。还不知道一个女人和一个男人的不同，甚至梦中都不知道。她尤其狂热地爱跳舞，爱热闹，爱户外生活。像是一只蜂女郎，脚上有看不见的翅膀，生活在旋风之中。她这性格来自她生来所过的流浪生活。甘果瓦还获悉，她从小就走遍西班牙和加泰罗尼亚，一直走到西西里岛。他甚至相信她被自己所属的意大利吉卜赛商队带到过阿尔及尔王国，这个地处阿哈伊亚[28]的国度，而阿哈伊亚一边毗邻小阿尔巴尼亚和希腊，一边靠近西西里海，是通往君士坦丁堡的路线。甘果瓦说，吉卜赛人臣服于作为白种摩尔人国度首领的阿尔及尔国王。而肯定地说，爱斯梅拉达姑娘很小的时候从匈牙利来到法国。少女从这些国度带来支离破碎的古里古怪的行话，片断的歌曲和片断的思想，也造成她的说话和她的服装一样古里古怪，一半是巴黎服装，一半是非洲服装。再说，她去巴黎的各个区，百姓喜欢她的好心情，喜欢她的好脾气，喜欢她矫健的身影，喜欢她的舞姿，喜欢她的歌曲。她相信，她在全城只被两个人所恨，她经常说起就感到恐怖：一是罗兰塔里的麻袋女，一个也不知道为何怨恨埃及女人的坏蛋隐修女，每当舞娘经过她的天窗就被她诅咒；二是一个神甫，他不会遇见她而不对她投去让她害怕的目光和话语。这后一个情况让主教助理很心慌意乱，而甘果瓦没太注意他的慌乱。不过两个月的时间，就让无忧无虑的诗人把他认识埃及女人那个晚上的经过细节，和主教助理身在其中的事情忘记了。其实，小舞娘也无所惧怕，只要她不给人算命，就避免了经常针对吉卜赛女人的妖术案件。其次，甘果瓦如说不是丈夫，则会做她的兄长。反正，哲学家心安理得地忍受着这份柏拉图式的婚姻[29]。总有一个落脚处，总有面包。每天上午，他从乞丐窝里出发，经常和埃及女人一起，他帮她在街口收集小钱币、小银币；每天晚上，他和她回到同一个屋檐下，让她把自己锁进她的小屋，他睡他正派人的觉。日子过得很温馨，他说，无论怎么说，很好做清梦。再说，在哲学家的心底，他也不清楚自己对吉卜赛女人是否真爱得发狂。

---

[28] 阿哈伊亚（Achaïa）是希腊北部地区。

[29] 甘果瓦是哲学家，“柏拉图式的婚姻”对甘果瓦而言有双关的意义。

他几乎同样爱她的母山羊。这是头可爱的小动物，温顺，聪明，机智，是头有灵性的母山羊。中世纪见多了这些有灵性的动物，大家看得目瞪口呆，却经常把自己的主人送上了火刑堆。不过，长着金角的母山羊，它的魔法确实是无辜的调皮。甘果瓦解释给主教助理听，这些细节看来很让他感兴趣。大多数情况下，只要以某种方式把铃摇给山羊看，就能让山羊做出所需要的装腔作势的事。山羊在吉卜赛女人调教下，训练有素，她对这种种奇妙的事情具有罕见的才华，只需两个月时间，便教会母山羊用活动字母拼出“福玻斯”三个字来。

“福玻斯!”神甫说，“为什么写‘福玻斯’?”

“我不知道，”甘果瓦答道，“也许是个她认为有某种隐蔽的神秘力量的词吧。她自己独处的时候，常常轻声反复说这个词。”

“你能肯定，”克洛德又说，投来洞察一切的眼神，“这只是一个词，而不是一个名字吗?”

“谁的名字?”诗人说。

“我怎么知道?”神甫说。

“我是这么想的，老爷，这些吉卜赛人多少有点信奉祆教[30]的，崇拜太阳。福玻斯由此而来。”

“对此我并不比你更清楚，皮埃尔师傅。”

“其实，这个事我无所谓。让她去随便嘀咕她的福玻斯好了。肯定的是，嘉利已经像喜欢她一样喜欢我了。”

“嘉利是什么?”

“母山羊。”

主教助理用手托住下巴，一时陷入沉思的样子。突然，他对甘果瓦

---

[30] 祆教是由波斯的琐罗亚斯特创立，亦称拜火教。

转过身来。

“你对我发誓，你没碰过她？”

“碰什么？”甘果瓦说，“碰过母山羊？”

“不是，碰过这个女人。”

“碰我的妻子？我对你发誓没有。”

“你经常独自和她在一起？”

“每天晚上，足足一个小时。”

克洛德长老皱起眉头。

“噢！噢！独男和独女：不会想到他们念念天主经吧。”

“凭良心说，我会念天主经，念圣母经，念信经，她毫不注意我，都比不上一只母鸡注意一座教堂。”

“以你母亲的肚子对我起誓，”主教助理狠巴巴又说一遍，“你没有用手指头碰过这女人。”

“我都可以以我父亲的脑袋对你起这个誓，因为两者之间还有关系。不过，尊敬的大师，请允许我提一个问题。”

“说吧，老爷。”

“这对你又怎么啦？”

主教助理苍白的脸唰的通红，像个少女的脸颊。他一时无语，脸上显而易见的尴尬：“听着，皮埃尔·甘果瓦师傅，就我所知，你还没有被罚入地狱。我关心你，想为你好。而你和这个魔鬼的埃及女人有一丝一毫的接触，就会让你服从撒旦的使唤。你知道，肉体总是使灵魂堕落。你如果把这个女人拉过来，你就倒霉了！就这样。”

“我试过一次，”甘果瓦抓抓耳朵说，“那是第一天，我都生气了。”

“你竟如此无耻，皮埃尔师傅？”神甫的额头又阴沉起来。

“还有一次，”诗人轻轻一笑继续说，“我入睡前，从她的锁孔里偷看，我看到了令人馋涎欲滴的女子穿着衬衣，让小布床在她的光脚下好不难受。”

“见你的魔鬼去吧！”神甫喊道，目光可怕，把兴奋不已的甘果瓦的肩膀一推，大步冲进了大教堂黑咕隆咚的拱廊。

三 铜 钟

打从示众柱的那天上午以后，圣母院附近的邻居注意到：伽西莫多敲钟的热情冷却下来很多。以前，动不动就钟声叮当，晨钟悠悠，从晨课一直敲到晚祷，遇有大弥撒，钟楼上钟声飞扬，举行婚礼和洗礼，铃铛群奏出抑扬顿挫的调子，在空中交响回唱，像一件由万千悠扬的音符不停地绣出来的绣品。古老的教堂，颤抖不已，乐声飞扬，为钟声而欢喜不止。我们在钟声里不断感到有一个淘气的声音的精灵，借这一张张铜质的嘴巴在歌唱。现在，这个精灵似乎已经消失不见。大教堂显得沉闷，有意沉寂了下来。遇有节庆和葬礼，钟声也简简单单，干巴巴，光秃秃，只是仪式需要，别无其他。一座教堂有两种声音，对内是管风琴，对外是钟声，现在只剩管风琴了。仿佛钟楼里再也没有乐师了。伽西莫多还在钟楼上，他身上发生了什么事情？是不是示众柱的耻辱和绝望还留在他的心底？是不是行刑人的一下下鞭子还在他灵魂里回响不已？是不是这番遭遇后伤心熄灭了他身上的一切，甚至熄灭了他对大钟的激情？或者，是不是马利亚在圣母院的敲钟人心里有了一个对手？是不是大钟和十四位小姐妹已被冷落一旁，让位于更加可爱和更加美丽的什么东西？

在这个可爱的一四八二年，恰巧圣母领报瞻礼节[31]落在三月二十五日的星期二。这天空气十分洁净，十分轻盈，伽西莫多感到身上对大钟的爱有点回来了。他就登上北钟楼，而教堂执事已把教堂的大门洞开，当时大门是用厚木制成的门板，门上包铜，镶有镀金的铁钉，围以“精雕细凿的雕塑”[32]。

伽西莫多来到高高的钟楼笼子里，打量片刻六座钟，伤心地摇摇头，仿佛为有什么古怪东西堵在了他和这些钟之间而哀叹。但是，当他晃动起这些钟，当他感到这一串钟在他手下动将起来，当他看见，因为他没有听力，他看见蹦蹦跳跳的八度音在钟声的音阶上忽上忽下，像一只小鸟从一个枝头跃向另一个枝头，当音乐这个魔鬼，这个恶魔奏出一串串闪闪烁烁的由急而渐缓的音符，攫住了可怜的聋子，他重又感到幸福，忘记了一切，心胸放开，脸上容光焕发。

他走来走去，他拍手，他从一条绳索奔到另一条绳索，他不停喊叫，做出手势，让六个歌者激动起来，像一个乐队指挥激励一批聪明的演奏高手。

“去啊，”他说，“去啊，加布丽埃尔，要使出你的全部音量，今天是过节。”——“蒂博，别偷懒，你慢了。去，去啊，你生锈了，懒鬼？”——“好啊！快！快！要看不见钟锤。把大家震聋了，像我一样。”——“就这样，蒂博，好样的！”——“纪尧姆！纪尧姆！你身子最胖，帕基耶个儿最小，帕基耶最好。我敢说听的人听起来他比你好。”——“好啊！好啊！我的加布丽埃尔，响一点，再响一点！”——“哎！你们俩在上面干吗，两只小麻雀？我没看到你们俩有一点点声音。”——“这些铜嘴巴在干吗？要唱的时候像是在打哈欠？这个，要

---

[31] 由天使加百列下凡向马利亚报告她未婚受孕的喜讯。

[32] 这是雨果从杜布勒《巴黎古代戏剧》一书中摘的引文。

干活！今天是圣母领报瞻礼节。太阳好好的，钟乐也要好好的。”——“可怜的纪尧姆！你喘气了，我的胖子？”

他拼足力气，激励他的一群钟，六口大钟争先恐后地蹦跳，摆动着它们油光光的臀部，如同一群吵吵闹闹的西班牙骡子，被身穿花衣服的骡夫骂骂咧咧，东刺一下，西刺一下。

突然，他的目光从钟楼直墙高耸的石板瓦宽宽的鱼鳞式开口下望，看见有个身穿奇装异服的少女停下步子，在广场上铺开一张地毯，一只小母山羊走来蹲下，一群观众在四周围拢上来。这一看立即改变了他的思绪，凝固了他的音乐热情，如同一阵风，把一滴融化的松脂凝住了。他停下来，从钟乐转过身子，蹲在石板瓦的挡雨披檐后面，把目光盯住了舞娘，这眼神在沉思，深情、温柔，这眼神有一次曾让主教助理吃惊。此时，被遗忘的大钟猛一下全都鸦雀无声了。让爱听钟乐的人大失所望，他们在兑币桥上诚心聆听钟乐，纷纷莫名其妙地走开了，像是有人要给狗看一块骨头，最终给的却是一块石头。

四 ’ΑΝΑΓΚΗ. 宿命

恰巧就在这个三月，我想是二十九日星期六，是圣厄斯塔什的纪念日，我们的年轻朋友、学生约翰·弗鲁洛·杜穆兰在穿衣服时，发现放着钱包的短裤里，没有一丁点儿金属的声音。

“可怜的钱包！”他说着从腋下取出钱包，“怎么！一枚巴黎的小钱都没有啦！掷骰子、啤酒罐和大美人都把你开膛破肚完了！看你现在空空如也，皱巴巴的，软绵绵的！你像个泼妇的胸部！我请教两位，西塞罗[33]老爷和塞内卡[34]老爷，我看到你们硬邦邦的大作散落在地，我能比货币总督察或比兑币桥的犹太人更清楚明白：一枚王冠金埃居值三十五‘打’，每‘打’二十五苏又八个巴黎小钱，而一枚新月埃居值三十六‘打’[35]，每‘打’二十六苏又六个图尔小钱，可这于我又有何用，如果我没有一枚该死的黑色里亚[36]去博弈双陆！噢！执政官西塞罗！借委婉语‘诸如此类’和‘据实看来’[37]解决问题，还算不上是个灾难吧！”

他伤心地穿好衣服。在系高帮皮鞋的鞋带时，他有一个想法，但先是放下，可想法又来，他把背心穿反了，显而易见，内心有激烈的争斗。最后，他把便帽猛摔地上，喊道：“算了！去他妈的。我去找我哥哥！我会起个誓，可我会赚个埃居。”

于是，他匆匆披上他漂亮的宽松外套，捡起他的圆帽，垂头丧气地走出家门。

他走下竖琴街，去老城岛。经过小木箱街时，街上这些美妙的烤肉铁钎不停地在转，嗅觉器官被肉香熏得痒痒的，他朝巨大的烤肉馆投去深情的一瞥，这家烤肉馆曾让方济各会修士卡拉塔什罗内喊出这句悲壮的话：“的的确确，这烤肉店真是令人惊愕不已！”可是，约翰无钱吃午饭，他深深叹一口气，一头扎进小夏特莱城堡的大门，这扇守卫老城岛入口的粗大塔楼的巨型双三叶饰门。

---

[33] 西塞罗（Cicero，前106—前43），古罗马执政官，政治家，哲学家，其著作是西方修辞学的经典。

[34] 塞内卡（Seneca，2—66），悲剧作者和哲学家，其著作是伦理学的经典。

[35] “打”的原文作“unzain”，欠明。译者权作“打”。原文反映中世纪法国钱币的换算之繁复。

[36] 里亚（liard）是路易十一时期开始流通的辅币，等于1/4个苏，或3个小钱。

[37] 这两个委婉语的例子，原文均是拉丁文。

他都无暇按照习俗给这个佩里内·勒克莱尔[38]的混蛋雕像扔一块石头，此人把查理六世的巴黎城出卖给英国人，这件罪行借他的脸赎罪，达三个世纪之久，立在竖琴街和布西街的街角，仿佛永恒的示众柱，雕像满脸污秽，被石头扔得面目全非。

走过小桥，跨越圣热纳维耶芙新街，约翰·德·莫兰迪诺来到圣母院门前。这时，他又犹豫不决起来，他围着灰老爷的雕像徘徊片刻，忧心忡忡地反复说："起誓是肯定的，而埃居却难说！"

他拦住一个从内院出来的教堂执事。"若扎斯的主教助理老爷在什么地方？"

"我想他在钟楼自己的小屋里，"执事说，"我不建议你上去打扰他，除非有人派你来，如教皇，或者是国王老爷。"

约翰拍拍手。"龟孙子！这可是大好机会，看看大名鼎鼎的魔法巫术的小屋！"

他这般考虑后下定决心，毅然钻入小黑门，走上圣吉勒螺旋小梯[39]，通向钟楼的顶层。

"我要看看！"他登楼时在想，"凭圣母娘娘下面的鼓起部分说话，这间小屋真是稀罕之物，我尊敬的兄长藏之深山，如同掩盖自己的阴部！有人说他在小屋内点燃地狱的炉灶，说他用猛火烧制点金石。老天呐！我关心点金石，像关心一粒石子，我宁可在他炉子上看到一份复活节的猪油炒鸡蛋，也不要全世界最大的点金石！"

他登上小柱廊时，喘了口气，对走不完的阶梯，骂了千千万万辆车的魔鬼；接着从北钟楼的窄门继续上爬，此门今天对公众已不开放。他

㊳ 佩里内·勒克莱尔（Perinet Leclerc）于1418年5月28日向英国和勃艮第联军打开巴黎城门，引发抢劫和屠杀。

㊴ 圣吉勒（Saint-Gilles）是法国南方普罗旺斯的小城，据说小城的修道院最早建造此类螺旋形小梯。

垂头丧气走出家门
(Brion 画，Yon-Perrichon 刻)

经过敲钟间后不久，遇见一个侧边的凹陷开出来的小平台，而在拱门下有一扇尖拱的矮门，对面的圆形外墙挖出一个枪眼，从尖拱矮门可以看到一把大锁和铁制的粗实构架。今天想参观此门的人，可以从一段铭文找到此门，铭文白字刻在黑墙上："我爱科拉莉，一八二三年。署名于热纳。"铭文中有"署名"二字。

"喔唷！"学生说，"大概是这儿了。钥匙还在锁孔里。"门虚掩着，他轻而又轻地推开门，把脑袋探进去。

读者并非没有翻阅过伦勃朗令人赞叹的作品，这位绘画界的莎士比亚。在众多精彩的版画中，尤其有一幅蚀刻画，画的估计是浮士德博士[40]，观赏此画不能不惊叹不已。这是一间昏暗的小室，正中有一张桌子，堆满难看的东西：骷髅，地球仪，蒸馏器，圆规，有象形文字的羊皮纸。博士在桌子前，身穿宽大的宽袖外套，头戴有皮里的圆帽，一直盖到眉毛。我们只看见他的半身。他从一把大椅子上欠起身子，两个痉挛的拳头撑住桌子，他以好奇和恐怖的神情，注视着一轮巨大的光环，由神奇的字母拼成，光环在屋子的底墙上闪光，像是暗房里显示出的光谱。这个神秘的太阳似乎在眼前晃动，让暗淡的小屋里充满神秘的亮光。可怕，却美。

当约翰把脑袋探进微开的门，在他眼前出现的是非常近乎浮士德小屋的某种景象。同样是一间昏暗的斗室，几乎没有亮光。也有一把大椅子，一张大桌子，也有圆规，有蒸馏器，天花板上挂着动物骨架，地上一架活动的地球仪，有几只海马[41]和大口瓶一起，瓶里有金色的叶子晃动，几个骷髅放在有图形和文字杂呈的羊皮纸上，摊开的大页手稿摞起来，羊皮纸的锐利页角是很无情的，还有这一堆灰尘和蜘蛛网上，处处是科学的种种垃圾。但是没有发光字母的圆圈，更没有出神冥思的博士，

---

[40] 浮士德（*Faust*）是欧洲多位作家的作品，如英国的马洛、德国的歌德。雨果所说的这幅画，名叫《炼金术士》。

[41] 原文作 hippocéphales，维基词典和百科词典均无解。塞巴谢教授怀疑是指"海马"。

专注于闪闪发光的幻象，如老鹰注视着它的太阳。

不过，小屋并非空无一人。一个男人坐在椅子里，身子伏在桌子上。此人背对约翰，约翰只看见他的双肩和后脑勺。但他毫不费事地认出了这个光秃秃的脑袋，老天爷给他永远剪得光光的，仿佛为了这个外在的标记，表现出主教助理无与伦比的神职禀赋。

约翰这就认出了兄长。但房门开得极轻，克洛德·弗鲁洛长老毫未察觉到他的出现。好奇心重的学生借此机会察看了一回小屋。一只大炉子，他第一眼没有看到，在椅子的左边，天窗的下面。日光通过这个窗户进来，穿过一张圆形的蜘蛛网，蜘蛛网又优雅地把自己纤细的花窗映照在天窗的尖拱上，花窗的中央，这只昆虫建筑师纹丝不动，如同这个花边车轮的车轮毂。炉子上散乱地堆着各种各样的瓶瓶罐罐，陶土小瓶，曲颈甑，炭粉的长颈瓶。约翰叹一口气，看到没有一只陶罐。"一套厨房器皿才叫好看！"他想。

再说，炉子里没有火，看起来，很长时间没有给炉子生火了。约翰看到炼金术的器皿里，有一只玻璃面具，大概是用来调制什么危险东西时，保护主教助理的脸的，放在角落里，积满灰尘，似乎被遗忘在一边。旁边躺着一只风箱，堆积的灰尘更多，顶层有说明文字，是镶嵌的铜字："吹风，希望"。

其他的说明文字根据炼丹术的习惯，大量写在墙上。有的用墨水写成，有的用金属针刻成。其次，有哥特式字母、希伯来字母、希腊字母和罗马字母，乱七八糟。铭文随处重叠，这几句叠在那几句上，最新的盖住最老的，彼此重叠交叉在一起，如同荆棘丛里的枝杈，如同肉搏战时的枪尖。真的，这是混乱不堪的各种哲学，各种幻想，各种人类的格言。不时有一则铭文在其他铭文上大放异彩，如同一面旗帜飘扬在一簇标枪之间。大多情况下，是一则简短的拉丁或希腊箴言，中世纪多的是

实验室
(De Lemud 画，Pannemaker et fils 刻)

这样的箴言："从何处来？从彼处来？"——"人对人是恶人。"——"星座是城堡，神祇是身份。"——"大书，大恶。"[42]——"敢于知。"——"他随处可吹。"不一而足。有时候，出现一个毫无道理的词："强制伙食。"[43] 这也许遮掩了对内院伙食的苦涩暗示。也有时候，神职人员纪律的一句简单格言，被写成一句符合章法的六音步诗句："天上的主有权称主，下界的主只叫老爷。"还不时有希伯来文的晦涩文字，约翰早已对希腊文不甚了了，更一窍不通，一段文句会插有星星，人兽的图形，相互折叠的三角形，凡此种种，更让小屋乱涂乱抹的墙，像是

[42] 原文是希腊文。

[43] 原文是希腊文。

一只猴子握着一管蘸着墨水的鹅毛笔胡乱挥洒一通。

可以说，整间小屋显出荒芜和破败的样子。凌乱的器皿让人想到主人已经很长时间疏于自己的研究，而忙别的事情去了。

这位主人此时伏在一本绘有古怪图画的大手稿上，看来正为一个念头掺杂进他的沉思而痛苦。至少，这是约翰的判断，他听到他喊叫，像在一个空洞的梦里出现断断续续的想法，而高声说着梦话：

“对了，摩奴神[44]说过，琐罗亚斯特[45]教导过！太阳生于火，月亮生于太阳。火是宇宙万物的灵魂。火最微小的粒子不断倾泻出来，亿万细流，纷纷扬扬，流向世界！火粒子流在天空中相互撞击的地方产生光。火粒子流在地上的交叉点上产生金子。”——“光，黄金。同一个东西！”——“是火的具体形态。”——“同一种物质从可见形态到脉动形态的不同，从流体到固体的不同，从水汽到冰的不同，仅此而已。”——“这些不是梦，”——“这是自然的一般规律。但是怎么做能从科学里获取这个一般规律的秘密？怎么！这淹没我手上的光，是金子！就是这些原子按照一定的法则放大，只是按照另一种法则浓缩。”——“怎么办？有些人设想掩埋一线阳光。”——“阿威罗伊[46]，”——“对，是阿威罗伊，”——“阿威罗伊把一线阳光掩埋在科尔多瓦[47]的大清真寺里，埋在可兰经圣堂左边的第一根柱子下。但是，要在八千年以后，才能打开地窖，看看此举是否成功。”

“见鬼，”约翰到一边说，“就这样等啊等一个埃居。”

“……也有人想，”沉思的主教助理继续说，“最好借天狼星[48]的一线

---

[44] 摩奴神（Manou）是人类远祖，是印度教的第一位立法者。
[45] 琐罗亚斯特（Zoroastre）是波斯教的创立者。
[46] 阿威罗伊（Averroës），12 世纪的西班牙阿拉伯哲学家，属于亚里士多德学派。
[47] 科尔多瓦（Cordoue）是西班牙南部的港口城市。
[48] 天狼星是地球能看到的最明亮的星体。

星光实施。不过获得纯粹的天狼星光很不容易，因为同时出现的其他星球会纠缠一起。弗拉梅勒认为用地球上的火实施更简单。”——“弗拉梅勒！命中注定的名字，火光[49]!”——“对，是火。是这样。”——“钻石在碳之中，金子在火之中。”——“不过，如何从火中提取金子?”——“马吉斯特利认为：有些女性的名字极富魅力，极为神秘，操作时只需读她们的名字……”——“看看摩奴神如何说的：‘女性受到尊重的地方，神明感到欣慰；女性受到蔑视的地方，祈求上帝也无用。’”——“女人的嘴总是纯洁的。这是一泓清水。这是一缕阳光。”——“一个女人的名字要好听，要温柔，富有想象力，以长元音结尾，像是祝福的词语”——“……对，先哲说得好，不错，马利亚[50]姑娘，索菲亚[51]姑娘，爱斯梅拉……”——“真该死！老是这个念头!”

他猛地合上书。

他用手摸摸额头，仿佛要赶走缠绕脑际的念头。接着，他拿起桌上的一枚钉子和一把小锤子，锤子柄绘有古怪的魔法字母。

“一个时期以来，”他苦笑一下说，“我所有的试验都失败了！这死念头攫住了我，像一朵火的草花[52]，给我脑袋打上了烙印。我再也找不到卡西奥多尔[53]的秘密，他的灯没有灯芯，没有油能点燃。其实很简单的事情!”

“该死的!”约翰骂骂咧咧说。

“……只要，”神甫继续说，“只要一个卑劣的想法，足以让一个男

---

[49] 原文是拉丁文。火光（Flamma）和弗拉梅勒（Flamel）的词源相同。

[50] 马利亚是圣母的名字。

[51] 索菲亚的名字是智慧的象征。

[52] 草花是古代黥面的记号。

[53] 卡西奥多尔（Cassiodore）是公元6世纪的博学之士，保护古代手稿，发明一种改善抄写工作的小灯。

人软弱和发疯！噢！让克洛德·佩尔内勒笑我吧，她没能让尼古拉·弗拉梅勒一刻摆脱孜孜以求的炼金术！怎么！我手中握着泽希埃利[54]的神奇锤子！可怕的犹太博士从他的地下牢房用这把锤子每敲一下这枚钉子，被他惩罚的敌人的钉子，远在两千里以外，会在吞下钉子的地上陷进一肘[55]的长度。法兰西国王本人，有一晚冒冒失失撞上这位魔术大师的门，在走入巴黎的马路时，没到了膝头。”——“这些事的发生还不到三个世纪。”——“好啊！我有了锤子，我有了钉子，可这些工具在我手里未必比箍桶匠手里的小木槌更厉害。”——“不过，只要能找到泽希埃利敲打钉子时说的这句密码。”

“废话!”约翰想。

“看看吧，试试吧，”主教助理激动地又说，“我如果成功，会看到钉子头部冒出蓝色的火星。”——“这儿-那儿[56]！这儿-那儿!”——“不是这个。”——“西热阿尼[57]！西热阿尼!”——“让钉子给凡是名字叫福玻斯的人打开坟墓……!”——“诅咒！总之，这个念头，还是，永远是这个念头!”

他生气地扔下锤子。接着，他深深瘫倒在椅子里、桌子上，约翰隔着大堆的资料，看不见他了。有几分钟，他只看见他痉挛的拳头死死抓住一本书。突然，克洛德长老站起来，握起一把圆规，不出声地在墙上用大写字体刻下一个希腊词：

---

[54] 犹太博士泽希埃利（Zéchiélé）和他神奇的锤子传闻，引自索瓦尔的《巴黎古物考》一书。

[55] 古时一肘的长度约合50厘米。

[56] 这是女巫参加巫魔夜会时说的话。

[57] 精灵的名字。

宿　　命[58]

“我哥哥疯了，”约翰在心里说，“简单地写就是：命。不是人人非要都学希腊文不可。”

主教助理回来重又在自己椅子上坐下，两手托住自己的头，像一个病人，发烫的额头沉甸甸的。

学生吃惊地在一旁看着兄长。他不知道，他敞开胸怀，他在世上只奉行大自然的自然法则，他顺着自己天性打发激情，他身上激动澎湃的湖泊总是干涸的，他总是每天清早，从湖里开出新的吵吵闹闹的沟渠，他不知道人类激情的这片大海，如果出口都被堵死，会发酵，会沸腾，多么狂暴激烈，大海又积聚，大海又膨胀，大海又泛滥，大海又刻挖人心，大海又发泄成内心的呜咽和无声的抽搐，直到有朝一日，这大海冲决堤岸，撑破海床。克洛德·弗鲁洛严峻和冰冷的外表，这副冷漠的表面的道貌岸然，高不可攀，不可接近，一直欺骗着约翰。快快活活的学生从来没有想到，在埃特纳火山[59]冰雪覆盖的额头下，会有沸腾、疯狂和深厚的熔岩。

我们不知道，他是否立即明白这些思想。不过他纵然糊涂，也明白他看到了本不该看到的事情，他刚才撞见了兄长在最隐蔽情况下的灵魂，却不能让克洛德觉察此事。他看到主教助理恢复最初一动不动的状态，他轻而又轻地缩回脑袋，在门后走出几步声响来，如同有人刚到，告示自己光临。

“请进！”主教助理在小屋里叫道，“我在等你，我有意把钥匙留在门上。进来吧，雅克师傅。”

---

[58] 原文是希腊文。

[59] 埃特纳火山（l’Etna）是意大利西西里岛的活火山，高3200米。

学生大胆进来。主教助理在此地方对此访问颇感尴尬，在椅子上战栗："怎么！是你呀，约翰？"

"总是一个'J'[60]。"学生说，红红的脸上脸皮厚厚的，很开心。

克洛德长老的脸又恢复严肃的表情："你来这儿干什么？"

"哥哥，"学生回答，努力装出一副正正经经的样子，又可怜，又谦卑，手里翻动着他的小毡帽，一副无辜的样子，"我是来向你求点……"

"求点什么？"

"求点我很需要的教导。"约翰不敢高声补上：和我更加需要的钱。这后半句没有说出来。

"老爷，"主教助理冷冷地说，"我对你非常不满意。"

"唉！"学生叹一口气。

克洛德长老让他的椅子转了四分之一圈，定定地望着约翰："很高兴看见你。"

这是可怕的开场白。约翰准备好有一番难堪的冲突。

"约翰，每天都有人给我捎来对你的抱怨。这场斗殴怎么啦，你把阿尔贝·德·拉蒙尚小子爵打伤了？……"

"噢！"约翰说，"这也了不起！一个可恶的随从作弄学生开心，让自己的马在泥浆里奔驰！"

"这是怎么回事，"主教助理又说，"这个马伊埃·法热勒，被你扯破了袍子？他们撕破了长袍。"投诉这样说。

"啊，得了！一件蒙泰古[61]的破披风！可不是吗？"

"投诉说'长袍'，不是'披风'。你懂拉丁文吗？"

约翰不作回答。

---

[60] "雅克"和"约翰"都以字母"J"开始。

[61] 蒙泰古的寄宿生多纨绔子弟，有自己的服装。

克洛德·弗鲁洛

（G. Brion 画，Yon-Perrichon 刻）

“对呀！”神甫摇摇头继续说，“现在学习，现在文学读到这地步了。拉丁文基本听不懂，古叙利亚文不认识，希腊语丑陋之极，连博学的人跳过希腊词不读，也不叫无知，可以说：希腊文，可以不读。”

学生坚定地抬起眼睛：“兄长老爷，我可以把这个写在墙上的希腊词用法语正确读出来吗？”

“哪个词？”

“宿命。[62]”

一丝红晕在主教助理胖乎乎的脸颊上漾出来，像一缕烟云对外预告一座火山有隐蔽的震动。学生几乎没有注意到。

“好哇！约翰，”哥哥结结巴巴地努力说，“这个词什么意思？”

“宿命。”

克洛德老爷脸色又刷白，学生毫不在乎地继续说：“而下面的这个词，是用同一只手刻成的，‘肮脏’[63]，意思是‘肮脏’。你看，我是懂希腊文的。”

主教助理一时无语。这堂希腊文课让他沉思起来。小约翰具有一个宠坏了的孩子的全部聪明，估计提出自己要求的好时机来了。他就装作异常温柔的语调，侃侃而谈。

“好哥哥，难道你对我是恨之入骨，竟对我铁青起脸，只为对我都记不得的某些男孩子和毛孩子，光明正大地给了几拳和几个巴掌，‘几个毛孩子’？看，克洛德好哥哥，有人是懂拉丁文的。”

可是，这一番温情脉脉的虚情假意，对严厉的大哥没有产生通常的效果。刻耳帕洛斯狗[64]没有咬蜜饼。主教助理的额头上没有少掉一丝皱

---

[62] 原文是希腊文。

[63] 原文是希腊文。希腊文词典上“宿命”和“肮脏”在同一页上。

[64] 刻耳帕洛斯狗（Cerbère）是希腊神话里守卫地狱门口的恶狗，长有三个头。古希腊人下葬时，棺材里放蜜饼，作为给恶狗的食物。

纹。——“你这是怎么啦?”他干巴巴说。

“好吧，说真的！是这样!”约翰鼓起勇气说，“我需要钱。”

一听这个不要脸的表白，主教助理的脸色突然摆出好为人师和当爸爸的表情。

“你知道，约翰老爷，我们蒂尔夏普的封地。把田租和二十一户的地租总加一起，只有三十九利弗尔十一苏又六个德尼耶的巴黎钱。这比帕克莱兄弟的年代多了一半，但这并不多。”

“我需要钱。”约翰泰然自若地说。

“你知道，宗教裁判官决定：我们的二十一户人家完全隶属主教区的封地。我们要赎回这份隶属关系的效忠仪式，要付给尊敬的主教每个值六个巴黎利弗尔的两个镀金银马克[65]，而这两个马克，你知道，我还没有积攒起来。”

“我只知道我要钱。”约翰第三遍重复说。

“你要钱做什么用?”

这个问题让约翰的两眼亮起一线希望。他又显出柔顺和肉麻的表情。

“行了，亲爱的克洛德哥哥，我来求你是没有坏心眼的，不是带上你的钱去小酒店里神气活现，不是穿了绣金锦缎在巴黎大街上溜达，带着自己的仆人，‘带着自己的仆人。’不是，我的哥哥，是为了一件慈善事业。”

“哪件慈善事业?”克洛德问，有点吃惊。

“我有两个朋友，他们想为一个可怜的圣母升天会修女寡妇的孩子买一套新生儿用品。这是善举。大概要三个弗罗林[66]，我想出我的

---

[65] 马克是货币的基准单位，约合半公斤。

[66] 弗罗林（florin）是欧洲和法国的货币名（金币）。

一份。"

"你两个朋友叫什么名字?"

"蛮汉皮埃尔和鹅仔客巴蒂斯特。"

"哼!"主教助理说,"这两个名字做善事,就像是炮弹落在主祭坛上。"

显而易见,约翰两个朋友的名字选得非常糟糕。他感到为时已晚了。

"再说,"观察敏锐的克洛德继续说,"一套什么新生儿用品,能值三个弗罗林?还是为了一个圣母升天会的修女?又从什么时候开始圣母升天会修女寡妇们会有襁褓里的孩子?"

约翰又一次打破僵持局面:"好哇,不错!我要钱,今晚去'爱情谷'看蒂埃利女郎伊萨博!"

"不要脸的混账东西!"神甫喊道。

"肮脏[67]。"约翰说。

学生这句从小屋墙上借用的引语,也许是调侃,却对神甫产生了意外的效果。他咬咬嘴唇,愤怒在一片脸红中淡出。

"你走吧,"他于是对约翰说,"我在等人。"

学生还想努力一下。——"克洛德哥哥,你至少给我个巴黎小钱买饭吃。"

"你的格拉提安的教皇手谕录学得怎么样了?"克洛德长老问道。

"我的作业本丢了。"

"你的古典拉丁课程学得怎么样了?"

"我那本贺拉斯[68]被人偷走了。"

---

[67] 原文是希腊文。

[68] 贺拉斯(公元前65—公元前8),古罗马诗人。

训斥

（Brion 画，Yon-Perrichon 刻）

“你的亚里士多德[69]学得怎么样了?”

“我的天哪！哥哥，这位教堂神甫是谁，说过历来异教徒的错误，其老巢总是亚里士多德形而上学的荆棘丛林？亚里士多德的干草堆啊！我可不想借他的形而上学坏了我的宗教。”

“年轻人，”主教助理又说，“国王最后一次来圣母院时，有个贵族叫菲利普·德·科敏纳，他的马罩上绣着他的座右铭，我建议你好好思考：‘*不劳动者不得食*’。”

学生一时间不说话，把手指捂住耳朵，眼睛望着地下，脸色难看。突然，他向克洛德转过身来，灵活敏捷，像只白鹡鸰。

“这么说，好哥哥，你拒不给我一个巴黎苏，去面包作坊买块面包皮啦?”

“*不劳动者不得食*。”

听到主教助理绝不退让的回答，约翰以手掩面，如呜呜咽咽的女人，以绝望的表情叫道：

“*噢，嘟嘟嘟嘟嘟呀*[70]！”

“这是什么意思，老爷?”克洛德问道，对这般无礼的怪叫很吃惊。

“嘿，怎么啦!”学生说，对克洛德抬起放肆的眼睛，他刚把拳头掐进眼睛，让眼睛看起来哭得红红的，“这是希腊文！是爱斯库罗斯的一行两短一长格的诗句，充分表现痛苦的感情。”

至此，他一声大笑，又滑稽，又猛烈，倒让主教助理莞尔失笑。这也是克洛德的错误：他为什么这般宠坏了这个孩子?

“噢！克洛德好哥哥，”约翰又说，这声莞尔失笑壮了他的胆，“你

---

[69] 亚里士多德（公元前384—公元前322），古希腊哲学家。

[70] 原文是希腊文。注家说是希腊悲剧诗人爱斯库罗斯悲剧中痛苦的叫喊。

看，我的高帮皮鞋有破洞了。世上哪有厚底靴[71]比鞋跟伸出舌头的高帮皮鞋更悲惨的？”

主教助理迅速恢复了原先的严肃。“我会给你送去新的高帮皮鞋，但没有钱。”

“就只要一枚巴黎小钱，哥哥，”约翰继续恳求说，“我会背熟格拉提安的，我完全信仰上帝，我会是个真正的学问上和品德上的毕达哥拉斯[72]。可是给个巴黎小钱吧，求你啦！你就愿意让饥饿张着大嘴咬我，一张大嘴在我面前，比地狱、比僧侣的鼻孔更黑、更臭、更深？”

克洛德老爷摇摇他满是皱纹的脑袋：“*不劳动者……*”

约翰不让他说完。

“好哇，”他喊起来，“见鬼去吧！开心万岁！我要去小酒吧，我要打架，我要摔瓶瓶罐罐，我要去看姑娘！”

至此，他把小圆帽摔到墙上，把手指头掰得咯咯直响，像一副响板。

主教助理愁容满面地望着他。

“约翰，你没有灵魂。”

“如果这样，用伊壁鸠鲁[73]的话说：‘我身上少了我也说不清的某种没有名字的东西。’”

“约翰，要认真想想如何帮你改正过来。”

“啊，这个！”学生喊道，看看自己兄长，又看看炉子上的蒸馏器，“此地无非都是曲颈甑，思想是，瓶子是！”

“约翰，你在斜坡上很快往下滑。你知道你去什么地方吗？”

---

[71] 厚底靴是古希腊上演悲剧时演员穿的靴子。

[72] 毕达哥拉斯（公元前 6 世纪），古希腊哲学家、数学家。

[73] 伊壁鸠鲁（公元前 341—公元前 270），古希腊哲学家。

“去小酒店。”约翰说。

“小酒店通向示众柱。”

“这就是一盏灯，和别的灯一样，也许第欧根尼带了这盏灯本会找到他的人。”

“示众柱通向绞刑架。”

“绞刑架是一架秋千，一端是个人，另一端是整个世界。做个人真好。”

“绞刑架通向地狱。”

“这是一堆大火。”

“约翰，约翰，结局会很糟糕。”

“但开局会十分良好。”

此时，楼梯上听到有脚步声。

“别说话!”主教助理说，伸出一个指头，放在嘴上，“这是雅克师傅。听着，约翰，”他低声补充说，“你千万不要说起你在这儿见到的和听到的事情。你快躲在这炉子背后去，别出声。”

学生缩在炉下。他在炉子下有了一个富有成效的念头。

“对了，克洛德哥哥，给一个弗罗林，我不出声。”

“别说话！我答应你是了。”

“现在就给我。”

“拿着!”主教助理气愤地把褡裢向他扔去。约翰又缩回炉子下面，门开了。

五　两个黑衣男子

进来的这个人物穿黑色长袍，面色阴沉。我们的朋友约翰第一眼留下的深刻印象（大家会想到，约翰在角落里会好好安排，以便能随心所欲地想看就看，想听就听）是这位新来者服饰和脸容的极度消沉。不过他脸上多少有点温情，但却是猫和法官的温情，虚情假意的温情。他头发斑白，脸有皱纹，将近六十的年纪，眨着眼睛，眉毛已白，耷拉着嘴唇，一双大手。约翰看到只是这般，即大概是个医生或是法官，而且此人的鼻子远离嘴巴，可见其愚蠢，他弓身又缩回自己的窝里，有着别扭之极的姿势，要和倒霉之极的人相伴，也不知道待多少时间，深感绝望。

主教代理甚至没有为此人站起身来。他示意来者坐在门边的一张板凳上，片刻的沉寂，似乎在继续先前的沉思，他这才对来人不无关照地说："你好，雅克师傅。"

"问好，大师。"黑衣人回答。

从两声问候，一边是一声"雅克师傅"，一边是一句杰出的"大师"，可见主教大人对老爷、"主"对"大人"的问候是不同的。显然，这是博士和门生的见面。

"好哇！"主教代理又沉寂片刻，雅克师傅不敢打扰，说，"是否顺利？"

"唉！我的大师，"对方一声苦笑说，"我一直吹气。只是灰，要多少有多少。可不见一粒金星。"

克洛德老爷长老做出不耐烦的手势："我和你说的不是这个，雅克・沙莫吕师傅，是说你巫师的案子。你点名的不就是马克・塞奈纳吗？审计法院的膳食总管？他承认用巫术吗？你用刑成功吗？"

"唉，不行，"雅克师傅回答，"他总是苦笑，我们没法放下心来。此人是块硬石头，我们可以把他在猪市[74]煮熟了，让他说点什么。我们

---

[74] 猪市（Marché-aux-Pourceaux）是巴黎城外的行刑地，其刑如用沸水浇伪币制造者。

绝不手软，直到真相告破。他已经全身散架了，我们给他用上了圣约翰节的全部草药，正如戏剧老作家普劳图斯[75]所说：

面对针刺，烙铁，酷刑，脚镣，锁链，镣铐，

以及铁链，黑牢，木枷，手铐和铁项圈。

都不成功，此人厉害。我都搞糊涂了。”

“你在他家里没有找到什么新东西?”

“倒是有，”雅克师傅说，摸摸他的大钱包，“这片羊皮纸。纸上的字我们不认识。刑事律师菲利普·勒利耶老爷，他懂一点希伯来文，他是在布鲁塞尔康泰斯顿大街的犹太人案件中学会的。”

雅克师傅这般说着，把羊皮纸摊开来。“给我。”主教代理说。他一看这份材料，“纯粹是巫术，雅克师傅!”他叫起来，“‘这儿-那儿!’这是狗女吸血鬼去赴巫魔夜会时的叫声。‘由它，带它，逼它![76]’这是把魔鬼重新锁进地狱的口令。哈克斯，帕克斯，马克斯！这属于医学范围。治狂犬病伤口的处方。雅克师傅！你是教堂法庭的王家检察官：这片羊皮纸太可恶了。”

“我们会再拷问此人。这也是，”雅克师傅再一次摸摸口袋又说，“这是我们在马克·塞奈纳家里找到的东西。”

这是克洛德长老炉子上的那种家用盖锅。“啊!”主教代理说，“一只炼金术用的坩埚。”

“我得向你承认，”雅克师傅带着他腼腆和不自然的微笑又说，“我在炉子上试用过这坩埚，并不比用自家的坩埚更成功。”

主教代理开始细看这只锅。“他在坩埚上刻了什么呀？奥克！奥克！

[75] 普劳图斯（公元前254—公元前184），古罗马喜剧作家。引诗见他的剧作《阿西纳利亚》。

[76] 原文是拉丁文。这是弥撒经上的用语，据说具有让魔鬼回地狱的奇效。

驱赶跳蚤的话！这个马克·塞奈纳真是无知！我确信，你用这个炼不出金子来！夏天放到床角落里才好，就这样！”

“既然我们谈到了错误，”王家检察官说，“我上楼前刚研究过下面的大门。尊敬的大人真能肯定物理学著作的入口画在市立医院[77]一边吗？还有圣母足下的七个裸体人像中，脚跟有翅膀的是墨丘利[78]吗？”

“对，”神甫回答，“是奥古斯丁·尼福这么写的，这位意大利博士有个长胡子的魔鬼，什么东西都教给他。反正，我们下去吧，我会对着文字给你解释的。”

“谢谢了，我的大师，”沙莫吕说，深深地一鞠躬，“对，我都忘了，你要我什么时候叫人逮捕这个小女巫？”

“哪个女巫？”

“那个你知道的吉卜赛女人，虽然宗教裁判官明令禁止，她仍每天来教堂前的大广场上跳舞！她有一头中了魔的母山羊，头上长着魔鬼的角，母山羊能读，能写，懂数学，像比卡特里克斯[79]，有这头母山羊，足以绞死所有的吉卜赛人。审讯已准备就绪；会很快审完，行了！这个舞娘，凭良心说，是个尤物！最美丽的黑眼睛！两颗埃及的宝石！我们什么时候开始动手？”

主教代理脸色苍白得难看。

“我会告诉你的，”他结结巴巴，声音有气无力，接着又用力说，“先处理马克·塞奈纳。”

“你放心，”沙莫吕笑一下说，“我回去叫人把他绑上皮床。不过此人是个魔鬼，他让皮埃拉·托特吕本人都吃不消了，他的一双手还比我

---

[77] 市立医院（Hôtel-Dieu）在巴黎圣母院的右侧，今天仍然如此。

[78] 墨丘利是罗马神话里的神，主管交通和医药等。

[79] 比卡特里克斯（Picatrix）是一部阿拉伯文的巫学著作。

大呐。正如这位高明的普劳图斯所说：

你倒悬着绞死，五花大绑，重可百斤。[80]

绞盘刑拷问！这是我们的最佳刑具。让他尝尝味道。”

克洛德长老显得心不在焉地忧心忡忡。他向沙莫吕转过身来。

“皮埃拉师傅……雅克师傅，要我说，你先处理马克·塞奈纳！”

“好，好，克洛德大人。可怜的家伙！他会像穆莫勒[81]，有他受罪的，动什么念头想去参加巫魔的夜会！一个审计法院的膳食总管，竟想懂得查理曼的文章。‘女巫或鬼魂’！[82] ……至于那个丫头，斯梅拉达[83]，他们这样叫她的，我听候你的吩咐。……噢！经过大门下的时候，你给我说说图上的园丁是什么意思，走进教堂时看到的。是不是就是‘播种人’[84]？……唉！大师，你在想什么呀？”

克洛德长老陷入自身的深渊里，并不在听他说话。沙莫吕顺着他的视线望去，看到他呆呆地盯着那张罩在天窗上的大蜘蛛网。此时，一只苍蝇糊里糊涂，想找三月的阳光，飞来撞上这张网，粘在网上。巨大的蜘蛛感到它的网震动，从中央的小室朝外猛地一跳，扑在苍蝇上，用前触角将苍蝇一折为二，丑陋的吻管探进苍蝇的脑袋。

“可怜的苍蝇！”教堂法庭的王家检察官说，伸手想去救下苍蝇。主教代理仿佛惊醒过来，以痉挛般的蛮劲，拽住他的胳膊。

“雅克师傅，”他喊道，“让宿命行事吧。”

检察官很害怕地转过身来，他仿佛感到有一把铁钳钳住了他的胳

---

[80] 原文是拉丁文。引自普劳图斯的《阿西纳利亚》。

[81] 穆莫勒（Mummol）是6世纪末的大贵族，被怀疑施行巫术，处以木桩刑戮。

[82] 原文是拉丁文。Masca 作 larva 解。

[83] 民间对爱斯梅拉达的错误叫法。

[84] “播种人”，《新约·马太福音》有“播种人”的比喻。

膊。神甫的眼睛直直的，无神，火辣辣的，始终注视着苍蝇和蜘蛛的这幅可怕的小图。

“噢！对，”神甫继续说，这声音真像出自他的肺腑，“这是万物的缩影。苍蝇飞，高高兴兴，刚刚出生。苍蝇找春天，要自由呼吸，要自由：噢！对。但苍蝇撞上这张夺命的圆花边，蜘蛛爬过来，丑恶的蜘蛛！可怜的舞娘！命中注定的可怜苍蝇！雅克师傅，你别管！这是宿命！……唉！克洛德，你是蜘蛛。克洛德，你也是苍蝇！……你扑向科学，扑向光明，扑向太阳，你只求可以自由呼吸，只求明明白白的永恒真理。但是当你急匆匆扑向通往另一个世界的令人头晕目眩的天窗，通往光明、智慧和科学的世界时，盲目的苍蝇啊，糊涂的博士啊，你没有看见这张纤细的蜘蛛网，被命运挂在光明和你之间，你奋不顾身地扑上去，可悲的疯子啊，你现在挣扎，在宿命的铁的吸管里脑袋撞破，翅膀折断！……雅克师傅！雅克师傅！让蜘蛛干吧！”

“我向你保证，”沙莫吕说，望着说话人，却不明白，“我不会碰蜘蛛的。可你放开我的胳膊呀，大师，求你了！你的手是把大铁钳。”

主教代理没有听见他说话。“噢！糊涂虫！”他接着说，眼睛不离天窗，“你什么时候能办到，用你的苍蝇的小翅膀，能冲破这张令人生畏的网，你就以为可以有望获得光明！唉！这扇远处的玻璃窗，这座透明的障碍物，这座比铜墙铁壁更坚硬的水晶大墙，把世界的种种哲学和真理隔离开来，你怎么能跨得过去？学问的虚荣心啊！多少智者从远方飞来，在水晶大墙上碰得头破血流！多少理论乱哄哄地吵吵嚷嚷，撞上这座永恒的玻璃窗！”

他沉默了。这后面的一些思想，不知不觉又将他自己拉回到学问上来，看来让他安静下来了。雅克·沙莫吕给他提出一个问题，让他完全回到现实中来。

“而这个，我的大师，你什么时候来帮助制造金子？我迟迟不得成功。”

主教代理苦笑一下摇摇头。

“雅克师傅，读读米歇尔·普塞鲁斯的书，《关于能量和魔鬼的操作的对话》[85]。我们做的事情不完全是清清白白的。”

“轻一点，大师！我想到了，”沙莫吕说，“不过，仅仅身为教堂法庭的王家检察官，每年三十个图尔埃居，还是要从事一点炼金术之类。只是，说话轻一点。”

此时，一阵咬嚼和咀嚼的声音，从炉子下传到沙莫吕不安的耳朵中来。

“什么声音？”他问道。

是学生龟缩在下边，又难受，又无聊，给他发现一块干面包皮和一角发霉的奶酪，毫不客气地吃将起来，既是安慰，也是午餐。他饿极了，声音很大，每吃一口，都狠狠地咬，这就惊醒了检察官。

“是我的猫，”主教代理立即说，“在下面享受什么老鼠吧。”

这个解释让沙莫吕感到满意。

“其实，大师，”他毕恭毕敬笑着回答，“古往今来的哲学大师，都有自己的宠物。你知道塞尔维乌斯[86]说过的话：‘没有地方没有自己的精灵。’”

不过，克洛德长老担心约翰有新的发作，提醒自己可敬的门生大门上有些图像要一起研究，两人走出小屋，让学生大大松了口气！他开始认真地担心自己的膝盖会刻上下巴的印痕。

---

[85] 原文是拉丁文。米歇尔·普塞鲁斯（Michel Psellus，1018—1078）是拜占庭哲学的先哲，最早提出有“神秘物质”。但是《关于能量和魔鬼的操作》这本书事实上于1828年出版，即雨果写《巴黎圣母院》前不久出版。

[86] 塞尔维乌斯是公元4世纪的拉丁学者，曾评注过维吉尔的史诗《埃涅阿斯纪》。

六 大白天七句粗话产生的作用

"主啊，赞美你!"约翰师傅走出小窝时叫道，"两只猫头鹰走了。奥克！奥克！哈克斯！帕克斯！马克斯！跳蚤！疯狗！魔鬼！他们的谈话我受够了！我脑袋嗡嗡响，像口大钟。外加发霉的奶酪！加油！下楼吧，带着大哥的钱包，把钱统统换成酒瓶!"

他朝珍贵的钱包里深情留恋地望上一眼，整了整衣着，擦了擦高帮皮鞋，弹一弹可怜的沾满尘灰的袖口，哼一支小曲，转身一跳，察看一下小屋里是否还有东西可拿，在炉子上随便挑走个玻璃制的护身符，可以送给蒂埃利女郎伊萨博当首饰，打开兄长最后一次宽大为怀没有关上的门，他最后一次捣蛋也不关上门，像只小鸟，蹦蹦跳跳，走下转盘楼梯。

他在黑暗的螺旋形楼梯上，和避让一边的发出咕噜咕噜声的东西擦肩而过，他估计是伽西莫多，他真觉得滑稽，走完余下的梯级时，笑得直不起腰来。走上广场时，他还在笑。

他回到地上，用脚蹬蹬地。"噢!"他说，"巴黎的地面真好，真可敬！雅各[87]可恨的长梯让天使们直喘气！我干吗想到钻进这间捅破天的石头螺蛳壳里去，这一切，只是吃点长毛的奶酪，从天窗里看看巴黎的钟楼!"

他走出几步，远远看到两只猫头鹰，即克洛德长老和雅克·沙莫吕师傅，正静心专注于大门上的一座雕像。他踮起脚尖走近他们，听见主

---

[87] 雅各（Jacob）是《圣经》人物，族长，是12部族之父。他曾梦见有长梯通天，有天使们上上下下。上帝许诺他会有众多的子嗣。

教代理低声对沙莫吕说："是巴黎的纪尧姆叫人在这块天青色、周边金黄色的石头上刻了个约伯[88]。约伯代表炼金石，炼金石要经受考验和磨炼，才臻于完美，正如雷蒙·鲁莱[89]所说：'保有特有的外形，灵魂才平安。'"

"我才无所谓，"约翰说，"我有了钱包。"

此时，他听到身后一连串的粗话，骂得响亮，有板有眼："真见鬼！活见鬼！死鬼！王八蛋！混蛋！龟孙子！操他妈的蛋！"

"凭良心说，"约翰叫道，"这只能是我的朋友福玻斯队长啊！"

正当主教代理在给王家检察官解释，为何龙把尾巴藏在一堆烟雾弥漫和一个国王脑袋之间时，这福玻斯的名字传入他的耳朵。克洛德长老全身哆嗦，让沙莫吕大为惊讶地停下不解释，转过身来，看到弟弟约翰在贡德洛里耶家的门前，正走近一个身材高大的军官。

不错，正是福玻斯·沙多贝队长老爷。他靠在自己未婚妻的屋子角落上，像个异教徒一样在说脏话。

"天哪！福玻斯队长，"约翰握握他的手，"你赌咒的兴致甚高啊。"

"操他妈的蛋！"队长回答道。

"操你自己妈的蛋！"学生反击，"这个，好队长，你哪来这份兴高采烈，出口成章啊？"

"多多包涵，约翰好伙伴，"福玻斯摇晃他的手说，"拍马扬鞭，马蹄收不住呀。我一边飞奔，一边赌咒啊。我去这些假正经的女人家里，出来时满嘴都是粗话，我要一吐为快，否则撑死了，操他妈的蛋！"

"你想来喝一杯吗？"学生问道。

---

[88] 约伯（Job），《圣经》人物。

[89] 雷蒙·鲁莱（Raymond Lulle，1232—1315）是加泰卢尼亚哲学家和诗人作家，著述丰富，涉及多门学科，对后世有很大影响。

这个提议让队长安静下来了。

“愿意奉陪，但我没有钱。”

“我有啊！”

“得了！看看？”

约翰在队长面前解开钱包，颇有风度，干净利落。此时，主教代理撇下惊讶不已的沙莫吕不管，已经赶上他们，在几步远处停下来，望着两个人。这两个人没注意到他，专心致志地看钱包。

福玻斯惊呼：“你口袋里有钱包，约翰！这是水桶里的月亮。看得见，拿不到。只有月亮的影子！没错！我们打赌，小石子而已！”

约翰冷冷地回道：“这就是我小钱包里的小石子。”

他不多解释，在身边的界石上把钱包倒出来，神气像个拯救了祖国的罗马人。

“真是上帝！”福玻斯喃喃道，“有盾形银币，有大银币，有小银币，有图尔半德尼耶钱，有巴黎德尼耶，有真正的老鹰里亚钱！晃眼睛呐！”

约翰仍然很有风度，不动声色。有几个里亚钱滚落到烂泥地里；队长激动之余，俯身要去捡钱。约翰拉住他：“呸！福玻斯·德·沙多贝队长！”

福玻斯数钱，一本正经地向约翰转过身来：“你知道吗，约翰，有二十三个巴黎苏！你昨天夜里在割嘴街上向谁下的手？”

约翰把一头金色的卷发向后一仰，半闭上鄙夷不屑的眼睛说道：“有一个愚蠢的主教代理哥哥。”

“他奶奶的！”福玻斯叫道，“这个好人！”

“去喝一杯。”约翰说道。

福玻斯·德·沙多贝
(Brion 画，Pannemaker fils 刻)

“我们去什么地方?”福玻斯说，“去‘夏娃的苹果[90]’”?

“不，队长，去‘老学问’，老太太锯把手，这是个字谜[91]，我喜欢。”

“字谜见鬼去吧，约翰!‘夏娃的苹果’的酒更好，再说，门边有阳光下的葡萄，我喝酒时好开心。”

“好哇!去夏娃和她的苹果，”学生说，拽着福玻斯的胳膊，“对了，我亲爱的队长，你刚才说割嘴街。这样说很不好，现在别这么野蛮。要说割胸街[92]。”

朋友俩朝“夏娃的苹果”走去。无须多说，两人先在地上捡钱，主教代理跟随其后。

主教代理跟随其后，阴沉，惊恐。是否就是这个福玻斯?自从和甘果瓦相遇后，在他的思想里这个受诅咒的名字挥之不去?他不知道，再怎么说，这是个福玻斯，有此神奇的名字已够，让主教代理蹑手蹑脚跟随这对无忧无虑的伙伴，听着他们说话，以不安的细心观察两人的一举一动。再说，听他们说话十分容易，他们高声说话，毫不在乎让过路人参与他们的密谈。他们谈决斗，谈姑娘，谈酒壶，谈干傻事。

走到一条街的拐角处，巴斯克鼓的鼓声从邻街的十字路口传来。克洛德长老听到军官对学生说:

“该死!快走。”

“干吗!福玻斯?”

“我怕吉卜赛女人看到我。”

“哪个吉卜赛女人?”

---

[90] “夏娃的苹果”是诱惑之果。

[91] “老学问”(A la Vieille-Science)可拆成 une vieille qui scie une anse，意思是“老太太锯把手”，成为字谜。

[92] 史载索邦大学附近，古时确有两条小街，一叫“割嘴街”，一叫“割胸街”。

“那个带着母山羊的丫头。”

“斯梅拉达姑娘?”[93]

“正是她，约翰。我总是忘了她的鬼名字。快走，她会认出我来的。我不想让这个女孩子在街上撞见我。”

“你认识她，福玻斯?”

至此，主教代理看到福玻斯冷笑一下，凑着约翰的耳朵，对他低声说了句话。接着福玻斯哈哈大笑，好不得意地摇起头来。

“当真?”约翰说。

“我可以起誓!”福玻斯说。

“今晚?”

“今晚。”

“你肯定她会来?”

“你是疯了，约翰?这种事情还有怀疑的?”

“福玻斯队长，你这个幸运的衙役!”

主教代理听到了全部的对话。他的牙齿咯咯直响，看得分明，有一阵战栗掠过他的全身。他停步片刻，靠在一条界石上，像个醉醺醺的人，接着跟上两个快活家伙的步伐。

他赶上他们俩时，两人已改变了话题。他听到两人没命地唱一段老调：

小方格街[94]上的孩子，
像小牛犊被人绞死。

---

[93] 学生也错读这个名字。

[94] 小方格街，巴黎的小街名，在第2区，今存。

七 妖 僧

大名鼎鼎的“夏娃的苹果”小酒店，坐落在大学区，在垫圈街和律师公会会长街的街角上。这是底层的一间大厅，相当宽敞，又十分低矮，拱顶的突出部分由一根漆成黄色的粗大木柱撑住，到处是桌子，墙上挂着锃亮的锡壶，总有很多酒客，多的是年轻姑娘，临街的一扇玻璃门，门外一枝葡萄，店门的上面，一块色彩绚丽的铁皮板上，画着一只苹果和一个女人，因为雨水已经生锈，在一根铁制烤肉铁钎上随风摆动。这般望着路面的风向标便是酒店的店招。

夜幕降临，路口黑黑的，点满蜡烛的酒店从远处看灯火通明，像是黑暗中的锻炉。听得见酒杯的声音，大吃大喝、赌咒发誓和争吵谩骂的声音，从破窗格里飘将出来。透过暖洋洋的大厅铺撒在玻璃窗前门的雾气，看得到人头攒动，人影零乱，不时从中爆出一阵响亮的笑声。行人忙着自己的事情，没有朝店里看一眼，贴着喧闹的玻璃门走过。只是，过一阵，有个破衣烂衫的小男孩，踮起脚尖，趴在前墙的栏杆上，向酒店里喊出老一套的嘲弄嘘叫声，盯着那些酒鬼：呜呀，醉个饱，醉个饱，醉个饱！[95]

不过，有个人，不动声色地在吵吵嚷嚷的小酒馆门前踱来踱去，不时向内张望，绝不走远，比一个执矛的哨兵不离开他的岗哨更加执着。他把大衣拉到鼻子上。这件大衣，是他刚刚在“夏娃的苹果”附近的旧货店里买的，大概是为三月天的晚上御寒之用，也许是为遮盖他的外衣。

---

[95] 这些当年街巷里的喊叫声，雨果引自索瓦尔的《巴黎古物考》。

他时不时在有铅格子的模模糊糊的窗前停下步来，他倾听，他注视，又跺跺脚。

小酒店的门终于打开。看来他就等着开门。出来两个酒客。从门里射出来的亮光，一时间把客人开开心心的脸蛋照成紫红色。大衣男子走到街对面的门廊下，静心观察。

“操他妈的蛋!”其中一个酒客说道，“快敲七点了。是我的约会时间。”

“我对你说，”他伙伴大着舌头接着说，“我不住在谗言街，住谗言街的人没脸。我的家在软面包让街，住在软面包让街。”

“如果你不否认，你比否认戴绿帽子的人帽子更绿。”——“大家知道，在熊身上骑过一次的人不会再害怕；可你是喜欢秀色可餐的，和医院里的圣雅各[96]一样。”

“约翰，我的朋友，你醉了。”另一个人说。

对方摇摇晃晃回答：“你爱说就说，福玻斯。不过事实证明，柏拉图的侧影像只猎犬。[97]”

读者大概已经认出来，是我们的两位好朋友，队长和学生。看来，窥探他们俩的男子也认出他们来了，因为他慢步跟上。学生让队长走弯弯曲曲的路，队长是久经考验的酒客，头脑也还清醒得很。大衣男子仔细倾听，把下面这段有趣的谈话听得一清二楚：

“戴帽子的家伙！你走路得走直路哇，青年学士老爷。你知道，我得告退了。已经七点了。我和女人有个约会。”

---

[96] 鹅街对面有圣雅各医院。鹅街（rue aux Oues）演变成熊街（rue aux Ours），是约翰在拿街名大开玩笑。

[97] 有本《地狱词典》，曾把柏拉图的脸和猎犬的脸印在同一页上。

从小酒店出来
（Foulquier 画，Méaulle 刻）

"你，那你先走吧！我看见星星，看见发亮的矛。你像当马丁城堡[98]都笑开了嘴了。"

"凭我老奶奶脸上的疣子起誓，约翰，老是反对也不近情理。……对了，约翰，你身上还有剩钱吗？"

---

[98] 当马丁城堡在巴黎西北30多公里处。城堡历经炮火，屹然不倒，但满目疮痍，由此有民谚：当马丁城堡笑开了嘴。

“校长老爷，没有错，小肉铺，小肉铺[99]。”

“约翰，约翰朋友，你知道，我和这个丫头在圣米迦勒桥下定了约会，我只能带她去法卢代尔妇人家里，桥下开安乐窝的老板娘，房间要付钱的。这个长白胡子的老淫婆不给我赊账的。约翰！求你啦！我们把神甫的钱包都喝光啦？你连一个巴黎银币都不剩啦？”

“想到美美地度过业余时间，才是餐桌上一味合理而又美味的佐料。”[100]

“奶奶的！少废话！你说，鬼约翰！你还有剩钱吗？给我，见鬼！否则我来搜身，哪怕你像约伯有麻风病，哪怕你像恺撒长疥疮！”

“老爷，疥疮什街[101]的一头是玻璃街，另一头是农具街。”

“对，好哇！我的好朋友约翰，我可怜的伙伴，疥疮什街，好，很好。但是，看在老天爷分上，你别这样，我只要一个巴黎苏，七点钟用。”

“四周安静，听好副歌：

当把猫吃掉的竟是耗子，
国王当上阿拉斯的主子；
当大海浩荡，又波涛汹涌，
到圣约翰节时也会冰冻，
大家这才在镜子上看见，
阿拉斯的市民走出据点。[102]”

---

[99] 原文是拉丁文。小肉铺在圣约翰市场，15 世纪因屠夫勾结勃艮第人后，隶属于圣雅各大肉铺市场。

[100] 这是法国作家蒙田的引文。雨果借自索瓦尔，文字上和蒙田的原句稍有出入。

[101] 疥疮街（rue Galiache），无考，疑是雨果自撰。

[102] 典出法国国王路易十一出征勃艮第公国，1482 年年底签订和约。阿拉斯是勃艮第的属地，市民抗击法王，被逐出城。这首副歌属于“不可能体”的诗体，写不可能发生的事情。

“好哇，反基督的学生，愿你在你妈的肚子里被憋死！”福玻斯叫道，他把喝醉的学生猛推一下，学生一滑，撞在墙上，软绵绵倒在菲利普-奥古斯特的马路上。福玻斯以从不离开酒鬼心中的最后一点好兄弟的同情心，一脚把约翰踢到这所谓穷人的枕头上，这是老天爷在巴黎任何一块界石边上备好的枕头，而富人鄙夷不屑地斥之为“垃圾堆”。队长把约翰的脑袋枕在白菜根一般的斜面上，学生立即躺得平平整整，开始鼾声大作。此时，队长心里的积怨没有全部消失。“活该，如果死神的大车顺路把你带走！”他对进入睡乡的可怜的小文人说，便走开了。

大衣男子一直盯紧队长，在躺倒的学生前停步片刻，仿佛心中实在拿不定主意；接着，长叹一声，也追随队长走开了。

我们像这两人一样，要放下约翰，让他在美丽的星光温情脉脉的注视下入睡，如果读者愿意，我们也随两人而去。

走进拱门圣安德烈街，福玻斯队长觉察到有人跟踪他。他不经意回过眼睛，看到有个黑影贴着墙，在他身后匍匐而行。他停下，黑影停下；他起步，黑影起步。这根本谈不上让他不安。

“哼，没什么！”他内心深处在想，“我身无分文。”

到奥顿中学[103]的正门前，他停步了。他在这所中学读了点他所谓的书，出于他仍然有了一点爱作弄人的学生习惯，他从不经过中学，而不让大门右边的皮埃尔·贝特朗[104]红衣主教的雕像经受普里阿普斯[105]在贺拉斯的讽刺诗里苦苦哀叹的那种耻辱：从前，我是无花果的树干。他死命用劲，“奥顿主教”的题词已几乎被磨去。他像往常一样在雕像前停步。

---

[103] 奥顿中学，由奥顿主教于 1327 年创办的学校。

[104] 这是奥顿主教的姓名。

[105] 普里阿普斯（Priape）是希腊神话中的男性生殖力之神。

走路东倒西歪
(Brion 画，Yon-Perrichon 刻)

街上空无一人。他无精打采地收起金属的细绳，仰起头，看到黑影缓步向他走近，步子很慢很慢，他从从容容看得见黑影穿着大衣，头戴帽子。走近他身边时，黑影纹丝不动，比贝特朗红衣主教的雕像更一动不动。此时，黑影盯住福玻斯的两只眼睛，充满一种朦胧的目光，这是夜里猫的瞳孔里冒出来的目光。

队长是个勇敢的人，即使有个手握树干打人的窃贼，也不会放在心上。但是这尊行走的雕像，这个石头人[106]，让他全身冰凉。这个时期，巴黎到处流传有妖僧的故事，深更半夜在巴黎的大街上徘徊，他此时模模糊糊地想起来了。他有几分钟惊愕了，最后勉强一笑，打破沉默。“老爷，如果你是盗贼，我希望是这样。你对我是一只鹭鸶[107]去攻击核桃壳。亲爱的，我是破落人家的子弟。你找别处去。这所学校的小教堂里，有真的十字架木头，是包银的。”

黑影从大衣下伸出手来，扑向福玻斯的胳膊，沉甸甸的像老鹰的爪子。同时，黑影开口：“福玻斯·德·沙多贝队长!”

“怎么见鬼了!”福玻斯说，“你知道我的名字!”

“我不仅知道你的名字，”大衣男子以坟墓里的声音又说，“你今晚有个约会。”

“对。”福玻斯回答，惊愕不已。

“七点钟。”

“一刻钟以后。”

“在法卢代尔妇人家里。”

“正是。”

“圣米迦勒桥的安乐窝老板娘。”

---

[106] 石头人的说法，隐喻下文“石客”的典故。

[107] 典出寓言诗人拉封丹的《寓言诗》第7卷第4首《鹭鸶》。

“是大天使圣米迦勒，正如天主经所说。”

“亵渎!”鬼影咕哝道，“和一个女人?”

“我认错。”

“她的名字叫……”

“斯梅拉达姑娘[108]。”福玻斯轻快地回答。他的轻松自在一点点回来了。

听到这个名字，黑影的铁爪死命地摇晃福玻斯的胳膊。“福玻斯·德·沙多贝队长，你撒谎。”

谁要是能在此刻看到队长通红的脸，看到他猛地往后一跳，挣脱了一直钳住他的铁钳，看到他高傲的神色，迅速出手抓住自己的剑柄，看到大衣男子面对这番愤怒时死气沉沉的纹丝不动，谁都会被吓住了。这是唐璜[109]和石像之间争斗的某种事情。

“去他的基督和撒旦!”队长喊道，“这种话很少冲进一个姓沙多贝的人的耳朵，你敢不敢再说一遍?”

“你撒谎!”黑影冷冷地说。

队长牙齿咬得咯咯直响。妖僧，幽灵，迷信，他此时都忘记干净。他只看到有人和有羞辱。“啊！好得很呐!”他结结巴巴，气得说不出话来。他拔出佩剑，语无伦次，因为愤怒和恐惧一样，会让人发抖。“此地！马上！冲啊！拿剑！拿剑！此地立马见血!”

然而，对方不动声色。他看到对手取守势，准备一腿屈膝前倾，说道：“福玻斯队长，”他说，声音因苦恼而颤抖，“你把约会忘了。”

像福玻斯这样的男人狂怒发作时，像牛奶汤里加一滴冷水，就不再

---

[108] 福玻斯和约翰一样，错读这个名字。

[109] 唐璜（don Juan）是莫里哀的同名戏剧和莫扎特的同名歌剧。唐璜原是西班牙传说中的花花公子，玩弄女性。他要求一位受害者死去的父亲，一尊石像共进晚餐，石像赴会，和唐璜握手，把他拖入地狱。

沸腾了。这一句简单的话，让他放下佩剑，剑光在队长的手上闪耀。

“队长，”此人继续说，“明天，后天，一个月后，十年后，你等着我来砍断你的脑袋。你先去赴会吧。”

“不错，”福玻斯说，仿佛想给自己一个下楼的台阶，“一场约会里，出现一把剑和一个姑娘，这是两样可爱的东西。不过我看不出我能两者兼得时，为什么不兼而有之呢?”

他把佩剑插回剑鞘。

“你去赴会吧。”陌生人又说。

“老爷，”福玻斯有些为难地回答，“你礼貌周到，不胜感谢。其实，明天什么时候都方便，我们彼此在亚当老爹的短上衣上[110]切上一块，或开个口子。你还允许我度过快活的一刻，感激不尽。我本希望把你放倒在小溪里，还赶得上去看美人，尤其因为此刻夜阑人静，可以让女人等一等。不过，我看你是个男子汉，把牌放到明天打更好。那我就赴约了，说好七点，你也知道。”说到此地，福玻斯抓抓耳朵。

“啊！真是活见鬼！我都忘了！我身无分文，无法支付顶楼的费用，而老婆子老板娘要先付钱的。她信不过我。”

“给你要付的钱。”

福玻斯感到陌生人冰冷的手塞进自己手里一枚大钱。他无法不拿这个钱，紧握这只手。

“真是上帝!”他叫起来，“你是大好人!”

“有个条件，”此人说，“证明给我看，是我错了，你说的是对的。把我藏在角落里，我要看看这个女子，是否就是你说过名字的那个女人。”

---

[110] 《圣经》中亚当是人类的始祖，赤身裸体。“亚当的短上衣”只是自己的皮肤。

“噢！”福玻斯说，“这我无所谓。我们会要圣马大[11]的房间，你可以从一边的狗窝随便看。”

“来吧。”黑影又说。

“为你效劳。”队长说，“我不知道你是否是魔鬼老爷的真身，不过我们今晚做好朋友，明天，我会用钱包和剑还给你全部的债。”

走进法卢代尔妇人的店里
(Foulquier 画，Rouget 刻)

两人重又快步走去。几分钟后，河水的声音告诉他们，已到圣米迦

[11] 圣玛尔达（Sainte Marthe）是《圣经》人物，后来到法国南方，是客栈的主保圣人。

勒桥上，当年桥上有屋子。

“我先带你进去，”福玻斯对伙伴说，“然后找美人，她在小夏特莱城堡附近等我。”他的伙伴不答。两人结伴同行以来，他一言不发。福玻斯在一处低矮的门前停步，狠狠磕了一下。门缝里透出光来。

“是谁啊？”瘪嘴的声音叫道。“活见鬼！真见鬼！见他妈的鬼！”队长回答。门立即开了，让来客看到一个老太婆和一盏老油灯，人和灯都摇摇晃晃。老妇人的躯体折成了两段，穿得很破烂，点着头，眯着小眼睛，盘着一块抹布，满身皱纹，手上皱，脸上皱，颈子里也皱。两片嘴唇缩到牙床骨内，嘴巴四周，一片钳子般的白毛，看起来像只猫儿甜蜜蜜的脸。破屋的屋里只比她更破：石粉的墙，天花板上黑黑的椽子，开裂的壁炉，每个角落里都有蜘蛛网；屋子中央，一堆摇摇晃晃的瘸腿桌子和板凳，炉灰里有个脏孩子，屋子深处有楼梯，其实是张木梯，通往天花板上的一个翻板洞口。福玻斯的神秘伙伴走进这处小窝时，把大衣拉高到眼睛。这时，队长一边像个干苦力活的人骂骂咧咧，一边正如精彩的雷尼埃[112]所说：急着“让一个埃居闪出太阳的光芒”。

“圣马大的房间。”他说。

老太婆视他为大老爷，把埃居塞进抽屉。这正是黑衣男子给福玻斯的钱。她转身的时候，在炉灰里玩的破破烂烂的长头发小男孩，机灵地走近抽屉，取走那枚埃居，放进他从木柴上拉下的一枚干叶。

老太婆示意两位大老爷，她是这么称呼他们俩的，要他们随她走，领他们登楼。她走到楼上，把手中的灯放在一只木箱上，福玻斯是这间屋子的熟客，打开一间通往一小间黑屋子的门。“请进吧，好朋友。”他对伙伴说。大衣男子允命，没有回答。门在他身后关上，他听见福玻斯

---

[112] 雷尼埃（Régnier，1573—1613），法国讽刺诗人。金埃居有太阳的图案，上有8条金光。

又把门用门闩拴好，片刻后和老太婆走下楼梯。没有亮光了。

八　窗子开在河上的好处

克洛德·弗鲁洛（因为我们推想读者比福玻斯聪明，在这一番奇遇中看到的妖僧不是别人，正是主教代理），在队长把他拴在里面的黑黑的小屋里摸索片刻。这是建筑师有时留下的隐蔽角落之一，以便连接屋顶和承重的墙体。这间狗窝，正如福玻斯所说，其纵剖面会多出一个三角区。此外，没有窗子，没有天窗，屋顶是斜向的，让人无法站直。克洛德蹲缩在灰尘和脚下的灰泥残屑里。他的头脑发烫，他用手探索四周，在地上摸到一块碎玻璃，把玻璃贴在额头上，冰凉的玻璃让他好受一点。

此时此刻，在主教代理幽暗的心灵里，情况又是如何呢？只有他和上帝本人才会知道。

在他的思想里，他又是依据什么必然的程序安排爱斯梅拉达姑娘、福玻斯、雅克·沙莫吕、他年轻的弟弟，如此钟爱却又被他遗弃在烂泥地里，他主教代理的黑袍，也许还有他被拖入法卢代尔妇人家里的声誉，这一张张的脸孔，这一幕幕的场景？我说不出来。但是肯定，这种种想法在他内心组成一组可怕的场面。

他等了一刻钟。他似乎老了一个世纪。突然，他听到木楼梯的木板咯咯地响，有人上楼了。翻板又开启了，亮光重又出现了。小屋被虫蛀蚀的门上有一条大缝，他把脸贴上去，这样可以看见邻室发生的一切事情。长着猫脸的老太婆先出现在翻板口，手里提着灯。接着是唇须上翘的福玻斯，接着是第三个人那张美丽优雅的脸，爱斯美拉达姑娘。神甫看到她从地上冒出来，像是令人目眩神迷的显圣。克洛德摇晃了一下，一丝云翳蒙上他的眼睛，周身血管剧烈地跳动，他四周的一切嘈杂作响，一切都在转动。他什么也看不见，什么也听不见。

当他回过神来的时候，福玻斯和爱斯美拉达姑娘单独一起，坐在油灯旁的大木箱上，灯光让这两张年轻的脸凸现在他眼前，小屋的深处有一张破破烂烂的破床。

床边有一扇窗，窗玻璃已破，像一张蜘蛛网，雨水落在窗格上，让人透过破窗格看到一角天空，看到月亮在远处躺在薄云组成的羽绒被上。

少女脸色通红，神情发愣，局促不安。她长长的睫毛笼住她紫红色的脸颊。她不敢对军官抬起眼睛，而军官满面春风。她用手指头在板凳上以笨拙的可爱姿态，机械地画一些不连贯的线条，她望着自己的手指头。看不到她的脚，小山羊蹲在她的脚上。

队长穿得非常帅气，他领口和手腕上是一簇簇装饰用的飘带，当时是高雅之极的饰物。

克洛德长老的热血在太阳穴嗡嗡直响，不无困难地听到他们的谈话。

(情人的谈话是平常不过的东西。是没完没了的“我爱你”。一句富有音乐性的话，如果这句话不伴有“装饰音”，不相干的人听起来就太干巴巴了，枯燥无味。不过，克洛德不是不相干的人在旁听。)

“噢!”少女说，没有抬起眼睛，“你别看不起我，福玻斯大人。我感到我做的事情不好。”

“看不起你，美丽的女孩!”军官回答，语气极尽风流倜傥之能事，“看不起你，见鬼了！为什么?”

“因为跟随过你。”

“如此说来，我的美人儿，我们就谈不拢了。我不会看不起你，而是恨你。”

少女恐惧地望望他："恨我！我做错什么啦?"

"因为叫人家一再地求你。"

"唉!"她说，"……因为我违背了一条愿心……我会再也找不到我的父母……护身符会失去效力。"——"不过，没关系！我现在要什么父亲和母亲?"

这么说的时候，她用自己因为高兴和温情脉脉而湿漉漉的大黑眼睛注视着队长。

"我明白你的意思就见鬼啦!"福玻斯嚷道。

爱斯美拉达姑娘一时间不再说话，接着她眼中滚出一滴眼泪，嘴里吐出一声叹息。她说："噢！大人，我爱你。"

少女的周身有一股强烈的贞洁的清香，有一股强烈的贞洁的魅力，让福玻斯感到在她身边不很自在。不过，这句话壮了他的胆。"你爱我!"他激动地说，胳膊紧紧搂住埃及女人的腰身。他就等这个机会。

神甫看到他，用指尖摸摸藏在自己胸口的匕首的刀尖。

"福玻斯，"埃及女人继续说，一边轻轻地把队长牢牢的双手从她腰间解开来，"你真好，你勇敢，你真美。你救了我，我只是个流落在吉卜赛人里的可怜的女孩子。我长期来就梦想有个军官救我的命。我认识你之前就梦见你了，我的福玻斯；我的梦里有像你这样漂亮的制服，威风凛凛，带有佩剑；你的名字叫福玻斯，多漂亮的名字，我喜欢你的名字，我喜欢你的剑。福玻斯，请把你的剑拔出来，让我看看。"

"孩子。"队长说，笑了笑把长剑拔出剑鞘。埃及女人望着手柄，剑锋，以恭恭敬敬的好奇心，细看剑柄上的姓氏缩写，吻吻剑，对剑说："你是勇士的剑。我爱我的队长。"

福玻斯又借此机会，在她弯下的颈子里印上一个吻，少女直起身子，满脸通红，像一颗樱桃。神甫在黑暗中牙齿咬得咯咯响。

“福玻斯，”埃及女人又说，“让我对你说吧。你走几步，让我看看你的堂堂仪表，让我听听你的马刺响起来。你真美！”

队长要讨好她，站起来，带着满足的微笑责备她：“可你真孩子气！”——“对了，大美人，你看过我节庆时候穿的甲衣吗？”

“唉！没有。”她回答。

“那个才叫漂亮！”

福玻斯重又坐回她身旁，比以前挨得近多了。

“听着，我的亲爱的……”

埃及女人用她漂亮的小手，以充满傻气、优雅和开心的孩子气，在他嘴上轻轻敲几下。

“不听，不听，我不要听你说。你爱我吗？我要你对我说，你是不是爱我。”

“问我爱不爱你，我一生的天使啊！”队长叫起来，一边半跪下来，“我的身体，我的热血，我的灵魂，都是你的，都是为了你。我爱你，我从来爱的只有你。”

这句话，队长在很多同样的环境下，重复说过多少遍，他一口气说出来，记得只字不差。

听到这样激情的表白，埃及姑娘对着权当天国的脏兮兮的天花板，抬起充满天使般幸福的目光。“噢！”她喃喃说道，“此时此刻，生命可以休矣！”福玻斯乘“此时此刻”，又偷来一个吻，让可悲的主教代理感到折磨不已。

“生命可以休矣！”多情的队长叫道，“你这是说什么来着，美丽的天使？此时要活，否则朱庇特也只是个顽童而已！在美好的人生才开始而生命可以休矣！真是扯淡，开什么玩笑！”——“不是这样。”——“听着，我亲爱的西蜜拉……爱斯美纳达……对不起！可你的名字真是撒拉逊[113]名字的奇迹，我没法摆脱出来。这是一丛荆棘，就是把我难住了。”

“天哪，”可怜的女孩说，“我呢，我以为这个名字漂亮，别出心裁！不过，既然你不喜欢，我就叫戈东[114]吧。”

“啊！我们不必为区区小事哭哭啼啼，我的标致女郎！你这个名字必须适应下来，仅此而已。我一旦记下来，就自然出来了。”——“听好，我亲爱的西蜜拉：我爱你，我钟爱你。我真爱你，太神奇了。我知道有个小女孩都气死了……”

姑娘妒忌，打断他：“是谁?”

“这与我们有什么关系?”福玻斯说，“你爱我吗?”

“噢！……”她说。

“好哇！这才重要。你会看到，我也爱你。如果我不让你成为世界上最幸福的女人，我就让海神这个大魔鬼用叉子[115]把我抄走。我们会在某个地方有一幢漂亮的小屋。我会让我的弓箭手在你窗子下面列队通过。他们人人骑着马，嘲笑米尼翁队长的弓箭手。会有勾锚手，有射箭手，长筒枪射手。我要带你去吕利[116]谷仓看‘巴黎机动将士的大阅兵’，非常壮观。八万戎装士卒；三万套白色马具，鹿皮甲或锁子甲；六十七杆各类职务的军旗；最高法院的旗，审计法院的旗，各司库的旗，铸币助理的旗；总之见鬼了，一整套！我还要带你看国王王府的狮群，都是野兽。每个女人都喜欢看。”

---

[113] 指欧洲的阿拉伯人。

[114] 戈东（Goton）是女人的教名，“戈东”是音译。从词源上说，“戈东”是“玛格丽特”的通俗昵称，通常由女仆等社会地位低下的女人使用。上文出现的玛格丽特是王太子的未婚妻子的名字，词义为“珍珠”，有纯洁的象征，更从炼金术的角度看，还有“月亮”的含义可以和福玻斯（太阳神）般配的意义。雨果让爱斯梅拉达姑娘用这个名字，具有多重的意思。

[115] 海神的武器是一把三叉戟。

[116] 吕利在巴黎南郊。

少女听着听着，沉浸在自己美妙的思绪里，听着他的声音在沉思，没有听他话里的意思。

“噢！你会很幸福的！”队长继续说，同时，他轻轻解下埃及女人的腰带。——“你这是干吗？”她迅速地说。这样的“粗暴行为”让她从沉思中清醒过来。

“没什么，”福玻斯回答，“我只是说，你和我一起时，可以脱掉这一套傻气和街市上的打扮。”

“我独自和你在一起，我的福玻斯！”少女温柔地说。

她又变得沉思起来，一言不发。

她的温柔又让队长大胆起来，搂住她的腰，她没有反抗，又开始轻轻地解开可怜的女孩子的胸衣，动作太猛，碰到了她的领饰，神甫喘着气看到薄纱下露出吉卜赛女人赤裸的肩头，褐色的，圆圆的，像从天边的雾霭里升起的月亮。

少女任福玻斯动手。她似乎也没有感觉到。队长大胆的眼睛闪亮起来。

突然，她朝他转过脸来：“福玻斯，”她情意绵绵地说，“给我讲讲你的宗教。”

“我的宗教！”队长叫起来，哈哈大笑，“我给你讲讲我的宗教！真是活见鬼！你要我的宗教干什么？”

“为了我们结婚。”她回答。

队长脸上显示出来的表情，既有吃惊，也有鄙视，既有无所谓，也有放纵的激情。

“啊，得了！”他说，“要结婚？”

吉卜赛女人脸色苍白，伤心地让头垂落在胸头。“美丽的情娘，”福玻斯温情脉脉地说，“干这样的傻事做啥？结婚是头等大事！不在神甫的铺子里吐几句拉丁文，便不会用情很专啦?”他一边柔声柔气这么说，一边尽量挨近埃及女人，他温存的双手又搂住她细嫩柔软至极的腰肢，他的眼睛越发闪亮起来，种种迹象表明，福玻斯老爷显然接近这沉醉的一刻，连朱庇特天神本人也干下偌大的傻事，好心的荷马不得不招来一片云彩帮忙。

此时，克洛德长老一切看在眼里。门是用酒桶的板做的，都是烂木头，给他老鹰的目光留下大大的缝隙。这位褐色皮肤、肩膀宽宽的神甫，迄今为止注定过着修道院严格的童贞生活，而面对这爱情、黑夜和情欲的一幕，他战栗，他沸腾。年轻貌美的少女，乱糟糟地任由这个激情澎湃的年轻人摆布，这像熔融的铅块流进他的血管。他身上出现异乎寻常的运动，他的眼睛带着淫荡的嫉妒心，直钻进一一解开的别针之下。谁要是能在此刻看到这个倒霉蛋的脸贴在虫蛀的木条上，会以为看到一张笼子里老虎的脸，望着有头豺狗在吞食一头小羚羊。他的瞳子闪闪发亮，仿佛是门缝里透出的烛光。

突然，福玻斯利索地脱下埃及女人的领饰。可怜的女孩脸色苍白，还在沉思，仿佛猛然惊醒过来。她猛一下逃离咄咄逼人的军官，望一眼自己赤裸的胸部和双肩，满脸通红，手足无措，羞愧地说不出话来，把两条美丽的胳膊捂在胸前，保护胸部。如果没有飞上两颊极度的潮红，看到她这般一言不发、一动不动，简直就是一尊“羞耻心”的雕像。她的双眼一直垂下。

这时候，队长的动作已经露出了她挂在颈子里的神秘护身符。——“这是什么玩意儿?”他说，抓住这个借口，靠近被他惹怒了的漂亮女孩。

“别碰!”她迅速回答道，“这是保佑我的女神。保护神会让我找到我的家庭，如果我不做对不起家里的事情！噢！放开我吧，队长老爷！母亲！我可怜的母亲！母亲啊！你在哪里？来帮帮我！求求你，福玻斯老爷！把颈饰还给我！”

福玻斯退后一步，冷冰冰地说：“噢！小姐！我看得出来，你不爱我。”

“我不爱你！”可怜的不幸女孩叫道，说着她吊在队长身上，让他坐在自己身边，“我不爱你，我的福玻斯！你在说什么，坏东西，要撕碎我的心？噢！得！我给你，我都给你！你要我怎样便怎样，我是你的！护身符对我有什么用！母亲对我有什么用！你才是我的母亲，既然我爱你！福玻斯，我亲爱的福玻斯，你看见我吗？是我，看着我。正是这个丫头你要她不推三阻四的，她来了，她自己来找你了。我的灵魂，我的生命，我的身体，我这个人，这一切都是给你的东西，我的队长。好哇，就不！我们别结婚，你讨厌嘛。再说，我，我是什么呀？只是阴沟里一文不值的女孩。而你，我的福玻斯，你是贵人。真是多美的事情！一个舞娘嫁一个军官！我是犯傻了。不，福玻斯，不！我要做你的情妇，你的玩具，你的玩物，只要你要，就是属于你的女孩。我生来就是这样的，被玷污，被蔑视，被羞辱，可有什么关系！被人爱，我是最骄傲、最开心的女人。等我老了，等我丑了，福玻斯，到我不能再爱你的时候，大老爷，你可得要让我再为你效劳。别的女人为你绣肩带，而我是女仆，我要关心你。你要让我擦亮你的马刺，擦干净你的短袖上衣，掸去你马靴上的灰尘。可不是，我的福玻斯，你会有这份怜悯心的？现在，我给你！瞧，福玻斯，这都属于你的，只要你爱我！我们埃及女人，我们只要这两样东西，要空气，要爱情。”

她这么说着，一边用双臂搂住军官的脖颈。她从脚到头注视着他，她乞求，脸上是带着泪花的美丽微笑。她纤细的胸部依偎着紧身的呢上衣和粗硬的刺绣。她半裸的美丽躯体在他膝头上扭动。队长醉了，把火辣辣的嘴唇贴上非洲姑娘美丽的肩头。少女的双眼迷失在天花板上，仰

爱斯梅拉达姑娘、福玻斯和克洛德·弗鲁洛
(Raffet 画，Pannemaker fils 刻)

头倒下，这一吻让她全身颤抖，激动不已。

突然，她看见福玻斯的头上出现另一个脑袋；一张铁青的脸，青得发绿，痉挛，张着地狱里苦鬼的眼神；这张脸的旁边，伸来一只手，手里握着一把匕首。这是神甫的脸和手。他破门而出，站在面前。福玻斯看不见他。少女面对恐怖的出现，僵住了，全身冰凉，说不出话，如同一只白鸽，即将抬头的时候，有一只大海雕从窝里睁着圆圆的眼睛在张望。

她甚至叫不出声音来。她看着匕首落在福玻斯身上，拔出来时热气腾腾。

“该死!”队长说着，便倒下。

她昏厥过去。

在她闭上眼睛的时候，在她身上一切感受消退的时候，她感到自己嘴唇上有一阵火的爱抚，有一个比刽子手的烙铁更滚烫的吻。

等她清醒过来时，她四周是巡逻的士兵，众人抬走了全身是血的队长，神甫已经不见了。卧室深处朝河的窗子，开得大大的。有人捡起估计是属于军官的大衣，她听到周围有人在喊：“有女巫刺死了一位队长。”

第 8 卷卷首插画：敲钟人挂在绳索上
（De Lemud 画，Adèle Laisné 刻）

1

Michel. L'écu changé en feuille sèche.

20 7bre Gringoire et toute la cour des miracles étaient dans une mortelle inquiétude. On ne savait depuis un grand mois ce qu'était devenue la Esmeralda, ce qui contristait fort le duc d'Égypte et ses amis les truands, ni ce qu'était devenue sa chèvre, ce qui redoublait la douleur de Gringoire. Un soir l'égyptienne avait disparu, et depuis lors n'avait plus donné signe de vie. Toutes recherches avaient été inutiles. Quelques sabouleux taquins disaient à Gringoire l'avoir rencontrée ce soir-là aux environs du pont St Michel s'en allant avec un officier, mais ce mari à la mode de Bohême était un philosophe incrédule, et d'ailleurs il savait mieux que personne à quel point sa femme était vierge. Il avait pu juger quelle pudeur inexpugnable résultait des deux vertus combinées de l'amulette et de l'égyptienne, et il avait mathématiquement calculé la résistance de cette chasteté à la seconde puissance. Il était donc tranquille de ce côté.

Aussi ne pouvait-il s'expliquer cette disparition. C'était un chagrin profond. Il en eût maigri, si la chose eût été possible. Il en avait tout oublié, jusqu'à ses goûts littéraires, jusqu'à son [illegible]

作者第 8 卷第 1 页手稿

第 八 卷

一　银币变枯叶

甘果瓦和整个奇迹院都处在要命的不安之中。一个多月以来，大家不知道爱斯梅拉达姑娘的下落，这使埃及大公和他的乞丐朋友万分难受，也不知道她的母山羊的下落，这加重了甘果瓦的痛苦。埃及女人一夜消失，此后，也没有她活着的迹象。千方百计寻找，终归无效。有几个不怀好意、爱作弄的人对甘果瓦说，那天晚上，看到她在圣米迦勒桥附近和一个军官走动；但是，这个吉卜赛式的丈夫是个不轻信的哲学家，再说，他比谁都清楚，他妻子会怎样守身如玉。他早已领教过护身符加埃及女人，这两方面结合产生的绝不动摇的贞洁心，他曾在数学上计算过这份贞洁的二次方产生的抵抗力。在这方面他是放心的。

因此，他无法向自己解释她的失踪。真是伤心透顶。他为此瘦了，如果他还能瘦的话。他因此把一切都忘了，甚至忘了他的文学爱好，甚至忘了他的大作《常用修辞格和不常用修辞格》，他打算一有钱就去印刷出版。(因为，自从他看见于格·德·圣维克托的《教育法》[1] 用芳德兰·德·施派尔著名的字体印成书后，他老说印刷的事。)

一天，正当他伤心地经过巴黎高等法院刑事部时，远远看到司法大院的一座门前有不少人。“什么事?”他向一个从大院里出来的年轻人打听。

“我不知道，老爷，”年轻人回答道，“有人说在审判刺杀一名骑兵军官的妇人。看来这里面有巫术，主教和主教裁判官都在此案中出面了，我的兄长是若扎斯的主教代理，整天忙活这件事。我要找他说话，可因为人多，却无法走近他，我很恼火，因为我需要钱。”

“唉！老爷，”甘果瓦说，“我倒可以借你一点钱，如果我的短裤有窟窿，可不是因为银币太重。”

他不敢对年轻人说自己认识他的主教代理兄长，打从教堂里一见之后，再也没有去过，疏忽了，这让他说不出口。

学生走自己的路，甘果瓦开始随人群登上去主要大厅的阶梯。他估计无非是刑事案件的审判景象可以驱愁解闷，因为通常情况下，法官都蠢得让人开心。他挤在百姓里向前走，摩肩接踵，而不说话。在一条昏暗的长廊里，走走停停，走完一段慢吞吞又乏味的路。长廊在司法宫里曲曲折折，如同老建筑里的室内运河。他来到一座低矮的门前，门通向一座大厅，他身材高大，可以在嘈杂的人群里此起彼伏的人头之上，用目光探索这间大厅。

大厅很大，光线昏暗，这让大厅看起来更大。天色西沉，尖拱形的长窗只有一线苍白的日光透进来，而日光照到拱顶之前，已经暗将下来，拱顶是巨大的带雕塑的木梁网格，千百个雕像似乎在暗中模模糊糊地扭

---

① 于格·德·圣维克多（Hugues de Saint-Victor）是法国 12 世纪的语言学家和神学家，1137 年写成《教育法》一书。芳德兰·德·施派尔是在意大利威尼斯开业的德国出版商。

动。一张张桌子上到处有蜡烛点亮，烛光映照在埋首故纸堆里的书记员的脑袋上。大厅的前面是人群。右边和左边，桌子旁有法院里的官员。大厅底部的台上，有很多法官，最后面的几排隐没在黑暗之中。一张张一动不动的脸阴沉沉的。墙上布满一点一点的百合花[②]。能模模糊糊看到，法官的上面有一个高大的基督像，到处有矛有戟，烛光给矛头和戟尖照出一点一点光点。

“老爷，”甘果瓦对身旁一个人说，“这是些什么人，排在那边，像是主教会议上的高级教士？”

“老爷，”邻人说，“右边是法院大法庭的推事，左边是预审推事，穿黑袍的是书记师傅，穿红袍的是推事大人。”

“那边，在他们上面，”甘果瓦又说，“这个在冒汗的红袍胖子是谁？”

“这是法庭庭长老爷。”

“那庭长老爷身后的那些下人呐？”甘果瓦继续说，我们上文说过，此人是不喜欢司法官员的。这可能因为他上次演戏不愉快的经历，对司法宫一直耿耿于怀。

“这些是国王王府上的预审师傅大人。”

“他前面是谁？那头野猪？”

“这是最高法院的书记老爷。”

“右边呢，那条鳄鱼？”

“菲利普·勒利耶师傅，国王特别律师。”

“还有左边，这头大黑猫？”

“雅克·沙莫吕师傅，宗教法庭的王家检察官，和宗教裁判官的各位大人一起。”

---

② “百合花”是法国的王徽。

“那么，这个，老爷，”甘果瓦说，“这些大好人在这儿干吗呀？”

“他们在审判。”

“他们审判谁？我没看到被告啊。”

“是个女人，老爷。你看不到她的。她背着我们，人群挡住了我们的视线。你看，她就在你看见有一群执戟的人的地方。”

“这个女人干什么的？”甘果瓦问，“你知道她的名字吗？”

“不知道，老爷，我刚来。我估计里面有巫术，因为宗教裁判官出席审判。”

“行啊！”我们的哲学家说，“我们会看到这一个个法官要吃人肉。又是一场戏而已。”

“老爷，”身边的人提出，“你没感到沙莫吕师傅的脸色很温和吗？”

“哼！”我们的哲学家答道，“我就信不过绷着脸和薄嘴唇的温和。”

此时，周围的人要两个谈话者别出声。大家在听有人做重要的陈述。

“各位大爷，”大厅中间一个老妇人说，她的脸被她的衣服几乎盖住，像是一堆行走的破衣服，“各位大爷，事情是千真万确的，就像我是法卢代尔大婶一般是千真万确的，我四十年来，就在圣米迦勒桥上安家，肯定要付租金，付土地转移税和土地的年贡，门对着洗染店塔森-卡雅的屋子，他在河的上游一边。”——“现在是个可怜的老婆子，从前是个美女，各位大爷！”——“几天前有人对我说：法卢代尔大婶，你晚上的纺车别纺线了，魔鬼喜欢用他头上的角来梳理老妇人的纺锤。当然，妖僧去年在圣殿[③]那边，现在来老城岛转悠。法卢代尔大婶，你当心妖僧来敲你家的门。”——“有天晚上，我在纺线；有人来敲我家的门。

---

③　圣殿（le Temple）原指圣殿骑士团的寺院，在巴黎城内北端，今存地名。

我问是谁。来人说脏话。我开了门。进来两个男人，一个黑人，和一个俊俏的军官。只看见黑人的两只眼睛，两点炭火。其他的只是大衣和帽子。”——“他们对我这样说：要圣马大的房间。”——“这是我楼上的卧室，各位大爷，我最干净的房间。”——“他们给了我一个埃居银币。我把银币塞进抽屉，我说：这要明天去凉亭屠宰场买点下水。”——“我们上楼。一到楼上的房间，我一转身，黑衣男人不见了。我有点吃惊。军官仪表堂堂，像个贵族老爷，随我下楼。他出去了。才纺了一段线，他带着个美丽的姑娘回来，如果她戴顶帽子，会像个玩具娃娃，像太阳大放光芒。她带来一只山羊，一只大山羊，黑的还是白的，我记不得了。这事让我想：女孩子，这与我无关。但是山羊！……我不喜欢这些动物，它们都长胡子，长角。就像个男人。再说，这有点星期六的味道④。不过，我什么话都没说。我有了银币。这就对了，可不是，法官老爷？我让女孩和队长上了楼上的房间，我留下他们俩，就是说和山羊在一起。我下了楼，又纺线了。”——“我要对你说，我的房子有底层，有二楼；房子的后面对着河，和桥上别的房子一样，底层的窗子，和二楼的窗子，都对河开着。”——“我正在纺线。我不知道为什么又想起这个妖僧，是山羊又把他塞进了我的脑袋，再说，美女打扮得有点野气。”——“突然，我听到楼上一声叫喊，有什么东西摔在地上，听到窗子打开了。我奔到楼下的窗子前，看到一团黑色的东西，落到水里。这是个穿神甫衣服的幽灵。月色皎洁。我看得非常清楚。他向老城岛一边游去。于是，我摇摇晃晃的，叫唤夜间的巡逻队。这些巡视队的大爷们进了门，甚至第一时间就来了，不知道是什么事情，因为他们高高兴兴的，就揍我。我向他们解释。我们上了楼，我们看到了什么呀？我可

---

④ 星期六：犹太人传统中有星期六魔鬼夜里赴会的说法。

怜的房间里全是血，队长直直地躺在地上，颈子里有一把匕首，姑娘装死，山羊惊恐不安。”——“好，我想，我得花半个月时间来洗涮地板。得要刮地板，太可怕了。”——“众人把队长抬走，可怜的年轻人！女孩子衣冠不整。”——“等着。最糟糕的是第二天，我想拿银币去买下水，却发现抽屉里放着一枚枯叶。”

老婆子不说话了。一阵恐怖的窃窃私语声传遍了听众。——“这个幽灵，这头山羊，这一切有巫术的味道。”甘果瓦身边的一个人说。——“这枚枯叶！”另一个人说。——“毫无疑问，”第三个人说，“这个女巫和妖僧有勾当，抢劫军官的钱财。”甘果瓦自己也觉得这件事情很恐怖，可能是真的。

“法卢代尔妇人，”庭长威严地说，“你对司法还有别的要说吗?”

“没了，大老爷，”老太婆答，“只是公告里把我的屋子说成歪斜有恶臭的破房子，这是恶意中伤。桥上的屋子都不很风光，因为有大批的百姓，不过肉铺子一直住在桥上，肉铺老板都是有钱人，娶的老婆是美人，都干干净净的。”

那个被甘果瓦看成是鳄鱼的法官站起来。——“安静!”他说，“我提请各位大人不要忽视：在被告身上找到一把匕首。”——“法卢代尔妇人，你有没有把魔鬼给你的银币变成的这枚叶子带来?”

“带来了，大老爷，”她答道，“我找到了，这就是。”一名执达吏把枯叶交给鳄鱼，鳄鱼阴沉沉地点点头，把枯叶传给庭长，庭长交给教会法庭的王家检察官，这枚枯叶在大厅里转了一圈。——“这是一枚桦树叶子[⑤]，”雅克·沙莫吕师傅说，“是巫术的新证据。”

一位推事发言：“证人，两个男人同时上了你家的楼。一个是你先

---

⑤ 桦树叶子可做扫把，而传统说法是魔鬼骑扫把赴夜会的，以此和巫术接上关系。

看到的黑衣人，他消失不见，又看到他身穿神甫衣服在塞纳河里游泳，另一个是军官。”——“其中哪个人给你银币？”

老婆子想了一下，说：“是军官。”

一阵喧哗掠过人群。

“啊！”甘果瓦想，“这让我的信念动摇了。”

此时，王家特别律师菲利普·勒利耶又一次发言：“我提请各位大人注意，被谋杀的军官在他写于病床上的陈述中，声称在黑衣男子接近他时，他模模糊糊想到这极有可能就是妖僧，又说幽灵急切地催促他串通被告。据军官观察，他自己无钱，是妖僧给了他付给法卢代尔大婶的那枚银币。所以，银币是一枚地狱里的钱币。”

这一总结性的观察，看来消除了甘果瓦和听众席上其他抱有怀疑态度的人的一切疑虑。

“各位大人有各项材料的卷宗，”王家律师坐下时又说，“他们可以考虑福玻斯·德·沙多贝的说法。”

被告一听这名字站起来，她的脑袋高出人群之上。甘果瓦吓坏了，认出来是爱斯梅拉达姑娘。

她脸色苍白，她的头发从前优雅地扎成辫子，插上装饰用的小钱币，现在都凌乱地垂下。她的双唇青紫，凹陷的双眼让人害怕。唉！

“福玻斯！”她神志不清地说，“他在哪儿？噢，各位大人！求求你们，处死我之前，告诉我他是否活着！”

“住口，妇人，”庭长答道，“这不是我们的事情。”

“噢！可怜可怜吧，告诉我他是否活着！”她又说，两只美丽而消瘦的手合十，听得到她的锁链顺着袍子轻轻晃动。

“好哇！”王家律师干巴巴说，“他快死了。”——“你高兴了吧？”

审判庭
(De Lemud 画，Dujardin 刻)

不幸的女人又跌坐在审讯她用的小木凳上，嘴里无声，眼中无泪，白得像一具蜡像。

庭长对脚边的一个人俯下身来，此人戴金色圆帽，穿一袭黑袍，脖颈挂链子，手中执杖。“执达吏，带第二个被告。”

人人的眼睛转向一扇小门，门开，让甘果瓦心惊肉跳，出来一只漂亮的母山羊，金黄色的羊角和小脚。这头高贵的动物在门槛上站立片刻，探探头，仿佛她在巉岩的尖顶训练有素，眼前面对浩瀚的天际。突然，她望见吉卜赛女人，从桌子和书记官的头上跳过去，一跳两跳，来到她的膝头。接着母山羊仪态优雅地蜷缩在女主人的脚边，等女主人说句话，或抚摸一下。可被告人仍然不动，对可怜的嘉利没有望上一眼。

“噢，对了……这是那该死的畜生，”法卢代尔老婆子说，“我千真万确把人和羊都认出来了！”

雅克·沙莫吕发言："如各位大人同意，我们开始审讯母山羊。"

果然有第二被告。巫术的案件指向一头动物，是再简单不过的事情。例如，一四六六年，在巴黎司法官的开支册上，有一笔纪莱-苏拉尔和他母猪的案件费用，其涉及一个有趣的细节，人和猪"因其在科贝伊的过失被处决"[⑥]。一切都记录在案，给母猪挖坑的造价，由五百根取自莫尔桑港的短木柴填满，三品脱葡萄酒和面包，这受刑人的最后一餐，和刽子手友好共享，直到母猪十一天的监管和食物，每天八个巴黎德尼耶。有时候，甚至越过了动物的界限。查理曼和宽厚路易[⑦]时的教会法令告示文书规定，对燃烧的幽灵罚以重刑，如果幽灵胆敢在空中出现。

此时，宗教法庭的检察官已经在叫喊："如果魔鬼占有这头母山羊，无法给母山羊驱魔，坚持玩弄妖术，如果魔鬼以此恐吓法庭，我们特此告知：我们会被迫请求对魔鬼实施绞刑或火刑。"

甘果瓦一身冷汗。沙莫吕从桌上取来吉卜赛女人的巴斯克铃鼓，把鼓以某种方式示意山羊，问山羊："几点了？"

母山羊张着聪明的眼睛望望他，抬起金色的脚，敲了七下，时间正好是七点。一阵恐怖动作掠过人群。甘果瓦撑不住了。

"她完了！"他大声喊道，"你们很清楚，母山羊并不知道自己在做什么。"

"大厅底部的百姓安静！"执达吏阴阳怪气地说。

雅克·沙莫吕借助铃鼓的那同一套操作，让母山羊做出许多其他一本正经的动作，关于日期，关于月份，等等。出于某种法庭辩论才有的错觉，这同一批观众，可以在街头对嘉利天真的调皮不止一次报以掌声，

---

⑥　指兽奸。

⑦　查理曼（Charlemagne，742—814）是法兰克人的国王，后为罗马帝国皇帝；宽厚路易（Louis le Débonnaire，778—840）是查理曼的儿子。

而在司法宫的穹顶之下感到恐怖。母山羊肯定是魔鬼。

情况还要更糟糕，当王家检察官把嘉利挂在颈子里的一满袋子活动字母都倒在地板上时，只见母山羊用脚从分散的字母中，剔出来一个该死的名字：福玻斯。让队长受害的巫术，看来得到无可辩驳的证实，众目睽睽之下，吉卜赛女人，这个迷人的舞娘，以其优雅的舞姿几度迷倒了行人，只是一个令人害怕的女吸血鬼。

再说，她毫无生命的迹象可言，嘉利优美的步态也好，检察部门的威胁也好，听众席上无声的诅咒也好，都传不到她的头脑里去。

最后叫醒她的，是差役狠命地摇晃她，是庭长庄严地提高嗓门：

"姑娘，你是吉卜赛人，笃好巫术。你和与本案有涉的中了魔的母山羊狼狈为奸，在上个月三月二十九日夜间，在黑暗势力的配合下，借助魔法和阴谋，杀害王家弓箭队队长福玻斯·德·沙多贝。你坚持否认吗？"

"卑鄙无耻！"少女喊道，用手捂住自己的脸，"我的福玻斯！噢！这是地狱呀！"

"你坚持否认吗？"庭长冷冷地问道。

"我要否认就好了！"她说话的声调很恐怖，她站起身来，目光炯炯。

庭长直截了当地继续说："你如何解释指控你的事实？"

她断断续续答道："我已经说过了。我不知道。是个神甫，一个我不认识的神甫，一个来自地狱追踪我的神甫！"

"是这样，"法官又说，"妖僧。"

"噢，各位大人！可怜可怜吧！我只是个可怜的女孩……"

"是个埃及女孩。"法官说。

雅克·沙莫吕温文尔雅地发言："鉴于被告顽固到底，我请求实施拷问。"

"准许。"庭长说。

不幸的女人全身上下战栗不已。不过，她根据执戟士兵的命令站起身，以坚定的步子走去，由沙莫吕和宗教法庭的神甫先导，在两行执戟士兵中间，朝着一扇独扇的门[8]走去，门倏地一开，在她身后关上，这在伤心的甘果瓦看来，是一张恐怖的大嘴，刚把她吞噬掉。

她消失后，听到一声咩咩的哀鸣。这是小母羊在哭泣。

法庭休庭。有一位推事提请注意，各位大人已告疲倦，等待受刑结果的时间也许很长，庭长回答说，法官应该懂得自我牺牲，履行职责。

"这个讨厌难办的坏女人，"一个老法官说，"大家都没吃晚饭，偏要给自己上刑！"

二 银币变枯叶续

在黑咕隆咚的走廊里，上上下下走过几级台阶，暗得大白天要掌灯才看得清台阶，爱斯梅拉达姑娘身边总是围着一帮令人伤心的随行人，她被司法宫的差役推进一间阴暗的房间。这间屋子呈圆形，占据一座高塔的底层，直到本世纪，此类高塔还从新巴黎覆盖老巴黎的现代建筑物底部伸出来。这地窖里没有窗户，也没有别的开口处，仅仅只有一个低矮的入口，封上一座巨大的铁门。但并非没有光：厚实的墙体开出一座炉子；炉子里有火光，使地窖里满是红红的反射火光，而把放在角落里一支可怜巴巴的蜡烛的任何一点点光剥夺殆尽。用来关闭炉子的铁栅栏，此刻已经升起，在熊熊燃烧的通风窗窗口，黑漆漆的墙上，只看得见栅

---

⑧ "独扇的门"，法语是"porte bâtarde"，含有不正宗和不合法的意思。事实上，此门通向用刑之地。

栏的下部，像是一排黑黑的牙齿，锐利，并不连贯。这使得大火炉像是传说中凶龙喷吐火焰的大嘴。女犯人借助龙嘴里露出的火光，看到室内四周都是她不明白用途的可怕刑具。屋子中央，是一张皮的床垫，几乎贴地躺在地上，床垫上吊下来一条带扣子的皮带，皮带系在一个铜环上，而铜环由雕刻在拱顶石上的塌鼻子怪兽咬住。钳子，夹子，大铁犁，塞满了炉子的炉膛，杂乱地在火炭上闪着红光。炉子里血红的光在整个室内，只是照亮了一堆恐怖的东西。

这座地狱的名字很简单，叫“拷问室”。

皮埃拉·托特吕是法定行刑人，无精打采地坐在床上。他的手下是两个方脸的侏儒，穿着皮罩衣，帆布裤子，在翻动煤火上的铁玩意儿。

可怜的少女鼓起勇气也无济于事。她走进这间屋子，恐怖立刻袭来。司法宫大法官的差役站立一边，宗教法庭的神甫站立另一边。墙角有一名书记员，一只墨盒，一张桌子。雅克·沙莫吕师傅走近埃及女人，脸带十分温和的微笑。“亲爱的姑娘，”他说，“你还坚持否认？”

“对，坚持。”她答道，声音已有气无力。

“这样的话，”沙莫吕又说，“我们会很痛苦地给你动刑，我们本不愿意如此认真。”

——“麻烦你，请坐在这张床上。”——“皮埃拉师傅，把位子让给小姐，关上门。”

皮埃拉咕咕哝哝站起身来：“我如果关门，”他喃喃说道，“我的火会灭掉的。”

“好吧，亲爱的，”沙莫吕又说，“让门开着吧。”

此时，爱斯梅拉达姑娘还是站着。这张皮床，多少不幸的人在上面痛苦得打滚的床，让她感到害怕。恐怖让她全身凉到骨髓深处。她站在床边，恐惧，惊愕。沙莫吕一个手势，两名手下抓住她，把她按坐在床上。两人没有伤害她；但当这两个人触碰到她身子，这张皮床触碰到她身子，她感到全身的血液回流到了心脏。她朝室内四周迷惘地望了一下。她似乎看到这些酷刑的丑恶刑具，在她活到今天所曾见过的各种刑具中，就是那些会飞的蝙蝠，会爬的蜈蚣和蜘蛛，它们都在动，从四下里向她爬过来，要顺着她的身体爬上来，要咬她，要蛰她。

“医生在哪儿？”沙莫吕问。

“是我。”一个穿黑袍的人答，她刚才没有看到。

她一阵颤抖。

“小姐，”教会法庭的检察官柔声柔气的声音又说，“这是第三遍，你坚持否认指控你的事实吗？”

这一次，她只能点点头。她无力说话了。

“你坚持！”雅克·沙莫吕说，“那好，我深感绝望，不过我要尽到本分的责任。”

“王家检察官老爷，”皮埃拉突然说，“我们从哪里动手？”

沙莫吕犹豫片刻，做出一个诗人寻觅诗韵的尴尬怪脸。“先做夹棍[9]。”他最后说。

不幸的少女感到被上帝和凡人彻彻底底抛弃了，头垂落在胸前，如同物体，自身毫无力气。

行刑人和医生一下子都走近她。同时，两名手下开始在他们丑陋的刑具房里翻什么东西。听到这些铁玩意儿的碰撞声，不幸的女孩全身战栗，像是一只被通了电的青蛙。“噢！”她喃喃说道，声音太低，无人听见，“噢，我的福玻斯。”接着，她又沉入一动不动和大理石一般无声的境地。这种惨象，真会撕碎每个人的心，但不会是法官的心。仿佛一个

---

⑨ “夹棍”，用木质夹板夹住受刑者的腿脚。

可怜罪人的灵魂，在地狱里的红门下被撒旦拷问。这可怕的一大堆锯子、轮子和支架，所要依附于上的可怜躯体，这些刽子手和铁钳子粗鲁的手掌即将摆弄的人体，就是这个温柔、白皙和脆弱的女人，一粒可怜的黍子，由人间的司法让酷刑无比可怕的磨子去研磨！

此时，皮埃拉·托特吕手下们长满茧子的手，粗野地剥光这条迷人的大腿，这只小脚。这条腿，这只脚，曾在巴黎的街头多少次以其纤细，以其美丽，迷倒了过路的行人。“真是可惜！”行刑人看着喃喃说道，望望这些如此优美、如此细腻的线条。如果主教代理在场，他此时肯定会回想起他有关蜘蛛和苍蝇的象征。马上，不幸的女人透过在她眼睛上铺开的一阵云翳，看到“夹棍”靠近，她马上看到她夹在包铁的木板里的脚，在令人恐怖的夹具下消失了。于是，恐怖把力量还给了她。

“给我拿开！”她激动地喊道，披头散发地站起来，“饶命啊！”

她冲出皮床，想扑在王家检察官的脚下，但她的腿被固定，在沉重的一大块橡木和铁片之下，她跌倒在夹棍上，跌得比一只翅膀里有铅块的蜜蜂更惨。

沙莫吕一个示意，他们又把她放回床上，有两只大手把她精致的腰带套在从拱顶垂下的皮带上。

“最后一次，你招认不招认本案的事实？”沙莫吕问，还是一副始终不变的宽厚态度。

“我是无辜的。”

“那么，小姐，你如何解释于你不利的当时情景呢？”

“唉！大老爷！我不知道。”

“你还是否认？”

“都否认！”

“干。”沙莫吕对皮埃拉说。

皮埃拉转动撬杆的手柄，夹棍夹紧，不幸的女人发出一声恐怖的喊叫，人类没有任何语言可以表达。

“停下。”沙莫吕对皮埃拉说。“你招认吗?”他对埃及女人说。

“都招!”可悲的少女喊道，“我招！我招！饶恕吧!”

她从未计算过，遭遇拷问时，自己有多少力量。可怜的女孩，她的生命直到今天，曾是多么快乐，多么滋润，多么甜蜜，第一次的痛苦就把她击败了。

“人道的原因迫使我必须告诉你，”王家检察官一旁说道，“招认后，你就得等死了。”

“正是我的希望。”她说。她又跌坐在皮床上，奄奄一息，被折成两截，任人在胸前被吊在带扣子的皮带上。

“加把劲，我的美人，得挺住一点，”皮埃拉师傅把她扶起来说，“你的样子像是挂在勃艮第的老爷颈子里的那头金羊[⑩]。”

雅克·沙莫吕提高嗓门：

“书记官，请笔录。”——“吉卜赛少女，你招认：你和鬼魂、幽灵与吸血蝙蝠一起，参与地狱的聚会、巫魔的夜会和妖术。请回答。”

“是的。”她的声音轻轻消失在呼吸之间。

“你招认：看见过别西卜[⑪]放在云端的公羊，用来召集巫魔的夜会，而只有巫师才能看见?”

“是的。”

“你忏悔：曾经膜拜巴弗迈[⑫]的头，这些圣殿骑士可恶的偶像?”

---

⑩ 1430 年 1 月 10 日，勃艮第大公、善人菲利普创设骑士勋章，叫“金羊毛勋章”，勋章是一头小绵羊，在身腰正中处被提起来，羊头和四足自然垂下。

⑪ 别西卜（Béelzébuth）是《圣经》所载的魔鬼王。

⑫ 巴弗迈（Bophomet）据说是被取缔的圣殿骑士崇拜的偶像。巴弗迈的画像常作一个头，有三个面孔。

爱斯梅拉达姑娘受刑
（Tony Johannot 画，Pannemaker fils 刻）

“是的。”

“日常和化作一头母山羊、也涉及本案的魔鬼有交往？”

“是的。”

“最后，你招认，你也忏悔：通过魔鬼和通常叫作妖僧的幽灵，在上个月三月二十九日夜里，杀害一位叫福玻斯·德·沙多贝的队长?”

她对审判官抬起她的大眼睛，定定望着，仿佛机械地回答，没有挣扎，没有震颤：“是的。”显然，她全身彻底垮了。

“请写，书记官。”沙莫吕说。他又对行刑人说：“把女犯解下来，把她带回到庭审去。”女犯被“脱去鞋子”时，教会法庭的王家检察官看看她还因为痛苦而麻木的脚：“得，”他说，“没什么大不了的。你喊叫得及时。你还可以跳舞，美人!”接着，他转身向宗教法庭的同党：“正义终于得到伸张！让人松了一口气，各位大人！小姐会向我们说句公道话，我们是尽其可能地从轻发落的。”

三　银币变枯叶完

她回到庭审大厅，脸色苍白，脚一翘一翘，迎来全场一阵开心的窃窃私语。从听众方面讲，这使剧场里这种等待的心情如愿以偿，喜剧演出的最后一次幕间休息已告结束，大幕拉开，结局马上开始。从法官方面讲，有望马上吃晚饭。小母羊高兴地咩咩叫着。她想向女主人跑过去，但被拴在了板凳上。

夜幕已经完全降临。蜡烛的数量没有增加，烛光依稀中看不见大厅的墙壁。夜色可以说给所有物体笼上一层黑雾。黑暗中若隐若现露出几张法官麻木不仁的脸。面对法官的脸，在长长的大厅的尽头，法官在昏黑的背景下，可以看到有一团模糊的白色东西。这是被告。

她步履艰难地回到自己的位置。当沙莫吕威风凛凛地回到自己的位置，他先坐下，接着重又站起来说话，并没有过于显露出自己成功的自负:“被告一切都招认了。”

“吉卜赛少女,”庭长又说,“你已经招认了对福玻斯·德·沙多贝的巫术、卖淫和谋杀的违法行为?”

她的心在抽紧。听到她在暗中抽泣。“招认你要的任何行为,”她声音微弱地回答,“但要尽快处死我!”

“宗教法庭的王家检察官老爷,”庭长说,“本庭可以听你宣读公诉状。”

沙莫吕师傅出示一份可怕的卷宗,以连续不断的手势,以辩护词夸张的语调,开始用拉丁文宣读,案件的全部证据用西塞罗式的委婉句堆砌而成,插以他最爱的喜剧诗人普劳图斯的引诗。可惜我们无法向读者展示这篇杰出的作品。演讲者的演讲极尽抑扬顿挫之能事。他第一部分没有读完,额头已经沁出汗水,眼睛已经鼓出头颅。突然,在一句长长的复合句正中,他停下来,他那通常是温和甚至是愚蠢的目光,变得咄咄逼人。“各位老爷,”他喊道(这时用法语讲,因为没有写上卷宗),“撒旦深深地卷入本案,就在现场,在听我们的辩论,在装模作样,一本正经。请看!”说着他手指小母山羊,山羊看到沙莫吕指手画脚,以为要依样画葫芦,蹲坐下来,努力用前腿和长胡子的羊头,重复教会法庭的王家检察官矫揉造作的动人姿态。我们知道,这是她可爱的能耐之一。这件插曲,这最后的一个“证据”,效果非凡。有人绑住母山羊的脚。王家检察官继续他滔滔不绝的口才。全文太长,但末段很精彩。最后一句,还要加上沙莫吕师傅沙哑的嗓子,和上气不接下气的手势。——“各位大人,这就是为何面对被证明了的吸血女鬼,面对明显的罪行,面对现行罪行的意图,以巴黎圣母院这座神圣教堂的名义,圣母院在这座完整的老城岛上有法定的一切上下司法权限,考虑到本案的内情,我们宣布:我们的请求是,第一,若干金钱赔偿;第二,在圣母院主大门门前,示众柱示众；第三，判决这名女巫和她的母山羊，或在俗称‘沙滩广场’的街头，或在塞纳河上本岛的出口处，在临近王家花园的一端，一并处决！”[13]

他又戴上圆帽，重新坐下。

“唉！”悲痛的甘果瓦叹气，“蹩脚的后期拉丁文！”

另一个穿黑袍的人在被告身边站起来，这是律师。法官们空着肚子，开始窃窃私语。

“律师，讲简短点。”庭长说。

“庭长老爷，”律师回答，“既然被告已经忏悔罪行，我只有一句话要对各位老爷说。这是一篇萨利克法典[14]的文书：‘如果一个女巫吃掉一个男人，女巫对此确认无疑，她要付八千德尼耶罚金，相当于二百个金苏[15]。’但愿法庭对我的辩护对象处以罚金。”

“该文书已废除。”王家特别律师说。

“我否认。”律师反驳说。

“投票！”一名推事说，“罪行毋庸置疑，时间不早了。”

投票开始，并不离开大厅。法官们“摘帽表示”。他们都急着办事。他们戴帽的脑袋听到庭长低声向他们提出的凄惨问题后，一个一个在黑暗中摘下帽子。可怜的被告望着他们，但她模糊的眼睛已看不清楚。

接着，书记官开始笔录；接着，他交给庭长一份长长的羊皮纸。于是，不幸的女人听到百姓有动静，听到铁矛在碰撞，听到一个冰冷的声音：

---

[13] 原文是拉丁文。塞巴谢教授认为，这段后期拉丁文只是法语内容的拉丁文译文而已。

[14] “萨利克法典”（Loi salique）指法兰克人的一支萨利克人制定的法典，提出罪行可借罚金抵消。

[15] 查理曼时期的 200 个“金苏”，相当于 1998 年的 400—800 欧元。

“吉卜赛少女，由吾王陛下择日，时当正午，你被装入死刑犯囚车[16]，穿衬衣，光脚，颈子套绳索，至圣母院正大门，在大门前示众，手持两斤重的大蜡烛，再由此去沙滩广场，在广场上受绞刑，在市政厅的绞刑架上绞死；你这头母山羊接受同样的处置；你支付宗教裁判官三枚狮子金币[17]，以补偿你犯下并忏悔的加害于福玻斯·德·沙多贝老爷的巫术罪、妖术罪、奸淫罪和谋杀罪。愿上帝接受你的灵魂!”

“噢！真是个梦!”她喃喃说道，感到有两只粗大的手把她带走。

四　把一切希望留下[18]

中世纪时，一座完整的建筑物，几乎地下部分和地面上的建筑物相等。除非是吊脚的建筑，像圣母院，或一座宫殿，一座碉堡，一座教堂，永远都有一个重复的底座。对大教堂而言，可以说就是另有一座地下的大教堂，低矮，昏暗，神秘，无光，无声，上层的大殿流光溢彩，日夜响彻管风琴声和钟声；有时候，这是一座墓室。在宫殿下面，在城堡下面，是一座监狱，有时候也是墓室，有的时候同时是监狱和墓室。这些强大的建筑，我们在别处解释过它们形成和“成长”的方式，这些建筑并非简单地有地基部分，而是，可以这么说，还有根部，根部在地下分叉开来，形成房间、走廊、台阶，和地面上的建筑一样。这样，教堂、宫殿、堡垒的腰部埋在土中。一幢建筑物的地窖，就是另一座建筑物，

---

⑯　死刑犯囚车是一种两侧有护板的双轮载重车。

⑰　“狮子金币”是14世纪末流通的货币，图案是国王坐王座，脚踩狮子。据考，19世纪此金币币值20法郎，市值40法郎；20世纪末币值1000法郎，即150欧元。

⑱　原文是意大利文。这是但丁《神曲·地狱篇》中，地狱之门上对新来者的箴言。爱斯梅拉达的名字词源意义是“翡翠”，而“翡翠”是“希望之石”。

要走下去，而不是走上来，这另一座建筑物在这幢古建筑外面高耸的一层又一层之下，也还有地下的一层又一层，如同湖边的森林和山脉在明镜般的水面下，倒映出这些森林和这些山脉。

在圣安东城堡，在巴黎司法宫，在卢浮宫，这些地下建筑是监狱。这三处监狱的楼层，越深入地下，就越窄越暗。这同样也是一圈又一圈，分别反映恐怖的等级。但丁没能为他的地狱找到更好的设置。这些漏斗状的囚室，通常通向桶底一个矮坑的底部，但丁把撒旦关在这儿，社会把死囚关在这儿。一旦一个可悲的生命被埋葬在此地，永别了阳光、空气和生命，永别了“一切希望”[19]，从此地出去，是去绞架，或者去火场。有时候，他就在此地腐烂，人间的司法将此称之为“遗忘”。在世人和他之间，囚犯感到压在他头上的，是一大堆石头和狱卒；整座监狱，严严实实的城堡，只是一把巨大而又复杂的大锁，把他锁在活人的世界之外。

判处绞刑的爱斯梅拉达姑娘，正是被打入这样的桶底，在圣路易开挖的地牢里，在最高法院刑事庭终身监禁者的地牢里，或许是怕越狱，头顶上是一座高大的司法宫。可怜的苍蝇，她连司法宫的一小粒石子都搬不动啊！

当然，老天和社会同样是不公正的，无须用如此众多的不幸和折磨，来砸碎一个如此脆弱的生命。

她在地下，消失在黑暗之中，被埋葬，被掩埋，被封死。如果有谁见过她在阳光下欢笑和跳舞，又见她身处这样的绝境，也会不寒而栗的。她像黑夜一样冰冷，她像死亡一样冰冷，她头发里没有一丝微风，她耳边没有一点人声，她眼前没有一点日光。她佝偻身躯，被锁链压垮，蜷

---

⑲ 原文是意大利文。

缩在一捧干草上，身边有一个水罐和一个面包。干草下是身在其中的固定囚室渗出的一滩水，她没有动静，几乎没有呼吸；她甚至可以说无所谓受苦。福玻斯，阳光，南方，清新的空气，巴黎的街市，掌声连连的舞蹈，和军官唧唧哝哝的甜言蜜语；接着，是神甫，鸨母，匕首，鲜血，酷刑，绞架；这种种一切又在她思想里重现，有时作为光彩夺目、欢歌而来的幻觉，有时作为难以名状的噩梦；但这只是一番可怖而朦胧的搏斗，消失在黑暗之中，或者，只是天上一队遥远的乐声，在人间奏响，在不幸女人跌落的地下深处已无法听到。自从来到地下，她既不清醒，也不入睡。自从遭此大难，来此牢房，她已分不清清醒和睡眠，分不清梦境和现实，犹如分不清白天和黑夜。这种种一切，在她的思想里混杂一起，支离破碎，若轻若重，模模糊糊。她不再感觉，不再明白，不再思考，充其量，她只有恍若梦境。从没有一个活着的生命，曾如此深地堕入虚无之中。

她这般麻木，这般挨冻，这般僵化，几乎注意不到她头上有个翻板的活门，有两三次打开，甚至没有光线进来，有只手从活门口给她扔来一块黑面包皮。这是她和人类仅有的交流，即狱卒定时的来访。仅有一样东西，还一成不变地充塞她的耳朵：她的头上，通过拱顶上发霉的石头，每隔一段时间，潮湿的空气渗出一滴水，从石缝里跌落下来。她呆呆地听着这颗水滴落在她身边一滩水上的声音。

掉落在这滩水里的水滴，是她身边唯一动态的运动，是标志时间的唯一时钟，是在地面上出现的声音中唯一能让她听到的。

简言之，她不时在这个泥浆和黑暗的泄殖腔里，感到有股寒冷的东西刺进她的手脚，她在颤抖。

她待在此地有多长时间了？她不知道。她记得什么地方对某人宣布死刑判决，记得有人来把她带走，记得她在黑夜里，在冰冷的寂静中醒来。她用两只手爬着。于是，铁环割断了她的脚踝，锁链发出响声。她确认她四周都是高墙，她身下是水汪汪的石板，和一捧干草。但没有灯，没有气窗。于是，她先是坐在这些干草上，有时候为了换个坐法，坐在牢房里石级的最后一级上。有一次，她想试着计算水滴为她记下的忧伤时刻，但不久这件伤心的工作在她病了的头脑中自行停下了，她又陷入麻木之中。

终于有一天，或是有一夜（因为午夜和正午在这座墓室里是相同的），她听到头上有声音，比平日看守给她送面包送水罐的声音要响一些。她仰起头，看到有一线似红非红的光，透过地牢拱顶又像门、又像翻板的缝隙照射进来。同时，沉甸甸的铁锁一响，翻板小门在生锈的合页上嘎嘎作声，翻转过来，她看到有盏灯，有一只手，和两个男人的下半身，门太低矮，她看不到两人的脑袋。灯光太刺眼，她闭上眼睛。

她又睁开眼睛时，门已关上，手提灯搁在台阶上，一个男人独自站在她面前。一件黑色的戴帽僧衣拖到脚上，也是黑色的风帽遮住了脸。一点也看不清他的人，看不到脸，看不到手。这是一件长长的尸衣，直直地站着，让人感到尸衣下有什么东西会动。她定睛对这个幽灵望了几分钟。这几分钟里，她和他都不说话。仿佛两座雕像面面相觑。地窖里只有两个东西似乎是有生命的：一是灯芯，因为湿气而毕毕剥剥响，二是拱顶的水滴，以其单调的啪啪声，打断这灯芯不规则的毕毕剥剥声，灯光晃动不已，使油乎乎的积水产生一圈一圈的波光。

最后，女囚徒打破沉默："你是谁？"

"一个神甫。"

用词，声调，嗓音，都让她一阵战栗。

神甫飃声飃气地继续说。

"你准备好了？"

地下有四层囚室
(Riou 画，Méaulle 刻)

“准备好什么?”

“准备去死。”

“噢!”她说,“很快死吗?”

“明天。”

她的脑袋先开心地抬起,又重重回落到胸前。“还要等很久吗?”她喃喃地说,“今天死,又会对他们怎么样?”

“你真是很不幸吗?”神甫停一下发问。

“我很冷。”她答道。

她把双脚放进手里,这是不幸者怕冷时的常见动作,我们见过罗兰塔里的隐修女有此动作,她的牙齿咯咯地响。

神甫似乎从风帽底下,环顾一下囚室。“没有光线!没有火!又在水里!太可怕了!”

“是这样。”她答道,露出不幸让她吃惊的样子,“阳光是人人都有的。为什么只给我黑夜?”

“你可知道,”神甫停一下又说,“你为什么待在此地?”

“我想我本以为是知道的,”她说,用瘦削的指头摸摸眉毛,仿佛想要想起什么,“可我又不明白了。”

突然,她哭起来,哭得像个孩子。

“我要离开此地,老爷。我冷,我怕,有虫子爬到我身上来。”

“好哇,请跟我来。”

神甫这么说,抄起她的胳膊。不幸的少女身上冷彻骨髓。此时,这只手给她更冷的感觉。

“噢!”她喃喃地说,“这是死神冰冷的手。”——“你到底是谁啊?”

神甫撩起他的风帽。她一看,正是长久以来盯着她不放的那张阴森森的脸,正是那个在法卢代尔老太家里出现在她和福玻斯漂亮脸蛋上的

女囚和神甫
(Burdet 画，Méaulle 刻)

那个魔鬼的脑袋，正是那只她最后看到的在匕首旁闪光的眼睛。

这样的现身，对她每一次都是要命的现身，把她从不幸推向不幸，直至推向酷刑，这现身让她摆脱了当下的麻木状态。她觉得压在她记忆力上的那层越来越厚的面纱被撕碎了。她悲惨遭遇的一个个细节，从法卢代尔老太家夜间的一幕，到她在最高法院刑事庭的审判，现在一一回想起来，细节不再模模糊糊，不再含含混混，如前一刻的情况，而是清晰，强烈，分明，鲜活，可怕。这些已经依稀莫辨、因为苦难深重而几乎磨灭殆尽的回忆，这个站在她面前的阴沉的脸，使记忆复活了，如同用隐形墨水写下的不可见的文字，拿近火烘一烘，便一一活现在白纸上了。她感到她心头的所有伤口，又全部开裂，同时都在流血。

“哈!”她叫道，两手一摸眼睛，痉挛地全身一摇，“是神甫!”

接着，她垂下自己绝望的双臂，还是坐着，低垂下脑袋，眼睛盯着地上，一言不发，不停地颤抖。

神甫用秃鹫的眼神望着她。这只秃鹫长时间围着一只蜷缩在麦田里的可怜的云雀，从最高的天际，转着圈翱翔，静静地收缩其飞翔的巨大圆圈，猛然，它直扑自己的猎物，直得像闪电的电光，把噗噗跳动的猎物攫在鹰爪之中。

她低声地喃喃说道：“来吧！来吧！给我最后一下!”她恐惧地把脑袋缩进自己的肩膀，仿佛绵羊在等待屠夫的大棒敲击。

“我就让你这么害怕吗?”他终于说。她没有回答。

“我就让你这么害怕吗?”他又说一遍。

她的嘴唇缩起，似乎是在微笑。

“对,”她说，“刽子手嘲笑犯人。这几个月来，刽子手跟踪我，威胁我，让我恐怖！我的上帝，没有刽子手，我会多么幸福！正是他把我扔进这个深渊！老天啊！正是他杀了……真是他杀了他！杀了我的福玻斯!”说到此处，她抽泣起来，朝神甫抬起眼睛：“噢！坏蛋！你是谁?我有什么对不住你？你就这么恨我？唉！你有什么好恨我的?”

“我爱你!”神甫叫道。

她的眼泪倏地停住，她望着他，张着白痴的眼神。他跪下身来，用火辣辣的眼睛望遍她的全身。

“你听见吗？我爱你！”他还在叫。

“什么爱情！”不幸的少女战栗地说。

他又说：“注定令人受苦受难的爱情。”

两人一时间相对无语，受不住各自沉重的激动，他神情慌乱，她惊愕不已。

“听着，”神甫最后说，又恢复了异乎寻常的安详，“你会都明白的。我会告诉你，当夜深人静的时分，我悄悄询问自己的灵魂，夜色太深太黑，似乎连上帝也看不到我们，告诉你我直到今天对自己都不敢说出来的话。听着。姑娘，在遇见你之前，我很幸福。”

“是我！”她无力地叹一口气。

“你别打断我。”——“对，我很幸福。至少，我相信自己很幸福。当时我纯洁，我的灵魂里充满清澈的光明。没有人仰起头颅有比我更加自豪、更加容光焕发的脑袋。神甫们问我如何保持贞洁，学者们问我如何研修学问。对，学问对我便是一切。学问是我的姐妹，一个姐妹对我足矣。只是随着年岁的增长，我才有了别的想法。我的肉体不止一次遇见女性的形体而为之激动。男人的性和热血具有的这种力量，我在开开心心的青少年时期以为已经终身压制下去，却不止一次危险地挑开铁誓的锁链，可怜的家伙，这铁誓把我拴在祭坛冰凉的石头上。不过，守斋，祈祷，功课，内院的苦行，重建了主导肉体的灵魂。以后，我躲避女人。再说，我只要打开书本，我头脑里不洁的尘埃，便在庄严的学问面前消失殆尽。不消数分钟，我感到红尘沉甸甸的俗事飘然远去，我又重获平静，面对永恒真理安详的光芒而赞叹不已，而坦然自若。只要魔鬼在教堂里，在街市上，在芳草地，为了攻击我，只派来女人模模糊糊的身影，只要这些身影不再回到我的梦中，我很容易打败魔鬼。唉！如果胜利不留给我，错误在于上帝，上帝没有创造彼此势均力敌的男人和魔鬼。”——“听好。有一天……”

说到这儿，神甫停下，女囚听到从他胸口发出一声声叹息，这是呻吟和心碎的声音。

他接着说：

“……有一天，我靠在我斗室的窗台上……”——“我在读什么书？噢！这一切在头脑里是刮来一阵旋风。”——“我在读书。窗子对着广场。我听到铃鼓声和乐曲声。我为沉思中被这样打扰而生气。我向广场望去。我看到的东西，是别人经常看到的东西，而这不是给人的眼睛看的景象。广场的石板路中间，”——“时当中午，”——“赤日炎炎，”——“有个女人在跳舞。一个绝色的美人，上帝会爱她胜过爱圣母，上帝会选她做自己的母亲，上帝一旦成为男人，只要有这个女人存在，也愿意从她身上诞生！她的眼睛乌黑，目光灿烂，她黑黑的长发中间，有几丝头发里透进阳光，像金丝闪出金光。她的脚跳动时消失不见了，如同车轮的轮辐在快速滚动。她的脑袋四周，在她黑色的发辫里，有金属片在阳光下闪烁，给她的额头戴上一个星星缀成的王冠。她的衣袍，撒满闪光的薄片，有蓝光闪闪烁烁，缝进万千的星光，像是夏天的夜晚。她柔软的棕色胳膊，围着腰身，时合时分，像两条绶带。她的形体美得令人惊奇。噢！这张衬托出来的熠熠生辉的脸蛋，像是从太阳的光芒里凸显出来的某种更光亮的东西！……”——“唉！姑娘，这就是你。”——“我惊讶，我沉醉，我着迷，我不由自主地望着你。我望着你，直到我突然因为恐怖而战栗：我感到我被命运攫住了。”

神甫感到胸闷，又停下片刻。他接着说：

“我已经半入迷途，我试着扶住什么东西，免得掉落下去。我回想起撒旦已经给我布下过的圈套。我眼前的这个女人，具有这样超凡脱俗的美貌，只能来自天国，或者来自地狱。这并非一个寻常的女孩，用一点尘土做成，内心里只是被女人灵魂里摇摇晃晃的光线照得若明若暗。这是个天使！却是黑暗的天使。却是火焰燃烧的天使，不是充满光明的天使。正当我这么思考的时候，我看到你身旁有一个母山羊，一头巫魔夜会上的畜生，母山羊笑着望望我。正午的阳光把羊角照得像火焰。我隐隐看到了魔鬼的圈套。我不再怀疑你来自地狱，你来是为了要我堕落。我相信如此。”

说到此地，神甫正面望着女囚，又冷冷地说：

“我现在还这么认为。”——“与此同时，魅力一步步发挥作用。你的舞姿在我头脑里旋转，我感到神秘的魔法在我身上实现。我灵魂里一切本该清醒的东西入睡了，如同在雪地里死去的人，我也感受到这场睡眠带来的乐趣。突然，你又唱了起来。我这个可怜虫，我能有作为吗？你的歌声比你的舞姿更富有魅力。我想要逃走。做不到。我被钉住了，我在地上扎了根。我似乎觉得大理石的石板升起来，升到我的膝头。必须待在原地待到底。我的双脚是冰块，我的脑袋在沸腾。最后，也许你可怜我，你停止了歌唱，你消失不见了。令人目眩神迷的反光，给人诱惑的乐声悠扬，在我眼前，在我耳中，一步步消退。这时候，我跌倒在窗边的角落里，比一座拆除的雕像更僵硬，也更虚弱。晚祷的钟声把我唤醒。我又站起来。我逃走。可是，唉！我身上有什么跌倒的东西无法再站起来，有什么突如其来的东西我无法逃避。”

他又停一下，再继续说：“对，从这一天起，我身上有了一个我不认识的男人。我想使用一切治疗药物：教堂内院，祭坛，功课，书本。都是做梦！噢！学问一敲多么空虚，当你用充满激情的脑袋绝望地冲撞学问！你可知道，姑娘，我以后在书本和我之间，看到了什么？是你，你的影子，出现一团光华灼灼的形象，有一天在我面前划破长空。但是，这个形象不再是同样的颜色。这形象昏暗，凄伤，黑黑的，像是麻痹大意的人凝视太阳，会久久看到黑色的圆环。”

“我无法摆脱，总是听到你的歌声在我头脑里嗡嗡作响，总是看到你的脚在我的经书上跳舞，总是感到夜里在梦中，你的形体潜入我的肉体，我要再见到你，再摸到你，知道你是谁，看看你是否和我保留下的你最美的形象一模一样，也许会用现实击碎我的梦。总之，我希望有新的印象会抹去第一个印象，而第一个印象我实在受不了啦。我追寻你。我再见到你。不幸啊！我看到你两次，我就想看到你一千次，我就想永远见到你。于是，”——“如何在滑向地狱的斜坡上刹车?”——“于是，我无法把握自己了。魔鬼把我绑在它翅膀上的线头，扣在了它的脚上。我变得像你一样飘忽和流浪。我在门洞下等你，我在街角处窥伺你，我从我的塔顶监视你。每天晚上，我返回时自己的身子更迷惑，更绝望，更中魔，更失落!”

“我知道了你是谁：埃及女人，吉卜赛女人，茨冈[20]女人，津加洛[21]女人。怎么能怀疑巫术呢？听着。我希望有一场官司会让我摆脱迷人的魅力。有个女巫让阿斯蒂的布鲁诺[22]中了她的魔法，他让人把女巫烧死了，自己也治愈了。这我知道。我想试试药方。我先尝试禁止你来圣母院的大广场，希望如果你不回来，就把你忘了。你不在乎。你回来了。接着我想到劫持你。一天夜里，我试着实施。我们有两个人。我已经把你抢到手，却有个倒霉的军官插进来。他解救了你。这样，他开始了你的不幸，我的不幸，和他自己的不幸。最后，我不知道怎么办，不知道

---

[20] 茨冈人指西班牙的吉卜赛人。

[21] 津加洛人指意大利的吉卜赛人。

[22] 阿斯蒂的布鲁诺（Bruno d’ Ast）是意大利北部城市阿斯蒂的神学家，1123 年卒。

自己会怎么样，我向宗教法庭告发你。我想我会像阿斯蒂的布鲁诺一样即将治愈。我还模模糊糊地想，一场官司会把你交到我手里；到了监狱里，我会掌握你，我会得到你；到了监狱里，你就逃不出我的手掌；你长久以来占有了我，现在我也会占有你了。一步走错，就要步步错到底。想在荒唐的事情上中途停下来，痴心妄想！犯罪到了极致，自有极度的兴奋。一个神甫和一个女巫，可以在牢房的一捧干草上销魂大悦！

“所以我告发你。这样，我遇见你时让你感到恐怖。我针对你策划的阴谋，我在你头上堆积风暴，都由我释放出来，成为威胁，成为闪电。不过，我还有犹豫。我的计划有的方面很吓人，让我却步。

“也许，我就会放弃；也许，我丑恶的想法并未开花结果，便在我脑子里枯竭。我相信这总是取决于我，是这件官司继续，还是这件官司作罢。不过，任何作恶的想法都不讲情面，想成为事实；但凡是我自认为强有力的地方，宿命比我更强有力。唉！唉！是宿命攫住了你，把你投入我阴谋制造的机器可怕的齿轮之中！”——“听着。我达到目标了。

“一天，”——“又是一个阳光灿烂的日子，”——“我看到面前走过一个男子，他叫出你的名字，他在笑，他的眼中是淫荡的眼神。该死！我跟踪他。以后的事情，你知道了。”

他停住。少女只有一句话：“唉，我的福玻斯！”

“别叫这名字！”神甫说着狠狠抓住她的胳膊，“别说这名字！噢！我们是可怜虫，正是这个名字毁了我们！”——“或者不如说，我们人人由于宿命无从解释的拨弄，我毁了你，你毁了我！”——“你受苦，不是吗？你怕冷，黑夜让你成为瞎子，牢房淹没了你。但是，也许在你心底还有一点光明，哪怕是你对这个玩弄你感情的空虚的男人抱有孩子气的爱情！而我，我的牢房在我的内心；我的内心是严寒，是冰霜，是绝望；我的灵魂里是黑夜。你知道我经受的痛苦吗？我看到了你的审判。

我坐在宗教法庭的板凳上。对，在一顶神甫尖顶的风帽下面，是一个注定受苦人的肢体在扭动。你被带走的时候，我在旁边；你被审讯时，我在旁边。”——“一窝的豺狼!”——“这是我的罪行，我看着慢慢在你额头上竖起的是我的绞架。每一个证人，每一件证物，每一句证词，我都在，我可以计算出你走在痛苦之路[23]上的每一个脚步。我还在场，当这头野兽……”——“噢！我没有料到会有酷刑!”——“听着。我跟着你走进受苦的屋子。我看着你被剥去衣服，半裸身子被行刑人卑劣的手蹂躏。我看到你的脚，这只脚我多愿意只要印上一个吻，付出万贯家财并死去，在这只脚下砸碎我的脑袋，我会感到无上的快乐，我看到这只脚被恶心的夹棍夹住，夹棍会让一个活人的四肢变成一堆肉酱。噢！可怜虫！我看到这一切，我在自己的尸衣下有一把匕首，用来反复刻划我的胸膛。听到你发出叫声，我把匕首插进我的皮肉；第二声叫喊，匕首插进我的心脏！你看。我相信还在流血。”

他撩开长袍。他的胸口果然仿佛被老虎的爪子撕碎了，他的腰间有个大大的伤口，没有愈合。

女囚吓得后退。

“噢!”神甫说，“姑娘，可怜可怜我吧！你自以为不幸，唉！唉！你不知道不幸究竟为何物。噢！爱一个女人！自己是神甫！被人憎恨！用自己灵魂的全部疯狂爱她。感到可以为她的一丝微笑付出自己的鲜血，自己的肺腑，自己的名声，自己的拯救、不朽和永生，付出这一辈子和下一辈子。只恨自己不是国王，不是天才，不是皇帝，不是大天使，不是上帝，否则让一个更伟大的奴隶拜倒在她的脚下。用自己的梦想和自己的思想，日夜紧紧抱着她。看到她爱上当兵的一身制服！自己只能给

[23] “痛苦之路”从词源上可以联想起耶稣的“受难”。

她神甫脏兮兮的长袍，让她害怕和恶心！面对她的妒忌和愤怒，而她却给自吹自擂的笨蛋可怜虫挥霍无与伦比的爱情和美貌！看到这个外貌让你热乎乎的躯体，这柔情万种的乳房，这个让别人的吻变得鲜活和脸红的肉体！老天啊！爱她的脚，她的胳膊，她的双肩，想到她清晰的血脉，她棕色的皮肤，直想到整夜整夜在自己斗室的石板上辗转反侧，看到为思念她的万种温存，竟然变成酷刑！最后的成功，只是让她躺到皮床上！噢！这才是名副其实的钳刑，用地狱的火烧得通红！噢！此人多么幸福，夹在两块木板中受锯刑，被四马分尸！”㉔ ——“你可知道，漫漫长夜，你沸腾的血脉，你破碎的心，你断裂的脑袋，你咬啮自己手的牙齿，给你造成的这种酷刑吗？凶狠的行刑人，不停地返回给自己，返回到相思、妒忌和绝望的思绪上，就像是在通红的烤架上。姑娘，饶恕吧！停一回手吧！在这堆炭火上撒一点灰吧！我恳求你，请抹去我额头上滴下的大滴汗水！孩子！请用一只手折磨我，但用另一只手安抚我！可怜可怜，姑娘！可怜可怜我吧！”

神甫在石板地上的水里打滚，用脑壳撞击石阶的转角处。少女听他说，望着他。当他不说话了，筋疲力尽，气喘吁吁，她有气无力地重复：“噢！我的福玻斯！”

神甫用双膝向她跪过去。

“我求你啦，”他喊道，“如果你有心肝，你别拒绝我！噢！我爱你！我是可怜虫！你一说这个名字，不幸的女人，就仿佛你在咬啮我这颗柔嫩的心！饶命啊！如果你从地狱来，我和你去地狱。我义无反顾。有你在的地狱，就是我的天堂。看到你比看到上帝更迷人！噢！说吧！你就不要我啊？哪一天一个女人会拒绝这样的爱情，我宁可相信大山会倾覆。

㉔ 这是古代弑王者所受的极刑：锯刑和四马分尸。

噢！只要你愿意……噢！我们会幸福的！我们远走他乡，”——“我带你出走，”——“我们去某个地方，我们去寻找地球上的那个地方，有最多的阳光，有最多的树木，有最多的蓝天。我们会彼此相爱，我们会把自己融入彼此的灵魂，我们会有对我们自己难以餍足的渴望，我们共同不断借这只喝饮不尽的爱的酒杯解渴！”

她以一声可怕的哈哈大笑打断他。

“请看看，我的神甫！你的指甲缝里有血渍！”

神甫一时间愣着，像一座石像，眼睛望着自己的手。

“好哇，不错！”他终于又说，脸带异常的温柔，“侮辱我吧，嘲笑我吧，辱骂我吧！但请过来，过来，我们快点走。就在明天，我告诉你。沙滩广场的绞架，你可知道？绞架时刻准备好的。太可怕了！眼看着你走进这座坟墓！噢！饶恕吧！”——“我从来没有像现在这样感到我有多么爱你。”——“噢！跟我来吧。我先救你的命，你以后再爱我。你可以想要怎么恨我，就怎么恨我。先来吧。明天！明天！绞架！你受刑！噢！你自己逃吧！你别管我了。”

他抓住她的胳膊，他慌慌张张，他想拖她走。

她用眼睛凝视着他。——“我的福玻斯怎么样了？”

“啊！”神甫说，放开她的胳膊，“你这人没有怜悯心！”

“福玻斯怎么样了？”她冷冷地再说。

“他死了！”神甫喊道。

“死了！”她说道，总是冷冰冰的，一动不动，“那你对我说什么活下去？”

他不听她说的话：“噢，对啊！”他仿佛自言自语：“他该是死了。刀锋刺得很深。我想刀尖刺到了心脏。噢！我活到了把匕首刺进去！”

“福玻斯死了！”
（Brion 画，Yon-Perrichon 刻）

少女像一头疯狂的母老虎扑在他身上，以不可思议的力量把他推倒在石阶上。“滚，畜生！滚，杀人犯！让我死吧！让我们俩的鲜血，永远抹不去的污点，溅在你的额头上！做你的人，神甫！永远不！我们永远不会在一起！连地狱也不成！去吧，诅咒你！永远不会！”

神甫在石阶上跌跌撞撞。他静静地从长袍的折缝里伸出双脚，拿起提灯，开始慢慢走上通向牢门的石级；他又打开这扇门，走了出去。突然，少女看到他的脑袋又出现了，他显得面目狰狞，对她发出狂怒和绝望的喊叫：“我对你说他死了！”

她的脸扑倒在地上，牢房里听不见任何声响，只有水滴的叹息，让积水在黑暗中轻轻颤抖。

五 母　　亲

我不相信，世界上还有什么东西，能比母亲看到自己孩子的小鞋时，心头唤起的想法更愉快。尤其如果这是节日的小鞋，是星期天、是洗礼穿的小鞋㉕。小鞋的绣花一直绣到脚跟处。孩子穿上小鞋，还没有走过一步路。这小鞋如此可爱，如此之小，事实上根本无法走路，对母亲来说，就如同是看到了自己的孩子。母亲对小鞋笑，吻小鞋，对小鞋说话。她会想：脚会当真这么小；而孩子即使不在，只要有漂亮的小鞋，就会在她眼前出现可爱又碰不得的小家伙。母亲以为看见了孩子，看见了完完整整的小家伙，活泼，高兴，小小的手，圆圆的脑袋，纯洁的嘴唇，明亮的眼睛，眼白是蓝的。如果是冬天，有孩子在，孩子在地毯上

㉕ 孩子受洗，原是孩子第一次参加宗教仪式，表示洗清原罪，从 13 世纪起，通常孩子一出生就受洗。法国大革命后建立户籍，时至 19 世纪，洗礼逐渐演变成家庭聚会。

爬，费劲地爬到板凳上，孩子走近火，母亲吓得发抖；如果在夏天，孩子在院子里爬来爬去，拔拔路中间的草，天真地望着大狗，大马，毫不害怕，和贝壳玩，和鲜花玩，让园丁责骂，他看到花坛里有沙子，小径上有泥土。孩子的四周，一切在笑，一切发亮，一切在玩，和孩子一样，甚至是清风，甚至是阳光，都在孩子蓬蓬松松的卷发里竞相嬉戏。小鞋让母亲看到这一切，融化母亲的心，如同火熔化蜡。

但是，一旦孩子丢失了，这围着小鞋出现的欢乐、迷人和温情脉脉的千百种画面，无不变成可憎的东西。漂亮的小绣鞋，现在是折磨人的工具，无穷尽地捣碎母亲的心。永远是同一条神经在颤抖，这条最深沉的神经，最敏感的神经，不再由天使来安抚，现在是魔鬼在拧紧。

一天早晨，正当五月的阳光在深蓝色的天空里升起，这是加罗法洛[26]喜欢放置其作品《耶稣降架图》的天空。罗兰塔里的隐修女听到一阵车轮、马匹和铁器的声音驶过沙滩广场。她似醒非醒，把头发绾在耳朵上，不想听见，开始跪着端详她十五年来这般钟爱的物件。这只小鞋，我们上文说过，对她就是整个世界。她的思绪禁锢在小鞋里，到死才会解脱出来。关于这只用粉红色缎子做成的可爱的小玩意儿，她对苍天发出多少苦涩的咒骂，多少感人的哀叹，多少祈求，多少抽泣，只有罗兰塔这阴暗的地窖知道。世上再没有更加优美、更加优雅的事物，传递出更多的绝望心情。这天早上，她的痛苦似乎比平日迸发得更加猛烈，人们在塔外听到她一声声哀叹，语调高昂而单调，令人心碎。

“我的闺女啊，”她说，“闺女啊！我可怜的小心肝宝贝，我就再也看不到你啊！这就完了！我总觉得这是昨天发生的事情！上帝呀，上帝，要这么快把她叫回去，还不如不要给我。你就不知道，我们的孩子是我

---

[26] 加罗法洛（le Garofalo，1481—1559）是意大利工笔画家，拉斐尔的好友，有多幅《耶稣降架图》传世。“加罗法洛”是艺名，意思是“石竹花”。

们的命根子，母亲失去孩子就不再相信上帝?”——“我这人该死，那天竟出去了!”——“主啊！主啊！你把她从我这儿抢走，你就从没有看过我和她在一起的样子。我高高兴兴给她生火取暖，她吸奶时对着我笑，我让她的两只小脚踩在我的胸前，踩到我的嘴唇？啊！你如果看到这一切，你本会怜悯我的欢乐，你本不会夺走唯一留在我心中的爱情！主啊，我就这么该死，你不能惩罚我之前看我一眼吗?”——“唉！唉！眼前这只小鞋，而小脚，小脚呢？身体呢？孩子呢？闺女呀，我的闺女！他们把你怎么了？主啊，把她还给我吧。我的上帝啊，我十五年来向你祈求，跪烂了膝盖！这还不够吗？把她还给我吧，一天，一小时，一分钟，主啊，一分钟！再把我永远扔给魔鬼！啊！如果我知道你的半边袍子留在何处，我会双手抱住它，但你要把孩子还给我！主啊，她漂亮的小鞋，你就不可怜吗？你就能忍心惩罚一个可怜的母亲这般受罪十五年吗？圣母娘娘，天上的圣母娘娘啊！这可是我的小耶稣啊，被人抢走了，被人偷去了，被人在小树丛里吃了，血被人喝了，骨头被人嚼碎了！圣母娘娘啊，可怜可怜我。闺女！我要我的闺女！她在天堂里，对我有什么用？我不要你的天使，我要我孩子！我是一头母狮子，我要我的幼狮。”——“噢！我要在地上滚来滚去，我要用脑袋撞击石头，我要遭到天罚，主啊，如果你留下我女儿，我要诅咒你！主啊，你看到我的双臂满是伤痕，主啊！难道仁慈的上帝就没有怜悯心吗?”——“噢！只要给我盐和黑面包，只要我有闺女，只要她像太阳一样给我温暖！唉！我的老天爷，我是个卑劣的罪人；可有了闺女，我很虔诚。我为了爱她，曾充满信仰；我通过她的微笑，如同通过天国的窗口，看到了你。”——“噢！我仅仅只要一次，再来一次，唯一的一次，给她粉红的漂亮小脚，穿上这只小鞋，我就死去，圣母娘娘啊，一边为你祝福!”——“啊！十五年了！她现在该长大了!”——“不幸的孩子！怎么！真的是，我再也见不到她，甚至在天上！因为，我是去不了天上的。噢！多么不幸！只好说，有她的小鞋，仅此而已！”

不幸的女人向这只小鞋扑了上去，这是她的安慰，也是她的绝望，她五内俱焚，化作一声声抽泣，如同第一天一般。对失去自己孩子的母亲，永远都是第一天。这般的悲痛不会老去。丧服穿旧了，洗白了，也是徒然，心里仍然是黑色的。

正在此时，一群孩子清脆而欢乐的声音在她斗室外飘过。每当有孩子出现眼前，或传入耳中，可怜的母亲就赶紧投身在她墓塚里最阴暗的角落，仿佛要把脑袋埋进石头里，不想听到。这一次，相反，她忽地站立起来，贪婪地听着。其中一个男孩说了句：“今天要绞死一个埃及女人。”

她以我们已经见过的这只蜘蛛感到网在抖动而扑向苍蝇这般猛然一跳，跑向天窗，我们说过，天窗开向沙滩广场。果然，在常设的绞刑架前，已经竖起一张梯子，一个干粗活的师傅忙着调整被雨水锈蚀的铁链，四周有了点人。

一群欢笑的孩子已经走远了。麻袋女张着眼睛，想找个行人问问。她发现就在石室的旁边，有个神甫，神甫装着在读那本公用的日课经，其实，与其说关注“装在铁格子里的文字”，不如说更关注绞刑架，他不时朝绞刑架投去阴暗和恶狠狠的一瞥。她认出来是若扎斯的主教代理，一位圣人。

“我的神甫，”她问道，“那要绞死谁啊？”

神甫看看她，不作回答。她又问一遍。他才说：

“我不知道。”

“刚才有孩子说是个埃及女人。”隐修女又说。

“我想是吧。”神甫说。

于是，帕克特-花艳丽发出一阵鬣狗般的狞笑。

“嬷嬷，”主教代理说，“你真是痛恨所有的埃及女人吗?”

“我就恨她们!”隐修女叫道，“这些吸血鬼，偷孩子的贼！她们吃了我的小女儿，我的孩子，我唯一的孩子！我没有心肝了，我的心肝被她们吃了!”

她的样子很可怕。神甫冷冷地望着她。

“尤其有一个我更恨，我诅咒过她，”她又说，“这是个年轻的，如果她母亲没有吃掉我的女儿，她年纪和我女儿一般。每次这条小毒蛇经过我的斗室，就让我热血沸腾!”

“好哇！嬷嬷，你高兴吧，”神甫说，冷冰冰的像一尊墓室里的雕像，“你会看到绞死的正是她。”

他脑袋垂到胸前，慢慢地走开了。

隐修女开心得手舞足蹈。“我早就对她预言过了，她会死在绞刑架上的！谢谢，神甫!”她喊道。

她在天窗的铁条前，大步地来回走动，披头散发，眼睛放光，用肩膀撞墙，样子像一头笼子里的母狼，充满野气，已经饿了很久，感到吃饭时间到了。

六　三个男人，三副心肠

福玻斯其实并没有死。这一类男人的命硬着呢。国王特别检察官菲利普·勒利耶师傅对可怜的爱斯梅拉达姑娘说“他快死了”时，说错了嘴，或者开个玩笑。主教代理反复对女犯说“他死了”时，事实是他对此一无所知，他以为是，他指望这样，他对此并不怀疑，他希望如此。

要他给自己心爱的女人说自己情敌的好消息，委实也太难了。任何男人处在他的位置上，都会做同样的事情。

倒不是福玻斯的伤并不严重，而是伤得并没有主教代理自诩的那么致命。巡逻队士兵立即把他送医，给他治疗的医师为他的生命担心了八天，甚至用拉丁文告诉了他。然而，年轻毕竟是年轻，纵然有诊断和预后诊断之类，老天爷开开心心地在医生的鼻子底下救下了病人的命。他还躺在医师的病床上，就接受菲利普·勒利耶和宗教法庭派员的第一批盘问，让他极为厌烦。一天早上，他感到好多了，留下自己的金马刺，当作给药店老板的钱，便溜之大吉。再说，这并不影响对案件的审理。当时的司法对一件刑事案件的明晰和适度毫不在乎。只要被告被绞死，司法就大功告成了。再说，法官判爱斯梅拉达姑娘的罪证也足够了。他们也相信福玻斯死了，一切已经交代清楚。

而福玻斯这边，并没有跑到天边。他只是返回自己驻扎在格昂布里[27]的部队，就在法兰西岛大区[28]，离巴黎几个驿站。

总而言之，他无意在这起案件里亲自出庭。他隐约地感到，他出庭时的模样会是可笑的。其实呢，他对整个事件的想法无所适从。他像所有当兵的一样，心无虔诚，又很迷信，他思忖这番奇遇时，对这头母山羊，对自己认识爱斯梅拉达姑娘的不寻常经过，对她让自己揣度她的爱情的更其古怪的方式，对她埃及女人的身份，最后对妖僧，心里并不踏实。他隐隐感到这番奇遇中的巫术远远多于爱情，或许是个女巫，可能是个魔鬼。总之，是一出戏，也许，用当时的话说，是一出很不愉快的奇迹剧，他在剧中扮演了一个笨拙的角色，一个中招和笑柄的角色。队长对此颇为尴尬。他感受到的这番羞耻，被我们的拉封丹精彩无比地描

[27] 格昂布里（Queue-en-Brie）在巴黎以东20公里左右。

[28] 法兰西岛大区（Ile-de-France），今天国内又称巴黎大区。

绘成：

羞愧得如同狐狸竟会被母鸡逮住。[29]

他还希望这件事不会张扬出去，希望由于他不露面，他的名字很少被提到，无论如何，不要超出刑事法院的法庭之外。他对此没有估计错，当年并无《法院报》[30]，很少有一个星期会没有伪币制造者被烫死，或女巫被绞死，或异教徒被烧死，在巴黎数不清的正义女神像前，大家在街道的十字路口，习惯于看到封建时代老迈的忒弥斯[31]，光着膀子，卷起袖口，在绞架、木梯和示众柱上忙忙碌碌，几乎已经习以为常了。那个时代的上流社会几乎不知道从街角经过的受刑者的名字，而底层民众至多只是一饱这盘粗俗佳肴的眼福。行刑是通衢大道上常见的意外热闹，如面包师傅用焖锅，或屠宰工人在杀戮。刽子手只是另一类屠夫，比一个屠夫稍微利索一点。

很快，关于女巫爱斯梅拉达，或他叫的西蜜拉，关于吉卜赛女人或妖僧（对他无所谓）的一把匕首，关于案件的结局，福玻斯的心情已经平静下来。不过，一旦他的心在这一边空了，百合花的形象又回到心中。福玻斯队长的这颗心，和当时的物理学一样，憎恶真空。

再说，格昂布里这段日子过得十分平淡无奇，一个马蹄铁匠和两手皱巴巴的挤奶农妇的小村落，一长条破房子和茅草屋的带子，给两公里长的大路两侧镶上边；总之，一条“尾巴”[32]。

百合花是他倒数第二个激情目标，一个漂亮的少女，一份丰盛的嫁

---

[29] 见拉封丹《寓言集》的《狐狸和黄鹤》。

[30] 《法院报》（*Gazette des tribunaux*），法国1825年创刊，曾给反对政府司法不公的自由派反对派帮了大忙。

[31] 忒弥斯（Thémis）是希腊神话中的正义和司法女神。

[32] 组成“格昂布里”（Queue-en-Brie）这个地名的第一个词queue，词义是“尾巴”。

妆。所以有天早上，多情的骑士完全康复，他估计两个月过去，吉卜赛女人的事情应该完了，忘了，便大模大样地来到贡特洛里耶府上的门前。

他没有注意到有一大群嘈杂的人群，聚集在大广场上的圣母院大门前。他记起来现在是五月，估计是什么游行，什么圣灵降临节，什么节日。他把马系在大门前的铁环上，欢欢喜喜地来到美丽的未婚妻家的楼上。

她独自和母亲在家。

百合花心上总是驱不走那个场景：女巫，母山羊，山羊拼出该死的字母，以及福玻斯长久不露面。不过，她看到她的队长进来，看到他气色如此之好，皮甲衣如此之新，佩剑的肩带如此之亮，神色如此之热情，竟兴奋得脸红了。高贵的千金小姐自己也妩媚得无以复加。她一头绝妙的金发，编成辫子，令人赞叹，她穿一身和白皮肤女性非常般配的天蓝色衣袍，这是科隆布教给她的女性风情，加上眼神充满爱情的哀怨缠绵，更平添三分动人。

除了格昂布里的烂货，福玻斯多时没见过美女，一下子为百合花入迷，我们的军官有一种迫不及待和百依百顺的表情，让她立即和好如初。贡特洛里耶夫人自己总是慈母心肠，坐在她的大扶手椅里，连低声抱怨他的力气都没有。而百合花的责备，最终化作了甜蜜的唧唧哝哝。

少女坐在窗边，还在绣她的海神的洞窟。队长站着靠在她椅子的扶手上，她对他低声讲她含情脉脉的呵责。

“坏蛋，这两个多月来你都怎么样啦？”

“我起誓，”福玻斯答，对这个问题有点尴尬，“你都美得让大主教也会想入非非。”

她不禁莞尔一笑。

“好吧，好吧，老爷。先不说我的美丽，你回答我。真是很美很美！”

福玻斯在贡特洛里耶府上
(Foulquier 画，Rouget 刻)

“唉！亲爱的表妹，我被召回了驻地。”

“请问在什么地方，干吗你不来和我告别一声？”

“在格昂布里。”

福玻斯很高兴第一个问题帮他避开了第二个问题。

“可是，很近呀，老爷。怎么一次也不来看看我？”

福玻斯这下可的确犯难了。

“是因为……部队有事……还有，可爱的表妹，我病了。”

“病了！”她接着说，很害怕。

“对……受了伤。”

可怜的女孩一下花容失色。

“噢！不必为此大惊小怪，”福玻斯心不在焉地说：“没什么，一次争吵，动了动剑。这对你又怎么啦?”

“这对我又有什么?”百合花叫道，抬起满含泪水的眼睛，“噢！你这么说，你的事情没有都讲出来。这剑动得怎么样？我都要知道。”

“好啊！亲爱的美人，我和马埃·费迪有口角，你知道？林中圣日耳曼城堡[33]的副长官。我们彼此在皮上开了一点口子。就这样。”

谎话连篇的队长很知道，凡是有关荣誉的事情，在女人眼中，总能抬高一个男人的身价。果然，百合花面对面望着他，为害怕，为快乐，也为敬佩而激动不已。不过，她还没有完全放心。

“既然你现在完全康复，我的福玻斯!”她说，“我不认识你的马埃·费迪，可这是个卑劣的人。这番争吵因何而起?”

至此，福玻斯的想象力十分平庸，开始不知道如何为自己的壮举收场。

“噢！我怎么说？……一点小事，一匹马，一句话!”——“美丽的表妹，”他叫起来，想改个话题，“这大广场上是什么声音?!”

他走近窗口。“噢！我的上帝，美丽的表妹，广场上人不少啊!”

“我不知道，”百合花说，“好像是有个女巫，今天上午在教堂前当众认罪，再去受绞刑。”

队长深信爱斯梅拉达姑娘的事已完，对百合花说的话不以为奇。他对她提了一两个问题。

“这个女巫叫什么?”

“我不知道。”她回答。

---

[33] 林中圣日耳曼城堡（Saint-Germain-en-Laye）在巴黎西 20 多公里处。

“人家说她干了什么？”

这一次，她还是耸耸她白皙的肩头。

“我不知道。”

“噢！我的耶稣呀！”母亲说，“现在，我想，烧死的男巫女巫这么多，也不知道叫什么名字。这就等于想知道，天上每一朵云彩叫什么名字。反正，我们可以安静了。仁慈的上帝有本名册的。”说到这儿，可敬的夫人站起身来，走向窗子。“天哪！”她说，“你说对了，福玻斯。下面一大群的平头百姓。人这么多！祝福上帝！多到屋顶上也是人。”——“你知道，福玻斯？这让我想起我的青年时代。查理七世[34]入城时，也是人山人海。”——“我都不记得是哪一年了。”——“我对你们说这些，可不是？你们听起来是陈年旧事，可对我是年轻时的事情。”——“噢！那时候的百姓比现在像样。人多到连圣安东门[35]的突堞上都有人。”——“国王骑马，王后坐在后面，继国王夫妇殿下之后，各位夫人骑在各位贵族老爷身后。我记得，大家开怀大笑，因为身材矮小的阿玛尼翁·德·加尔朗德身旁，却是马特费隆老爷，这个骑手是魁伟的大汉，曾杀死成堆的英国人。那有多美。法国全体贵族列队行进，满眼翻动红色的王旗。有的贵族是尖旗，有的贵族是方旗。[36] 我，我说得清吗？加朗的老爷挂尖旗，让·德·沙多莫朗挂方旗，古西老爷挂方旗，除了波旁公爵外，比谁的旗子更华美……”——“唉！想想这种种已成往事，一去不再复返，真是伤心的事情！”

一对恋人没在听可敬的贵夫人说话。福玻斯已经回到未婚妻的椅背上靠着。这位置妙不可言，他好色的目光可以钻进百合花细布皱领的每

---

[34] 法国国王查理七世于1436年，即在兰斯加冕后7年，在贞德被处死后5年，进入巴黎。

[35] 圣安东门原是巴黎城的东门，今废。

[36] 挂方旗的贵族身份更高，可以召集更多的下属。

个开口处。她的颈饰微微张开，恰到好处，让福玻斯对眼前精彩的东西一览无余，更让他想入非非，他对泛出丝绸光泽的好皮肤看得入迷，心里在思忖：能不爱此白皙的美人？两人都一言不发。少女不时对他投来深情和甜蜜的一瞥，两人的头发在春天的阳光下纠缠一起。

"福玻斯，"百合花突然低声说，"我们三个月后该结婚了，你向我发誓：除了我，你没有爱过别的女人。"

"我发誓，美丽的天使！"福玻斯回答，为了让百合花放心，他热情的目光一如他真诚的语调。此时此刻，也许他也相信自己的话。

这时候，好妈妈看到未婚夫妇如此情投意合，便走出套间去忙什么家务事。福玻斯觉察到，这样没有旁人在场，给有冒险性格的队长壮了胆，脑子里冒出来奇奇怪怪的想法。百合花爱他；他是未婚夫嘛；她和他单独相处，他从前对她的兴趣苏醒了，不是恢复全部新鲜感觉，而是恢复全部热烈感情；反正，吃一口嫩草，不是什么大不了的罪过。他脑子里是否动过这些念头，我不得而知，但是肯定地说，百合花看到他目光里的表情，突然吓了一跳。她一看四周，母亲不在。

"天哪！"她说，脸涨得通红，十分不安，"我很热！"

"我在想，"福玻斯回答，"快中午了。光线强了点。拉上窗帘就好了。"

"不行，不行，"可怜的姑娘叫道，"我要的是新鲜空气。"

她像一只嗅到猎犬群气息的牝鹿，站起身来，奔向窗子，打开窗，急急冲向阳台。

福玻斯心头不悦，跟随她来到阳台。

我们知道，阳台正对圣母院前的大广场。此时，广场上是一派阴森古怪的景象，使得腼腆的百合花的害怕突然改变了性质。

潮水般的人群，从每一条临近的街上涌来，真是把广场围得水泄不通。仅有广场四周的半人高的短墙，如果没有围上密密匝匝的巡逻队差役和手执长筒枪的火铳手，不足以维持大广场的自由出入：幸好有这成排的矛尖和火枪，大广场上空无一人。大广场的入口由一队佩戴主教纹章的执戟士兵把守。教堂三扇宽大的大门关着，这和广场四周无数的窗户形成鲜明对照，扇扇窗子打开，一直开到山墙上，露出成千上万颗脑袋，叠在一起，有点像炮弹库里一堆堆的炮弹㊲。

这大批嘈杂的人群表面看来，很暗淡，脏兮兮，土灰色。群众等待出现的场面，正是这样一类场面，具有吸引和召唤居民中最肮脏东西的特色。从这般污垢的头巾、肮脏的头发乱哄哄中发出来的声音，令人厌恶。这一大堆人群里，笑声多于叫声，女人多于男人。

几声刺耳而响亮的话，不时划破全场的喧闹。

* * * *

"喂！马伊埃·巴利弗尔！是在那边绞死她吧?"

"笨蛋！这儿是穿衬衣公开道歉！仁慈的上帝会在她脸上啐几句拉丁文！中午都在这儿做的。你要看绞架，去沙滩。"

"我看完后去。"

* * * *

"你说，布冈勃利嫂子？她真的拒绝忏悔师?"

"大概是的，贝歇尼大嫂。"

"看到了吗，女异教徒！"

* * * *

"老爷，这是习惯。如果是在俗教徒，司法宫的大法官把经过判刑的坏人交过来行刑，交给巴黎司法官；如果是教士，交给主教区宗教

㊲ 旧时的炮弹，圆形，黑色，呈山字形堆放。今天在巴黎荣军院大门前仍能看到。

法庭。”

“谢谢你，老爷。”

* * * *

“噢！我的上帝！”百合花说，“可怜的女人！”

这样一想，让她朝底层老百姓投去的目光里充满了痛苦。队长更关注她，而不在乎这一大堆贱货，情意绵绵地从背后揉皱她的腰带。她回转身来，又在哀求，又在微笑。

“求你啦，放开我，福玻斯！万一母亲进来，她会看见你的手的！”

正当此时，圣母院的大钟悠悠地敲响正午十二点，人群里爆发出一阵满足的窃窃私语声。第十二下的最后一响刚刚敲过，全场所有的脑袋，如波浪起伏翻动，仿佛一阵风吹过波涛，而一阵其大无比的欢呼声，从马路上，从窗户里，从屋顶上响起：“她来了！”

百合花用双手捂住眼睛，不敢看。

“可人儿，”福玻斯对她说，“你想回去吗？”

“不。”她回答，她这双刚才因为害怕闭上的眼睛，现在因为好奇又张开了。

一辆两轮护板囚车，由一匹强壮的诺曼底驮马拉着，四周是穿有白十字紫色号衣的骑兵，才从牛群圣彼得街走进广场。巡警向民众大肆挥舞鞭子为囚车开道。囚车的旁边，有法警和警官骑在马上，这从他们的黑色制服和骑马的笨拙姿势看得出来。雅克·沙莫吕师傅一马当先，招摇过来。倒霉的囚车里，坐着一个少女，两手反绑在背上，身边并无神甫。她穿着衬衣，长长的黑发（当时的风俗是到绞架底下剪头发）散落在她胸前，在她半裸的肩头。

通过她这一头比乌鸦羽毛更亮的卷发，大家看到缠绕着一根粗大的灰色粗绳，打成绳结，挫伤她细嫩的锁骨，在可怜少女的美丽颈子里绕了一圈，像鲜花上有一条蚯蚓。这条粗绳下面，有一块小小的护身符在闪光，饰有绿色的玻璃珠子，让她留着这些，大概因为对将死的人，不会有所拒绝。窗口上的看客，还能瞥见囚车的底部，看到她努力不让赤裸的双腿露出身外，仿佛这是女性最后的本能。她的脚边，有一头捆住的小母山羊。女犯用牙齿咬住自己没有系好的衬衣。可以说，她为自己这般倒霉地赤身露体暴露在每个人的眼皮底下而受苦受难。唉！人的羞耻心经受不住这般的战栗。

“耶稣啊！”百合花激动地对队长说，“你看哪，好表哥，就是这个不光彩的吉卜赛女人，带着母山羊。”

她一面这样说，一面朝福玻斯转过身来。他两眼盯着囚车。他的脸色异常苍白。

“哪个带着母山羊的吉卜赛女人？”他结结巴巴地说。

“怎么！”百合花又说，“你就记不起来？……”

福玻斯打断她说：“我不知道你想说什么。”

他举步想回去，可是百合花当初被这个埃及女人深深伤害的妒忌心，现在苏醒了。她对他投来的目光里洞察一切，绝不信任。她此刻模模糊糊回想起：曾经听说这件女巫案件的审理里，出现了某个队长之说。

“你怎么啦？”她对福玻斯说，“好像这个女人让你坐立不安。”

福玻斯竭力冷笑。“我！我才没有一点不安呢！噢！对呀！”

“那你留下来，”她断无商量地又说，“我们一起看完。”

无可奈何的队长非留下来不可。让他稍稍安心的是，女犯并不从她囚车的地板上抬起眼睛。千真万确，这是爱斯梅拉达姑娘。她处在身败名裂和不幸的最后一级，仍然美丽；她大大的黑眼睛，因为两颊消瘦而显得更大了；她没有血色的侧影，又纯洁，又崇高。她和从前的她很相像，如同马萨切奥[38]的“圣母”和拉斐尔的“圣母”相像一样，更弱些，更长些，更瘦些。

再说，她身上没有任何地方在晃动，除了羞耻心，她身上也没有任何地方不放任自流，惊愕和绝望使她极度地衰竭。她的身躯一任囚车的摇晃和颠簸，如同没有生命或破碎的东西。她的眼神沮丧和迷茫。人们还看见她的眼眶里有一滴眼泪，泪珠不动，可以说冻住了。

此时，凄惨的人马行列已经在欢叫声中，在千奇百怪的姿势里，穿过了人群。我们应该说，要忠于历史，很多人看到她如此美丽，如此憔悴，怜悯之心油然而生，连铁石心肠的人亦是如此。囚车进入了大广场。

囚车在大教堂的中央大门前停下。护卫在两侧列队。群众肃静，在这份充满肃穆和不安的寂静中间，两扇大门仿佛自动转起来，门的铰链嘎嘎作响，发出尖细的声音。此时，大家看到深邃的教堂，一直望到尽头，昏暗，张挂黑幔，几乎没有光线，仅有主祭坛上的几支大蜡烛光，在远处若隐若现。教堂大门洞开，面对日光亮得张不开眼睛的广场，像是一张洞穴的大口。极目深处，远远瞥见半圆形后殿的暗处，有一座巨大的银十字架，带出一块黑布，从拱顶落到地面。整座大殿，空无一人。不过，在唱诗班远远的祷告席上，看到有几个神甫影影绰绰的脑袋，而当大门打开时，从教堂里飘出一阵低沉、响亮而单调的歌声，仿佛一阵又一阵，把凄凉的歌声片断摔到了女犯的头上。

“……我不会害怕围在我四周的成千上万的人：主啊，请站出来，救救我，上帝！

……救救我，上帝呀，大水没进了我的灵魂。

……我陷进了深渊中的泥潭，我失去支撑我的东西。”

---

[38] 马萨切奥（Masaccio，1401—1428）是意大利画家，这是故意取的笔名，意思是“白痴”。他是开启意大利文艺复兴的画家，是拉斐尔的先辈。

同时，另有一个唱诗班以外的声音，在主祭坛的阶梯上，唱起忧伤的奉献歌[39]：

“谁听到我的话，并信仰派遣我来的人，会永生，不会受审判；而他从死亡转向生命。”

这首由几个消隐在黑暗中的老人，从远处为这个美丽女人唱的奉献歌，为这个正当青春盛年和生命绽放，有和煦的春天拂面，全身洒满阳光的女人唱的奉献歌，就是给死者做的弥撒。

百姓聚精会神地听着。

不幸的女人很害怕，她的目光，她的思绪，似乎都消失在教堂昏暗的深处。她没有血色的嘴唇在动，仿佛在祈祷，而刽子手的助手走近她，要扶她走下囚车时，听到她低声反复在说这个名字：“福玻斯。”

他们松开她的双手，让她下车，跟着她的母山羊，母山羊也已松绑，感到自由了，高兴得咩咩叫。他们让她光脚走在坚硬的路面上，一直走到大门前的阶梯下。她颈子里的绳子拖在身后，好像是一条蛇，紧紧跟随着她。

此时，教堂里的歌声停下。黑暗中，一座高大的金十字架和一列大蜡烛开始动将起来。大家听到穿得花花绿绿的瑞士兵的长戟铿然作响[40]。片刻过后，一长列穿着祭披的神甫和穿带袖祭披的教士，庄重地唱着圣歌向女犯走来，在她眼前和群众的面前散开来。而她的目光停留在列队最前面的那个人，紧随在持十字架的神甫之后。“噢！”她一阵战栗地低声说，“还是他！那个神甫！”

正是他，主教代理。他的左边是唱诗班副歌手，右边是歌手，手执唱诗班执杖。他仰头前行，张着两只眼睛向前直视，歌声响亮：

---

[39] “奉献歌”原指奉献面包和葡萄酒之前唱的颂歌。

[40] 据说，这是从前法国富有的教堂引以为豪的仪式。

“我曾在地狱的深处呼叫，你听到我的呼喊；你把我扔在大海之中的深渊，波涛把我围住。”

正当他在高高的拱形大门出现在光天化日之下时，他身披宽大的有斜条黑十字架的银色斗篷，他脸色如此苍白，人群中不少人以为，这是跪在唱诗班墓石上的一尊大理石主教石像，现在石像站立起来，在坟墓门槛上前来接收即将死去的女人。

她呢，她也苍白，她也是石像，几乎没有意识到有人把一支沉甸甸的已经点燃的黄色大蜡烛放在她手里；她并没有听到书记员尖声尖气的声音，在读公开认错必不可少的内容；有人对她说要以“阿门”[41] 回答，她就回答“阿门”。为了让她保留一点活力和体力，她得看着神甫示意她的卫兵退下，并独自向她走去。

此时，她感到头脑里热血沸腾，残剩的一点愤怒在这个已经麻木和冰冷的灵魂里重又燃烧起来。

主教代理慢慢地走近她。即使在此紧要关头，她也看到他闪出淫荡、嫉妒和情欲的目光，在她裸露的身上转来转去。接着，他对她高声说：“姑娘，你有没有为你的错误和过失向上帝请求原谅?”他俯身到她耳边，又说（观众以为是他接受她最后的忏悔）：“你要我吗？我还能救你!”

她凝视着他：“滚，魔鬼！否则，我揭发你。”

他则微笑一下，一声恶心的微笑：“别人不会相信你的。”——“你只会罪上加罪。”——“快回答！要不要我?”

“你把我的福玻斯怎么了?”

“他死了!”神甫说。

---

[41] “阿门”（*Amen*）的词义是“但愿如此”。

“庇护权!”

(De Lemud 画，Pannemaker fils 刻)

此时，卑劣的主教代理机械地抬起头来，看到广场的那头，在贡特洛里耶府上的阳台上，队长站在百合花的身边。他摇晃一下，用手按住眼睛，又看一下，低声咒骂了一句，他的整张脸扭曲得毫无人样。

“好吧！你去死吧！”他从牙缝里挤出来的话，“谁也得不到你。”于是，他在埃及女人头上举起手，阴沉沉地叫喊：“现在去吧，变质的灵魂，愿上帝对你慈悲为怀！”

这可怕的套语，通常用来结束此类凄惨的仪式。这又是神甫约好给刽子手的信号。

百姓跪下。

“主啊，怜悯吧。”[42] 留在大门拱顶下的众神甫说道。

“主啊，怜悯吧。”人群重复说，这一声低沉的话传遍人人的头上，如同大海翻腾时的啪啪水声。

“阿门。”主教代理说。

他朝女犯回过身去，脑袋垂到胸前，双手交叉，他回到神甫的队列，一忽儿功夫，大家看到他和十字架、大蜡烛、斗篷一起，在大教堂朦朦胧胧的拱门下消失。他高亢的声音，在唱诗班里一点一点低沉，唱着这段绝望的经文：

“你的全部漩涡，你的波涛，都在我头上翻过。”

同时，瑞士兵长戟的铁柄发出断断续续的撞击声，在大殿间隔的柱子之间越来越低，产生时钟的钟槌敲响女犯最后时刻的效果。

此时，圣母院的三扇大门依然洞开着，可以看到教堂空荡，荒凉，守孝，没有蜡烛，没有声音。

女犯留在原来位置，一动不动，等着别人处置她。直到执杖差役提

---

[42] 原文是希腊文。见希腊文版的《圣经》的第一节“圣歌”。

醒沙莫吕师傅，他在整个上面这一幕期间，开始研究大门上方的浮雕。一些人认为，浮雕代表亚伯拉罕[43]的祭品，另一些人认为是炼金术，以天使表示太阳，以柴捆表示火，以亚伯拉罕表示匠人。

众人费了好大的劲，才把他从注目静观中拉回来，他终于回转身来。他示意一下，两个身穿黄衣[44]的人，即刽子手的助手，走近埃及女人，重又把她的双手绑上。

不幸的女人又登上该死的囚车，走向她的最后一站时，也许，有对生命撕心裂肺的遗恨袭上心头。她抬起红红而又干涩的眼睛，望望天空，望望阳光，望望被一片片蓝色的四边形或三角形切断的银白色的云。接着，她环顾自己的四周，望着地下，望着群众，望着屋舍……突然，当黄衣人捆绑她的臂肘时，她发出一声可怕的喊叫，一声欢呼。阳台上，那边，广场的一角，她远远看到了他，是他，她的朋友，她的主人，福玻斯，她的生命又一次重现了！法官撒了谎！神甫撒了谎！正是他，她无从怀疑。他在阳台上，英俊，鲜活，身穿他颜色鲜艳的制服，头顶羽毛，腰插佩剑！

“福玻斯！”她喊道，“我的福玻斯！”

她想向他伸出因为爱情、因为欣喜若狂而颤抖的双臂，可她的双臂被捆住了。

这时候，她看到队长皱起眉头，有一位靠在他身上的美貌少女，噘起轻蔑的嘴唇和愠怒的眼睛望望他。接着，福玻斯说了几句她无法听到的话，阳台上的彩绘花窗合上，两人倏地在窗后消失不见了。

“福玻斯！”她狂乱地叫喊，“你会相信吗？”

她刚才有了一个极为可怕的念头。她记起来她是因为杀害一个福玻

㊸ 亚伯拉罕（Abraham）是《圣经》中犹太人的始祖。

㊹ 黄衣是卑劣的人的颜色。

斯·德·沙多贝本人而被判刑的。

直到现在，她承受了一切苦难。可是，这最后的打击实在太残酷了。她跌倒在地面，不省人事。

“得了！”沙莫吕说，“把她抬上囚车，这儿完了！”

没有任何人注意到，紧挨大门拱顶的上方，是一列国王的雕像长廊，上面藏着一个古怪的观众，他直到此时，一直注视着这一切，神态极为沉着，脖子伸得长长，脸上奇丑无比，如果不穿他半红半紫的古怪服装，大家准会把他看成是这些石头怪兽里的一头，六百年来，大教堂上长长的檐槽，就是通过这些石头怪兽[45]的口排水的。这位看客把中午以后发生在圣母院大门前的一切事情，都看在眼里。从一开始起，并无任何人注意到他，他已经把一条打好结的粗绳，牢牢地绑在长廊的一根小石柱上，粗绳的一端拖在下面的台阶上。做好后，他开始静静地观望，有乌鸫[46]飞过他面前时，他不时地长啸一声。突然，正当现场指挥的助手准备执行沙莫吕冷漠的命令时，他跨越长廊的栏杆，用脚、用膝头和用手夹住绳子；接着，看到他在正墙上滑下，像是一滴雨水，沿着窗玻璃滑下来，以一只猫从屋顶上落下的速度，奔向两个刽子手，两下大拳，放倒两人，一手抄起埃及女人，如同孩子抱起自己的玩具娃娃，一跃而跳进教堂，把少女举过自己的头顶，厉声大呼：“庇护权！”[47]

说时迟，那时快，快得如果是在夜里，这一切只有在闪电一现时看得清。

“庇护权！庇护权！”群众齐声应和，成千上万的掌声，让伽西莫多的独眼里闪耀出欢乐和骄傲的眼神。

㊺ 巴黎圣母院屋顶上的大量怪兽状檐槽，是大教堂的建筑特色之一。

㊻ 乌鸫善鸣，能应答。

㊼ 法国从4世纪起，教堂享有“庇护权”，中世纪时颇为盛行。

从柱廊的高处

（Brion 画，Yon-Perrichon 刻）

这一番折腾让女犯恢复了知觉。她抬起眼睛，看一看伽西莫多，很快又闭上，好像被自己的救命恩人吓着了一样。

沙莫吕呆若木鸡，刽子手，全体护送人员也是。的确，女犯在圣母院院内是不能侵犯的。大教堂是一处避难的场所。人间的法律在门槛上失效。

伽西莫多到大门下才停了步。他的一双大脚，站在教堂的地面上，似乎和沉重的罗曼式柱子一般稳固。他硕大而有毛的脑袋，陷进他的肩头，像是雄狮的脑袋，雄狮也是，有一头鬃毛，而没有脖颈。他举着直喘气的少女，悬在他长满茧子的手上，像是一块白布；可他小心翼翼地托着她，仿佛是怕把她跌碎，或让她枯萎。可以说，他感到这是一个东西，纤细，精美，珍贵，生来不是他自己的手可以触摸的。他不时显出不敢碰她的样子，甚至不敢呼气。接着，他突然又把她紧紧地搂在他怀里，搂在他崎岖不平的胸前，仿佛她是他的财富，是他的宝贝，如同他是这个女孩的母亲一样。他侏儒的眼睛俯望着她，眼神里充满温柔，充满痛苦，充满怜悯，眼睛迅速抬起来时，满眼放光。这时候，妇女们又是笑，又是哭；群众都兴奋得直跺脚，因为此时此刻，伽西莫多真的很美。他很美，他，这个孤儿，这个弃儿，这个废物，他感到自己高贵，自己强壮，他望着自己被逐出在外的这个社会，他打进社会，力挽狂澜，这人间的法律，他已经夺走了法律的猎物，这一只只虎狼，不得不在空口咀嚼，这一个个打手，这一个个法官，这一个个刽子手，这国王的全部力量，刚刚被他击垮，而他是个微不足道的人，却拥有上帝的力量。

接下来，这真是一件令人感动的事情：这份保护，来自一个丑陋不堪的人，却保护了一个如此不幸的人儿，由伽西莫多拯救了一个判处死刑的女囚。这是来自自然和来自社会的两个极端的不幸，两者相互接近，相互帮助。

然而，伽西莫多经过几分钟的洋洋得意，很快带着自己的包袱钻进了教堂。百姓都喜欢一切丰功伟绩，在昏暗的大殿里用眼睛寻找他，为他这么快地躲开大家的欢呼而感到遗憾。突然，大家看见他，在法国国王长廊的一端又出现了；他跑着穿过长廊，像发了疯，双臂举起自己的战利品，一边呼喊："庇护权!"群众又一次爆发出阵阵掌声。长廊跑完，他又钻进教堂的内部。片刻以后，他又出现在更高一层的平台上，总是双臂抱着埃及女人，总是发疯般奔跑，总是呼喊："庇护权!"人群在欢呼。最后，他在大钟的钟楼顶上第三次现身；他从塔顶似乎骄傲地向全城捧出被自己拯救的女人，他声如洪钟的声音，这人们十分难得听到的声音，这个他自己从未听见的声音，狂乱地接连重复三遍，声音直达云霄："庇护权！庇护权！庇护权!"

"万岁！万岁!"百姓这边呼喊，这阵巨大的欢呼声，会让河对岸沙滩的人群和隐修女感到吃惊。隐修女一直在等，眼巴巴地望着绞架。

第 9 卷卷首插画：陶土和水晶
(De Lemud 画，Dujardin 刻)

Fièvre.

3 7bre Claude Frollo n'était plus dans Notre-Dame pendant que son fils adoptif tranchait si brusquement le nœud fatal où le malheureux archidiacre avait pris l'égyptienne et s'était pris lui-même. Rentré dans la sacristie, il avait arraché l'aube, la chape, et l'étole, avait tout jeté aux mains du bedeau stupéfait, s'était échappé par la porte dérobée du cloître, avait ordonné à un batelier du Terrain de le transporter sur la rive gauche de la Seine, et s'était enfoncé dans les rues montueuses de l'Université, ne sachant où il allait, rencontrant à chaque pas des bandes d'hommes et de femmes qui se pressaient joyeusement vers le pont Saint-Michel dans l'espoir d'arriver encore à temps pour y voir pendre la sorcière, pâle, égaré, plus troublé, plus aveugle et plus farouche qu'un oiseau de nuit lâché et poursuivi par une troupe d'enfants en plein jour. Il ne savait plus où il était, ce qu'il pensait, s'il rêvait. Il allait, il marchait, il courait, prenant toute rue au hasard, ne choisissant pas, seulement toujours poussé en avant par la Grève, par l'horrible Grève qu'il sentait confusément derrière lui.

作者第 9 卷第 1 页手稿

第九卷

一 脑袋发烧

克洛德·弗鲁洛的养子把不幸的主教代理拿下埃及女人、并赔上自己的绞索突然斩断时，克洛德·弗鲁洛已经不在圣母院里。他回到圣物储藏室，扯下白长衣[1]、披风和颈带，把这些扔到惊呆了的教堂执事手里，从教堂内院的边门溜之大吉。他已经吩咐“荒地”的一名船夫，把他送到塞纳河的左岸，钻进大学区爬上爬下的街道，不知道何去何从，却步步会遇到成群结队的男男女女，熙熙攘攘，说说笑笑地向圣米迦勒桥走去，希望能“及时赶到”，看到绞死女巫。他苍白、迷茫，比一只被一群孩子大白天先放后追的夜鸟更加错乱、更加盲目、更加慌张。他不知道自己身在何处，不知道想要什么，也不知道是否在做梦。他前行，他走着，跑着，随便走进一条街巷，不加选择，总是被可怕的“沙滩”推着往前赶，模糊中感到“沙滩”就在身后。

---

① 教堂里神职人员主持仪式时，先穿白长衣，外面罩披风和颈带，颈带及其宽松的飘带从胸前垂下。

这样，他贴着圣热纳维耶芙山[②]走，最后从圣维克多门[③]走出了城市。他继续奔逃，只要他转身回头，还看到大学区有塔楼的围墙，还看到近郊稀稀落落的屋舍，要直到有一角土地给他完全挡住这座可憎的巴黎城，直到他相信已经身在百里以外，到了田野里，到了沙漠里，停下步来，他似乎才能呼吸。

这时候，一些可怕的想法在他的思想里碰撞。他在灵魂里一目了然，他在颤抖。他想到这个倒霉的少女，少女毁了他，也被他毁了。他慌慌张张的目光，看着这两条崎岖曲折的路，命中注定这两条路沿着各自的命运，直到交汇在一点，命中注定，两人的命运都无情地被对方砸碎。他想到了荒唐地许下永恒的心愿，想到独身、学问和宗教的虚空，想到上帝的无效。他美滋滋地潜身在这些荒唐想法里，并沉湎下去，同时感到内心里爆出一声撒旦的笑声。

而他越是开挖自己的灵魂，就会看到老天给激情留下了多么巨大的位置，他更加阴阳怪气地冷笑起来。他在内心深处搅动起全身的憎恨，全部的恶念。他以医生审视病人的冷峻目光，承认这憎恨、这恶念只是一种逆爱。他承认爱情本是这男人身上美德的源泉，但在神甫的心中却逆转成可怕的东西，承认一个像他这样体魄健全的人，有心变成神甫，却变成了魔鬼。于是，他可怕地笑起来。突然，他又脸色苍白，审视着他这命中注定的激情中恐怖的一面，这害人、有毒、憎恨、无情的爱情中恐怖的一面，最后让一个人走向绞架，让另一个人走向地狱：她被罚入监狱，他被罚入地狱。

接着，想到福玻斯还活着，他又笑了起来。再怎么说，队长活着，

---

② 圣热纳维耶芙山（montagne Sainte-Geneviève）是巴黎古地名，今废，指今天以先贤祠为中心的一带，地势较高。

③ 圣维克多门（porte Saint-Victor），巴黎古地名，今废，在圣热纳维耶芙山的山脚处，当年是通向意大利的圣维克多街的末端，原有圣维克多修道院。

克洛德·弗鲁洛
(Brion 画，Pannemaker fils 刻)

心情愉快，高高兴兴，穿的短袖甲衣比以往更加漂亮，带着新的情人，来看绞死旧的情人。当他想到在他想要置于死地的人当中，埃及女人，他唯一并不憎恨的女人，偏偏是他唯一没有失手的人，便笑得更阴冷了。

于是，他的思想从队长想到了百姓，他嫉妒得咬牙切齿。他想，连百姓，连全体百姓，都目睹他所钟爱的女人，只穿衬衣，几乎是赤裸。一想到这里，他就捶胸顿足：他只要暗中独自瞥见这个女人的形体，都会是他无上的幸福，而现在大白天，在光天化日之下，却展示给全体百姓观看，穿得就像是欢度良宵的样子。对这种种的爱情之谜，却被蔑视，被玷污，被暴露，永远地枯萎，他气得哭了。想到多少肮脏的目光，因看到她没有扣好的衬衣而大饱眼福，他气得哭了。还想到这个美丽的姑娘，这朵童真的百合花，这杯羞红的琼浆玉液，连他都要摇摇晃晃才敢凑上自己的嘴唇，刚才却变成某种公众的大锅饭，巴黎最劣等的贱民、盗贼、乞丐、仆从都走过来，一起痛痛快快，吃吃喝喝，无耻，卑鄙，堕落。

他努力寻思，如果她不是吉卜赛女人，如果他不是神甫，如果福玻斯不存在，如果她爱他，他在人间所能找到的幸福会是什么情景。他想象着他也可能会过上一种宁静和相爱的生活，此时此刻，世上各处都有幸福的夫妻，在小溪边，在橘树[4]下，面对夕阳，面对星空，没完没了地唧唧哝哝。想到如果上帝许可，他本来会和她一起组成这样一对受到祝福的夫妻，想到这些，他的内心充满柔情，充满绝望。

噢！是她！正是她！正是这个不变的想法，挥之不去，在折磨他，在啄咬他的头脑，在撕裂他的五脏六腑。他并不遗憾，他也不后悔。他做过的事情，他时刻可以再做。他宁可看到她落入刽子手的手里，也不

---

④ 橘树的花象征贞洁，19 世纪的新娘头戴橘树花的花冠。

要落到队长的怀里。可是，他痛苦，他很痛苦，不时自己拔下几缕头发，看看头发是否变白。

有那么一刻，他头脑里想到：也许正是此时此刻，他早上见到的那副丑陋的铁链，围在这个如此纤细、如此优美的脖颈上，正抽紧链子上的铁扣。这个想法让他全身的毛孔里冒出冷汗。

又有片刻时间，他一边魔鬼似的嘲笑自己，一边同时设想他第一天见到的爱斯梅拉达姑娘和最后一天见到的爱斯梅拉达姑娘：第一天的她活泼，无忧无虑，开开心心，头戴饰品，舞姿轻盈，舞姿合拍；最后一天的爱斯梅拉达姑娘，只穿衬衣，颈子里有套索，光着双脚，慢慢走上和绞架构成夹角的梯级。他看到了这两幅情景，如此清晰，不禁惨叫一声。

正当这阵绝望的风暴在他灵魂中颠覆一切，砸烂一切，拔除一切，压服一切，把一切连根拔起的时候，他环顾四周的大自然。他的脚下，几只母鸡在咯咯啼叫，在草丛间觅食，碧绿的金龟子在阳光下奔跑；在他头顶上，几抹灰白斑点的云彩向蓝天逍遁；在天边，圣维克多修道院的尖顶，以其石板瓦的方尖碑刺破了山坡的曲线；碎屑岗⑤上的磨工，吹着口哨，望着自己磨坊上勤快的风翼在转动。周围这生动积极的生活，有条不紊，安安静静，在他身边化成万千种形式，这使他感到难受。他重又开始逃走。

他这般在田野里一直跑到晚上。逃离大自然，逃离生活，逃离自己，逃离人，逃离上帝，逃离一切的一切，持续整整一天。有时候，他把脸捂到地里，用指甲拔出麦苗⑥。有时候，他在乡村荒无一人的小街

⑤ 碎屑岗（butte Copeaux）是中世纪丢弃碎屑的场所，在今巴黎植物园内，岗上有巴黎的第一座风车磨房。

⑥ 时值5月，而麦收季节在8月。拔出麦苗有象征的意义，这是拔出生命中最有希望的部分。

上停步；他无法承受自己的思想，干脆用双手抱住脑袋，想把脑袋从肩头拔下来，在路上砸碎。

当太阳行将落下的时候，他重又审视自己，发现自己几乎疯了。这场风暴从他失去希望和失去挽救埃及女人的意愿开始，一直在他心中肆虐，这场风暴在他良心里没有留下一点健康的念头，没有留下一个站得住的思想。他的理智在风暴里倒下来，几乎被彻底摧毁。他头脑里只有两个清晰的图像，爱斯梅拉达姑娘和绞架，其余是一片漆黑。这两幅图像逐渐接近，给他画出一组可怕的情景。他越是把仅剩的一点注意力和一点思维力仔细端详，越是看到两个图像在难以置信地扩散开来，一个图像更优美，更妩媚，更美丽，更光亮，另一个图像更恐怖。最后，他看到爱斯梅拉达姑娘在他面前像一颗星星，而绞架像一只巨大的骷髅的手。

一个值得注意的事情是，这番折磨的前前后后，他从未认真地想到过死。这个混蛋就是这样的人。他依恋生命。也许，他的确看到地狱就在身后。

此时，落日继续下沉。他身上剩下的生命力模模糊糊想到了回去。他自以为远离了巴黎，其实，辨认方向后，他发觉自己只是绕着大学区的围墙走了一圈而已。圣叙尔皮斯教堂的尖顶，和草地圣日耳曼教堂的三座尖塔已经在右边的地平线上了。[⑦] 他朝此方向前行。他听到圣日耳曼教堂有雉堞的封锁壕四周，修道院院长的卫兵喊“口令”时，他转过身来，走上眼前一条处于修道院的磨坊和镇上的麻风病院之间的小径，不多时，已经身处教士草地[⑧]的边缘了。这片草地因为草地上日夜有喧

⑦ 专家指出：他是自西向东走的。

⑧ “教士草地”（Pré-aux-Clercs）是巴黎中世纪时的一片草地，曾是相约决斗的场所。今有“教士草地街”留名。

闹声而闻名，这可是圣日耳曼教堂穷教士的“大患”：“这曾是圣日耳曼教堂教士的大患，因为教士们总是挑起争执的缘由。”主教代理担心会在此地遇上什么人，他害怕看见任何人的脸；他刚才避开大学区，避开圣日耳曼镇，他想尽可能晚地回到街上。他贴着教士草地走，走上让他和新上帝修女院[9]隔开的荒凉小径，最后来到河边。到了河边，克洛德长老找到一名船夫，给船夫几个巴黎小钱，载着他溯塞纳河而上，来到老城岛的末端，把他放在这一片荒地上，读者已经见过甘果瓦在此沉思，这片荒地一直延伸到王家花园的那一头，和母牛艄公岛平行。

小船的颠簸，加上水声的噼啪，让不幸的克洛德有点昏昏沉沉。当船夫走远了，他呆呆地站在沙滩上，望着前面，通过有放大作用的晃动识别事物，这样把一切变成了某种幻觉。极度痛苦后的疲劳，在精神上产生这种效果的情况并不罕见。

太阳已在高高的内勒塔[10]的后面下山。正当日暮时分，天色是白的，河水是白的。在白色的天和白色的河中间，他定睛看去的塞纳河左岸，呈现出黑乎乎的河岸，因为透视的缘故，越往远越细长，像一支黑色的箭，消隐在天边的雾霭之中。左岸上的屋舍，只能看清黑蒙蒙的剪影，在水天一色明亮的底色衬托下，呈现出浓浓的重重黑暗。有点点的窗子开始在黑暗中闪亮，像熄灭的火炭窟窿。这个其大无比的黑色方尖碑，被隔离在天色的白带和河水的白带之间，在这一地段尤其宽阔，让克洛德长老产生一个古怪的印象，可以比之于一个人仰面躺卧在斯特拉斯堡大教堂钟塔的地面上，注视巨大的钟塔消隐在沉沉暮色里所感受到的印象。只是在此地，是克洛德站着，而方尖碑躺着。可是，如同河水在反

---

⑨ “新上帝”修女院（le Dieu-Neuf）是一所大奥古斯丁教派的修女院，于 14 世纪中叶重建。

⑩ 内勒塔（tour de Nesle）是旧时巴黎老城墙上最有名的塔楼，高 25 米，今废，1200 年建于塞纳河河边，遗址在今天法兰西研究院一带。

映天空时延伸了他身下的深渊，其大无比的岬角似乎在虚空中，和任何大教堂的钟塔一样地凌空飞跃。这个印象也相同。而且，这个印象有其更加不同寻常和更加深邃的方面：这确然是斯特拉斯堡大教堂的钟塔，但却是斯特拉斯堡高达两里的钟塔；某种见未所见、高得无可比拟和无从测算的东西；一座人类眼睛从未见过的建筑物；一座巴别塔。房舍上的烟囱，城墙上的雉堞，屋顶上的山墙，奥古斯丁修女院的钟塔，内勒塔，这种种使巨型方尖碑侧影残破的突起部分，在眼前极尽玩弄之能事，更给这幻觉添上一幅幅密密麻麻和千奇百怪的雕刻剪裁的图景。克洛德在幻觉中，以为看到了，用他活人的眼睛看到了地狱里的钟塔。这座令人望而生畏的钟塔上上下下，落下的万千种光线对他就是内心巨大的火炉里的万千扇大门。从中传出来的人语声和喧闹声，就是一声声的喊叫，一声声的呻吟。这时，他害怕了，用手捂住耳朵，不愿再听到；他转过身子，不愿再看到，大步从这可怕的幻象里走开。

可是，这幻象在他身上。

当他回到街上，在店铺门板的灯光下摩肩接踵的行人，对他就像他前前后后的鬼魂在不停地走来走去。他耳中听见奇奇怪怪的破碎声，有异乎寻常的怪想搅乱他的心智。他既看不见屋舍，也看不见马路，看不见车辆，也看不见男男和女女，而只见有一大堆难以辨认的事物，彼此的轮廓消融在一起。在木桶街[11]的街角处，有一家食品杂货店，挡雨的披檐依照古老的习惯，周遭围有这种白铁皮的箍，下端挂有一圈木头的蜡烛，有风吹动，木烛彼此撞击，像是响板，发出咯咯的响声。他以为听到了隼山上一副副死人骨架在暗中撞过来，撞过去。

“噢！”他低声喃喃说，“夜里的阴风把骨架吹来吹去，把骨架上铁

[11] 木桶街连接兑币桥和圣米迦勒桥。

老城岛的末端
(Daubigny 画，Brugnot 刻)

链的声音和骸骨的声音混一起！也许，她就在上面，在骨架里面！”

他发了狂，不知道何去何从。走了几步，他来到圣米迦勒桥上。底层的一扇窗子里透出一缕灯光，他走近去。从开裂的玻璃窗望进去，他看到一处污秽不堪的厅室，这在他头脑里勾起一个模糊的回忆。这间厅室里一盏破灯。灯光暗淡，一个金发的年轻人，一张开心的脸，发出一阵阵响亮的笑声，在拥抱一个打扮得妖里妖气的姑娘。而在油灯旁边，一个老妇人在纺线，颤巍巍地唱着歌。年轻人并不一直笑，老妇人的歌声断断续续飘到神甫耳中。这歌声里有某种难以理解和可怕的东西。

沙滩，要叫，沙滩啊，要动！
纺好绳，放刽子手手中，
纺吧，请纺吧，我的纺锤，
他在监狱里把口哨吹。
沙滩，要叫，沙滩啊，要动！

一条漂亮的麻绳粗粗！
从伊西种起，种到旺弗[12]，
只要播种麻，不种小麦。
窃贼并没有放进口袋，
这条漂亮的麻绳粗粗！

沙滩，要叫，沙滩啊，要动！
去看看娼妇把命断送，
挂上流淌眼屎的绞架，
窗子是眼睛张得大大。
沙滩，要叫，沙滩啊，要动！

歌声至此，年轻人笑着，抚摸着女孩。老妇人是法卢代尔老太，女孩是个妓女，而年轻人，是他弟弟约翰。

他继续观望。这个场景像是与己无关。

他看到约翰走到屋内深处的窗子，打开窗，朝码头望了一眼，远处灯火闪耀，他听到弟弟关窗时说："千真万确！已经夜色深沉。市民在点亮蜡烛，仁慈的上帝在点亮星星。"

---

[12] "伊西"和"旺弗"是巴黎西南近郊的两个市镇。

约翰和妓女
(Brion 画，Yon-Perrichon 刻)

接着，约翰回到卖淫女一边，敲碎桌子上的一个酒瓶，喊道："已经空了，他奶奶的！我没钱了！伊萨博，我亲爱的，我要喜欢朱庇特，只有当他把你的一双白白的奶头，变成两只黑黑的酒瓶，我就可以夜以继日地吸吮博纳的好酒。"

这句漂亮的笑话让娼妇笑了，约翰走了出来。

克洛德长老才来得及匍匐在地，免得被撞见，被自己弟弟当面看到和认出来。幸好，街上黑黑的，学生又醉醺醺的。他还告诫躺在路上泥浆里的主教代理："噢！噢！"他说，"又一个人，今天过的开心日子。"

他用脚碰碰克洛德长老，哥哥屏住呼吸。

"烂醉如泥，"约翰又说，"得，他喝足了。真是一条从酒桶上掉下来的蚂蟥。是个秃子，"他俯下身子又说，"是个老人家！幸福的老头！"

接着，克洛德长老听到他走远了，还在说：

"也一样。理智是个好东西，我那个主教代理的兄长，他有头脑，又有钱，也很幸福。"

主教代理这才站起身来，一口气朝圣母院跑去，他看到两座巨大的钟楼矗立在屋舍上面的黑影中。

他上气不接下气地到达大广场上的一刻，倒退几步，不敢抬起眼睛看这座阴森森的建筑物。"噢！"他低声说道，"难道今天，就在今天上午，有这样的事情在此地发生？"

这时候，他随便望望教堂。教堂正面黑魆魆的，后面的天空有星星闪烁。一弯新月，刚从地平线上升起，此时停留在右边钟楼的楼顶上，仿佛是一只发光的鸟，蹲在剪裁成黑色三叶形的栏杆边上。

教堂内院的门已经关上，但是主教代理身上总有钟楼的钥匙，钟楼上有他的研究密室。他用钥匙进入教堂。

他发现教堂内是洞穴里的黑暗和寂静。纵然有大块大块浓浓的黑暗

圣母院内
(Daubigny 画，Pannemaker fils 刻)

从各处落下来，他还是认出来早上举行仪式的帷幔还没有撤除。高大的银十字架在黑处闪出微光，上面有几点亮斑，像是这坟墓般的夜空上的银河。唱诗班的长窗，在黑黑的窗帘上露出尖拱的顶部，尖拱的花窗上横过一条月光，有的只是黑夜痛苦的颜色，有点像紫色，有点像白色，有点像蓝色，只有在死人的脸上看到这样的色调。主教代理瞥见唱诗班四周这些尖拱惨白的尖顶时，以为看到了罚入地狱的一顶顶主教帽。他闭上眼睛，再张开眼睛时，他以为这是一圈苍白的脸在望着自己。

他立即穿过教堂逃离。这时候，他觉得连教堂也在摇晃，在摆动，有了生气，活了起来；觉得每一根粗大的柱子变成一条巨大的腿，用它宽大的石头前端在敲击地面；觉得高大的大教堂只是一头神奇的大象，大象在喘气，用柱子当象腿在走动，两座钟楼便是两管象牙，其大无比的黑幔就是一件象背上的象披。

这样，头脑发疯，或说疯狂，到了如此紧张的地步，使外在世界对这个倒霉的人成了某种“启示录”[13]，触目可见，伸手触知，令人害怕。

有片刻时间，他好受了一点。他钻入侧廊内，在一大堆石柱后面，瞥见有一点似红非红的微光。他向红光奔去，如同奔向一颗星星。这是一盏不起眼的灯，在铁格子里日夜照亮公用的日课经。他贪婪地扑到这册经书上，希望从中找到某些安慰或某些鼓励。经书打开在约伯[14]的这段话上，他的眼睛全神贯注地读道：“一股灵气拂过我的脸，我听到轻轻的呼吸，我的汗毛竖了起来。”[15]

读到这段凄惨的文字，他的感受，正是一个盲人被捡到的木杖刺了一下的感受。他的双膝无力地弯下来，他倒在地上，想到了白天死去的那个女人。他感到头脑里飘逸出那么多的迷雾，他似乎觉得他的脑袋变成了地狱里的一个烟囱。

他仿佛久久地处在这种状态，没有思想，受到伤害，在魔鬼的掌心里无能为力。最后，他恢复了一点力气，想躲到钟楼里去，靠近自己忠实的伽西莫多。他站起来，因为害怕，他拿着日课经上的灯，给自己照明。这是亵渎圣物的事情，但他已经顾不得这些细枝末节了。

他慢慢地爬上钟楼的楼梯，怀着手中神秘灯光带来的隐秘恐惧。灯光如此晚地来到钟楼顶上，经过一个一个枪眼[16]，本该也会把恐惧远播给大广场上极少的行人。

突然，他感到脸上有凉意，发现自己来到最高一层长廊的门下。空气凛冽；天上在带走一堆又一堆的云彩，白色宽大的云片彼此涌入，白

---

⑬ 《启示录》是《圣经·新约》的最后部分，相传由圣约翰所撰。书中描绘“世界末日”的景象，预言上帝的最后胜利。

⑭ 约伯是《圣经》人物，曾受到上帝的多方考验。

⑮ 这是由约伯两段经文（第 4 章第 12 段和第 15 段）拼合而成的。

⑯ 巴黎圣母院的钟楼楼梯极为狭窄，沿途有狭小细长的小窗。

猛然出现
(Foulquier 画，Rouget 刻)

云的棱角你中有我，我中有你，呈现出冬天江河中冰凌融化的景象。一弯新月，滞留在浓云之中，像是一艘天国的船，被夹在天上的冰块中间。

他低头下望，在连接两座钟楼的小石柱组成的栅栏中间注视片刻，远处，透过薄薄的一层雾霭和云烟，注视巴黎大片静悄悄的屋顶，尖细，众多，拥挤，渺小，如同夏天夜里静寂的大海上的波浪。

月亮投下淡淡的月光，给天地抹上一层灰暗的色调。

此刻，钟声敲响，钟声尖细，嘶哑。子夜的钟声。神甫想到了中午，又是这十二下钟声。“噢!”他低声自言自语，“她现在该冷了!”

突然，一阵风吹灭了他的灯，几乎同时，他在钟楼的那一头，看见一团黑影，一团白影，一个形体，一个女人。他战栗了。这个女人身边，有一头小母山羊，小羊的叫声应和着时钟的最后一下叫声。

他聚精会神注视。是她。

她苍白，她昏黑。她像上午一样，头发飘撒在肩上；但颈子里已没有绳索，双手不再捆绑：她自由了，她死了。

她身穿白色衣服，头上披着白面纱。

她朝着他慢慢走来，望着天上。那头有灵性的母山羊跟着她。他感到自己是块石头，身子重得无法逃走。她每向前进一步，他就向后退一步，仅此而已。这样，他退回到楼梯昏黑的拱顶下。他想到她也许也会到拱顶下来，吓得全身冰凉；她如果真这样做，他准会吓死的。

她果然来到楼梯的门前，在门前停步片刻，朝黑暗里凝视，似乎没看到神甫。他觉得她比生前更高大；他透过她的白袍看到了月亮；他听到她的呼吸。

她走了过去，他开始慢慢地走下楼梯，走得和他看到的幽灵一样地慢，以为自己也成了幽灵，慌张，头发倒竖，手里一直握着吹灭的灯。他一边走下一级一级的螺旋形梯级，耳中清楚地听到有个声音在笑，在反复说："一股灵气拂过我的脸，我听到轻轻的呼吸，我的汗毛竖了起来。"

二 驼背，独眼，瘸腿

中世纪时候的每座城市，直至路易十二时为止，法国的每座城市都有自己的避难地。这些避难地淹没在充斥城市的刑法和野蛮裁判权的汪洋大海之中，是某种高出人间立法的海平面之上的孤岛。任何罪犯，到了避难地就获救了。在有的郊区，避难地和作恶地同样的多。滥用酷刑的一边，是滥用逃避责罚，两件坏事尽量相互纠错。国王的宫殿，亲王的府邸，尤其是教堂，有庇护权。有时候，需要对整座城市重新移民，便临时设为避难地。路易十一于一四六七年把巴黎设为避难城市。⑰

一旦罪犯把脚伸进避难地，他就神圣不可侵犯；但是，他要当心不要外出：伸出圣地一步，便重新跌进波涛。轮刑、绞刑和吊刑守候在避难地的四周，不断窥视着猎物，一如鲨鱼守候在船只的周围。有人见到罪犯这样白发皓首，待在教堂的内院里，在宫室的楼梯上，在修道院的菜园里，在教堂的门廊下。如此说来，避难地也是一座名副其实的监狱。有的时候，最高法院一纸严肃的逮捕令侵犯避难地，将罪犯发回刽子手。不过，这样的事情很少。最高法院害怕主教，如果这两件长袍发生摩擦，法官的长袍不敌教士的长袍。不过，有的时候，如巴黎的刽子手“小让”的刺客案件⑱，如让·瓦勒莱的凶手埃默里·卢梭的案件⑲，司法跳越了教堂，不予理睬，继续执行其判决；除非你有最高法院的公文，否则携带武器侵犯避难地的人会倒霉！众所周知，法兰西元帅罗贝尔·德·克莱蒙是怎么死的，香槟元帅让·德·夏龙是怎么死的⑳。其实，事情仅涉及一个叫贝兰·马克的人，是个钱币兑换商的小厮，是个卑微的凶手。但是两位元帅砸了圣梅里教堂的门，这就罪大恶极了。

---

⑰ 1467 年，因连年战争和疾病，路易十一颁布“开放城市”令，后在路易十二治下废除。

⑱ 杀死刽子手“小让”的几名刺客躲入则肋司定会修士的修道院，仍被巴黎司法官逮捕，以埋伏杀人罪发回审判，于 1477 年 8 月，由死者的父亲，巴黎刽子手监理亨利·古赞亲自在隼山绞刑处死。

⑲ 1473 年，埃默里·卢梭杀死让·瓦勒莱之后，躲入田野圣安东教堂，状告拘捕他的法警，但仍被判处死刑。

⑳ 1358 年，巴黎商界总管艾蒂安·马塞尔指使人在司法大厅谋杀克莱蒙和贡弗朗两人。1999 年注释版《巴黎圣母院》和 2009 年另一种注释版《巴黎圣母院》都指出：雨果记述的夏龙（Châlon）之死有误，应是贡弗朗（Conflant）之死。

说起避难地，总是十分受人尊重。据传统的说法，甚至惠及动物。艾穆安[21]讲过，一头鹿被达戈贝尔[22]追赶，鹿躲入圣德尼[23]的墓地附近，追捕的猎犬群立即停下，吠叫不已。

教堂通常设有小室，接待求助者。一四〇七年，尼古拉·弗拉梅勒在屠宰业圣雅各教堂的拱门下，为求助者建造一间卧室，为此花费四磅六个苏又十六个德尼埃的巴黎银币。

在圣母院，是一间小屋，安置在侧廊飞梁下的顶楼之上，面对着内院，恰好在现在钟楼门卫妻子给自己开出一个园子的地方，这园子比之于巴比伦的空中花园，犹如一颗生菜比之于一棵棕榈树，犹如一个门卫的老婆比之于塞米拉蜜斯[24]。

伽西莫多在钟楼和长廊一番疯狂和胜利的奔跑之后，把爱斯梅拉达姑娘放在此地。在他整个奔跑期间，少女没有恢复知觉，似睡又醒，无所感觉，只知道在空中上去，在空中飘浮，在空中飞翔，有什么东西把她托出地面。她不时听到伽西莫多在她耳边发出响亮的笑声，满嘴吵吵嚷嚷，她微微张开眼睛，迷迷糊糊看到自己身下是巴黎城，密密麻麻的石板瓦和砖瓦屋顶，像是一块红蓝相间的马赛克拼画[25]，而自己头上是伽西莫多可怕的笑脸。于是，她垂下眼睛，她以为一切已完了，在她失去知觉期间已被处决，是这个奇丑的鬼怪主宰了她的命运，夹着她把她带走。她不敢看他，听之任之。

要等披头散发、嘘嘘喘气的敲钟人，把她放在避难室的小屋，她感

---

[21] 艾穆安（Aymoin de Fleury）是草地圣日耳曼区的教士，889年卒。

[22] 达戈贝尔（Dagobert），法兰克人的国王，629年登基，定都巴黎。

[23] 圣德尼（Saint Denis）是巴黎的首任主教。

[24] 塞米拉蜜斯（Sémiramis）是传说中的人物，公元前8世纪创建巴比伦城，极具权势和美貌。

[25] 巴黎的城徽是上蓝下红两种颜色。

到他的两只大手轻轻解开勒紧她胳膊的绳子，她这才感到震惊，那种乘客在黑夜里船沉海底时惊醒的震惊。她的思想也同时醒来，一一回到头脑里。她看到自己身在圣母院；她想起自己从刽子手手中被人救起；想起福玻斯活着，想起福玻斯不再爱她。这两个念头，一个更比一个苦涩，同时出现在可怜的女犯脑子里，她转身向伽西莫多望去，他守在她面前，让她害怕。她对他说："你为什么救我？"

他困惑地望望她，似乎想猜她在说什么。她又问一遍。这时，他万分伤心地望她一眼，逃走了。

她惊讶不已。

片刻过后，他回来了，带来一包东西，扔在她的脚下。这是好心肠的女人为她放在教堂门槛上的衣服。这时候，她低头看看自己，几乎赤身裸体，她脸红了。生活回来了。

伽西莫多看来感受到一点这种羞耻心。他用大手捂住脸，又一次走开，但步子很慢。

她赶紧穿起衣服。一件白长袍，一条白面纱。这是市立医院㉖见习的年轻修女穿的衣服。

她刚穿好，看到伽西莫多回来了。他腋下挎着一只篮子，另一个胳膊夹着一床褥子。篮子里有个瓶子，一点面包，一点食物。他把篮子放在地下，说："吃吧。"他在石板上铺开褥子，说："睡吧。"这是他自己的伙食，是他自己的床铺，敲钟人刚才去取的。

埃及女人抬起眼睛要谢谢他，但她说不出一句话。可怜虫实在太吓人了。她低下头，一阵恐怖的战栗。

这时候，他对她说："我让你害怕了。我很丑，是吗？你别看我，

㉖ 市立医院（Hôtel-Dieu）在圣母院右侧，仅一步之遥。

听我说话就行了。”——“白天，你待在这里；夜晚，你可以在整座教堂里散散步。可是，白天黑夜，都不要走出教堂。出去你就完了。他们会杀了你，我也没命了。”

她深为激动，抬头准备应答。他已渺无踪影了。她重又孤独一人，对这个近乎是怪物说的怪话，若有所思，对他说话的声音，印象很深。这声音如此粗鲁，又如此温柔。

接着，她细看自己的斗室。这是一间六尺见方的卧室[27]。有一扇小天窗，在条石屋顶微微倾斜的斜面上开出一扇门。多个兽形的滴水檐槽，仿佛围着她俯下身来，仿佛伸长脖子，从天窗里来看她。她在屋顶的边上，瞥见千百个烟囱的顶部，在她眼前把巴黎家家户户的炊烟送上天空。对可怜的埃及女人来说，这个弃儿，这个判处死刑的女犯，这个不幸的女人，没有祖国，没有家庭，没有住房，真是可悲的景象。

正当她孤苦伶仃的思绪这般对她无比揪心的时候，她感到有个毛茸茸的长胡子的脑袋，钻进她的手里，爬上她的膝头。她颤抖了（现在她对什么都害怕），细看一下。这是可怜的母山羊，是机灵的嘉利，嘉利在伽西莫多驱散沙莫吕的一班人马时，跟在她后面逃脱，现在在她脚边百般温存，将近一个小时，却始终得不到她看上一眼。埃及女人忙不迭亲它。——“噢！嘉利，”她说，“我都把你忘光了！你无时无刻想着我！噢！你，你真有良心！”同时，仿佛有一只看不见的手，掀开了久久压住她心里泪水的闸门，她哭了起来，随着泪水滚流，她感到随泪水而去的，还有她最辛酸、最苦涩的痛苦。

夜晚降临，她看到夜是多么美丽，月色是多么柔和，她在教堂上方四周的长廊走了一圈。她感到好受了不少，尤其是从这个高度望出去，

---

[27] 6法尺见方应有10平方米左右。

面前的大地显得很安静。

三 聋 子

第二天早晨，她醒来时，发觉自己睡了一觉。这件怪事让她吃了一惊。有那么久了，她已习惯于没有睡意了。一缕初升太阳欢乐的阳光，从天窗进来，叩醒她的脸蛋。和太阳同时，她看到这天窗上有个吓人的东西，伽西莫多不幸的面孔。她无意识地闭上眼睛，但不成；她以为透过粉红色的眼皮，总是看到这张侏儒的面具，独眼，缺失门牙。这时，她一直让眼睛闭着，听到一个粗声粗气的声音十分温柔地说话："别怕。我是你的朋友。我是过来看你睡觉的。我来看你睡对你不要紧吧，是不是？你的眼睛闭上时，我在这儿会对你怎么样？现在，我就走开。好吧，我去墙壁的后面。你可以把眼睛张开了。"

这句话里更有一点比话本身更悲哀的东西，这就是说话的声调。埃及女人受到感动，张开眼睛。果然，他已不在天窗。她走到天窗边，看到可怜的驼背蜷缩在墙角落里，神态痛苦而又无奈。她竭力克服他让她产生的反感。——"过来吧。"她对他温柔地说。伽西莫多看到埃及女人嘴唇的动作，以为是她赶他走。于是他站起来，瘸着腿，低垂脑袋，慢慢退出，甚至不敢朝少女抬起他失望的眼神。"过来呀。"她喊道。可是，他继续走远。于是，她冲出斗室，向他跑去，抓住他的胳膊。伽西莫多感到被她碰到，全身上下在颤抖。他又抬起他那一只哀求的眼睛，看到她把自己拉近她，他的脸上满脸喜悦，满脸温柔。她要他走进她的斗室，但他非要待在门槛上不可。

"不行，不行，"他说，"猫头鹰不进云雀的窝。"

爱斯梅拉达姑娘在小床上
(Brion 画，Yon-Perrichon 刻)

于是，她优雅地跪坐在她简单的床上，母山羊睡在她脚边。两个人都纹丝不动，一时相对无语，他的眼睛里满是妩媚，她的眼睛里满是丑陋。她越看，看到伽西莫多越发畸形。她的视线从长茧子的膝头看到驼子的背部，又从驼子的背部看到独一无二的眼睛。她想不明白怎么会有长得如此别别扭扭的人。不过，在这一切之上，有这般忧伤，有这般温情脉脉，她开始习惯了。

他首先打破沉默。——“你刚才是叫我回来?”

她点点头，说道：“是的。”

他明白点头的意思。——“唉!”他说，似乎欲言又止，“因为……我是聋子。”

“可怜的人!”吉卜赛女人叫起来，表现出善意的怜悯。

他痛苦地笑了笑。——“你觉得我就缺这一点了，是不是啊？是的，我是聋子。我生来就是这副样子。太恶心了，可不是吗？你，你多么美丽!”

可怜虫的语调里深深感到自己不幸，她都说不出一句话来。再说，即使有话说，他也听不到。他继续说：

“我从未像现在这样，看到我长得丑陋。我把自己和你对比，我很可怜我自己，我是个可怜的丑八怪！在你面前，我该是个畜生，你说呢。”——“你呢，你是一线阳光，是一滴露水，是一声鸟鸣!”——“我呢，我说不上比起一粒石子，更粗糙，更被踩在脚下，更丑陋难看!”

于是，他笑了起来，这笑声里有世界上最令人心碎的东西。他继续说：

“是的，我是聋子。你对我用动作和手势说话。我有个主人，就是这样和我说话的。再说，我看你嘴唇的动作，看你的眼色，会很快知道你的意思。”

“好啊!”她笑一笑又说，“告诉我你为什么救我。”

她说话时，他专注地望着她。

“我明白了，”他回答，“你是问我为什么救你。你忘了有个混蛋，一天夜里劫持你，有个混蛋，你在第二天就在他们可恶的示众柱上给他帮了大忙。一滴水，一点怜悯，这我永生永世也无从报答的。你忘了这个混蛋，而他，他记得。”

她深情地听他说话。一颗泪珠在敲钟人的眼眶里打滚，而不落下来。他似乎为了某种面子，要吞下这颗泪珠。

“你听着，”等他不再担心眼泪会落下时，又说，“我们的两座钟楼很高，一个人要是从钟楼掉下来，不到地面就死了，什么时候你想要我掉下来，你不必说什么话，看一眼就行了。”

这时候，他站起身来。这个古怪的人，不管吉卜赛女人有多么不幸，也在她身上激起某种同情心。她示意他留下。

“不行，不行，”他说，“我不应该留下太久。我不自在。你是可怜我，才不转过脸去。我去别的什么地方，我会看到你，而你看不到我，这样更好。”

他从口袋里掏出一个金属的小哨子。——“拿着，”他说，“你什么时候需要我，什么时候要我来，什么时候看到我不那么恐惧的时候，你用这个吹一下。我听得见哨子声音的。”

他把哨子放在地上，逃走了。

四　陶土和水晶

光阴荏苒。

平静逐步回到爱斯梅拉达姑娘的心灵中。极度的痛苦，和极度的欢乐一样，来势凶猛，但并不持久。人心不能长久地处于某个极端之中。

吉卜赛女人历经这么多的苦难，现在留下的只有吃惊。

希望随安全一起，回到了她身上。她身处社会之外，身处生活之外，但她模模糊糊感到回到社会、回到生活也许未必是不可能的。她像一个保留了一把自己坟墓钥匙的死者。

她感到长久以来挥之不去的那几张恐怖的脸，在慢慢地远她而去。这一个个恶鬼，皮埃拉·托特吕、雅克·沙莫吕，在她头脑里一个个消逝，所有的人，甚至连神甫本人也是。

不过，福玻斯活着，她可以肯定，她看到了他。福玻斯活着，这就是一切。经历过一系列致命的变故，让她身上的一切都坍塌倒下，她在灵魂里发现唯一屹立不倒的东西，是一段情，是她对队长的爱情。因为，爱情像是一棵树。爱情自己会成长，在我们的全身心深深扎下根，当心已经成了废墟，而爱情经常继续一片葱绿。

难以解释的是，激情越盲目，却越持久。激情越是没有自身的理由，反而更加坚不可摧。

也许，爱斯梅拉达姑娘想到队长，不会没有苦涩。也许，这样就很可怕，他自己也受骗上当，他本以为事情不可能发生，他竟然相信这把匕首来自愿意为他上刀山下火海的女人。不过，反正也不必过于怪罪于他，她不是已经招认“有罪”吗？她不是一个弱女子，屈从于酷刑了吗？一切过错在于她。她不是应该宁可被拔掉指甲，也不要这样坦白？总之，她只要再见他哪怕一次，哪怕一分钟，哪怕说一句话，哪怕看上一眼，让他醒悟过来，让他回心转意。她对此并不怀疑。她还对许多怪事情一厢情愿，对当众认罪那天，福玻斯的偶然出现，对他身边的那位少女。大概是他妹妹。荒谬的解释，但她对此安之若素，因为她需要相信福玻斯始终爱她，而且只爱她一人。他不是对她起过誓吗？像她这样天真，像她这样轻信，还能要求他更多的什么吗？再说，在这起案件里，表面现象不是对她，而非对他，更为不利吗？她在等待。她有希望。

还要看到，教堂，这座其大无比的教堂，从四面八方包裹她，护卫她，拯救她，教堂本身就是一服万灵的镇静剂。这幢建筑物庄严的线条，少女四周一切物体神圣的姿态，可以说从这块石头的每个毛孔里释放出的虔诚和安详的思绪，都对她不自觉地产生影响。建筑物具有的声响，充满祝福，充满庄严肃穆，给这颗病了的灵魂减轻了病情。主祭神甫单调的歌声，民众对神甫的回应，有时候含含糊糊，有时候高亢洪亮，彩绘玻璃窗的和谐颤抖，如同上百只喇叭响亮的管风琴，三座大钟嗡嗡的鸣响，如同来自马蜂的蜂窝，这样的合奏，加上巨大的不断渐高和渐低的音阶，不断从人群里冲向钟塔，都在淡化她的回忆，她的想象，她的痛苦。尤其是大钟把她摇来晃去。这像是这几架大铜钟，在她身上发出一股又一股强有力的磁性感应。

因此，每天初升的太阳看到她心情更其平和，呼吸更其舒展，脸色不再苍白。随着内心的伤疤在愈合，她的优雅，她的美貌，在她脸上重放光彩，但是更内敛，更宁静。她从前的性格也一一回归，甚至还有她喜悦的心情，她美丽的噘嘴，她对母山羊的喜欢，她的喜爱唱歌，她的羞涩。早晨她在小屋的角落里细心穿着，以免附近阁楼上的居民通过天窗看到她。

对福玻斯的思念之余，埃及女人有时想到伽西莫多。这是她仅剩的和外人、和活人唯一的联系、唯一的关系、唯一的交流。可怜的姑娘！她比伽西莫多更脱离这个世界。她对这个偶然送给她的古怪朋友一无所知。她经常责备自己没有感激之情，总让自己闭上眼睛，可她就是不能习惯见到这个敲钟人。他太丑陋了。

她把他给她的哨子留在地上。这并不妨碍伽西莫多最初几天不时地出现。他给她带来一篮食品和一罐水的时候，她竭力转过身子的时候没有太大的厌恶神情，可是，他总能觉察到这一类细微的动作，于是伤心地走了。

有一次，正当她在爱抚嘉利的时候，他面对母山羊和埃及女人这优美的一对，若有所思地多待了片刻，终于，他摇摇笨重和畸形的脑袋说："我的不幸，是我长得还是太像人了。我好想完全是一个畜生，像这头母山羊。"

她吃惊地抬头望他一眼。

他回应她的这个眼神："噢！我当然知道为什么。"于是，他走开了。

又有一次，他出现在斗室的门口（他从来不进去）时，正好爱斯梅拉达姑娘在唱一首古老的西班牙伴舞曲，其实她并不明白曲中的歌词，她耳中留有这首伴舞曲，是因为她童年时，吉卜赛女人唱曲哄她入睡。少女看见这张恶心的脸突然在唱歌时冒出来，停下不唱，不由自主露出害怕的表情。不幸的敲钟人，在门槛上跪下来，以恳求的神情，两只难看的大手合十。"噢！"他痛苦地说，"我恳求你啦，唱下去，别赶我走。"她不愿意让他伤心，颤颤抖抖地继续唱她的伴舞曲。逐渐逐渐地，她的恐惧消失，又全身心地投入自己歌曲中忧伤和缓慢的曲调。他呢，还是跪着，双手合十，如同在祈祷，全神贯注，屏住呼吸，紧紧注视着吉卜赛女人炯炯有神的眼珠，仿佛在她眼睛里听到了她的歌声。

还有一次，他来到她面前，一副笨拙和腼腆的样子。"请听我说，"他费劲地说，"我有话对你说。"她向他示意她在听他说话。可他却长吁短叹，微微地张开嘴唇，像要说话，却又望着她做出摇头的动作，慢慢退了出去，把头捧在手里，留下目瞪口呆的埃及女人。

在石墙上雕刻的滑稽人物里，有一个他特别钟爱，他似乎经常和这个石雕人物交换友善的目光。有一次，埃及女人听到他在对石像说："噢！我为什么不能像你是块石头呢！"

终于有一天早上，爱斯梅拉达姑娘已经走到了屋顶的边上，透过圆顶圣约翰教堂[28]尖尖的屋顶，下望广场。伽西莫多也在，在她身后。他有意站在那儿，免得少女看到他而不开心。突然，吉卜赛女人颤抖了一下，一颗泪珠和一阵喜悦的目光同时在她眼眶里闪耀，她跪在屋顶边上，向广场不安地伸出胳膊，喊道："福玻斯！来呀！来呀！一句话，只要一句话，以上天的名义！福玻斯！福玻斯！"她的声音，她的脸，她的动作，她的整个人，显出的表情，是一个沉船者向在天边一束阳光下经过的欢乐船只，发出遇难信号的撕心裂肺的表情。

伽西莫多俯身下望广场，看到这番温柔又疯狂的恳求对象，是个年轻人，是个队长，一个英俊的骑士，全身因为佩剑和服饰而流光溢彩，正在广场的远处策马跳跃，以头盔上的翎饰向一位在阳台上微笑的贵夫人致意。再说，军官没听到不幸女人在叫他，他太远了。

可是，他，可怜的聋子听见了。他的胸部鼓起一阵深深的叹息。他转过身去。他的心中泪如涌泉，被他一一吞咽下去。他的两个拳头在抽搐，在自己脑袋上拍打，他松开拳头时，每只手上握着一小把棕色的头发。

埃及女人丝毫没有注意到他。他低声咬牙切齿地说："该死！就得要这样！只要长相神气就行了！"

这时候，她仍然跪着，异常激动地呼喊："噢！他下马了！"——"他要进这户人家了！"——"福玻斯！"——"他没听见我说话！"——"福玻斯！"——"这个女人和我同时对他说话，真坏！"——"福玻斯！福玻斯！"

聋子望着她。他明白这幕哑剧。可怜的敲钟人眼睛满含泪水，但他

㉘ 圆顶圣约翰教堂（Saint-Jean-le-Rond）是一座洗礼小教堂，今废。

避难室
(De Lemud 画，Adèle Laisné 刻)

一滴也不让它们掉落下来。突然，他轻轻拉拉她的袖口。她转过身来。他脸上的脸色已很平静。他对她说："要不要我帮你去找他?"

她高兴得大叫："好啊！去吧！快去！要快！是这个队长！是这个队长！把他给我带来！我会喜欢你的!"她吻吻他的膝头。他禁不住痛苦地摇头。"我去给你把他带来。"他有气无力地说。接着，他转过身去，大步冲进楼梯，抽抽噎噎，哭不出来。

当他来到广场，只看见那匹骏马系在贡特洛里耶府的门口，队长刚刚进去。

他抬头望望教堂的屋顶。爱斯梅拉达姑娘一直待在老地方，还是那个姿势。他对她伤心地点头示意。接着，他背靠贡特洛里耶大门前的一块界石，决心等队长出来。

在贡特洛里耶府上，这是举行婚礼前的一个节庆日子。伽西莫多看到很多宾客进去，但不见有人出来。他不时向屋顶望望：埃及女人和他一样，一动不动。一个马夫过来解下马缰，把马牵进府上的马厩。

整整一天这样过去了，伽西莫多在界石，爱斯梅拉达姑娘在屋顶，福玻斯大概在百合花的脚边。

夜幕终于降临。一个没有月色的夜，一个黑黑的夜。伽西莫多盯着爱斯梅拉达姑娘也无济于事。很快这就只是沉沉暮色里的一个白点。接着，一无所有。万物消隐，一切都是黑暗。

伽西莫多看到贡特洛里耶府上正面的窗子，自上而下，一扇一扇灯火通明；他看到广场四周别的长窗也一扇接一扇有了灯光；他又看到灯火一盏一盏熄灭，最后一扇窗子也熄灭了，因为他通宵站在原地。军官没有出来。当所有的行人已经回家，当其他屋子的所有长窗已经熄灭，伽西莫多已是孤零零一人，完全身处黑暗之中。这时候，圣母院前的广场上也已没有灯火。

此时，贡特洛里耶府上的窗子仍然亮着，甚至午夜过后也如此。伽西莫多纹丝不动，全神贯注，他看到色彩斑斓的花窗上，影影绰绰，是活动和跳舞的人影。如果他不是聋子，随着巴黎入睡后的喧闹声消隐，他就会听得越来越清楚，在贡特洛里耶府上，有节日的声响，有笑声，有乐声。

将近午夜一点，宾客开始回府。伽西莫多笼罩在黑暗中，望着客人们一一从熊熊火炬照亮的大门下走过。没有一人是队长。

他忧心忡忡。有时候，他和一个人无聊时那样，望望天空。大堆大堆的黑云，沉甸甸的，支离破碎，悬在空中，像是一张张黑夜里挂在星光灿烂的拱架上的黑纱吊床，简直是天幕上的蜘蛛网。

这段时间内，他突然看见阳台上的门窗神秘地打开了，阳台的石头栏杆清楚地显现在他的头顶上。从轻盈的窗格玻璃门里走出两个人，窗门在他们身后无声地又合上了：一个男人和一个女人。伽西莫多还是费了点劲，才认出来男人是英俊的队长，女人是今天早上从这阳台高处向队长表示欢迎的年轻的贵夫人。广场上黑黑的，双层的深红色窗帘在窗门又关上后垂下，房间里的光线照射不到阳台上。

年轻人和少女，就我们这位听不到他们一句话的聋子所能判断的那样，看来正是情投意合，卿卿我我。少女似乎允许军官用手挽住她的腰肢，对亲吻半推半就。

伽西莫多在下面目睹了这个优雅的场景，因其不为外人所见，更其优美。他静观眼前的幸福，眼前的美景，很不是滋味。无论怎么说，在可怜虫身上，自然的本性并不沉默，他的脊梁虽然弯曲得厉害，并不比别人不会激动颤抖。他想到老天给他安排这份可悲的命，想到女人、爱情和销魂，会年年月月在他眼皮下出现，想到他只是旁观别人享受福分。但是，这眼前的场景中，最叫人伤心的事情，让他恼怒之余气愤不已的事情，是想到如果埃及女人见此情景，更会何等痛苦。——也对，黑夜漆黑一团，爱斯梅拉达姑娘如果一直待在原处（他对此并不怀疑），也离得很远，充其量只有他自己看到阳台上的一对情侣而已。这样一想，他就好受一点。

此时，两人的交谈变得活跃起来。年轻的夫人似乎恳求军官不要向她得寸进尺。伽西莫多所能看清的，是少女两只美丽的手在合十，微笑中含有眼泪，她的目光望着星星，看清队长的眼睛火辣辣地俯视着她。

幸好，因为少女已开始有气无力地推拒，阳台上的门迅速重又开启，有位老夫人出现，美人显得慌乱，军官的样子很气恼，三个人都回屋里去了。

片刻后，大门下有马用前蹄在蹬地，穿着鲜亮的军官，裹着夜间的大衣，快步走过伽西莫多的面前。敲钟人让他拐过街角，然后开始跑着追赶他，灵活得如同猴子，喊道："喂！队长！"

队长停下来。

"这个无赖要我怎么样？"他说，在黑暗中发现这算是一张走路扭腰的人脸，在摇摇晃晃向他奔来。

此时，伽西莫多已到他身边，大胆地一把抓住他的马缰："请随我来，队长，此地有人要和你说话。"

"去他的混蛋！"福玻斯咕哝道，"来了一只可恶的头毛竖起的鸟，我似乎在哪儿见过。"——"喂！仁兄，你真想让我的马脱缰吗？"

"队长，"聋子回答，"你不问问我是谁吗？"

"我说你放开我的马，"福玻斯不耐烦地又说，"这家伙吊在我坐骑的马衔上干什么？你把我的马当绞架啦？"

伽西莫多非但不放开马的缰绳，而且上前要拨转马头回去。他搞不明白队长为什么拒不从命，赶紧对他说："来啊，队长，有个女人在等你。"他着重加一句，"一个爱你的女人。"

"这难缠的人少有！"队长说，"还以为我非要去看每一个爱我的女人！或自己说爱我的女人！"——"如果她碰巧长得像你，一张猫头鹰的脸？"——"去对派你来的女人说，我要结婚了，让她见鬼去吧！"

"听着，"伽西莫多喊道，以为这句话会让他不再犹豫，"请过来，老爷！是你知道的那个埃及女人！"

这句话果然对福玻斯产生深刻的印象，但是，可不是聋子所希望的印象。大家记得，在伽西莫多从沙莫吕手中救下女犯的前不久，我们的风流军官带着百合花已经进去了。以后，他每次来贡特洛里耶府上拜访时，都小心翼翼避谈这个女人，反正，他想起她来就难受；在百合花方面，她并不认为对他说起埃及女人活着是明智之举。所以，福玻斯相信，那个可怜的“西蜜拉”死了，相信事情过去一两个月了。再说，队长这回想到夜已深沉，想到传信的陌生人奇丑无比，想到说话阴森森的声音，想到午夜已过，街上空空荡荡，好像妖僧上前来和他攀谈的那个晚上，想到自己的马看到伽西莫多就喘气。

“埃及女人!”他几乎害怕地叫道，“喔，这个，你是从阴间来的?”

他把手握在短剑的手柄上。

“快，快，”聋子说着想把马牵走，“走这边!”

福玻斯对他当胸狠狠地猛踢一脚。

伽西莫多的独眼冒出金星。他一个动作扑向队长。接着，他使劲挺住说：“噢！有人爱你，你真是幸福!”

他着力在“有人”二字，放下马的缰绳：“你走吧!”

福玻斯嘴里不干不净，用马刺狠狠一夹，飞奔而去。伽西莫多望着他冲进了街上的迷雾之中。“噢!”可怜的聋子低声说，“这样的事都拒绝!”

他回到圣母院，点亮灯，重新登上钟楼。正如他想到的，吉卜赛女人一直待在老地方。她远远望见他，便奔他而来。“一个人!”她叫道，痛苦地合上两只美丽的手。

“我没能找到他。”伽西莫多冷冷地说。

“要等他一个通宵。”她愤怒地又说。

他看到她发怒的姿态，明白这是责备。“我下次一定好好地监视他。”他说着低下脑袋。

“你走吧!”她对他说。

他离她而去。她对他很不高兴。他宁可被她责骂，也不愿意让她伤心。他把全部痛苦留给了自己。

打从这天起，埃及姑娘再也没有见到他。他不再到她的斗室来。最多，只是有时候，她隐约看见钟楼的顶上，有敲钟人的脸，愁眉苦脸地在望着她。不过，当她远远看到他，他就不见了。

应该说，对可怜的驼背这样故意不露脸，她毫不难受。她在心底是感激他的。

再说，伽西莫多对此也不抱幻想。

她不再看到他，但她感到自己身边有个守护神。在她入睡时，有只看不见的手为她送来新鲜食物。一天早晨，她看到窗口有一只鸟笼。她的斗室上面有一尊雕像让她害怕。她在伽西莫多面前多次说明此事。一天上午（因为诸如此类的事情都发生在夜里），她看不到雕像了，它被人砸碎了。那个爬到这座雕像上的人，肯定要冒生命的危险。

有时候，到晚上，她听到有个声音，躲在钟塔的小披檐下，好像为她催眠，唱一支忧伤而古怪的歌。这是几句不讲格律的诗句，像是聋子所能创作的那样。

要看的并不是脸。
姑娘，要看的是心。

漂亮的年轻人经常有一颗丑陋的心。
有的人心里就是存不住爱情。

姑娘，杉树并不神气，
不如柳树那么美丽，
但杉树冬天里枝叶常青。

唉！说这些又有何用？
不美丽的东西不该出现；
美丽爱的只是美丽。

四月[29]对一月背过脸去。

美丽是完美的东西，

美丽可以无所不能，

美丽是唯一的东西，不能马虎将就。

白天飞的是乌鸦。

黑夜飞的是猫头鹰，

天鹅白天和黑夜都飞。

一天早晨，她醒来时，看见窗口有满满两盆花。一只是水晶花盆，非常美丽，晶莹剔透，但有裂缝。花盆里的水流失了，盆里的花枯萎了。另一只是陶土花盆，粗糙，普通，但保存了全部的水，花盆里的花仍然是鲜花，娇艳欲滴。

我不知道这是否故意的，可是爱斯梅拉达姑娘取下枯萎的花束，一整天放在自己的胸口。

这一天，她没有听到钟楼里的歌声。

她并不特别在意。她爱抚嘉利，窥探贡特洛里耶府上的大门，低声地自言自语说福玻斯，掰碎面包喂燕子，以此打发日子。

结果，她完全见不到伽西莫多的人，完全听不到伽西莫多的声音。可怜的敲钟人似乎已经从教堂里消失了。不过有一天夜里，她由于睡不着，在想念她英俊的队长，而听到斗室附近有人唉声叹气。她心里害怕，站起身来，借着月光，看到一大堆东西横躺在她的门前。是伽西莫多，睡在石头的地面上。

---

[29] 法国的 4 月是春天的开始。

和小母羊嬉戏
（Foulquier 画，Rouget 刻）

五　红门的钥匙

这期间，舆论让主教助理知道了埃及女人是以何种神奇的方式获救的。他获悉此事，竟说不出自己有什么感受。是他安排好爱斯梅拉达姑娘的死刑。这样的话，他心安理得了，他触摸到了痛苦所能有的底线。

人心（克洛德长老对此类问题有过深思熟虑）只能容纳一定数量的绝望。如果是浸湿的海绵，大海可以在海绵上过去，一小滴水都进不去。

现在，爱斯梅拉达姑娘死了，海绵依然浸湿，对克洛德长老来说，这世上大局已定。然而，感到她活着，连福玻斯也活着，折磨重又开始，混乱动荡，进退两难，如何生活。克洛德对这一切烦透了。

当他获知这个消息，他把自己关在内院的小屋里。他不出席教务会议，不参加弥撒。他闭门谢客，甚至不见主教。有好几个星期，他这样足不出户。大家以为他病了。他果真病了。

他这样自闭干什么？这个挣扎的不幸者在转什么念头？他对自己可怕的激情在做最后一次搏击吗？他在为她策划最后一次死亡的计划吗？为自己策划最后一次毁灭的计划吗？

有一次，他的约翰，他的爱弟，他的宠儿，来到他门口，敲门，发誓，恳求，反反复复通报名字。克洛德没有开门。

他把脸紧贴在窗子玻璃上，整天整天地这样度过。他从位于内院的这扇窗子里，看得到爱斯梅拉达姑娘的小房间。他经常看见她本人和她的母山羊一起，有时候和伽西莫多一起。他注意到可恶的聋子无微不至的关怀，他对埃及女人的殷勤周到，唯命是从，低声下气。他的记性好，而记性是对嫉妒者的折磨。他回想起有一天晚上，敲钟人对跳舞女郎异样的眼光。他寻思什么动机促使伽西莫多救下吉卜赛女人。他目睹吉卜赛女人和聋子之间的千百次亲近接触，聋子的哑剧远看起来，再以他的激情来解释，他认为十分温存体贴。他并不相信女人会有古怪的行为。于是，他模模糊糊感到身上的嫉妒心在苏醒，这是他万万没有料到的事情，这嫉妒心让他因为羞耻和愤怒而脸红。——“队长也就算了，可这个家伙！”——这个想法使他心里乱极了。

克洛德站在窗子后面
(Brion 画，Yon-Perrichon 刻)

他夜里过得很可怕。自从他知道埃及女人活着，他以前挥之不去的有关幽灵和坟墓的冷冰冰的思想消失不见了，而肉体又回来煎熬他。他感到棕色皮肤的少女如此贴近自己，而在床上辗转反侧。

每天夜里，他疯狂的想象力看到爱斯梅拉达姑娘，展现出各种姿态，无不让他的血脉沸腾。他看见她躺在被刺的队长身上，两眼紧闭，美丽赤裸的胸部满是福玻斯的鲜血，当此乐极情浓的时刻，主教代理在她苍白的嘴唇印上热吻，不幸的女人虽然吓得半死，仍然感到此吻的灼热。他又看到她被行刑人野蛮的手剥去衣服，让她的小脚，她细腻和滚圆的小腿，她柔软和白皙的膝头，一一露了出来，按进装着铁螺丝的夹棍。他又看到仅仅只有这象牙般的膝头，露在托特吕可怕的刑具外面。他最后看到少女只穿着衬衣，颈子里绕着绳索，光着肩头，光着双脚，几乎赤身露体，如同他最后一天见到她的样子。这些淫乐的画面，让他紧握拳头，让他背后的脊梁骨从上到下在颤抖。

一天夜里，这些画面把他童贞的热血，他神甫的热血烘烤得无以复加，他啃咬枕头，跳下床榻，在衬衣外披上一件白色的法衣，走出小屋，提着油灯，半裸身子，惶恐不安，而眼睛放光。

他知道到什么地方取红门的钥匙，红门连接内院和教堂，我们知道，他身上总有一把去钟楼楼梯的钥匙。

六 红门的钥匙续

这一夜，爱斯梅拉达姑娘已经在她的小屋里入睡，忘得精光，满怀希望，满心欢喜。她入睡以后，跟平时一样，梦见福玻斯，似乎听见周围有动静。她睡得不深，也不安，一种小鸟的睡眠，稍有声息，她就会醒来。她睁开眼睛。夜里漆黑一片。这当口，她看见窗口有一张脸在看她，一盏灯照亮了出现的这个人。此人看到自己被爱斯梅拉达姑娘望见，吹灭灯光。然而，少女已经隐约看到他了。她恐怖地又闭上眼睛。“噢！”她说不出话来，“神甫！”

她经历过的全部不幸，像一道闪电，一一回到眼前。她倒在床上，全身冰凉。

片刻之后，她感到有东西触摸她的全身上下，让她极度颤抖，她立即坐起来，清醒过来，怒不可遏。

神甫刚钻到她的身边。他用左右胳膊把她抱住。

她要喊，但喊不出来。

“滚，畜生！滚，杀人犯！”她说，因为太愤怒，太恐怖，声音又抖又低。

“求求你！求求你！”神甫低声地支吾，用嘴唇吻她的肩头。

她双手握住他稀疏的头发，拿起他的秃头，尽力摆脱他的吻，仿佛这些吻会咬人。

“求求你啦！”倒霉的男人反复说，“如果你知道我多爱你！这是火，是融化的铅，是千百把刀刺在我心里！”

他用超乎常人的力气，挡住这两个胳膊。她拼命了。“放开我，”她对他说，“我要对你脸上啐口水啦！”

他放开她。“你鄙视我吧，打我吧，对我要凶啊！你怎么做都可以！但是求求你！爱我吧！”

于是，她气得像孩子打他。她两只美丽的手变得强硬，要抓他的脸。

“滚，魔鬼！”

“爱我吧！爱我吧！行行好吧！”可怜的神甫叫道，扑在她身上翻滚，一方出来的是拳头，一方回去的是爱抚。

突然，她感受到他的力气比她大。——“该结束了!”他的牙齿咯咯作响。

她在他的手下被制服了，全身抽动，浑身无力，任其摆布。她感到一只无耻的手在她身上乱摸。她拼出最后的力气，叫嚷起来：“救命呀！救救我！吸血鬼！有吸血鬼!”

没有人来。只有嘉利醒了，不安地咩咩叫着。

“住嘴!”神甫气喘吁吁说。

突然，埃及姑娘一边挣扎，一边在地上爬，她的手碰到一个冷冰冰的金属物件。这是伽西莫多的哨子。她一把抓住哨子，因为希望而发抖，举到唇边，拼出仅有的全身力气，吹起来。哨子发出的声音清脆，尖厉，刺耳。

“什么东西?”神甫说。

几乎同时，他感觉到自己被一只有力的胳膊托起来。小屋里很暗，他无法看清是谁这般地托住他，但他听见有牙齿气得咯咯作响，暗室里有一点散光，他看到头顶上有一把大砍刀在闪光。

神甫相信隐约看到伽西莫多的外形。他估计这只可能是他。他记起来，他进来时被躺在外面的一包东西绊了一下。此时，新来者一言不发，他也不知道究竟是什么。他向握刀的胳膊扑过去，喊道：“伽西莫多!”当此绝望的时刻，他忘了伽西莫多是聋子。

神甫转眼之间被摔倒在地，感到一个异常沉重的膝头压住他的胸口。他从这膝盖骨棱棱的样子，认出来是伽西莫多。但是，怎么办？他这边怎样才能被他认出来？黑夜就是瞎眼的聋子。

他完了。少女没有同情心，像一头发怒的母老虎，不出面救他。大砍刀在靠近他的脑袋，这一刻十分危急。突然，对手显得犹豫不决。“别

黑夜里下手
(Brion 画，Yon-Perrichon 刻)

把血洒在她身上!”对手闷声闷气地说。

这果然是伽西莫多的声音。

这时，神甫感到那只大手把他的脚拽出斗室。他得死在门外了。对他来说，幸好月亮不久前升起来。

两人走出斗室的门，苍白的月光落在神甫的脸上。伽西莫多面对面一望他，不禁一阵战栗。他放开神甫，后退一步。

埃及女人也已走到小屋的门槛上，惊讶地看到两个人的角色突然对换了。现在是神甫在威胁，伽西莫多在哀求。

神甫对聋子怒不可遏，责骂不已，粗暴地示意他走开。

聋子低下脑袋，接着跪在埃及女人的门前。——“大老爷，”他认真和顺从地说，“你想怎么办就怎么办，但是你先杀了我。”

他这么说着，把大砍刀递给神甫。神甫气急败坏，向刀扑去。可是，少女比他快了一步，她从伽西莫多手里夺过刀，发疯地哈哈大笑。——“过来呀！”她对神甫说。

她举起刀锋。神甫一时没有了主意。她当真会砍将下去。——“你不敢过来吧，懦夫！”她对他说。接着，她还补上一句，一副冷酷无情的神态，也明知道这会让神甫万箭穿心：“哈！我知道福玻斯没死！”

神甫一脚把伽西莫多踢翻在地，气得发抖，又钻入楼梯的拱门之下。

他一走，伽西莫多捡起那个刚才救了爱斯梅拉达姑娘的哨子。“锈了。”他说，把哨子还给她，就把她独自留下。

少女经过这惊心动魄的一幕，心里很乱，精疲力竭地倒在床上，开始抽咽起来。她的天空又变得阴森森的。

神甫这边，摸索着回到自己的小屋里。

这就完了。克洛德长老嫉恨伽西莫多！

他沉思着重复那句还是他的话：“谁也得不到她！”

第 10 卷卷首插画：伽西莫多往下扔石头
(De Rudder 画，Gusman 刻)

Gringoire a plusieurs bonnes idées de suite, rue des Bernardins.

Michel.

14 Xbre

Depuis que Pierre Gringoire avait vu comment toute cette affaire tournait, et que décidément il y aurait corde, pendaison et autres désagréments pour les personnages principaux de cette comédie, il ne s'était plus soucié de s'en mêler. Les truands, parmi lesquels il était resté, considérant qu'en dernier résultat c'était la meilleure compagnie de Paris, les truands avaient continué de s'intéresser à l'égyptienne. Il avait trouvé cela fort simple de la part de gens qui n'avaient comme elle d'autre perspective que Charmolue et Torterue et qui ne chevauchaient pas comme lui dans les régions imaginaires entre les deux ailes de Pegasus. Il avait appris par leurs propos que son épousée au pot cassé s'était réfugiée dans Notre-Dame, et il en était bien aise. Mais il n'avait pas même la tentation d'y aller voir. Il songeait quelquefois à la petite chèvre, et c'était tout. Du reste, le jour il faisait des tours de force pour vivre, et la nuit il élucubrait un mémoire contre l'évêque de Paris, car il se souvenait d'avoir été inondé par les roues de ses moulins, et il lui en gardait rancune. Il s'occupait aussi de commenter le bel ouvrage de Baudry-le-Rouge, évêque de Noyon et de Tournay, *De cupa petrarum*, ce qui lui avait donné un goût violent pour l'architecture; penchant

作者第 10 卷第 1 页的手稿

第十卷

一　甘果瓦在街上有的是好主意

自从甘果瓦目睹整个事件如何变化，自从这出喜剧里的主要人物肯定会有绞索、绞架和其他麻烦，他就不再愿意卷入这起案件了。他还留在其中的丐帮，考虑到再怎么说这是巴黎最佳的团体，丐帮也在继续关注埃及女人。他本来觉得对这些人而言，是再简单不过的事情，他们和他一样，目标无非是沙莫吕和托特吕，而他们不会像他一样，在想象的天宇里，会骑坐在珀伽索斯[1]的两只翅膀里。他从他们的言谈间获知，他摔罐而得的新娘藏匿在圣母院里，他对此感觉良好。不过，他甚至没有去教堂看看的冲动。他有时想到了小母山羊，仅此而已。再说，他白天干点力气活，要活下来，到夜里苦心写一篇控告巴黎主教的备忘录，因为他回想起自家被主教磨坊的水轮子淹过，他为此对主教耿耿于怀。他还在评述努瓦永和图尔奈主教“红衣博德里”[2]的佳作《论石材的尺寸》[3]，他为此对建筑产生十二分浓厚的兴趣，这是取代他对炼金术兴趣

① 珀伽索斯（Pégasus）是希腊神话里的有翼神马，能给诗人灵感。
② “红衣博德里”（Baudry-le-Rouge），1097 年卒，曾是主教和编年史家。
③ 书名原文是拉丁文。

的一种爱好，其实，这爱好只是喜欢炼金术的自然结果，因为在炼金术和砖石工程之间有内在的联系。甘果瓦已从对一种思想的爱好，过渡到对此种思想的外在形式的爱好。

一天，他在奥塞尔圣日耳曼教堂附近一处宅第的拐角处停下步来，此宅叫“主教裁判府”[④]，此住宅面对另一处宅第，叫“国王裁判府”。“主教裁判府”有一座精美的十四世纪小教堂，其半圆形后堂正对街上。甘果瓦怀着虔诚的心情，在端详外墙的雕刻。正当他自得其乐地独自欣赏的崇高时刻——此刻艺术家的世界里只有艺术，并在艺术里看世界——突然，他感到有一只手一本正经地搭在他肩上。他回头一看，是他当年的老朋友、导师，主教代理长老。

他愣住了。他有很长时间没有见到主教代理了，而克洛德长老可是个严肃而富有激情的人，和他相遇，总会打乱一个怀疑论哲学家的平衡。

主教代理先沉默片刻，甘果瓦乘机得以观察他。他发现克洛德老爷变化很大：脸色苍白得像是冬天的早晨，两眼凹陷，头发几乎全白。是主教代理先打破沉默，平静但冷冰冰地说道：“贵体如何啊，皮埃尔师傅?”

“我身体啊?”甘果瓦答道，“嘿！嘿！反正就这样。不过总的说还可以。我什么事都不过分。你知道，大师，身体健康的秘诀，用希波克拉底[⑤]的话说，就是：食物，饮料，睡眠，爱情，都恰如其分。”

“你就没有一点忧虑吗? 皮埃尔师傅?”主教又说，盯着甘果瓦看。

“天哪！没有。”

“你现在干什么?”

---

④ “主教裁判府”(le For-l’Evêque) 是主教的法庭兼监狱，1161年建，1652年重建，18世纪末毁。

⑤ 希波克拉底 (Hippocrates) 是公元前5世纪的古希腊著名医生。

“你看，我的大师。我在看这些石料的切割，看这些浮雕的雕镂方式。”

神甫淡淡一笑，是种苦笑，只翘起嘴巴的一角：“你觉得有趣吗？”

“美不胜收！”甘果瓦叫道，他对雕刻俯下身来，脸上显出生动的奇观示范者洋洋得意的神情：“比方说，你就没有发现这些浅浮雕的雕工多么娴熟，多么妩媚，多么细致，这般出神入化吗？看看这些小柱子。你在什么地方的柱顶，见过更加温馨，凿痕更加轻柔的叶饰吗？这是让·马耶凡[⑥]的三个圆雕。这不是这位大天才最精美的作品。不过，人脸的天真和温柔，姿态和衣饰的轻快，还有这所有缺点中显示出来的无可言传的优雅，使小雕像非常可爱，非常细腻，也许有点过了头。”——“你认为这些不很有趣吗？”

“哪儿的话！”神甫说。

“你要是看过小教堂的内部就好了！”诗人带着健谈的兴致又说，“到处是雕塑。密密麻麻，多得像是一棵包菜心！半圆形后殿分外虔诚，与众不同，我在别处从未见过！”

克洛德长老打断他：“那你很开心呀？”

甘果瓦激动地回答：“坦白说，很开心！我首先爱的是女人，后来爱的是动物。现在，我爱的是石头。这和动物、女人同样可爱，而且不会骗人……”

神甫拿手摸摸头。这是他的习惯性动作。“确然！”

“得了！”甘果瓦说，“有的是享受！”他拉神甫的胳膊，神甫听之任之，带他走进主教裁判府楼梯的角塔。“这是楼梯！我一看见这楼梯，我就很高兴。这是巴黎最简单、最稀罕的梯级。每一级楼梯下面都挖出槽

---

⑥ 让·马耶凡（Jean Maillevin），多方探寻，不详。

来。楼梯的美，楼梯的简单，在于一级和另一级之间的踏板，大致可放一只脚，踏板之间相互交错，相互嵌入，相互接合，相互重叠，相互插进，相互咬住，真正做到坚固和优美。”

“你就一点不想别的?”

“不想。”

“你就毫无遗憾?”

“也不遗憾，也不想。我的生活安排好了。”

“人安排的事情，”克洛德说，“会被事物打乱。”

“我是皮朗派哲学家⑦”，甘果瓦回答，“所以，我的一切求平衡。”

“你的生活，你如何挣钱度日?”

“我还是写写史诗，写写悲剧，但我收入最多的事情，我的大师，是你我知道的技能：用牙齿咬住一堆堆的椅子。”

“对一个哲学家来说，这行当很粗俗。”

“这还是求平衡，”甘果瓦说，“我们有一个思想，就会处处追求这个思想。”

“我知道。”主教代理回答道。

沉默片刻后，神甫又说：“再说，你还是很可怜。”

“可怜，对；不幸，不。”

此时，一阵马蹄声传来，我们的两位交谈者看到街尾经过一队国王麾下的弓箭手，矛头高举，军官领队。马队很神气，路面上蹄声得得。

“你怎么看这位军官!”甘果瓦对主教代理说。

“我想我认得出来。”

“你怎么称呼他?”

---

⑦ 皮朗（公元前 365—前 275），希腊怀疑主义哲学家。

“我想，”克洛德说，“他叫福玻斯·德·沙多贝。”

“福玻斯！好个稀罕的名字！有个福玻斯，是福瓦的伯爵。我记得他认识一个姑娘，她只以福玻斯起誓。”

“请过来，”神甫说，“我有点话对你说。”

这支队伍经过后，主教代理冰冷的外表下，透出某种激动。他举步前行。甘果瓦追随其后，如同有一次接近过这个极有影响力的人一样，他也习惯于听命于他。两人静静地来到西都会修士街⑧，街上很荒凉。克洛德长老停下步来。

“我的大师，你有什么话对我说？”甘果瓦问他。

“你不觉得，”主教代理露出深思熟虑的神情回答道，“我们刚才见到了这些骑士的服装，你不觉得比你的和我的都更漂亮？”

甘果瓦摇摇头。“天哪！我宁可喜欢我的黄红两色的锦袍，也不喜欢这些钢铁的鳞片。有多开心，走路时引发地震，发出的声音和废铁码头⑨一样！”

“那么说，甘果瓦，你从不眼红这些身穿短袖甲衣的俊俏军人？”

“眼红什么，主教代理老爷，眼红他们的力气、他们的甲胄、他们的纪律？哲学和身穿破衣烂衫的独立更好。我宁做苍蝇头，也不做狮子尾。”

“这就怪了，”神甫若有所思说，“一套漂亮的制服毕竟是漂亮。”

甘果瓦看到他陷入沉思，走过去欣赏旁边一座房子的大门。他拍着手走回来。“如果你能少关心一点士兵的漂亮制服，主教代理老爷，我想请你去看看这座门。我一直说，奥布利老爷的屋子有世界上最华丽的入口。”

---

⑧ 西都会修士街（rue des Bernardins）今存，在巴黎市中心的第5区。

⑨ 巴黎旧时的矾鞣码头，因声音嘈杂，叫作“废铁码头”。

“皮埃尔·甘果瓦，”主教代理说，“你把那个年纪轻轻的埃及舞女怎么样啦？”

“爱斯梅拉达姑娘？你这就突然改变话题啦。”

“她不是你妻子吗？”

“是啊，摔罐成婚。我们有四年的婚期。”——“对了，”甘果瓦又说，略带嘲笑的神气望望主教代理，“你总是想着她？”

“你呢，你不想她了？”

“很少想。”——“我的事儿太多！……我的天哪，小母山羊多漂亮！”

“这个吉卜赛女人不是救过你的命吗？”

“没错，是这样。”

“好啊！她怎么样了？你对她怎么了？”

“我没得说了。我想他们把她绞死了。”

“你这样想？”

“我也不是很肯定。每当我看到他们要绞死谁，我就退出现场。”

“你就知道这些？”

“等等嘛。有人对我说她躲到圣母院里了，说她在教堂里得救了，我当然很高兴，我不知道母山羊是否和她一样也活了下来，我知道的就这样。”

“我要告诉你的更多。”克洛德长老叫起来，他说话的声音一直低沉，缓慢，几乎沉闷了，此时变得洪亮，“她的确躲在圣母院里。可是三天后，司法当局会在圣母院抓她归案，她将在沙滩被绞死。最高法院的文书下来了。”

“这就麻烦了。”甘果瓦说。

神甫一转眼，又变得冷漠和安静了。

“谁见鬼了，”诗人又说，“吃饱饭去恳求发回重新审理啊？就不能让最高法院安静一下吗？让一个可怜的少女和燕子窝为邻，在圣母院的拱扶垛下避避难，又怎么啦？”

“世界上就是有撒旦。”主教代理回答。

“这是魔鬼在出招了。”甘果瓦评论道。

主教代理停了片刻又说：“所以，她救过你的命？”

“救到我的丐帮好朋友里。早一点，晚一点，我就被绞死了。他们今天会很生气的。”

“你就不想为她做点什么？”

“我是求之不得，克洛德长老。不过，要是我去把一桩该死的事情兜底揽在自己身上！”

“有什么关系！”

“好吧！有什么关系！你是好人，你是我的师父！我有两部动了笔的大部头著作。”

神甫拍拍额头。尽管他装得平静，不时有一个激烈的动作显露出他内心的震动。“如何救她？”

甘果瓦对他说：“我的师父，我来对你说：伊尔帕代尔特，土耳其文的意思是：上帝是我们的希望。”⑩

“如何救她？”克洛德若有所思地说。

轮到甘果瓦拍拍自己的额头。

“听着，我的师父，我有想象力，我来给你找办法。我们去求国王特赦？”

“向路易十一？求特赦？”

---

⑩ 雨果引自杜布勒的著作《巴黎古代戏剧》。这是让·德·蒙塔古的座右铭。他 1409 年被斩首，陈尸隼山，1412 年平反。

“干吗不呢？”

“去与虎谋皮！”

甘果瓦开始想新的办法。

“哎！这样吧！”——“可否愿意让我叫稳婆提出申请，说明少女已怀孕？”

这让神甫凹陷的眼珠里闪出光来。

“怀孕！坏蛋！你知道有关情况吗？”

甘果瓦被他的神色吓了一跳。他赶忙说：“噢！不是我！我们的婚姻是名副其实的‘婚外婚姻’。我一直身处婚姻之外。不过终会有个缓刑吧。”

“疯了！无耻！闭嘴！”

“你不必生气，”甘果瓦咕哝道，“有个缓刑，这对谁都没有坏处，这可以让稳婆赚上四十个巴黎德尼耶，她们也是穷婆子。”

神甫没在听他说话。“一定要让她出来！”他喃喃地说，“判决三天后生效执行！再说，也就没有判决书了。这个伽西莫多，女人有的兴趣很变态！”他提高嗓子：“皮埃尔师傅，我已经想好了，只有一个办法救她。”

“哪个办法？我就看不出来。”

“听着，皮埃尔师傅，你要记得你的命是她给的。我可以直截了当地把我的想法告诉你。教堂日夜有人监控；只有看见走进教堂的人，才能放他走出教堂。你就能进来。你来了。我带你到她那里。你和她把衣服换一换。她穿你的紧身短上衣，你穿她的裙子。”

“事情到这一步都好，”哲学家作出评论，“以后呢？”

“以后？她穿你的衣服出来，你穿她的衣服留下来。也许会绞死你，但是她获救了。”甘果瓦认认真真地抓抓耳朵。

“得了！”他说，“仅仅就是这样的想法，我是永远不会有的。”

听到克洛德长老这个意外的建议，诗人开朗和厚道的脸，霎时间暗淡下来，如同一派意大利赏心悦目的风景，突然吹来一阵倒霉的风，把一片乌云压在太阳上。

“哎呀！甘果瓦，这个想法，你说呢？”

“我说，我的师父，也许，人家不会绞死我，不过，人家理所当然会绞死我。”

“这与我们无关。”

“哟！”甘果瓦说。

“她救过你的命。你就还了欠她的债。”

“我没有还清的债还多着呢！”

“皮埃尔师傅，绝对需要这样做。”

主教代理以权威的口吻说。

“你听，克洛德长老，”诗人惊愕万分地答道，“你坚持这个想法，你就错了。我就看不出我干吗非要去代别人被绞死。”

“你哪有这么多理由留恋生命啊？”

“啊！有千百条理由。”

“哪些理由，说说看？”

“哪些理由？空气，天空，清晨，夜晚，月光，我的丐帮好朋友，我们和老妖婆斗斗嘴，巴黎有待研究的精美建筑，三本要写的大书，其中一本控告主教和他的磨坊。我，我说得清吗？安那克萨哥拉[11]说过，他活在世界上，只是为了赞美太阳。再说，我还很幸运能和一位天才人物度过每一天，从早到晚，这个天才就是我，这太有意思了。”

---

⑪ 安那克萨哥拉（Anaxagoras），公元前5世纪的古希腊哲学家和思想家，提出观赏太阳是地球人唯一的职能。

“畜生的死脑筋!”主教代理咕哝道，“哎！你说，你说得如此美妙的生命，是谁给你的？你靠了谁，才呼吸这空气，看到这天空，还能够让你开开心心得像只云雀，废话连篇，疯疯癫癫？没有她，你这人在哪里？你就愿意让她死，而你靠了她才活着？你就愿意让她死，这个女人，美丽，温柔，非常可爱，世界的光明少不了她，比上帝更加神圣？而你呢，说你聪明，其实愚蠢，不成器的东西，自以为是，行尸走肉而已，你偷了她的命，才继续活下去，你像大白天的蜡烛，一点用都没有，还要她去死？得了，有点同情心吧，甘果瓦，现在，该你慷慨大方了，她先有表率。”

神甫的情绪很激烈。甘果瓦先是无所谓地听他说，接着他蔫了下来，最后做了个悲惨的鬼脸，让他惨白的脸像是新生儿患了腹痛。

“你说得好感人!”他说着，抹去一滴眼泪。

“哎！我会考虑的。你说的这个想法真怪。”——“反正，”他沉默片刻后继续说，“谁知道，他们也许不会绞死我。好事多磨，不要一厢情愿。他们一旦发现我在小屋子里，穿得滑稽可笑，又是裙子，又是头饰，也许他们会哈哈大笑。”——“再说，他们如果绞死我，也罢！绳索反正就是一死，或者说得更好，这样死得与众不同。这种死法有智者的品位，把一生的生命晃动起来，这种死法难以界定，是真正的怀疑主义者的精神所在，这种死法有深深的皮朗哲学和犹豫不决的特征，在天地之间保持中庸之道，让你悬而未决。这是哲学家的死法，也许是我命中注定的死法。如何活，也如何死，何等精彩!”

神甫打断他：“一言为定了?”

“死是什么，再怎么说?”甘果瓦兴奋不已地继续说，“不幸的一刻，交买路钱，从一钱不值到一无所有。有人问过迈加拉波利斯[12]人凯尔基达斯[13]，他是否心甘情愿死去：‘为什么不死，’他回答，‘因为我死后，我会看到这些伟人，哲学家有毕达哥拉斯，历史家有赫卡忒，诗人有荷马，音乐家有奥林普斯。’”

主教代理向他伸出手去。——“说定了？你明天来吧。”

这个伸手动作把他拉回到现实中来。

“啊！我的天，不行！”他说话的声调像一个醒来的人，“被绞死！太荒唐了。我不愿意。”

“那就告辞！”但主教代理在牙缝里加上一句，“我会找到你的！”

“我才不要让这个鬼家伙找到我呢。”甘果瓦想，紧随克洛德身后跑去。

“行啊，主教代理老爷，老朋友之间不要动气嘛！你对这个少女感兴趣，我要说对我的妻子感兴趣，这很好。你想出来的一条计谋，把她从圣母院救出来，不过你的办法对我甘果瓦太糟糕了。”——“如果，如果我有别的办法呢？”——“我提醒你，我刚才灵机一动，计上心来。”——“如果我能心生一计，让她脱离困境，又不危及我的脖子，没有绳端的一个活结？你会作何想？你这样还嫌不够？难道非要我被绞死，你才满意？”

神甫急不可待，扯下教袍上的纽子：“啰啰唆唆！”——“说你的办法！”

“好！”甘果瓦自言自语道，用食指擦擦鼻子，以示思考：“是这样！”——“丐帮都是仗义之人。”——“埃及部落很爱她！”——“一

---

⑫ 迈加拉波利斯（Mégalopolis）是古希腊伯罗奔尼撒半岛的城市。

⑬ 凯尔基达斯（Cercidas），公元前3世纪的古希腊诗人和犬儒主义哲学家。相传他临死时希望葬在哲学家毕达哥拉斯、历史学家赫卡忒、音乐家奥林普斯和诗人荷马身边。

句话就能让他们跳起来!”——“容易得很呐!”——“突然袭击。”——“混乱之中，很容易把她劫走!”——“明天晚上动手…”——“他们才求之不得呢。”

“什么办法！说呀!”神甫摇摇他说。

甘果瓦庄重地向他转过身来：“请放开我！你看得很清楚，我在构思。”他又思考片刻，接着为他的想法拍手叫道：“妙不可言！万无一失!”

“什么办法!”克洛德又说，他发怒了。甘果瓦容光焕发。

“请过来，让我轻轻地告诉你。这是顶呱呱的将计就计，让我们都解决问题。没错！应该承认吧，我不是个笨蛋!”

他自己打断话头:“啊，对了！小母山羊和少女在一起吧?”

“对。你怎么回事!”

“他们也会绞死山羊的，不是吗?”

“这对我又怎么样?”

“好，他们也会绞死小羊的。上个月，他们绞死了一头母猪。刽子手喜欢这样，他事后吃猪肉。绞死我漂亮的嘉利！可怜的小羊羔!”

“该死的!”克洛德长老叫道，“刽子手就是你。家伙，你到底想出来什么解救的办法？难道要用产钳把你的想法钳出来吗?”

“大师，十全十美！是这样。”

甘果瓦俯身对着主教代理的耳朵，对他低声说话，对街头和街尾不安地望一眼，街上空无一人。他说完，克洛德长老握握他的手，冷冷地对他说:“好。明天见。”

“明天见。”甘果瓦也说一遍。主教代理从这一边走远了，他从那一边走去，压低声音自言自语:“这是件了不起的事情，皮埃尔·甘果瓦老爷。管他呢。可不能说，因为自己是小人物，就被一件大事吓破了胆。

庇同[14]在肩上扛了一头大公牛，鹡鸰、灰莺和鸥鸟[15]还飞越大海呢。”

二 做个乞丐

主教代理回到内院，看到弟弟约翰·杜穆兰在他小屋的门前等他，等得无聊，在墙上用木炭画他哥哥的侧影，勾出一个其大无比的鼻子[16]。

克洛德长老几乎不看弟弟一眼，他的梦不在这儿。浪荡子的这张笑脸曾经一笑起来，让神甫凄凄惨惨的面容多少次由阴转晴，现在却无能为力，无法融化这个腐败、恶臭和萎靡不振的灵魂里越聚越多的雾霾。

“哥哥，”约翰怯生生地说，“我是来看你的。”

主教代理就是不抬起眼睛看他。

“怎么样？”

“哥哥，”虚伪的弟弟又说，“你对我真好，你给我的忠告真好，所以我老是回来看你。”

“然后呢？”

“唉！哥哥，你做得很对，你对我说：约翰，约翰，门生纪律涣散，教师教导放松。[17] 说约翰，要懂事，约翰，要有学问。约翰，没有正当理由，不是老师假期，不要在学校外面过夜。不要殴打庇卡底人[18]。约

[14] 庇同（Biton），据希腊神话，庇同力大无穷，为了送身为女祭司的母亲及时赶到神庙，不用公牛，而是和弟弟亲自拉牛车。

[15] 这三种可爱的鸟类强健善飞。

[16] 大鼻子有好色的含义。

[17] 原文是拉丁文。约翰口中克洛德的话多有所指。这句话影射巴黎大学区的第一场骚乱。

[18] 大学区的第二次骚乱，发生在英国籍学生和庇卡底籍学生之间的斗殴。影射庇卡底学生好斗。

翰，不要殴打庇卡底人。不要像不识字的驴子[19]，不要像不识字的驴子，在学校的草料上无所事事，萎靡不振。约翰，你要接受老师的任何责罚。约翰，每天晚上去小教堂，为光荣的圣母马利亚颂唱赞美歌，念经，祈祷。唉！这句句都是谆谆教导呀！”

“还有呢?”

“哥哥，你面前是个罪人，是个罪犯，是个混蛋，是个无耻之徒，是个荒唐的人！亲爱的哥哥，约翰对你的金玉良言不屑一顾，置若罔闻。我为此受到严厉的惩罚。仁慈的上帝是十二分公正的。只要身上还有钱，我就大吃大喝，大肆挥霍，花天酒地。噢！放荡的生活正面看，多么可爱，但背面看，丑陋，令人厌恶！现在，我一枚银币也没有了。我卖掉我的桌布，我的衬衣，我的褥子。开心的日子没有了！美丽的蜡烛熄灭了[20]，我只剩下恶心的羊脂蜡烛芯，黑烟呛到我的鼻子里。姑娘们都笑话我。我喝清水。我为内疚悔恨苦恼，为债主逼债苦恼。”

“那以后呢?”主教代理说。

“唉！我的好哥哥，我多想改邪归正。我来看你，真心悔恨。我悔悟。我忏悔。我捶胸顿足。你很有道理，要我有朝一日成为学士，当托尔希中学[21]的辅导助理。我现在感到我有担当这份职务的良好天赋。但是，我没有墨水，我要重新买；我没有笔，我要重新买；我没有纸，我没有书，我都要重新买。我为此非常需要有点钱，我来找你，哥哥，心里十分悔恨。”

“就这些!”

“对，”学生说，“要一点钱。”

---

⑲ 中世纪有格言：“一个不识字的国王是一头戴王冠的驴子”。

⑳ 当时的普通蜡烛，不是用蜡，而是用羊脂做成。

㉑ 托尔希中学是当年大学区的中学之一，1336 年创办。

“我没有钱。”

这时，学生以又认真又坚定的口气说：“好吧！哥哥，我很不高兴地对你说，有人对我提出优惠的招聘和建议。你不愿意给我一点钱?”——“不愿意?”——“这样，我去当乞丐。”

他说出这两个吓人的字时，摆出一副埃阿斯[22]的神情，准备头上有一番雷电轰下来。

主教代理对他冷冷地说：“你就去当乞丐吧。”

约翰对他深深一鞠躬，吹着口哨，走下内院的楼梯。

正当他经过内院的院子时，经过他哥哥小屋的窗子下面，听到这扇窗子打开，他抬起鼻子，见到主教代理从窗口露出严厉的脑袋。“滚去见魔鬼吧！”克洛德老爷说，“这是你从我这儿得到的最后一笔钱。”

说时，神甫扔给约翰一个钱包，在他的额头上砸出来一个大包，约翰走开时，又生气又开心，像一条狗被人扔过来带有肉汁的骨头。

三 开心万岁！

读者也许没有忘记，奇迹院有一部分围在城市的旧城墙之内，而城墙上的许多塔楼从那个时代起，开始坍塌成废墟。其中有一处塔楼被丐帮改造成寻欢作乐的场所。底层的大厅里有小酒店，其余的在以上各层。这座塔楼成为丐帮里最活跃，所以也是最丑恶的一处地方。这像是一座大得不得了的蜂房，白天黑夜，蜂房里嗡嗡声不绝于耳。当其他的乞讨者已经入睡，当广场的土墙上已经没有一扇点亮的窗子，当从这无数的

---

[22] 埃阿斯（Ajax）是荷马史诗里的英雄，特洛伊战争著名人物。曾在起风暴的时候，对天神挥拳，表示不服。

小屋子里，从这些蚂蚁窝里，住着窃贼、女孩、偷来的孩子或野种，再也听不见一声呼叫时，却总是可以根据声音认出来这座欢乐的塔楼里，有红红的灯光，照亮气窗，照亮窗子，照亮破墙上的裂缝，可以说从一切空隙里漏出来红红的灯光。

地窖便是小酒店。客人从一座矮门，从一座楼梯进出，楼梯之陡直，像是一句古典的亚历山大诗句。㉓ 门上有一幅精彩的涂鸦，当作店招，画了几枚新的苏，画了几只宰杀的小鸡，下方是这样一则文字游戏："给为死者敲钟的人"㉔。

一天晚上，熄火的钟声在巴黎各个塔楼敲响，巡逻队如果能获准进入可怕的奇迹院，准会注意到丐帮的酒店里，比平时更加喧闹，酒喝得更多，发誓发得更响。酒店外面，广场上，一小批一小批的人，聚在一起，低声说话，仿佛在酝酿某个重大的计划，各处都有人蹲着，在路上㉕磨蹩脚兵器的刀刃。

此时，就在酒店里，对今晚丐帮头脑里的想法而言，喝酒和赌博是压倒一切的消遣，反倒猜不出酒客到底是冲着什么而来。只是，他们的神情比往日里更开心，看得到每个人的胯间都有件武器闪光，一把砍刀，一把大斧，一柄双刃长剑，或者是旧火枪的钩子。

圆形的大厅非常大，但是桌子密集，酒客众多，酒店所能盛得下的东西，男人，女人，板凳，啤酒罐，喝的人，睡的人，赌的人，强壮的人，瘸腿的人，似乎乱糟糟堆积在一起，但又秩序井然，有条不紊，如同一堆牡蛎壳。桌子上都点燃了一些羊脂。不过，酒店里真正的照明器

㉓ 亚历山大诗句有 12 个音节，第 6 音节后有行中大顿。朗读时前 6 音节用升调，以后用急速的降调。

㉔ "新的苏，和宰杀的小鸡"，法文作"Aux so（ls）neu（fs）poulets trépassés"，取其谐音，可勉强读成"给为死者敲钟的人"

㉕ 当年巴黎的马路是砂石路面。

最后一笔钱
(Brion 画，Yon-Perrichon 刻)

具，在小酒店可以充当歌剧院大厅的大吊灯角色的东西，却是火。这酒窖里非常潮湿，所以火炉从不熄灭，即使盛夏季节也是。一座其大无比的壁炉，有雕花的壁炉架，高高低低的挂满铁制的沉重的柴架和厨房用具，炉里熊熊的大火，杂用木柴和泥煤烧火，到夜里，从村里的街上看，把铁匠铺子窗格子上的幽灵在对面墙上凸现出来，映照得通红通红的。一条大狗一本正经地坐在炉灰里，在火炭前转动挂着肉的铁钎[26]。

不管有多乱，第一眼就看得出这一大堆里主要有三组人，各自围在三个读者已经认识的人物四周。其中的一位，穿着稀奇古怪的奇装异服，挂着许多东方饰件，这是埃及和波希米亚的大公，马蒂阿斯·匈加底·斯皮卡里。这个无赖坐在一张桌子上，两腿交叉，指着空中，对围着他的张着大嘴的一张张脸，大声传讲他幻术和巫术的学问。另一个人群人越聚越多，围着我们的老朋友，武装到牙齿的英勇的祈韬大王克洛班·特鲁伊甫，他神情异常严肃，低声地在监管哄抢一个大大的大酒桶里的武器储备，当他的面打开大大的窟窿，倒出来大批的斧头、刀剑、铁帽、锁子甲、盔甲、箭镞、长矛和长枪的尖头，如同丰饶之角[27]里倒出来的苹果和葡萄。每个人都从一大堆里拿，有人拿高顶盔，有人拿长剑，有人拿十字手柄的短剑。连孩子们也武装起来，甚至双腿残缺的人也装上铠甲，经过酒客的腿弯之间，像是一只只胖胖的大金龟子。

最后，是第三批听众，最吵吵闹闹，最开开心心，也人数最多，塞满了一张张板凳和一张张桌子，一个细长的声音在夸夸其谈，在赌咒发誓，声音从沉甸甸的整套盔甲下出来，上起头盔，下到马刺。此人这般包裹在自己身上的全副甲胄之中，在战袍下人体完全消失，只看见一个

---

[26] 雨果写深夜地窖里小酒店的形象，让人联想到地狱的景象，“一条大狗”可以是地狱门口的那条恶狗，指某个丐帮。

[27] “丰饶之角”（corne d’abondance）源自古希腊象征胜利和丰饶的角状物，绘画和雕塑常见的“丰饶之角”里盛满水果，是西方程式化的象征物。

无耻的红红而上翘的鼻子，一排金色的卷发，一张粉红的嘴巴，和两只放肆的眼睛。他的腰带上挂满短刀和匕首，腰里插一把重剑，左侧是一张生锈的弩弓，面前有一大坛酒，还不算右边有一个衣衫不整的胖墩墩的姑娘。围着他的每一张嘴在笑，在骂，在喝。

还可以加上二十来个小一点的人群，跑堂的姑娘和小伙头上顶着罐子在跑，赌徒蹲着玩弹子，玩造房子，玩骰子，玩小母牛，玩激动的圆柱戏[28]，这边厢在争吵，那边厢在接吻，这样，我们才对整个场面有了一点了解，而这场面之上，有一堆熊熊的大火，火光在晃动，让小酒店的墙面上舞动起千百个其大无比又奇奇怪怪的黑影。

至于这声音，正是一口大钟狠狠敲打时钟身内部的声音。

滴油的大盆子里，油脂雨点般落下，毕毕剥剥的声音不绝于耳，填满了交谈的空隙，而这些谈话声从大厅的一头直达那一头，此起彼伏。

在这一片喧闹声中，在酒店的尽头，有一个低头沉思的哲学家，坐在壁炉里面的板凳上，两脚踩在炉灰里，眼望没有烧尽的木柴。他就是皮埃尔·甘果瓦。

“我们走吧，快！要快，拿好武器！一小时后出发！”克洛班·特鲁伊甫对他的圈内人说。

一个女孩哼着歌：

晚安，父亲和母亲，
谁最后，谁来熄火。[29]

两个玩牌的人在争吵。——“仆人![30]”两人中更面红耳赤的那人叫

㉘ 当年这些都是会被罚款的赌博项目。

㉙ 当年的生活，晚上临睡前用灰把火盖住，以备第二天清晨把火打开。

㉚ “仆人”是扑克牌里的“J”。

奇迹院的小酒店里
(Brion 画，Yon-Perrichon 刻)

丐帮纵酒作乐
(Foulquier 画，Rouget 刻)

道，给对手看看拳头："我要给你出梅花。你可以出牌时用国王[31]老爷代替梅花仆人!"

"哈!"诺曼底人嚎叫起來，他的鼻音重，可知是诺曼底人，"这儿的人，拥挤得像卡佑维尔[32]的圣像。"

"各位子民，"埃及大公对他的听众以尖厉的假声说道，"法国的女巫去赶女巫的夜会，不用扫把，不用抹油，不用坐骑，仅仅说几句咒语就行了。意大利的女巫在门口总有一头公山羊在等她们。但她们都得从壁炉里出去。"

㉛ "国王"是扑克牌里的"K"。

㉜ "拥挤得像卡佑维尔的圣像"是诺曼底的谚语。据说，卡佑维尔圣母院的圣像有五、六百尊之多。

一个年轻人，从头到脚武装起来，他的声音压住了全场的嘈杂喧闹声。

“万岁！万岁！”他喊道，“今天我第一次配备武器！丐帮！我是丐帮啦，奶奶的！给我斟酒！”——“朋友们，我叫约翰·弗鲁洛·杜穆兰，我是贵族。我这么想，如果上帝是差役，他也会抢劫。兄弟们，我们要去大军讨伐。我们是勇士。围困教堂，冲进大门，救出美丽的姑娘，把她从法官手里救出来，从神甫手里救出来，砸烂内院，在主教府里烧死主教。我们完成这一切，用不了一个市长喝完一勺汤的时间。我们的事业是正义的，我们要抢劫圣母院，一切便见分晓。我们要绞死伽西莫多。各位小姐，你们认识伽西莫多吗？你们可见过在盛大的圣灵降临节那天，他趴在大钟上喘气的场面吗？真他妈的！太棒了！像一个魔鬼骑在一张大嘴巴上。”——“朋友们，听我说，我打心底里就是一个丐帮，我的灵魂里就是个黑道，我生来就是丐帮的一员。我本来很有钱，我吃光了家当。我母亲要我做个军官，父亲要我做教堂的副主祭，我姑妈要我做稽查官，我祖母要我当国王的大法官，我姑婆要我当军事财务官。我，我自己当个丐帮。我对父亲说了，他冲着我的面咒骂我，我对母亲说了，她是老夫人，便抽抽搭搭，便口吐白沫，像是这个柴架上的这块木柴。开心万岁！我可是个笨手笨脚的人！老板娘，我的相好，再来一壶酒！我还有钱买酒。我可不要再上叙雷讷酒㉝，喝了喉咙难受。奶奶的熊！我都可以来上一篮子润润喉咙！”

此时，嘈杂的人群鼓掌，哈哈大笑。学生看到周围更加吵闹，叫道：“噢！吵得好！百姓兴奋，人人激动！”于是，他开始唱歌，眼睛仿佛陷入心醉神迷的境地，声调像议事司铎在唱晚钟经：“多好的圣歌！多

㉝ 叙雷讷（Surène）是巴黎西南郊的地名，所产的酒是劣质酒。

好的乐器！多好的赞歌！此地多好的乐曲声无穷无尽地在唱！甜蜜地响起颂歌的乐声，天使最美妙的乐曲声，是雅歌，多么令人赞美！……”他停下说：“魔鬼女掌柜的，给我上晚饭。”

这几乎是寂静无声的一刻，期间，轮到埃及大公刺耳的声音响起来，他在教导他的吉卜赛人：“鼬鼠叫阿杜因，狐狸叫蓝脚或林中客，狼叫灰脚或金脚，熊叫老人或爷爷。”——“地精的无边圆帽能使人隐形，能让人看到隐形的事物。”——“凡是接受洗礼的癞蛤蟆，应该穿红色或黑色的天鹅绒，颈子里挂个铃铛，脚上挂个铃铛。教父抓住脑袋，教母抓住屁股。”——“魔鬼西特拉加索姆有法力，能让女孩子光着屁股跳舞。”

“凭弥撒起誓！”约翰打断他的话，“我真想做这个魔鬼西特拉加索姆。”

此时，丐帮的人员继续在小酒店的那一头窃窃私语，装备武器。

“这个可怜的爱斯梅拉达姑娘！”一个吉卜赛人说，“这是我们的姐妹。”——“要把她救出来。”

“她还在圣母院里吗？”一个犹太人模样的破落商人说。

“那当然啦！”

“好啊，伙伴们！”破落商人叫嚷道，“打到圣母院去！最好没有，圣费雷奥尔和圣费雷西翁小教堂里，有两尊雕像，一尊是施洗者圣约翰，一尊是圣安东，两尊都是金像，总重十七马克[34]黄金又十五个艾斯特林[35]，而脚底的链子是镀金银质，重十七马克又五盎司。我知道这些，我是金匠。”

说到这儿，有人给约翰送来晚饭。他躺倒在邻座女孩的胸脯上叫

㉞ “马克”是金银的计量单位，重 8 盎司。

㉟ “艾斯特林”约重 1．5 克。

嚷："凭卢卡[36]的圣脸起誓，百姓称作圣高格卢[37]，我心满意足了。我前面有个笨蛋，那张嘴上无毛的大公脸在望着我。我的左侧又是一位，牙齿长长的，长得遮住了他的下巴。还有，我像蓬多瓦兹[38]被围时的吉耶元帅[39]，右边枕在一颗乳头上。"——"操他的！伙计！你的样子是个卖网球[40]的商贩，你过来坐在我身边！朋友啊，我是贵族。商品和贵族可是不相容的。滚出来吧。"——"喂！你们大家！你们别打了！怎么，好占便宜的巴蒂斯特，你的鼻子这么漂亮，你想拿你的鼻子在这个粗胚的大拳头上去冒险！笨蛋！并非每个人都有个好鼻子的。"——"你真是圣女，咬耳朵的雅克琳！你没有了头发真可惜。"——"喂！我叫约翰·弗鲁洛，我的哥哥是主教代理。让他见鬼去吧！我对你们说的，都是真话。我自己当丐帮，就满心欢喜地放弃我哥哥许诺给我天堂里的半座房子。大广场上的半座房子[41]，我引原文。我在蒂尔夏普街上有一处封地，所有的女人都爱上了我，这个千真万确，像圣埃卢瓦的确是个杰出的金银匠，巴黎这个宝贝城市的五大行业，的确是皮革业、矾鞣业、硝革业、制包业、制鞋业，圣洛朗[42]的确是和蛋壳一起被烧死的。我向你们保证，伙伴们，

如果我在此地撒谎，我就
一年内不喝滋补的甜酒！"

——"我的好亲亲，月色皎洁，透过气窗，看看那边，风把云吹得

---

[36] 卢卡（Lucques）是意大利邻近法国的小城市。

[37] 圣高格卢是民众对"卢卡的圣脸"读音的讹传。

[38] 蓬多瓦兹（Pontoise）是巴黎郊区小镇，1441 年被围 3 个月。

[39] 25 岁时擢升的吉耶元帅，在蓬多瓦兹被围时仅有 10 岁。

[40] 卖网球的是低等职业。

[41] 原文是拉丁文。"大广场"的词源意义是"天堂"。

[42] 圣洛朗是 3 世纪的殉教者，相传他和蛋壳一起被烧死。因此，后人有不把蛋壳扔到火里的说法。

七零八落！这样，我来整整你的颈饰。”——“丫头们，用手指给孩子和蜡烛擤擤鼻涕。”——“基督呀！真主呀！我吃的什么呀，朱庇特！喂！老鸨母！在你的姐儿们头上找不到的头发，却在你的炒鸡蛋里看到了。老婆子！我倒喜欢秃头的炒鸡蛋。让魔鬼把你变成塌鼻子！”——“在魔鬼头子的好客栈里，姐儿们用叉子梳头啊！”

这般说着，他在地上摔破盆子，开始没命地唱起来：

我，管他妈的娘！
我既不讲道义，
我也没有信仰，
没有炉子，房子，
没有国王，
没有上帝！

这时候，克洛班·特鲁伊甫已经把武器分发完毕。他走近甘果瓦，甘果瓦显得沉浸在深深的沉思默想中，两只脚搁在柴架上。

“皮埃尔老兄，”祈韬大王说，“你在想什么鬼东西？”

甘果瓦朝他回转身来，凄然一笑：“我喜欢火，亲爱的老爷。不是出于日常的理由：火可以暖脚，或可以煮汤，而是因为火有火星。有时候，我会一连几个小时看着火。我在炉膛黑黑的深处，在这些闪烁不定的星星里，发现好多好多东西。这些星星也是一个一个的世界。”

“我明白你的话就了不起啦！”丐帮说，“你知道几点了？”

“我不知道。”甘果瓦答道。

克洛班于是走近埃及大公。

“马蒂阿斯伙计，一刻钟的时间不好。有人说，路易十一国王在巴黎。”

“那更要把我们的姐妹从他的魔爪里救出来。”吉卜赛老头答道。

“你说话是个男子汉，马蒂阿斯，”祈韬大王说，“再说，我们干起来轻轻松松。教堂里不会有让人害怕的抵抗。教堂执事都是些兔子，我们人多势众。最高法院的人，明天来找她的时候，就大大上当了！操他妈的蛋！我才不要让他们把美女绞死呢！”

克洛班走出酒店。

在此期间，约翰以沙哑的声音叫嚷道：“我喝，我吃，我醉了，我是朱庇特！”——“哎！屠夫皮埃尔，如果你再这样看着我，我就用手指狠狠弹弹你的鼻子。”

甘果瓦这边，从沉思中被唤醒，开始察看周围狂热吵闹和熙熙攘攘的场面，从牙缝里喃喃道：“酒色淫乱，酒醉无度。唉！我不喝酒太对了，圣本笃说得多好：酒使人背弃宗教，甚至是智者[43]。”

此时，克洛班回来，声如洪钟地叫道：“午夜了。”

一听这三个字，等于是对休息的军队说上马出征，全体丐帮，男人、女人、孩子，迅速地成群冲出酒店，一片武器和金属的乒乒乓乓声。

月色朦胧。

奇迹院一片漆黑，没有一点亮光。但奇迹院远非空无一人。看得清奇迹院里一群群男人和女人，彼此低声说话。听得到他们在窃窃私语，看见黑暗中各种武器的闪光。克洛班登上一块巨石。“整队，黑话帮！”他喊道，“整队，埃及帮！整队，加利利帮！”黑暗中有动作展开。其大无比的人群似乎组成了纵队。几分钟后，祈韬大王又提高嗓门：“现在，不出声穿过巴黎！口令：‘闲逛小杵！’到了圣母院，才点燃火炬！上路！”

十分钟后，巡逻的骑兵队，面对长长的一队黑魆魆的人群，没有声

---

[43] 原文是拉丁文。圣本笃（saint Benoît，550 年卒）是西方修道士的始祖，著有《圣本笃教规》。

音，直奔兑币桥而来，在密密匝匝的菜市场区，穿越曲曲折折、纵横交错的大街小巷，一个个吓破了胆，望风而逃。

四 帮倒忙的朋友

这同一个夜里，伽西莫多没有睡。他刚在教堂里做完最后一遍巡视。他去关教堂大门的时候，没有注意到主教代理经过他身边时情绪不好，看着他给巨大的铁门框插上门闩，挂上大锁，这个铁门框让两扇宽大的门结实得像一座城墙。克洛德长老的神色比平日更心事重重。再说，自从小屋里半夜的那番遭遇后，他经常对伽西莫多恶脸相向。不过，他对聋子粗暴也没用，甚至有时候揍他，忠实的敲钟人还是低声下气，还是耐心伺候，还是毕恭毕敬，丝毫不受影响。凡是来自主教代理的行为，他一切都能承受。咒骂，威吓，拳头，他没有一声责备，没有一句怨言。最多，也只是在克洛德长老登上钟塔的楼梯时，他以不安的眼神看着他，不过主教代理自己却再没有在埃及姑娘眼前出现。

那天夜里，伽西莫多望了一眼他可怜的横遭遗弃的钟群，望一眼雅克琳、玛丽、蒂博，就自己登上北钟塔的顶楼，到了顶楼，他把密封良好、可以压住灯光的灯放在铅皮槽板上，开始观望巴黎。我们说过，夜色很黑。巴黎在那个时代，可以说是没有灯光的，眼睛看起来，就是模模糊糊的一堆黑色东西，间或被塞纳河微白的曲线切断。伽西莫多只是在远方有座建筑物的窗子里，看到有光亮，在圣安东城门一边，显露出这幢建筑物模糊又黝黑的侧影。[44] 那个地方也有个人在守夜。

---

[44] 这是国王路易十一所在的巴士底狱。巴士底狱的原意是设防的城堡。

敲钟人让他的独眼在天边的夜雾里任意眺望，同时在内心深处感到某种莫名的不安。几天以来，他一直在戒备着。他不断看到有些长相凶狠的人在教堂四周游荡，目光不离少女的藏身地。他想到也许针对不幸的避难女子，有人在酝酿什么阴谋。在他的想象中，民众对她怀有某种憎恨，如同憎恨他自己一样，想到也许就会发生什么不测的事情。因此，他在钟楼上守望着，如拉伯雷所说："他在沉思的地方沉思。"[45] 那只独眼望望那间小屋，望望巴黎，认真警戒，像一条忠心的狗，思想里一百个不放心。

突然，正当他用这只独眼探究这座偌大的城市，大自然出于某种补偿的机制，让他的独眼分外敏锐，可以替代伽西莫多身上缺少的其他器官。他觉得老皮货码头[46]的轮廓有点不对头，这个点上有东西在动，从白色水面上突显出来的栏杆线条和其他码头的线条相比，不是直线，不是静止的，看起来在扭动，像是江水的波浪，或者像人群行走时的脑袋。

他觉得这个事儿不对头。他更加集中注意力。运动似乎向着老城岛而来。又没有一点亮光。运动的情况在码头上持续了一点时间；接着慢慢流动起来，仿佛这股活动进入了老城岛的岛上；接着又突然停下，码头的线条又变成直线和静止不动了。

正当伽西莫多在紧张推测的时候，他感到这运动又在和圣母院正门横向相交的教堂大广场街上出现。最后，不论天有多黑，他看见纵队的头在这条街上涌来，一转眼工夫，人群在广场上散开，不过黑暗中无从分辨，只知道是人群。

这景象有其骇人之处。很有可能，看来这一列古怪的队伍在黑沉沉的黑夜里，非要隐而不露，以保持更为严格的安静。不过，总会有某种

㊺ 引文出自16世纪作家拉伯雷的《巨人传》第3卷。

㊻ "老皮货码头"（quai de la Vieille-Pelleterie）在老城岛的北端，在兑币桥和圣母桥之间。

声音传出来，即使是跺脚的声音。但是，这声音传不到聋子的耳中，对这大批的人群，他只看到一点恍惚的东西，却一无所闻。人群有动静，走得离他如此之近，就像是一大群亡灵，鸦雀无声，人不知，鬼不觉，消隐在迷雾之中。他似乎看到有一团满是人影的大雾朝他走来，看到众多影子在影影绰绰中乱动。

这时候，他又后怕起来，脑子里出现有人强抢埃及女人的念头。他模模糊糊觉得面临一场暴力的境地。当此紧急关头，他当机立断，思路之清晰和迅速，并非常人对一个如此糟糕的脑袋所能想象。他该不该叫醒埃及女人？让她逃跑？从哪里跑？街道都已被包围，教堂的退路是河。没有船！没有出路！——只有唯一的选择：在教堂的门槛上被杀，先奋力抵抗，如果来援兵，坚持到有增援。不要惊扰爱斯梅拉达姑娘的好梦。不幸的少女叫醒得太早会死的。主意既定，他立即更加平心静气地审视“敌情”。

大广场上的人群似乎越来越密密麻麻。只是他推想人群发出的声音是少之又少，既然街上和广场上的窗子仍然都关着。突然，有光亮了起来，一转眼，七八支火把在人的头顶上移动，在黑暗中摇晃着一团团的火。伽西莫多这才看清了大广场上有一大堆可怕的男男女女，此起彼伏，破衣烂衫，手持武器，长柄镰刀，镖枪，砍刀，长矛，数以千计的刀尖和枪尖在闪光。到处有黑乎乎的叉子，给这些凶狠的脸上长了犄角。他仿佛记起来这一群粗人，他以为认出来这一张张的脸，几个月以前，曾欢呼他为愚人王。有个男人一手举着火把，一手握着带皮条的鞭子，登上一块界石，像是在演说。同时，这支古怪的队伍有了动静，仿佛在教堂的四周各就各位。伽西莫多收起油灯，下到两座钟楼中间的平台上，要一看究竟，要考虑防卫的对策。

克洛德·特鲁伊甫来到圣母院高大的大门前，果然已布置好自己队伍的阵势。虽说他不必担心会有抵抗，但是作为谨慎的统帅，要保持队形，以便必要时对付巡逻队和巡视队的迅速攻击。他把自己的战斗队形组成一个个梯队，从高处远望，你会看成是埃格诺姆战役[47]中罗马的三角军阵，是亚历山大的猪首布阵[48]，或者是古斯塔夫-阿道尔夫[49]著名的侧翼阵势。这三角形的底部靠着广场的深处，可以封住大广场街；其中一侧正对市立医院，另一侧正对牛群圣彼得街。克洛班·特鲁伊甫自己在顶端，和埃及大公，和我们的朋友约翰，和最无畏的勇士在一起。

在中世纪的城市里，丐帮此刻对圣母院发动的攻击，并非是稀罕之事。我们今天所谓的“警察局”，当年并不存在。在居民众多的城市，尤其是首都，没有中央统一的可以调节的权力机关。封建制度以古怪的方式建起这些巨大的市镇。一座城市，就是千百个封建领地的集合体，再分成若干形状不同、大小不等的范围。由此产生出成百上千的相互矛盾的治安部门，这就是说：没有治安部门。举例说巴黎，独立在一百四十一个自认为要征集年贡的领地之外，有二十五个自认有治安权和需要征集年贡的领地，上自巴黎主教，拥有一百〇五条街道，下至田野圣母院的修道院院长，也有四条街。这一些有裁判权的封建领主，只是名义上承认国王的君主权力。每个领主都有权维持街道治安。每个领主都在自己家里当家作主。路易十一这位不屈不挠的工匠，开始大范围地拆除这个封建大建筑，由黎世留[50]和路易十四接棒，成就了王权，最后由米拉波[51]完成，成就了人民的主权。路易十一认真地努力捅破覆盖巴黎的这

---

[47] “埃格诺姆战役”（bataille d’Ecnome）是公元前156年罗马帝国和迦太基军队在西西里岛南边的海战。

[48] 亚历山大是马其顿国王亚历山大大帝（公元前356—前323）；“猪首”布阵是步兵的一种侧翼军阵。

[49] “古斯塔夫-阿道尔夫”是瑞典国王（1594—1632）。

[50] 黎世留（Richelieu，1585—1642）是红衣主教，是路易十三的宰相。

[51] 米拉波（Mirabeau，1749—1791）法国大革命初期反对王权的政治家和演说家。

张封建领主的网，雷厉风行地胡乱下过两三道全国治安的敕令。这样，到一四六五年，下令居民入夜以后在长窗前点亮蜡烛，把狗关起来，否则处以绞刑。同一年，下令晚上用铁链关闭街道，禁止夜间在街上佩戴短剑和进攻性武器。但是，不用多久，这种种市镇上的立法努力又遭废弃。市民任由夜风吹灭窗前的蜡烛，让狗到处乱跑；铁链只有在戒严时才拉起来；不准佩短剑的禁令带来的唯一变化，是“割嘴街”的名字换成了“割胸街”，这是显而易见的进步。封建裁判权的古老框架仍然屹立不动；大法官辖区和领主领地重重叠叠一大堆，在城市里相互交叉，相互妨碍，相互纠缠，相互胡乱交织，相互侵占；密集的巡逻队、巡逻小队和巡逻分队没用，手持武器的抢劫、掠夺和暴乱都通得过。在此混乱的环境里，在居民众多的地区，有部分群氓对一座宫殿，对一处府邸，对一座住宅，发动这些突然袭击，算不得稀罕事件。大部分情况下，左邻右舍并不出面干预，除非抢劫抢到自己家里来。听到放枪的声音，他们捂住耳朵，关上百叶窗，堵住大门，让争斗借助巡逻队或者自行平息下来，第二天，巴黎人彼此说：“昨天夜里，有人闯到艾蒂安·巴贝特[52]家里闹事啦。”——“克莱蒙元帅[53]被劫持了，等等。”因此，不仅仅王家大宅，卢浮宫、司法宫、巴士底城堡、巴黎高等法院刑事部，而且普通的领主宅第、小波旁宫、桑斯府邸[54]、昂古莱姆府邸，等等，在墙上也有雉堞，大门上也有突堞[55]。教堂因为是圣地，得以保全。但也有的教堂，圣母院不在其内，还是筑有防御工事的。草地圣日耳曼修道院院长像一个男爵，筑有雉堞，他家里耗费的黄铜，用来铸造铜炮的比铸造铜钟的更多。他家的工事到一六一〇年还能看到。今天，勉强只剩他的

---

[52] 艾蒂安·巴贝特是商界领袖，1306 年圣诞节，他府邸的园子里有人闹事。

[53] 1358 年，商界总管艾蒂安·马塞尔指使人谋杀罗贝尔·德·克莱蒙元帅。

[54] 桑斯府邸是巴黎大主教的宅第。

[55] 突堞的堞眼向下。

教堂了。

言归正传，再说圣母院。

第一批布置完成后，我们应该对丐帮的纪律说句公道话，克洛班的命令得到无声的执行，而且精确得令人赞叹，这帮人可敬的首领登上大广场的护栏[56]，提高他沙哑和怒气冲冲的嗓子，面朝圣母院，摇晃着火把，被风一吹，火光不时被烟雾挡住，教堂微微发红的大墙看起来时隐时现。

"我对你喊话，你路易·德·博蒙[57]，巴黎的主教，最高法院的参事，我，我是克洛班·特鲁伊甫，是祈韬大王，是大科埃斯尔，黑话王子，愚人的主教，我对你喊话：我们的姐妹，错判巫术有罪，躲进你的教堂里。你应该庇护她，保护她。而最高法院想把她从这儿押解回去，你也同意。这样，如果上帝和丐帮不在，明天就会把她在沙滩广场绞死。所以，我们来找你，主教。如果你的教堂神圣不可侵犯，我们的姐妹也神圣不可侵犯；如果我们的姐妹并非神圣不可侵犯，那你的教堂也并非神圣不可侵犯。这就是为什么我们催促你把少女交出来，如果你想挽救你的教堂，否则，我们要夺回少女，否则，我们要抢夺教堂。那样也好。我在此插上我的旗帜，特此证明，让上帝保佑你吧，巴黎的主教!"

可怜伽西莫多没能听到这些话，说得何等威风，阴气逼人，野气骄纵。一名乞丐把克洛班的旗呈上去，他郑重其事地把旗竖在两块路石中间。旗是一把有齿的叉子，挂着血淋淋的一块野兽的腐尸。

王旗插好，祈韬大王转过身子，对自己的军队扫了一眼，这粗野的一大群人，眼睛闪光，和矛头一般。休息片刻后，"冲啊，孩子们!"他喊道，"干吧，好汉们。"

---

[56] 当时巴黎圣母院的大广场比老城岛高出大约2. 5米，四周有矮墙。

[57] 路易·德·博蒙（Louis de Beaumont）于1473—1492年任巴黎主教。

祈韬大王的喊话
(Brion 画，Yon-Perrichon 刻)

三十名壮实的汉子，虎背熊腰，脸色铁青，走出队列，肩上扛着锤子、钳子和铁条。他们向教堂的中央大门走来，走上台阶。马上，大家看见他们一个个蹲在拱门下面，用钳子和杠杆拆卸大门。一群丐帮尾随其后，或当助手，或者旁观。大门的十一级台阶上是密密麻麻的人。

此时，大门岿然不动。“见鬼！门又坚固，又顽固！”一个人说。——“门老了，软的部分变硬了。”另一个人说。——“加油，伙伴们！”克洛班接着说，“我拿我的脑袋换一只拖鞋，担保没有一个教堂执事醒来之前，你们就会打开大门，救出女孩，把主祭坛扒光。行了！我想这锁不行了。”

克洛班的话被一声巨响打断，响声在他身后震荡不已。他转过身子。一根粗大的木梁刚刚从天而降，在教堂的台阶上压死十来个人，并以隆隆的响声在马路上蹦蹦跳跳，又在乞丐群里压断了不少人的腿，人群哭爹叫娘，闪到了两旁。转眼间，大广场狭窄的范围内空无一人。好汉们虽有拱门的隆起保护，已放弃攻门，就是克洛班自己，也退到教堂的安全距离以外。

“好险！我及时躲开了！”约翰喊道，“我感到有一阵风，奶奶的！不过，蛮汉皮埃尔被砸死了！”

和这帮盗贼头上的这根木梁同时降临的惊讶和恐惧，真是一言难尽。几分钟后，他们抬头望向天空，对这块木头惊愕和沮丧的神情，胜过来了国王的两万弓箭手。

“撒旦！”埃及大公咕哝道，“这倒有巫术的味道！”——“这是月亮向我们扔下来的劈柴。”红发安德利说。——“这么看，”咏李子弗朗索瓦也说，“月亮是圣母的朋友！”——“真操蛋！”克洛班叫嚷，“你们每个人都是废物！”可他也不知道如何解释这块落下来的大梁。

这期间，大墙上看不清什么东西，火把的火光到不了大墙的上部。

沉甸甸的木梁躺在大广场的中间，只听见可怜虫们的一片哀号声，他们遭受大梁的第一波撞击，有人的肚子在石级的角上被拦腰压成两段。

对祈韬大王而言，最初的惊讶过后，找到一种解释，对伙伴们似乎也说得过去。——“真他妈的！是教堂执事在抵抗？那就搜！下手搜！”

“搜！”嘈杂的人群回应道，发出一阵疯狂的欢呼声。于是，对着教堂的大墙，弓弩和火枪一阵齐发。听到这阵枪声，四周邻近屋子里安宁的居民被惊醒过来：看到一扇扇窗子打开，一顶顶就寝的圆帽，一只只握着蜡烛的手，在窗格上出现。——“对窗子射击。”克洛班叫道。窗子马上都关上，可怜的市民，才来得及对这个闪着亮光和人声喧闹的场面，惶惶不安地望上一眼，吓出一身冷汗，回到自己老婆身边，思忖着圣母院大广场上，现在是否举行巫魔的夜会，或者是勃艮第人又来攻击，像六四年一样[58]。于是，丈夫们想到了强盗，妻子们想到了强奸，人人都吓得发抖。

“搜！”黑话帮的人回应说，但是他们不敢靠近。他们望望教堂；他们望望木梁。木梁一动不动，建筑物仍然是安静和空旷的样子；但有点东西让丐帮全身冰凉。

“好汉们，干吧！”特鲁伊甫叫道，“把大门撞开。”

没有人敢动一步。

“混账！”克洛班说，“一帮男子汉，竟害怕一根椽子。”

好汉里一名老将对他禀报。

“头儿！不是椽子让我们麻烦，而是大门上全用铁条箍住了。钳子根本用不上。”

“那你们要怎么撞开门？”克洛班问。

---

[58] 1464年，巴黎被对抗封建诸侯的“公益同盟”围困。

“啊！我们要一台攻城槌。”

祈韬大王若无其事地向吓人的木梁跑去，一脚踩在木梁上。“这就是攻城槌，”他喊道，“倒是教堂执事给你们送来的。”他向教堂这边嘲弄地致敬示谢：“谢谢了，执事们!”

他的挑战态度效果好极了，木梁的魔力被破了。丐帮们重整旗鼓。马上，沉甸甸的木梁被两百条强壮的臂膀像一支笔一样端起来，发疯地撞向已经开始晃动的大门。丐帮不多的几支火把在广场上映照出若明若暗的光线，要是有人看到这根长长的木梁，被一大群男人这般托举起来，跑动起来，急急冲向教堂，会以为看到一条大得怕人的蜈蚣，低着脑袋，在攻击这座石头的巨人。

半身是金属的大门，被木梁一撞，发出像是一面大鼓的鼓声。大门毫发无伤，但是大教堂的上上下下在颤抖，听得到整座建筑物深处的空隙部分在轰鸣。与此同时，巨石开始雨点般从大墙的高处落下，砸在攻击者身上。——“见鬼!”约翰叫道，“难道是两座钟楼把栏杆抖落在我们头上了?”不过，箭在弦上，不得不发，祈韬大王以身作则。毫无悬念，主教在抵抗，众人攻门，更加放肆，纵然有石块纷纷落下，砸烂一颗颗脑壳。

值得注意的事情，石头是一块接着一块打落下来的，相互的间隙很短。黑话帮总是感到两块石头同时落下，一块打在腿上，一块砸在头上。几乎没人不挨到石头，说话间，躺下一大片死者和伤者，在攻击者的脚下有的流血，有的抽搐。攻击者现在变得疯狂，一个个前赴后继。长长的木梁继续有节奏地撞击大门，像吊悬大钟的横梁，石头继续雨点般落下，大门继续在吼叫。

读者大概不会猜想到，让丐帮大吃苦头的这番出其不意的抵抗，来自伽西莫多。

很不幸，纯粹是偶然帮了这个聋子好人的忙。

当他下楼走到两座钟塔中间的平台时，他头脑里的思想乱成一团。他沿着廊台跑了几分钟，走去走来，六神无主，从上面看到密密集集的丐帮，准备冲击教堂，他又求魔鬼，又求上帝，希望能救出埃及姑娘。他一时间想到登上南钟塔[59]，去敲响警钟。但是，他还来不及把钟晃动起来，玛丽洪亮的钟声还来不及敲响一下，教堂大门会有充足的时间被撞开吗？不早不晚，这正是好汉们带着锁匠的家伙走向大门的时候。怎么办？

突然，他想起白天有几个工匠在修缮南塔楼的墙面、钟架和屋面。这正是灵光一闪。墙是石头的，屋顶是铅皮的，钟架是木头的。(这座神奇的钟架，密密匝匝，被称之为“森林”。)

伽西莫多跑上这座钟塔。下面的几间屋子果然堆满了建筑用料。有碎石，有成卷的铅皮，有一捆一捆的木板条，有已经锯好的椽子，有成堆的石灰渣。整整一座弹药库。

刻不容缓。楼下的桩子和锤子在忙个不停。他鼓起勇气，想到危在旦夕，更力气倍增，他抬起一根木梁，最重和最长的一根木梁。他通过一扇气窗，把大木梁拉出来，再从钟塔外面接住，顺着平台四周栏杆的斜角，把木梁滑将下去，一放手，掉下深渊。巨大的木梁在这般落下一百六十法尺[60]的过程中，刮到了墙面，砸碎了雕像，自身多次翻转，像风车的一只翅膀，独自在空中翻动。最后，木梁落地，而惊叫升起，黑乎乎的大梁在路上连蹦带跳，像是一条大蛇在跳跃。

伽西莫多看到丐帮在大梁落下时四散逃窜，仿佛是孩子对灰尘吹口气。他借他们恐怖的时候，正当他们以迷信的目光，注视这条从天而降

---

59 据杜布勒的记载，南钟塔里两座钟的名字叫“玛丽”和“雅克琳”。

60 约相当于 62 米的高度。

的大头棒时，正当他们放箭放炮，戳瞎圣人石像的眼睛时，伽西莫多从从容容地堆起一堆堆的石灰渣、石头和碎石，甚至收集工匠的工具袋，堆放在栏杆的外缘上，刚才大梁就是从外缘上飞下去的。

这样，等他们开始敲打大门的时候，碎石开始像冰雹般落下，他们以为教堂在自己的头上散架了。

此时此刻，如果有人能看见伽西莫多，一定会感到惊骇。且不说他已经在栏杆上堆好投掷的东西，他在平台上也码起了一大堆石头。叠放在栏杆外缘的碎石用完，他就拿地上的一堆。于是，他弯下腰，他直起腰，他再弯下腰，他再直起腰，忙得不亦乐乎。他矮子的大脑袋伸到了栏杆的外面，便有大石头扔下，又是一大块，又是一大块。他不时用独眼跟随一块漂亮的石头望下去，如果击中目标，他就说："哼!"

这时候，乞丐们并没有泄气。他们拼命攻打的厚实大门，被他们的橡木攻城槌撞击，加上百个男人的力气，已经二十多次摇晃起来。壁板撕裂，铜件爆裂，铰链每有一次震动，便在螺钉上激烈抖动，木板开裂，木头在铁条间被挤成木粉掉落下来。伽西莫多真是侥幸，幸好铁件多于木头。

他也感到大门在摇摇晃晃。虽然他听不到，而攻城槌每撞一下，同时在教堂的空洞内和他的五脏六腑内回响。他俯视到丐帮满怀胜利的喜悦，又无比愤慨，用拳头指着黑蒙蒙的大墙。他为埃及女人，也为自己，羡慕猫头鹰有一对翅膀，猫头鹰在他头上一批又一批飞逝远去。

他雨点般的碎石，还是挡不住这些攻击者。

正在此危急时刻，他注意到：在他压死黑话帮的栏杆下方，有两条长长的石头檐槽，会把雨水倾泻到大门的上方。这两条檐槽的开口处，通向平台上的路面。好一个念头：他奔去自己敲钟人的斗室，找来一捆木柴，在木柴上放上好多好多捆木条和好多好多卷铅皮，这是他尚未用上的弹药，等他把这堆木柴放在两条檐槽的口上，用油灯点上火。

这期间，没有石头落下，丐帮也不再仰望天空。盗贼们像是气喘吁吁的一群猎犬，逼着野猪从窝里出来，在大门四周人头攒动，喧嚣叫嚷，大门已被攻城槌撞得面目全非，但仍然不倒。他们万分兴奋地等待着最后一击，这会是撞破大门的一击。人人争相待在最近的位置，大门开时，可以第一批冲进这座富得流油的大教堂，三个世纪以来积攒的财富汇聚到这个巨大的藏宝地。他们相互告知：发出欢乐和贪婪的吼声，有美丽的银十字架，有美丽的刺绣披风，有美丽的镀金银墓，有极尽华丽之能事的唱诗班，有目迷五色的节庆用具，有圣诞节流光溢彩的火炬，有复活节光彩夺目的太阳。这种种华丽庄严的节庆上，圣人遗骸盒，大烛台，圣体盒，圣体柜，圣物盒，一件一件，摆在祭坛上，罗列起来，给祭坛铺上一层黄金和钻石。当然，在此千金难买的一刻，麻风病患者和水肿溃疡者，满嘴黑话的放荡之徒和火灾受害者，想的远不是解救埃及女人，而是抢劫圣母院。我们甚至更愿意相信：对他们中间的很多人而言，爱斯梅拉达姑娘只是一个借口，如果窃贼需要找借口的话。

突然，正当他们围着攻城槌聚集一起，准备最后一击，人人都屏住呼吸，抽紧肌肉，为关键一击拼足全力时，从他们中间传出一声嚎叫，比刚才木梁下发出又消失的嚎叫更恐怖。那些没有叫喊的人一看，那些还活着的人一看：两条熔化的铅液，从建筑物高处落下，落在嘈杂人群最密集的地方。这片人海在沸腾的金属下塌陷下来，在铅流落下的两个点上，在人群里造成两个冒烟的黑窟窿，像是热水浇在雪地上的样子。看得到两处窟窿里烧得半焦的垂死者在翻动，发出痛苦的嘶叫。这两股主流的四周，有这场恶雨的星星点点，散落在攻击者身上，像火焰的螺丝钻进脑壳。这是一场沉重的火，用千百颗火的冰雹，把这些可怜虫打得千疮百孔。

喊叫声撕心裂肺。他们乱哄哄地逃命，把大梁丢弃在尸体身上，胆小如鼠者逃，气壮如牛者也逃，大广场第二次空无一人。

每个人的眼睛都向教堂的高处望去。他们看到的景象非同寻常。在最高一层的平台顶部，比中央大花窗更高的地方，在两座钟楼的中间，升起一堆熊熊大火，夹带着滚滚飞扬的火星，大火随处飞舞，火势凶猛，有风刮来，不时吹走一片，混入浓烟。在大火的下方，在黑乎乎的被烧得通红的三叶饰的栏杆下方，两条檐槽是怪兽的大嘴，不停地喷吐出这样燃烧的火雨，变成银白色的溪流，凸显在黑黑的大墙下方。两条液态的铅流愈接近地面，成为宽宽的火束，像是从洒水壶的千百个细孔里出来的水流。而在火焰的上方，两座巍巍的钟塔，看到的是截然分明的两张脸，一张脸漆黑，一张脸通红，因为钟楼打到天空里的黑影大得无边，看起来比平日更加高大。钟楼上数不清的鬼怪和螭龙雕塑，露出一副凄惨的面目。火焰不安分的火光让它们看起来像是在动。有的吞婴蛇露出笑的样子，有的兽形檐槽听得到在吱吱尖叫，有的蝾螈[61]在吹火，有的怪龙在烟雾里打喷嚏。在这些被大火从石梦中惊醒的怪兽中间，有一头怪兽不时在燃烧的柴堆前头经过，像蜡烛前面的一只蝙蝠。

这座古怪的灯塔，大概会唤醒远处比塞特[62]山冈上的樵夫，他恐怖地看到圣母院两座钟楼巨大的黑影，在他的矮丛林上摇晃不已。

丐帮里出现一阵恐怖的寂静，此时只听见教堂执事们报警的呼叫，他们关在内院，比马厩着了火的马匹更紧张，只听见窗子很快开启后又更快关上的稍纵即逝的声音，只听见民居和市立医院屋内乱哄哄的声音，只听见火堆里的呼呼风声，只听见垂死者最后的呻吟声，以及路面上铅雨持续不断的噼噼啪啪声。

---

[61] 法国民间相信蝾螈生活在火中。

[62] 比塞特（Bicêtre）在巴黎南郊，当时是山冈上的一座村庄。

攻打圣母院
(Chifflart 画，Joliet 刻)

此时，丐帮的主力退缩到贡特洛里耶府上的大门内，开会商议。埃及大公坐在一块界石上，以虔诚的畏惧观望着出乎想象的那堆火堆，照亮二百古尺[63]上的天空。克洛班·特鲁伊甫狠狠地咬自己的拳头。——“进不去了！”他在牙缝里嘀咕道。

“一座古老的教堂成仙了！”吉卜赛老头马蒂阿斯·匈加底·斯皮卡里咕哝道。

“凭教主的小胡子说！”一个头发花白的假伤兵接着说，他倒真是当过兵，“教堂的檐槽给你们喷吐熔化的铅液，比莱克图尔[64]的突堞更厉害。”

“你们都看到了这个在大火前走来走去的魔鬼吧？”埃及大公叫嚷道。

“没错，”克洛班说，“是这个该死的敲钟人，伽西莫多。”

吉卜赛人摇摇头。“我呀，我跟你说，这是萨布纳克鬼[65]，是伟大的侯爵，是堡垒的魔鬼。他的外表是带枪的士兵，长着狮子的脑袋。他有时骑一匹丑陋的马。他把人变成石头，再用石头建造高塔。他指挥五十个军团。正是他，我认出他来了。有时候，他像土耳其人那样，穿一件漂亮的金丝长袍。”

“星星美葡萄在哪儿？”克洛班问。

“他死了。”一个女乞丐答道。

红发安德利傻乎乎地笑着。“圣母院可让市立医院忙活了。”他说。

“那就没法敲开这扇大门啦？”祈韬大王叫嚷，用脚蹬蹬地。

埃及大公伤心地用手指指两条热气腾腾的铅流，还在不断地划破黑

---

[63] 200古尺约合今天的65米。

[64] 莱克图尔（Lectoure）是阿玛尼阿克王族的首府，1469—1473年间，遭遇路易十一军队的长期围城。这个老兵大概曾参加过围城的战斗。

[65] “萨布纳克鬼”的名字，雨果借自《地狱词典》。以土耳其人的打扮，源自阿尔及尔国王的使馆资料。这些古怪的头衔和提法，多有所本。

黑的大墙，像两杆长长的发出磷光的纺锤。“有人见过，有些教堂曾经这样自己捍卫自己，”他叹一口气插话，“君士坦丁堡的圣索菲亚大教堂，距今有四十年了[66]，曾连续三次把穆罕默德的新月打翻在地，推到自己的大圆屋顶，是教堂的脑袋。但巴黎的纪尧姆建造了这座教堂，他是巫师。”

“那么，是否就像几个瘪三，灰溜溜地一走了事呢？”克洛班说，“把我们的姐妹留下来，让这些狼心狗肺的人明天把她绞死呢？”

“还要留下圣物储藏室，里面可有成车成车的黄金啊！”一名丐帮加上一句，可惜我们不知道此人名字。

“去他妈的蛋！”特鲁伊甫叫道。

“再试一次。”这名丐帮又说。

马蒂阿斯·匈加底摇摇头：“我们从大门进不去了。要找到这个仙女老太盔甲上的漏洞。一个窟窿，一条暗道，一条通道什么的。”

“谁能去？”克洛班说，“我再回去。”——“对了，小个子学生约翰在什么地方，他可是半瓶子醋啊？”

“他大概死了，”有人回答，“没人再听见他笑了。”

祈韬大王皱一皱眉头。

“活该。这瓶醋里倒有一颗正直的心。”——“那皮埃尔·甘果瓦师傅呢？”

“克洛班首领，”红发安德利说，“我们才走到兑币桥，他就溜了。”

克洛班跺跺脚。——“狗娘养的！是他把我们推到这里来的，忙到节骨眼上，他把我们甩在这儿了！”——“足蹬拖鞋，又夸夸其谈的懦夫！”

---

[66] 土耳其人攻占君士坦丁堡的时间是1453年，距书中故事发生的时间30年。

“克洛班首领，”红发安德利叫起来，他朝大广场街望去，“小个子学生来了。”

“感谢普路托[67]！”克洛班说，“但他身后拖来什么鬼东西啊！”

果然，这是约翰，他极尽所能地快步跑来，不管身穿沉甸甸的游侠服装，不管身后在路面上拖一架长长的梯子，比一只蚂蚁拖动比自己长二十倍的一枚叶子更气喘吁吁。

“成功啦！感恩赞美！”学生叫道，“这是圣朗特利港[68]卸货的梯子。”

克洛班走近他：“孩子，你想用这张梯子干什么，活见鬼？”

“我有梯子了，”约翰喘着气说，“我早知道这张梯子的地方。”——“在司令官屋子的棚子下。”——“那儿有个我认识的姑娘，她觉得我美得像个小爱神。”——“我利用这机会拿到梯子，我有了梯子，乖乖！”——“可怜的姑娘只穿着衬衣来给我开门。”

“好啊，”克洛班说，“不过，你要这梯子干吗用啊？”

约翰望望他，神色调皮又能干，把手指像响板一样掰得咯咯响。此刻，他很崇高。他头上是一顶头盔，这种头盔承载了十五世纪，以其古怪离奇的鸡冠状盔顶而吓退敌人。这顶头盔能伸出十张铁嘴，让约翰可以在荷马史诗中涅斯托耳[69]的船上，一争令人畏惧的“装有十个马刺”[70]这个修饰词。

“我想到有什么用场，尊贵的祈韬大王？你有没有看到，那边三座大门的上方，脸色像蠢货的一排雕像？”

“看到。哎，那又怎样？”

---

[67] 普路托（Pluto）是罗马神话里的冥王。

[68] 圣朗特利港在圣母院内院的北边。

[69] 涅斯托耳（Nestor）是荷马史诗中最年老的英雄，皮罗斯国王，特洛伊战争中率领十条战船参战。

[70] 原文是希腊文。

“这是法国国王像的长廊。”

“这与我有什么关系?”克洛班说。

“且慢!这石像长廊的尽头,有一扇门,只用插销关的门,有了梯子,我爬上去,我就进入教堂了。”

“孩子,让我第一个爬上去。”

“不行,伙计,梯子是我的。过来,你第二个。”

“让佩尔齐伯特掐死你!”暴躁的克洛班说,“我不愿意落在任何人的后面。”

“那行,克洛班,去找一架梯子!”

约翰开始全广场跑,拖着他的梯子,喊道:“跟我来,孩子们!”

不消片刻工夫,梯子已经架起来,靠在边上一扇大门上方下层长廊的栏杆上。丐帮的群众发出响亮的欢呼声,纷纷挤在梯子下,等着爬上去。可是约翰坚持他的权利,第一个把脚踩到梯级上。上梯这段路很长。法国历代国王的长廊,今天大约高出地面六十法尺[71]。十一级的台阶,让长廊更高了一些[72]。约翰慢慢地爬,穿着重重的盔甲很不方便,一手执梯,一手握弩。他爬到梯子的一半时,忧伤地望了一眼死去的可怜的黑话帮,在台阶上横七竖八躺着。“唉!”他说道,“这一大堆的尸体,和《伊利亚特》的第五歌[73]不相上下。”接着他继续往上爬。如果看到黑暗中,这条身穿甲衣的后背组成的一条线,起伏上升,真会以为是一条长着钢鳞的长蛇,在攻击教堂。约翰领头,吹着哨子,更使幻觉显得逼真。

学生终于抓到了长廊的阳台栏杆,在全体丐帮的掌声中,轻轻松松

---

[71] 大约20米高。

[72] 这台阶指从街上登上大广场的台阶,不在广场和大教堂之间。

[73] 荷马《伊利亚特》第五歌的开始,是血腥和屠杀的场面。

爬上梯子

（Brion 画，Yon-Perrichon 刻）

地跨过栏杆。他这般攻下堡垒，人群发出一声欢呼，可他突然停下，呆若木鸡。他瞥见一尊国王雕像后面，伽西莫多躲在黑暗中，独眼闪出光芒。

没等到第二个进攻者的脚踏上长廊，力大无穷的驼背一跃跳到梯子上头，一声不吭，用两只强劲的手，抓住梯子两个梯脚的头，把梯子抬起来，推出墙外，在一片恐惧的喊叫声中，把上上下下站满丐帮的有韧性的长梯摇晃一下，使出超人的力气，猛然把这一大摞人扔到了广场。一时间，最铁杆的人也颤抖不已。梯子向后被扔出去，有一刻停在半空中，似乎犹豫不决，然后晃动一下，接着突然划出一个有八十法尺(74)半径的圆弧形，夹带着满梯子的盗贼，摔落在地上，比吊桥的铁链子断了落下来更快。一片惊天动地的咒骂声，接着一切归于寂静，一些断胳膊缺腿的倒霉蛋，从一堆堆死者中爬出来撤走。

进攻者呼痛和愤怒的喧闹声，替代了最初胜利的喊叫声。伽西莫多不动声色，两个肘子支在栏杆上，望着这一切。他的样子，像一个长发飘然的老国王，站在自己窗前眺望。

而约翰·弗鲁洛，他的处境岌岌可危。他和可怕的敲钟人在长廊里，独自一人，和自己的伙伴们隔着一座八十法尺厚的垂直高墙。乘着伽西莫多在对付梯子，学生向他以为是开着的插销门跑去。没门。聋子走进长廊时，在身后把门关上了。约翰于是躲在一尊国王石像身后，大气儿也不敢出。一副吓坏了的面色，望着力大无穷的驼背，如同有个男人，追求动物园门卫的妻子，一天晚上去幽会，翻墙时翻错了墙，突然面对面看到是一头大白熊。

聋子一开始没有注意到他。但他终于转过头来，一下子站直身子。

---

(74) 80法尺相当于25米左右。

他望见了学生。

约翰准备挨一顿猛揍，可是聋子待着不动，他不过朝他望着的学生转身过来。

“喂！喂！”约翰说，“你干吗瞪着这只忧伤的独眼望着我?”

小伙子一边这么说，一边暗地里备好他的弩弓。

“伽西莫多!”他喊道，“我要给你换个绰号：以后大家叫你瞎子。”

弩箭射出。带羽毛的旋转箭呼哨一声，投向驼背的左臂。伽西莫多的反应，还不如当年法拉蒙国王[75]擦破点皮。他用手摸摸这支箭，把箭从胳膊上拔出来，心安理得地把箭在他粗壮的膝头折断。他让两段箭掉落在地上，而不是扔在地上。可是，约翰来不及第二次把箭射出去。箭断了，伽西莫多猛然吹一口气，像只蝗虫一跳，扑到学生身上，学生的盔甲一下子被墙挤扁了。

这时候，在这种火把的火光飘动的似明又暗的背景下，大家隐隐约约看到了一个恐怖的场面。

伽西莫多已经用左手把不再挣扎的约翰的双臂抱住，他感到彻底完蛋了。聋子用右手把他的全套盔甲一件又一件地拆下来，一声不响，慢得分外可怕，佩剑，一把把匕首，头盔，护胸甲，两条臂铠。仿佛一只猴子在剥一颗核桃。伽西莫多把学生的铁皮外壳一块一块，扔在脚下。

当学生看到自己在两只吓人的大手里，先被缴了械，又被剥光身子，虚弱，赤裸，他不想再和这个聋子说话，而是开始冲着他的脸，嬉皮笑脸地笑起来，以十六岁的孩子天不怕地不怕的无所谓态度，唱起一首当年很流行的歌曲：

---

[75] 法拉蒙国王（roi Pharamond）是传说中法国墨洛温王朝创建人的父亲。

约翰被扔了下去

(Brion 画，Yon-Perrichon 刻)

全城穿得很漂亮，
康布雷[76]这座城市，
马拉凡[77]把城抢光。

他没有唱完。众人看到伽西莫多站立在长廊的护墙上，一只手握住学生的两只脚，让他像一只弹弓，倒挂在深渊之上转起来。接着，大家听到像是脑壳撞墙后破裂的声音，看到有什么东西落下三分之一时停在建筑物的突出处。那是一具尸体，挂在那儿，断成两截，腰部断裂，脑壳空空的。

丐帮里发出一声恐怖的喊叫声。——“报仇!”克洛班喊道。——“洗劫!”群众回应道。——“冲啊！冲啊!”——于是，一声无与伦比的嚎叫，叫声里有各种各样的语言，有各种各样的方言，有各种各样的乡音。可怜的学生之死，在这些群众里激起了发疯的狂热。耻辱，还有在教堂前被一个驼背反反复复挫败的愤怒，左右了他们。他们发狂地找来一张张梯子，发狂地举起一把把火把，不消几分钟，伽西莫多慌了，看到这群恐怖的蚂蚁，从四面八方上来攻打圣母院。那些没有梯子的人有打了绳结的绳子，那些没有绳子的人爬上雕像的突出部分。他们相互悬挂在彼此的破衣烂衫上。确实无法对付这一张张潮水般涌来的可怕的脸；发狂后这一张张顽强的脸膛满面红光；他们布满尘土的额头在淌汗；他们的眼睛炯炯有神；这一张张怪脸，这一张张丑脸，团团围住了伽西莫多。真像是另有一座教堂，派来魔头，派来恶狗，派来毒蛇，派来鬼怪，派来最匪夷所思的雕像，来攻打圣母院。仿佛大墙的石头怪兽上，贴上了一层鲜活的怪兽。

---

[76] 康布雷（Cambrai）今天是北方省的城市，历史上曾是法兰克人的重镇。

[77] 马拉凡（Marafin）是路易十一委派到康布雷的长官。

此时，广场上的上千把火把，已是星星点点。这幅乱糟糟的场景一直淹没在黑暗之中，猛一下火光照天。明亮的大广场把光芒照射到天空中，高层平台上点燃的火堆一直在燃烧，照亮了远处的城市。两座钟塔巨大的阴影，在远处巴黎的屋顶上得到放大，在这片光亮中显现出来一大片黑乎乎的弧形缺口。城市似乎为之激动不已。远处有警钟在哀悼。丐帮的人在嚎叫，在喘气，在赌咒，在往上爬。伽西莫多面对数不尽的敌人已是无能为力，为埃及女人而颤抖，看到一张张发狂的脸越来越靠近他的长廊，祈求老天降下奇迹，绝望地扭动自己的双臂。

五　法兰西的路易老爷的诵经密室

读者也许没有忘记，伽西莫多在远远瞥见一大群黑乎乎的丐帮前一刻，从钟楼顶上察看巴黎，只看见有一点光亮，这是圣安东门旁边某幢建筑物最高一层玻璃窗上的一点星光。这幢建筑物，便是巴士底狱。这点星光，便是路易十一的烛光。

国王路易十一确然来巴黎有两天了。他应该后天回他在蒙蒂塔楼[78]的城堡里去。他只是偶然和短暂地在他的好巴黎市里出现一下，总觉得身边的翻板活门、绞架和苏格兰弓箭手不够多。

那天，他来到巴士底狱过夜。他在卢浮宫的大房间，有五图瓦兹[79]见方，大壁炉上有十二头巨兽和十三个大先知，他的大床有十一乘十二古尺见方[80]，他都并不怎么喜欢。他事事求大，反而糊涂了。这位颇有

---

[78] 蒙蒂塔楼（Montilz-les-Tours）在今天的图尔市西面。

[79] 图瓦兹是法国古长度单位，将近 2 米长。大房间有 100 平方米左右。

[80] 这张大床约合 4 平方米。

市民气质的国王，更喜欢巴士底狱里的一间小房间和一张普通床。再说，巴士底狱比卢浮宫更坚固。

国王在著名的国家监狱里为自己安排的这间“小屋”，仍然很大，占据了城堡主塔一座角楼最高的顶层。小屋呈圆形，铺着发亮的干草席，屋顶上方的大梁勾勒有镀金铅层的百合花图案，还有彩色的搁栅间；护壁板是精美的木工，有一点一点白铅的玫瑰花饰，用雄黄和细腻的靛青调成亮绿色。

只有一扇窗子，一扇长长的尖拱形窗子，装上细黄铜丝的栅栏和铁条，再有带国王和王后纹章的彩色玻璃，让光线变暗，一块窗格值二十二个苏。

只有一个入口，一扇现代的门，是扁圆的拱门，门内装有挂毯，门外是一扇这种爱尔兰的木门框，一百五十年前，还可以看到大量的这种细木工花俏而单薄的建筑。索瓦尔曾绝望地说道：“虽然这种门框让地方变了样子，又添拥堵，我们的老人就是不愿意拆除，不论别人怎么说，还要保留。”

这间房间里，找不到任何普通住宅里的家具，没有板凳，没有搁凳，没有无靠背无扶手的板凳，没有箱柜式的普通矮凳，没有四个苏一张的用凳脚和斜脚支撑的漂亮矮凳。房间里只看到有一张有扶手的折叠椅子，非常华丽：木料的红底上画有玫瑰，是一张科尔多瓦[81]朱红色的皮座椅，垂下长长的丝穗子，按上上千个金钉。孤零零的这张椅子，让人看到只有一个人才有权在屋子里坐下。椅子旁边，靠近窗子，有一张盖有翎毛图案毯子的桌子。桌子上有一个墨迹斑斑的笔袋，几张羊皮纸，几支鹅毛笔，一个雕花的银质高脚杯。稍远处，有一座暖炉，一张深红

[81] 科尔多瓦是西班牙南部的城市。

色天鹅绒跪凳，钉有金色圆头钉。最后，在角落里有一张黄色和浅红色锦缎的床，没有金属饰片，没有金银线边饰：普普通通的穗子而已。正是这张床，因为承载过路易十一的睡眠或失眠而闻名，二百年前，我们还可以在国务顾问的家里欣赏到，皮卢老夫人还见过这张床，她在化名“阿丽西蒂”和“当代道德”的《居鲁士》[82] 里，赫赫有名。

这间房间就是所谓的“法兰西的路易老爷的诵经密室”。

在我们把读者领进密室的时候，这间小屋子非常昏暗。熄灯钟已经敲响一个小时了，现在是夜里，只有一支烛光摇曳的蜡烛，置于桌上，照亮房间里参差不齐地围在一起的五个人物。

烛光照到的第一个人，是一个服饰豪华讲究的贵族老爷，一身镶有银线的红色呢绒短裤和齐膝紧身外衣，一袭有黑花的金黄色呢绒外套。这身闪闪发光的富丽堂皇的服装，看起来每个褶皱都闪出冷光。穿这身衣服的男子胸前佩戴自家色彩鲜艳的纹章：人字形条纹上一匹后腿站起的黄鹿。盾形纹章的两侧，右边是橄榄枝，左边是鹿角。此人腰间佩一把华丽的短剑，朱红色的剑柄雕镂成头盔的顶饰，上置一顶伯爵的王冠。他有恶狠狠的神情，脸色高傲，头颅高昂。第一眼看去，他的脸上是傲慢，第二眼看去，是狡黠。

他光着脑袋，手执一份长长的文件表，站在有扶手的椅子后面，椅子上坐着一个穿着古怪的奇装异服的人，身子弯成两截，奇丑无比，两条腿翘成二郎腿，臂肘支在桌子上。其实，可以设想一下，在豪华的科尔多瓦皮的座椅上，有两根内翻的髌骨，两条瘦削的大腿，可怜巴巴裹着一件黑羊毛织物，上身披一件有皮桶子的起绒外套，看得出是毛少皮多。最后，他头戴一顶蹩脚透顶的油腻腻的旧帽子，绣着一圈有小铅人

---

[82] 《居鲁士》（*le Cyrus*）指法国女作家德·斯居代里小姐于 1650 年出版的长篇小说《阿塔曼娜或居鲁士大帝》，它是 17 世纪贵族社会的热门小说。

的细绳子。还有一顶一根头发也露不出来的无边脏圆帽，这就是能看到的坐着的人物的全貌了。此人的脑袋在胸前垂得低低的，他在阴影里的面孔一无所见，只有他的鼻端上有一点光线，鼻子长长的。从他瘦削的皱巴巴的手看，猜得出来是个老人。这就是路易十一。

他们身后稍远一点，有两个穿着佛兰德服式的男人在低声交谈，他们并没有完全消失在阴影里，只要看过甘果瓦的神迹剧演出的人，就不会认不出来，他们是佛兰德的两位主要使臣：精明强干的根特市政主管威廉·里姆，和名望很高的鞋帽商雅克·科贝诺尔。我们记得：这两个人参与了路易十一的秘密政治。

最后，在小屋深处的门边，黑暗中站立着一个四肢粗壮的壮汉，一动不动，像一尊石像，全副军人的甲胄，身穿有纹章的短上衣，方方的脸上露出两只凸起的眼睛，横过一张宽宽的大嘴，两只宽大的防风罩遮住了小平头上的耳朵，不见额头，既像条狗，又像只虎。

除了国王，人人都不戴帽子。

国王身边的贵族老爷在给国王读一份长长的报告，陛下似乎很专心地听。两位佛兰德人在窃窃私语。

“他奶奶的！”科贝诺尔嘀咕道，“我都站够了，房间里就没有一张椅子？”

里姆做了个没有的手势代为回答，加上一个审慎的微笑。

“他奶奶的！”科贝诺尔又说，为自己不得不这样压低嗓子而十分难过，“我好想坐在地上，是个鞋帽商人，盘起双腿，像我在自己铺子里那样。”

“可千万别这样！雅克师傅！”

“啊！威廉师傅！此地也只能竖起两条腿啦！”

“也可以竖起两个膝盖。”里姆说。

路易十一在巴士底狱
（Meissonier 画，Pannemaker fils 刻）

此刻，国王的说话声高了起来。两人不作声了。

“我们仆人的袍子五十个苏，我们王国教士的大衣十二个利弗尔！竟然这样！把成吨的黄金倒出去！你是疯啦，奥利维埃？”

老人说话时抬起头颅。我们看到他颈子里有一圈圣米迦勒勋章[83]的金贝壳在闪光。烛光正面照亮了他瘦削和阴沉的侧面。他伸手把对方手里的纸夺了过来。

“你要我们破产！”他叫嚷道，两只凹陷的眼睛在册子上移动。“这一切算什么？我们需要一个挥霍无度的王室吗？两位神甫每人每月要十个利弗尔，小教堂的一名教士是一百个苏！一名侍从是每年九十个利弗尔！四名膳食官每人每年是一百二十利弗尔！一名烤肉师，一名菜蔬师，一名香肠师，一名厨师，一名盔甲师，两名驮马官，每人每月要两个利弗尔！两名膳食小厮要八个利弗尔！一名马夫和两名助理每月要二十四个利弗尔！一名挑夫，一名点心师，一名面包师，两名车夫，每人每年要六十利弗尔！而铁匠是一百二十利弗尔！而账房总管，是一千二百利弗尔！而总管，是五百！”——“我，我说什么好！这太猖狂！我们仆人的薪酬是在掠夺法国！这样一把花费的大火，会把卢浮宫里的全部宝贝烧得光光的！我们为此把我们的金银餐具卖个干净！到明年，如果上帝和圣母假以时日，我们会用铅皮碗盛药茶喝！”

说到这些，他朝在桌子上闪闪发亮的银质高脚杯望了一眼。他咳嗽一下，继续说道：

“奥利维埃师傅，亲王们在各大领地上作威作福，像是国王和皇帝，不该在他们的宫室里滋生奢华。因为，这把火会由此烧遍外省。”——“所以，奥利维埃师傅，你听好了。我们的支出每年在增加。我们对这件

---

[83] “圣米迦勒勋章”是路易十一于1469年确立的勋章，用来对抗勃艮底的金羊毛勋章。

事很不高兴。怎么会，混账！到七九年，支出没有超过三万六千利弗尔，到八〇年，支出达到四万三千六百十九利弗尔；”——“我脑子里有本账；”——“到八一年，六万六千六百八十利弗尔；今年，我就敢说！会达到八万利弗尔！四年时间，翻了一倍，荒唐！”

他喘着气停一停，然后激动地说下去：

“我看到身边的人，让我瘦下去，人人都肥起来！你们张开每个毛孔，吸吮我的钱！”

人人都一言不发。这是让要发的火发下去。他继续说：

“如同这份法兰西领地的拉丁文请求书，要我们恢复他们称之为王室的主要职位！当然有职位！是压死人的职位！啊！各位老爷！你们说我们没有一个国王，可以治理天下，而无须御膳房总管，无须御酒坊总管！如果我们没有一个国王，我们会让你们看到有这个国王的！混账！”

说到此地，他莞尔一笑，感到自己大权在握；他的恶劣心情有所缓和，他转身面向佛兰德人：

“你看到没有，威廉伙计？大文书官，大酒坊官，大御膳官，王府大总管，还不如有一个小仆人。”——“请记住这个，科贝诺尔伙计。”——“他们一无用处。他们围在国王身边又没有用处，给我起到的作用，是宫里大钟上在钟面四角的四大福音史家[84]。菲利普·布里耶不久前刚修葺一新。[85] 四个人镀了金，但是他们不标记时间。时针运转，可以不需要他们。”

他一时陷入沉思，晃晃他的老脑袋，又说：“喂！凭圣母发誓，我可不是菲利普·布里耶，我可不会给那些大诸侯镀金的。”——“你继续说，奥利维埃。”

---

[84] 四大福音史家指《新约》里的马太、马可、路加和约翰。

[85] 不久前指1472年，即《巴黎圣母院》故事发生前20年。

被他叫这个名字的人物从他手里取回册子，又开始高声读下去：

"……对于巴黎司法官掌玺大臣的管事亚当·特农，费用是上述大印的全新制作和雕刻，因为以前的全部大印由于古老和陈旧已无法有效使用。"——"十二个巴黎利弗尔。"

"对威廉兄弟，款项是四个巴黎利弗尔和四个苏，因为今年一月、二月和三月之间，他的服务和喂养最高法院刑事部内两座鸽楼的全部鸽子的酬金，为此提供七古石[86]的大麦。

"对一名绳子商，求得一名罪犯的坦白，四个巴黎苏。"

国王静静地听着，不时咳嗽一下。这时他把高脚杯举到唇边，喝上一口，做一个鬼脸。

"今年依据法令，在巴黎的街头，用喇叭呼喊共五十六声。——"没有结账。"

"在有些地方，在巴黎，也在外地，搜索和寻找有人举报的钱款收入，但一无所获。"——"四十五个巴黎利弗尔。"

"埋下去一个埃居，挖出来一个苏！"国王说。

"……给最高法院刑事部里铁笼子的地方，安装六块白玻璃，十三个苏。"——"国王御旨，在集市那天制作并送货四个国王老爷的盾形纹章，四周装有玫瑰小帽，六个利弗尔。"——"国王的旧紧身上衣上接两条新袖子，二十个苏。"——"一罐油脂，给国王的靴子上油，十五个德尼耶。一座猪圈翻新，圈养国王的黑猪，三十个巴黎利弗尔。"——"做了好几个隔板、木板和翻板活门，用来关圣保罗教堂附近的狮群，二十二个利弗尔。"

"这些动物好贵呀，"路易十一说，"不管了，这是国王出手阔绰。

---

[86] 法国一古石约合150—300升的谷物。

有一头棕色的大狮子，我喜欢它的高贵。”——“你见过这头狮子吗？威廉师傅！”——“亲王们该有这样妙不可言的动物。对我们这些国王，我们的狗就该是狮子，我们的猫就该是老虎。高贵者归于王家。在朱庇特天神的异教徒时代，人民向教堂献上一百头公牛和一百头母羊，帝皇们给了一百头雄狮和一百只雄鹰。这够狠的，太美了。法兰西的国王们在王座四周总听得见这般的吼叫。不过，人们会为我们说公道话的，我花费的钱比先王们花得少，我的狮、熊、象和豹节约多了。”

“行了，奥利维埃师傅。我们是想把这些告诉我们的佛兰德朋友们。”

威廉·里姆深深一鞠躬，而科贝诺尔以他粗暴的长相，样子像陛下所说的一头熊。国王没有注意到这些。他刚把嘴唇浸入高脚杯里，又把所喝的吐了出来：“呸！可恶的药茶！”读文书的人继续读下去。

“一个无赖行人六个月来锁在屠宰场的小屋里，等待下一步如何办。”——“膳食费是六个利弗尔四个苏。”

“什么？”国王插话，“养活一个该绞死的人！混账！这种膳食费我再也不给一分钱了。”——“奥利维埃，这件事情你要和代斯杜特维尔老爷安排好，今天晚上之后，给我做好情郎和绞架婚礼的准备。”——“继续。”

奥利维埃用大拇指在“无赖行人”一条上做个记号，就过去了。

“给巴黎司法死刑执行官昂利耶·库赞，支出款项六十个巴黎苏，由巴黎司法官大人为他定价和吩咐，由上述司法官下令，购买大砍刀一把，为因过失而被判刑的人员行刑和斩首之用，此大砍刀配以刀鞘和全套配置；同时对旧刀重新处理和整修，因为在路易·德·卢森堡老爷[87]行刑时旧刀已开裂有缺口，无法完整出刀……”

---

[87] 路易·德·卢森堡（Louis de Luxembourg）是大将军，被勃艮第大公交给路易十一，因叛国罪于1475年斩首处死。

国王插话："够了，我欣然批准这笔款项。这些支出我不看了。我从不后悔这种钱。"——"执行吧。"

"翻新一座大笼子……"

"啊！"国王说，两只手抓住椅子两边的把手，"我早知道，我来这巴士底狱，是有点事情的。"——"等等，奥利维埃师傅，我要亲自看看这笼子。等我察看笼子的时候，你给我念价格。"——"佛兰德的两位老爷，请过来看看，很有趣的。"

于是他站起身来，靠着说话对方的胳膊，示意那个站在门前的哑巴人物给他开路，示意两个佛兰德人随他身后，走出房间。

在密室门前的王家随从，由一身沉甸甸铁甲的武士和执掌火炬的瘦身材的侍从组成。随从在黑魆魆的城堡主塔里走了一段时间，塔里开出梯级，还有长廊，直达厚厚的墙体。巴士底狱的卫队长走在最前面，为国王打开一扇扇小门，老国王有病，弓着身子，一边走路，一边咳嗽。

每到一处小门，所有的人都不得不低下头来，只有被岁月压弯的老人例外。

"哼！"他从牙缝里说，因为他没有牙齿了，"我们已经准备好进入坟墓之门了。低矮的门，走过要弯腰。"

到最后，跨过最后的一扇小门，门上有密密麻麻的锁，花了一刻钟时间才打开小门，他们一行人来到一座又高又大的拱形大厅，借着火炬的火光，他们看清大厅的正中有一个大型的铁木砌造的立方体。内部是中空的。这就是一座大名鼎鼎的关国家犯人的笼子，叫作"国王的丫头"⑱。内壁上有两三扇小窗，小窗上密密实实地装有粗铁条的格子，以致看不见有玻璃。门是一大块平整的石板，像是墓门。这种门是只进不出的。只不过到此地，死者是个活人。

---

⑱ "国王的丫头"（les fillettes du roi）：雨果摘录历史文献，"囚犯在铁笼子里用粗大的铁链拴住，呼作'国王的丫头'"。所以，"国王的丫头"指这些粗大的铁链，不指铁笼本身。

橡木笼子
(De Lemud 画，Montigneul 刻)

国王开始围着小屋子慢慢走动，一边仔细地察看，奥利维埃师傅跟在他身后，高声宣读备忘录：

“修建一座新的木质大笼子，在两块木板之间使用大梁、大框架和大桁条，木笼长九尺，宽八尺，高七尺，用大铁条和粗护条加固内壁，该木笼安置于圣安东城堡一座塔内的一间屋子之上，由吾主国王命令，投入并囚禁一名囚徒于此木笼，他以前住在一间陈旧和老化的旧笼子。”——“为此新木笼，耗费九十六根横置木梁和五十二根竖立木梁，十根各长三图瓦兹的舱壁护条。共雇佣十九名木匠，于二十天内在城堡的大院里对上述全部木料加以切割、加工和成形……”

“好漂亮的橡木心。”国王用手掌敲敲大梁。

“……用在这座笼子上，”对方继续说，“有二百二十根粗圆铁条，长九尺和八尺，余下的是平均长度，还有为上述铁条所用的圆铁板、圆滤片和固定件；全部铁料，计重三千七百三十五利弗尔[89]；除用来系住上述笼子的八根粗角铁外，用去的铁钩和铁钉，计重二百十八利弗尔，还不计放置笼子的小屋子窗格上的铁料，不计小屋子门上的铁条及其他用料……”

“有了这些铁件，”国王说，“足以维持一颗轻松的心灵了！”

“……全部支出是，三百十七利弗尔五个苏又七个德尼耶。”

“混账！”国王叫嚷道。

听到这句路易十一喜欢用的咒骂，仿佛笼子里面有人醒了过来；大家听到有铁链刮擦地板的声音，有一个低弱的声音，似乎是从坟墓里传了出来！“陛下！陛下！开恩吧！”无法看到是谁在这么说话。

“三百十七利弗尔五个苏又七个德尼耶！”路易十一又说了一遍。

---

[89] 此地的“利弗尔”指重量单位，约合500克。

从笼子里传出来的这个可怜巴巴的声音，使在场的每个人都全身冰凉，连奥利维埃本人也是。只有国王显出没有听到这个声音的样子。奥利维埃师傅根据国王的命令接着读下去。陛下继续冷冰冰地视察笼子。

"……除了这些，还给一名瓦匠付款，他挖坑安放窗子的栅栏，安放有笼子的房间地板，因为地板的重量不足以托住笼子，共付二十七个巴黎利弗尔又十四个苏……"

那个声音又开始呻吟。

"开恩吧，陛下！我向您发誓：是昂热的红衣主教老爷背叛，不是我。"

"瓦匠很辛苦的！"国王说，"继续说，奥利维埃。"

奥利维埃继续说：

"……给一名细木工，做窗子和床，做开口的便所及其他物品，二十个巴黎利弗尔又两个苏……"

那个声音也在继续。

"唉！陛下！您就不听听我说吗？我向您保证，不是我给德·吉耶内[90]老爷写过那件事情，而是红衣主教巴吕老爷！"

"细木工很贵，"国王提醒说，"就这些？"

"不，陛下。——……给一名玻璃商，给那间小屋子配上玻璃窗，四十六个巴黎苏又八个德尼耶。"

"开恩啊，陛下！难道这还不够吗，我的全部财产给了我的法官们，我的餐具给了德·托尔西老爷，我的图书馆给了皮埃尔·多利奥尔，我的壁毯给了鲁西荣的行政长官。我是无辜的。我待在铁笼子里哆哆嗦嗦，

[90] 德·吉耶内（de Guyenne）是路易十一的弟弟。

已经一十四年了[91]。开恩啊，陛下！您到天国会都明白的。”

“奥利维埃师傅，”国王说，“总共多少？”

“三百六十七个巴黎利弗尔八个苏又三个德尼耶。”

“圣母啊！”国王叫嚷道，“就这么个荒唐的笼子！”

他从奥利维埃师傅的手中，夺过文书，开始自己掰着手指头计算，看看纸，再看看笼子。这时候，大家听到囚犯在抽抽噎噎。黑暗中，这一切好不凄惨，人人的脸色发白，面面相觑。

“十四年，陛下！已经十四年了！从一四六九年四月份算起！[92] 以上帝的圣母的名义，陛下，请听我说！您在这段时间，享受了阳光的温暖。而我，我很羸弱，我就永世不见日光吗？开恩啊，陛下！发发慈悲吧。仁慈是帝王的美德，会给愤怒止泻的。陛下，您是否相信临终的时候，身为国王的一大幸事，就是不留下任何罪孽不受惩罚。还有，陛下，我从来没有背叛过陛下，是昂热的老爷。而我脚上有沉重的铁链，脚跟拖着大铁球，重得太没有道理了。啊！陛下！可怜可怜我吧！”

“奥利维埃，”国王说着摇摇脑袋，“我看出来，人家一个母依[93]的石膏算我二十个苏，就值十二个苏。这份备忘录，你要重写。”

他朝笼子背过身去，准备离开这间小屋子。可怜的囚犯看到火炬远去，听到声音远去，明白国王走出去了。

“陛下！陛下！”他绝望地叫起来。门已关上。他什么也看不见，只听到小窗的卫兵沙哑的嗓子，冲着他的耳朵唱这支歌曲：

---

[91] 有历史文献记载：1469 年，昂热的主教、德·拉布吕因为一封写给勃艮第公爵的叛变信而被抓获，囚禁到 1480 年 12 月。雨果在小说中改动历史事件的有关日期，把历史事件纳入自己的小说情节中。

[92] 1469 年 12 月算到《巴黎圣母院》的 1492 年，是 23 年，不是 14 年。

[93] “母依”是古代的容量单位，约合 36 袋。

让·巴吕这位师傅，
看到主教的职务，
已经对自己关门。
而德·凡尔登老爷
的职位也已经停歇；
差使都有人接任。

国王静静地走向自己的密室，他的随从人员跟在后面，一个个为囚犯最后的几声呻吟感到恐怖不已。突然，陛下朝巴士底狱的典狱长转过身来。——“对了，”陛下说，“这座笼子里以前难道没有人吗？”

“没错，陛下！”典狱长回答，被这问题惊呆了。

“是谁啊？”

“凡尔登的主教老爷。”

国王比谁都清楚。而这是一种癖好。

“噢！”他说，露出第一次想起来了的天真样子，“纪尧姆·德·阿朗古尔[94]，是巴吕红衣主教的朋友。好一个鬼主教！”

几分钟以后，密室的门重又打开，又在读者在这一章开头在密室里见过的五个人物身后关上。五个人各自重回自己的位置，重新低声交谈，重现各自的神态。

国王不在期间，有人在他桌子上放了几份急件，他亲自拆开封印。他一封接着一封迅速读信，示意似乎在他身边充当大臣的“奥利维埃师傅”拿起笔来，又不告诉他急件的内容，开始向他低声口述对急件的回复，后者跪在桌子前，写起来很不舒服。

---

[94] 阿朗古尔，或作阿罗古尔，1456年任凡尔登主教，1469年，和巴吕一样，因为劝说路易十一的幼弟串通勃艮第反对王兄而被捕入狱。

威廉·里姆一旁看在眼里。

国王的说话声很低，两个佛兰德人听不见他口述什么，只是断断续续有几个孤立的字句，内容不明，如……“借贸易维持富庶的地方，借制造业维持贫瘠的地方……”——“让英国老爷们看到我们的四门臼炮：伦敦号、布拉邦特号、布雷斯的布尔号和圣托梅尔号[95]……”——“炮兵正是现代战争进行得很合理的原因……”——“对我们的朋友德·布雷絮伊尔老爷[96]……”——“没有朝贡，军队无以维持……”等等。

有一次他提高嗓子：“混账！西西里国王用黄蜡给文书封印，和法国国王一样。我们允许他这么做也许错了。我的勃艮第好表亲就是不用红色纹章。王族的荣耀维系于享有特权。把这记下来，奥利维埃伙计。”

又有一次：“噢！噢！”他说，“重大信件！我们的皇帝大哥[97]向我们索要什么？”他一边浏览信函，一边发出感叹：“当然啦！德意志如此强大，他岂能信得过。”——“不过，我们没有忘记古老的谚语：最美的伯爵领地是佛兰德；最美的公国是米兰；最美的王国是法兰西。”——“不是吗，两位佛兰德老爷？”

这一回，科贝诺尔和威廉·里姆俯身鞠躬。鞋帽商的爱国情怀得到了满足。

最后一份急件令路易十一皱起了眉头。

“算什么？”他嚷道，“对我们在庇卡底的驻军提出投诉和要求！奥

---

[95] “布拉邦特”是比利时和荷兰之间的地区名；“布雷斯的布尔”是里昂东北 66 公里的城市；圣托梅尔是法国北部加莱海峡省的地名。这四座臼炮的命名，表示法国对外政策的打击目标。

[96] 德·布雷絮伊尔是国王在普瓦图的心腹。

[97] 皇帝指神圣罗马帝国的皇帝腓特烈三世（1415—1493），他是奥地利以后在欧洲崛起的倡导者。

利维埃，赶快给鲁奥元帅[98]写信。”——“军纪松弛。”——“近卫骑兵，附庸贵族，自卫队，瑞士兵，没完没了地欺压平民百姓。”——“要军人不能眼红在农夫家里看到的钱财，要用大棒和钩矛赶他们去城市里找酒，找鱼，找各种食品，找别的好东西。”——“国王老爷知道这些。”——“我们要防止我们的人民发生麻烦、小偷小摸和抢劫。”——“以圣母的名义说，这是我们的意愿！”——“此外，我们不乐于见到任何乡村乐师，有理发师，或当兵的，穿得像个君王，天鹅绒，丝织品，金戒指。”——“这些虚荣行为是仇恨上帝的。”——“我们是贵族，我们穿的也不过是十六个苏一米料子的短上衣。”——“我们的兵老爷们，他们也要好好降到这般的水平。”——“命令和通告下去。给我们的朋友鲁奥老爷。”——“好。”

他高声口述这封信，语气坚定，说了一波又一波。他说完时，门开了，进来一位新的人物，此人惊慌失措，急匆匆来到室内，喊道：“陛下！陛下！民众在巴黎闹事了！”

路易十一严肃的脸上抽搐一下。不过，转眼之间，他立即又不动声色。他保持冷静，以平静的严厉态度说：“雅克伙计，你进来得太唐突了！”

“陛下！陛下！有人造反！”雅克伙计又说，直喘气。

国王已经站起身来，一把拽住他的胳膊，凑着他的耳朵说话，说得只让他一人听见，憋住愤怒，目光斜视着两个佛兰德人：“住嘴！要不低声说。”

新来的人明白了，开始低低地对国王叙说担惊受怕的事情，国王平静地听着，而威廉·里姆要科贝诺尔注意来人的脸上和衣着，有皮里子

---

[98] 鲁奥（Joachim Rouault de Gamaches）从 1437 年起依附路易十一，1461 年升任法兰西元帅，1476 年失宠判重刑，1478 年逝世。

的尖顶风帽，短披肩，黑色天鹅绒长袍[99]，显示出这是一位审计法院院长。

这个人刚给国王几句解释，路易十一哈哈大笑道："其实嘛！请大声说话，夸瓦基耶伙计！你干吗这么低声说话？圣母知道，我们对佛兰德好朋友没有丝毫可隐瞒的东西。"

"不过，陛下……"

"请大声地讲！"

这"夸瓦基耶伙计"还是惊得说不出话来。

"所以，"国王又说，"请讲，老爷，"——"我们的巴黎这座好城市里有老百姓骚动？"

"是的，陛下。"

"你说说，他们是起来反对司法宫的大法官老爷[100]的？"

"表面上是。""伙计"说，他还结结巴巴，为国王思想里刚才突如其来又无从解释的变化而目瞪口呆。

路易十一又说："巡逻队在什么地方遇到那批吵闹的人群的？"

"大批的丐帮向兑币桥行进。我自己遵照陛下的命令，来这儿时也遇上他们了。我听到有些人在喊：打倒司法宫的大法官！"

"他们抱怨大法官什么？"

"啊！"雅克伙计说，"大法官是他们的主子。"

"当真！"

"是的，陛下。这是些奇迹院里的无赖。他们早就埋怨自己是大法官的附庸了。他们既不承认他是审判官，也不承认他是路政官。"

"就是嘛！"国王又说，露出他竭力也掩盖不住的微笑。

---

[99] 黑色天鹅绒长袍是审计法院院长穿的礼服。

[100] 读者注意："司法宫的大法官老爷"正是来者"夸瓦基耶伙计"本人。

“在他们给最高法院提出的请求中，”雅克伙计又说，“他们声言只有两个主人：陛下和他们的神。而我认为这个神就是魔鬼。”

“嘿！嘿！”国王说。

他搓搓手，他的心底在笑，心里一笑，会容光焕发。他无法掩饰自己的喜悦，纵然他不时地试着装出喜悦的样子。别人对此一无所知，连“奥利维埃师傅”也是。他一时间不说话，做出思考的神情，其实很开心。

“他们势力大吗？”他突然发问。

“当然大，陛下。”雅克伙计答道。

“多少人？”

“至少六千人。”

国王不得不说：“好！”他又说：“他们带武器吗？”

“有长柄镰刀，有长矛，有火枪，有铁镐。各种各样的暴力武器。”

国王听了这份武器单子，丝毫没有显出不安的样子。雅克伙计以为需要补充一句：“如果陛下不迅速增援大法官，那他完了。”

“我们要派的。”国王说，露出虚假的严肃神情，“好啊。我们肯定要派人。大法官老爷是我们的朋友。六千人！这是些铁了心的家伙。胆子大，好极了，我们对此十分震怒。不过，今天夜里我们周围的人太少了。”——“就明天上午吧。”

雅克伙计嚷起来：“要马上，陛下！大法官辖区早已被洗劫一空，领主庄园被强占，大法官被绞死。看在上帝的份上！陛下，要在明天上午以前派人。”

国王望着他的脸说：“我对你说了：明天上午。”

这样望着人，是让人无法说话的。

停了片刻，路易十一又一次提高嗓子：

“我的雅克伙计，你是应该明白的。以前……”他改正过来，“现在大法官分封的审判范围是哪些?”

“陛下，司法宫的大法官管象鼻虫街到蔬菜市场街，圣米迦勒广场到通常称为铁炉风口墙的地方，这地方坐落在田野圣母教堂附近（说到这儿，路易十一抬了抬帽檐)，有十三处府邸，加上奇迹院，加上叫作郊区的麻风病院，加上从这座麻风病院开始到圣雅各门的全部马路。他是这各处地方的路政官，高层、中层和下层的审判官，是握有全权的主人。”

“啊!”国王说着，用右手抓抓左耳朵，“这是我城里的好大一块啊!啊!大法官老爷以前是这块地方上的国王啊!”

这一次，他不改口了。他若有所思地继续说话，仿佛在自言自语：“太美了，大法官老爷!你在牙缝里曾吞下我们巴黎的一块好肉。”

突然，他发作了：“混账!这是些什么人，在我们国家里，自称是路政官，是审判官，是领主，是主子?走一小段路，要收他们的通行税?在我们人民中间，每个十字路口，有他们的司法权，有他们的行刑人?结果是，如同希腊人自以为有多少水泉有多少神[101]，如同波斯人数到多少星辰有多少神[102]，法国人看到多少绞架数到多少国王。没错!这样，事情很糟糕，我不喜欢这样不清不楚的事情。我就想知道，巴黎在国王之外，另有一个路政官，在最高法院之外，另有一个司法权，在这个帝国之外[103]，另有一个皇帝，这便是上帝的恩惠!我要对天发誓!要让这一天早日来临，要在法国只有一个国王，只有一个领主，只有一个法官，只有一个刽子手，如同天堂里只有一个上帝!”

---

[101] 古希腊人信奉自然神论，山林水泉皆有神。

[102] 波斯人崇拜太阳，信奉拜火教。

[103] 说法国是帝国的前提是：各地都有人行使国王的权力，法国国王便是帝国的皇帝。

他又一次抬抬他的无边圆帽，总是若有所思地继续讲，神气和声调像是猎人在挑逗和驱使他的猎犬群。“好啊！我的人民！勇敢点！砸烂这些虚假的领主！完成你们的使命。冲啊！冲啊！洗劫他们，绞死他们，掠夺他们！……啊！你们想当国王吗，各位领主？去！人民啊！去吧！”

他至此突然停下，咬咬自己的嘴唇，仿佛要重拾有点滑脱的思绪，用他敏锐的目光，一个一个盯住身边五个人物的脸，突然，用双手捧起他的帽子，正视着对帽子说：“噢！如果你能知道我头脑里在想什么，我就把你烧了。”

接着，又一次把他狐狸般狡黠地返回窝里的目光，环顾四周说：“没关系！我们支援大法官老爷。不幸的是，此时和此地，我们对付这么多民众的队伍很少。要等到明天。会恢复老城岛上的秩序，要严厉绞死被抓到的人。”

“对了！陛下，”夸瓦基耶伙计说，“我刚才慌乱，忘记说一件事情，巡逻队抓住了这帮匪徒里两个掉队的人。如果陛下想看看这两个人，他们在门外。”

“我要看看他们！”国王喊起来，“怎么搞的！混账！这样的事情你都忘了！”——“你快去，奥利维埃！去把他们找来。”

奥利维埃师傅出去，片刻工夫后带回来两名囚犯，围着执勤的警卫。第一个人一张白痴的大脸盘，醉醺醺的，一脸吃惊的样子。他一身破烂衣衫，弯着膝头，拖着腿行走。[104] 第二个人脸色苍白，面带笑容，读者已经认识。

国王端详了两人片刻，没有说话，接着突然对第一个人说：“你叫什么名字？”

---

[104] 此人经常戴脚镣走路。

“吉弗鲁瓦·潘瑟布尔德。”

“职业?”

“乞丐。”

“你在这场该死的暴动里要干什么?”

乞丐望望国王，呆呆地摆动两只胳膊。这是种不好使的脑袋，头脑里的智力和息烛罩下的光一样轻松自在。

“我不知道，”他说，“人家去，我也去。”

“你们要不要肆无忌惮地攻打和洗劫你们的领主、司法宫的大法官?”

“我知道大家要去什么人家里拿点什么东西。就这样。”

一名士兵向国王出示在乞丐身上搜到的一柄弯刀。——“你认得出这把刀吗?”国王问道。

“对，这是我的弯刀，我是种葡萄的。[105]”

“你认得出这个人是你的伙伴吗?”路易十一指指另外一个囚犯又说。

“不认识。我不认识这个人。”

“够了。”国王说。他对门边一动不动也不说话的人，我们向读者已经介绍过，用手指一下:

“特里斯唐伙计，这个人交给你。”

特里斯唐·莱尔米特鞠躬。他低声命令带可怜的乞丐来的两名巡警。

这时，国王已经走近第二个囚犯，犯人头上冒出大汗。——“你的名字?”

“陛下，皮埃尔·甘果瓦。”

“职业?”

---

[105] 修剪葡萄用的弯刀应该是很小的。

“哲学家，陛下。”

“你这厮怎么能来包围我们的朋友、司法宫的大法官老爷？这次群众的骚动你怎么说？”

“我没有参加。”

“那么！放荡鬼，你不是被巡逻队在这伙坏蛋里面逮住的吗？”

“不是的，陛下，有误会。真是注定逃不了的事情。我写了几出悲剧。陛下，我恳请陛下听我说。我是诗人。我这门行当的人的可悲处，是夜里走街串巷。昨天晚上我经过那边。无巧不成书。他们抓我抓错了。我在这场国内的风暴里是无辜的。陛下看到了，丐帮的人不认得我。我恳请陛下……”

“住嘴！”国王喝了两口药茶说，“你把我们烦死了。”

特里斯当·莱尔米特上前一步，用手指指甘果瓦说，“陛下，可以把此人绞死吗？”

这是他第一次开口说话。

“呸！”国王心不在焉地回答，“我看不出有什么不当。”

“我，我看非常不当！”甘果瓦说。

我们的哲学家此时此刻的脸色青得比一颗橄榄还青。他从国王冷冰冰和无所谓的脸色，看出来唯一的出路是非得有点非常悲怆感人的东西，便扑倒在路易十一的脚下，挥舞绝望的手势，喊道：

“陛下！请陛下俯允听我说几句。陛下！请不要为我这区区小人而龙颜震怒。上帝的霹雳雷电不会打击一棵生菜。陛下，您是威严无比的圣君，请可怜可怜一个诚实可怜的人，他渺小无力去煽动一场叛乱，更不如用一粒冰块去擦出一点火星！仁慈的陛下，宽厚是雄狮和国王的美德。唉！严厉只会让人反感。北风呼呼地猛刮，不会让行人脱去大衣；太阳一点一点的光，让行人温暖，会使他只穿一件衬衣。陛下，您就是

甘果瓦跪在国王脚下
(Louis Boulanger 画，Pannemaker fils 刻)

太阳。我向您申明，我至高无上的君主老爷，我不是丐帮、窃贼和放荡鬼的一伙。造反和拦路抢劫不是阿波罗[106]随从的作为。不是我急匆匆要投身这番滚滚乌云，爆发暴动的叫嚷。我是陛下您忠诚的附庸。丈夫为妻子的名誉怀有妒忌，儿子对父亲的爱有感激，一个忠诚的附庸为他国王的荣耀应该也有这些感情，他应该为王室的热忱、为王道的昌盛而自己枯萎。有其他热情会让他激动，只是疯狂而已。陛下，这些是在下的信条。所以，请别看到我捉襟见肘的破衣烂衫，就判定我是暴动者，是抢劫者。如果您开恩赦免我，我会双膝跪下，日夜为您祈求上帝！唉！

---

[106] 希腊神话中，太阳神阿波罗主管诗歌。

不错，我并不富得流油。我甚至囊中有些羞涩，但并不就是下流之辈。这不是我的错。大家知道，腰缠万贯的财富不会来自文学，饱读诗书的人冬天家里并非总会有熊熊的炉火。仅仅律师拿走了全部粮食，仅把干草留给了其他所有的学术职业。关于哲学家破旧的大衣，共有四十句非常精彩的谚语。噢！陛下！宽厚是能照亮一颗高尚灵魂内心唯一的光芒。宽厚高举火炬，行走在其他的美德之前。没有宽厚，都是盲人在摸黑寻找上帝。仁慈和宽厚是同样的东西，仁慈要爱臣民，这是君王身边最有力的卫队。世界上多一个可怜人，对照亮每张脸的陛下来说，又有什么坏处呢？一个可怜无辜的哲学家，在不幸的黑暗里挣扎，空空的钱包在空空的肚子上敲打得叮当响？再说，陛下，我是个文人。伟大的国王保护文艺，便是给自己的王冠加上一颗珍珠。赫丘利[107]并不鄙视缪斯引导者的头衔。马蒂厄斯·科尔维努斯[108]厚爱数学界的光荣、王家山的约翰[109]。而以绞死文人来保护文艺，是个不好的做法。如果亚历山大叫人绞死亚里士多德，会是多大的污点！这个点不会是他荣誉脸上的一颗小小的美人痣，而是一个毁他容貌的恶性溃疡。陛下！我为佛兰德的公主和仪表堂堂的王太子老爷，写了一首非常得体的祝婚歌，这可不是叛乱的点火棒。陛下看到，我不是个劣等的学生，我的学习成绩优秀，我天生的好口才。对我开恩吧，陛下。您这样做，您就是在对圣母献殷勤，我对您说真的，我一想到被绞死就非常非常害怕！”

悲痛的甘果瓦这样说着，亲吻着国王的拖鞋，威廉·里姆低声对科

---

[107] 罗马神话中的赫丘利是力大无穷的英雄。

[108] 马蒂厄斯·科尔维努斯（Mathias Corvin，1443—1490），即马加什一世，是波希米亚和匈牙利的国王。

[109] 指约翰·缪勒（Jean Müller，1436—1476）是德国的天文学家和数学家，“王家山”是他出生的城市。

贝诺尔说："他趴在地上做得对。国王都像克里特岛上的朱庇特[110]，国王的耳朵只长在脚上。"鞋帽商不管克里特岛的朱庇特，望着甘果瓦，声音重重地笑着回答："这样才对！我以为听到了大法官胡戈内特在向我求饶。"

甘果瓦直喘着气停下来的时候，他战战兢兢抬头望望国王，国王正在用指甲刮他紧身长裤膝盖上的一点东西，接着开始喝他高脚杯里的药茶。不过，他一言不发，这样的安静对甘果瓦是折磨。国王最后看着他。"好一个可怕的大叫大嚷的人！"他说。接着，转身对特里斯唐·莱尔米特说："得了！放了他吧！"

甘果瓦向后倒了下来，吓得开心死了。

"释放！"特里斯唐嘀咕道，"陛下就不想把他关一下笼子吗？"

"伙计，"路易十一又说，"你以为我们花费三百六十七个利弗尔八个苏又三个德尼耶请人打造的笼子，就为了关这样的小鸟吗？"

"给我立即放了放荡鬼。（路易十一喜欢用这个词："放荡鬼"和"混账"是他心情愉快时的常用语。）推一下放他出去。"

"乖乖！"甘果瓦叫起来，"好个伟大的国王！"

他怕命令会撤销，急急向门走去，特里斯唐老大不乐意地给他开门。士兵和他一起出来，狠狠一拳推他出去，甘果瓦以真正斯多葛派哲学家[111]的坚韧忍受下来。

自从获知有人造大法官的反以后，国王心情颇为舒畅，这在大事小事都看得出来。今天一反常态的宽厚之举，并非是不起眼的迹象。特里斯唐·莱尔米特站在角落里，像一条看门的大狗，看在眼里却没有受惠，

---

[110] 罗马神话里的朱庇特相当于希腊神话的主神宙斯。相传宙斯出生在克里特岛的高山上。

[111] 斯多葛派哲学家以坚韧和忍受苦难著称。

便沉下了脸。

这时候国王开开心心，用手指头在椅子的扶手上拍打奥德梅尔桥[112]进行曲。这是个城府很深的君主，但更善于隐藏其痛苦，而不善于隐藏其欢乐。这般一听到好消息便开心得溢于言表，有时候会很过分：甚至听到莽汉查理[113]的死讯，竟给图尔的圣马丁教堂献出银栏杆；在他自己登基上位时，甚至忘记下令给父亲举行葬礼。

“嘿！陛下！”雅克·夸瓦基耶突然叫起来，“陛下派人召见我是要我看看您病情发作时情况如何?”

“噢！”国王说，“真的，我很痛苦，我的伙计。耳朵里嗞嗞作响，胸口有热辣辣的耙子在耙我。”

夸瓦基耶握起国王的手，脸色笃定地给国王把脉。

“你看，科贝诺尔，”里姆低声说，“他现在和夸瓦基耶、特里斯唐一起。这就是他的全部宫廷。对他来说有一个医生，对别人来说有一个刽子手。”

夸瓦基耶给国王把脉的时候，神色越来越紧张。路易十一带着几分不安望着他。眼看着夸瓦基耶的脸阴沉下来。这个好人没有别的田产，只有国王不佳的健康。他努力经营好这份田产。

“哟！哟！”他最后悄悄地说，“果然，很严重。”

“可不是吗?”不安的国王说。

“脉象急，涩，跳动而散。”医生继续说。

“混账！”

“这个脉三天之内会把病人带走。”

---

[112] “奥德梅尔桥”（Pont-Audemer）是法国诺曼底的一个市镇，1449年刚从英国人的手里夺回来。

[113] “莽汉查理”（Charles-le-Téméraire）是勃艮第大公，一直是路易十一的激烈对手和心腹大患。

“圣母啊!”国王喊起来，“那药呢，伙计?”

“我正在想呢，陛下。”

他叫路易十一伸出舌头，摇摇头，做个鬼脸，这一番装腔作势后开口:“没错，陛下，”他突然说，“我得跟您说件事：出现一笔空缺主教的收入[114]，我有个侄子。”

“我把我的收入给你侄子，雅克伙计，”国王回答道，“不过，你要拔除我胸口的这股火。”

“既然陛下如此仁慈，”医生又说，“陛下不会拒绝在拱门圣安德烈街上的那幢大房子上帮我一把。”

“唔!”国王说。

“我手头已经很紧了，”大夫继续说，“会很遗憾的，房子没有屋顶。倒不是为房子，房子简简单单，普普通通；而是为了约翰·福尔博的油画[115]，油画使护壁板松脱。空中有个飞翔的狄安娜[116]，画得那么精彩，那么温柔，那么细腻，动作那么天真，头饰那么漂亮，有一弯新月，肤色那么白皙，谁好奇地端详她，就会受到她的诱惑。还有个刻瑞斯[117]，一个非常美丽的女神。她坐在一捆捆麦束上，头上戴着雅致的麦穗花环，夹有婆罗门参[118]和其他花卉。没有比她的双眼更加多情的，没有比她的双腿更加滚圆的，没有比她神态更加高贵的，没有比她裙子更多褶皱的。这是一支画笔所能画出来的最天真和最完美的美女之一。”[119]

---

[114] 原句意思似乎欠明。塞巴谢的版本认为，指法国国王有把主教职位空缺时的收入收归己有的特权。

[115] 约翰·福尔博的画家身份，典出索瓦尔的《巴黎古物考》。

[116] 狄安娜（Diane）是罗马神话里的月亮和狩猎女神。

[117] 刻瑞斯（Cérès）是罗马神话里的谷物女神。

[118] 婆罗门参（salsifis）是一种复合花，根部可食用。

[119] 这是一幅一年12月的寓意画，狄安娜是童真女神，象征11月，刻瑞斯是丰饶女神，象征8月。

“刽子手！”路易十一喃喃说道，“你要开到什么价？”

“我要在这些油画上盖个屋顶，陛下，尽管所费不多，但我没钱了。”

“你的屋顶，是多少？”

“不过……一个黄铜雕花的镀金屋顶，至多两千利弗尔。”

“啊！杀人凶手！”国王喊起来，“给我拔下来的牙齿都是一颗钻石。”

“我的屋顶有吗？”夸瓦基埃说。

“有！去见鬼吧，不过要治好我的病。”

雅克·夸瓦基埃深深一鞠躬，说道：“陛下，用病候内吸法能救你。我们给您腰部敷上猛药，用蛋白、油和醋，用蜡膏剂和赭红黏土。您继续服用药茶，我们担保陛下的康复。”

一只点亮的蜡烛不会仅仅引来一只小飞虫。奥利维埃师傅目睹国王的慷慨大方，认为正是时机，也走上前来：“陛下……”

“还有什么？”路易十一说。

“陛下，陛下知道西蒙·拉丹师傅已经过世。”

“又怎么样？”

“他是国王税务司法的参事。”

“又怎么样？”

“他的职位空缺。”

这么说着，奥利维埃师傅高昂的脸上已经没有高傲的神情，变得低声下气。唯有朝臣奉承的脸说换便换。国王正对着他的脸望望，干巴巴地说：“我明白。”

他又说：

“奥利维埃师傅，布西格元帅说过：赏赐只来自国王，打鱼只是在海上[120]。我看你是同意布西格老爷的意见的。现在，你听好。我们都会记得。在六十八年，我们任命你当我们的仆从；六十九年，当圣克鲁桥城堡的守卫，一百个图尔的利弗尔工薪（你要巴黎的钱）。”——“七十三年十一月，凭一封给热尔若尔的信，我们让你当万塞纳森林的守门官，替代执盾官吉尔贝·阿克勒；七十五年，让你当鲁弗莱-莱圣克鲁森林的森林法官，接替雅克·勒梅尔；到七十八年，我们下达上下封口用绿色封漆的诏书，无偿为你和你妻子，在座落于圣日耳曼学校的市场设置一笔十个巴黎利弗尔的年金；七十九年，我们任命你当塞纳尔森林的森林法官，接替这个可怜的约翰·代兹；接着是洛什城堡的守城官；接着是圣康丹的行政官；接着是墨朗桥的守城官，你要人称你为伯爵。任何理发师在节日理发，罚款五个苏，三个苏归你，我们只拿你的余额。我们很想更改你叫‘勒莫韦’[121] 的名字，这太像你的脸色了。在七十四年，我们恩准你用色彩鲜艳的徽章，你的胸口成了一只孔雀，让我们的贵族大为不悦。混账！你还不知餍足？难道捕鱼还不丰收？还不是奇迹？[122]你就不怕又来一条鲑鱼，倾覆你的船吗？你会因为骄气而完蛋的，我的伙计。紧跟骄气而来的，总是破落和羞耻。要好好想想，别说了。”

这几句说得很重的话，让奥利维埃师傅恼怒的面目又放肆起来。

“好吧，”他几乎大声地自言自语，“大家看得到，今天国王有病。他把什么都给了医生。”

路易十一非但没有为他出格的言行生气，反而柔声柔气地说：“行了，我还忘了告诉你，我任命你当我派驻根特玛丽夫人身边的使

---

[120] 布西格（Boucicaut）是14世纪的元帅，是清正的表率。引文来自雨果过去发表的文章。

[121] “勒莫韦”（le Mauvais）的古义是坏人。

[122] 影射《新约·路加福音》中，耶稣把西蒙·彼得收为门徒，遂有捕获“活人”的奇迹。

臣。”——“对了，各位老爷，”国王转过身来对佛兰德人又说，“这一位曾是使臣。”——“是呀，我的伙计，”他又对奥利维埃师傅继续说，“我们别吵了，你我是老朋友。时间已经很晚了。我们的工作结束。给我刮刮胡子。”

本书读者大概迄今没有料到，会在“奥利维埃师傅”身上认出来这个可怕的费加罗[123]，被老天爷这个戏剧大师巧妙地放进了路易十一这部血腥的长剧里。我们不想在此进一步介绍这个特殊人物。国王的这个理发师有三个名字。在宫廷里，大家恭恭敬敬地叫他麃皮奥利维埃，在民间，大家叫他魔鬼奥利维埃，他自己真正的名字是奥利维埃·勒莫韦[124]。

奥利维埃·勒莫韦就这样一动不动，与国王赌气，斜着眼睛望望夸瓦基耶：“对，对！是医生！”他牙缝里喃喃地说道。

“嗨！对，是医生！”路易十一以难得的慈祥又说：“有的医生信誉比你还好。这很简单。他抓住我们的全身，而你只托住我们的下巴。走吧，我可怜的理发师，以后还会是这样。如果我是一个像西尔佩里克[125]这样的国王，你又会怎么说，你的官职又会是如何？这位国王的姿态可是一手握着胡子呀？”——“得了，我的伙计，忙你自己的差事吧，给我刮刮胡子。去拿你要用的东西。”

奥利维埃眼看国王存心想笑，甚至没有办法让他生气，骂骂咧咧走出去执行他的命令。

国王站起身来，走近窗子，突然，异常激动地打开窗子：“噢！对呀！”他拍手叫喊起来，“老城岛的天上有一团红光。是大法官家在燃烧。

---

[123] 费加罗（Figaro）是18世纪法国剧作家博马舍创造的著名角色，出现在剧作《塞维勒的理发师》和《费加罗的婚礼》等剧作里。

[124] “勒莫韦”上文已经有注，意思可以是“坏人”。

[125] 西尔佩里克（Chilpéric，539—584）是法兰克人统治高卢时期的一位国王。

只会是这样。啊！我的好人民啊！你们这是帮我让领主制垮台呀！”

于是，他转身对佛兰德人说：“两位老爷，过来看看这个。可不是火光红红?”

两个根特人走上来。

“一把大火。”威廉·里姆说。

“喔!”科贝诺尔也说，两眼炯炯发光，“这让我想起坦贝古老爷的房子焚烧的情景。那边应该有一场大大的叛乱。”

“你以为是吗，科贝诺尔师傅?”路易十一的目光几乎和鞋帽商的目光一般高兴，“可不是，要抵挡住叛乱很难啊?”

“他奶奶的！陛下！陛下这下会赔上好多连队的军人。”

“啊！我？这不一样。”国王又说，“如果我愿意……”

鞋帽商大胆地回答：

“如果这场叛乱如我所料，你就是愿意也没用，陛下。”

“伙计，”路易十一说，“用上我麾下的两个连，加上一迭声的火炮，轻轻松松拿掉老百姓的乌合之众。”

鞋帽商不管威廉·里姆向他一再示意，显得决心要和国王争个明白：“陛下，瑞士雇佣兵也是老百姓。勃艮第公爵老爷是个大贵族，他对这些流氓嗤之以鼻。陛下，他在格朗松一役[126]喊道：炮兵，朝这些乡巴佬开炮，他还以圣乔治[127]的名义发誓。可是，瑞士首席大法官夏尔纳赫塔勒[128]抡起他的狼牙棒，和他的人民朝英俊的公爵扑上去，而勃艮第闪闪发亮的武器和披着水牛皮的农民一交锋，就稀里哗啦，像一块玻璃被一粒石子击中。有不少骑士被无赖杀死，居永城堡的老爷，勃艮第最大

---

[126] 1476年3月3日，莽汉查理被瑞士农民军击溃，瑞士农民从山上下来，为格朗松驻军投降后被屠杀报仇。

[127] 圣乔治（saint Georges）是5世纪的基督教殉教者，是忠心耿耿的骑士形象。

[128] 瑞士以首席大法官领导各州，此人是伯尔尼的首席大法官，以骁勇著称。

的领主，和他的花白大马死在了沼泽地的一小片草地上。”

“朋友，”国王又说，“你说的是一次战役。现在是一场叛乱。我只要高兴，皱皱眉毛，就能取而胜之。”

对方不为所动地反驳：

“这有可能。陛下，若真是如此，那是人民的时刻没有到来。”

威廉·里姆觉得应该开口了：“科贝诺尔师傅，你是在对一个强大的国王说话。”

“我知道。”鞋帽商一本正经地回答。

“让他说，我的朋友里姆老爷，”国王说，“我喜欢这样的直言不讳。我父亲查理七世说过，真理病了。而我，我当时想，真理死了，真理没能找到忏悔师。科贝诺尔师傅给我指出了错误。”

这时，他把手亲切地放在科贝诺尔的肩膀上：“你就说过，雅克师傅……”

“我说，陛下，也许你是对的，人民的时刻在你的国内没有到来。”

路易十一用他敏锐的眼睛望望他：“这个时刻会什么时候到来，师傅？”

“你会听到这个时刻敲响的。”

“请问，在什么时钟上敲响？”

科贝诺尔以他平静质朴的态度，让国王走近窗子。“请听，陛下！这儿有城堡主塔[129]，有钟楼[130]，有大炮，有市民，有士兵。当钟楼嗡嗡敲响，当大炮炮声隆隆，当城堡主塔哗啦啦坍塌，当市民和士兵们吼叫着相互厮杀，这时刻就敲响了。”

路易十一的脸变得阴沉和沉思起来。他一时间没有说话，接着用手

---

[129] 城堡主塔指巴士底狱。

[130] 钟楼指巴黎圣母院。

轻轻地敲打城堡主塔厚实的墙面，仿佛在抚摸战马宽厚的臀部。“噢！不会的！”他说，“不是吗，我的好巴士底狱？你不会轻而易举地坍塌的？”

他突然转身，对着大胆的佛兰德人：“你就见过一场造反吗，雅克师傅？”

“我发动过造反。”鞋帽商说道。

“你如何发动一场造反？”

“啊！”科贝诺尔回答道：“这并不十分困难。办法有的是。首先，是城里要有人不满。这个并不稀罕。其次，是居民的性格。根特的居民适合造反。他们总是喜欢君主的儿子，而从不喜欢君主。好啊！一天早晨，我想，有人走进我店里，他对我说：科贝诺尔老爹，有这个事，有那个事，佛兰德的公主想救她的大臣，大法官把蔬菜的运费加了一倍，或别的什么事情。随便你说什么。我呢，我放下手头的事情，走出我的鞋帽铺，来到街上，喊道：抢劫啰！街上总会有个脱了底的大木桶。我站到木桶上，大声地想到什么就说什么，说我心上挂念的话，只要是人民，陛下，心上总会挂念什么事情。这时候，有人聚集起来，有人喊叫，有人敲响警钟，有人解除士兵的武器分发给老百姓，集市上的人也参加进来，大家出发。只要领主庄园里有领主，市镇上有市民，国家有农民，事情就永远会是这样。”

“你们这样造反是反谁？”国王问道，“反你们的大法官？反你们的领主老爷？”

“有的时候是，看情况。有的时候，也反公爵。”

路易十一重新坐了下来，莞尔一笑地说：

“啊！在这儿，他们还仅仅只反大法官！”

正当这时候，鹿皮奥利维埃回来了，他身后跟了两名随从，端着国王的漱洗用品。不过，引起路易十一注意的是，此外一起来的还有巴黎司法官和巡逻队骑兵队长，这两人显得很沮丧，平日怨气冲天的理发师神色也懊恼，但暗地里很高兴。是理发师先开口："陛下，请原谅我给您带来这个灾难性的消息。"

国王迅速转过身来，椅子的脚刮下来一角地板上的地毯："有什么说的？

"陛下，"麂皮奥利维埃又说，脸上使坏的脸色，像一个能狠揍一下感到乐滋滋的人："这次民众闹事的矛头所指，不是司法宫的大法官。"

"那又是谁？"

"是陛下。"

老国王倏地站起来，直挺挺得像个年轻人："你说清楚，奥利维埃！你说清楚！把头抬好，我的伙计！我以圣洛教堂十字架[131]的名义向你发誓，如果你在此刻对我们撒谎，砍下卢森堡老爷脖子的剑，还没有老朽得不能锯下你的脖子！"

这个誓是个毒誓，路易十一一生仅仅两次以圣洛的十字架名义发誓。奥利维埃开口回答："陛下……"

"跪下！"国王粗暴地打断他，"特里斯唐，看好这个人！"

奥利维埃跪下来，冷冷地说："陛下，有个女巫被你的最高法院判处死刑。她躲进圣母院里。人民要用暴力把她从教堂里抢出来。司法官老爷和巡逻队队长老爷在此。他们从骚乱的现场过来，如果我说的不是实情，他们可以揭发我。人民围攻的是圣母院。"

"是这样！"国王低声说，脸色苍白，气得发抖，"圣母院！他们在圣母院大教堂里围攻圣母，我仁慈的女主人！"——"起来吧，奥利维埃。你没错。我把西蒙·拉丹的职务给你，你没错。"——"他们要攻

---

[131] 昂热的圣洛（Saint-Lô）教堂里，有耶稣的十字架遗迹。路易十一对此极为虔诚。他一旦以此名义发誓，预示年内必有人头落地。

巴士底狱外观
(Daubigny 画，Rouget 刻)

打的是我。女巫在教堂的保护之下，教堂在我的保护之下。我还以为是反大法官呢！这是要反我！”

于是，他在盛怒之下变得年轻了，开始大步走动。他不再笑，面目凶狠，来回走动。狐狸变成了鬣狗。他似乎惊呆得说不出话来。他嘴唇在动，他骨瘦如柴的拳头在抽搐。突然，他抬起头，他凹陷的眼睛大放光芒，他说话的声音响亮得如同军号。“下手吧，特里斯唐！对这些混蛋下手吧！去，我的朋友特里斯唐！杀！杀！”

这阵发作过后，他重又坐下，在冷静和强烈的盛怒下说：

“这儿，特里斯唐！”——“我们身边的这座巴士底狱，有吉夫侯爵的五十支枪队[132]，总共有三百匹马，你去带领。还有沙多贝老爷由我们指挥的弓箭手连，你去带领。你是军法官，你管辖的人员，你去带领。在圣波尔府邸，你会看到有王太子老爷的新卫队四十名弓箭手，你去带领。你带着全班人马奔到圣母院去。”——“啊！巴黎的各位老百姓老爷，你们向法国的王朝，向圣母院的圣迹，向这个普天下的国家和平，都扑上来吧!”——“格杀勿论！特里斯唐！格杀勿论！一个不漏，都去隼山。”

特里斯唐一鞠躬。“好的，陛下。”

他过了一刻又补充一句：“女巫怎么办?”

这个问题让他想了一下。

“啊!”他说，“女巫!”——“代斯杜特维尔老爷，人民又想怎么处置她?”

“陛下，”巴黎司法官答道，“我在想，既然人民要把她从圣母院的庇护所拖出来，说明不受处罚伤害了他们，他们是要绞死她。”

国王似乎在左思右想。接着，他对特里斯唐·莱尔米特说：“好吧！我的伙计，人民格杀勿论，女巫绞死。”

“就这样，”里姆对科贝诺尔轻声地说，“惩罚人民想干什么就干什么，而干人民想干的事情。”

“够了，陛下。”特里斯唐回答道，“如果女巫还在圣母院里，要不要不顾庇护所，把她从里面抢出来?”

“混账，庇护所!”国王抓抓耳朵说，“反正要绞死这个女人。”

说到这儿，他仿佛闪过一个念头，他冲过去跪在椅子前，摘下帽子，把帽子放在座椅上，虔诚地看看他身上的一块银质护身符：“噢!”

[132] 1支枪队有6匹马和6名士兵。50支枪队有300匹马和300名士兵。

他双手合十说："巴黎的圣母啊，我亲切的女主人，请宽恕我。就这一次，我下不为例。必须惩罚这个女犯。我向你保证，圣母娘娘，我仁慈的女主人，这是个女巫，她不配享有你的关切和保护。你知道，娘娘，有许多十分虔诚的君主，为了上帝的光荣，为了国家的需要，违反了教堂的特权。英格兰的主教圣休曾允许爱德华国王在他的教堂里抓捕一个魔法师[133]。法国的圣路易为同样的目的侵犯过圣保罗老爷的教堂。而耶路撒冷国王的儿子阿尔封斯老爷甚至侵犯过圣陵教堂[134]。请宽恕我这一次吧，巴黎的圣母娘娘。我再也不会了，我要给你铸一尊漂亮的银雕像，和我去年给埃古依[135]圣母院的那尊一样。但愿如此。"

他划了个十字，站立起来，戴上帽子，对特里斯唐说："赶快办，我的伙计，带沙多贝老爷和你一起去。你们叫人敲响警钟。你们要粉碎民众。你们要绞死女巫。一言为定。我的想法是由你追踪行刑情况。你要向我汇报。"——"得了，奥利维埃，我今天夜里不睡了。给我刮胡子。"

特里斯唐·莱尔米特鞠躬后出去了。于是，国王挥手打发里姆和科贝诺尔："上帝保佑你们，我的两位佛兰德好朋友老爷。请去休息一下吧。夜已深了，我们已邻近清晨，远离夜晚了。"

两人退出，他们在巴士底狱典狱长的带领下，回到宿处，科贝诺尔对威廉·里姆说道："哼！这个咳嗽的国王，我是看够了！我见过勃艮第的查理[136]喝醉了，也比生了病的路易十一还好些。"

---

[133] 英格兰主教圣休（Saint Hugues，约1140—1200）和历史上的两个爱德华国王都不是同时代人。

[134] 这些历史细节并不确切，只是司各特历史小说留下的回忆。

[135] 埃古依（Ecouys）在巴黎和鲁昂之间。

[136] 勃艮第的查理（Charles de Bourgogne，1433—1477）即"莽汉查理"，勃艮第的大公，1477年在法国南锡城外身亡。

“雅克师傅，”里姆回答道，“这是因为，国王喝的酒没有药茶凶啊。”

六　口令：闲逛小杵

甘果瓦走出巴士底狱，走下圣安东街，速度之快，如一匹脱缰的马。他来到驴门[137]，直直地就走到树立在这个广场中心的石头十字架，仿佛他能在黑暗中辨认出身穿黑衣、头戴黑风帽的那个人的脸，此人坐在十字架的台阶上。“是你吗，大师？”甘果瓦说。

那个黑衣人站起来。“难受死了！你让我太难熬啦，甘果瓦。”圣热尔韦教堂钟楼里的人刚刚喊过清晨一点半。

“噢！”甘果瓦又说，“这不是我的错；而是巡逻队和国王的错。我刚才幸免于难！我总是差一点被绞死。这是我命中注定的。”

“你什么都是差一点。”对方说，“我们快走吧。你有口令吗？”

“你设想一下，大师，我见到了国王。我从国王那儿来。他穿一条绒布的短裤。真是一番奇遇。”

“噢！前言不搭后语！你有奇遇跟我有什么关系？你有丐帮的口令吗？”

“我有。你别着急。‘闲逛小杵’。”

“好。否则的话，我们进不去教堂。丐帮封住了街道。幸好，看来他们遇到了抵抗。也许我们能及时赶到。”

“对，大师。不过，我们如何进入圣母院呢？”

---

[137] 驴门（porte Baudoyer）今已消失，今存广场，位置在巴黎市政厅和圣热尔韦教堂之间。

"我有钟楼的钥匙。"

"那我们又如何出来呢?"

"内院后面有小门，小门通向'荒地'，到了'荒地'就是水边了。我带走了钥匙。今天清早，我在河边系好了一条船。"

"我真是差一点点被绞死!"甘果瓦又说。

"哎！快走吧!"对方说。

两人大步向老城岛走去。

七 沙多贝来营救!

读者也许记得我们放下伽西莫多时的紧急状况。好心肠的聋子四面受敌，如果不说失去勇气，至少失去救人的希望，不是救他自己（他并未想到他自己），而是救埃及女人。他发狂地在长廊上奔跑。圣母院即将被丐帮攻陷。突然，一阵马蹄嗒嗒的奔跑声，充斥四邻的街道，还有长长一列的火炬，和密集的骑手，举着长矛，疾驰而来。这些来势汹汹的声音像飓风似的席卷广场："法兰西！法兰西！砍杀贱民！沙多贝来营救！官府！官府!"

吃惊的丐帮回转身来。

伽西莫多听不见声音，但他看到出鞘的刀剑，看到火把，看到铁矛，看到这群骑兵，认出来为首的是福玻斯队长。他看到丐帮乱成一团，有些人恐慌，最勇敢的人迷惑不解，他得到绝处逢生的救援，顿时力量倍增，把第一批已经跨越长廊的攻击者推出教堂之外。

果不其然，是国王的部队杀到。

王家骑警队冲来
(Brion 画，Yon-Perrichon 刻)

丐帮英勇地对付。他们作绝望的挣扎。他们的腹部在牛群圣彼得街受到攻击，尾部在大广场街，被围困在他们还在攻击的圣母院，处在腹背受敌的两难境地。以后，一六四〇年著名的都灵围城时，亨利·达尔古尔又重蹈覆辙，夹在他围困的萨瓦的托马亲王和围困他的莱卡内兹侯爵之间[138]，亨利·达尔古尔的墓志铭说："都灵的围困者被围困。"

这是一场可怕的混战。正如皮·马蒂厄[139]所说：狼肉要用狗牙啃。国王的骑兵里福玻斯·德·沙多贝英勇善战，所以下手毫不留情，刀刀见红。丐帮武器差，但怒不可遏，用嘴来咬。男的，女的，连孩子，扑到马的臀部和前胸，挂在上面，像猫用牙齿和四条腿的爪子一样。有人用火把盖住弓箭手的脸。有人用铁钩钩住骑兵的颈子，朝自己拉过来。他们对倒下的人再砍几刀。大家看到有个人持一把宽宽的长柄镰刀，闪闪发光，一直在把马腿割下来。此人好不可怕。他用鼻音唱着一支歌，不停地先摔出大镰刀，再把刀收回来。一下一下割，他割下来的马腿在自己周围堆成了一大圈。他这般朝马队最密集的地方前去，像一个开始收割麦田的收割者，不慌不忙，慢慢地走，晃着脑袋，均匀地喘气。他就是克洛班·特鲁伊甫。一声火枪把他击倒在地。

此时，临街的长窗已经重又打开。街坊四邻听到国王的士兵杀声震天，也掺和进来。每层楼面，子弹雨点般向丐帮飞来。大广场上弥漫着一片浓浓的烟雾，火枪声声，烟雾里亮出一条条火光。圣母院的大墙和泥灰斑驳的市立医院，在烟雾弥漫中影影绰绰，有些脸色憔悴的病人，从屋顶上鳞片状瓦的天窗顶部张望。

---

[138] 雨果查阅文献时有记录："1640 年，法国人在都灵的城堡里被萨瓦的托马王子围困，后者在城里受到法国将军达尔古尔伯爵围困，伯爵受到西班牙将军莱卡内兹侯爵围困。法国人夺取都灵。"

[139] 皮埃尔·马蒂厄（P. Mathieu，1563—1621）所著的《路易十一史》是雨果写《巴黎圣母院》的重要参考资料。

最后，丐帮败下阵来。疲惫不堪，缺乏优良武器，对突然袭击的恐惧，窗户里放火枪，国王士兵的猛打猛冲，都把他们击溃了。他们在马队进攻的阵势里突围，向四下里落荒而逃，在大广场上丢下一大堆尸体。

伽西莫多没有一刻停止战斗。目睹丐帮溃败，他双膝跪下，对老天伸出双手。接着，他狂喜地奔跑，像一只小鸟登上这间他拼死拼活不让人接近的小屋。现在，他只有一个想法，就是跪在他刚才又一次救下的这个姑娘面前。

他走进小屋，发现小屋是空的。

铁手
(De Rudder 画，Piaud 刻)

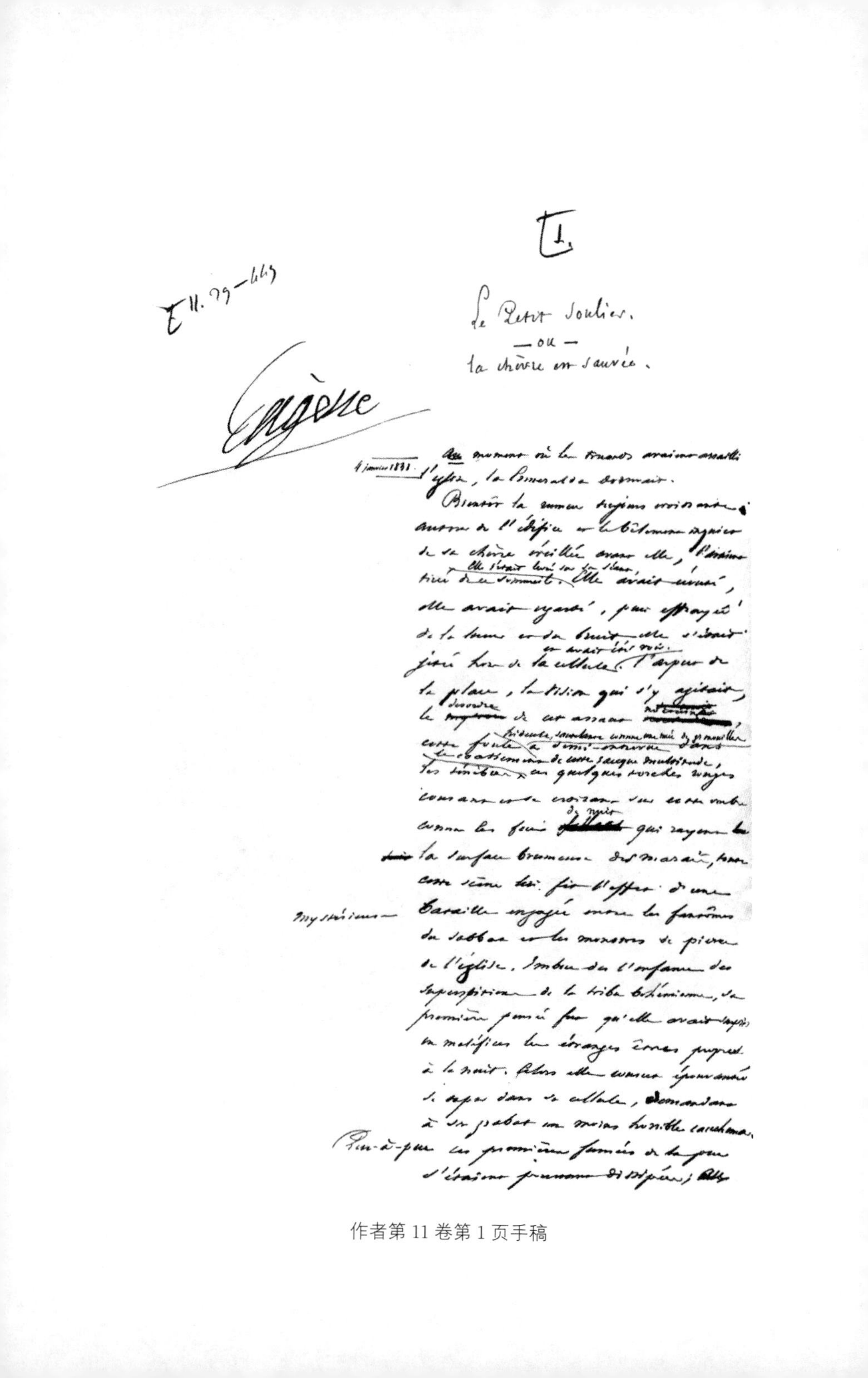

Le Petit Soulier.

— ou —

la chèvre est sauvée.

作者第 11 卷第 1 页手稿

第十一卷

一　小　鞋

丐帮攻打教堂时，爱斯梅拉达姑娘正睡着。

很快，建筑物四周越来越凶的喧闹声，比她先醒来的母羊不安的咩咩声，把她从睡梦中拉了出来。她坐起了身子，倾听，观望。接着，她为火光也为声音感到害怕，冲出小屋，上去观看。广场的样子，广场上翻动的景象，这种半夜里攻击的混乱状态，这批穷凶极恶的人群，蹦蹦跳跳，像是一大堆的青蛙，在黑暗里若隐若现，这些粗人野民的呱呱乱喊乱叫，这些红红的火把有的流动，有的在黑夜里交汇，像是夜火[①]划破了沼泽地上朦胧的水面，这一番场景让她感到这是一场神秘的战斗，是在巫魔夜会上的幽灵和教堂上石头的怪兽之间展开的战斗。她从小满脑子是吉卜赛人的迷信思想，第一个想法是在魔法里撞见黑夜出现的古怪生灵。于是，她胆战心惊地跑回小屋子里躲起来，但求在破床上做个好一点的噩梦。

恐惧的烟幕一步步烟消云散了。而从越来越闹的声音听起来，从很

---

① “夜火”在雨果原稿上先写成“鬼火”，后改为“夜火”。

多别的现实迹象看起来，她感到不是被幽灵，而是被人包围了。这样，她的恐惧不是增加，而是变了性质。她想到了民众叛乱，要把她从避难地抢出来的可能性。她一想到还会又一次送命，想到希望，想到总会在自己未来隐约出现的福玻斯，想到自己彻底无助的一片空白，想到一切生路已断，无依无靠，被人遗弃，孤立无援，这样思前想后，她沮丧，她绝望。她跪了下来，脑袋靠着床沿，双手在头顶上合十，她万分焦虑，颤抖不已，尽管她是埃及女人，是偶像崇拜者，是异教徒，却也开始抽抽噎噎，祈求仁慈的基督教上帝开恩，向她的女主人圣母祈祷。因为，纵然她并无信仰，生命里总会有某些时刻，总会相信近在眼前的寺庙里的宗教。

她这般久久地匍匐在地，事实上也不是祈祷，而是全身发抖。听到这群疯狂的人愈来愈近的喘气声，吓得全身冰凉，对下面这样猛烈的攻击毫不知情，不明白下一步又会怎样，不明白这些人干什么，要什么，但预感到结局会很可怕。

正在这样万分担忧之际，她听到有声音走近。她转过身子。两个人，其中一人举着灯，走进她的小屋。她发出一声微弱的呼喊。

“别怕，”一个她并不陌生的声音说道，“是我。”

“你，你是谁？”她问道。

“皮埃尔·甘果瓦。”

听到这个名字，她放下心来。她抬起眼睛，认出来果真是诗人。不过，他的身边，是一张黑黑的从头到脚盖起来的脸，一言不发，令她吃惊。

“啊！”甘果瓦以责备的口吻又说，“嘉利比你更早认出我来了！”

小母羊果然没有等甘果瓦自报姓名。他一进屋，它就温柔地在他膝头蹭来蹭去，用白白的羊毛对诗人百般爱抚，因为，母羊正在换毛期。

甘果瓦也对母羊一再抚摸。

“谁和你一起来的？”埃及女人低声说道。

“你放心，”甘果瓦答道，“我的一个朋友。”

于是，哲学家把灯放下，蹲在石板上，把嘉利抱在怀里，兴高采烈地叫道：“噢！真是一头好可爱的小羊，大概好就好在干净，而不在大小，又聪明，又机灵，读书写字，像个语法学家！来看看，我的嘉利，你的妙招没有忘记吧！雅克·沙莫吕师傅怎么做的？……”

黑衣人没让他说完。他走近甘果瓦，在他肩头猛推一下。甘果瓦站起来。“对了，”他说，“我都忘了我们得赶紧。”——“不过，我的大师，这也不是理由，这样叫人受不了。”——“我亲爱的漂亮丫头，你的生命有危险，嘉利的生命也是。有人要抢你。我们是你的朋友，我们来救你的。跟我们走吧。”

“真是这样？”她深受感动地叫起来。

“对，千真万确。快走！”

“我求之不得，”她结巴着说，“可你的朋友为什么不说话呀？”

“噢！”甘果瓦说，“因为他的父母亲是古怪人，让他变得沉默寡言。”

她也只好满足于这样的解释。甘果瓦拉起她的手，他的伙伴捡起灯，走在前面。少女都怕糊涂了。她听任别人把自己带走。母山羊跳着跟在他们身后。小羊重又见到甘果瓦，喜出望外，让他走路不时踉踉跄跄绊一下，好把两只羊角伸到他的腿中间去。

“这才叫生活，”哲学家每次差一点跌倒时说道，“经常是我们最好的朋友让我们摔倒的！”

他们很快地走下钟楼的楼梯，穿过教堂，教堂里一片黑暗和孤寂，却又传来吵闹声，形成可怕的对比。他们从红门出来，来到内院的院子里。内院已经被遗弃，司铎都已逃到主教府去集体祈祷了。院子是空的，有几个仆役惶恐不安地蜷缩在黑暗的角落里。他们朝这座院子通向“荒地”的小门走去。黑衣人带着钥匙，打开小门。本书读者知道，“荒地”是夹在老城岛一侧围有围墙的一块地，属于圣母院的教务会所有，在教堂后面，是小岛的东端。他们看到这块围场上空无一人。在这儿，空中的吵闹声已经减弱。丐帮围攻的嘈杂声传到他们耳中时已经变得更为模糊，不那么刺耳。顺着河水吹来的清风，清晰可闻，摇动了种在“荒地”头上唯一一棵树上的树叶。不过，他们离危险还是非常近。最靠近他们的建筑物是主教府和教堂。主教府内显而易见是一片狼藉。黑黝黝的墙体被划出来一条一条的光带，在一扇扇窗子之间跑来跑去，如同我们烧纸的时候，会留下一座黑灰组成的建筑，上面有千百条奇形怪状的明亮火星在奔跑。一边，圣母院两座巨大的钟楼，从后面看去，连同钟楼高高矗立其上的长长的大殿，在教堂前大广场上浩大的熊熊红光之上，成为黑色的剪影，很像独眼巨人生火用的两座其大无比的柴架。

从东西南北看到的巴黎，都在被烛照的黑夜眼前晃动。伦勃朗的油画有这样的背景。

掌灯的人径直走到“荒地”的头上。到了地头，贴着河水的边上，有一排用木板条把木桩连接而成的篱笆蛀蚀的残骸，篱笆上一枝低矮的葡萄架挂着几茎干瘦的枝条，摊开来像是一只手张开的手指。后面，在这葡萄架投下的阴影里，藏着一条小船。此人示意甘果瓦和他的女伴上船。母山羊也跟着到船上。此人最后登船。接着他砍断缆绳，用长篙把船推离岸边。他拿起两支桨，坐在船头，奋力划向河中。塞纳河在这一段水流湍急，他费了很大力气，才驶离了岛的顶端。

甘果瓦进到船里第一件操心的事是把小羊放在膝头。他坐在船尾。而少女因为对陌生人有点说不出来的不放心，也依偎在诗人身边坐下来。

我们的哲学家感到船已摇动，拍起手来，在羊角中间吻吻嘉利。

“噢！”他说，“我们四个都得救了。”他又摆出大思想家的神气说：“大事情能功德圆满，有时候要感谢命运，有时候要感谢计谋。”

小船慢慢地向右岸驶去。少女怀着隐而不露的恐怖打量着陌生人。后者已经细心地熄灭了本来就暗淡的灯。

圣母院的半圆形后殿
（Daubigny 画，Laisné 刻）

黑暗中隐隐看得到他在船头，像个幽灵。他的风帽总是垂下，对他似乎是一副面具。他划船时，每当稍稍张开两条臂膀，垂下来的黑色大袖管，看着像是蝙蝠的两只大翅膀。此外，他还没有说过一句话，喘过一口气。船上别无声音，只听见船桨的来去滑动，以及贴着小船万千的水声噼噼啪啪。

“凭我的灵魂起誓！”甘果瓦突然说，“我们轻松愉快，心情舒畅，像几只飞虫！我们遵从毕达哥拉斯派学者或是鱼儿都闭口不说话！混账！朋友们，我很想有人对我说说话。”——“人的声音对人的耳朵是一种音乐。这可不是我说的，是亚历山大的狄迪莫斯[②]说的，这都是至理名言。”——“当然啦，亚历山大的狄迪莫斯不是等闲之辈的哲学家。”——“一句话，我美丽的姑娘！我求你，对我说一句话。”——“对了，你会做一个滑稽别致的噘小嘴，你还老是噘嘴吗？你可知道，我的朋友，最高法院对任何庇护所都有司法管辖权，你在圣母院的小屋子里是冒很大的风险的？唉！小小的蜂鸟[③]在鳄鱼的大嘴里筑巢。”——“大师，月亮又升起来了。”——“但愿没有人会看见我们！”——“我们救了小姐，是做了一件好事，不过如果被逮住，会以国王的名义绞死我们的。唉！人的行为，用两个把手拿起来。一件事情在我身上受到责难，在你身上受到颂扬。有人称颂恺撒，却谴责卡蒂利那[④]，不是吗，我的大师？你对这种哲学有何说法？我呢，我的哲学是本能哲学，是自然哲学，几何学如蜜蜂[⑤]。”——“得了！没有人回答我。你们两个人的脾气都讨厌！我只好自言自语。悲剧里称之为独白。”——“混账！”——“我得告诉你们，我刚刚见过国王路易十一，我记住了这句咒骂！”——“真是混账！他们在老城岛的叫嚷太得意了。”——“这是个非常恶劣的老国王。他穿着这一身皮毛，愁眉苦脸的。他欠了我写祝婚歌的钱总是不还，最多也不过是他昨晚没有让人把我绞死，这本来会让我很为难的。”——“他对有才之士很抠门。他真该好好读读科隆的

② 亚历山大的狄迪莫斯（Didyme d’Alexandrie，公元前80—公元前10），古希腊语法学家，一生勤奋，著述丰富。

③ “蜂鸟”在文中指埃及的一种蜂鸟，古代历史学家希罗多德和哲学家亚里士多德都曾提及。这种蜂鸟和尼罗河的鳄鱼有共生现象，为鳄鱼清洁牙齿。

④ 恺撒（César，公元前101—公元前44）和卡蒂利那（Catilina，公元前108—公元前62）两人是同时代的政治家，但命运不同。恺撒以后成为罗马帝国的皇帝，而卡蒂利那想推翻元老院政制而失败。

⑤ 原文是拉丁文。蜜蜂出于本能，建造的蜂房是正六面体。

萨尔维安的四卷《反贪论》[6]。的确如此！这是个对待文人心胸狭猛的国王，而下手狠毒野蛮。这是一块吸吮人民钱财的海绵。他的节俭是靠所有其他器官消瘦而肥大的脾脏。因此，为时代严厉而发的牢骚变成对君王的抱怨。在这位温和而虔诚的国王治理下，绞刑架因绞刑犯多而开裂，断头台因血渍斑斑而腐烂，监狱像吃得太饱的肚子爆裂。这个国王一手抢票子，一手拿绳子。这是盐税夫人和绞架老爷的代言人。贵人被剥夺身份，平民的油水被日益榨干。这是个暴虐成性的君王。我不喜欢这位国君。你呢，我的大师？”

黑衣人让多话的诗人讲个没完。他继续在和分隔老城岛头部和圣母岛尾部的激流搏斗。我们今天把圣母岛叫作圣路易岛。

“对了，大师！”甘果瓦突然又说，“我们穿过疯狂的丐帮，来到大广场时，大人你有没有注意到这个可怜的小鬼，被你的聋子在列王柱廊的栏杆上打出脑浆来？我视力差，认不出来是谁？你知道可能是谁吗？”

陌生人不作回答。但他突然不再划桨，双臂仿佛断了一样垂下来，脑袋跌落在胸口，爱斯梅拉达姑娘听到他抽抽搭搭地叹气。她这边一阵颤抖。她以前听到过这一声声叹气。

小船无人划桨，有一段时间顺着河水漂流。不过，黑衣人最后站立起来，重握船桨，又溯流而上。他绕过圣母岛的头，向干草港的码头驶去。

“啊！”甘果瓦说，“那前面是巴尔博楼。”——“注意，大师，请看，这一排排黑黑的屋顶，形成奇奇怪怪的角，那边，在这堆低垂的云层下方，拖泥带水的，又污秽，又肮脏，把月亮压得扁扁的，摊了开来，像是蛋壳破了的蛋黄。”——“这栋楼很漂亮。有一座小教堂，上方的

---

⑥ 科隆的萨尔维安（Salvien de Cologne）是5世纪的普罗旺斯神甫，以著有《反贪论》闻名于世。

小拱顶上满是精雕细镂的装饰。你在上方能看到小钟塔，窗口开得多么巧妙细致。还有一座赏心悦目的花园，有一方池塘，有一座大鸟笼，有回音壁，有槌球场，有迷宫，有兽舍，还有许多许多维纳斯非常喜欢的树荫浓密的小径。还有一颗鬼家伙树，人称‘淫树’，是一位著名的公主和一位多情和风趣的法兰西大将军寻欢作乐的地方。”——“唉！我们这些穷酸的哲学家，比之于一位大将军，就像一块菜地比之于卢浮宫的花园。不过，有什么关系！人的生活嘛，对贵人和对我们一样，都有好有坏。痛苦和欢乐相伴，长长格和长短短格[⑦]相随。”——“我的大师，我得给你讲讲巴尔博楼的这段历史。最后的结果很惨。是在一三一九年菲利普五世在位的年代，他是法国在位最长的国王。历史的教训是：肉体的诱惑是有害的，邪恶的。不要老是盯着邻居的妻子看，不论我们的感官看到她的美貌有多么愉快。奸淫是一种非常放荡的想法。通奸是出于对享受别人的好奇。”——“……喂！那边的声音闹得更凶啦！”

果然，圣母院的四周，喧闹声更吵了。他们听着，清楚地听到有欢呼的喊叫声。突然，在教堂的所有高处，钟楼上，柱廊上，飞梁下，上百把火炬照得士兵的头盔闪闪发亮。这些火把似乎在寻找什么东西。马上，遥远的叫嚷清晰地传到这几个逃逸者的耳中：“埃及女人！女巫！绞死埃及女人！”

不幸的姑娘把头垂下，托在手上，而陌生人开始拼命地向岸边划去。这时候，我们的哲学家在思索。他用双臂把小羊抱住，轻而又轻地摆脱开吉卜赛女人，而她更加紧紧地靠在他身上，仿佛靠着她现在仅有的庇护所。

当然，甘果瓦处在万分茫然、不知所措的境地。他想到：根据“现

⑦ “长长格”和“长短短格”是希腊和拉丁诗体的节奏格式。

行法律”，如果她被抓回去，母山羊也会被绞死；他想到：这损失可就大了，可怜的嘉利！他想到：他“这样身上拖着两个”太多了；他想到：他的伙伴只操心埃及女人一个人。他思来想去，激烈斗争，像《伊利亚特》里的朱庇特，在埃及女人和小羊之间掂来掂去。他看看这一个，又看看另一个，眼圈里有泪水溢出来，牙缝里喃喃说道：“我可无法把你们两个都救下来呀。”

最后，一阵摇动告诉他们小船靠岸了。老城岛上到处是阴森森的嘈杂声。陌生人立起来，走向埃及女人，想拉起她的手臂帮她下船。她推开他，挂在甘果瓦的袖口上，甘果瓦这边忙着小羊，几乎推开了她。于是，她独自跳下小船。她慌乱之极，不知道做什么，不知道去什么地方。这样，她一时间站着发呆，望着河水流动。等她有点回过神来，发现她独自在码头和陌生人在一起。看来，甘果瓦利用下船的功夫，带着小母羊，在水上阁楼街[8]密密麻麻的房子里溜走了。

可怜的埃及女人发抖了，看到自己独自和这个男子在一起。她想说，想喊，想叫甘果瓦。她的舌头在嘴里僵住了，嘴唇没有一点声音出来。突然，她感到自己手上有陌生人的手。这是一只冰冷和有力的手。她的牙齿格格作响，她脸色发白，比照在身上的月光更白。男子一言不发。他拉起她的手，开始大步向沙滩广场走去。此时此刻，她隐隐感到命运是无法抗拒的力量。她没有别的办法，听之任之被拖着走，他走着，她跑着。这一段码头是上行路。可她觉得自己走下了一个斜坡。

她环顾四周。没有人影。码头上彻底地空空又荡荡。她听不到声音，只感到嘈杂和淡红色的老城岛上人头涌动，她和老城岛仅有塞纳河的一水之隔，她的名字从对岸传过来，夹杂着绞死的喊声。余下的巴黎，

---

⑧ 水上阁楼街（rue Grenier-sur-l’Eau）在塞纳河右岸，在沙滩广场后面的圣热尔韦教堂半圆形后殿边上。

在她的四周投下大块大块的巨大黑影。

陌生人在这期间总是拖着她，但却是同样的沉默，同样的快步。她头脑里记不起她走过的任何地方。经过一扇亮着的窗子，她拼出勇气，突然身子一直，喊道："救命啊！"

窗子里的市民开窗，出现在窗口，穿着衬衣，举着灯，呆呆地望望码头，说了几句她没有听清的话，又关上了护窗板。最后的一点希望之光熄灭了。

黑衣人不出一声，他紧紧拖住她，走得更快了。她不再抗拒，跟着他，筋疲力尽了。

她不时积攒起一点体力说话，因为马路上坑坑洼洼，因为跑步时喘气，说得断断续续："你是谁？你是谁？"他不作回答。

他们这样沿着码头来到一个很大的广场。有一点月光。这儿是沙滩。看得清中央有个竖立的东西，像是黑黑的十字架。这是绞刑架。她认出来了，看出来她身在何处。

男子停下步来，转身向着她，撩起他的风帽。"噢！"她结结巴巴说，吓呆了："我就知道还是他！"

这是神甫。他的样子像是自己的鬼魂。这是月光产生的效果。大概在这样的光照下，人们只看见事物的幽灵。

"听着。"他对她说话，她听到这个已经多时没有听过的阴森可怖的声音就颤抖。他继续说。他吐字带着这种短暂而喘气的跳动，这样一抖一抖说话，说明他内心深处在颤抖。"听着。我们到了这里。我要对你说话了。此地是沙滩。这儿是一处尽头。命运把你我交给了对方。我会决定你的生命。你呢，你会决定我的灵魂。眼前有一个广场和一个夜晚，过了这个广场，过了这个夜晚，我们便一无所见了。所以你听我说……首先，别对我说你的福玻斯（这样说着，他走来走去，仿佛是个无法停在原地的人，并拉着她走)。别对我说这个。你明白了？如果你说出这个名字，我不知道我会做出什么事情来，但会是很恐怖的事情。”

这么一说，仿佛一个物体重又找到自己的重心，变得不动了，不过他说的话并不反映他不激动。他的声音越来越低了。

“别这样把头转过去。听我说，这件事情很严肃。首先是已经发生的事情。”——“你别嘲笑这些事情，我说真的。”——“我说了什么话？你给我提示一下！啊！”——“最高法院有判决书，要把你送回绞刑架。我刚才把你从他们手中救了下来。但是，他们又来追捕你了。你看。”

他把胳膊伸向老城岛。果然，岛上继续在搜查。吵闹声越来越近。民事长官[9]住宅的塔楼坐落在沙滩对面，吵吵闹闹，灯火通明。看得到有士兵在对岸的码头上奔跑，举着火炬叫喊：“埃及女人！埃及女人在哪儿？绞死！绞死！”

“你看到了，他们在追捕你，我没有对你撒谎。我呢，我爱你。”——“你别开口，如果你要对我说你恨我，不如不要对我说。我反正不要听这些。”——“我刚才救了你。”——“你先听我说完。”——“我可以完完全全救你。我都准备好了。只要你要。你要什么，我可以做什么。”

他急刹车般停下。“不，要说的不是这些。”

他一边跑，也拖着她跑，对她不松手，他径直走向绞架，把绞架指给她看。“在我们两个中间，你选吧。”他冷冷地说。

她从他手里挣脱出来，扑倒在绞架脚下，拥抱这座阴森森的依靠，接着，她美丽的脑袋侧过来一半，从她的肩上望望神甫。真像是一尊圣

⑨ 民事长官负责巴黎的治安和警卫。

洁的圣母，跪在十字架脚下。神甫站着一动不动，手指一直指着绞架，保持这个姿势，像一座雕像。

最后，埃及女人对他说：“绞架对我来说没有你恐怖。”

他的胳膊慢慢垂落下来，望着地面，神情十分沮丧。“如果这些石头会说话，”他喃喃说道，“石头会说：这个男人多么不幸。”

他要说下去。少女跪在绞架前，淹没在自己披下来的一头长发里，她让他说，不打断他。他现在哀求和温和的口气，和他高傲粗鲁的面容形成令人痛苦的对比。

“我，我爱你。噢！这千真万确。让我的心燃烧的这把火熊熊燃烧，烧得一点也不剩下！唉！姑娘，日夜在烧，对，日夜在烧，这不值得同情一下吗？我对你说，这是一场日日夜夜的爱情，这折磨人呀。”——“噢！我太痛苦了，我可怜的孩子！”——“这样的事情值得可怜啊，我这是真的。你看，我对你温柔地说话。我多想你别这样厌恶我！”——“总之，一个男人爱一个女人，这不是男人的错！”——“噢！我的上帝！”——“怎么啦！你就永远不会原谅我？你要永远憎恨我？这都过去了！这让我变得丑恶，你看到了？变得我自己也觉得面目可憎了！”——“你看都不看我一眼！你想着别的事情，也许，而我站着对你说话，为你我两人永生永世的结局而战栗！”——“你千万别对我说你的军官！”——“怎么！我都可以在你面前下跪；怎么！我都可以去吻，不是吻你的脚，你也不会要，而是吻你脚底下的地；怎么！我都哭哭啼啼像个孩子，我都可以从我胸口掏出来，不是掏出来几句话，而是掏出来我的心，我的五脏六腑，好对你说我爱你；这一切就都无济于事，都无济于事！”——“而你，你的灵魂里就没有一点心软和仁慈的东西。你温文尔雅，光彩照人；你全身心妩媚，慈祥，慈悲，优美动人。你只是对我一个人恶意相向！唉！命中注定啊！”

他用双手抱住脸。少女听到他在哭泣。这可是第一次。这样站着，又抽泣不已，比跪着更加可怜兮兮，更加苦苦哀求。他这样哭了一阵子。

“罢!”第一阵眼泪哭过后，他继续说：“我无话可说。我可是想好了要对你说些什么。现在，我发抖，我战栗，关键时刻我撑不住了，我感到有某种至高无上的东西罩住了我们，我都结巴了。噢！我要跌倒在路上了，如果你不可怜我，也不可怜你自己。不要把我们两人都判处死刑啊。你要知道我有多爱你就好了！我这颗心是颗多好的心啊！噢！怎么会放弃一切美德！怎么会对我自己如此自暴自弃！我是博士，我嘲弄科学；我是贵族，我糟蹋我的姓氏；我是神甫，我把祈祷书当成寻欢作乐的枕头，我朝我的上帝脸上吐唾沫。这一切都是为了你，你这个迷人的魔法师！为了配去你的地狱！而你不要这个罚入地狱的人！噢！让我对你和盘托出！还有，还有更加恐怖的东西，噢！更加恐怖的东西！……”

说到这最后几句话，他的神情已经完全迷茫。他停了一下，又仿佛对自己自言自语，高声地说：“该隐，你把你弟弟怎么了？[⑩]”

他又停下片刻，继续说道：“我对弟弟做了什么，主啊？我收留他，我抚养他，我给他饭吃，我爱他，我溺爱他，我又杀死了他！不错，主啊，刚才有人在我面前，在你家里的石头上，砸碎了他的脑袋，这是因为我，因为这个女人，因为她……”

他的眼睛惶恐不安。他的声音低得几乎没有。他还重复了好几遍，不由自主，间隔越来越长，仿佛钟声传播出最后的震响：“因为她……”——“因为她……”接着他的舌头再也说不出任何听得清的声

---

⑩ 这是《圣经·创世纪》里上帝问该隐（Caïn）的问题。该隐和弟弟亚伯祭祀上帝，该隐的贡物不如亚伯的贡物讨上帝喜欢，出于妒忌，该隐杀死亚伯，被罚流浪各地，良心不得安宁。

音，而他的嘴唇仍然总在翕动。突然，他瘫倒在地，像是有什么东西坍塌了，躺在地上一动不动，脑袋夹在两个膝头里。

少女轻轻碰了一下，把脚从他身下抽出来，使他醒了过来。他慢慢地用手摸摸瘦削的面颊，惊愕地望了几下自己湿漉漉的手指。“怎么!”他喃喃说道，“我哭了!”

他又带着难以言喻的苦恼，突然向埃及女人转过身来：

“唉！你冷冷地望着我哭泣！孩子，你可知道这些流下的眼泪，就是流下的熔岩吗？对这个被人憎恨、成了铁石心肠的男人，就不是如此吗？你会看到我死，你会笑。噢！我就不想看到你去死！两个字！只要宽恕两个字！不要对我说你爱我，仅仅只要对我说你愿意，这就够了，我会救你的。否则……噢！时间在过去。我以一切神圣事物的名义，恳求你，不要等我恢复铁石心肠，硬得像这座也在要你命的绞架！想一想，我手里握着你我两人的命运，想想我是没有理智的人，这很可怕的，想想我会让一切都倒下，想想在我们脚下有一座无底的深渊，不幸的女人，我会追随你坠落到深渊之中，遥遥没有尽期！说一个好听的字，说一个字，只要一个字!”

她张开嘴，准备回答他。他赶紧在她面前跪下来，恭恭敬敬地聆听马上从她嘴唇里发出的或许是温柔的话。她对他说：“你是杀人犯!”

神甫疯狂地用胳膊搂住她，笑起来，笑得那么恐怖。“好，不错！杀人犯!”他说道，“我要得到你。你不想要我做奴隶，你却要我做主子。我要得到你！我有个贼窝，把你拖进去。你要跟我来，你必须要跟我来，否则我把你交出去！美人，是去死，还是属于我！属于神甫！属于叛教者！属于杀人犯！过了今天夜里，你听见没有？得了！开心吧，得了，跟我睡，疯婆子！要坟墓，还是要我的床!”

在绞架下
(Brion 画，Yon-Perrichon 刻)

他的眼睛闪出淫荡和狂乱的光。他淫猥的嘴巴让少女的脖颈涨红。她在他胳膊里挣扎。他口吐白沫地吻她。

“别咬我，畜生!”她叫喊，“噢！恶心发臭的修士！放开我！我要扯下你肮脏的白发，一把一把扔到你的脸上!”

他脸上一阵红，一阵白，然后放开她，阴沉沉地望着她。她以为取得了胜利，接着讲：“我告诉你，我是属于我的福玻斯的，我爱的是福玻斯，福玻斯是美男子！你这个神甫，你又老！你又丑！滚吧!”

他狂叫一声，叫得像在受烙铁火刑的坏蛋。“那去死吧!”他咬牙切齿地说。她看到他可怕的目光，想逃跑。他抓住她，摇晃她，把她摔在地上，拽住她两只美丽的手，把她在路面上拖着，快步向罗兰塔的那个角落走去。

到了塔前，他转身对她说：“最后一次，你愿意属于我吗?”

她吼叫道：“不。”

他于是高声喊道：“古杜勒！古杜勒！埃及女人来了！你报仇吧!”

少女感到肘部被猛然抓住。她一看，一只瘦骨嶙峋的胳膊从墙上的天窗里伸出来，像一只铁手把她抓住了。

“抓好!”神甫说，“这是逃跑的埃及女人。别让她跑了。我去叫差役来。你会看到她被绞死的。”

一声从喉咙里发出来的笑，从墙内应答这几句血淋淋的话：“哈！哈！哈!”埃及女人看到神甫走开，向圣母桥的方向奔跑而去。人们听到那边有吵闹嘈杂的人群。

少女已经认出来是恶毒的隐修女。她恐怖得直喘气，试着想挣脱。她扭转身子，几次三番作绝望的垂死的激烈挣扎，但是对方抓住她，力气大得吓人。瘦削的骨棱棱的手指掐得她很痛，在她的肉里抽紧，把她的胳膊包住了。仿佛是这只手铆在了她的胳膊上。这不是一条铁链，这不是一副枷锁，这不是一圈铁环，这是从墙上伸出来的一把你动它也动的活的钳子。

她筋疲力尽，瘫倒在墙上，这时候，死亡的恐惧攫住了她。她想到生命的美丽，想到青春，想到蓝天，想到自然的美景，想到爱情，想到福玻斯，想到一切远去和近来的事物，想到告发她的神甫，想到马上到来的刽子手，想到就在眼前的绞架。这时候，她感到恐惧袭来，浸透到每一丝头发的发根，她又听到隐修女发出阴森森的笑声，低声对她说："哈！哈！哈！你要被绞死了！"

她奄奄一息地转身望望天窗，她透过天窗的铁条，看到麻袋女那张野兽般的面孔。"我做了什么对不起你的事？"她几乎有气无力地说道。

隐修女没有回答她，以一种歌唱的又生气又嘲讽的调子咕哝道："埃及女！埃及女！埃及女！"

不幸的爱斯梅拉达姑娘又把头垂落到头发里，她明白自己不是在和一个正常人打交道。

突然，隐修女叫起来，仿佛埃及女人问的那个问题经过这段时间，才到达她的思想："你说，你做了什么对不住人的事，埃及女人！好啊！你听着。"——"我，我有过一个孩子！你明白？我有过一个孩子！我对你说，一个孩子！"——"一个漂亮的小女孩！"——"我的阿涅丝。"她在黑暗中吻吻什么东西，怅然若失地又说道："好啊！你明白吗，埃及女？有人抱走了我的孩子，有人偷走了我的孩子，有人吃掉了我的孩子。这就是你干的好事。"

少女像羔羊似的回答道："唉！我那时候也许还没有出生呢！"

"噢！不！"隐修女又说，"你应该已经出生了。你和他们一起。她也有你的年纪！是这样！"——"我在这洞里十五年了；我受苦有十五年了；我祈祷有十五年了；我朝四面墙撞头有十五年了。"——"我跟

“抓好!”

(Brion 画, Yon-Perrichon 刻)

你说，是一些埃及女人偷走了我的女儿，你听明白了？她们张口吃了我的女儿。”——“你有一颗心吗？你想想一个孩子在玩耍是怎么回事；一个孩子在吃奶；一个孩子在睡觉。多么天真啊！”——“噫！这样，就这样把我给耍了，把我给杀了！仁慈的上帝很清楚！”——“今天，轮到我了，我要吃吃埃及女人。噢！如果没有这些铁条阻拦，我就要咬你。我的脑袋太大了！”——“可怜的小女儿！你还睡着！如果她们抢走孩子时把她弄醒了，她就是喊也没用，我不在身边！啊！你们这些埃及当妈的女人，你们吃了我的孩子！你们来看看你们的孩子吧。”

这时候，她大笑起来，或者说是咬牙切齿。在这张疯狂的脸上，大笑和咬牙切齿两件事情何其相似乃尔。天快破晓了。一点灰灰的反光模模糊糊照亮了这个场景，广场上的绞架越来越清晰可辨了。在那一边，在圣母桥那头，可怜的女犯相信自己听到了马队邻近的声音。

“夫人！”她双手合十，双膝跪了下来，披头散发，慌乱已极，吓得发狂，“夫人！可怜可怜吧。他们来了。我没有做任何对不起你的事情。你忍心当面看着我这样悲惨地死去吗？你有怜悯心，我肯定。太可怕了。你让我逃走吧。放开我！开恩啦！我不要这样死去呀！”

“把我的孩子还给我！”隐修女说道。

“开恩吧！开恩吧！”

“把我的孩子还给我！”

“看在老天爷的份上，放了我吧！”

“把我的孩子还给我！”

这一次，少女倒下了，瘫软无力，筋疲力尽，目光呆滞，像个身陷地牢里的人。“唉！”她吞吞吐吐地说，“你找孩子，我呢，我找父母。”

“把我的小阿涅丝还给我！”古杜勒继续说，“你不知道她在什么地方？那你去死吧！”——“我对你说吧。我本是个青楼女子，我有个孩子，有人抢走了我的孩子。”——“是那些埃及女人。你明白你得去死了吧。当你的埃及母亲来要你的人时，我会对她说：当娘的，看看那座绞架！”——“或者把我的孩子还给我。”——“你知道我的小女儿，她在什么地方吗？过来，我给你看。这是她的鞋。我就剩下她的这只鞋。你知道同样一只鞋在什么地方吗？如果是在世界的尽头，我也要跪着去寻找那只小鞋。”

她这样说着，用另一伸在天窗外的胳膊，给埃及女人指指那只绣花小鞋。天色微明，看得清小鞋的形状和颜色了。

“把那只小鞋给我看，”埃及女人发抖地说道，“上帝啊！上帝啊！”同时，她用那只空的手，利索地解开挂在颈子里饰有绿色玻璃珠的小袋子。

“算了！算了！”古杜勒咕哝道，“找你魔鬼的护身符呀！”突然，她停下来，整个身子颤抖起来，用一种发自全身丹田之气的声音叫起来：“我的女儿！”

埃及女人刚从小袋子里取出一只小鞋，和另一只完完全全一样。小鞋上有一张羊皮纸，上面写着首“藏谜诗”：

当另一只相同的鞋找到，

你的母亲会来把你拥抱。

说时迟，那时快，隐修女把两只鞋子一对比，读了羊皮纸上的文字，她红光满面的脸贴在天窗的铁条上，发出喜从天降的叫声：“我的女儿！我的女儿！”

“我的母亲！”埃及女人回应道。

至此，我们不再描述。

墙和铁条横隔在她们两人中间。

“噢！有墙！”隐修女叫道，“噢！看到她，却不能拥抱她！你的手！

你的手！”

少女把她的胳膊通过天窗伸给她，隐修女扑倒在这只手上，把嘴唇凑到手上，放在手上不动，这一吻心力交瘁，生命的迹象只剩下一声呜咽，不时抬起她的腰部。这期间，她眼泪哗哗直流，没有声音，又在黑暗中，像是一场夜雨。可怜的母亲朝这只爱不释手的手上，倾倒出她胸腔里一口黑黑的深井里全部的泪水，这是她十五年来全部的痛苦一滴又一滴过滤而成的泪水。

突然，她直起身子，把覆盖她额头的长长的灰白头发撩起来，一言不发，用双手摇动她斗室的铁条，比一头母狮子更疯狂。铁条动都不动。于是，她去小屋的角落里，找来一块她用作枕头的大铺路石，狠狠地砸向铁条，一根铁条被砸碎，碎屑崩落一地。第二下，就让封住天窗的老铁十字架完全塌了下来。于是她用两只手，把铁条生锈的残余部分掰断，拉到一边。有的时候，女人的两只手会有超人的力量。

出口打通，不消一分钟，她托住女儿的身段，把她拉进了小屋。“来！让我把你从深渊里救上来！”她喃喃地说道。

当女儿进入小屋，她把女儿轻轻地放到地上，又抱住她，把女儿捧在自己怀里，仿佛这总是她的小阿涅丝，她在窄小的屋子里走来走去，发了疯，发了狂，又兴奋，又喊叫，又歌唱，又吻吻女儿，又对她说话，又哈哈大笑，又痛哭流涕，这些动作同时在做，又做得激动发狂。

“我的女儿！我的女儿！”她说道，“我有女儿啦！女儿回来了。仁慈的上帝把女儿还给了我。你们嘛！你们都过来！有没有人看到我有女儿啦？我主耶稣，她多漂亮！你让我等她等了十五年啊，我仁慈的上帝，不过你还给了我一个漂亮的女儿。”——“埃及女人可没有把她吃掉！谁这么说的？我的好女儿！我的好女儿！亲亲我吧。这些善良的埃及女人。我就喜欢埃及女人。”——“真是你。真是这样。你每次经过，我的心就怦怦直跳。我还以为这是仇恨呢！原谅我，我的阿涅丝，原谅我吧。你会以为我很恶毒，不是吗？我爱你。”——“你颈子里的小东西，你一直在身上吗？我们看看。她一直在身上。噢！你多漂亮！是我给了你一双大眼睛，小姐。吻我吧。我爱你。别的母亲有孩子，我也一样有，我现在可不在乎她们了。让她们来好了。这是我的女儿。看看她的颈子，她的眼睛，她的头发，她的手。你们能给我看看还有这么美的东西吗？噢！我对你们担保，她会有情郎的，她会有的！我哭了十五年。我的如花美貌已经远去，又来到她的身上。吻吻我吧。”

她还对女儿说成百上千荒唐透顶的言词，但说话的腔调却又绝顶之美，这可弄乱了可怜女儿的衣服，直让她脸红，她用手梳理女儿丝一般的长发，吻女儿的脚、膝头、额头和眼睛，对女儿的一切感到心醉神迷。少女听之任之，一再时不时地柔声柔气地轻轻说：“母亲！”

“你看到了，我的好女儿？”隐修女又说，每说一个字就吻一下：“你看到了！我会很爱你的。我们要离开此地。我们会很幸福。我在我们家乡兰斯继承了一点东西。你知道，兰斯？啊！不知道，你不知道这些。你，你当年太小！如果你知道你有多漂亮才好啊，才四个月！在七法里以外的地方，埃贝尔奈[11]有人出于好奇，来看你的一双小脚！我们会有一块田，有一栋房子。我让你睡在我的床上。我的上帝！我的上帝！谁能相信会这样？我有了女儿啦！”

“唉，我的母亲！”少女激动之余终于有力气说话了，“那个埃及女人对我说过。我们那边有个埃及女人，去年过世了，她总是像奶妈一样关心我。是她把小袋子挂在我颈子里的。她总是说：丫头，当心这件首饰。这是宝贝。有了它你能找到你母亲。你颈子里挂的是你母

[11] 埃贝尔奈（Epernay）是兰斯以南27公里的市镇。

亲。”——“她有过预言的，这个埃及女人!”

麻袋女又一次搂住她的女儿。“来，让我吻吻你！你这话说得太好了。当我们回到家乡，我们带着小鞋去给教堂里的小耶稣穿鞋。我们应该给仁慈的圣母娘娘办这件事。我的上帝！你说话的声音多美。你刚才和我说话，我就像在听音乐！啊！我主耶稣啊！我找回了我的孩子！可这样的故事，能相信吗？人是死不了的，连我都没有高兴死。”

接着，她又拍手，又笑，又喊：“我们会很幸福的!”

此时，小屋里响起兵器的撞击声，响起马匹的嗒嗒声，声音似乎从圣母桥过来，越来越近码头了。埃及女人恐慌地扑倒在麻袋女的怀里。

“救救我！救救我！母亲啊！他们来啦!”

隐修女又脸色刷白。

“噢！天哪！你说什么？我都忘了！他们在追捕你！你干了什么啦?”

“我不知道，”不幸的女孩回答，“而我被判了死刑。”

“死刑!”古杜勒如遭到雷劈摇摇晃晃。“死刑!”她又慢慢地说，眼睛盯着她的女儿。

“是啊，母亲，”少女慌乱地说，“他们要处死我。这是他们来抓我了。这座绞刑架是为我竖的！救救我呀！他们到了！救救我呀!”

隐修女一时间一动不动，像化成了石像，接着她摇摇头，表示怀疑，突然，一声大笑，是她惯有的那种吓人的大笑：“喔！喔！不会的！你说的这是梦话。啊，对了！我想是丢了女儿，这都有十五年了，我又失而复得，这才仅仅一分钟！又要从我这儿夺走！现在女儿很漂亮，长大了，对我说话，女儿爱我。倒是现在，他们要来吃我的女儿，还要当着她母亲的面！噢，不会的！这样的事情不可能发生的。仁慈的上帝不允许有这样的事情发生。”

母亲和女儿
(Brion 画，Yon-Perrichon 刻)

至此，马队好像停下步来，听见远方有个声音说道："走这边，特里斯唐老爷！神甫说我们会在老鼠洞找到她。"又响起马匹的声音。

隐修女直直地站起身子，声嘶力竭地喊道：

"快逃！快逃！我的孩子！噩梦又回来了。你说得对。你有死刑！可怕啊！该死啊！你快逃！"

她把头伸到天窗上，马上缩了回来。"留下来，"她低声说道，说得快，说得惨，颤颤抖抖地握紧吓得半死的埃及女人的手，"别走了！别出声！到处有士兵。你出不去了。天已大亮了。"

她的眼睛干枯，火辣辣的。她一时间不说话。她只是大步在小屋里走动，不时停下脚步，并拔下一绺一绺的灰白头发，然后用牙齿咬碎。

突然，她说道："他们走近了。我来对他们讲。你躲到角落里去。他们看不见你的。我会对他们说，你逃跑了，是我放了你，就是这样！"

因为她还抱着女儿，把女儿放到小屋的角落里，外面的人是看不见的。她让女儿蹲下来，细心安排，让女儿的脚和手都在暗处，把女儿的黑头发解开，散开来，盖在她的白袍上面，以此遮挡这件白袍，又把水罐和铺路石——这可是她仅有的两件家具——放在女儿前面，以为这个水罐和她的铺路石会挡住她。这样做好后，她才安心些，跪下来祈祷。天色才蒙蒙亮。老鼠洞里还是黑黑的。

此时，神甫的声音，这个阴森森的声音离小间很近很近了，喊道："这边走，福玻斯·德·沙多贝队长！"

爱斯梅拉达姑娘蜷缩在角落里，一听见这个名字，这个声音，动了一下。"别动！"古杜勒说。

她刚说完，一团士兵、刀剑和马匹的吵闹声停在小屋的周围。母亲很快起身，在天窗前站好位置，堵住天窗。她看到很大一支武装士兵的队伍，或是徒步，或是骑兵，排列在沙滩。指挥队伍的长官下马，向她走来。“老太婆，”这个脸色凶巴巴的人说道，“我们寻找一个女巫要绞死她，有人向我们报告是在你这儿。”

可怜的母亲尽量显出无所谓的样子：“我不太明白你说的意思。”

那人又说：“他妈的！这个吓破胆的主教助理吹什么？他人呢？”

“老爷，”一名士兵说，“他不见了。”

“那就，疯婆子，”指挥官又说，“别对我撒谎。有人要你看住一个女巫。你把女巫怎么了？”

隐修女不想什么都否认，怕这样反而引起疑心，便以真诚和不耐烦的声调回答：“你如果说的是一个高个子的姑娘，刚才挂到我的手上来，我对你说，她咬我，我就放了他。就这样。让我安静些吧。”

指挥官做了个失望的鬼脸。

“你可别对我撒谎，老鬼婆，”他又说，“我叫特里斯唐·莱尔米特，我是国王的伙计。特里斯唐·莱尔米特，听明白了？”他加上一句，一边望望他四周的沙滩广场，“这个名字在此地是响当当的。”

“你就是魔鬼莱尔米特⑫，”古杜勒辩驳说，又有了希望，“我没有别的话对你说，我就是不怕你。”

“他妈的，”特里斯唐说，“这个嚼舌头的婆娘！啊！青年女巫跑了！她走哪个方向啊？”

古杜勒不在乎地回答说：“我想，走的是绵羊街⑬。”

特里斯唐转过头去，示意他的部下准备再度出发。隐修女松了口气。

“老爷，”一名弓箭手突然说，“那问问老仙女为什么她天窗上的铁条弯成那个样子？”

---

⑫ 特里斯唐（Tristan）和“魔鬼”（Satan）有一点谐音关系。

⑬ 绵羊街是沙滩广场的北出口。

这个问题让可怜母亲的恐慌又回到了心头。不过，她并没有完全失去她的机灵。“一直是这样的。”她结巴着说。

“算了!”弓箭手又说，“铁条昨天还是一个美丽的黑十字架，给人虔诚的心情。”

特里斯唐斜着眼睛望望隐修女。

“我看这婆娘心里发慌了!”

不幸的女人感到，紧急关头取决于她若无其事的举止，她心中万分悲痛，却一脸冷笑起来。当母亲的就有这般的力量。“得了!”她说道，“这个人喝醉了。一年多前，一辆运石头的大车尾部对着我的天窗，撞烂了铁栏杆。我还把车把式狠狠地骂了!”

“是这样，”另一个弓箭手说，“我在场。”

任何地方都一样，总会有些人什么都看到。

这个弓箭手出乎意料的见证，让隐修女恢复了信心，刚才的盘问，真让她如履薄冰。

不过，她注定要经受希望和恐慌之间反复的折磨。

“如果是大车造成的，”第一个士兵又说，“剩下的铁条本应该朝里推的，而现在却是朝外弯的。”

“嘿！嘿!”特里斯唐对这个士兵说：“你的鼻子像夏特莱监狱的监察官一样灵敏。老太婆，你回答他说的话。”

“我的天哪!”她身处绝境地叫嚷，不由得声泪俱下地说道：“我对你发誓，老爷，是大车撞坏了这些铁条。你也听到这个人说亲眼看见。再说，这跟你的埃及女人又有什么关系呢?”

“哼!”特里斯唐咕哝道。

“见鬼!”士兵听长官的夸奖乐滋滋的，“铁条的断口是崭新的!”

特里斯唐摇摇头。她脸色发白。“你说，这辆大车有多少时间了?”

麻袋女藏好了女儿
(De Lemun 画，Laisné 刻)

“一个月了，也许十五天，老爷，我也记不清了。”

“她先是说一年多。”士兵指出来。

“这里有蹊跷！”长官说道。

“老爷，”她老是脸贴在天窗前喊叫，她怕他们起了疑心，不要把脑袋伸进来，往小屋子里张望，“老爷，我向你发誓，是一辆大车撞断了这栏杆。我以天堂里天使的名义发誓。如果不是大车，我愿意永生永世罚下地狱！我就不认上帝！”

“你发誓发得来劲啦！”特里斯唐说，用审问法官的眼光看了一下。

可怜的女人感到越来越沉不住气了。她这样会做出蠢事来，她惊恐地明白她没有说本来该说的话。

至此，另一个士兵又喊起来：“老爷，老仙女撒谎。女巫没有从绵羊街逃跑。街上的铁链一整夜挂得紧绷绷的，守兵没有看见任何人过去。”

特里斯唐的脸色越来越铁青了，追问隐修女：“你对此怎么说？”

她对这个新情况，还想再顶撞下去：“我不知道，老爷，我也许会记错。我想她去了河的对岸。”

“那方向反了，”长官说，“不太会是她想回到有人正在追捕她的老城岛上去吧。你撒谎，老太婆！”

“再说，”第一个士兵也说，“这一边，那一边，都没有船。”

“她也许泅水过去的。”隐修女回道，她寸步必争。

“女人家泅水？”士兵说。

“他妈的！老太婆！你撒谎！你撒谎！”特里斯唐愤怒地说，“我恨不得放下女巫，先把你抓起来。拷问一刻钟，也许从臭嘴里掏出真话来了。行啊！你跟我们走。”

她贪婪地抓住这句话。“悉听尊便，老爷。来吧。来吧。拷问吧。

我愿意。把我带走吧。快，快！我们马上走吧。”——“这期间，”她在想，“我女儿就逃命了。”

“该死的！”长官说：“有胃口坐老虎凳！这个疯婆子我真搞不懂。”

一名老巡警，头发已花白，走出队列，对长官说：“疯婆子没错，老爷。如果是她放走了埃及女人，这不是她的错，因为她不喜欢埃及女人。我巡逻都十五年了，我听到她每天晚上都在低声抱怨吉卜赛女人，咒骂声没完没了。如果我们追捕的吉卜赛女人，我是这么认为，正是带母山羊的跳舞女孩，她尤其讨厌这个丫头。”

古杜勒振足精神，说：“尤其讨厌这个丫头。”

巡逻队人员全体一致证明，对长官肯定老巡警说的话。特里斯唐·莱尔米特为没有从隐修女嘴里掏到什么而垂头丧气，对她背转身来，她带着无法形容的不安心情，看着他慢慢走向自己的马。“得啦，”他在牙缝里说，“上路吧！我们会继续调查。埃及女人不被绞死，我就无法安睡。”

不过，他仍然犹犹豫豫，才骑上马。古杜勒看着他不安的神色，在广场四周反复张望，像猎犬感到野兽的洞穴就在身边，看着他不想离开，自己一颗心在生与死之间突突跳动。最后，他头一甩，跳上马鞍。古杜勒那颗压抑得好生可怕的心才舒展起来，她向女儿望一眼，打从他们来到窗下，她始终不敢望上一眼，现在低声说道：“你得救了！”

可怜的孩子这段时间一直待在自己的角落里，不呼吸，不动弹，感到死神就站在自己面前。

古杜勒和特里斯唐之间的这一幕情景，她一清二楚，她母亲的每一次焦虑，都在自己身上产生反响。她听到了把自己悬在深渊之上的那根细线接二连三的断裂声，她一次又一次看到这根线要折断，而现在终于可以呼吸，感到自己的脚现在又脚踏实地了。正在此时，她听到一个声音对长官说："妈的！长官老爷，绞死女巫，不是我当兵的事情。混蛋百姓垮了。我请你自己动手吧。你会认可我回到自己的连队去，队里没有队长。"这个声音，是福玻斯·德·沙多贝的声音。她此时的心里真是难以言表。他就在前面，她的朋友，她的靠山，她的支撑，她的归宿，她的福玻斯！她站起身来，母亲还来不及阻止，她冲到天窗上喊道："福玻斯！来救我，我的福玻斯！"

福玻斯已经不在了。他刚刚骑马在剪刀街的街角拐过去了。可是，特里斯唐还没有走。

隐修女一声吼叫，冲到女儿身上。她粗暴地把女儿拉回来，手指直掐进女儿的脖子。一个母老虎的母亲是不会看得这么仔细的。可是太晚了。特里斯唐都看到了。

"嘿！嘿！"他笑着喊道，这一笑让他龇牙咧嘴，让他的脸像是一头狼的嘴脸，看到捕鼠器上有两只老鼠！

"我刚才就有怀疑。"士兵说。

特里斯唐拍拍他的肩膀：

"你是只好猫！"——"行啊，"他又说，"亨利埃·库赞在哪儿？"

一个既没有士兵制服、又没有士兵脸色的人，从队列里站出来。他穿一身半灰半褐色的服装，平头，皮袖子，大手上拿一包绳子。此人永远跟着特里斯唐，特里斯唐永远跟着路易十一。

"朋友，"特里斯唐·莱尔米特说，"我料想，这就是我们在寻找的女巫。你给我拿下。你有梯子吗？"

"吊脚楼的棚子下有一张梯子，"此人回答，"是不是就用这个司法手段办事？"他指指石头绞架继续说。

"对。"

"好啊！"此人又说，一阵粗野的笑声，比长官的笑声更没有人性，

“我们也没几步路要走。”

“赶快!”特里斯唐说,“以后再笑。”

这期间,自从特里斯唐看见自己的女儿,自从希望彻底完蛋,隐修女没有说过一句话。她已经把半死的可怜的埃及女人扔到地窖的角落里,又返回天窗前,双手撑住天窗顶盘的两角,像两只爪子。众人看着她这个姿势,看她用又变得狂野和不讲道理的目光,肆无忌惮地扫视所有的士兵。当亨利埃·库赞走近小屋时,她对他露出狰狞的脸孔,他倒退一步。

“老爷,”他回到长官身边说,“要拿下谁?”

“年轻的那个。”

“好极了。老太婆看来不容易。”

“可怜的带着母山羊跳舞的女孩!”老巡警说道。

亨利埃·库赞又走近天窗。母亲的眼神让他的眼神低垂下来。他战战兢兢地说:“夫人……”

她声音低而又低却怒不可遏地打断他:“你干什么?”

“不是你,”他说,“是另外一个。”

“哪个另外一个?”

“年轻的那个。”

她头一甩叫道:“没有别人!没有别人!没有别人!”

“有的!”刽子手又说,“你也知道。让我带走另外一个。我不想伤害你,不伤害你。”

她一声怪怪的冷笑,说道:“噢!你不想伤害我,不想!”

“把另一个人给我吧,夫人,这是长官老爷的意思。”

她摆出疯狂的神气,一遍一遍说,“没有别人。”

“我对你说,有的!”刽子手对着说,“我们都看见,你们有两个人。”

“那你来看看!”隐修女冷冷地说,“把你的脑袋从天窗里伸进来。”

刽子手仔细看看母亲的一双爪子,他不敢。

“赶快!”特里斯唐喊道,他刚刚集合好队伍,在老鼠洞的四周围成一圈,他自己骑在马上,靠近绞架。

亨利埃又一次十分为难地回到长官身边。他把绳子放在地上,两手傻乎乎地卷动自己的帽子。“老爷,”他问道,“从哪里进去?”

“从门里进去。”

“没有门。”

“从窗子里进去。”

“窗子太小。”

“把窗子捅大,”特里斯唐说,发了脾气,“你没有铁镐吗?”

母亲在洞窟里始终站在那里,她望着这一切。她不抱任何希望,她也不知道自己想要什么,可她就是不要别人抢走他的女儿。

亨利埃·库赞去吊脚楼的棚子下,找他干粗活的工具箱。他又找出来一架双面的梯子,立即搭在绞架上。队里的五六个士兵拿起镐和撬棍,特里斯唐带着他们向天窗走来。

“老太婆,”长官严厉地说,“乖乖地把这个女孩交给我们吧。”

她望望他,好像一个人听不明白。

“他妈的!”特里斯唐又说,“你干吗要妨碍这个女巫按照国王的意思被绞死呢?”

可怜的女人开始野里野气地笑起来。

“我有什么?就我的女儿。”

她喊“女儿”两个字的声调,连亨利埃·库赞自己也颤抖不已。

“我也不高兴,”长官又说,“不过,这是国王的旨意。”

她一再笑得很恐怖,叫嚷道:“你的国王,和我有什么关系?我对你说，这是我女儿!”

“把墙砸破。”特里斯唐说。

要开出一个足够大的口子，只要搬动天窗下面的一块基石。母亲听到铁镐和撬棍在砸她的碉堡，发出一声令人恐怖的叫喊。接着，她以快得吓人的速度开始在她小屋子里转来转去，这是野兽在笼子里养成的习惯。她什么话也不说，但两只眼睛在燃烧。士兵一个个从心底里吓得冰凉。

突然，她搬起铺路石，笑一笑，用双手捧起石头，向施工者扔去。石头扔偏了（因为她的手在发抖），没有击中任何人，滚落在特里斯唐的马脚下。她牙齿咬得咯咯直响。

这时候，虽然太阳尚未升起，但天已经大亮了，一抹美丽的粉红色，笼上吊脚楼上斑驳的老烟囱。此时，正是大城市清晨最早的窗子在屋顶上欣欣然打开的时候，有几个平民百姓，有几个水果商贩，骑着驴子去菜市场，开始穿过沙滩广场。他们一时间停下脚步，经过围在老鼠洞四周的这群士兵前面，吃惊地打量他们，走开了。

隐修女走到女儿身边坐下，用自己的身体盖住她，在她面前，目光死死的，倾听一动不动的可怜女孩说话，孩子低声喃喃的只有一句话：“福玻斯！福玻斯!”随着拆墙的工作看来有进展，母亲机械地往后退，越来越紧地抱住少女靠在墙边。突然，隐修女看到那块石头（因为她当哨兵，眼睛盯住石头）晃动了，她听到特里斯唐给施工者说话打气。于是，她摆脱已经萎靡不振的精神状态，她说话有时声音像锯子一般刺耳，有时又结结巴巴，仿佛千句万句的诅咒堵在嘴边，都想冲将出来。“喔！喔！喔！也太不像话了！你们是些强盗！你们还真想抢我的女儿！我对你们说，这是我女儿！噢！懦夫！噢！奴才刽子手！混蛋杀人犯！救命啊！救命啊！救火啊！难道他们要这样抢我的孩子啊？那谁是我们仁慈的上帝啊？”

于是，她对特里斯唐说话，眼神惊恐，满口白沫，四肢趴在地上，像一头母豹，兽毛直竖。

“过来抢我的女儿呀！你就听不懂这个女人对你说：这是她的女儿？你知不知道，有个孩子是什么意思？喂！你这豺狼，你就从来没有和你的母狼同过窝吗？你就从来没有生过小狼崽？如果你有狼崽，小崽子一叫，你肚子里就没有什么会激动？”

“把石头推下来，”特里斯唐说，“石头撑不住了。”

一根根撬棍把沉重的基石撬动起来。我们说过，这是母亲最后的堡垒。她扑了上去，她想抱住石头。她用手指抓石头，不过，一整块的大石头，被六个男人撬动起来，她抓不住，顺着铁的撬棍轻轻地滑落在地上。

母亲眼见入口被打开，便横着躺在开口处，用躯体堵住缺口，她舞动双臂，用脑袋顶住大石板，用累得嘶哑得几乎听不见的嗓子叫嚷：“救命啊！救火啊！救火啊！”

“现在，拿下少女。”特里斯唐始终不动声色地说道。

母亲望望士兵们，那副吓人的模样，令他们只想退，不想进。

“得了，”长官又说，“亨利埃·库赞，你来！”

没有人上前一步。

长官发狠话：“他妈的！我手下的兵勇！怕一个女人！”

“老爷，”亨利埃说，“你把这个叫女人？”

“她有一头雄狮的鬃毛！”另一个说。

“得了！”长官又说，“缺口够大了。三个人并排进去，和蓬图瓦兹[14]

---

⑭ 1441年，查理七世围攻蓬图瓦兹，当年的王储、后来的路易十一勇立战功。这是长官对当年参战的老兵说话。

的缺口一样。快收场，真操蛋！谁第一个退却，我一刀砍成两段！”

士卒身处队长和母亲之间，两头都是咄咄逼人，众人犹豫片刻，定下决心，向老鼠洞前进。

隐修女见此情景，突然跪坐起来，撩开脸上的头发，接着两只瘦骨嶙峋的枯手重又垂落在大腿上。于是，大颗大颗的泪珠，一滴一滴从眼睛里夺眶而出；眼泪顺着脸上的一条皱纹，顺着脸颊落下，像是瀑布从被自己冲刷出来的河床中落下；同时，她接着说话，可这是苦苦哀求的声音，如此温柔，如此顺从，如此令人悲痛的声音，听得特里斯唐身边不少敢吃人肉的老公差在抹眼睛。

“各位大人！各位公差大人，听我一句话！我要跟你们说一说！这是我女儿。你们看见了？是我丢失的可爱的小女儿啊！你们听好。这有则故事。你们想一下，我对公差老爷很熟悉。他们对我一直很好，那时候小男孩对我扔石头，因为我操皮肉生涯。你们看到了？你们知道了，你们会给我留下我的孩子！我是可怜的青楼女子。是吉卜赛女人偷走了我的孩子。我还把女儿的鞋保存了十五年。看，这就是小鞋。她当年的脚这么小。在兰斯！花艳丽！犯忧街！你们也许知道这些事。那就是我。在你们的青春年代，这是开心时光，大家来快活一会儿。你们会怜悯我的，可不是，各位大人？埃及女人偷走我的女儿。她们对我把女儿瞒了十五年。我以为她死了。你们想一想，各位好朋友，我以为她死了。我在这儿活了十五年，在这地窖里，冬天没有火。这真不容易。好可怜的小鞋！我哭天喊地，仁慈的上帝终于听到了。昨天夜里，上帝把女儿还给了我。这是仁慈的上帝的奇迹。女儿没有死。你们不会来抢走我的女儿，我能肯定。如果要来抢我，我一声不吭，可要抢她，才十六岁的女孩！要给她时间看看太阳吧！”——“她对你们做错了什么？什么都没做。我也没有。如果你们能知道我只有她，知道我老了，知道这是圣母

剑子手拖着两个女人
(Brion 画，Yon-Perrichon 刻)

给我送来的祝福，那就好了。再说，你们一个个都是好人！你们先前不知道这是我女儿。你们现在知道了。噢！我爱她！长官大老爷，我宁可自己五脏六腑上打个洞，也不要她的手指被刮一下！你的样子是个大贵人！我对你说的话，把事情说明白了，可不是吗？噢！如果你有过母亲，大人！你是队长，把我的孩子给我留下吧！看看我要跪下求你了，像求耶稣基督！我不会向任何人求什么东西。我从兰斯来，各位老爷。我有舅舅马依埃·普拉东给我的一小块地。我不是要饭的。我什么都不要，可我要我的孩子！噢！我要留住我的孩子！仁慈的上帝啊，你才是主人，你不会无缘无故把孩子还给我的！国王！你们说国王！杀了我的好女儿，不会让国王有什么好开心的！再说国王是仁慈的！这是我女儿！我的女儿，是我的！她不是国王的！她也不是你们的！我会走的！我们要走的！总之，两个女人经过，一个是母亲，一个是女儿，大家会让她们走的！让我们走吧！我们是从兰斯来的。噢！你们都很仁慈！各位公差老爷。我爱你们大家。你们不会抢走我的好女儿，不可能的！可不是，这绝对不可能的！我的孩子！我的孩子！”

我们不想描述她的举止，她的声调，她边说边咽下的眼泪，她的合拢又乱舞的双手，她悲痛的微笑，她含泪的目光，她的呜咽，她的呻吟，她语无伦次、疯疯癫癫、前言不搭后语的话，夹杂着悲悲切切、震撼人心的喊叫。她停下来后，特里斯唐·莱尔米特皱一皱眉头，这是为了掩盖老虎眼睛上滚落下的一滴眼泪。他克制住自己的这份软弱，简单说了句：“国王的旨意。”

接着，他凑在亨利埃·库赞的耳朵旁，低声对他说：“快快结束！”大权在握的长官也许感到心脏受不住了，连他都受不住。

刽子手和公差走进小屋子。母亲没有丝毫反抗，她只是向女儿爬过去，拼了命向她扑上去。埃及女人看到士兵走近。死亡的恐怖使她苏醒了过来：“母亲!”她带着无以言表的绝望声调呼喊：“母亲啊！他们来了！保护我啊!”“好！我的心肝，我保护你!”母亲有气无力地回答，她把女儿紧紧地搂在怀里，她吻女儿的全身。两个女人这样在地上，母亲在女儿身上，形成一幅令人唏嘘不已的景象。

亨利埃·库赞拦腰抄起少女，她两条美丽的胳膊朝下。当她感到有这只手时，发出一声：“哦!”就昏死过去。刽子手让一滴又一滴豆大的眼泪落在她身上，想把她挟着抢走。他试图拉开母亲，但她的双手紧紧地系在女儿的腰带上，死死地抓住自己孩子不放，无法将她们分开。亨利埃·库赞于是把女儿拖出小屋子，母亲跟在女儿后面。母亲也两眼闭着。

此刻，太阳升起，广场上已经围着好大一堆百姓，远远地望着有人在路面上把东西拖向绞架。因为这是特里斯唐长官处决犯人的作风。他不喜欢好事者靠近。

房屋的窗口没有一个人。只是看到俯视沙滩广场的圣母院钟楼窗子顶上，在清晨淡淡的天空里，有两点凸起的黑黑人影，似乎正在观望。

亨利埃·库赞把东西拖到催命阶梯的脚边停下，喘不上气来，这东西令他心生万分怜悯，他把绳索套在少女优美的脖颈里。不幸的女孩感到自己触碰到恶心的麻绳。她抬起眼睑，看到石筑的绞架伸出骨棱棱的胳膊，竖在她的头顶上。这时候，她极力挣扎，声嘶力竭地高喊：“不要！不要！我不要!”而母亲的头部淹没在女儿的衣服里，一言不发。人们只看到她全身战栗，听到她对孩子反反复复地亲个没完。刽子手利用这个机会，立时把她抱住女犯的双臂猛一下解开来。或许是筋疲力尽，或许是已经绝望，她听之任之。这时，他把少女扛在肩上，美人的身段一折为二，优美地垂落在他硕大的脑袋旁。接着，他踩着阶梯走上去。

此刻，匍匐在地面上的母亲把眼睛睁得大大的。她一声不出，爬起来，表情很可怕。接着，她像一头野兽扑向猎物，向刽子手的手上扑过去，咬住他。说时迟，那时快。刽子手痛得乱叫。众人赶上来。大家费了好大劲，把他血淋淋的手从母亲的牙缝间拔出来。她没有说半句话。有人狠狠地把她推下去，看到她的脑袋沉甸甸地跌倒在路面上。有人扶她起来，她又重新倒下。原来她死了。

刽子手始终没有放下少女，继续登上绞架。

二　美人一身洁白。——但丁[15]

伽西莫多看到小屋里空无一人，看到埃及女人已不在室内，看到自己在保护她时她却被别人抢走，他双手抱住自己的头发，惊讶和痛苦得直跺脚，接着跑遍整座教堂，寻找吉卜赛女人，碰到墙角就发出怪声怪气的嚎叫，地上一路撒遍他的红头发。这正是国王的弓箭手洋洋得意进入圣母院，也在寻找埃及女人的时候。伽西莫多帮了他们忙，可怜的聋子没有料到这班人该死的动机，他以为埃及女人的敌人是丐帮。他自己把特里斯唐·莱尔米特带到各处可能的藏身地，为他打开一扇扇暗门，祭坛的夹层，圣器室的后室。要说不幸的少女若当时在教堂里，倒是他把她交了出去的。特里斯唐不是轻易灰心的人，但一无所获也使他心灰意冷了。伽西莫多独自一人继续寻找。他在教堂内跑了数十圈，上百圈，从左到右，从上到下，上楼，下楼，又是跑，又是叫，又是喊，到处嗅，到处探，到处搜，把脑袋伸进每一个窟窿，把火把插进每一座拱顶，绝望已极，疯疯癫癫。一头雄性动物丢失了雌性伙伴，也不会吼得更凶，

[15] 原文是意大利文。引自但丁的《神曲·净界》。

刽子手走上绞架
(Brion 画，Yon-Perrichon 刻)

也不会更加惶恐。最后，当他相信，当他确信，她不在教堂里，确信这已是事实，确信有人把她从他这儿偷走，他慢慢地走上钟楼的楼梯。也是这座楼梯，他那天把她救下后，他攀登时何等激情澎湃，何等威风凛凛。他重走这些地方，低垂脑袋，没有声息，没有眼泪，几乎没有呼吸。教堂重又空空荡荡，重又一片寂静。弓箭手已经离开教堂，去老城岛上追捕女巫去了。伽西莫多在这偌大的圣母院里孤零零一人，这里前一刻还被重重围困，还人声鼎沸，他又走上去小屋的路，埃及女人在他保护下，在小屋里安睡了一周又一周的时间。他走近时，设想着他也许又会在小屋里见到她。当他来到通向短墙屋顶的走廊拐角处，他已看得见那间窄窄的小屋，还有小窗，还有小门，都蜷缩在一座高大的拱扶垛之下，像树枝下的一个鸟窝，他的心受不住了，这个可怜人，他扶住一根柱子，免得摔倒。他想象着也许她已经回来了，大概有个天使带她回来了，这间小屋子多么安静，多么安全，多么美好，她不会不在的，他都不敢上前再走一步，怕破坏了这个错觉。——“对，”他内心深处在想，“她也许睡了，她也许在祈祷。别去打扰她。”最后，他鼓起勇气，他踮起脚尖向前走，他观望，他进去。空的！小屋一直是空的。可怜的聋子在小屋里慢慢地转圈，抬起床，看看床下，仿佛她可能藏在石板和床垫之间似的。他接着摇摇头，呆若木鸡。突然，他用脚疯狂地踩踏火把，没有一句话，不出一口气，拼足力气，拼命以头撞墙，他跌倒在地上，失去知觉。

他苏醒过来后，扑在床上，在床上打滚，他疯也似的吻少女睡过后还温暖的地方，他在床上一动不动，有数分钟之久，仿佛即将再次咽气。接着他站起来，大汗淋漓，喘着气，昏了头，以他钟楼里大钟钟锤可怕的一下又一下，以一个人想在墙上撞碎自己脑袋的决心，把头狠狠撞在大墙上。最后，他第二次倒下，精疲力竭。他在地上跪行，爬出小屋子，面对小门蹲下，一副呆呆的姿势。他这样待了一个多小时，没有动静，眼睛盯着空无一人的小屋子，比一个坐在空空的摇篮和满满的棺材之间的母亲，更加哀伤，更加沉思。他一言不发；只是，每隔一长段时间，就有一声呜咽，让他全身猛烈地颤动不已，而这是一声没有眼泪的呜咽，如同夏天那没有声音的闪电。

看来，到了这个时候，他才从伤心的想入非非里寻思，是谁意外地拐走了埃及女人，他想到了主教助理。他回想起，只有克洛德长老有一把去小屋楼梯的钥匙。他回忆起主教助理夜间对少女的非分之想，第一次的企图，伽西莫多帮了忙，第二次的企图，被他阻挡住了。他回忆起千百个细节，很快不再怀疑，是主教助理抢了他的埃及女人。不过，他对神甫是如此尊敬，对此人的感恩、忠诚和爱心，深深扎根在他心底，即使到了此时此刻，这些深深的根子还在抵御妒忌和绝望的爪子。

他想到主教助理干了这件事情，换了别人，他会感受到咬牙切齿的愤恨，现在面对的是克洛德·弗鲁洛，这在可怜的聋子身上，便化作愈益沉重的痛苦。

正当他的思想专注于神甫的时候，黎明染白了拱扶垛，他看到在圣母院的顶层，在围着半圆形后殿转一圈的外侧栏杆形成的拐弯处，有一张人脸在走动。这张脸朝他这边走来。他认出来了。这是主教助理。克洛德走路的步子庄重和缓慢。他走路时眼睛不朝前看，他朝北塔楼走去，但他的脸偏向一边，偏向塞纳河的右岸，他的头抬得很高，仿佛极力要在屋顶之上要看到什么东西。猫头鹰经常有这种斜飞的姿势。这种鸟向某一点飞去，却望着另一个点。这样，神甫经过伽西莫多的上面，却没有看到他。

聋子被这个人的突然冒出来惊呆了，看着他钻进北塔楼的楼梯门。读者知道，北塔楼是俯瞰市政厅的钟楼。伽西莫多站起来，跟在主教助理的后面。

伽西莫多走上钟楼的楼梯，他也要上楼，他想要知道神甫为什么上楼。再说，可怜的敲钟人不知道神甫会做出什么来，会说出什么来，并不知道他想要什么。他怒不可遏，他怕得要命。主教助理和埃及女人在他的心里碰撞着。

他来到钟楼顶部，没走出楼梯的阴影，没走上平台，而是小心翼翼地察看神甫在哪儿。神甫背对着他。有一排镂空的栏杆围绕着钟楼的平台。主教助理俯视着市区，胸口顶着四面栏杆中望得到圣母桥的一面。

伽西莫多在他身后，蹑手蹑脚前来，来看看他这般地望着什么。神甫过于专心于别的地方，丝毫没有听见聋子走近他。

夏天黎明的晨光熹微之下，从圣母院塔楼的高处下望，巴黎，尤其是那时的巴黎，是一幅精彩和迷人的景象。那一天，应该时当七月。天空晴朗无比。天幕上几颗迟迟未褪去的星星，正在各个点上隐去，在东方天空最明亮的部分，有一颗闪亮的明星[16]。太阳正是即将升起的时候。巴黎开始有了动静。一抹纯白又纯洁的光线，让肉眼清清楚楚看到万千的房舍向东方呈现出来的全部侧面。两座钟楼巨大的身影，从这座大城市的一端到另一端，掠过一片又一片的屋顶。有几个区听到讲话声，听到一些声响。此地，一声钟响，那边，一声榔头，那儿，一辆大车行进时发出叽叽嘎嘎的声音。已经有几缕炊烟，从这一大片屋顶上东一点、西一点冒出来，好像是从一大片火山硫黄喷气孔的缝隙里冒出来。塞纳河在那么多的桥拱下，在那么多小岛的岛角上，有河水皱起，泛出银色涟漪的波光。在市区的外围，在堡垒的外面，一望无际的是一大圈白絮状的雾霭，其中模模糊糊看到平原似有似无的轮廓，以及山坡优美的隆

---

⑯ 指金星。这是西方圣母马利亚的海上之星。中国叫太白星。

起。万千种飘浮的声响，在这座似睡又醒的城里，四下散落开来。东方吹来清晨的风，把从山冈上羊毛般的雾霭吹落下的几团白絮驱向天空。

教堂前的大广场上，几个老太太手上拿着牛奶罐，吃惊地相互指指圣母院大门前不同寻常的破败场面，和两条在石头缝里凝固的铅流。这是昨天夜里骚乱留下来的全部景象。伽西莫多在两座钟楼之间点燃的火堆已经熄灭。特里斯唐已经清理好广场，派人把死者扔进塞纳河里。像路易十一这样的国王，都很注意大屠杀后迅速打扫路面。

在钟塔栏杆的外面，恰好是神甫驻足的那一点下边，有这样一条刻得古里古怪的石头檐槽，突出在哥特式建筑之外。而在这条檐槽的缝隙间，有两枝美丽的紫罗兰花，微风吹过，颤颤巍巍，仿佛有了生命，彼此傻乎乎地不断问候。而在两座钟塔之上，在高处，在天顶的远方，听得到细小的鸟鸣声。

不过，神甫对这一切既不听，也不看。他是这样一类男人：对他们而言，没有清晨，没有小鸟，没有鲜花。

伽西莫多急于问他埃及女人的下落，而主教助理此刻似乎灵魂已经出窍。显而易见，他正处于一生中严重的关头之一，即使脚下的大地塌陷，也不会感觉到。他两眼死死地盯着某个地方，一动不动，一言不发。这样的沉默不言，这样的静止不动，蕴含着某种可怕的东西，连粗野的敲钟人也当面颤抖起来，不敢去冲撞他。不过，这也算是一种询问主教助理的方式，他顺着神甫视野的方向望去，这样，不幸的聋子视线落在了沙滩广场上。

他看到了神甫在观望的东西。固定的绞架一边，梯子已经架好。广场上有一些百姓，有很多士兵。有个男人在马路上拖着一个白色的物体，白色物体后面挂了一个黑色的物体。这个男人在绞架脚边停下。此时，发生了什么伽西莫多无法看清的事情。倒不是他的独眼不具备远视的能力，而是因为一大堆士兵遮挡让人无法看清。还有，此刻太阳正出来，强烈的光线滚滚而来，充溢在地平线的上面，仿佛巴黎的所有尖顶，教堂钟楼的尖顶、烟囱、山墙，一下子都着了火。

这期间，远处那个男人准备登上梯子。伽西莫多这才又清楚地看到他。他肩头扛着一个女人，一个一身洁白的少女，这个少女颈子里套了绳结。伽西莫多认出了少女。

正是她。

男人这就登上了梯子的顶部。他先调整绳结。至此，神甫想看得更清楚，便在栏杆上跪下来。

突然，那人猛一下用脚跟推倒梯子，伽西莫多已有多时屏住呼吸，看到在绳索的下端，离开地面有两个图瓦兹[17]高，可怜的女孩来回摆动，那个蹲着的男人两只脚在她肩上。绳索自身转了几个圈，伽西莫多看到吓人的抽搐顺着埃及女人的身体，自上而下在抖动。神甫这边，则伸长脖颈，眼睛凸到脑袋外面，静静观望着那个男人和少女、蜘蛛和苍蝇这幅令人恐怖的组合画。

正当这最骇人的一幕出现，一声魔鬼的笑声，一声只有人不再是人才有的笑声，在神甫铁青的脸上发出来。伽西莫多没有听见这笑声，但他看见了这笑声。敲钟人在主教助理身后，退了几步，突然，发疯般向他扑上去，用他的两只大手，从背后把克洛德长老推入他正俯身其上的深渊。

神甫喊一声："该死啊！"便跌落下去。他身体的下方有个檐槽，让他不再下坠。他用绝望的双手抓住檐槽，他正要开口发出第二声喊叫时，他看到在栏杆的边缘，在他脑袋的上方，伸出伽西莫多硕大和一心复仇

[17] 图瓦兹是古代长度单位，2 个图瓦兹相当于今天的 4 米左右。

的大脸，他便没有出声。

深渊在他的下方。坠落二百多尺后，是路面。当此恐怖的处境，主教助理不说一句话，没有一声叹息。不过，他使出浑身的解数，在檐槽上前翻后转，想爬上来。但是他的手抓不住花岗岩，他的脚在黝黑的墙面上蹭来蹭去，挂不住。凡是登上过圣母院钟楼的人，都知道紧挨在栏杆之下，有一块石头的突起。这个混蛋主教助理正是在这块朝内的角落上筋疲力尽。他面对的问题，不是一垛悬空的墙，而是一垛在他脚下滑落的墙。

伽西莫多只要一伸手，便能把他拉出深渊。可是，他连看都不看他。他在看沙滩广场。他在看绞架。他在看埃及女人。聋子用臂肘支在栏杆上的地方，便是主教助理刚才所在的地方。他目不转睛地望着此刻他在世界上所有的唯一东西，他像一个被雷电击中的人，一动不动，不说话，一串长长的泪水，从这只有生以来仅仅流过一滴眼泪的眼睛里，静静地滚落下来。

这期间，主教助理在喘气。他光秃秃的脑袋在淌汗，他的指甲在石头上渗出血来，他的膝盖在墙上刮破。他的教袍挂在檐槽上，他听到教袍每扯动一下，便在撕裂，便在脱线。祸不单行，这条檐槽的尽头是一条铅管，由于他的体重，铅管在弯折。主教助理感到了这条管子在慢慢地弯曲起来。他，他这个混蛋寻思：当他的双手累垮了，当他的教袍撕裂了，当这条铅管扭曲了，就会下坠，恐怖浸透他的全身。有时候，他神志不清起来，望着有那么一条狭窄的隆起部分，在十来法尺的下方，由高高低低的雕塑形成，他从绝望的灵魂深处，祈求上苍让他在这块两平方法尺[18]的空间最后结束自己生命，即使还要活上一百岁[19]。还有一

---

⑱ 2平方法尺相当于一平方米的四分之一略多。

⑲ 这句话让人想起欧洲古代的“柱头隐士”。

伽西莫多推下克洛德·弗鲁洛
(Brion 画，Yon-Perrichon 刻)

次，他朝着身下的广场，朝着深渊望去。他把头抬起来，头上的头发一根根直竖起来。

这两个男人之间的安静，是可怕的事情。主教助理和他近在咫尺，在这般恐怖的情况下奄奄一息，伽西莫多却在哭泣，在望着沙滩广场。

主教助理看到，他的每一番挣扎，只会摇动他仅有的脆弱的支撑点，便下定决心不再动。他待在原地，抱住檐槽，难得呼吸，不再动，仅有的动作，是我们在梦中以为下坠时感到的这种肚子机械的抽动。他专注的眼睛像个病人惊讶地睁开。不过，他一点一点在输掉地盘，他的指头在檐槽上滑动。他感到两臂愈来愈无力，感到身子愈来愈沉重。支撑他的卷曲的铅板每时每刻都在向深渊倾斜一点。他看到身子底下，可怕的事情啊，是圆顶圣约翰教堂⑳的屋顶，小得像一张一折二的纸牌。他一一望着钟塔上无动于衷的雕像，像他一样悬在绝壁之上，既不为自己感到恐怖，也不对他怀有怜悯。他的四周，都是石头：他的眼前是张着大口的怪兽；下面到底，是广场上的马路；他的头上，是伽西莫多在哭泣。

大广场上有几堆善良的好奇者，他们平心静气地在猜度这疯子会是谁，竟这么玩命。神甫听到他们在说，因为他们说话的声音传到他的耳中，清晰，尖细："可他会摔断脖子的！"

伽西莫多在哭泣。

最后，主教助理因为愤怒和恐怖而气昏了，明白一切都归于徒劳。他拼出最后剩下的一点力气，作最后一搏。他在檐槽上挺直身子，用两个膝头顶着墙面，用双手抓住一条石缝，终于也许爬上去一点。但是，这一下震动使支撑他的铅条前端突然折断。与此同时，他的教袍撕裂开

---

⑳ 圆顶圣约翰教堂（Saint-Jean-le-Rond）是巴黎圣母院左边的一座洗礼教堂，紧挨着圣母院的大殿左侧。今不存。

克洛德・弗鲁洛坠落
(De Lemud 画，Dujardin 刻)

了。于是，他感到身子下空无一物，只有两只僵直和虚弱的手，抓着什么东西，这倒霉的人闭上眼睛，放开了檐槽。他下坠了。

伽西莫多望着他下坠。

从这么高处坠下，很少是一直线下落的。主教助理被抛到半空中，先是头朝下，两臂张开。接着，他自身转了几圈。有风把他刮到一处房屋的顶上，不幸的人摔了下来。然而，他摔到屋顶时还没有死。敲钟人看到他还想用指甲抓住山墙，但山墙的面倾斜得厉害，他没有力气了。他很快滑到了屋顶上，像一片脱落的瓦片，蹦落到马路上。到了路上，他不动了。㉑

伽西莫多于是抬起眼睛看埃及女人，他看着她的身体悬在绞架上，裹着一身白袍，由于垂死前最后的哆嗦在抖动，接着他又朝主教助理低下眼睛，神甫躺在钟塔下面，已没有人样。他一声呜咽，深深的胸部鼓胀起来，说："噢！这两个都是我爱过的人！"

三　福玻斯的婚事

那一天的傍晚时分，主教的司法官员来到大广场的路上，把主教助理七零八落的尸体扶起来时，伽西莫多从圣母院消失了。

关于这件怪事坊间有很多传闻。大家并不怀疑是这样一天来临了，伽西莫多，也就是魔鬼，按照他们的约定，把克洛德·弗鲁洛即男巫带走了。有人推测，他敲碎尸体把灵魂取走了，如同猴子砸碎外壳吃核桃

㉑　Jacques Seebacher 的注释版《巴黎圣母院》（Le Livre de Poche，1998）和 Benedikte Andersson 的注释版《巴黎圣母院》（Gallimard，2009）都有注：雨果此处删去"大广场上围绕这个刚刚落下的物体，这物体没有人样，马上围起一圈好事者"。

一样。

因为这个缘故，主教助理没有在教堂墓地里安葬。

来年，路易十一于一四八三年八月逝世。

至于皮埃尔·甘果瓦，他成功地救出了母山羊，他写的悲剧取得了成功[22]。看来，他尝试过占星学、哲学、建筑学和炼金术以后，尝试过种种荒唐事之后，又回到了悲剧，这是一切事情中最荒唐的事情。所以他称之为“有一个悲惨的[23]结局”。关于他的戏剧作品的成就，我们从一四八三年后的“日常开支”账目里读到：“给约翰·马尔尚和皮埃尔·甘果瓦，即木匠和作者，两人在教皇特使老爷进城之时，为在巴黎夏特莱城堡上演的神秘剧施工和编剧，编排剧中人物，人物的服饰为该神秘剧剧情所必需，与此同时，并制作为此所需要的脚手架；为此项目，付一百利弗尔。”

福玻斯·德·沙多贝也结局悲惨，他结婚了。

四 伽西莫多的婚事

我们刚才说过，伽西莫多在埃及女人和主教助理死的当天，已从圣母院消失不见了。大家确然没有再见到他，也不知道他后来怎样。

在爱斯梅拉达姑娘受难的第二天夜里，那些干粗活的人把她的尸体从绞架上解下来，按惯例把尸体背到隼山的地窖里。

据索瓦尔的说法，隼山是“王国最古老、也是最精美的绞架”。人

㉒ 历史上的皮埃尔·甘果瓦没有写过悲剧。而且，悲剧这个剧种在法国诞生于甘果瓦之后。

㉓ 法语“悲剧的”有引申意义“悲惨的”。

们在圣殿市郊区和圣马丁市郊区[24]之间，距巴黎城墙大约一百六十图瓦兹[25]，在弩弓从田舍村[26]几个射程的地方，看得见一片平缓的坡度很小的高地，但高得方圆几法里能远远望到，有一座外形古怪的建筑，很像是一座凯尔特人的大石圈[27]，曾举行过活人祭祀。

请大家设想一下，在一座石膏矿的小丘顶部，有一座大型的平行六面体的砖石工程，高十五法尺，宽三十法尺，长四十法尺，有一座门、一个朝外的坡道和一个平台；平台上挺立着十六根巨大的粗石柱子，高达三十法尺，朝着承载石柱的高地上四个侧面中的三面，排列成柱廊，石柱的顶部之间，借粗重的横梁连成一片，横梁每隔一段距离，悬挂有铁链；每条铁链上挂着骨架；附近的平原地上，有一座石头十字架和两座低一级的绞架，似乎是围在中央绞架四周用插枝法长出来的；而在这一切之上，在天上，永远有一群乌鸦在飞翔。这就是隼山[28]。

时至十五世纪末，这处始自一三二八年的规模极大的绞架，已经显得十分衰败了：大梁有虫蛀，铁链有锈蚀，石柱上长满青苔；大块的基石在接缝处都已开裂，而平台上因为人迹罕至，杂草丛生。这处历史陈迹的侧影，在天空中是一个恐怖的侧影；尤其在夜里，当这些白白的头盖骨上有一点月光，或者当夜晚有北风吹起，就会擦过铁链和骨架，掀动黑暗中的这一切。只要有这座绞架存在，就能让四周围成为阴森森的地方。

㉔ 法语的“市郊区”（faubourg）是相对巴黎而言的，原指古时候城墙以外的地区。时至今日，依旧沿用，但“市郊区”今天基本在市区，甚至在闹市区。所以，“市郊区”只是历史地名的沿用而已。

㉕ 160 图瓦兹相当于 300 公尺略多些。

㉖ 田舍村（la Courtille）是巴黎北郊的小镇，旧时酒店林立。

㉗ 大石圈（cromlech）多见于布列塔尼地区，由直立的大石围成有开口的一圈，属于史前巨石文化。雨果 1852 年在英属泽西岛流亡时，岛上即有史前“大石圈”的遗迹。

㉘ 隼山（Montfaucon）在巴黎市区的东北隅，在今天地铁 2 号线“法比安上校”（Colonel Fabien）站一带。

隼山
(Daubigny 画，Laisné 刻)

这座丑恶建筑物基础的石头堆是中空的。内部开挖出一个很大的地窖，门口是一座损坏失灵的旧铁栅栏，地窖里不仅扔进去从隼山铁链上卸下来的人体残骸，还有巴黎各处常设绞架上不幸的绞刑犯的尸体。在这处很深的堆尸场里，不知有多少人的残骸，还有多少罪行，在一起腐朽，又有多少世上的大人物，又有多少无辜者，源源不断地前来提供自己的白骨，从首先启用隼山的昂格朗·德·马里尼[29]，他是个正直的人，到结束隼山的科里尼海军上将[30]，他也是个正直的人。

至于伽西莫多神秘的失踪，我们所能探究到的情况是这样的。

㉙ 昂格朗·德·马里尼（Enguerrand de Marigni，1260—1315）是国王美男子菲利普的重臣，下令建成隼山绞刑场。先王死后，他被诬告处死。

㉚ 科里尼海军上将（Amiral de Coligny，1519—1572）是新教领袖，在史上著名的“圣巴托罗缪节”屠杀中丧生。

在结束这则故事的事件发生后大约两年，或十八个月，有人要去隼山的地窖里寻找鹿皮奥利维埃[31]的尸体。他于两天前[32]被绞死，查理八世降恩，让他迁葬周围环境较好的圣洛朗，众人在这些丑陋的骨架之间，发现两具骨架，其中一具骨架怪怪地抱住另一具骨架。这两副骨架之中，一具是女性，身上还有衣袍的一点残片，衣料原来是白色的，看到她的颈子里有一串叙利亚无花果籽，和一个小丝袋，缀有绿色玻璃，袋子打开，空无一物。这些东西毫无价值，大概刽子手也不要了。另一副骨架，紧紧抱住这一副骨架的，是男人的骨架。大家看到他的脊柱弯斜，脑袋在肩胛骨里，一条腿比另一条腿短。不过，他的颈背上没有任何椎骨断裂，显然，他并不是被绞死的。所以这副骨架的男人，是自己来此地的，是在此地死亡的。有人想把这副骨架和它所抱的骨架分开，但骨架成碎末，掉落地上。[33]

㉛ “鹿皮奥利维埃”（Olivier Le Daim）本名奥利维埃·勒莫韦（Olivier Le Mauvais），详见本书第十卷第五章。

㉜ 确切日期是1484年5月21日。

㉝ 雨果手稿上注明：“完”。时间是“1831年1月15日傍晚6点30分”。

Fin.

15 janvier 1831
6. h ½ du soir.

《巴黎圣母院》全书最后一页的手稿

手稿注明："完"。左侧的小字："1831 年 1 月 15 日傍晚 6 点 30 分。"

附　录　一

La Esmeralda

爱斯梅拉达姑娘

四幕歌剧

作曲　路易丝·贝尔丹小姐

作词　维克多·雨果先生

布景　费拉斯特先生和冈蓬先生

1836年11月14日于王家音乐学院剧场首演

程曾厚译自 *Victor Hugo*, *Œuvre complètes*, Théâtre I, *La Esmeralda*, opéra en quatre actes, pp. 1219—1317, Robert Laffont, ?Bouquins?, 1985.

如果有人聆听歌剧时，偶尔回忆起一部小说，作者想先告诉听众：为了让作为《巴黎圣母院》一书基础的剧情，进入抒情场景的各个前景，对剧情必须作出更改，有时是情节，有时是人物。举例来说，福玻斯·德·沙多贝的性格，就是有所更动的例子之一；另一种结局也是必需的，等等。其实，即使写这样一本小册子的时候，作者虽然尽量，仅仅如音乐需要，尽可能地不偏离某些认真的情节，他以为这对或大或小的所有作品都是必不可少的，他在此地仅仅给读者，或者更贴切地说给听众一部歌剧的要点，布置妥帖，让音乐作品配合得恰到好处，给听众一部简单的歌剧构思，习惯上要求必须出版。他无意在此地看到是一部原封不动的情节结构，只求摆脱这幅丰富和令人目不暇接的刺绣作品，我们称之为音乐。

如果有人偶然关注这个歌剧剧本，作者就假设：一本这般特殊的小册子，无论如何也不该就事论事地加以评判，可以脱离诗人应该会接受的音乐上的必然要求，这在歌剧上永远有权首先得到表现。其次，他恳求读者，在他此地写下的文字里只要看到文字包括的内容，即他本人对此歌剧剧本的个人想法，而不是看到笼统说是对此类诗作，对上演这些诗作的精美剧院表现出不公正的蔑视。作者本人不算什么，必要时他会提醒那些身居最高位的人：谁也无权蔑视如本舞台这样的舞台，即使从文学的角度看。即使只算诗人，这座王家的舞台，曾经接待过显要的访客，我们不要忘记。1671 年，以抒情舞台的豪华场面，演出过芭蕾舞悲剧《普绪喀》。这部歌剧的剧本有两位作者：一位叫普克兰·德·莫里哀，另一位叫皮埃尔·高乃依。

1853 年插图版《巴黎圣母院》
爱斯梅拉达

第 一 幕

（奇迹院。——夜间。

一群丐帮。吵吵闹闹的舞蹈。男女乞丐摆出丐帮千奇百怪的姿势。祈韬㉞大王坐在大桶上。火堆，火把，火炬。黑暗中有一圈模样狰狞的房屋。）

第 一 场

（克洛德·弗鲁洛，克洛班·特鲁伊甫，接着爱斯梅拉达姑娘，接着伽西莫多先后上场。——丐帮。）

丐帮合唱

祈韬大王克洛班万岁！
万岁，巴黎要饭的乞丐！
黄昏时，猫儿又灰又黑，
我们开始动手才出来。
跳舞！教皇和诏书算屁，
我们多自在，说说笑笑，
羽毛插上我们的帽子，
四月淋湿，而六月燃烧！
我们要懂得区分前方
弓箭手报仇，拔出尖刀，
还是经过的旅客背上，
有那么个鼓鼓的钱包！
乘月色跳舞，成群结队，

㉞ “祈韬”（Thunes）源自 tuner，古义“乞讨”。“祈韬”是“乞讨”的谐音。

我们快去找妖魔鬼怪……
祈韬大王克洛班万岁！
万岁，巴黎要饭的乞丐！

克洛德·弗鲁洛（旁白，躲在柱子后，在剧场的一角。他身披宽厚的大衣，遮住了他神甫的长袍。）

四周围的舞蹈下流无比，
管他有灵魂在唉声叹气！
我痛苦！啊！纵然火山口里，
没有更多的火焰在喷发。

（爱斯梅拉达跳着舞步进场。）

合唱

她来了！她来了！正是她，爱斯梅拉达！

克洛德·弗鲁洛（旁白）

正是她！对，是她走来！
为何她，严酷的宿命，
让她如此美丽可爱，
而我，我却如此不幸！

（她来到舞台中央。丐帮以崇拜的心情，在她四周围成一圈。她翩翩起舞。）

爱斯梅拉达姑娘

我孤女孤苦伶仃，
痛苦是我的生母，
我来向各位致敬，
并撒下捧捧花束；
我发狂，兴奋不已；

其实经常在叹息；
我展露满脸笑意；
我藏起滴滴泪珠！

我是卑微的女孩，
小溪边蹦蹦跳跳，
喋喋不休唱起来，
像只年青的小鸟；
我又是一只鸽子
受伤后掉落在地；
坟墓的黑夜低低，
把我的摇篮笼罩！

合唱

年轻姑娘，请跳吧！
我们脾气会更好。
和我们一起玩耍，
组成一大家老小。
你如同一只飞燕，
飞进大海的中间，
张开的翅膀矫健，
逗弄发怒的波涛！

这姑娘好生年轻！
这是不幸的女童！
抬起闪亮的眼睛，
永别了，种种苦痛！

我们听着她的歌声。
远看，她不停翻腾，
像只颤抖的蜜蜂，
飞舞在百花丛中。

年轻姑娘，请跳吧！
我们脾气会更好。
和我们一起玩耍，
组成一大家老小。

克洛德·弗鲁洛（旁白）

年轻姑娘，发抖吧！
神甫在嫉妒难熬！

（克洛德·弗鲁洛想靠近爱斯梅拉达姑娘，姑娘带着恐惧转身离开。愚人王的游行队伍进场。火炬，提灯，乐队。众人在队伍中间，在点满蜡烛的担架上，抬着伽西莫多，身披斗篷，头戴主教帽。）

合唱

致敬！香客和各等贱民，
宾客们，来自各路各帮！
向大家致敬！他正走近。
请看新选的愚人之王！

克洛德·弗鲁洛（远远看到伽西莫多，怒不可遏，向他冲上前去。）

伽西莫多！真是丢尽了脸！
噢，竟敢在此地亵渎神明！
伽西莫多！

伽西莫多

什么声音！老天！

克洛德·弗鲁洛

这儿！我对你说话！

伽西莫多（从轿子上跳下。）

我在听！

克洛德·弗鲁洛

你被革出教门！

伽西莫多

天哪！是他本人！

克洛德·弗鲁洛

你太荒唐过分！

伽西莫多

此时此刻可怕！

克洛德·弗鲁洛

跪下，你这叛徒！

伽西莫多

主子，请你宽恕！

克洛德·弗鲁洛

不行，我是神甫！

伽西莫多

请你宽恕我吧！

（克洛德·弗鲁洛扯去伽西莫多身上的愚人王装饰，扔到脚下踩踏。克洛德对流浪者投去发怒的眼神，流浪者开始窃窃私语，在他四周围成咄咄逼人的一圈。）

众丐帮

他想威吓丐帮，
朋友们，伙伴们，
这个广场之上，
我们才是主人！

伽西莫多

这些窃贼狂妄，
胆大妄为乱咬！
有人对他叫嚷，
那我们走着瞧！

克洛德·弗鲁洛

这一伙人肮脏！
窃贼加犹太教！
有人对我叫嚷！
那我们走着瞧！

（丐帮怒不可遏地发作。）

众丐帮

住手！住手！停下住手！
搅乱节日，小命会丢！
让他送命，脑袋不留！
他想挣扎也是徒劳！

伽西莫多

他的脑袋定要保留！
人人都要马上停手，

否则，我让节日之后，
一番战斗，鬼哭狼嚎！

克洛德·弗鲁洛

弗鲁洛并不会发抖，
不为自己脑袋担忧。

（他用手摸摸胸口）

此地才是一场战斗，
此地才有一场风暴！

（正当流浪者的愤怒达到顶点之时，克洛班·特鲁伊甫出现在舞台深处。）

克洛班

有谁竟敢在这个下流的巢穴之中，
攻击我的老爷主教代理？
也对伽西莫多发动攻击，
他在教堂敲钟？

众丐帮（住手）

克洛班，我们大王！

克洛班

老百姓一个不留！

众流浪者

必须唯命是从！

克洛班

你们先走。

（丐帮纷纷退进破屋之中。奇迹院显得荒无人迹。克洛班神神秘秘地靠近克洛德。）

第 二 场

克洛德·弗鲁洛，伽西莫多，克洛班·特鲁伊甫。

克洛班

你这番酒色之乐，到底有什么目的？
老爷，你可要给我下达些什么命令？
你是我学习巫术的老师。
请说，我一切照办。

克洛德（他一把抓住克洛班的胳膊，拉着他走到台前。）
我来把一切搞定。
你听着！

克洛班

老爷吩咐？

克洛德·弗鲁洛

我比以前更爱她！
你看到我为爱情而痛苦不安激动。
我今天夜里要带她回家！

克洛班

你就会看到她经过此地，步履匆匆。
这条她回家的必经之路。

克洛德·弗鲁洛（旁白）

啊！地狱把我逮住！

（高声）

说马上？

克洛班

转眼工夫。

克洛德·弗鲁洛

独自一人？

克洛班

一人。

克洛德·弗鲁洛

行。

克洛班

等吗？

克洛德·弗鲁洛

我等她行踪。

但愿我得到她，或者我进坟墓！

克洛班

能为老爷效力吗？

克洛德·弗鲁洛

不要。

（他把钱包扔给克洛班，示意他走开。独自和伽西莫多留下，把他领到台前。）

来，我要用你。

伽西莫多

我来。

克洛德・弗鲁洛

要干的事情可怕、荒唐和下流。

伽西莫多

你是我老爷。

克洛德・弗鲁洛

枷锁，法律，就是死，

我们怕什么！

伽西莫多

我全心全意。

克洛德・弗鲁洛（语气激烈）

我把吉卜赛少女劫走！

伽西莫多

主人，我的命归你 —— 你无须说明道理。

（他根据克洛德・弗鲁洛的示意，退入后台，留下主人独自站在台前。）

克洛德・弗鲁洛

老天哪！已把我的思想都付之深渊，
巫术的种种罪行，我已经一一入选，
已经跌得比地狱更加深，也更加低，

神甫半夜里暗中要窥探一个女人，
在目前的环境下，看我自己的灵魂，
想到上帝正在对我注视！

好啊，好！无所畏惧！
命运挟带我而去，

命运之手掌大局，
我要向命运让步！
我一生重新开创！
神甫一旦也癫狂，
会彻底没有希望，
也不再感到恐怖！
魔鬼，你让我入魔，
我书里有你出没，
如果你把她给我，
我甘去你的地方！
你在羽翼里收下，
我这神甫已腐化，
如果地狱里有她，
那便是我的天堂！

过来吧，年轻的女人！
是我在求你的情分！
来，跟我走，一言为定！
既然上帝，既然天主，
他的目光深入万物，
日夜看透我们心灵，
心血来潮，无时无刻，
要求一个神甫选择，
或选天堂，或选爱情！

好啊，好！无所畏惧！
命运挟带我而去，

命运之手掌大局，
我要向命运让步！

伽西莫多（返回。）
主人，这一刻来临。

克洛德·弗鲁洛
对，此时庄严伟大，
我的此生已定，你别嚷嚷。

克洛德·弗鲁洛和伽西莫多
夜色多么深沉，
听到脚步声音，
不是暗中有人，
有人正在走近？

（他们在舞台深处静听。）

巡逻队（在房屋后面经过）
要安静，提高警惕！
我们要远离纷繁，
张开耳朵听，夜里，
还要张开眼睛看！

克洛德·弗鲁洛和伽西莫多
黑暗中有人前行。
有人走来，不言语。
对，我们务必安静！
夜间巡逻的规矩。

伽西莫多

巡逻已走!

克洛德·弗鲁洛

害怕心情随之而去。

(克洛德·弗鲁洛和伽西莫多焦灼不安地望着爱斯梅拉达姑娘应该来的街道。)

伽西莫多

爱情给人主意,
希望使他坚强,
夜深人静之时,
有人正在张望。
我看不很清楚,
我猜出来是她,
少女天生尤物!
走来并不害怕!

克洛德·弗鲁洛

爱情给人主意,
希望使他坚强,
夜深人静之时,
有人正在张望。
我看不很清楚,
我猜出来是她,
少女天生尤物!
我要把她拿下!

(爱斯梅拉达姑娘进场。他们向她扑过去,想把她拖走。她挣扎。)

爱斯梅拉达姑娘

救命！救命！救救我呀！

克洛德·弗鲁洛和伽西莫多

住口！姑娘！不要说话！

第 三 场

爱斯梅拉达姑娘，伽西莫多，福玻斯·德·沙多贝，巡逻队众弓箭手。

沙多贝（进场，率领大队弓箭手。）

为了国王陛下！

（混乱之中，克洛德脱逃。弓箭手抓住伽西莫多。）

福玻斯（指指伽西莫多对弓箭手说。）

抓住这人！要紧紧地捆！

我们要把他关进监牢！

管他是老爷，还是仆人，

先押他去夏特莱城堡！

（弓箭手把伽西莫多带去舞台深处。爱斯梅拉达姑娘惊魂甫定，走近福玻斯，好奇中透出敬佩，轻轻地拽着他走到台前。）

二重唱

爱斯梅拉达姑娘（对福玻斯）

大爷，我想敬请

告知尊姓大名！

我很想能认识！

福玻斯

叫福玻斯，姑娘，
我们家有厅堂，
沙多贝是姓氏。

爱斯梅拉达姑娘

是队长搭救？

福玻斯

是，我的王后。

爱斯梅拉达姑娘

王后！哦不是！

福玻斯

真绝代佳人！

爱斯梅拉达姑娘

福玻斯，我很
喜欢你名字！

福玻斯

凭良心而言，
夫人，我今天
真有把好剑，
很有点意思！

爱斯梅拉达姑娘（对福玻斯）

一位英俊的队长，
一个威武的军官，

队长是器宇轩昂，
军官穿铁甲战衫，
英俊的大人这般
俘获我们的感情，
却只是嘲笑一番
我们哭泣的眼睛。

福玻斯（旁白）

能身为一个队长，
能身为一名军官，
爱情是很难抵挡，
能维持整整一天。
凡是军人都理应
想采撷野花野草，
寻乐，不能去受刑，
爱情，不能受煎熬！

（对爱斯梅拉达姑娘）

才智和宽容，
都难以言表，
在你的眼中，
正对我微笑！

爱斯梅拉达姑娘

一位英俊的队长，
一个威武的军官，
队长是器宇轩昂，

军官穿铁甲战衫，
他两眼炯炯有神，
凡是可怜的女孩，
看到他仆仆风尘，
都无不充满期待！

福玻斯（旁白）

能身为一个队长，
能身为一名军官，
爱情是很难抵挡，
能维持整整一天。
这可是电光阵阵，
凡是美丽的女孩，
看到她经过时分，
要大献殷勤求爱！

爱斯梅拉达姑娘（她走到队长面前，深情注视。）

福玻斯大人！能和你亲近，
让我好好地再把你欣赏！
啊！一条漂亮的丝绸披巾，
金色穗子的披巾好漂亮！

（福玻斯解下披巾，给她送上。）

披巾你喜欢？

（爱斯梅拉达姑娘接过披巾，披在自己身上。）

爱斯梅拉达姑娘

真美丽非凡！

福玻斯

请等一下，请！

（他走近她，想亲吻她。）

爱斯梅拉达姑娘（后退）

别，免了我吧！

福玻斯（坚持。）

那吻我一下！

爱斯梅拉达姑娘（总是后退。）

别了，真不行！

福玻斯（大笑。）

这一位美人
能如此自尊，
能如此心狠！……
才一见钟情。

爱斯梅拉达姑娘

不行，漂亮的队长！
我必须加以拒绝。
如吻了后有文章，
岂不把界限逾越？

福玻斯

我是一队的队长，
我要一吻的喜悦。

美丽的非洲女郎[35]，
干吗要加以拒绝？

福玻斯

吻我一下！快吻！否则我来主动！

爱斯梅拉达姑娘

不，放我走；我不想听任何内容！

福玻斯

没什么，我可以保证！就吻一下！

爱斯梅拉达姑娘

对你没什么，唉！对我事关重大！

福玻斯

看着我！你会看到我是否爱你！

爱斯梅拉达姑娘

我不想看到自己内心的心底！

福玻斯

今晚，你的心中就会产生爱情。

爱斯梅拉达姑娘

说今晚是爱情，明天就是不幸！

（她溜出他的怀抱逃走。福玻斯十分沮丧，回到舞台深处被卫兵捆绑的伽西莫多身边。）

㉟ “非洲女郎”即吉卜赛女郎。

福玻斯

她抗拒到底，她逃之夭夭。

说起来，艳遇也是段佳话！

两只夜鸟，我逮到了一只倒霉的鸟；

这夜莺已经飞走，猫头鹰却是留下。

（他重新率领队伍，带着伽西莫多离场。）

巡逻队（跳起圆舞合唱）

要安静，提高警惕！

我们要远离纷繁，

张开耳朵听，夜里，

还要张开眼睛看！

Enfin un huissier du Châtelet, vêtu de noir, monté sur un cheval noir.

1853 年插图版《巴黎圣母院》
伽西莫多受刑

第　二　幕

第　一　场

（沙滩广场。示众柱。伽西莫多被绑在示众柱上。广场上人来人往。）

合唱

他竟然劫走一名少女！
怎么说！可当真？
你们看此时此刻必须
如何严惩罪人！
你们可听到，大嫂大妈？
伽西莫多竟然
在小爱神的地盘糟蹋，
为非作歹蛮干！

一位民女

他从示众柱下来回去，
会经过我们家的街道，
这是由比埃拉·托特吕
向我们大家高声宣告。

宣读公告的差役

上帝保佑的国王有令，
此地此人，请大家看清，
被严密看守，看管不停，

在示众柱一小时至少！

合唱

打倒他！打倒他！

这个驼背，聋子，独眼龙！

真是个巴拉巴[36]！

我看，该死，他有恃无恐！

我们要打倒巫师！

他做鬼脸，在冷笑！

每当有他经过时，

街上的狗都会叫！

要好好惩治这个强盗！

要加倍地示众和鞭笞！

伽西莫多

给水喝！

合唱

要把他吊死！

伽西莫多

给水喝！

合唱

让他去嚎叫！

（爱斯梅拉达姑娘已经混在人群之中。她注视着伽西莫多，先是吃惊，继而是怜悯。突然，她在人群的呼叫声中走上示众柱，从腰带上解下小葫芦，把葫芦里的

㊱ 巴拉巴（Barabbas）是《新约》所载应该判处死刑的窃贼。

水给伽西莫多喝。)

合唱

干什么，美丽的姑娘？
你不要管伽西莫多！
就是被炙烤的魔王，
大家有水，不给恶魔！

(她走下示众柱。弓箭手解开伽西莫多，把他带走。)

合唱

他竟然劫走一个女人！
是谁？这头蠢猪？
也太可怕了！无耻可恨！
这太用心狠毒！
你们可听到，大嫂大妈？
伽西莫多居然
在小爱神的地盘糟蹋，
为非作歹蛮干！

第　二　场

(豪华的大厅，正忙于节日的准备。)

福玻斯，百合花，阿洛伊丝·德·贡德洛里耶夫人。

阿洛伊丝夫人

福玻斯，未来的女婿，听着，我喜欢你，
此地你是主人，犹如又一个我自己；
今晚，务必人人要在府中开心。

而你，我的闺女，你要准备充分。
今天吉日良辰，你更是最美的美人，
你也要是最开心的千金！

（她走入后台，下令仆人布置节日。）

百合花

老爷，自从那个星期以来，
还谈不上见你两次风采。
节日，大门再次为你打开。
总而言之，这真是很幸福！

福玻斯

请你不要发火，我恳求你！

百合花

唉！我看，福玻斯把我忘记！

福玻斯

我起誓……

百合花

不要轻易地发誓！
有人起誓，总在说谎之时！

福玻斯

说把你忘记！有多么荒唐！
难道美人中你不最漂亮？
难道我不是用情最专注？

福玻斯（旁白）

看看我的美丽的未婚妻，
今天大发雷霆！
她思想里已经种下怀疑，
唉！倒霉的事情！

各位美人，情郎被人责备，
会去别的地方。
要用欢乐，而不是用眼泪，
会有更多情郎。

百合花（旁白）

我是他未婚妻，对我背叛，
还要我属于他！
我，他是我思想里的麻烦，
让我放心不下！
唉！他或是不见，或来安慰，
总是痛苦难当！
他去了，他蔑视我的眼泪，
来，蔑视我欢畅！

百合花

福玻斯，我为你绣成一条披巾很美，
你如何处置披巾？你如今身上已无？

福玻斯

披巾啊……我不知道……（旁白）该死的！走错一步！

百合花

你把披巾给忘了！（旁白）你把披巾给了谁？

把我遗弃，是为了和谁依偎？

阿洛伊丝夫人（向他们俩走来，努力促和。）

老天！你们先结婚！结了婚再去赌气。

福玻斯（对百合花说）

没有，披巾我并没有忘掉。

我想起来，我把这条披巾仔细折好，

放进了一只特意制作的翡翠盒子。

（满怀激情地对还在赌气的百合花说。）

我可以起誓，我是很爱你，

比别人爱维纳斯更彻底。

百合花

不要，不要起誓！不要起誓！

有人起誓，总在说谎之时！

阿洛伊丝夫人

孩子们！别再争吵。今天，事事要高兴。

来，闺女，会客是件大事情。

客人这就来了。先后有序，按部就班。

（对仆人）

让舞会好好准备，点亮一把把火炬。

我要尽善尽美，大家以为阳光灿烂！

福玻斯

有了百合花，凡事齐全，都已经就绪。

百合花

福玻斯，独缺爱情是遗憾！

(母女二人出。)

福玻斯 (望着百合花出)

她说得不错，我在她身边，

我的心里就充满了烦恼。

而我所爱的女人，我一清早就思念，

唉，她不在此地，何处去找？

歌声

少女你美若天仙！

我为你爱慕不已！

多美的舞姿翩跹，

我日夜为之着迷，

纵然是天天不见，

却天天不分不离！

她温柔多情，容光焕发，

如同枝叶中间的鸟窝，

如同草丛中间的鲜花，

如同不幸中宝贝闪烁！

少女谦卑，骄傲的处女，

贞洁的心灵，多么自由，

眼帘低垂，又守身如玉，

让寻欢作乐不敢抬头！

这是漆黑的夜空，
一位天国的天使，
额头上浓影重重，
眼中有火光如炽！

我总是见到她的脸形，
熠熠有神，或黯然无光；
但或是浮云，或是星星，
我看到的她总在天上！

少女，你美若天仙！
我为你爱慕不已！
多美的舞姿翩跹，
我日夜为之着迷，
纵然是天天不见，
却天天不分不离！

（多位老爷和夫人入场，个个盛装华服。）

第 三 场

（同前，吉夫侯爵，莫莱老爷，谢弗勒兹老爷，贡德洛里耶夫人，百合花，迪亚娜，贝朗热尔，众夫人，众老爷。）

吉夫侯爵

致敬，高贵的领主夫人！

阿洛伊丝夫人，福玻斯，百合花（向众人致意。）

你好，我高贵的骑士！
请忘记烦恼，忘记苦闷，
各位是在好客的府邸！

莫莱老爷

众夫人，上帝赐予你们
快乐、幸福，和身体健康！

阿洛伊丝夫人，福玻斯，百合花

但愿上天，英俊的大人，
把你的祝愿化为欢畅！

谢弗勒兹老爷

众位夫人，我深表感谢，
为你们效劳，如同天主。

阿洛伊丝夫人，福玻斯，百合花

但愿圣母，英俊的老爷，
事事处处都给你帮助！

（全体宾客入场。）

合唱

请来到盛会的厅堂！
夫人，老爷，以及随从！
鲜花戴在你们头上，
欢乐进入你们心中！

（宾客摩肩接踵，相互问候。仆人在人群里穿梭，托着盛满鲜花和鲜果的大盘。

此时，一群少女在右窗前形成。突然，一名少女呼唤众少女，示意她们俯身窗外。)

芭蕾舞曲

迪亚娜（望着窗外）

喔！过来看，贝朗热尔，快过来看！

贝朗热尔（望着街上）

看她多轻盈，灵活地旋转！

迪亚娜

这是个爱神，或是个仙女……

吉夫侯爵（大笑）

正在街头跳舞，舞来舞去！

谢弗勒兹老爷（看过之后）

嗨，可是，这女巫舞艺高强！
福玻斯，是你的埃及姑娘[37]，
那天夜里，你真勇猛威武，
把她从窃贼的手里救出。

吉夫侯爵

对，对，正是那吉卜赛女郎！

莫莱老爷

她美得真像是一朵鲜花！

迪亚娜（对福玻斯）

如果你真认识她，叫她来我们厅堂，

---

[37] "埃及姑娘"也指吉卜赛女郎。

让我们开开心，跳上几下。

福玻斯（也心不在焉地看望。）

难道当真又是她的风采。

（对吉夫老爷。）

你认为她还会想得起来……

百合花（又是观望，又是倾听。）

大家可总是记得起是你。

看看，叫唤她，请你叫她上我们的楼。

（旁白）

我倒要看看，风言风语是否要接受。

福玻斯（对百合花。）

你要她上来。好吧，试试。

（他示意跳舞女郎上楼。）

众少女

她走向此地。

谢弗勒兹老爷

她已在门洞下不见身躯。

迪亚娜

她让善良的百姓目瞪口呆地感动！

吉夫侯爵

夫人们，你们马上看到街上的仙女。

百合花

福玻斯一个手势，她立马就能顺从！

第　四　场

人物同上，爱斯梅拉达姑娘。

（吉卜赛女郎进场，腼腆，不好意思，容光焕发。一阵惊叹。人群在她面前闪开。）

合唱

她美丽的额头在最美额头里辉映，
如同有一圈火炬围绕着一颗明星！

福玻斯

啊！天仙下凡！啊！人间灵秀！
各位朋友！我向你们担保，
她是迷人舞会上的王后。
她的王冠，就是她的美貌！

（他转向吉夫和谢弗勒兹两位老爷。）

朋友们，我的灵魂已沸腾！
都不在话下，打仗和不幸，
迷人的天仙，真希望我能
在你的鲜花里撷取爱情！

谢弗勒兹老爷

这是在人间的下凡天仙！
这又是一个迷人的梦境，
在黑黝黝的夜空里闪现，

播撒出点点滴滴的光明！
她是在大街的街头生下。
啊，不幸糊里糊涂的小妞！
怎么！一朵如此美的鲜花，
唉！却顺着小溪水在漂流！

爱斯梅拉达姑娘

我的福玻斯，我可以肯定，
如同留在我心中般清楚！
啊！盔甲威武，或盛装英挺，
总是他，又英俊，又有风度！
福玻斯！我的脑袋已昏沉。
我周身热乎，痛苦又喜欢。
大地需要有露水的滋润，
我的心灵需要泪水浇灌！

百合花

她的确很美，我可以肯定。
对，说句真话，我应该嫉妒，
如果，我以她的美貌定评
我应该感受嫉妒的程度！
也许，这是出于前世命运，
不幸使出了严酷的手腕，
她和我会一起凋谢断魂，
在花季便双双撒手人寰！

阿洛伊丝夫人

这是绝代佳人，姣好模样！
这件事也确确实实离奇：
不干不净的吉卜赛姑娘，
会有这般美貌，这般魅力！
可谁认识命运这本大书？
逮小鸟吃的蛇令人惊恐，
经常把有毒的蛇头潜伏
在开花最多的灌木丛中。

全体同时唱

她既有美丽，她又有宁静，
如夏天夜晚美丽的天庭。

阿洛伊丝夫人（对爱斯梅拉达姑娘）

行啊，孩子，行啊，美人请跳，
过来，给我们大家跳几支新的舞蹈。

百合花

我的披肩……福玻斯，我已经上当受骗。
我有情敌，情敌就在眼前！

（百合花扯下爱斯梅拉达的披肩，晕倒在地。舞会全体宾客乱成一团，都斥责埃及女郎。她逃到福玻斯身边避难。）

众人

福玻斯爱她！是这样？
滚出去。无耻的女人！
你太过分，你太猖狂。

这般冒犯、得罪我们！
恬不知耻，到了极点！
回到生养你的街头，
让郊区的小商小贩，
欣赏你的舞蹈身手！
我们立即让她滚开，
让她滚开，说到做到。
这如此低贱的女孩，
眼睛抬得如此之高！

爱斯梅拉达姑娘

啊！站出来为我辩白，
福玻斯，请为我辩护。
谦卑的吉卜赛女孩，
此地只能求你帮助。

福玻斯

我爱她，我也只爱她。
我捍卫她，为她正名。
我可为她战斗厮杀。
我的胳膊服从感情。
如要有人给她保护，
那好！我来保护少女！
她在受辱，我在受辱，
她有荣誉，我有荣誉！

众人

怎么说！她，他真要爱！
滚出去，滚！滚出去，滚！
怎么说！这个吉卜赛，
他也要，而鄙视我们！
啊！这一对，这宗私情，
其实我们不必多言！

（对福玻斯）

你，你也太无耻透顶！

（对爱斯梅拉达姑娘）

而你，你也太不要脸！

（吉卜赛女孩受到贡德洛里耶夫人的众宾客纷纷威胁。福玻斯和他的朋友们保护她。爱斯梅拉达姑娘摇摇晃晃向门外走去。幕落。）

Et, détachant une gourde... (Page 74.)

1853 年插图版《巴黎圣母院》
爱斯梅拉达上台给伽西莫多喝水

第　三　幕

第　一　场

（酒吧的外院。右边是酒馆。左边有几棵树。舞台深处有一扇门，一座矮墙围住外院。远处，是圣母院的后景，两座钟楼和钟塔尖顶，老巴黎黑黝黝的剪影，在落日红红的天空下凸现出来。塞纳河在场景的下方。）

福玻斯，吉夫侯爵，莫莱老爷，谢弗勒兹老爷（福玻斯的多位朋友，坐在桌边，或饮酒，或唱歌。接着**克洛德·弗鲁洛**上场。）

歌声

合唱

圣洛市的圣母大教堂，
请你关怀和照顾丘八，
他这丘八在大地之上，
只对水感到憎恨害怕！

福玻斯

让勇士逍遥，
处处有收获，
丰盛的酒窖，
美丽的秋波！
快活人吉祥，
让他去强抢
年轻的姑娘，

和陈酒很多!

合唱

圣洛市的圣母大教堂,
请你关怀和照顾丘八,

福玻斯

有一位佳人,
她冷若冰霜,
脾气糟得很,
— 此事很平常—
他笑不绝口
他的坏女友,
他接着饮酒,
他接着歌唱!

合唱

圣洛市的圣母大教堂,
请你关怀和照顾丘八……

福玻斯

光阴不久留;
他亲吻女郎,
不论醉与否,
吻她的脸庞,
他脾气火暴,
他晚上睡觉,
就睡在大炮

的炮口之上！

合唱

圣洛市的圣母大教堂，
请你关怀和照顾丘八……

福玻斯

而他的心中，
经常夜深沉，
依稀便入梦，
梦见有美人，
心里很舒畅，
先扎好营帐，
不停地摇晃，
因为风吹动！

合唱

圣洛市的圣母大教堂，
请你关怀和照顾丘八，
他这丘八在大地之上，
只对水感到憎恨害怕！

（**克洛德·弗鲁洛**进场，在一张离福玻斯的桌子很远的桌子边坐下。他先对四周发生的事情显得无所谓。）

吉夫侯爵（对福玻斯）

这位埃及女郎，娇艳如花，
你又到底作何打算，敢问？

（克洛德·弗鲁洛一怔。）

福玻斯

今晚，一小时以后，我和她，
我们有个约会。

众人

当真？

福玻斯

当真。

吉夫侯爵

是一小时以后？

福玻斯

不，是马上！

歌声

啊！爱情便是最高的享受！
两个人能感到心心相印！
把所爱的女人占为己有！
又是奴隶，又是霸主君临！
她唱的歌声能让你入睡！
有她的魅力！有她的心灵！
她美丽的眼睛噙着泪水，
一个吻把眼泪抹擦干净！

（他唱时，其他人饮酒，碰杯。）

合唱

最大的幸福更加倍，

不论是在什么时候，
为所爱的女人干杯，
又喜欢杯中的美酒！

福玻斯

朋友们，最美的女郎，
绝代佳丽，绝世娇娘，
啊，要发疯！啊，又发狂！
朋友们，她归我所有！

克洛德·弗鲁洛（旁白）

我和地狱结成一帮。
要她不幸，你也别走！

福玻斯

我们都来寻欢作乐！
都要尽兴，切莫回头，
千金不值春宵一刻，
是最好的生命享受！
一旦死去，有什么留恋！
百岁光阴，只在此瞬间，
千秋万代，在一日时候！

（熄灯钟声敲响。福玻斯的朋友们从桌子上站起来，插好佩剑，戴好帽子，穿好大衣，准备离开。）

合唱

福玻斯，到你的时辰。
对，这已是熄灯时候！

快快去找你的美人！
听天由命！上帝保佑！

福玻斯

对呀！已到我的时辰，
对，已是熄灯的时候！
我要去找我的美人！
听天由命！上帝保佑！

（福玻斯的朋友们离场。）

第 二 场

克洛德·弗鲁洛，福玻斯

克洛德·弗鲁洛（福玻斯打算离场时，将他拦住。）

队长！

福玻斯

这个人我并不认识！

克洛德·弗鲁洛

你听我说。

福玻斯

你有话请快讲！

克洛德·弗鲁洛

请问，你的的确确深知
谁等你去赴约会，是约定今天晚上？

福玻斯

对呀，没错！她是我的情妇，
她很爱我，我喜欢她本人；
她为我唱歌，她为我跳舞，
是爱斯梅拉达。

克洛德·弗鲁洛

她是死神。

福玻斯

朋友，首先，你在发神经病；
其次，你见鬼去吧！

克洛德·弗鲁洛

你听着！

福玻斯

与我无关！

克洛德·弗鲁洛

福玻斯，如果你敢跨过此门的门槛……

福玻斯

你正在发疯！

克洛德·弗鲁洛

你已经死定！

对唱

她们从不后悔，无法无天，
发抖吧！这是埃及女郎！

她们的憎恨以爱情出现，
她们的床笫也就是死亡！

福玻斯（大笑）

老兄，整好你披风和衣服。
请回你自己的疯人院里。
我看有人从疯人院逃出。
让朱庇特[38]、医神和你同住，
也让魔鬼和你同在一起！

克洛德·弗鲁洛

这是些无情无义的女人。
要相信街谈巷议的批评。
她们只会给人带来丑闻。
福玻斯，别去，否则你死定！

（克洛德·弗鲁洛一再坚持，看来福玻斯动摇，他注视着对方。）

福玻斯

他让我吃惊。
我无法说清，
他让我产生一些疑团！
在这座城里，
很令人生疑，
城里处处都只有背叛。

㊳ 朱庇特（Jupiter）是罗马神话里的天神。

克洛德·弗鲁洛

我让他吃惊，
他无法说清，
我让他产生一些疑团。
傻瓜蛋自己，
在这座城里，
见到的处处都是背叛。

克洛德·弗鲁洛

请你相信我，老爷，你别去见美人鱼，
她给你安排的是陷阱。
有几多的吉卜赛妇女，
怒从心起，刺杀了情侣，
情人的心还跳动不停。

（他拉福玻斯走，福玻斯改变主意，推开他。）

福玻斯

难道我也发疯发呆？
摩尔人㊴、犹太、吉卜赛，
不管一切，只要相爱。
爱情应该永远第一。
爱情召唤！别管我们！
啊！如果她就是死神，
而死亡是如此迷人，
那死去有多么甜蜜！

㊴ 摩尔人是北非的阿拉伯人。

克洛德，拉住他。

吉卜赛女人！你别傻！

你发疯也发到了家！

你敢什么都不害怕，

去奔向自己的灭亡！

为不忠的女人发抖，

她在暗中向你招手！

怎么！你向着她快走？

去死吧，如果你真想！

福玻斯不管克洛德·弗鲁洛阻拦，迅速离场。克洛德·弗鲁洛留下，一时间垂头丧气，犹豫未决；接着他随福玻斯而去。

第　三　场

(一间卧室。深处，窗子开向河流。克洛班·特鲁伊甫进场，手持火炬；他身后有几个人，他给他们发暗号，安排他们躲在暗处，这些人在暗处消失。接着，他向房门返回，似乎示意某人上楼。克洛德长老出场。)

克洛班（向克洛德）

你从此地看得见，而别人看不到你，

看见队长和吉卜赛女子。

(他指给他看一张壁毯后面的凹进处。)

克洛德·弗鲁洛

每个人都已经各就各位？

克洛班

各就各位。

克洛德·弗鲁洛

这一件事情千万不能让别人知道。

安静！这个钱包你先拿好，

事后今天的钱包加倍！

（克洛德·弗鲁洛在隐蔽处站好。克洛班小心翼翼地走出去。爱斯梅拉达姑娘和福玻斯进场。）

三重唱

克洛德·弗鲁洛（旁白）

啊，这可爱的女孩，

却受命运的安排！

她穿着盛装进来，

出去的时候戴孝！

爱斯梅拉达（对福玻斯）

伯爵老爷和大人，

我压制我的内心，

内心里羞愧不尽，

内心里充满骄傲！

福玻斯（对爱斯梅拉达）

啊！她的粉脸艳丽！

当房门一旦关闭，

我的美人，你可以

把担心丢在墙角。

（福玻斯让爱斯梅拉达姑娘坐在他身边的板凳上。）

福玻斯

你爱我吗？

爱斯梅拉达姑娘

我爱你！

克洛德·弗鲁洛（旁白）

啊，煎熬！

福玻斯

啊，你闭花羞月，淑女窈窕！

你多么圣洁，我心悦诚服！

爱斯梅拉达姑娘

你这张嘴巴可真会说话！

行了，我实在是羞羞答答！

老爷，别靠得太近的地步！

弗鲁洛

他们俩相爱，我真是憧憬！

爱斯梅拉达姑娘

福玻斯，感谢你救我一命。

福玻斯

我感谢是你给了我幸福！

爱斯梅拉达

啊！你要听话！

用你的脸颊，

迷人有优雅，

对她多鼓励，
小姑娘出现，
她疯疯癫癫，
走到你眼前，
便安分无比！

福玻斯

啊，我的仙女，
我的美人鱼，
你如花似玉，
有何等气派！
温柔的女郎，
自由又奔放，
两眼放光芒，
炯炯有神采！

克洛德·弗鲁洛

等他们上楼！
听他们交流！
她多么温柔！
他多么英俊！
你要多歌舞！
你要很幸福！
我在挖坟墓，
我，我是厄运！

福玻斯

仙女或凡人，
做我的夫人！
看我的灵魂
日日又夜夜，
在把你品尝，
在把你渴望，
在把你赞赏，
我爱的小姐！

爱斯梅拉达姑娘

我是个女人，
而我的灵魂，
是烈火焚身，
是爱情专一，
英俊的老爷，
和诗琴无别，
白天和黑夜，
在哭泣叹息！

克洛德·弗鲁洛

且等等，女人，
我有火焚身，
我有刀阴森，
都会显本领！
对，我很欣赏
火和刀低唱，

火和刀疯狂，
火、刀有爱情！

福玻斯

要永远有鲜艳的风采！
为我俩的幸福而欢笑！
我们笑爱情已经醒来！
我们笑害羞已去睡觉！
我灵魂想借你嘴休息，
你这张嘴，这就是天宇！
祝愿我的最后的呼吸，
便会在此一吻中远去！

爱斯梅拉达姑娘

我的耳朵爱听你说话，
你的微笑甜蜜又优美，
你的眼中有风流潇洒，
光彩夺目能让我入睡。
你的愿望是我的君主，
但我不得不拒绝服从，
我的贞节才保我幸福，
会在一吻中无影无踪！

克洛德 · 弗鲁洛

不要砍向他们的耳朵，
他们还没有临近死亡！
我妒忌，我憎恨，我捕捉

他们的爱情进入梦乡！
死神瘦削又苍白无比，
会去和他们二人相遇！
福玻斯，你最后的呼吸
便会在此一吻中远去！

（克洛德·弗鲁洛向福玻斯冲过去，用匕首把他刺死，接着他打开后台的窗子逃走。爱斯梅拉达姑娘大叫一声，倒在福玻斯的尸体上。各就各位的潜伏者嚷嚷着出来，抓住爱斯梅拉达姑娘，似乎在控告她。幕落。）

1853 年插图版《巴黎圣母院》福玻斯

第 四 幕

第 一 场

(监狱。舞台深处有门。)

爱斯梅拉达姑娘（独自一人，戴着锁链，躺在干草上。）

怎么会！他在坟墓，而我在深渊之中！
他是受害者，而我在牢笼！
对，我看到他倒下，他的确已被杀死！
这起罪行，天哪，罪行深重！
都说作案的是我这女子！
我俩的青春岁月眼看都已被折断！
福玻斯已走，给我指明了道路！

昨天，他的墓冢看了心酸！
明天将会打开我的坟墓！

浪漫曲

福玻斯！难道大地之上，
就没有能拯救的力量，
拯救相爱男女的爱情！
没有奇药，也没有咒术，
可以封住哭泣的眼珠，
可以重开闭上的眼睛！

仁慈的上帝，我求你，
请你解脱我的生命，
我恳求你，夜夜日日，
或者免去我的爱情！

返回人人陨落的场所！
那儿有爱情永生不息！
你我的身躯同在墓里！
你我的灵魂共在天国！

仁慈的上帝，我求你，
请你解脱我的生命，
我恳求你，夜夜日日，
或者免去我的爱情！

（门开。克洛德·弗鲁洛进场，手里有灯，风帽压在脸上。他过来，站在爱斯梅拉达姑娘面前，站立不动。）

爱斯梅拉达姑娘（猛然惊起）

这个人是谁？

克洛德·弗鲁洛（有风帽遮住脸）

一个神甫。

爱斯梅拉达姑娘

是神甫！怪事！

克洛德·弗鲁洛

准备好了？

爱斯梅拉达姑娘

准备什么？

克洛德·弗鲁洛

去死。

爱斯梅拉达姑娘

好！准备死！

克洛德·弗鲁洛

那好。

爱斯梅拉达姑娘

是马上死吗？请回答，我的神甫！

克洛德·弗鲁洛

明天。

爱斯梅拉达姑娘

不是今天，为什么不？

克洛德·弗鲁洛

怎么！你很痛苦吗？

爱斯梅拉达姑娘

对，我很痛苦。

克洛德·弗鲁洛

可能。

我呢，我明还活着，可是我比你更苦。

爱斯梅拉达姑娘

你，那你是谁？

克洛德・弗鲁洛

在你我之间隔着坟墓。

爱斯梅拉达姑娘

你的名字？

克洛德・弗鲁洛

你真想知道？

爱斯梅拉达姑娘

想。

（他脱下风帽。）

爱斯梅拉达姑娘

神甫可憎！

是神甫！我的上帝啊，好不吃惊！

真是他冰冷的额头，火辣辣的眼睛！

真是他神甫，是神甫自己！

是他无休无止追我，不论什么时分！

是他杀死了我的福玻斯，我的情人！

畜生！在我最后的时刻，我要诅咒你！

我什么对不起你？你为什么要报仇？

那你要我做什么？你这卑劣的凶手？

那是你在憎恨我？

克洛德・弗鲁洛

我爱你！

二重唱

克洛德·弗鲁洛

我爱上你，这很丢人！
我爱上你，一边颤抖！
我的爱人，我有灵魂，
我的爱人，我有血肉，
对，我跪倒在你脚边，
而我直言相告。
你的坟墓，我更依恋，
我天堂也不要。
可怜我，我倒在跟前，
你在诅咒嘲笑！

爱斯梅拉达姑娘

他爱上我！啊，我惊恐已极！
他控制了我，捕鸟者可怖！

克洛德·弗鲁洛

我身上唯一存活的东西，
是我的爱情，是我的痛苦！

克洛德·弗鲁洛

绝望，绝望，绝望！
命运多么严酷！
唉！我把她爱上，
长夜漫漫痛苦！

爱斯梅拉达姑娘

真要命的时光！
我的心，请哀哭！
天！他把我爱上！
长夜漫漫恐怖！

克洛德·弗鲁洛（旁白）

她在我的手掌中挣扎！
神甫终于也可以敲定！
我把她带进黑夜可怕，
我要把她带去见黎明。
死神跟着我上上下下，
只会把她交还给爱情！

爱斯梅拉达姑娘

可怜可怜，请快放我走！
福玻斯已死！轮到了我！
你可怕的爱情是毒手，
唉！我已经失魂落魄，
如同咄咄逼人的秃鹫，
小鸟被吓得东躲西躲！

克洛德·弗鲁洛

接受我吧！我爱你！噢，来吧，我求你啦。
可怜我！可怜你！逃吧！外面没有声响！

爱斯梅拉达姑娘

你的恳求只会叫人羞煞！

克洛德・弗鲁洛

你喜欢去死?

爱斯梅拉达姑娘

肉体死，灵魂解放!

克洛德・弗鲁洛

死去，这会很可怕!

爱斯梅拉达姑娘

闭嘴，肮脏的嘴巴!
你的爱叫死亡大放光芒!

(克洛德跌落在爱斯梅拉达脚边，恳求她。她推开他。)

爱斯梅拉达姑娘

不要，杀人犯！永远不！住口!
我宁可马上飞奔去坟头!
你要千诅咒，你要万诅咒!
你怯懦的爱情让人嘲笑。

克洛德・弗鲁洛

发抖吧！绞刑架对你召唤!
你是否知道，在我的心间，
酝酿着有血有火的盘算，
而地狱在暗中拍手叫好?

克洛德・弗鲁洛

啊！你是我偶像!
请你把手给我!

你明天可一样
活得快快活活！

一夜都是反悔！
啊，一夜好紧张！
对于我是眼泪！
对于你是死亡！
对我说：我爱你！
可以救你一命！——
马上就要升起
这最后的黎明。
既然我求你，不给情面，
既然你憎恨，与我恨别，
永别了！还有一天时间，
接着，落下无尽的黑夜！

爱斯梅拉达姑娘

神甫没有人性，
去，我深恶痛绝！
你的双手血腥，
是杀人的鲜血！
一夜都是反悔！
啊，这一夜紧张！
流了太多眼泪！
我就是要死亡！
我对你就要斗，
纵然戴着锁链。

对你就是诅咒！
对你就是翻脸！

去，你的罪行自有下场，
福玻斯带我去见上帝！
老天为我在开启曙光！
地狱的黑夜正在等你！

(狱卒上。克洛德·弗鲁洛示意他带走爱斯梅拉达姑娘，吉卜赛姑娘被带走时，他自己离场。)

第　二　场

(圣母院的大广场。大教堂的正墙。钟声传来。)

伽西莫多

我热爱，上帝，
我不能自已，
爱这儿一切！
有清风飘忽，
便可以消除
我心情恶劣！
我爱小燕子，
飞上老房子，
就是回老家！
我爱小教堂，
看两只翅膀，
那是十字架！
我也爱玫瑰，

一朵朵盛开！
万物都很美！
万物都可爱！

种就没种好，
我笨手笨脚，
我相貌丑陋。
没一点欲望！
生活的情状
本来不好受！
欢乐或痛苦，
黑夜如乌木，
或碧空万里，
我都无所谓！
每扇门一推，
都通向上帝！
剑锋本高贵，
剑鞘却已残，
在我灵魂内，
我堂堂一男！

有的钟大，有的钟脆，
敲钟吧，要永远敲响！
钟声尖细，嗡嗡如雷，
一起地敲，一齐地响！
在小楼里歌声放飞！
在钟楼里嗡嗡作响！

听，钟声响起！
嗡嗡声如裂，
放开大嗓子，
白天又黑夜！

我们过节会盛况空前，
我敢说，没有你们不行。
我们在空中撞击多遍，
你们蹦跳更快更尽兴！
且看市民都傻得可怜，
会站立桥头，拥挤不停！

听，钟声响起，
放开大嗓子，
白天又黑夜！
钟声要敲响，
这般像个样，
方才能过节！

（他返回大教堂的正墙。）

我看到小教堂里张挂起一张黑幕！
唉！是不是要拖个倒霉蛋来到此地？
上帝呀！什么预感……不，但愿是我错误！

（克洛德·弗鲁洛和克洛班上场，没有看见伽西莫多。）

是我主子。——等着看——天色已黑得可以！

（他躲进大门的一个黑暗角落。）

噢，我的圣母！我的女主人！

拿走我的命！救他的灵魂！

第 三 场

伽西莫多，藏着，克洛德，克洛班

克洛德·弗鲁洛

福玻斯已经送到蒙福尔？

克洛班

老爷，说起来他没有死！

克洛德·弗鲁洛

绝对不要让他来此地！

克洛班

你不必为此事烦神操劳，

他太虚弱，捱不过这行程，你可相信。

他肯定会死，如果他要来。

老爷啊，你完全可以放心，

他每走一步，他的伤口会重新裂开。

今天早上，你就无须担心。

克洛德·弗鲁洛

啊！至少今天，我还独自掌握她，

是死是活，她都在我手中！

地狱呀！今天，我就把明天给你相送！

（对克洛班）

不用多久，有人带吉卜赛女人到达。

你，你要把这一切都记下！

二重唱

带上你的人马来广场……

克洛班

好。

克洛德·弗鲁洛

待在暗处不要开口。

我喊声：我这边！你就上。

克洛班

没问题。

克洛德·弗鲁洛

多点人手。

克洛班

反正你喊一声：我这边……

克洛德·弗鲁洛

不错。

克洛班

我向她冲去。

从卫兵手里抢走天仙……

克洛德·弗鲁洛

好。

克洛班

给你交上美女！

克洛德·弗鲁洛

你们都混在人群深处。
到这个时辰，
也许这颗心对于神甫
会变得温存。
于是，你们人人都跑步……

克洛班

好，我的主人。

克洛德·弗鲁洛

你们处处要挤在一起。

克洛班

好啊。

克洛德·弗鲁洛

把武器藏好。
可千万不要引发警报。

克洛班

主人，你等着看戏。

克洛德·弗鲁洛

就让地狱来把她带走，
伙伴们清楚：
如果疯女人在这门口，

敢对我说不!

克洛德·弗鲁洛

命运啊! 噢，我听天由命!

朋友，我可以对你放心。

我关注事情，胆战心惊，

下一步会是什么声音。

克洛班

不必害怕凄惨的天命，

老爷，你可以对我放心。

你大可不必胆战心惊，

相信下一步会有佳音。

(他们小心翼翼地离开舞台。民众开始来到广场上。)

第　四　场

(民众，**伽西莫多**，接着是**爱斯梅拉达姑娘**和一队人，接着是**克洛德·弗鲁洛**，**福玻斯**，**克洛班·特鲁伊甫**，众神甫，众弓箭手，司法人员。)

合唱

来圣母院大门，

大家都来观看，

这个年轻女人，

晚上处死囚犯!

是这个吉卜赛女郎，

我在想，用匕首杀死，

一名弓箭手的队长!

国王爱将，他最神气！
怎么？如此漂亮，
如此恶毒心肠！
你们听得明白？
此事如何可信？
灵魂阴险狠心，
眼睛温柔可爱！
这件事情荒诞不经！
这可怜不幸的女孩！
我们出了什么毛病！
大家过来，快跑过来！
来圣母院大门，
大家都来观看，
这个年轻女人，
晚上处死囚犯！

（人群增多。喧闹声。一队行刑人开始走进大广场内部。几排穿黑衣服的苦修士。犯人救济会的旗帜。火炬。弓箭手。司法人员和监护人员。众士兵分开人群。爱斯梅拉达姑娘进场，身穿衬衣，颈子里有绳索，披一块黑纱。她的身边，有一个修士，手持耶稣受难像。刽子手和卫兵站立在她身后。伽西莫多背靠教堂大门的扶垛上，专心观察。当女犯到达教堂前面，听到一阵低沉和遥远的歌声，而大门是关着的。）

合唱（教堂内部）
灵魂在嘤嘤哭泣，
是在深渊的底部，
滚滚的波涛拍击，

淹没了我的头颅。[40]

（歌声渐唱渐近。歌声临近大门时终于爆发出来，大门忽然打开，显露出教堂内部：一长列盛装神甫的游行队伍，由旗幡引导。克洛德·弗鲁洛，身穿司祭的服装，给游行队伍开路。他向女犯人走去。）

民众

今天是活人，明朝成死鬼！
仁慈的耶稣，请带她回归。

爱斯梅拉达姑娘

我的福玻斯向我招呼，
去那永生不灭的乐土，
主用翅膀把我们抱住！
要祝福我悲惨的苦命！
已经经历众多的悲伤，
我破碎的心仍然希望，
我会在大地之上死亡！
而我会在天国里苏醒！

克洛德·弗鲁洛

年轻美丽去阴曹地府！
唉！没有良心的神甫，
远比她更会受到惩处！
我受的折磨不会减轻。
真是可怜不幸的女孩，

---

[40] 原文是拉丁文。

已被掌握在我的魔掌，
你会在大地之上死亡！
而我，我在天国里丧命！

民众

唉！这是个有罪的信徒！
天国本是人人的乐土，
但大门对她已经关住。
她受的折磨不会减轻。
死亡，噢！这有多么悲伤！
死亡把她掌握在手掌；
她已在大地之上死亡！
她不会在天国里苏醒！

（游行列队渐近，克洛德走近爱斯梅拉达。）

爱斯梅拉达姑娘（惊恐得全身冰凉）

是神甫！

克洛德·弗鲁洛

不错，是我；我爱你，我恳求你。
只说一句话，我还能把你
我还能够把你拯救。
对我说：我爱你。

爱斯梅拉达姑娘

恨你到底。
滚吧。

克洛德

那你去死吧！我也会随你而走。

（他转身面向人群）

民众，我们把这女人交给世俗手里。
在此关键时分，但愿有天主的呼吸，
吹过她可怜的灵魂！

（正当司法人员抓住爱斯梅拉达姑娘时，伽西莫多跳进广场，推开弓箭手，抱住爱斯梅拉达，和她一起跳入教堂。）

伽西莫多

庇护！庇护！有权庇护！

民众

庇护！庇护！有权庇护！
万岁，城市里的巡捕！
万岁，好心的敲钟人！
噢，她命中有救！
我们这女囚犯，
她属于我们主。
绞架打道回府，
天国多么灿烂，
不是打开坟墓，
而是打开祭坛。
刽子手，都后退，
还有王家卫兵！
这座栅栏一推，

让法律也叫停。
是你站在此地，
改变万事万物。
她应属于天使，
她应属于天主！

克洛德·弗鲁洛（以手势让大家安静）
她不会得到拯救，她是个埃及少妇。
圣母院只能拯救一个女的基督徒。
异教徒都要放逐，抱住祭坛也白搭。

（对王家卫兵）
我以巴黎主教大人的名义说话，
这肮脏的女人交给你们。

伽西莫多（对弓箭手说）
我发誓：我要保护她安身！
你们别靠近。

克洛德·弗鲁洛（对弓箭手）
你们不置可否！
马上服从，马上服从。
这个吉卜赛女人与我们圣地不容。

（弓箭手向前走。伽西莫多站在他们和爱斯梅拉达姑娘之间。）

伽西莫多
我，我绝不服从！

（听到有骑士冲进来，从外面喊。）

住手！

（人群让开）

福玻斯（骑在马上出现，脸色苍白，气喘吁吁，筋疲力尽，仿佛跑了很长的路程。）

住手！

爱斯梅拉达姑娘

是福玻斯！

克洛德·弗鲁洛（旁白，恐怖）

此事已经败露！

福玻斯（从马上跃将下来）

感谢主！我有呼吸倾吐。
我及时赶到。这个女孩，
她完全是无辜的，这才
是我凶手！

（他指指克洛德·弗鲁洛。）

众人

天哪！是神甫！

福玻斯

神甫是唯一罪犯，而我说的话当真。
来人逮捕他。

民众

惊讶！

（弓箭手围住克洛德·弗鲁洛。）

克洛德·弗鲁洛

啊！只有上帝做主！

爱斯梅拉达姑娘

福玻斯！

福玻斯

爱斯梅拉达！

（他们相互拥入对方的怀抱。）

爱斯梅拉达姑娘

福玻斯，我爱人！
我们活了。

福玻斯

你活了。

爱斯梅拉达姑娘

幸福生活在闪光。

民众

两人都活命！

爱斯梅拉达姑娘

听欢乐的呼喊和笑语。
接受你脚边谦逊的姑娘。
——你苍白！怎么啦？

福玻斯（摇摇晃晃）

我要死去。

（她伸手把他扶起。人群的等待和焦虑。）

我向你每走一步，我的情人和挚爱，
把勉强才合上的伤口又重新打开。
我自己取走坟头，我给你留下生活。
我在咽气。命运不相欺，
我会看到，可怜的天使，
爱你是否值得去天国！
永别了！

（他咽气。）

爱斯梅拉达姑娘

福玻斯！他死了！这死别生离！

（她跌倒在他尸体上。）

我追随你同去天国仙境！

克洛德·弗鲁洛

唉，命中注定！

民众

唉，命中注定！

附　录　二

《雨果夫人见证录》

第五十六章

《巴黎圣母院》，第 8 卷，pp. 1187—1196.

第六十三章

《爱斯梅拉达姑娘》，第 10 卷，pp. 1389—1390.

译自马森主编的《编年版雨果全集》（Victor Hugo，oeuvres complètes，Edition chronologique publiée sous la direction de Jean Massin) le Club francais du Livre，1970.

36 卷本。

第 56 章
《巴黎圣母院》

演出结束前的两周，维克多·雨果先生所住二楼的女房东，她自己住在底层，愁眉苦脸地上楼进门。

“我的好太太，”她对雨果夫人说，“你人真好，你丈夫是个好男人，不过你们对我来说不够安静。我从商场退下来，想平平静静过日子，三个月前，我有意在没有声音的街上买下这座房子。现在这儿，因为你们来了，白天黑夜，人来人往，络绎不绝，楼梯上吵吵闹闹，我头顶上人声震响。经常凌晨一点钟，我被惊醒过来，我都以为天花板会在我床上塌下来。我们不能再待在一起了。”

“就是说，你要我们走？”

“我真的很不好意思。我会很想念你们的。你们是和睦的小家庭，你们很爱自己的孩子。可是你们自己就不睡觉！我可怜的太太，我很同情你们！你丈夫的工作很辛苦！”

《欧那尼》取得了这样古怪的成功，竟把雨果先生赶出了自己家门，全家跨过塞纳河，搬到让·古戎街。到了新家，新的麻烦在等着他。

在女房东无法忍受的人流里，首场演出的第二天，戈斯兰书店老板来买手稿。他没有看到雨果先生，他去剧院了。雨果夫人一再说并不怎么认识他，没有在人群里注意到他，也没有和他说过话。有人来问哪家出版剧本，她说前一天突然卖了。戈斯兰先生火冒三丈，给雨果先生写信说，他有权把自己的剧本卖给谁都可以，但是雨果夫人无权怠慢一个有身份、有选举权的人。

他握有报复的手段。雨果先生卖给他《死囚末日记》的同时，还卖给他一部已经构思的长篇小说，书名会是《巴黎圣母院》。他保证过1829年4月交稿。他一心忙于戏剧，不可能有所旁骛，而交稿日期已经过了一年，连一行字还没有动笔。书店至今没有催稿，突然，要求立即执行合同。

一部还没有动手的小说当然交不出来；书店要求赔偿损失。后来由贝尔丹先生斡旋，才解决问题。给作者五个月的时间，写《巴黎圣母院》。如果12月1日小说不能完稿，每迟交一周，罚款一千法郎。

虽然身处《欧那尼》战役的硝烟弥漫之中，又是被迫搬家的一片狼藉，他不得不马上投身《巴黎圣母院》。

首先，他安下身来。那天他在自己工作室里搭起一个图书室，由四片用绳子连接起来的木板组成，凑合着做好，克朗亲王给他带来一个金发的年轻人，容貌可亲，先是只看到文雅，继而看到的是精明。年轻人看过《欧那尼》，要来祝贺作者。他很高兴地看到戏剧解放了。他处处要求自由。他的名字叫蒙塔朗贝尔。

雨果先生一旦安顿好，立即投身这部作品。7月27日，他开始动笔。居斯塔夫·普朗什白天来看他，问小莱奥波尔迪娜愿不愿意去王府吃个冰淇淋，他楼下有辆轻便马车。有车出去很开心，孩子愿意了。两人出发，可是没有走远：他们路上遇到很多集合的人群，情绪十分激动，普朗什先生为孩子担心，把她带回家来了。

第二天，香榭丽舍已是露天的兵营。大街当年并不时髦，也不像现在有建筑物；香榭丽舍只有稀稀落落的房子，大片的空地都是菜园子。我们什么都缺，穿过队伍买菜购物非常困难。大家只好困守家中。没有信件，没有报纸。大家一无所知。大家听得到炮车在码头上滚动，射击的声音，警钟在敲响。和雨果先生合租的一名房客，卡芬雅克将军，是后来共和国政府首脑的叔叔，他解释说这座房子孤零零的，又是用方石砌成，如果战斗到这一边，肯定会被部队占有，我们就会被围困在屋子里。

时当三十二度的气温，士兵的脸上大汗淋漓，他们敲门要碗水喝。有一个士兵还碗的时候，倒下晕过去了。

短时间的交火离得很近，子弹在园子里呼啸而过。片刻以后，孩子们望见在窗子底下，在贴着房子的土豆地里，有个穿罩衣的男子脸扑在地上，一动不动，蜷缩在蔬菜和枝叶里。孩子们相信他死了。不过，他们看到他身上没有丝毫血迹，又想这会是个起义者，在等待黑夜好躲避部队，或者是某个穷光蛋害怕子弹。此人一整天不动窝。他该饿了。家里只有一个 2 公斤的面包，也很难再买到。孩子们切下一大块，扔下窗子。第二天早上，男子和面包都不见了。

我们始终被围困，没有消息。唯一获取消息的办法，是出去寻找消息。雨果先生和另一名房客德·莫特马尔-穆瓦斯特先生出去。他们走进香榭丽舍大街，遇见一队大炮，经过谈判，才走过去。部队的设防规模非常之严。士兵们给自己建造碉堡，锯掉树木做拒马桩。

在马里尼方形地，一个十四五岁的男孩被绑在一棵树上，脸色非常苍白。德·莫特马尔先生问男孩为什么被绑。

“免得他枪毙前逃跑。”一个士兵回答。

“枪毙!”雨果先生说，“这是个孩子。”

“这个孩子杀死了一个大人。他干掉了我们的上尉，可有他好看的。”

此时，有个骑兵队跑过来，是从星形广场的栅栏那边来的。雨果先生认出来德·吉拉尔丹将军，就走上前去。

“你在这儿有什么好干的?”将军问他。

“我住在这儿。”

“好，我建议你从这儿搬走。我从圣克鲁来，马上发射红色炮弹。”

雨果先生给将军指指年轻的男孩，将军叫人把孩子放下来，带到邻近的岗哨去。

第二天，革命成功了，香榭丽舍恢复自由了。

这些事件巨大的震动在知识界引发深深的回响。雨果先生刚在戏剧界发动起义，建造街垒，他明白一切进步都是相互依存的，除非是言行不一，他理应在政治上接受他在文学上想要的东西。他记下自己对每天事情的思考，他开始写作，断断续续，即兴而成。后来，他在《文哲杂论集》发表了这篇《一八三〇年一个革命者的日记》。

他歌唱人民胜利的同时，对下野的国王也有一声同情和安慰的呼喊：

啊！这已经覆灭的王朝从流放中来，
又流放而去，让我为他们哭泣悲哀！
命运之风已三度把他们吹到外地，
至少，让我们带领这几位先王回家。
弗勒吕斯的旗啊！请你鸣礼炮数下，
　　向离去的王旗致以军礼！

我对他们说的话不会使他们伤心。
希望他们别抱怨这把告别的诗琴！
不要羞辱流亡时蹒跚而去的老人！
对废墟手下留情，要有尊敬的习惯。
不幸已经给皓首白发戴上了荆冠，
我不会再把荆冠在头上按得深深！

再说，我对这一些不幸者们的苦难、
没完没了的苦难刚刚把颂歌唱完。
在我的歌里流亡和坟墓受到祝福。
当大家赞美新的王朝正曙光初照，
我沉痛哀伤的诗要为圣赫勒拿岛，
要为圣德尼久久地啼哭！

《寰球报》刊出了这首颂诗，颂诗前加了这样几句话（8 月 19 日）：

“诗歌表现得迫不及待地颂扬眼前的重大事件；这些大事件对有一颗心、有话说的任何人来说，都有启发的意义。维克多·雨果先生也站出来，他有几乎是军人般的勇气，他有对一个自由和光荣的法兰西怀有的爱国热忱，他有对年轻一代强烈的同情，他就是年轻一代响当当的领袖之一。但是，同时他借助他最初时的观点，借助他青少年时的感情，这都写在许多令人怀念的颂歌里，诗人对行将结束的往昔有眷恋，需要脱离往昔的同时，对往昔以痛苦的告别表示致敬。他善于恰如其分地协调爱国主义的激情和对不幸应有的礼貌；他仍然是新法兰西的公民，也不必为对旧法兰西的回忆而脸红；他的内心可以激动，而他的理智并没有减弱。维克多·雨果先生早已在《致铜柱》一诗中，证明他懂得理解自己祖国的每一份光荣。他的行为，加上具体的环境，也已证明他会掌握自由的实践。正当夏多布里昂已是老人，风度翩翩地放弃公众的生涯，把余生致力于完整的美好一生，这也很好，年轻人在同一面旗帜下起步，不受某些回忆的影响，继续前进，不倦地接受国家的各种理论。这样，人人尽到其责任，而法兰西既尊重前者的牺牲，又愉快接受后者的贡献。”

9 月的一天下午，德·拉默耐先生来看雨果先生，看到他在写作。

“你在工作，我打扰你了。”

“我在工作，但是你没有打扰我。”

“那你是在写什么啊？”

“写一些你不会喜欢的东西。”

“那你说说看。”

雨果先生给他递过来一页纸，德·拉默耐先生读到：

共和国还没有成熟，但是一个世纪后会占有欧洲，这是社会中最高的社会；自我保护，国民自卫队；自我审判，评审团；自我治理，公社；自我领导，选举团。

王朝的四肢，军队，司法制度，行政，贵族院，对这个共和国来说，只是四个麻烦的赘疣，都在萎缩，行将死亡。

“是这样，”德·拉默耐说，“我很明白，像你这样的精英，不会一直是个保王派。只有一个字多余：‘共和国还没有成熟。’你把共和国放在未来，我把共和国放在现在。”

德·拉默耐先生不再相信专制政体，不再接受王朝。他全身的性格摈弃婆婆妈妈的手段和推迟。雨果先生一方面看到共和国是社会的最终形式，又相信要经过准备才有共和国；他要用全民教育达到普选；路易-菲利浦的混合王朝在他看来是个有益的过渡。

《巴黎圣母院》早已被这场政治的火山喷发扔得远远的。再说，意外源自形势。作者给戈斯兰先生写信：

我在香榭丽舍的住家在7月29日经受的危险，让我决心把我最珍贵的资料和手稿撤离到我的内弟家里，他住在寻午街，该街区结果并无其风险。在这次万分匆忙的行动中，丢失了整整一册笔记，曾花费了我两个多月的研究，而这是《巴黎圣母院》完稿必不可少的。这册笔记尚未找回，现在我怕再研究也是徒然。我想应该尽早把此事告知你。这大概是6月5日我们合约中提及的那种严重和不可抗力量的情况。不过，如果不发生其他情况，阻碍继续写完我的作品，我仍然希望全力以赴，能够如期给你交出手稿。而我也承认，你在此番情况下主动给予我两个月的宽限期，会让我很高兴，对你和对我都是如此，我还认为你这方面的做法，等于完全抹去了我本以为可以抱怨的做法。我也觉得稿件不要在12月1日离革命如此之近的日期交给你，对你可能也是好事。文学要已经回复到两个月前的重要程度，是值得怀疑的。我相信，由你决定的推迟，对你比对我来得更合适。

书店老板接受了这些道理，日期推迟到1831年2月1日，雨果先生有了五个半月的时间。

这一次，不能指望再延期了，必须及时完成。他给自己买了一瓶墨水，买了一件灰色的粗毛线衣，把自己从脖子包裹到脚尖，把衣服锁起来，好不受外出的诱惑，像走进监狱一样走进自己的小说。神情懊丧。

打从这天起，他只是为了吃饭和睡觉，才离开书桌。他唯一的消遣，是晚饭后有一个小时，和来看他的几个朋友聊聊天，有时候对他们读他白天写好的几页。他这样对皮埃尔·勒鲁读了题为“铜钟”的一章，勒鲁认为这一类的文学毫无用处。

才写了最初的几章，他的忧伤不翼而飞了，他的写作攫住了他。他不感到疲乏，也不感到已经来临的冬寒；时当十二月，他却开着窗子写作。

他只有一次脱下他的熊皮。12月20日上午，克朗亲王提出带他去看查理十世的部长们的案件。为了这次出行没有后果，他的衣服不予释放出狱，披上他的国民自卫队的服装。

这是一场气氛激烈的审判。将近4点钟，克雷米厄先生为德·盖尔农-朗维尔先生辩护的时候，外面响起巨大的喧闹声。一群百姓在贵族院前推搡。国民自卫队占有图尔农街和沃吉拉尔街，无力阻挡雪崩。贵族院眼看要被人冲进来。群众高呼：打倒波利尼亚克！打倒佩罗内！处死部长们！德·尚特卢兹先生和德·盖尔农—朗维尔先生吓坏了，样子可怜极了；德·波利尼亚克先生显出不可理解的神情。只有德·佩罗内先生独自头颅高昂地站着，交叉双臂，视死如归。

审判中止。克朗亲王和维克多·雨果先生出来看看。国民自卫队在宫墙前被挤扁了，只是勉勉强强在守卫。群众在墙上挤成一团，登上界碑，爬上窗子。每张脸上都是憎恨，每声喊叫都是愤怒。被告们，法官们，国民自卫队士兵，都被一一骂过来。拉法耶特将军由费迪南·德·拉斯泰利陪同，想对不满者发表演说，可是人民厌倦了演说，也厌倦了拉法耶特。淘气的男孩子抓住拉法耶特的两腿，把他高高举起来，把他你传给我，我传给你，以无从形容的嗓门高呼：这是拉法耶特将军！有谁要？一队士兵打开一个缺口，把他放了下来。通道打开，维克多·雨果先生和亲王走近将军，将军握住他们俩的手臂。

“我已认不出我的巴黎人民了。”他对他们说。他没有想到也许是巴黎人民认不出他们的拉法耶特了。他又说：“人民可以原谅，而这些保王派！……”

他指指图尔农街上的路易十五式阳台：

“我叫人请求某先生让我上他的阳台，对人民说话。他回答说他的家绝不为拉法耶特将军开门。他们出于对革命的怨气，会让人把他们的朋友们杀害。”

雨果先生又返回贵族院，但是审判没有继续。他回到古戎街，重又钻进他的毛衣，钻进他的写作。

1 月 7 日夜间，一股明亮的光线让他突然抬起眼睛望望总是开着的窗子：这是北极光。

1 月 14 日，全书写完。雨果先生第一天买的那瓶墨水也用完。他写完最后一行字，同时用完最后一滴墨水。这让他一时间想更改书名，叫作《一瓶墨水的内涵》。几年后，他对阿尔封斯·卡尔先生讲起这件事，听者觉得这个书名很美妙，便求雨果先生把书名给他，反正已经用不着。阿尔封斯·卡尔先生用它作集名，出版了好几部小说，其中有这部风趣和激情的杰作《热纳维耶芙》。

雨果先生还在写《巴黎圣母院》的时候，戈斯兰先生要求他对自己的作品提供一些材料，以便为此书做广告，他写道：

这是描绘 15 世纪的巴黎，又是描绘有关巴黎的 15 世纪。路易十一在书中的一章出现。是路易十一决定了结局。本书并无任何历史方面的抱负，仅仅是有点资料，认认真真，但很概括，时断时续，描绘 15 世纪的风俗、信仰、法律、艺术，总之是文明的情况。尽管如此，这在书中并不重要。如果本书有优点的话，那就在于这是一部虚构的、想象的、信手写来的作品。

雨果先生完成《巴黎圣母院》后："感到无所事事，神情忧伤。他已经习惯了和他的人物在一起生活，如今和人物分离，如同看到老朋友离去一样伤心。他离别自己的书，和当初开始写书时一样痛苦。"

戈斯兰先生让他的妻子读这份手稿，她是很有善意并有文才的女人，正在翻译沃尔特·司各特的小说。她觉得这部作品无可救药地兴味索然，她丈夫毫无顾忌地说，他做了一笔坏生意，这给了他不读作品就买下作品的教训。

小说于 2 月 13 日问世，正是大主教府被劫掠的日子。作者目睹民众的暴力，看到图书室里的书本被扔在河中，其中一本他写小说时用过。这本书被称为"黑皮书"，因为是用黑色驴皮装订的，而且是孤本，包含有圣母院内院的章程。

大部分的报纸和往常一样，抱有敌意。《时代报》有一篇文章，是阿尔弗雷德·缪塞先生写的，并不难过地认定，此书的不幸，是暴动的日子出来的，和大主教府的图书室一起淹没了。最善意的报纸之一，是《未来报》，是德·拉默耐先生、德·蒙塔朗贝尔先生和拉科代尔先生执笔的，发表了三篇文章。

我发现这样一封短信：

我亲爱的雨果，我给你派来一个虎背熊腰的人，请放心给他。他要给我带回《巴黎圣母院》，我迫不及待地要读，因为人人和我谈起此书，而这是你的作品。

不过我要提醒他，我是描写作品的敌人，我事先知道小说里有一部分，我会是个拙劣的评判者。但是，我对此书的其余部分，会是个你知道我对你全部作品是怎么样的人。

毕生的好友。

贝朗瑞。

3月9日

下面是《巴黎的秘密》的作者更有趣的来信：

我有《巴黎圣母院》。我是第一批有书的，我向你保证……如果像我这样一个野人，敬仰不足轻重，但我要以配得上这本给我启发的书的方式，表达和表述出来，先生，我会对你说：你是个挥霍无度的人，对你的批评，就像六楼的这帮穷光蛋，他们看到大老爷们挥霍浪费，心里愤怒地在想：把一天花完的金钱，可够我一辈子用的！

而事实上，大家对大作唯一的责备的东西，是东西太多了。这是本世纪最好玩的批评，不是吗？

自古以来，高等的天才都会引起低级和狭隘的妒忌，引起许多肮脏和虚伪的批评。你说怎么办，先生？当然要为他的荣耀付出代价。

我还要对你说，先生，不计一切诗意，一切思想和剧情的丰富，有一个东西给我强烈的印象。这就是：伽西莫多可以说概括了心灵之美和忠诚之美，——弗鲁洛概括了博学、知识和强大的智力，——而沙多贝概括了形体之美，——你有令人钦佩的思想把我们本性中的这三种类型，来面对一个天真的少女，身处文明之中几乎是野性的少女，给她选择，而又是这样彻底是“女人”的选择。

……我只要回想起你善意和友好的回忆。我路过你的家门，告诉你这些，还有，因为你盛情和周到地接待我，我和你一起，深感心情舒畅，先生，而没有人比我更感受到高人一等的深刻印象。

请接受我忠诚和由衷钦佩的情谊。

欧仁·苏。

戈斯兰夫人的意见，大部分报纸的敌意，并不妨碍《巴黎圣母院》取得异乎寻常的成功。一版又再版，各家出版商，以戈斯兰为首，不断来向作者要别的小说。他没有作品给他们了。于是，他们乞求至少给一个书名，随便什么东西，像是一个许诺的影子也好。这样，有好几年，朗杜埃勒先生的新书目上有《女驼背的儿子》和《吉刚格洛尼丫头》。对此情况，我在雨果先生的一封信上读到：

吉刚格洛尼姑娘是一座波旁-阿尚博塔楼的俗名。这部小说意在补充我对中世纪艺术的看法，《巴黎圣母院》便是第一部分，这是大教堂；《吉刚格洛尼姑娘》则是城堡主塔。我在《巴黎圣母院》里突出描写圣职的中世纪；我在《吉刚格洛尼姑娘》里主要描绘封建的中世纪；照我的想法，当然，整体或好或坏，都是我的。——《女驼背的儿子》在《吉刚格洛尼姑娘》之后问世，只有一册。

这两部三十年前预告的小说，从来没有写成，维克多·雨果先生在《巴黎圣母院》以后的第一部小说，是《悲惨世界》。

第63章
《爱斯梅拉达姑娘》

《巴黎圣母院》异乎寻常的成功，给维克多·雨果先生招来许多音乐家提出请求，其中有杰出的音乐家梅耶贝尔先生，都希望请作者同意他们把他的小说改成一部歌剧。他对此始终拒绝接受。不过，贝尔丹先生为女儿向他提出这件事，他出于友情，做了这件他出于利益而没有做的事情。

音乐完成，有一场试听音乐会。晚会前有一席晚餐，出席的人员有雨果先生、欧仁·德拉科鲁瓦、罗西尼、柏辽兹、安托尼·德尚，等等。整个席间，大家发现罗西尼先生称呼德拉科鲁瓦先生为“德拉洛什先生”。德·布尔克内先生、勒苏尔先生、阿尔弗雷德·德·瓦伊先生、安托尼·德尚先生和贝尔丹先生的一个侄女都唱了歌剧的选段，都大受称赞。罗西尼先生有美妙的嗓子，以前愿意唱的。大家请他亮一亮自己的歌声，他不肯。贝尔丹先生和夫人催促他唱，一些美女几乎跪下求他了，他回答说，他嗓子沙哑，从喉咙里绝对发不出一个音符来，几乎立起身来走，刚刚走进前厅，却马上唱起一支他自己的歌剧的曲调，声音清晰而洪亮。

《爱斯梅拉达姑娘》的几场彩排在1836年的夏天举行。词作者没有参加，他去布列塔尼旅行了。他返回时，对小家子气的导演很震惊。古老的巴黎很适合安排布景和服装。毫不丰富，毫不多彩。奇迹院里的破衣烂衫，本来很有特色，有歌剧院的新颖，却是用新的布料。结果是老爷们像穷人的样子，丐帮们像是市民的样子。雨果先生已经提出布景的一个想法，本来会很有效果的：伽西莫多劫持爱斯梅拉达姑娘一层又一层向上爬；要让伽西莫多登楼，只要让大教堂下降。他不在的时候，有人宣称这是不可能的。这场在歌剧院不可能的布景，以后在“暧昧剧院”办成了。

歌剧由努里先生、勒瓦瑟尔先生、马索尔先生和法尔孔小姐演唱，首场演出受到观众的鼓掌，但受到查理十世逝世的消极影响。

各报对音乐猛烈攻击。派性参与进来，把对她父亲报纸的报复发泄在女儿身上。这样，观众喝倒彩。演出时反对愈演愈烈，到第八场，大幕提前落下。经理杜蓬谢勒先生，他受恩于贝尔丹先生，他力所能及的事情，是在芭蕾舞前，演出一幕，由作者把五幕的选段集中一起。

小说为“宿命”（*anankè*）一词写成；歌剧以“命中注定”（*fatalité*）一词结束。第一个命中注定，是一部以努里先生和法尔孔小姐为歌唱演员，以才华出众的女人为作曲家，以雨果先生为剧本作者的作品，主题是《巴黎圣母院》，却死于非命。命中注定缠住了演员；法尔孔小姐失声；努里先生在意大利自杀。——一条命名为“爱斯梅拉达号”的船在横渡英格兰和爱尔兰时连人带物沉没。——奥尔良公爵把一匹珍贵的母马命名为“爱斯梅拉达”；母马在一次回乡的骑行中，和一匹疾跑的公马相遇，撞碎了脑袋。

后　语

记得我1956年在北大学习法语后，1957年第一个暑假回老家无锡，在旧书摊上买到上海骆驼书店出版的《巴黎圣母院》，上下两册，紫色封面，有精美插图，译者是陈敬容女士。看完后对故事情节深为激动，唏嘘良久。

陈敬容女士的第一种译本，开《巴黎圣母院》汉译之滥觞，历史功绩，令人钦佩。最近几十年来的译本，有几种译者是名家，各有特色。

几年前，回家乡无锡，抽空重读雨果的原版《巴黎圣母院》。读后又一次感到，《巴黎圣母院》远不是一部只有故事情节的小说。雨果的抱负也远不是限于写一部中世纪的历史小说。小说的第三卷有“圣母院”和“巴黎鸟瞰”两章，这是诗人写的抒情散文；第五卷有“此物会灭彼物”一章，这是诗人写的建筑美学论文。

应该说，《巴黎圣母院》远不是一部可以轻轻松松翻译的小说。即使没有“圣母院”，没有“巴黎鸟瞰”，没有“此物会灭彼物”这样的章节，仅仅作为描写法国“中世纪风俗、信仰、法律、艺术，总之是文明的情况”的历史小说，译者面前的困难也会是重峦叠嶂。一部30万字的小说，有人名和地名一千多条。单是巴黎的古今地名，古今建筑物名字，并非普通译者所能信手可以翻译的。

两年前，我家里《巴黎圣母院》的中文译本，粗略一看，已有10

种之多。每一次去书肆，几乎必有收获，可以带一册《巴黎圣母院》的新译本回家。陈敬容的新译本于 1982 年出版，而买到最新的译本是 2014 年的“英汉对照·世界名著”本，不具译者名字。

老中青译者前仆后继、不屈不挠的精神值得敬佩，也值得深思。本书译者仰慕雨果多年，本以为不必染指雨果小说的翻译，但看到新译本源源不断而来，名家和非名家的译者纷至沓来，纷纷来到“巴黎圣母院”大广场前一试身手。如此盛况，令人心动。

本书译者先是犹豫，终于动心。

我翻阅家中的藏书。我有马森（Jean Massin）主编的《编年版雨果全集》，有塞巴谢（Jacques Seebacher）和罗萨（Guy Rosa）主编的《老书丛书版雨果全集》，有塞巴谢审定的“七星丛书”版《巴黎圣母院》。此外，我有塞巴谢教授的赠书，一厚册由他编订的新版《巴黎圣母院》，列入“袖珍版经典丛书”，1998 年出版。塞巴谢教授是大师级的雨果研究家，长期领导“法国大学校际雨果研究会”。他的新版《巴黎圣母院》，面向广大读者，尤其可贵的是此书有 1800 多条注释，甚至包括词汇释义等对学生有用的注释。由顶级专家提供如此大量的知识性注释，我们喜出望外。

2012 年，我们见到另一种新版《巴黎圣母院》，编订者是 Benedikte Andersson，2009 年由伽里玛出版社出版。这一版的《巴黎圣母院》也是注释版，有注释 1000 多条，数量少些，但是比较后发现，Andersson 版多是疑难知识的注释，尤其关注冷僻的古代知识。就是弥足珍贵的马森《编年版雨果全集》，也为《巴黎圣母院》准备了 283 条注释。

原以为 1998 年的塞巴谢版可以“观止”矣，岂料仅仅 11 年后，2009 年更新的注释版已经问世，我们兴奋之余，心中又一次叹曰：“观止”矣。

反观历年《巴黎圣母院》的中译本，中国译者为中国读者提供的注释普遍很少。人民文学出版社（1982）和河北教育出版社（1998）的译本，注释都不足400条。译林出版社（1995）和近时广州出版社（2006）的译本注释更不足300条。除去书中拉丁文的注释，真正知识性的注释，可谓少而又少。

翻译经典，看来是一项学术工程。本书译者有一次在巴黎雨果故居，和故居图书馆负责人马尔科夫人（Marie－Laurence Marco）交谈：据你看来，翻译一部《巴黎圣母院》需要多少时间？回答是：两年。我们的经验证明，这个回答是有道理的。我们的译本，为读者提供近千条知识性注释，希望对读者有所帮助。

一部《巴黎圣母院》的中译本，如果能做到“错误百出”，便可以很有安慰了。也就是说，全书的错译，对《巴黎圣母院》这样的原著，不超过一百，恐怕是不容易的。

1998年塞巴谢版的《巴黎圣母院》使用1840年Furne版的本子，2009年Andersson版复制1880年Hetzel et Quantin的版本。但是，这两种新版使用的原本，追根溯源，都是借用1832年的第8版，即定稿本（“Ne varietur”），第8版是雨果小说《巴黎圣母院》全本的第一版。我们的译本主要参考1998年的塞巴谢本，也经常参考Andersson版，遇有疑难之处，个别地方参阅马森的《编年版雨果全集》。

我们为译本提供两种附录。第一种是《雨果夫人见证录》里有关《巴黎圣母院》和有关歌剧《爱斯梅拉达姑娘》的两节文字。第二种是雨果亲自为小说创作的歌剧剧本，把30万字的长篇小说改变成四幕歌剧，有1100多句诗句。这应该是国内第一次把雨果的歌剧剧本译成汉语。

说真的，最后一件事，译者还是担心：译本留下的错误，能否少于一百。但愿这个译本仅仅只是“错误百出”。

2015 年《巴黎圣母院》的译稿完成。译者为译本设置了 6 个级别的版本，本意供不同读者的不同需要。

1.0 版是“纯文字版”，干干净净的文字译本，没有注释。《巴黎圣母院》是一部经典作品，经典就是不增不减的纯文字版；

2.0 版是“注释版”，我们为译本加上 1200 多条主要是知识性注释，这是为希望不仅仅看故事的读者准备的版本；

3.0 版，在注释版的基础上，附加两则附录，成为“注释附录版”：一是雨果为《巴黎圣母院》改编的歌剧剧本，诗体；二是《雨果夫人见证录》里和小说《巴黎圣母院》和歌剧《爱斯梅拉达姑娘》有关的章节，提供雨果创作小说和创作歌剧的一点背景知识。

以上三种版本是文字版。

4.0 版是“精选插图版”，提供法国 19 世纪各种插图版的 40 张选图。这可以让今天的读者领略 19 世纪读者的阅读情趣。

5.0 版是“精选图片版”。我们在精选插图版的基础上，增加 40 张译者历年搜集的图片和自己拍摄的巴黎圣母院照片。希望满足对《巴黎圣母院》小说和巴黎圣母院大教堂有好奇心的读者。

6.0 版是“完整图片版”。译者提供完整的文字版，加上译者搜集和拍摄的全部图片。全部图片有 360 张之多，包括将近 200 张巴黎圣母院这座世界遗产的大教堂的原创照片，包括各种邮品和钱币的图片。这是译者《巴黎圣母院》图片的集大成之作。

2016 年 2 月，译者表示：目前没有继续升级的安排。

仅仅半年后，《巴黎圣母院》的译本升级到 7.0 版。译者决定向出版社提供最新的7.0版译本。这就是读者今天看到的《巴黎圣母院》译本。

我们希望，有朝一日，7.0版和6.0版能合成一册和世人见面。如果说，译者花两年时间翻译《巴黎圣母院》的文字，而我们为搜集图片资料，为拍摄巴黎圣母院和相关的建筑，投入的是20年的精力。

程曾厚

2017年5月8日